MICHELLE RAVEN

Ghostwalker

Tag der Rache

Michelle Raven

GHOST WALKER

TAG DER RACHE

Roman

LYX EGMONT

Originalausgabe April 2012 bei LYX
Verlegt durch EGMONT Verlagsgesellschaften mbH,
Gertrudenstr. 30–36, 50667 Köln

1. Auflage
Lektorat: Katharina Kramp
Satz: Greiner & Reichel, Köln
Druck: GGP Media GmbH, Pößneck
ISBN 978-3-8025-8509-8

www.egmont-lyx.de

1

Namibia

Ein leises Rascheln riss ihn aus dem Schlaf. Leon hob den Kopf und sah sich aufmerksam um. Es dauerte einen Moment, bis er sich daran erinnerte, dass er etliche Kilometer von seinem angestammten Gebiet entfernt war. Sein Blick glitt über die von der Abendsonne rötlich gefärbte Landschaft. Zufrieden ließ er den Kopf auf seine Pfoten sinken und genoss den Anblick der sich im Wind biegenden Gräser unter dem in allen Rottönen leuchtenden Himmel. Er liebte seine Heimat und konnte sich nicht vorstellen, Namibia jemals zu verlassen. Auch wenn das versteckte Leben eines Wandlers nicht einfach war, besonders mit seinen speziellen Fähigkeiten, ließ er sich seine Freude an der Natur nicht nehmen.

Er hatte das Gefühl, dass seine Gaben ihn dazu verpflichteten, sie für andere Wandler einzusetzen und zu versuchen, die verschiedenen Wandlergruppen und -arten zu vereinen. Meistens übernahm er diese selbstgewählte Aufgabe gern, doch ab und zu brauchte er eine Auszeit. Er liebte es, dann tun zu können, wozu er Lust hatte. Zumindest offiziell, denn auch diese Zeit nutzte er stets, um Kontakt zu anderen Wandlergruppen aufzunehmen. Meist beobachtete er sie erst einige Tage, bevor er entschied, wie sie darauf reagieren würden, ihn zu sehen. Für die meisten Wandler war er nur ein Mythos, niemand, der wirklich existierte. Entsprechend ungläubig bis feindselig fielen die Reaktionen aus, wenn er sich zu erkennen gab.

Leon drehte sich auf den Rücken und ließ den warmen Wind über seinen Bauch streichen. Eigentlich war er mit seinem Leben zufrieden, doch in letzter Zeit fühlte er sich zunehmend einsam. Alle anderen in seiner Gruppe waren reine Löwenwandler – auch seine Eltern – und das machte ihn zu einem Außenseiter. Wer wollte schon gerne mit jemandem zusammen sein, der sich jederzeit in Luft auflösen konnte? Und der so oft unterwegs war, dass er manchmal wochenlang nicht zu seiner Gruppe zurückkehrte. Also hielt er sich meist von den anderen fern und versuchte, seinen Platz im Leben zu finden. Ob er wirklich nur ein Zufallsprodukt war, eine Abnormität? Sein Herz zog sich schmerzhaft zusammen. Bisher hatte er jedenfalls noch niemanden gefunden, der so war wie er. Auch das war ein Grund, immer neue Wandlergruppen aufzuspüren: zu erfahren, ob es noch andere wie ihn gab.

Als wäre es nicht schon schwierig genug, in der heutigen Zeit ein normaler Wandler zu sein. Immer öfter kamen Touristen, Geologen auf der Suche nach Rohstoffvorkommen oder Landentwickler in abgelegene Gebiete und bedrohten das geheime Leben seiner Art. Mehr als einmal hatte es schon Zusammenstöße gegeben, die in seltenen Fällen auch tödlich endeten – meist für die Wandler, weil sie davor zurückschreckten, Menschen zu töten. Schließlich war zumindest ein Teil von ihnen auch Mensch.

Mit einem tiefen Seufzer drehte sich Leon auf den Bauch und erhob sich. Er schüttelte den Sand aus seiner Mähne und gähnte herzhaft. Auch wenn er nie vergaß, dass er auch ein Mensch war, fühlte er sich in Löwenform freier und zufriedener. Die Probleme schienen dann weiter entfernt. Das war zwar nur eine Illusion, aber er war nicht bereit, seine Auszeit durch die Realität stören zu lassen.

Wieder raschelte es in den Gräsern und Leon hob witternd die Nase. Doch es war keine Antilope oder ein anderes Beutetier, sondern ein Mensch. Stocksteif blieb er stehen, während sein

Instinkt ihn zu Flucht oder Angriff drängte. Vielleicht war es einer von diesen Naturfilmern, die ständig irgendwo auftauchten, um Wildtiere auf Film oder Foto zu bannen. Meist spielten die Wandler dann einfach mit, bis sie wieder verschwanden. Doch diesmal hatte Leon keine Lust. Er wollte einfach nur seine Ruhe haben, war das zu viel verlangt? Während er direkt dorthin blickte, wo er den Mann witterte, stieß er ein lautes Brüllen aus, das jeden vernünftigen Menschen in die Flucht schlagen sollte.

»Worauf wartet ihr noch? Los, bevor er abhaut!«

Leon erstarrte, als er die Stimme irgendwo hinter sich hörte. Anscheinend hatten sich mehrere Menschen unbemerkt an ihn herangeschlichen. Die Überraschung kostete ihn wertvolle Sekunden, bevor er sich herumwarf und losrannte. Er wollte es nicht auf eine Konfrontation ankommen lassen, wenn er nicht wusste, wie viele Gegner es waren und was sie überhaupt von ihm wollten. Es hatte sich jedenfalls nicht so angehört, als handelte es sich um harmlose Touristen, die sich mit einem Foto zufriedengeben würden.

Wenn er es schaffte, zwischen den Büschen in einiger Entfernung zu verschwinden, konnte er sich verwandeln und ihnen damit entgehen. Sein Atem klang laut in seinen Ohren, als er tief geduckt durch das hohe Gras lief. Sein Herz hämmerte im Takt seiner Schritte, Adrenalin breitete sich in seinem Körper aus. Wäre er in seinem Gebiet gewesen, hätte er Dutzende verschiedene Wege gekannt, um ungesehen zu verschwinden. Doch hier war er zum ersten Mal, sodass er sich nur auf seinen Instinkt verlassen konnte.

Um sich herum hörte er die lauten Stimmen seiner Verfolger.

»Fangt ihn, schnell!«

»Da hinten ist er!«

»Haltet ihn auf!«

Ein Mann stellte sich ihm in den Weg, die Augen weit aufgerissen, seine Angst deutlich zu riechen. Mit einem wütenden Knurren wich Leon im letzten Moment aus. Dadurch verlor er für einen Augenblick sein Gleichgewicht, bevor er sich wieder fing und Tempo aufnahm. Gerade als er dachte, er hätte seine Verfolger abgehängt, traf ihn etwas an der Seite und seine Muskeln reagierten plötzlich nicht mehr. Seine Schritte wurden langsamer, schwankender, bis er schließlich umfiel. Der Sand war noch warm von der Sonne, als seine Wange darauf landete. Vergebens versuchte Leon, sich wieder aufzurichten oder sich wenigstens zu verwandeln, doch dazu fehlte ihm die Kraft. So konnte er nur hilflos zusehen, wie sich ein Mann über ihn beugte und zufrieden lächelte.

»Gut gemacht, Leute. Bringt ihn zum Wagen, bevor die Betäubung nachlässt.«

Ein tiefes Grollen stieg in Leons Kehle auf, doch es drang nie an die Oberfläche. Obwohl er dagegen ankämpfte, fielen seine Augen zu. Ein letztes Mal begehrte sein Geist auf, dann versank er in der Dunkelheit.

Die Schmerzen brachten ihn schlagartig wieder zu Bewusstsein. Mühsam schlug Leon die Augen auf und sah sich um. Zuerst verstand er nicht, was er sah, bis er realisierte, dass er kopfüber an einem Gestell hing, das von vier Männern getragen wurde. Seine Beine waren in Höhe der Pfoten mit rauen Seilen an langen Holzstangen befestigt, sein Rücken kam immer wieder mit Dornen und Steinen in Berührung, der Schwanz schleifte auf dem Boden. Das erklärte zumindest die Schmerzen. Seine Pfoten waren bereits taub, weil die Blutzirkulation durch die engen Schnüre und sein Eigengewicht abgeschnitten war. Selbst wenn ihn jemand in diesem Moment losgeschnitten hätte, wäre er vermutlich nicht in der Lage gewesen wegzulaufen. In seine Wut mischte sich Furcht.

Was wollten diese Menschen von ihm? Waren es Jäger, die sich damit brüsten wollten, einen Löwen gefangen zu haben? Würden sie ihn in einem Gebiet aussetzen, in dem es keine Deckung gab und wo sie ihn ohne Probleme abschießen konnten, wie er es von einigen Jägern gehört hatte? Ein tiefes Grollen drang aus seiner Kehle. Einer der Träger blickte sich zu ihm um und riss die Augen auf, als er sah, dass Leon wach war.

»Achtung!« Er sprach Oshivambo, die Sprache der Ovambo, einer einheimischen Bevölkerungsgruppe im Norden Namibias.

Die Männer hielten an und einer stieß einen lauten Pfiff aus. Schnell versammelte sich eine Gruppe Menschen um ihn, einige von ihnen Weiße, und Leon bemühte sich, seine Unruhe nicht zu zeigen. Stattdessen öffnete er sein Maul und ließ sie seine Reißzähne sehen. In jeder anderen Situation hätte er es lustig gefunden, wie schnell die Männer vor ihm zurückwichen. Befriedigt stieß er ein weiteres Grollen aus.

Ein älterer Mann in einem völlig deplatziert wirkenden Anzug trat dicht an ihn heran. Im Gegensatz zu den anderen schien er keine Angst vor seinem Gefangenen zu haben. Im Gegenteil, er lächelte ihn zufrieden an.

»Sehr gut, du bist wach, ich hatte schon befürchtet, die Betäubung wäre zu stark gewesen.«

Verwundert starrte Leon ihn an. Warum redete der Kerl mit ihm, als könnte er ihn verstehen? Er war ein Löwe! Kein Mensch wusste, dass er ein Wandler war, und selbst wenn, wie sollten sie ihn von einem normalen Löwen unterscheiden können? Leon bemühte sich, dem Mann keinerlei Reaktion auf seine Worte zu zeigen.

Der lachte nur. »Ich sehe schon, es wird ein wenig dauern, dich dazu zu bringen, mir das zu geben, was ich will. Aber es wird mir gelingen, das ist sicher. Es wäre einfacher für dich, wenn du mitspielst.« Er gab den Trägern ein Zeichen, weiterzugehen, bevor er sich noch einmal an Leon wandte. »Du hast noch ein wenig Zeit, bis wir am Zielort sind. Überleg es dir.«

Er konnte sich nicht erklären, was der Mann von ihm wollte. Oder woher er überhaupt wissen konnte, dass er kein normaler Löwe war. Seit Tagen hatte er sich in keiner Stadt mehr aufgehalten. Sein Atem stockte, als ihm die Familie einfiel, der er morgens begegnet war. Das kleine Mädchen war von einem Baum gefallen und hatte eine stark blutende Wunde am Bein davongetragen. Er hatte sie dort weinend gefunden und sich ihr langsam in Löwenform genähert. Anstatt sich vor ihm zu fürchten, hatte sie ihn nur mit großen Augen angesehen, während er über die Wunde leckte, um den Selbstheilungsprozess zu beschleunigen. Dann war er von den Eltern des Mädchens entdeckt worden und sie hatten ihn verjagt.

Vermutlich hatten diejenigen, die ihn gefangen genommen hatten, die Familie getroffen und von seinem seltsamen Verhalten gehört. Es war gefährlich, sich mit Menschen einzulassen, doch wie hätte er zusehen können, wie das Kind litt, wenn er in der Lage war, die Schmerzen zu lindern? Die Wunde war einige Stunden später sicher verheilt gewesen.

Aber letztlich spielte es keine Rolle. Wichtig war nur, dass er diesem Fremden möglichst schnell wieder entkam. Nur wie? Vor den Augen der Männer wollte er sich nicht verwandeln, auch wenn ihm das kurzfristig helfen würde. Er konnte nicht zulassen, dass die Menschen Zeugen seiner Fähigkeiten wurden, das würde nur zu noch ernsteren Problemen führen. Auch wenn er am liebsten sofort geflohen wäre, musste er damit warten, bis er unbeobachtet war. Sonst würde er nicht nur sich selbst, sondern auch seine Familie und alle anderen Wandler in Gefahr bringen. Das konnte er nicht riskieren, auch wenn es ihn noch so sehr nach Freiheit verlangte. Leon biss die Zähne zusammen, als sich die Träger wieder in Bewegung setzten und sich die Seile mit jedem

Schritt tiefer in seine Haut gruben. Beinahe wünschte er sich, immer noch bewusstlos zu sein.

Leon verlor jedes Zeitgefühl, während er durch die Dunkelheit getragen wurde. Seine Katzenaugen erlaubten es ihm, alles genau zu sehen, doch seine Träger stolperten immer wieder und ließen ihn einmal sogar fallen. Von dem Sturz und der Anspannung tat ihm jeder Muskel im Körper weh. Nach scheinbar unendlich langer Zeit – es konnten Minuten oder Stunden gewesen sein – stoppten sie schließlich und setzten ihn auf dem Boden ab. Diesmal etwas sanfter, aber einen rauen Laut konnte er dennoch nicht verhindern.

»Schlagt das Lager auf, wir werden hier übernachten!« Die befehlsgewohnte Stimme des Anführers hallte durch die nächtliche Landschaft.

Leon beobachtete wie ehemals weiße, jetzt mit rotem Sand bedeckte Schuhe näher kamen. Der Mann hockte sich neben ihn und begutachtete seine Verletzungen. »Nehmt ihn von dem Gestell ab. Ich will nicht, dass er irreparabel beschädigt wird – zumindest noch nicht.«

Wie nett. Aber Leon beschwerte sich nicht, denn mehr als alles andere wollte er endlich wieder seine Beine bewegen können. So rührte er sich nicht, als einer der Ovambo die Seile löste und das Blut wieder in seine Pfoten gelangte. Sein Atem stockte, als ein scharfes Stechen und Prickeln einsetzte.

»Leider ist das nötig, weil ich weiß, dass du die erstbeste Gelegenheit zur Flucht nutzen würdest.« Er wandte sich zu dem Ovambo um. »Fessel alle vier Beine zusammen, aber ohne den Blutfluss abzuschneiden. Keine Betäubung. Es reicht, wenn er nicht laufen kann.«

Leon unterdrückte einen Schmerzensschrei, als seine Beine vor dem Körper zusammengebunden wurden. Auf der Seite liegend hatte er so keine Möglichkeit, aufzustehen. Vor allem fehlte ihm nach der Betäubung und der Tortur des langen Weges noch die Kraft, etwas gegen seinen Peiniger zu unternehmen. Schwer atmend sah er zu, wie der Anführer den Männern Befehle erteilte und sich dann am Lagerfeuer niederließ, während Zelte aufgebaut und Essen gekocht wurde. Leon kannte sich damit nicht aus, aber eine solche Expedition musste viel Geld kosten, zumal in dieser Gegend die Jagd auf Wildtiere verboten war und der Auftraggeber sich gleichzeitig auch das Schweigen der Männer erkaufen musste. Anscheinend hatte sein Gegner also viel Geld. Aber das erklärte noch nicht, wie er ihn hatte finden können und woher er wusste, dass er ihn verstehen konnte. Oder hatte er bereits andere Wandler eingefangen und dazu gebracht, sich zu verwandeln? Sein Magen zog sich zusammen, als er darüber nachdachte, was das für seine Spezies bedeuten würde.

Der Geruch des Essens stieg in seine Nase und ließ das Wasser in seinem Mund zusammenlaufen. Er hatte seit dem Morgen nichts gegessen und das rächte sich jetzt. Aber er hatte ja nicht ahnen können, dass er den Abend in Gefangenschaft verbringen würde. Seine Hoffnung, dass er in einem unbeobachteten Moment entkommen konnte, verflog. Ständig saß einer der Männer bei ihm und ließ ihn nicht aus den Augen. Bei dem ersten machte er sich einen Spaß daraus, ihm Angst einzujagen, aber selbst dazu hatte er irgendwann keine Lust mehr. Auch wenn seine Pfoten jetzt wieder durchblutet waren, wusste er, dass es ihm schwerfallen würde zu laufen. Durch die unnatürliche Haltung waren seine Muskeln steif geworden und damit war eine schnelle Flucht ausgeschlossen.

Doch würde seine Kraft ausreichen, um seine Gabe zu nutzen und sich lange genug unsichtbar zu machen? Es kostete jedes Mal einen immensen Aufwand an Energie, seine Moleküle auseinanderzusprengen und später wieder zusammenzusetzen. Also musste er seine Kraft sparen, bis sich eine Möglichkeit zur Flucht ergab. Leon legte den Kopf zurück ins Gras und schloss die Augen bis auf einen schmalen Spalt, durch den er die Menschen beobachten konnte.

Nach dem Essen gönnte sich der Anführer noch eine stinkende Zigarre, bevor er aufstand und sich vor Leon aufbaute. Seine Lakaien schickte er weg, sie waren allein. »So, dann wollen wir mal sehen, ob wir den Richtigen erwischt haben. Meine Kontakte sagen mir, dass du derjenige bist, den sie den Heilsbringer nennen, stimmt das?«

Leon rührte sich nicht, obwohl sein Herz schneller pochte. ›Heilsbringer‹ war er von den Einwohnern einer kleinen Siedlung genannt worden, nachdem er vor einigen Monaten deren Schamanen geholfen hatte, der sich bei einer Zeremonie in der Steppe schwer verbrannt hatte. Vielleicht hätte Leon das nicht tun sollen, aber der Mann wäre ohne Behandlung sicher gestorben. Deshalb hatte Leon sich ihm vorsichtig in Löwenform genähert und über die Brandwunden geleckt, um die Selbstheilungsprozesse zu beschleunigen. Er war einige Tage bei dem fiebernden Mann geblieben und erst gegangen, nachdem er sicher war, dass er durchkommen würde.

Der Schamane, der trotz seines Zustands die Behandlung mitbekommen hatte, bestand später darauf, dass Leon ein Heilsbringer war und göttliche Kräfte haben musste. Wahrscheinlich glaubte er an die alten Legenden, die von Tiermenschen mit heilenden Fähigkeiten berichteten. Hatte der Schamane diesem Verbrecher womöglich davon erzählt und der hatte seine Schlüsse daraus gezogen? Denn so, wie er mit Leon sprach, schien sein Entführer zumindest zu ahnen, dass er weit mehr war als ein normaler Löwe.

Durch die Augenschlitze sah er, wie der Mann sich bückte und einen langen Stock aufhob. Seine Muskeln zogen sich in Erwartung dessen, was jetzt kommen würde, zusammen. Beinahe spielerisch stupste ihm der Anführer in die Seite.

»Sicher, dass du nicht mit mir reden willst? Es wäre für dich bedeutend angenehmer, glaub mir.«

Wieder reagierte Leon nicht auf die Worte seines Gegners und erntete dafür einen Schlag auf die Rippen. Sein Kopf ruckte hoch und er stieß ein warnendes Brüllen aus.

Der Mensch zeigte sich davon unbeeindruckt. »Du kannst mir glauben, dass ich die Sache lieber auf zivilisierte Weise regeln möchte. Aber ich werde alles tun, was nötig ist, um mein Ziel zu erreichen.« Etwas wie Verzweiflung blitzte für einen Sekundenbruchteil in seinem Gesicht auf, machte aber sofort wieder der überheblichen Miene Platz. »Es ist zu wichtig.«

Was auch immer der Kerl erreichen wollte, Leon hatte nicht vor, dabei mitzuspielen. Erst recht nicht, wenn er dafür seiner Freiheit beraubt wurde. Einige der Ovambos blickten aus einiger Entfernung unbehaglich zu ihnen hinüber. Sie waren zu weit weg, um zu hören, was der Verbrecher sagte und hatten anscheinend nicht vor, helfend einzugreifen. Vermutlich hielten sie ihn für verrückt, mit einem Tier zu reden.

Der Weiße krempelte sich die Ärmel hoch. Sein Blick löste sich dabei keine Sekunde von Leons. »Letzte Gelegenheit. Ich bekomme sowieso, was ich will, aber es muss nicht wehtun.« Als er sich nicht rührte, seufzte der Mann tief auf. Er winkte einen seiner weißen Kumpane herbei. »Leg einen Eisenstock zwischen die Kohlen.« Mit einem Grinsen entfernte sich der Mann wieder.

Leon versuchte gegen die Trockenheit in seinem Mund anzuschlucken. Es hörte sich nicht so an, als würde der Mensch in absehbarer Zeit von ihm ablassen. Aber bei so vielen Zeugen konnte er sich nicht verwandeln und verschwinden, deshalb musste er wohl oder übel ertragen, was ihm angetan wurde, ohne etwas dagegen ausrichten zu können.

Sein Gegner stieß ihm den Stock in den Bauch. Leon krümmte

sich zusammen, doch der Schmerz ließ nur langsam nach. Hechelnd presste er seine Wange in den Sand und bemühte sich, wieder Luft zu bekommen. Seine Beine zuckten hilflos in dem Versuch, den Fesseln zu entkommen.

»Also noch mal von vorne: Ich möchte wissen, ob du derjenige bist, den sie den Heilsbringer nennen. Du brauchst dich nur zu verwandeln und mir zu antworten und schon höre ich auf. Wenn du dich gut benimmst, lasse ich dich sogar wieder frei, wenn die Sache erledigt ist.«

Ja, sicher. Leon konnte gerade noch ein Schnauben unterdrücken, das ihn verraten hätte. Stattdessen schloss er die Augen und ignorierte seinen Peiniger. Allerdings gelang ihm das nicht lange, denn nach einigen weiteren Schlägen auf seine Beine und Pfoten kam der Lakai mit einem an der Spitze glühenden Metallstab zurück. Nachdem er dicke Handschuhe übergezogen hatte, stellte der Anführer sich mit der Stange vor ihn, die glühende Spitze gefährlich nah an Leons Fell. Instinktiv versuchte er, sich rückwärts zu bewegen, aber es gelang ihm nicht. Sein Herz hämmerte gegen seine Rippen, während sein Blick auf dem Stab lag. Automatisch zog er die Beine an, um seine empfindlichsten Stellen zu schützen.

Der Mensch lachte über seine Bemühungen. »Es ist völlig zwecklos, ich bekomme sowieso, was ich will. Aber wir können uns die wirklich schmerzhaften Gebiete auch noch ein wenig aufsparen.« Die Hand mit dem Stock senkte sich.

Ein Schauder lief durch Leons Körper, er presste die Zähne so fest zusammen, dass sie knirschten. Das heiße Eisen glitt über seine Seite und der Schmerz wurde unerträglich. Leon stieß ein Brüllen aus, das Wut und Schmerz in sich vereinte. Erschreckt wichen die Ovambos noch weiter zurück, doch das nahm Leon nur durch einen Schleier wahr. Der Geruch von verbrannten Haaren und Fleisch lag in der Luft. Nur langsam wurde er sich bewusst, dass sein Gegner den Stock angehoben hatte, und auf etwas zu warten schien.

Mühsam hob Leon seinen Kopf und grollte den Mann warnend an. Unwillkürlich trat der einen Schritt zurück, bevor er sich wieder fing. Wut ersetzte den Ekel, der noch kurz davor deutlich zu sehen gewesen war. Noch einmal senkte er die Spitze des Stocks und diesmal hörte er nicht auf, bis Leon halb bewusstlos vor Schmerzen am Boden lag. Seine Seite brannte wie Feuer, doch er brachte nicht einmal die Kraft auf, den Schaden zu begutachten. Stattdessen konzentrierte er sich darauf, gleichmäßig zu atmen und den Kampf gegen die Bewusstlosigkeit zu gewinnen. Er wollte diesem Sadisten nicht die Genugtuung geben, ihn besiegt zu haben. Vor allem aber durfte er die Kontrolle über seine Gestalt nicht aufgeben.

Einer der weißen Kumpane trat neben den Anführer und spuckte verächtlich in Leons Richtung. »Warum knallen wir ihn nicht einfach ab?«

Der ältere Mann drehte sich zu ihm um und versetzte ihm ohne Vorwarnung einen Fausthieb gegen das Kinn. »*Ich* entscheide, was mit ihm geschieht, schließlich zahle ich diese ganze Expedition. Wenn ich mitbekomme, dass du auch nur einen Finger gegen den Löwen hebst, wirst du es bereuen. Habe ich mich klar genug ausgedrückt?«

Ohne ein Wort zu verlieren, drehte sich der Verlierer um und verschwand aus Leons Blickfeld.

»Du da.« Der Anführer winkte einen der Ovambo heran. »Gib dem Löwen Wasser und Futter. Aber nicht zu viel, ich möchte nicht, dass er auf dumme Ideen kommt.« Mit einem Nicken nahm dieser den Befehl zur Kenntnis. Der Verbrecher drehte sich um und nahm anscheinend erst jetzt den Menschenauflauf hinter sich wahr. »Okay, die Show ist vorbei, alle zurück an eure Plätze!«

Während sich alle im Lager verstreuten, beugte sich sein Peiniger zu Leon hinunter. »Überleg dir gut, ob du nicht doch lieber mit mir zusammenarbeiten willst. Ich habe nicht viel Zeit und bin bereit, so weit zu gehen, wie es sein muss, um das zu bekommen, was ich benötige.«

Leon hätte gerne gewusst, was genau das war, aber er würde sich sicher nicht verwandeln, um diese Frage zu stellen. Daher schloss er einfach nur die Augen und hoffte, dass der Verbrecher das als seine Antwort nahm. Anscheinend funktionierte es, denn als er das nächste Mal seine Lider hob, war der Mensch verschwunden. Dafür stand der Ovambo mit einer Schale Wasser in den Händen vor ihm. Seinem unsicheren Gesichtsausdruck nach zu urteilen, schien er zu befürchten, dass Leon sich auf ihn stürzen würde, wenn er ihm zu nahe kam. Doch dazu war er im Moment einfach zu schwach, und außerdem hätte er sich nie schnell genug befreien können, ohne die anderen auf sich aufmerksam zu machen.

Daher blieb er still liegen und verfolgte nur mit den Augen, wie der Mann sich schließlich traute, die Schüssel in der Nähe seines Kopfes abzusetzen. Den Blick weiterhin auf Leon gerichtet, zog er sich wieder zurück. Mühsam rutschte Leon ein Stück vor und hob den Kopf. Als seine Zunge das erste Mal in das Wasser tauchte, stöhnte er genüsslich auf. Er war fast verdurstet! Nachdem er seinen Durst gelöscht hatte, sank er matt zurück. Wenn es schon so viel Kraft kostete, einfach nur zu trinken, wie sollte er dann fliehen können? Er würde sich irgendwo verstecken müssen, bis die Wunden verheilt waren.

Seine Muskeln zuckten und der Schmerz an seiner Seite erinnerte ihn wieder daran, dass er nun gezeichnet war und es für mögliche Verfolger noch leichter sein würde, ihn zu erkennen. Ein dumpfes Grollen stieg in seiner Kehle auf. Welches Recht hatten diese Kerle, Tiere einfach einzufangen und zu quälen? Nach seiner Sprechweise zu urteilen, kam der Anführer nicht aus dieser Gegend, vielleicht sogar nicht einmal aus Afrika. Er tauchte hier auf, wedelte mit seinem Geld und glaubte, dass er alles bekommen würde, was er wollte. Doch so leicht würde er es ihm nicht machen.

Der Ovambo kehrte mit einigen Brocken Fleisch zurück, die er Leon von weitem zuwarf, als er seinen mörderischen Blick sah. Ohne ihn aus den Augen zu lassen, verschlang Leon die wenigen Bissen.

»Es tut mir leid.«

Die Worte waren beinahe ein Flüstern, aber für Leon gut zu verstehen. Er hob den Kopf und sah den Ovambo genauer an. Er roch nach Angst, doch sein Gesichtsausdruck zeugte von Stärke. Leon neigte leicht den Kopf, bevor er ihn wieder in den Sand sinken ließ und die Augen schloss.

Die nächsten Stunden döste er, während er mit einem Ohr auf die Bewegungen im Lager lauschte. Endlich war alles ruhig, die meisten Menschen waren in ihre Zelte gekrochen und schliefen. Ein paar bewachten das Lager und einer hatte den undankbaren Dienst, auf Leon aufzupassen. Schon nach wenigen Minuten fielen dem Mann die Augen zu. Jetzt! Ohne einen Laut von sich zu geben, begann Leon die Verwandlung. Durch seine Schwäche dauerte es länger als gewöhnlich, aber schließlich bestand er nur noch aus Molekülen. So konnte niemand seinen Pfotenabdrücken folgen.

Langsam bewegte er sich vorwärts und schwebte durch das Lager in die Wildnis hinaus. Erst als er in ein felsiges Gebiet kam, wo er sicher war, dass niemand seine Spuren verfolgen konnte, verwandelte er sich wieder in einen Löwen.

Die Verwandlung dauerte lange und schließlich blieb er schwer atmend auf den Felsen liegen. Er brauchte dringend Nahrung, aber in diesem Zustand würde er nicht jagen können. Also wartete er nur so lange, bis er wieder ein wenig Kraft gesammelt hatte und stemmte sich dann hoch. Ein reißender Schmerz fuhr durch seine Seite, aber er ignorierte ihn. Mit unsicheren Schritten lief er los, mehr als einmal gaben seine Beine nach und er hatte Mühe, einen Sturz zu verhindern. Nach einigen hundert Metern schaffte er es, einen Trott zu finden, der ihn wesentlich schneller vorwärtsbrachte, als er sich in unsichtbarem Zustand bewegen konnte.

Leon wusste nicht, wie weit er gelaufen war, als seine Muskeln versagten und er ohne Vorwarnung zusammensackte. Er blinzelte in den Himmel und bemerkte, dass er die ganze Nacht durchgelaufen war. Inzwischen brach der Tag an und ohne einen schattigen Platz und Wasser hatte er in der Hitze keine Überlebenschance. Doch sosehr er es auch versuchte, er schaffte es nicht, wieder auf die Beine zu kommen. Sollte er tatsächlich hier, ohne seine Familie sterben? Es machte ihn traurig, jetzt schon gehen zu müssen und seine Aufgabe nicht erledigt zu haben, aber immerhin war es ihm gelungen, diesem elenden Mistkerl zu entkommen, der ihn offensichtlich für seine Zwecke nutzen wollte. Er überlegte kurz, ob er sich in seine Menschenform verwandeln sollte, aber damit wäre er noch weniger gegen die afrikanische Sonne geschützt.

Kurz bevor sich seine Augen zum letzten Mal schlossen, glaubte er, den Ovambo, der ihm das Essen gebracht hatte, zu sehen. Doch das musste eine Täuschung sein. Niemand konnte ihm gefolgt sein. Der Schlaf überkam ihn und alles um ihn herum versank in der Bedeutungslosigkeit.

2

Mia Leore hob ihren langen Zopf an, um ihrem Nacken etwas Kühlung zu verschaffen, während sie sich in der kargen Landschaft umsah. Was tat sie eigentlich hier? Vor einigen Stunden hatte sie die Nachricht bekommen, dass sich in dieser Gegend ein schwer verletzter Löwe befand, also hatte sie sofort alles stehen und liegen gelassen, um auf abenteuerlichen Sandpisten durch die Gegend zu schaukeln und sich dann zu Fuß auf das letzte Stück der Reise zu begeben. Dabei wusste sie nicht einmal, ob der Hinweis überhaupt der Wahrheit entsprach. Oder ob der Löwe nicht bereits tot war. Ihr Herz zog sich zusammen. Nein, nur das nicht.

Obwohl sie nun schon seit etlichen Jahren die Auswilderungsstation *Shapes of Life* leitete, hatte sie sich immer noch nicht daran gewöhnt, dass nicht jedes Tier überlebte, das sie pflegte. Aber vermutlich war das gut, denn sonst hätte sie ihre Arbeit nicht mit so viel Herzblut verrichten können. Mit neuer Energie machte sie sich wieder auf den Weg. Sie hatte keine Zeit zu verlieren. Selbst wenn sie den Löwen nicht fand, musste sie sich beeilen, um noch im Hellen wieder zum Auto zurückzukommen. Vor den wilden Tieren hatte sie keine Angst, aber davor, mit dem Auto im Dunkeln in einer Sandwehe stecken zu bleiben.

Gerade als sie die Suche aufgeben wollte, sah sie in der Ferne Vögel kreisen. *Oh, verdammt!* Wie es aussah, war sie zu spät gekommen, egal, ob das, was die Geier sich gerade als Buffet sicherten, der Löwe war oder ein anderes Tier. Deutlich schneller als zuvor ging sie auf die Stelle zu. Der Geruch nach Blut und verbrannten Haaren stieg in ihre Nase. Bald erkannte sie helles Fell, das in eine zerzauste dunklere Mähne überging. Ihr Mund wurde schlagartig trocken, ihre Schritte stockten. Es war tatsächlich ein Löwe und, so wie es aussah, ein kräftiges, erwachsenes Exemplar. Was konnte ihm passiert sein? Vielleicht ein Kampf mit einem Rivalen um ein Rudel, den er verloren hatte.

Die Geier protestierten lautstark, als sie auf deren ausersehenes Abendessen zuging. Mia ließ sich davon nicht beeindrucken, denn sie wusste, dass die Aasfresser nichts angreifen würden, das nicht im Sterben lag oder bereits verendet war. Sie stieß einen Schrei aus, machte weit ausholende Bewegungen mit den Armen und die Geier flogen laut schimpfend davon. Allerdings nicht weit, sie ließen sich auf den Ästen eines abgestorbenen Baumes ganz in der Nähe nieder, um weiter ein Auge auf ihrer Beute zu haben. Das war Mia recht, denn auch wenn es ihr wehtun würde, musste sie der Natur ihren Lauf lassen. Wenn sie mit der Untersuchung des Löwen fertig war, würde sie zum Auto zurückgehen und den Geiern das Feld überlassen.

Langsam kniete sie sich neben dem Löwen in den Sand und setzte ihren Rucksack ab. Ihr Magen revoltierte, als sie die schweren Verletzungen sah, die seine Seite überzogen. Auch wenn sie es nicht wollte, beugte sie sich vor, um sie genauer untersuchen zu können. Ihre Augenbrauen zogen sich zusammen. Das sah nicht nach Revierkämpfen aus, sondern eher wie Verbrennungen. Das Fell und auch die Haut darunter waren großflächig angesengt. Wie konnte das geschehen sein? Sie hatte nichts von einem Feuer in der Nähe gehört. Vor allem schienen die Brandwunden nur auf diesen einen Bereich des Körpers begrenzt zu sein, zumindest soweit sie das sehen konnte.

Vorsichtig strich sie mit ihren Fingern über das unberührte hellere Fell des Bauches. Es war warm und weich. Etwas zuckte unter ihrer Hand und sie zog sie hastig weg. Ihr Kopf ruckte hoch und sie starrte in das jetzt offene Auge des Löwen. Oh Gott, er lebte noch! Warum hatte sie das nicht gleich überprüft?

»Alles in Ordnung, ich helfe dir.« Automatisch redete sie mit ihm, um ihn zu beruhigen. Zwar hatte sie keine Angst, dass er sie in seinem geschwächten Zustand angreifen könnte, doch sie wollte nicht, dass er sich bei einem Fluchtversuch verletzte. Er versuchte, den Kopf zu heben, doch sie drückte ihn sanft zurück. »Bleib ruhig liegen.«

Aus ihrem Rucksack holte sie eine Wasserflasche und drehte den Verschluss ab. Da sie keine Schüssel hatte, aus der der Löwe trinken konnte, musste es so gehen. Sie hielt die Flasche an sein Maul und ließ das Wasser vorsichtig hineinlaufen. Mit der anderen Hand hielt sie seinen Kopf ein wenig hoch, damit nichts danebenfloss. Sein Auge war weiterhin auf sie gerichtet und sie glaubte, etwas wie Dankbarkeit darin zu entdecken. Als die Flasche leer war, holte sie die energiereiche Paste heraus, die sie ihren Patienten verabreichte, um sie rasch wieder auf die Beine zu bekommen. Mit einem Spatel holte sie die Paste aus dem Behälter und steckte sie dem Löwen ins Maul. Er riss das Auge auf und versuchte, den Spatel auszuspucken, doch sie hielt ihn fest.

»Nicht. Ich weiß, dass es nicht gut schmeckt, aber es hilft dir, zu Kräften zu kommen.« Vorsichtig zog sie den Spatel heraus und hielt dem Löwen das Maul zu.

Sein Auge verengte sich, aber er versuchte nicht, sie zu beißen. Sehr ungewöhnlich.

Und dann roch sie das, was ihr schon viel früher hätte auffallen müssen. »Oh mein Gott, du bist ein Wandler!«

Seine Antwort bestand darin, mit einer heftigen Bewegung ihre Hände abzuschütteln und seinen Kopf zu heben, bis sein Gesicht dicht an ihrem war. Wie erstarrt kauerte sie vor ihm, unfähig, sich in Sicherheit zu bringen. Sein Maul öffnete sich, als er ihren Geruch prüfte. Ein dumpfes Grollen stieg aus seiner Kehle, das ein

Vibrieren in ihr auslöste. Sie hielt den Atem an, während sie seine Musterung bewegungslos über sich ergehen ließ. Schließlich schien er sich davon überzeugt zu haben, dass sie keine Gefahr für ihn darstellte, und ließ den Kopf zurücksinken. Er hatte seine letzte Kraft aufgebraucht.

Mia nutzte die Gelegenheit und schob ihm noch einen Spatel voll Paste ins Maul. Die Gedanken wirbelten wild in ihrem Kopf umher. Wie kam ein Wandler in diese einsame Gegend und woher hatte er die schlimmen Verletzungen? Vor allem aber: wie sollte sie ihn zur Auswilderungsstation bringen, wenn sie weder das Auto hierher bringen konnte noch den Löwen zum Wagen transportieren? Das war egal, zuerst musste sie es schaffen, ihn zu stabilisieren. Noch immer wirkte er mehr als schwach, auch wenn er wieder versuchte, die übelschmeckende Paste auszuspucken.

Sanft umfasste sie erneut sein Maul und blickte ihm tief in die Augen. »Da ich dich hier nicht auf den Schultern heraustragen kann, musst du kräftiger werden, damit du selbst laufen kannst. Etwas anderes habe ich nicht dabei.« Sie zog den Spatel heraus und gab ihm noch etwas Wasser zu trinken.

Schwer atmend ließ er sich in den Sand zurücksinken und beobachtete sie abwartend. Im Moment schien er darauf zu vertrauen, dass sie ihn irgendwie wieder auf die Beine brachte. Mit einer Bewegung lockerte sie ihre verkrampften Schultern. Ein Blick in den Himmel zeigte ihr, dass sie auf keinen Fall im Hellen zu ihrem Wagen zurückkehren würde. Vermutlich würde sie sogar die Nacht hier verbringen müssen, denn sie wollte ihren Patienten unter keinen Umständen alleine lassen. In diesem Zustand würde er sich nicht gegen andere Raubtiere wehren können, wenn sie entschieden, dass er ein guter Abendsnack wäre. Doch darüber würde sie erst später nachdenken. Zuerst musste sie sich um seine Verletzungen kümmern.

Aus ihrem Rucksack nahm sie einen Tiegel und öffnete ihn.

Ernst sah sie ihn an. »Das wird jetzt wehtun, aber ich verspreche dir, dass es dir danach wesentlich besser gehen wird. Du musst nur den ersten Schmerz überstehen.« Sie legte ihre Hand an seinen Hals. »Versuch, dich nicht zu bewegen, und beiß mich nicht, okay?«

Nach kurzem Zögern nickte der Wandler ihr zu. Um allzu große Bewegungen zu verhindern, legte Mia sich halb über die Vorderbeine des Löwen. Damit war ihr Nacken in Reichweite seiner Zähne, aber sie vertraute ihm, sich zurückzuhalten, solange sie ihn behandelte. Mit den Fingern holte sie die Salbe aus dem Tiegel und strich sie vorsichtig über die Brandwunden. Bei der ersten Berührung zuckte der Löwe scharf zusammen, doch danach bewegte er sich nicht mehr. Besorgt drehte sie sich zu ihm um, doch er war nicht etwa bewusstlos, wie sie vermutet hatte, sondern presste seine Kiefer so stark zusammen, dass sie fast befürchtete, er könnte dabei einige Zähne verlieren. In seinen Augen war deutlich der Schmerz zu erkennen.

»Entschuldige. Ich werde so schnell machen wie möglich.« Konzentriert verteilte sie die Salbe über den schlimmsten Wunden. Ein Zittern lief durch seinen Körper und seine Muskeln waren zum Zerreißen gespannt. Mia grub die Zähne in ihre Unterlippe und beendete die Behandlung wenige Minuten später. Ein erleichtertes Aufatmen entfuhr ihr, als sie sich schließlich auf ihre Hacken zurücksetzte. »Geschafft. Es wird jetzt noch einige Zeit prickeln, aber das Schlimmste ist überstanden.«

Wahrscheinlich sollte sie es nicht tun, aber Mia konnte sich nicht zurückhalten, noch einmal über die dichte Mähne zu streichen. Ein tiefes Rumpeln erschreckte sie, bis sie erkannte, dass der Löwe schnurrte. Lächelnd beugte sie sich vor und begann ihn zu kraulen. Sie hatte noch keine Katze erlebt, die das nicht mochte, egal ob Tier oder Wandler. Und wenn ihn das ein wenig von seinen Schmerzen ablenkte, umso besser. So streichelte sie ihn, bis sich sein Auge schloss und er einschlief. Nur widerwillig löste sie sich von ihm und stand auf. Ausgiebig streckte sie ihre verkrampften Muskeln und blickte zum Himmel.

Inzwischen war es völlig dunkel geworden, nur der Mond spendete ein wenig Licht, das sie nutzte, um noch etwas zu trinken und sich dann für die Nacht zurechtzumachen. Kurze Zeit später legte sie sich dicht neben den Löwen, damit sie es nicht verpasste, wenn er aufwachte oder Schmerzen hatte. Mit einem zufriedenen Seufzer schloss sie die Augen.

Leons Geruchssinn erwachte zuerst, dicht gefolgt von seinem Tastsinn. Beides sagte ihm, dass er nicht alleine war. Mühsam öffnete er ein Auge und blickte auf das, was sich an ihn schmiegte. Das helle Fell der Löwin leuchtete in der Morgensonne auf und Leon musste den Drang bekämpfen, seine Hände hindurch gleiten zu lassen. Er betrachtete seine Pfote und seufzte innerlich. Vorsichtig schob er seinen Kopf vor und vergrub seine Nase im Nackenfell der Löwin.

Zuerst hatte er es für einen Traum gehalten, dass eine Frau mitten in der Wüste aufgetaucht war und sich um ihn gekümmert hatte. Noch dazu eine Löwenwandlerin. Doch sie war wirklich hier und lag neben ihm, als wäre es das Natürlichste der Welt. Sie musste sich nachts ausgezogen und verwandelt haben, als er schon schlief, jedenfalls hatte er nichts davon mitbekommen.

Bemüht, sie nicht zu wecken, setzte er sich auf und betrachtete die Wunden an seiner Seite. Sie waren noch zu sehen, taten aber kaum noch weh. Was immer auch in der Salbe war, es wirkte erstaunlich gut. Und auch die eklig schmeckende Paste schien geholfen zu haben, er fühlte sich wesentlich besser. Leon rückte ein Stück von der Löwin ab und verwandelte sich. In Menschengestalt begutachtete er noch einmal seine Verletzungen und richtete sich schließlich vollständig auf. Für einen Moment schwankte er, bis er sich wieder daran gewöhnt hatte, auf zwei Beinen das Gleichgewicht zu halten. Er war zu lange nicht mehr Mensch gewesen.

Ungläubig blickte er auf die ihn umgebende karge Landschaft. Wie war er hierhergekommen? Er wusste noch, dass er nur einen Gedanken gehabt hatte: vor den Menschen zu fliehen, und das war ihm offensichtlich gelungen. Trotzdem sollte er sich hier nicht zu lange aufhalten. Wenn sie die Gegend nach ihm absuchten, würden sie sicher auch irgendwann hierherkommen. Und hatte er nicht den Ovambo gesehen, der ihm das Essen gebracht hatte, bevor er das Bewusstsein verlor? Es könnte auch eine Sinnestäuschung gewesen sein.

Sein Blick fiel auf die Löwin. Sie war auch in Gefahr, wenn die Menschen sie fanden. Der Anführer wirkte nicht so, als wüde es für ihn einen Unterschied machen, ob er einen Mann oder eine Frau einfing und quälte. Obwohl er anscheinend ein besonderes Interesse an dem sogenannten Heilsbringer hatte. Wie war es ihm gelungen, Leon aufzuspüren? Er musste die ganze Gegend nach ihm abgesucht haben. Vermutlich hatte Leon sich zu sicher gefühlt und war dadurch zu sorglos gewesen, doch das würde er ab sofort ändern. Vor allem musste er auch seine Eltern warnen, dass Verbrecher auf der Suche nach ihm waren.

Ein Geräusch hinter ihm ließ ihn herumfahren, doch es war nur die Löwenwandlerin, die ihn verschlafen anblinzelte. Als sie ihn in Menschenform sah, weiteten sich ihre Augen und sie ließ ihren Blick langsam an ihm hinunter und wieder hinauf wandern. Leon hatte normalerweise kein Problem mit seiner Nacktheit, doch jetzt hatte er Mühe, die Reaktion seines Körpers zu unterdrücken. Bevor er weiter darüber nachgrübeln konnte, setzte sich die Löwin auf und verwandelte sich. Es war wie ein Schock für ihn, sie in Menschenform zu sehen. Gestern Abend war er durch seine Schmerzen zu sehr abgelenkt gewesen, um darauf zu achten. Doch jetzt konnte er erkennen, dass sie nicht nur in Löwenform wunderschön war. Ihre langen honigblonden Haare verdeckten ihre Brüste, aber es waren ihre großen hellbraunen Augen und das leichte Lächeln, das ihre sinnlichen Lippen umspielte, die ihn fesselten.

»Wie geht es dir?« Ihre warme Stimme wand sich um ihn.

Leon räusperte sich, bevor er sprechen konnte. »Dank dir deutlich besser als gestern Abend. Wie heißt du?«

»Mia.« Ihr Lächeln wurde breiter. »Und es war mir ein Vergnügen.« Sie wurde ernst, als ihr Blick zu seiner Seite wanderte. »Woher hast du die Verletzungen?«

Leon spürte die Wut wieder in sich aufsteigen. »Eine Jagdgesellschaft. Allerdings glaube ich, dass sie es auf Wandler abgesehen hatten.« Genau genommen auf einen bestimmten: ihn.

Etwas blitzte in ihren Augen auf. »Wie kann man einem anderen Lebewesen so etwas antun?« Sie deutete auf seine Wunden. »Warum können uns nicht einfach alle in Ruhe lassen?«

Auf diese Fragen hatte er keine Antworten. Mit den Händen fuhr er durch seine Haare, die ihm wild zerzaust ins Gesicht hingen. »Ich weiß nur, dass wir hier wegmüssen, bevor sie uns finden.«

Besorgt sah sie ihn an. »Kannst du schon laufen? Es ist ein ganzes Stück bis zu meinem Wagen.«

Auch wenn er sich noch etwas schwach fühlte, gab es keine andere Alternative, deshalb nickte er. »Vielleicht kannst du mich irgendwo ein Stück weiter absetzen, damit ich einen größeren Vorsprung vor den Menschen habe.«

Mia stützte die Hände in die Taille, ihre Augen blitzten ihn wütend an. »Du kommst mit zur Auswilderungsstation, die ich leite, du bist noch lange nicht gesund! Erst wenn ich dich ein wenig aufgepäppelt habe, lasse ich dich gehen.«

Leon musste über ihre Vehemenz lächeln. »Schon überredet.«

Für einen langen Moment sah sie ihn einfach nur an, dann schüttelte sie den Kopf. »Männer.« Sie strich eine Haarsträhne hinter ihr Ohr. »Wie heißt du überhaupt?«

»Leon.«

»Passt.« Rasch hob sie ihre Kleidung auf und schlüpfte hinein. Nachdem sie ihren Rucksack aufgesetzt hatte, nickte sie ihm zu. »Okay, es kann losgehen.«

Mit einiger Mühe verwandelte Leon sich wieder in einen Löwen. Offensichtlich war er tatsächlich noch nicht wieder fit genug, um nach Hause zu laufen. Es war sicherer, erst einmal mit Mia zur Auswilderungsstation zu fahren. Vielleicht war es auch gar nicht schlecht, nicht sofort zu seiner Gruppe zurückzukehren. Er wollte sie auf keinen Fall in Gefahr bringen und durch sein angesengtes Fell war er zu leicht zu erkennen. Sein Blick streifte über Mias schlanken Körper, der jetzt von der Kleidung verdeckt wurde. Wenn er merken sollte, dass er sie mit seiner Anwesenheit in Gefahr brachte, würde er gehen und sich irgendwo verkriechen, wo ihn niemand finden konnte. Ihr Duft nach Honig und Wildkräutern stieg in seine Nase und er fragte sich, ob ihre Haut genauso schmecken würde.

Leon schüttelte den Kopf und konzentrierte sich darauf, eine Pfote vor die andere zu setzen, bis sie beim Wagen angekommen waren. Erschöpfter als er es sich eingestehen mochte, ließ er sich auf der gepolsterten Rückbank des Jeeps nieder. Sowie sein Kopf das Polster berührte, schlief er ein.

3

Es schien kaum Zeit vergangen zu sein, als Leon eine Berührung an seiner Mähne spürte. Mias Geruch umgab ihn und er begann zu schnurren, während er instinktiv näher an die Hand heranrückte, die ihn kraulte. Ein leises Lachen ließ ihn die Augen aufreißen.

Die Löwenwandlerin hatte die hintere Autotür geöffnet und beugte sich nun über ihn. »Willst du hier draußen bleiben oder kommst du mit rein?«

Was für eine Frage. Als würde er freiwillig in einem engen, in der Sonne aufgeheizten Wagen bleiben wollen. Anstelle einer Antwort erhob er sich schwerfällig und drückte mit seinem Kopf gegen ihre Schulter. Bereitwillig trat Mia zurück und machte den Weg frei. Zu schade, es hatte sich gut angefühlt, sich an ihr zu reiben. Die Schmerzen in seiner Seite hatten durch die schaukelnde Fahrt über die mit Rillen übersäten Sandpisten wieder zugenommen, deshalb war er froh, als Mia ihn zu einem Gebäude führte, das ein wenig abseits von den anderen stand.

An der Tür drehte sie sich zu ihm um. »Normalerweise bringe ich meine Neuankömmlinge in dem Haus dort drüben in großen Käfigen unter, doch bei dir mache ich eine Ausnahme. Es wäre nicht gut, wenn dich jemand sieht. Außerdem könnte ich mir vorstellen, dass du nicht so gern eingesperrt bist.«

Leon fuhr als Dank mit seiner Zunge über ihre Hand und stöhnte innerlich auf. Es wäre besser gewesen, wenn er ihren Geschmack nie kennengelernt hätte. Mit großen Augen sah sie ihn an, dann drehte sie sich abrupt um und öffnete die Tür. Neugierig folgte Leon ihr ins Haus und sah sich um. Holz dominierte die Einrichtung, es roch nach Mia und Natur.

»Leg dich schon mal auf das Sofa, ich sehe mir gleich deine Wunden an.« Sie hob die Hand, als er ihrem Befehl Folge leisten wollte. »In Menschenform. Ich will keine Tierhaare auf dem Stoff haben.«

Leon gab ein Knurren von sich, das sie wieder zum Lachen brachte. Irgendwie mochte er den Klang, warm und weich. Vor dem Sofa verwandelte er sich und ließ sich auf die Kissen fallen. Inzwischen war seine Kraft restlos erschöpft, sogar das Atmen fiel ihm schwer. Er war schon fast bereit, freiwillig nach ihrer üblen Paste zu fragen, um wieder neue Kraft zu bekommen, als sie einen Teller und Gläser auf dem Couchtisch abstellte und sich neben ihn auf das Sofa setzte. Sie hielt ihm ein Stück Apfel vor den Mund.

»Hier. Ich mache gleich etwas Richtiges zu essen, ich dachte nur, dass du vielleicht gerne einen kleinen Snack hättest, bevor ich mich um deine Wunden kümmere.«

Wortlos öffnete er den Mund und schloss seine Lippen um die Frucht. Er riss seine Augen auf, als seine Zunge ihren Finger berührte. Mia wirkte, als wüsste sie nicht, was sie tun sollte, und blieb wie erstarrt über ihn gebeugt sitzen. Sein Löwe stieß ein zufriedenes Schnurren aus, als Leon den Geschmack ihrer Haut noch einmal in sich aufnahm. Tatsächlich, Honig, Wildkräuter und Sonne. Seine Zunge wand sich um ihren Finger und er sah, wie sich Mias Gesichtszüge änderten, katzenartiger wurden. Ihre äußeren Augenwinkel bogen sich nach oben, ihre Pupillen wurden schmaler. Bevor er jedoch mehr machen konnte, entzog sie ihm ihren Finger und stand rasch auf.

»Ich hole lieber die Salbe für deine Wunden. Iss.« In ihrer Stimme war mehr als nur ein wenig Löwe zu hören.

Er sah ihr nach, bis sie das Zimmer verlassen hatte, bevor er sich langsam aufsetzte. Kopfschüttelnd kaute er die Apfelspalte und nahm sich eine neue. Nachdem er in der Wüste beinahe verdurstet war, schmeckte das süße Fruchtfleisch himmlisch. In der Küche hörte er Mia hantieren und nutzte die Gelegenheit, sich in dem Raum umzusehen. Er war groß und luftig, die Möbel eine Mischung aus hellen Stoffen und dunklem Holz. Es gab genug Platz, dass sich ein Wandler nicht eingesperrt fühlte, doch es wirkte trotzdem gemütlich. Wie gelang es Mia, hier unentdeckt wie ein Mensch zu leben?

Vorsichtig stand er auf und wartete, bis sich der Schwindel gelegt hatte, bevor er zum Kamin ging, auf dessen Sims einige Fotos standen. Eines war von Mia vor einem Gebäude der Auswilderungsstation, die Lippen zu einem breiten Lächeln verzogen. Einige weitere zeigten Tiere, die in der Wildnis freigelassen wurden. Auf einem weiteren Foto hatte Mia ihren Arm um eine ältere Frau gelegt, die trotz ihres Lächelns irgendwie traurig wirkte. Ihre Mutter? Zufrieden registrierte Leon, dass sich nirgends eine Aufnahme von einem Mann befand. Warum das so war, konnte er nicht sagen, denn eigentlich wusste er, dass er diesen Ort der Ruhe bald wieder verlassen musste. Doch irgendetwas an Mia zog ihn unwiderstehlich an, selbst in seinem derzeitigen Zustand.

»Was machst du da? Du solltest etwas essen und dich ausruhen, nicht hier herumlaufen!«

»Ich war neugierig.« Er schwankte ein wenig und hielt sich so unauffällig wie möglich am Kaminsims fest.

Mia blickte von ihm zu den Fotos und schüttelte genervt den Kopf. »Ich weiß schon, warum ich meine Patienten immer in den anderen Häusern unterbringe.« Rasch kam sie auf ihn zu und schlang ihren Arm um seine Taille. »Wenn du hinfällst, lasse ich dich zur Strafe einfach dort liegen.«

Leon lächelte innerlich und genoss die Wärme von Mias Körper, der sich an seinem rieb, während sie ihn zum Sofa geleitete.

Vorsichtig ließ sie ihn auf die Polster sinken, bevor sie zurücktrat und ihn mit gerunzelter Stirn betrachtete.

»Danke.«

Das brachte ihm wieder einen scharfen Blick ein. »Wofür?«

»Dafür, dass du mich da draußen gerettet und mit in dein Heim genommen hast. Ohne dich wäre ich jetzt wahrscheinlich tot.«

Sie neigte den Kopf. »Gern geschehen. Und wenn du schnell wieder auf den Beinen sein willst, hörst du besser auf mich. Die Paste ist ein schneller Energieschub, aber sie ist kein Essensersatz. Du musst deine Stärke erst langsam wieder aufbauen. Und es hilft sicher nicht, wenn du dich ständig verwandelst oder sinnlos herumläufst.«

»Ja, Ma'am.« Sosehr er sich auch bemühte, er konnte ein Lächeln nicht verhindern.

Mit einem Seufzer wandte sie sich ab. »Übrigens musst du dich nicht bei mir bedanken. Wenn ich keinen Tipp bekommen hätte, wo du zu finden bist, wäre ich nie in die Nähe gekommen.«

Abrupt setzte Leon sich auf. »Jemand hat dir gesagt, wo ich bin? Wer? War es ein Mensch? Ist er hier?«

Von seiner Vehemenz überrascht, starrte sie ihn einen Moment lang nur an. Dann zuckte sie mit den Schultern. »Ein Mann hat mich angerufen. Er sagte, dass ein Löwe verletzt ist und Hilfe braucht.«

»Sonst hat er nichts gesagt? Hatte er einen seltsamen Akzent?«

»Nein, das war alles.« Mia fasste ihre Haare mit einer Hand im Nacken zusammen. »Es war kein Ausländer, falls du das meinst. Aber es könnte ein Ovambo gewesen sein.«

Leon schloss die Augen und atmete tief durch. Anscheinend hatte er sich doch nicht eingebildet, den Ovambo dort in der Wüste gesehen zu haben. Doch warum hatte er Mia angerufen, anstatt seinen Auftraggeber zu informieren? Oder war das nur ein Trick gewesen, um ihn in Sicherheit zu wiegen, bevor sie erneut zuschlugen? Ohne darüber nachzudenken, stand er auf und ging zur Tür. Bevor er dort ankam, stellte sich Mia ihm in den Weg.

»Wo willst du hin?«

Für einen Augenblick tauchte er in ihre goldbraunen Augen, bevor er die Verzauberung abschüttelte. Auf keinen Fall wollte er sie in Gefahr bringen. »Ich muss los.«

»Warum? Du weißt selbst, dass du nicht kräftig genug dafür bist. Willst du unbedingt sterben?« Ihre sonst so sanfte Stimme klang hart.

»Nein, aber noch weniger will ich, dass dir etwas geschieht. Es kann sein, dass die Männer, die mir das angetan haben, immer noch hinter mir her sind. Wenn sie wissen, dass du mich hier pflegst …« Er brauchte nicht weitersprechen, er sah an Mias Gesichtsausdruck, dass sie ihn verstanden hatte.

»Wie kommst du darauf, dass sie wissen, wo du bist?«

Leon blickte an ihr vorbei zum Fenster. »Der Anführer war weiß, aber er hatte einige Ovambos dabei. Einen davon habe ich in der Wüste gesehen, nur dachte ich zu der Zeit, es wäre eine Täuschung gewesen.«

Mia biss auf ihre Unterlippe, während sie darüber nachdachte. »Ich hatte nicht den Eindruck, als hätte der Anrufer etwas Böses im Sinn. Natürlich kann ich mich auch täuschen. Aber wenn er dir so nahe war, wäre es dann nicht einfacher gewesen, dich zu dem Anführer zurückzubringen oder dich gleich dort zu töten?«

»Das weiß ich nicht, aber ich bin nicht bereit, das Risiko einzugehen und deine Sicherheit aufs Spiel zu setzen. Wenn du mir etwas zu essen und zu trinken gibst, bin ich gleich weg.« Als sie sich nicht rührte, ging er um sie herum und öffnete die Tür. Zur Not würde er auch ohne Nahrung von hier verschwinden. Ein letztes Mal drehte er sich um und sog ihr Bild in sich auf. »Danke für alles. Ich wünschte …« Er presste seine Lippen zusammen und trat nach draußen.

Die Hitze traf ihn wie ein Schlag und er schwankte erneut. Mit dem letzten Rest Kraft, den er in seinem Körper hatte, verwandelte er sich und trottete los. Bereits nach wenigen Schritten baute sich Mia vor ihm auf. Leon versuchte, um sie herum zu gehen, doch sie hielt ihn mit einer Hand in seiner Mähne auf.

»Oh nein, das wirst du nicht tun. Ich habe mir nicht die Mühe gemacht, dich aus der Wüste zu holen, damit du dich jetzt umbringst. In diesem Zustand wirst du nicht überleben, wenn du jetzt gehst.«

Leon wusste, dass sie Recht hatte, aber durfte er ihr Leben und auch das ihrer Mitarbeiter und der Tiere gefährden, die derzeit hier waren? Er trat einen Schritt vor und knurrte warnend. Offensichtlich unbeeindruckt festigte Mia ihren Griff in seiner Mähne und beugte sich über ihn.

»Ich werde dich nicht gehen lassen. Du kannst natürlich versuchen, an mir vorbei zu kommen, aber ich glaube nicht, dass dir das in deinem Zustand gelingen wird.« Ihre Reißzähne blitzten auf, und er konnte deutlich in ihren Augen erkennen, wie dicht die Löwin unter der Oberfläche war.

Wenn die Situation nicht so ernst wäre, hätte er sich nur zu gern auf eine kleine Rangelei mit Mia eingelassen. Ihre Sorge um einen Wandler, den sie nicht einmal kannte, war beeindruckend. Wenn sie bereit war, sich in Gefahr zu bringen, um einem Fremden zu helfen, was würde sie tun, wenn es um jemanden ging, den sie liebte?

»Wenn du kein Aufsehen erregen willst, solltest du schnell wieder ins Haus gehen, meine Mitarbeiter haben sicher das Auto gehört und werden gleich hier auftauchen, um zu erfahren, ob ich den verletzten Löwen gefunden habe.«

Leon blickte sich um und tatsächlich konnte er in einiger Entfernung Schritte hören. Rasch schüttelte er Mias Hand ab und rannte los. Er tauchte gerade in den Hauseingang, als ein Mann um die Ecke kam. Da sein Blick auf Mia lag, hatte er ihn vermutlich nicht gesehen. Ohne Vorwarnung rutschte Leon auf dem Parkett aus und landete auf seiner verletzten Seite. Mit Mühe unterdrückte er einen Schmerzenslaut und wollte weiterkriechen, falls Mia den Mann mit ins Haus brachte, doch seine Kraft war verbraucht. Ohne Vorwarnung schlossen sich seine Augen und er verlor das Bewusstsein.

Ungeduldig wartete Mia, bis der Tierpfleger Hari auf dem Plattenweg verschwunden war, der zu den anderen Gebäuden führte, bevor sie zu ihrer Hütte lief. Sie konnte nur hoffen, dass Leon nicht so unvernünftig gewesen war, durch die Hintertür zu verschwinden. Ihre Hände ballten sich zu Fäusten, als sie sich vorstellte, wie er versuchte, in seinem Zustand alleine in der Wildnis zu überleben. Auch wenn er es nicht wahrhaben wollte, er war sehr schwer verletzt worden und würde einige Zeit benötigen, um sich wieder vollständig zu erholen. Sie hatte es schon oft erlebt, dass ihre Patienten möglichst sofort wieder in die Freiheit wollten, und sie konnte das auch sehr gut verstehen, aber sie konnte es nicht zulassen, wenn die Gefahr bestand, dass das Tier sterben würde.

Bei einem Wandler erwartete sie mehr Einsicht, besonders wenn die Möglichkeit bestand, dass Menschen ihn entdeckten und er dadurch zur Gefahr für alle anderen Wandler wurde. Irgendwie würde sie das Leon begreiflich machen, und wenn sie ihn doch noch in einen Käfig sperren musste. Eigentlich hatte sie gedacht, bei ihm darauf verzichten zu können, aber …

Sie betrat das Haus und sah sich in dem leeren Raum um. Es dauerte einen Moment, bis sie den Löwen auf dem Boden liegen sah. Für einen Augenblick dachte sie, dass er tot war, und ihr Herz blieb stehen. Dann setzte es wieder ein und sie hockte sich rasch neben ihn. Vorsichtig strich sie über seinen Brustkorb und atmete erleichtert auf, als sie seinen kräftigen Herzschlag spürte. Da er auf seiner verletzten Seite lag, musste er einfach umgekippt sein. Hätte er wirklich die Station verlassen, würde er jetzt irgendwo alleine und hilflos in der Wüste liegen. Der Gedanke machte sie wütend.

Was sollte sie mit ihm machen? Er konnte nicht mitten in ihrem Wohnzimmer liegen bleiben. Und so wie er lag, konnte sie nicht einmal seine Wunden behandeln. Die Lippen zusammengepresst stand sie auf und holte die Paste aus dem Kühlschrank. Wer nicht hören wollte, musste fühlen. Sie schob Leon den Spatel in den Mund und rüttelte an seiner Schulter.

»Wach auf!«

Es dauerte nicht lange, bis er die Augen aufschlug und sie verwirrt anblickte. Dann schnitt er eine Grimasse und spuckte den Spatel aus. Ein Grollen klang aus seiner Kehle, das sie überhaupt nicht beeindruckte. Nur der Schmerz in seinen Augen hielt sie davon ab, ihm noch mehr Paste einzuflößen. »Du hast zwei Möglichkeiten: entweder du stehst jetzt sofort auf und folgst mir oder ich gebe dir so lange die Aufbaunahrung, bis du kräftig genug dafür bist.«

Ein Zittern lief durch Leons Körper, aber er schaffte es mit ihrer Hilfe, wieder auf die Pfoten zu kommen. Erschöpft lehnte er sich gegen sie und sie schaffte es nicht mehr, ihm böse zu sein.

Sie schlang ihre Arme um ihn und rieb ihren Kopf an seinem. »Okay, nur noch ein paar Meter, dann hast du es geschafft und kannst dich ausruhen.« Als sie seinen Blick zur Tür sah, schüttelte sie den Kopf. »Oh nein, du wirst nicht gehen, das kann ich dir versprechen. Und wenn ich dich betäuben muss, damit du deinem Körper die Ruhe gibst, die er benötigt.« Seine Augen weiteten sich, aber er versuchte nicht, ihrem Griff zu entkommen. »Gute Entscheidung.« Sie richtete sich auf und ging auf ihr Schlafzimmer zu. »Komm mit.«

Mit einem Stöhnen, das ihr ins Herz schnitt, humpelte Leon hinter ihr her. Im Schlafzimmer angekommen, drehte sie sich zu ihm um. Er schwankte und sie wusste, dass ihr nicht mehr viel Zeit blieb. »Es gilt das Gleiche wie im Wohnzimmer – keine Haare auf den Polstern, von daher verwandele dich, bevor du dich ins Bett legst.«

Offenkundig irritiert sah er sich im Raum um, bevor er sich verwandelte und auf dem Boden hocken blieb. »Wir sind in deinem Schlafzimmer.«

»Gut erkannt.« Sie bemühte sich, ihre Unsicherheit zu überspielen. »Hast du damit ein Problem?«

Seine Augen blieben ernst. »Ich möchte nicht in dein Rückzugsgebiet eindringen.«

»Das tust du nicht, wenn ich dich hierher einlade. Und es ist die einzige Möglichkeit, weil ich nur dieses eine Bett habe und im Wohnzimmer die Gefahr besteht, dass dich einer meiner Mitarbeiter sieht. Also leg dich aufs Bett und ich versorge deine Wunden, bevor ich das Essen vorbereite.«

»Aber …«

Sie hielt eine Hand in die Höhe, um seinen Protest zu stoppen. »Leon, je weniger du dich sträubst, desto schneller bist du wieder gesund und kannst weiterziehen.«

Ohne ein weiteres Wort zu verlieren, legte er sich auf das Bett und schloss die Augen. Auch wenn sie es nicht wollte, wanderte Mias Blick automatisch über seinen Körper. Er war schlank, aber sie konnte auch die Muskeln unter seiner gebräunten Haut sehen. Es juckte in ihren Fingern, ihn zu berühren, zu erfahren, ob sich seine Haut so weich anfühlte, wie sie aussah. Seine schmale Hüfte ging in muskulöse Oberschenkel über. Als sie ein leises Grollen hörte, ruckte ihr Blick hoch. Leons Augen waren geöffnet und hatten sich von einem rauchigen Grau in ein warmes Goldbraun verwandelt.

Hitze stieg in ihre Wangen, während sie rasch die Bettdecke bis zu seiner Hüfte hochzog. Schließlich brauchte sie nicht alles von ihm zu sehen, wenn die Wunden sich über seinen Rippen befanden. »Bleib ruhig liegen, ich komme gleich wieder.« Wenig später kam sie mit einer Wasserschüssel und einem Waschlappen wieder und reinigte die Verletzungen gründlich, bevor sie noch einmal vorsichtig die Salbe einmassierte. Zufrieden, dass die verbrannte Haut rosa schimmerte, richtete sie sich auf. »Das sollte fürs Erste genügen. Es werden Narben bleiben, aber die Muskeln und Nerven sind nicht dauerhaft beschädigt.«

»Danke.« Seine Stimme klang rau, seine Augen waren halb geschlossen.

Aus eigener Erfahrung wusste sie, wie unangenehm die Salbe prickelte, während die Verletzungen heilten. Um ihn abzulenken, nahm sie seine Hand. »Ruh dich aus, während ich etwas zu essen mache. Möchtest du etwas lesen oder so?«

Seine Mundwinkel hoben sich. »Ich glaube nicht, dass ich die Augen offen halten kann.«

»Dann schlaf ein wenig.« Ohne darüber nachzudenken, beugte sie sich vor und küsste ihn auf die Stirn.

Sowie sie seine Haut unter ihren Lippen fühlte, erstarrte sie. Was machte sie da? Leon war ein Patient, ein Fremder, der bald wieder nach Hause zurückkehren würde. Finger strichen durch ihre Haare und sie hob langsam den Kopf. Leons Blick bohrte sich in ihren und sie konnte eine Wärme darin erkennen, die sie nicht erwartet hatte.

Sein Griff in ihren Haaren wurde fester, als sie sich von ihm wegbewegen wollte. »Das hat gutgetan, danke.« Seine Finger lösten sich und sein Arm fiel auf die Matratze zurück.

Mia lächelte ihn erleichtert an. »Gern geschehen. Ich weiß, wie es ist, wenn man als Katzenwandler zu lange allein war.« Wie von selbst glitt ihre Hand über seine und drückte sie sanft.

Seine Augen schlossen sich langsam. Mia wartete, bis er eingeschlafen war, bevor sie widerwillig aufstand und sich in die Küche begab.

Als Leon die Augen wieder aufschlug, war es dunkel im Zimmer. Anscheinend war er müder gewesen, als er geglaubt hatte, denn er hatte sogar das Essen verschlafen. Wie auf Befehl knurrte sein Magen. Er schlug die Decke zurück und atmete tief ein, als er Mias Duft wahrnahm, der von der Bettwäsche ausging. Seine Lippen verzogen sich zu einem ironischen Lächeln, als sich sein Schaft regte. Offenbar war nicht alles an seinem Körper geschwächt. Mit Mühe drängte er die Erregung zurück. Er wollte nicht, dass seine Retterin seinen Zustand mitbekam, falls er ihr in der Küche begegnete. Seine Seite zog sich schmerzhaft zusammen, als er aufstand. Nach ein paar vorsichtigen Bewegungen stellte er fest, dass sich die Wunden schon viel besser anfühlten als vorher. Die Salbe schien wirklich erstaunlich schnell zu wirken.

So leise wie möglich tappte er in die Küche und ging zum Kühlschrank. Darin befand sich glücklicherweise das Essen, das Mia für ihn vorbereitet hatte. Es tat ihm leid, dass er nicht früher aufgewacht war, nachdem sie sich solche Mühe gemacht hatte. Aber so hungrig wie er war, hätte er es auch roh gegessen, was zum Glück nicht nötig war. Gesättigt stellte er seinen Teller anschließend in die Spüle und schlich zurück zum Schlafzimmer.

»Hast du das Essen gefunden?« Mias verschlafene Stimme ließ ihn innehalten.

Langsam drehte er sich zum Sofa um, wo sie in eine Decke gewickelt lag. »Ja, es war sehr lecker, danke.«

Sie richtete sich auf, und als die Decke herunterrutschte, sah er, dass sie nur ein Top trug, das ihre Brüste umschmeichelte. »Wie geht es dir?«

»Gut.«

»Lass mich die Wunden sehen.«

Leon zögerte. Wenn er sich vor das Sofa stellte, wäre sein Schaft direkt auf Höhe ihres Gesichts. Das wollte er wenn möglich vermeiden. Mias Geduld schien am Ende, denn sie schwang die Beine auf den Boden und winkte ihn heran. Auch wenn er sich bemühte, nicht auf ihre langen, schlanken Beine in den kurzen Shorts zu starren, gelang es ihm nicht ganz. Wie zu erwarten, regte sich sein Schaft, und er wusste, dass das Mia trotz der Dunkelheit nicht verborgen bleiben würde. »Ich gehe lieber wieder ins Bett.« Rasch wandte er sich um, doch bevor er mehr als zwei Schritte gehen konnte, war sie schon bei ihm.

Ihre Hand schlang sich um sein Handgelenk. »Leon.«

Die Art, wie sie seinen Namen sagte, jagte einen Schauer durch seinen Körper. Er blieb stehen, drehte sich aber nicht zu ihr um. Verzweifelt versuchte er, seine Erregung zu unterdrücken, aber es gelang ihm nicht. Zu lange hatte er keine Geliebte mehr gehabt und Mia löste etwas in ihm aus, das er nicht kontrollieren konnte. »Es geht mir gut, die Wunden heilen.«

»Trotzdem …«

Er unterbrach sie. »Es reicht, wenn du morgen danach siehst, ich will dich nicht vom Schlafen abhalten.« Sanft löste er sich aus ihrem Griff und flüchtete ins Schlafzimmer. Der Löwe in ihm war enttäuscht darüber, nicht mehr ihre warmen Finger auf sich zu spüren, aber der Mensch war erleichtert, einer potentiell peinlichen Situation entgangen zu sein. Vorsichtig legte er sich auf das Bett und zog die Decke über seine Hüfte. Die Berührung des weichen Stoffs steigerte seine Erregung allerdings noch, sodass es lange dauerte, bis er wieder einschlief.

4

Zwei Wochen später

Mit offenen Augen lag Leon im Bett und starrte an die Decke, während er versuchte, nicht daran zu denken, dass sich Mias warmer Körper an seinen presste. Es war nicht leicht gewesen, der Erregung, die sie in ihm weckte, während der letzten Tage nicht nachzugeben. Jede Nacht schlief sie neben ihm im Bett und er wusste, dass sie seine Gefühle erwiderte. Doch es war nicht richtig, wenn er ihr noch näherkam, weil er wusste, dass er in wenigen Stunden aufbrechen würde. Gleichzeitig konnte er sich aber nichts Schöneres vorstellen, als diese Zeit mit Mia zu verbringen.

Tief sog er ihren Duft ein und unterdrückte ein Stöhnen. Ohne bewussten Befehl glitten seine Finger in ihre Haare und spielten mit den weichen Strähnen. Es fühlte sich zu gut an, ihren Atem auf seiner Haut zu spüren, ihre Hand lag über seinem Herzen. Ein Bein hatte sie über seines geschoben und ihr Oberschenkel befand sich nur wenige Zentimeter von seiner Erektion entfernt. Er konnte sogar ihre Wärme spüren.

Leon zögerte, konnte sich dann aber nicht davon abhalten, seine andere Hand auf ihre Schulter zu legen und seine Finger unter den Träger ihres Tops zu schieben. Ihre weiche Haut fühlte sich so gut unter seinen Fingerspitzen an, dass ihm ein Schnurren entfuhr. Dem Löwen in ihm war es nicht genug, sie nur an einigen wenigen Stellen zu berühren, er wollte sie überall spüren, ihren einmaligen Duft in sich aufnehmen, sie lecken und an ihr knabbern, bis sie sich ihm hingab. Der Mensch in ihm stimmte dem zu, doch glücklicherweise konnte er sich besser beherrschen und handelte nicht danach.

Mia murmelte etwas im Schlaf, ihre Hand glitt höher, bis ihre Fingerspitzen seine Brustwarze berührten. Sein Atem stockte, als die Erregung beinahe unerträglich wurde. Steif blieb er liegen, aus Angst, er könnte etwas tun, das er hinterher bereuen würde. Ganz sicher wollte er Mias Hilfe nicht damit vergelten, dass er sie ausnutzte. Es war ein Wunder, dass sie nicht vom Hämmern seines Herzens aufwachte. Ihr Bein glitt höher, bis ihr Oberschenkel seinen Schaft berührte. Mit einem zufriedenen Schnurren schmiegte sie sich enger an ihn und rieb ihre Wange über seine Brust. Leon erstarrte. Vermutlich sollte er ganz schnell aus dem Bett verschwinden, aber er wusste nicht, wie er das bewerkstelligen sollte, ohne Mia aufzuwecken.

Schweiß brach ihm aus, während er langsam seine Hand aus ihrem Top herauszog, in das er sie unbewusst geschoben hatte. Seine Fingerspitzen schmerzten vor Sehnsucht, noch einmal die weiche Haut ihres Rückens zu berühren, bevor er ging. Mia gab einen protestierenden Laut von sich und Leon stockte.

Es war irrsinnig, jetzt seinen Gefühlen nachzugeben, besonders wenn er in spätestens zwei Stunden aufbrechen würde. Er sollte aufstehen und sich so weit von ihr entfernen wie irgend möglich. Das war er ihr schuldig, nach allem, was sie für ihn getan hatte. Trotzdem schaffte er es nicht, sich aus ihrer Umarmung zu lösen. Zu sehr brauchte er die Nähe zu einem anderen Wandler, zu Mia.

Mit einem zufriedeneren Gefühl, als sie es seit langer Zeit erlebt hatte, wachte Mia auf. Ein Lächeln glitt über ihre Lippen, als sie Leons Herzschlag unter ihrem Ohr wahrnahm. Ihr Kopf war auf seine Brust gebettet und ihr Bein hatte sie im Schlaf über seine Oberschenkel geschoben. Die letzten Tage hatte sie jede Nacht seine Nähe genossen und so gut geschlafen wie schon lange nicht mehr. Doch jetzt reichte ihr das nicht mehr, sie wollte mehr. Viel mehr. Und diesmal würde sie ein Nein nicht gelten lassen. Zu lange hatte sie darauf gewartet, ihn endlich so berühren zu können, wie sie es schon seit dem ersten Tag wollte. Mia hob den Kopf und leckte über seine Haut. Der Geschmack explodierte auf ihrer Zunge und sie schnurrte zufrieden. Etwas bewegte sich an ihrem Oberschenkel und ihr Atem kam schneller. Ihre Berührungen schienen Leon zu gefallen, und auch sie genoss es zu sehr, um jetzt schon aufzuhören.

Ihre Finger strichen über seine Brustwarze, die sich zu einem festen Punkt zusammenzog. Die Muskeln unter ihr zuckten. Mit der Zunge zog sie eine Spur über seine Brust und umrundete den Nippel. Als sie ihn mit der Zungenspitze berührte, rieb sein Schaft über ihr Bein. Die Hand in ihren Haaren spannte sich an und zog sie enger an ihn. Mit einem Lächeln folgte sie seinem Wunsch und schloss ihre Lippen über seiner Brustwarze. Zuerst saugte sie sanft daran, dann fester, als sein Körper sich unruhig bewegte. Seine Hand an ihrem Rücken verschwand und legte sich stattdessen um ihren Oberschenkel. Ein Finger schob sich unter den Rand ihrer Shorts. Oh ja, er war eindeutig bei der Sache.

Am liebsten wäre sie auf ihn gekrochen, um seinen ganzen Körper an ihrem zu fühlen, doch sie wollte seine fast verheilte Wunde nicht zu sehr belasten. Die Narben an seiner Seite waren immer noch empfindlich. Also würde sie dafür sorgen, dass er still liegen blieb, während sie ihn verwöhnte. Hitze stieg in ihr auf und sie rieb ihre schmerzenden Brüste an ihm. Doch das Top war im Weg, deshalb zog sie es rasch hoch und stöhnte auf, als ihre empfindliche Brustwarze auf seine heiße Haut traf. Ihr Bein spannte sich an und rieb über seinen Schaft. Als Reaktion darauf schob sich seine Hand weiter in ihre Shorts, seine Finger streichelten sie durch ihren Slip. Oh Gott! Es war dumm gewesen, ihre Nachtwäsche anzuziehen. Was würde sie darum geben, Leon überall spüren zu können.

»Mia?« Seine raue Stimme strich wie eine Liebkosung über sie.

Kurz überlegte sie, sich schlafend zu stellen, doch ihr Gewissen ließ das nicht zu. »Ja?«

»Wir sollten damit aufhören, solange ich noch ein wenig Kontrolle über meinen Körper habe.«

Mia biss auf ihre Lippe. »Meinetwegen kannst du sie gerne aufgeben.«

Ein rauer Atemzug kam über seine Lippen. »Mia …« Er versuchte, seine Hand aus ihrer Shorts zu ziehen, doch sie folgte seiner Bewegung.

»Nicht. Ich mag es, wenn du mich berührst.« Ihre Finger strichen über seine Brustwarze.

Für einen Moment herrschte Stille, bevor Leon noch einmal über ihren Slip strich. »Ich glaube nicht, dass das eine gute Idee ist.«

»Warum nicht?« Ihr Bein glitt erneut über seinen Schaft. »Du willst es ja offensichtlich auch.« Wieder schwieg Leon. Sie richtete sich auf.

Sofort schlossen sich seine Hände fester um sie. »Nein, bleib hier. Ich liebe deinen Duft und das Gefühl deiner Haut an meiner. Ich kann mir im Moment nichts Schöneres vorstellen, als hier mit dir zu liegen.«

Seine Worte lösten einen Schauder in ihr aus. »Dann ist es ja gut.« Ihre Hand glitt über seine Brust nach unten, vorsichtig an seinen Verletzungen vorbei, bis sie an seinem Bauch ankam. Leon atmete heftig ein. »Tue ich dir weh?«

Etwas wie ein Lachen rumpelte in seiner Brust. »Zumindest nicht so, wie du denkst.«

Beruhigt folgte sie dem dünnen Haarstreifen nach unten, bis sie ihr Ziel erreichte. Ihre Hand schloss sich um seinen harten

Schaft. Seine Hüfte hob sich ihr entgegen, während er gleichzeitig seine Finger unter ihren Slip schob. Als er ihre Klitoris berührte, zuckte sie heftig zusammen. Oh Gott, ja!

»Zieh dich aus.« Seine Stimme war nur noch ein heiseres Grollen, das einen Schauder über ihren Rücken sandte. Eilig zog sie das Top über ihren Kopf und warf es zur Seite. »Komm höher.«

Wie gut, dass sie ihm gar nicht widerstehen wollte, es wäre ihr nämlich nicht gelungen. Zufrieden, ihm nahe sein zu können, rutschte sie an ihm hinauf. Sein Mund schloss sich um ihre Brustspitze, sowie sie auf Höhe seines Gesichts war. Eifrig bog Mia sich ihm entgegen und genoss die unglaublichen Gefühle, die ihren Körper durchströmten. Ihre Hand krallte sich in seine Haare, während sie sich an ihm rieb. Ein Schnurren löste sich aus ihrer Kehle und sie spürte, wie Leon erstarrte. Angst überkam sie, dass sie ihm zu gierig sein könnte, doch der Gedanke verflog sofort wieder, als sie seine Hände an ihrem Hosenbund fühlte. Er öffnete den Knopf und zog ihr die Shorts samt Slip mit einem Ruck herunter. Offensichtlich konnte er es auch nicht erwarten, sie nackt an sich zu fühlen.

Rasch befreite sie ihre Beine aus der einengenden Kleidung und schmiegte sich an Leons Seite. Sie stöhnte auf, als seine heiße Haut ihre empfindlichste Stelle berührte. Seine Hände legten sich um ihren Po und pressten sie enger an ihn. Es fühlte sich so gut an, dass sie kaum einen klaren Gedanken fassen konnte. Wenn sie es schon kaum ertragen konnte, nur seine Seite zu berühren, wie würde sie sich dann erst fühlen, wenn sie seinen Schaft in sich aufnahm? Im Moment glaubte sie nicht, dass sie es ertragen könnte. Ein Schrei entfuhr ihr, als Leon sachte in ihre Schulter biss. Hitze baute sich in ihr auf und sie drängte sich noch dichter an ihn. Als seine Hand an ihrem Po nach unten glitt und sich ein Finger in sie schob, stockte ihr Atem. Sie senkte ihre Hüfte, um ihn tiefer in sich aufzunehmen, und biss auf ihre Lippe, als seine

Fingerknöchel über ihre Klitoris rieben und die unglaublichsten Gefühle in ihr auslösten.

Oh Gott, wenn er so weitermachte, würde sie innerhalb weniger Sekunden den Höhepunkt erreichen. Blind griff sie nach seinem Schaft und fuhr mit ihren Fingern daran hinauf. Sie konnte die Feuchtigkeit an der Spitze fühlen und atmete erleichtert auf. Zumindest war Leon anscheinend genauso erregt wie sie. Mutiger geworden, ließ sie ihre Finger hinuntergleiten und umfasste vorsichtig seine Hoden. In einer fließenden Bewegung drehte er sich auf die Seite, sodass ihre Brüste über seine Brusthaare rieben. Eines seiner Beine schob sich zwischen ihre und presste sich gegen ihren Eingang.

Trotz der Dunkelheit konnte sie ihn gut erkennen, Erregung glitzerte in seinen Augen, Röte überzog seine Wangenknochen. Als seine Lippen ihre berührten, wurde ihr bewusst, dass sie sich bisher noch nicht einmal geküsst hatten. Sie schloss die Augen, als Leon ihren Mund mit der Zunge erkundete und sich das warme Gefühl in ihr ausbreitete. Sie konnte seine Erektion an ihrem Bauch fühlen und schob sich näher an ihn. Die Muskeln in seinem Oberschenkel zogen sich zusammen und lösten in ihr einen Schauer der Erregung aus. Der Kuss wurde immer verzweifelter, und sie spürte, wie ihre Reißzähne sich verlängerten. Das war ihr beim Sex noch nie passiert, normalerweise hatte sie sich besser unter Kontrolle. Sie wollte sich von Leon lösen, doch das ließ er nicht zu. Im Gegenteil, als seine Zunge ihre Zähne berührte, stieß er ein zufriedenes Grollen aus.

Gänsehaut bildete sich auf ihrem Körper. Mit einem ungeduldigen Laut griff sie erneut nach seinem Schaft und versuchte, ihn dorthin zu bringen, wo sie ihn brauchte. Dringend. Sie löste ihr Bein von Leons Hüfte und drängte sich an ihn. Er schien zu merken, dass sie es keine Sekunde länger ohne ihn aushalten würde, denn er schloss seine Hand um ihre und führte seinen Penis zu ihrem Eingang. Langsam drang er in sie ein, und sie musste auf ihre Lippe beißen, um die Laute zurückzuhalten, die sich in ihrer Kehle aufbauten. Als er vollständig in ihr war, lehnte er seine Stirn an ihre, sein Atem strich über ihre Lippen.

Da er sich nicht mehr rührte, fuhr sie mit ihrer Hand über seinen Rücken. »Worauf wartest du?«

Leon lachte heiser auf. »Darauf, dass ich mich wieder unter Kontrolle habe.«

Ihr Nacken prickelte. »Warum willst du das?«

»Weil ich nicht wie ein Tier über dich herfallen kann.« Diesmal klang eindeutig der Löwe in seiner Stimme mit.

»Leon, wenn du mich jetzt nicht sofort liebst, beiße ich dich.«

Ihre Drohung hatte durchschlagenden Erfolg. Er zog sich wieder aus ihr zurück, doch bevor sie protestieren konnte, schob er sich so tief in sie, dass sie aufkeuchte. Sie klammerte sich an ihn, während er immer wieder in sie stieß. Seine Hand glitt zwischen ihre Schenkel und strich über ihre Klitoris. Alles in ihr zog sich zusammen, ihr Körper vibrierte vor Verlangen. Ihre Fingernägel bohrten sich in seinen Po. Die Erregung trug sie immer höher, bis sie es nicht mehr aushalten konnte. Mia beugte sich vor und biss in seine Schulter.

Leon erstarrte, dann rollte er sich mit ihr herum, sodass er über ihr aufragte. Die Position erlaubte es ihm, noch tiefer in sie einzudringen, was er auch gleich ausnutzte. »Du willst es also rau?«

Mias Herz hüpfte beinahe aus ihrer Brust. Röte stieg in ihre Wangen und sie konnte Leon nicht in die Augen sehen. »Ja, bitte.«

Mit den Fingern hielt er ihr Gesicht fest, sodass sie seinem Blick nicht ausweichen konnte. »Wir sind Wandler, Mia, der wilde Teil gehört zu uns.« Seine Stimme war seltsam sanft.

Sie nickte zögernd. »Ich weiß. Es ist nur so … ungewohnt. Du löst etwas in mir aus, das mich nervös macht.«

Seine Stirn berührte ihre. »Glaubst du, mir geht es anders?«

Er hob den Kopf und starrte sie aus Löwenaugen an. »Soll ich aufhören?« Wie um seine Worte zu widerlegen, schob sich seine Hüfte vor und sie keuchte auf, als die Gefühle in ihr explodierten. Leon schnitt eine Grimasse. »Entschuldige.«

Bevor er sich zurückziehen konnte, hielt sie ihn auf sich fest. »Nicht.« Sie war von seinen Augen wie hypnotisiert. »Küss mich.«

Leon beugte sich zu ihr herunter und küsste sie so leidenschaftlich, dass sie alles andere vergaß. Ihre Beine schlangen sich um seine Hüfte und sie stöhnte erleichtert auf, als er sich wieder in ihr bewegte. Zuerst langsam, dann immer schneller und härter, während sich seine Hände in ihre Haare gruben. Ein protestierender Laut löste sich aus ihrer Kehle, als Leons Lippen ihren Mund verließen und er sein Gesicht an ihrer Kehle vergrub. Seine Zähne schabten über ihren Puls und stürzten sie in einen heftigen Orgasmus, der sich noch steigerte, als Leon nach einigen harten Stößen mit einem Stöhnen ebenfalls kam.

Es dauerte eine Weile, bis sich ihr Atem und Herzschlag wieder beruhigt hatten. Schwer lag Leon auf ihr, doch das machte ihr nichts aus. Im Gegenteil, es fühlte sich gut an. Mit den Fingerspitzen fuhr sie seine Wirbelsäule entlang, bis sie bei seinem Steißbein ankam. Ein Schauder lief durch seinen Körper. Lächelnd erkundete sie die Stelle genauer und wurde mit einem dumpfen Grollen belohnt, das in ihrer Brust vibrierte.

Leon hob den Kopf und blickte sie mit rauchig grauen Augen an. »War das für dich nicht genug?«

Ihr Lächeln wurde breiter, als sich sein Schaft in ihr regte. »Doch, aber ich fasse dich so gerne an.« Ihre Hände glitten über seine Pobacken.

Langsam stützte er sich auf seine Ellbogen und Mia spannte ihre Beine an, damit er sie nicht verließ. »Ich sollte …«

»Bleib noch bei mir, bitte.« Sie konnte es nicht ertragen, den Körperkontakt jetzt schon zu verlieren.

Ohne Vorwarnung rollte Leon sich wieder mit ihr herum, sodass sie auf ihm lag, er aber weiter in ihr war. »So gut?«

Mit einem zufriedenen Seufzer rieb Mia ihre Wange an seiner Brust. »Wunderbar.« Ihre Hand glitt über seine Brust und legte sich über sein Herz. Sie küsste ihn und schloss die Augen.

Leon starrte blicklos aus dem Fenster, während er sich einzureden versuchte, dass es richtig war, Mia zu verlassen. Sie waren sich so nahegekommen, dass er nicht glaubte, jemals wieder ihren Duft oder den Klang ihrer Stimme vergessen zu können. Als wäre sie ein Teil von ihm, den er den Rest seines Lebens vermissen würde, wenn er ihn herausriss. Doch genau das musste er tun. Auch wenn er es nicht wollte, er konnte nicht zulassen, dass sie durch ihn noch mehr in Gefahr geriet.

Er hatte vorher gewusst, dass es ein Fehler sein würde, sie zu lieben, dass sie sich dadurch noch tiefer in seinem Herzen verankern würde. Leon rieb über seine schmerzende Brust und konnte sich bereits jetzt kaum davon abhalten, zurück ins Bett zu kriechen, in dem Mia friedlich schlief. Sie ahnte nicht, dass er gehen würde, und es war besser so. Wenn sie wüsste, was er vorhatte, würde sie versuchen ihn umzustimmen, und er wäre versucht, es zuzulassen. Sie brauchte ihn nur mit ihren warmen Augen anzusehen und schon war er willenlos.

Bisher hatte es noch keinen wirklichen Grund gegeben aufzubrechen, doch nun hatte er keine andere Wahl mehr. Auf einem seiner Erkundungsläufe in der Umgebung der Auswilderungsstation, die er auch dazu nutzte, seine alte Stärke wiederzuerlangen, war er dem Ovambo begegnet, der ihm im Lager der Verbrecher Wasser gegeben hatte. Leon wäre bereit gewesen, den Ovambo zu töten, um Mia zu schützen, doch der hatte ihn nur gewarnt und ihm berichtet, dass Leons Entführer vor kurzem einen Jäger namens Gowan angeheuert hatte, um mit dessen Hilfe Jagd auf ein neues Ziel zu machen: eine Gruppe Leopardenwandler. Männer, Frauen und Kinder waren bei dem Angriff der Fremden sinnlos ermordet worden, während er selbst es sich bei Mia hatte gut gehen lassen. Und zwei der Leopardenwandlerinnen hatten die Männer außerdem lebendig eingefangen und mitgenommen.

Was aber noch schlimmer war: dieser merkwürdige Kerl, der Leon gequält hatte und so viel über ihn und seine Art zu wissen schien, plante offenbar noch weitere Jagden auf Wandler. Wahrscheinlich war es nur dem Umstand zu verdanken, dass er außerhalb seines Gebiets unterwegs gewesen war, dass der Verbrecher seine Familie nicht angegriffen hatte. Nachdem er von Mia auf die Auswilderungsstation gebracht worden war, hatte Leon deshalb gleich eine Nachricht an seine Eltern geschickt, damit sie wussten, dass es ihm gut ging und sie gleichzeitig auch gewarnt waren. Sie hatten die Wachen verstärkt, sich weiter in ihr Gebiet zurückgezogen und waren damit hoffentlich in Sicherheit.

Leons Fingernägel gruben sich in seine Handballen. Auch wenn er noch so gerne hierbleiben wollte, er konnte nicht zulassen, dass irgendein Verrückter wahllos Wandler tötete. Vielleicht wollte dieser Kerl Leon dadurch herauslocken oder er hatte es allgemein auf Wandler abgesehen. Auf jeden Fall schien er an ihm besonderes Interesse zu haben, sonst hätte er nicht nach dem Heilsbringer gefragt. Er konnte sich nicht erklären, wie er an die Information gekommen war. Das Dorf, in dem er so genannt wurde, lag weit ab von anderen Siedlungen und den üblichen Touristenpfaden.

Und was erhoffte der Verbrecher sich davon, ihn einzufangen? Auch wenn er einige besondere Fähigkeiten besaß, war der Name Heilsbringer, den ihm der Schamane gegeben hatte, falsch. Oder zumindest sehr übertrieben. Zwar heilten oberflächliche Verletzungen schneller, wenn er darüberleckte, aber das konnten alle anderen Katzenwandler auch.

Was auch immer der Verbrecher wollte, er schien nicht aufzugeben. Deshalb musste Leon ihn zuerst finden und dafür sorgen, dass er niemandem mehr schaden konnte. Also würde er Mia und die Auswilderungsstation verlassen und in die USA fliegen, wohin der Mensch laut Joe zurückgekehrt war. Wie er ihn dort finden sollte, wusste er nicht, aber so war er wenigstens weit weg und Mia nicht mehr in Gefahr.

Mit schwerem Herzen kehrte Leon zum Bett zurück und blickte auf Mia hinunter. Ein leichtes Lächeln lag auf ihren Lippen, während sie schlief. Sie hatten zwar nicht über ihre Gefühle gesprochen, aber er wusste, dass es sie schwer treffen würde, wenn er einfach so verschwand. Er wünschte, er könnte es ihr leichter machen, aber das war nicht möglich. Lange stand er so da und nahm ihren Anblick in sich auf. Schließlich beugte er sich hinunter und küsste sie federleicht auf den Mund. Als sie ihre Augen aufschlug, verwandelte er sich. Unsichtbar schwebte er neben dem Bett, während sie sich langsam aufsetzte und verschlafen blinzelte.

»Leon?«

Der Klang seines Namens vibrierte in ihm und er wünschte sich mehr als alles andere, ihr antworten zu können. Stattdessen konnte er nur näher an sie heranschweben, bis er sie beinahe berührte. In diesem Zustand konnte er sie nicht riechen, aber in seiner Erinnerung war ihr Duft lebendig.

»Leon, bist du hier?« Sie schob die Beine aus dem Bett und ging nackt ins Wohnzimmer. Ihr Lächeln wandelte sich zu einem Stirnrunzeln, Unsicherheit überzog ihre Züge.

Es tat ihm weh, ihre Verwirrung zu sehen, als sie ihn nirgends im Haus entdecken konnte. Auf dem Küchentisch lag der Abschiedsbrief, den er ihr geschrieben hatte. Wie eine alte Frau ließ Mia sich auf einen der Stühle sinken, während sie ihn las. Ihr Gesichtsausdruck war herzzerreißend. Das Papier zerknüllte unbeachtet zwischen ihren Fingern, als sie fertig war.

Eine Hand über ihr Herz gepresst, als würde es schmerzen, blickte sie zur Tür. »Leon.«

Es klang so viel Schmerz in dem einen Wort mit, dass er Mühe hatte, seine Form beizubehalten. Alles in ihm drängte danach, wieder Gestalt anzunehmen, sich neben Mia zu hocken, sie in die Arme zu nehmen und nie wieder loszulassen. Doch das konnte er nicht tun. Zuerst musste er dafür sorgen, dass die Wandler – und vor allem Mia – nicht mehr in Gefahr waren. Langsam schwebte er auf sie zu und strich über ihre Wange. Auch wenn sie es nicht merkte, brauchte er doch diese letzte Berührung, bevor er sich zur Tür bewegte und den Ort verließ, an dem er sein Herz verloren hatte.

5

USA, Lager der Berglöwen, anderthalb Jahre später

Aufgebracht starrte Jamila dem Leoparden hinterher, der, ohne einen Blick zurückzuwerfen, im Unterholz verschwand. Sie wusste, dass er ungeduldig war, aber musste er sich deswegen so unfreundlich benehmen? Seit Naz eine Woche zuvor mit den anderen aus einem Labor in San Francisco befreiten Wandlern im Lager angekommen war, hatte er klargemacht, dass er es als Zeitverschwendung ansah, sich von den Monaten oder sogar Jahren in Lees Gefangenschaft zu erholen, und sofort in seine Heimat zurückkehren wollte. Die Berglöwenwandler gingen ihm aus dem Weg, doch ihr selbst gelang das nicht, denn sie verstand ihn besser, als er glaubte. In seinen Augen konnte sie die gleiche Sehnsucht sehen, die auch sie nach ihrer Heimat verspürt hatte, ehe sie Finn gefunden hatte, der ihr wichtiger war, als ein Land es je sein konnte.

Doch der Leopard Naz war hier ganz alleine und lange Zeit in einen engen Käfig eingesperrt gewesen. Ein Schauder lief durch ihren Körper, als sie sich an die Monate erinnerte, in denen sie und ihre Schwester Kainda Gefangene des Jägers Gowan gewesen waren. Entschlossen schob sie diese Gedanken beiseite und machte sich auf den Weg zu Finns Hütte. Vielmehr ihrer gemeinsamen, seit sie auch dort eingezogen war.

Wie immer klopfte ihr Herz schneller, als sie die Tür öffnete und Finn an einem Möbelstück arbeiten sah. Beinahe liebevoll fuhren seine großen Hände über das Holz, und seine Miene strahlte eine Zufriedenheit und Ruhe aus, die sie in letzter Zeit viel zu selten bei ihm gesehen hatte. Seine Aufgabe als Ratsführer der Berglöwengruppe kostete ihn viel Kraft und die Sorge um seine Leute ließ ihn nachts schlecht schlafen. Es tat ihr fast leid, ihn zu stören, doch die Sache konnte nicht warten. Bevor sie ihn ansprechen konnte, hob er den Kopf und lächelte sie an. Ihre Kehle wurde eng und sie hatte Mühe zu schlucken. Nie hätte sie gedacht, jemals einen Mann zu finden, der solche Gefühle in ihr auslöste – und sie in ihm. Sie hatte es vom ersten Moment an nicht geschafft, ihre Augen von Finn zu lassen, obwohl er zu der Zeit noch ihr Feind gewesen war.

»Hallo. Ich habe gerade an dich gedacht.« In einer fließenden Bewegung stand er auf und kam auf sie zu.

Obwohl sie nun schon seit Monaten mit ihm zusammen war, hatte sie sich immer noch nicht daran gewöhnt, wie gut es sich anfühlte, von ihm umarmt zu werden, seinen harten Körper an ihrem zu spüren. Eine Weile legte sie ihre Wange an seine muskulöse Brust und genoss es einfach nur, ihm so nah zu sein. Schließlich zwang sie sich, den Kopf zu heben und zu ihm aufzusehen. »Woran hast du denn gedacht?«

Sein Lächeln verbreiterte sich. »Oh, ich habe mir vorgestellt, dass du hereinkommst, ich dich die Treppe hinauftrage, auf das Bett lege und dich dann anknabbere.«

Hitze stieg in Jamila auf und sie lachte verlegen. Sicher konnte Finn ihre Erregung riechen und wusste, was seine Worte in ihr auslösten. Ein Blick in sein Gesicht bestätigte ihre Vermutung. Seine Nasenflügel bebten, die Augenwinkel hoben sich. Sie musste ihn eindeutig ablenken – und sich selbst auch – sonst würde sie tatsächlich gleich mit ihm ins Bett fallen. Bedauernd löste sie sich von ihm. »Mir gefällt die Idee, aber ich bin wegen etwas anderem gekommen. Es geht um Naz.«

Die Erregung wich aus Finns Gesicht und machte einem vorsichtigen Ausdruck Platz. »Was ist mit ihm?«

Jamila seufzte innerlich auf. Seit der Leopard im Lager war, benahm Finn sich merkwürdig. So als hätte er Angst, dass sie ihn verlassen würde, nachdem ein Artgenosse hier war. Was völliger Unsinn war, wie Finn auch wissen musste. »Wir müssen uns überlegen, wie wir ihn nach Afrika zurückschicken können. Ich befürchte, dass er bald versuchen wird, selber einen Weg zu finden, und damit würde er uns alle in Gefahr bringen.«

Sofort schien sich wieder die Last des Ratsführeramtes auf seine Schultern zu legen. Finn rieb über seine Stirn. »Du hast Recht, je eher er das Lager verlässt, desto besser. Ich werde mit Harken sprechen.«

Obwohl sie schon seit einem Jahr mit dem mysteriösen Wandler in Kontakt standen und er ihnen bei verschiedenen Gelegenheiten geholfen hatte, wussten die Berglöwenwandler immer noch nicht mehr über ihn als zu Anfang. Außer, dass er sich gelegentlich einfach unsichtbar machte – eine Tatsache, die Jamila und die anderen immer noch nicht richtig fassen konnten – und dass er offensichtlich auf ihrer Seite kämpfte.

Harken hatte versprochen, dabei zu helfen, die beiden afrikanischen Wandler in ihre Heimat zu bringen. Dafür schien er auch die richtigen Kontakte zu haben, schließlich war ihm das bereits mit Kainda gelungen.

»Gut.«

»Jamila …«

Sein Ton ließ ihre Nackenhaare hochstehen. »Was?«

Er zog sie wieder an sich und vergrub seine Hand in ihren Haaren. »Wenn wir diesen Transport machen, willst du dann …« Seine Stimme brach und er räusperte sich. »… willst du mitfliegen?«

»Was?« Ihr Herz setzte vor Schreck aus. Sie versuchte, sich aus seinen Armen zu befreien, doch er hielt sie fest umschlungen. »Willst du mich loswerden?«

»Nein!« Finn senkte seine Stimme. »Nein, am liebsten würde ich dich nie wieder loslassen, das weißt du. Aber ich merke auch, wie sehr du deine Heimat und vor allem deine Schwester vermisst. Seit dieser Naz hier ist …« Er stockte.

Jamila wartete, bis sie sicher sein konnte, dass sie ihn nicht anschreien würde und machte sich dann von ihm los. »Du bist ein Idiot, Finn. Ich dachte eigentlich, ich hätte dir klargemacht, dass ich nur hier sein möchte, bei dir. Natürlich vermisse ich Kainda und auch Namibia, aber hier habe ich dich und Fay und so viele andere neue Freunde.« Sie nahm sein Gesicht in ihre Hände und blickte ihm tief in die Augen. »Du bist mein Zuhause, nur bei dir bin ich glücklich.«

Wärme strahlte ihr aus seinen Augen entgegen, und er lächelte sie breit an. »Mir geht es genauso.« Er wurde ernst. »Ich würde meine Gruppe verlassen und mit dir gehen, wenn ich wüsste, dass du hier unglücklich bist.«

Tränen traten in ihre Augen. »Danke, aber das ist nicht nötig. Sie brauchen dich hier, während ich in Namibia nicht mal mehr eine Gruppe hätte.«

»Aber deine Schwester.«

Jamila wischte über ihre Tränen und wandte sich ab. »Kainda hat Ryan, ich würde mich überflüssig fühlen.« Sie senkte die Stimme. »Damals war es auch so, Kainda hatte ihren Gefährten und ihren Sohn und ich war alleine. Manchmal frage ich mich …«

Finn legte seine Hände auf ihre Schultern, als sie nicht weitersprach. »Was?«

Stockend atmete sie ein. »Ich frage mich, ob ich schuld daran bin, dass sie ihre Familie verloren hat. Ob ich ihr vielleicht heimlich gewünscht habe, dass sie auch so alleine ist wie ich.«

Ohne Vorwarnung drehte Finn sie zu sich herum und hob ihr Gesicht an, sodass sie ihm in die Augen blicken musste. »Das ist völliger Unsinn, und das weißt du auch. Gowan und sein Auftraggeber sind die einzigen Schuldigen, ihr seid die Opfer.« Mit den Daumen wischte er die Tränen von ihren Wangen.

»Vielleicht. Aber wenn sie nicht mit mir die andere Leopardenwandlergruppe besucht hätte, weil ich endlich auch einen Partner haben wollte, wären wir bei ihnen gewesen, als die Jäger angriffen.«

»Ihr hättet nichts gegen sie ausrichten können.« Finns Stimme war sanft, aber bestimmt.

»Vermutlich nicht, aber zumindest wären wir bei ihnen gewesen, als sie starben.« Ihre Brust schmerzte vor Trauer.

Finn küsste sanft ihre feuchten Wangen. »Ich bin froh, dass du nicht dort warst und deshalb noch lebst. Du nicht?« Es war ihm anzuhören, wie mühsam er seine Gefühle in Schach hielt.

»Jetzt ja. Aber als wir die Toten gefunden haben und auch später, als wir in Gowans Gefangenschaft waren, wollten wir nicht mehr leben.« Finns Arme schlossen sich um sie und sie lehnte ihre Wange an seine Brust. Sein rascher Herzschlag zeigte ihr, wie aufgewühlt er war. »Ich bin wirklich froh, dich gefunden zu haben.«

»Und ich erst!« Seine Worte brachen rau hervor. »Und darf ich sagen, dass ich auch froh bin, dass du in Namibia keinen Gefährten gefunden hattest? So habe ich dich ganz für mich allein.«

Jamila musste lachen. »Ja, darfst du.«

Finn küsste sie gründlich, bevor er sie ein Stück von sich schob. »Ich fürchte, ich muss mich jetzt an die Arbeit machen. Je schneller ich Harken kontaktiere, desto eher können Naz und der Löwenwandler ausgeflogen werden.«

Der Löwe hatte bisher noch nicht die Kraft gefunden, sich zu verwandeln, deshalb kannten sie seinen Namen nicht. Die beiden ebenfalls befreiten Berglöwenwandler Cade und Neela dagegen wurden jeden Tag ein wenig stärker, in einigen Wochen konnten sie sicher zu ihrer früher in Nevada lebenden Gruppe stoßen, die sich gerade außerhalb des Gebiets in der Nähe des Yosemite National Parks ein eigenes Lager einrichtete. Finns Schwester Keira übernahm freiwillig viele der Wachen am äußersten Rand, damit sie näher bei Sawyer sein konnte, dem Anführer der ehemaligen Nevada-Berglöwen, in den sie sich während der Befreiungsaktion in San Francisco verliebt hatte. Ein Lächeln zog über Jamilas Gesicht. Es war schön zu sehen, wie hilflos die sonst so starke und unabhängige Wächterin gegen Sawyers Neckereien und ihre Gefühle war. Mehr als einmal hatte Jamila sie schon dabei erwischt, wie sie lächelnd in die Luft starrte.

»Woran denkst du?« Finn hielt das Satellitentelefon in der Hand und sah sie neugierig an.

»Keira. Ich bin froh, dass sie jetzt jemanden hat, der sie glücklich macht.«

Finn grinste. »Oder wahnsinnig.« Schnell wurde er ernst. »Es scheint so, als wäre Sawyer genau das, was ihr bisher gefehlt hat. Es ist jetzt jedenfalls viel leichter, mit ihr auszukommen.«

Jamila zuckte zusammen, als sie wieder daran erinnert wurde, dass Keira sie über längere Zeit hinweg ausspioniert und an das andere im Lager lebende Ratsmitglied Kearne verraten hatte, nachdem sie mit Finn zusammengekommen war. Es war offensichtlich gewesen, wie Keira zu einer Beziehung ihres Bruders mit einer schwarzen Leopardin stand. Doch seit den Vorfällen in San Francisco benahm Keira sich völlig anders. Ausgeglichener, zufriedener. Jamila war nur froh, dass Finn sich inzwischen wieder besser mit seiner Schwester verstand, denn der Bruch in ihrer Beziehung hatte ihn sehr belastet.

»Sie liebt ihn.«

Lächelnd nickte Finn. »Unglaublich, aber wahr. Glücklicherweise weiß Sawyer genau, wie er sie zu nehmen hat. Ich habe es noch nie erlebt, dass er die Ruhe verliert, egal, was Keira ihm an den Kopf wirft. Es ist beinahe schade, dass er und seine Männer nicht mit in unsere Gruppe gekommen sind. Vermutlich wäre er auch ein guter Ratsführer.«

»Wenn du die Aufgabe abgeben willst, dann mach es.«

Mit einem tiefen Seufzer schüttelte Finn den Kopf. »Es gibt niemand anderen in unserer Gruppe, der den Job machen will oder auch nur dafür geeignet wäre. Coyle lebt mit Marisa in der Nähe der Menschen und Torik ist noch weniger diplomatisch als ich. Kearne hat andere Talente. Conner ist zu alt und war zu lange nicht Mitglied der Gruppe. Melvin ist zu jung und vor allem vertrauen ihm nach seinem Verrat noch nicht alle wieder. Bliebe noch Kell, aber der hat genauso wie die anderen Wächter noch zu wenig Erfahrung.«

»Was ist mit Keira?«

Finn wollte etwas sagen, schloss dann aber den Mund wieder. Falten bildeten sich auf seiner Stirn. »Meiner Schwester fehlt es leider auch an diplomatischem Gespür. Außerdem könnte es Probleme geben, wenn sie Ratsführerin wird, während gleichzeitig Sawyer Anführer seiner Gruppe ist. Wenn die beiden zusammenbleiben, muss sie sich irgendwann entscheiden, in welcher Gruppe sie in Zukunft leben möchte.«

Auch wenn sich das altmodisch anhörte, es musste eine feste Struktur in den Gruppen geben, sonst funktionierte das Zusammenleben nicht. Und da Sawyer in seiner Gruppe als Anführer gebraucht wurde, würde vermutlich Keira ihre verlassen müssen. »Vielleicht schließen sich unsere Gruppen irgendwann doch zusammen, wenn sich Sawyers Leute erholt haben.«

Finn hob die Schultern. »Das wäre meiner Meinung nach die beste Lösung. Und meinetwegen kann Sawyer dann auch gerne Ratsführer werden.« Er verzog den Mund. »Aber bis dahin werde ich meine Aufgaben noch erfüllen.«

Mit den Fingern strich Jamila über seinen Arm und verließ dann widerstrebend die Hütte. So gerne sie auch bei Finn bleiben wollte, Fay brauchte sie in der Krankenstation.

Harken lehnte seine Stirn an die Fensterscheibe des Hotelzimmers und schloss die Augen. Der Anruf vom Anführer der Berglöwengruppe war keine Überraschung gewesen, aber er hatte gehofft, noch ein wenig mehr Zeit zu haben. Langsam hoben sich seine Lider und er blickte auf die Bucht von San Francisco hinaus.

Hier wirkte die Stadt so friedlich, beinahe malerisch. Dabei hatte Lee vor einer Woche Isabel Kerrilyan entführt und sie nur wenige Kilometer von hier entfernt in seinem Labor gefangen gehalten. Nur mit Mühe war es Harken und einigen Berglöwenwandlern gelungen, sie aufzuspüren. Das wäre vermutlich nicht so einfach gewesen, wenn Caruso, Isabels Vater, und die Polizistin Dawn ihnen dabei nicht geholfen hätten. Welche Rolle Caruso in diesem Spiel spielte und wie genau er zu Lee stand, wusste Harken noch immer nicht, denn wie es schien, hatte Caruso anfangs bei den Angriffen auf die Wandler mitgemischt. Doch jetzt stand er auf ihrer Seite im Kampf gegen Lee, denn eins war klar: für seine Tochter hätte der Mann alles getan. Und die Tatsache, dass die Polizistin, die Caruso offenbar sehr mochte, angeschossen und schwer verletzt worden war, dürfte ihn auch nicht für Lee erwärmt haben.

Trotzdem war es diesem elenden Verbrecher gelungen zu entkommen. Harken seufzte tief. Vor einer Woche hatte er es in der Hand gehabt, Lee zu töten und der ganzen Sache ein Ende zu bereiten, doch er hatte sich während der Befreiungsaktion so oft unsichtbar machen müssen, dass er für den letzten Schlag gegen den Feind der Wandler zu geschwächt gewesen war. Es war frustrierend: So lange hatte er auf diesen Moment gewartet, nur um dann von seinem Körper im Stich gelassen zu werden.

Immerhin wusste Harken jetzt, dass der Mann, der die Wandler in den USA jagte, auch derjenige gewesen war, der ihn in Namibia gefangen genommen und gequält hatte. Den Zusammenhang hatte er schon seit einiger Zeit vermutet, doch jetzt war er zur Gewissheit geworden.

Nachdem Harken die geschwächten Wandler zur Berglöwengruppe gebracht hatte, war er nach San Francisco zurückgekehrt, um Lees Spur wieder aufzunehmen. Doch in dem durch ein Feuer zerstörten Gebäude war nichts zu finden gewesen und durch den vielen Rauch hatte er Lees Witterung nicht mehr aufnehmen können. Das war ihm erst Tage später durch Zufall mitten auf dem bewaldeten Hügel, einige hundert Meter vom Gebäude entfernt, gelungen, doch die Spur hatte an einer Straße geendet, wo der Verbrecher vermutlich in ein Auto umgestiegen war.

Wahrscheinlich war es zwecklos, weiterhin in der Stadt zu bleiben, doch Harken wusste nicht, wo er sonst suchen sollte. Und so hatte er bis jetzt seine Zeit damit vergeudet, sich an die ermittelnden Detectives zu hängen in der Hoffnung, dass sie noch irgendwelche Informationen sammelten, die ihm helfen würden, Lee zu finden.

Noch immer lastete der Tod der Leopardenwandlergruppe damals in Namibia schwer auf seinem Gewissen. Denn das alles geschah nach seiner Flucht vor Lee, und er wurde das Gefühl nicht los, dass der Verbrecher den Jäger Gowan nur deshalb die Wandler hatte angreifen und umbringen lassen. Auch wenn es ihm inzwischen gelungen war, wenigstens eine der beiden überlebenden Schwestern wieder nach Namibia zurückzubringen, fühlte er sich immer noch schuldig. Nichts von dem wäre passiert, wenn er sich in Namibia nicht einfach davongeschlichen, sondern den Verbrecher gestellt hätte.

Aber es war müßig, darüber nachzudenken. Es war passiert und ließ sich nicht mehr ungeschehen machen. So schwer verletzt, wie er damals gewesen war, hätte er gegen Lee vermutlich ohnehin nichts ausrichten können. Das konnte er erst jetzt – wenn Lee ihm nicht ständig einen Schritt voraus wäre!

Harken wollte nicht daran denken, wie viel ihn diese Jagd kostete. Erst wenn er erfolgreich war, konnte er zurück nach Namibia. Bis dahin hatte er eine Mission zu erfüllen und er würde nicht eher ruhen, bis sie erfüllt war. Und er würde den Namen Harken, den er angenommen hatte, als er in die USA kam, auch dann erst wieder ablegen. Leon passte einfach nicht mehr zu dem, was aus ihm geworden war, nachdem er seine Heimat und Mia verlassen hatte. Der Schmerz, von ihr getrennt zu sein, war noch genauso stark wie an jenem Morgen, als er sie zum letzten Mal gesehen hatte.

Mit zusammengebissenen Zähnen hob er das Handy wieder auf und wählte Mias Nummer. Seit er die Auswilderungsstation verlassen musste, hatte er nur einmal ihre Stimme gehört, als er sie vor einigen Monaten angerufen hatte, um sich zu erkundigen, ob die Leopardenwandlerin Kainda gut angekommen war – und da war Mia immer noch wütend auf ihn gewesen. Was er durchaus verstehen konnte, deshalb hätte er gerne darauf verzichtet, ihnen beiden noch ein Telefonat zuzumuten. Aber es ging nicht anders, er konnte nicht wieder ohne Vorwarnung verletzte Wandler nach Namibia schicken. Harken hielt seinen Atem an, als das Freizeichen ertönte.

»*Shapes of Life*. Mia Leore hier.« Sie klang gehetzt, so als wäre sie gerade erst zur Tür hereingekommen.

Sofort sah er wieder ihr Gesicht vor sich, die goldbraunen Augen, die schmale Nase und die sinnlichen Lippen, die ihn damals verrückt gemacht hatten. Mit einer Hand rieb er über seine schmerzende Brust. »Hallo Mia.«

Für einen Moment herrschte Stille, dann lachte sie auf. »Nur acht Monate nach unserem letzten Gespräch, das muss ein neuer Rekord sein.« Der Anflug von Humor verschwand. »Was willst du diesmal, Leon?«

Auch wenn er es verdient hatte, schmerzte ihn die Kälte in ihrer früher so warmen Stimme. »Ich möchte dir einen Leoparden- und einen Löwenwandler schicken, die sehr geschwächt sind.«

»Immerhin sagst du diesmal vorher Bescheid. Wo findest du die nur immer in den USA?« Bevor er antworten konnte, redete sie weiter. »Oder bist du inzwischen wieder in Afrika?« Unsicherheit klang durch – und Verletztheit.

»Nein, leider nicht.« Harken rieb über seine schmerzende Schläfe. »Die beiden wurden zusammen mit anderen Wandlern von einem Menschen über lange Zeit hinweg in Käfige gesperrt und gequält. Der Leopard ist bereits wieder halbwegs fit, aber der Löwe ist extrem schwach. Er kann weder laufen noch sich verwandeln. Kannst du sie aufnehmen?«

»Natürlich. Aber wie kann jemand so etwas tun? Dachte er, es wären Tiere?«

Harken überlegte, ob er lügen sollte, hielt es dann jedoch für wichtig, dass Mia die Wahrheit kannte. »Nein, der Verbrecher hatte in einem Gebäude in San Francisco ein Labor eingerichtet. Ich weiß nicht, was genau er sucht, aber er ist bereits seit einiger Zeit hinter Wandlern her und erforscht uns. Wir konnten einige Wandler aus dem Labor befreien, aber Lee ist uns entkommen.«

»Du kennst seinen Namen?«

Ein humorloses Lachen entfuhr ihm. »Nein, das ist nur ein Deckname. Es ist der gleiche Verbrecher, der mich damals eingefangen und verletzt hat.«

Mia gab einen erstickten Laut von sich und Harken wusste, dass sie Fragen stellen würde. »Was? Wie kommt der …?«

Er wollte nicht darüber nachdenken, was er durch Lee alles verloren hatte, deshalb redete er rasch weiter. »Ich werde alles für den Transport vorbereiten und dir dann eine Nachricht mit den Ankunftsdaten schicken. Rechne mit zwei Tagen. Und nimm dir am besten irgendwelche Hilfsmittel für den Transport mit, der Löwe ist verdammt schwer.«

»Mach dir darüber keine Gedanken, ich habe hier alles im Griff.«

Ja, das war auch damals schon so gewesen. »Ich weiß. Danke, Mia.«

Sie schwieg einen Moment. »Für Wandler in Not tue ich fast alles, das weißt du. Und ich hasse es, wenn ich ausgenutzt werde.« Sie sprach eindeutig davon, dass sie ihn damals ebenfalls gerettet und wie er es ihr gedankt hatte. Den Vorwurf in ihrer Stimme verdiente er ohne Frage.

»Pass auf dich auf, Mia.« Damit beendete er das Gespräch und lehnte seine Stirn wieder an die Fensterscheibe.

Am liebsten hätte er noch stundenlang mit Mia geredet, ihr erklärt, warum er damals gegangen war, aber das hätte ihnen beiden nur noch mehr Schmerzen bereitet. Er wusste, dass er seine Chance auf ein Leben mit Mia aufgegeben hatte, als er sie verließ, aber er bereute es nicht, wenn er dadurch ihre Sicherheit gewährleistete. Wie gefährlich Lee war, hatten die Wandler in den USA bereits seit einiger Zeit erfahren müssen, und er wollte auf keinen Fall, dass der Verbrecher auf Mia aufmerksam wurde. Deshalb würde er den Transport der beiden verletzten Wandler so verschleiern, dass Lee ihren Weg unmöglich verfolgen konnte. Und danach würde er sich wieder darauf konzentrieren, den Verbrecher zu finden und auszuschalten. Noch einmal würde er ihn nicht entkommen lassen, egal, was es ihn auch kosten mochte.

6

Mit einem angewiderten Blick auf sein dick verbundenes Knie stemmte sich Lee in die Höhe. Dieser verdammte Caruso! Schon seit einem halben Jahr war der Mistkerl hinter ihm her und machte ihm das Leben schwer. Und das nur, weil sein Freund Gary Jennings sich aus Rache mit den Berglöwenwandlern angelegt hatte und dabei gestorben war. Warum gab Caruso deswegen ihm die Schuld? Er hatte Jennings lediglich darauf hingewiesen, dass seine Verlobte Melody vor zwanzig Jahren nicht etwa bei einer Wanderung von einem Wildtier getötet worden war, sondern stattdessen mit einem Berglöwenwandler durchgebrannt war. Gut, natürlich hatte Jennings genauso gehandelt, wie Lee das gehofft hatte, aber er hätte nicht gedacht, dass Caruso das durchschauen würde.

Lee war sich ebenso sicher, dass Caruso und seine Polizistenfreundin für das Desaster in San Francisco verantwortlich waren. Alleine hätten die Wandler sein Labor sicher nicht gefunden – zumindest nicht so schnell. Es war eindeutig eine Fehlkalkulation gewesen, nur drei Wachmänner einzusetzen, aber er hatte nicht riskieren wollen, dass jemand die Dinge, die in dem Labor vor sich gingen, verriet. Außerdem hatte er nicht ahnen können, dass die Wandler gleich so geballt zuschlagen würden. Zwei der Wachmänner lagen mit schweren Rauchvergiftungen im Krankenhaus, einer war verschwunden. Ob er geflohen war oder die Wandler ihn getötet hatten, wusste Lee nicht – und es war ihm auch egal.

Seine Hand krampfte sich um den Griff der Krücke, die er zur Schonung seines Knies benutzen sollte. Nicht nur sein Gebäude hatte er durch den Überfall der Wandler verloren, sondern auch seine Versuchsobjekte, die er in jahrelanger Arbeit angesammelt hatte. Wenigstens hatte er die Forschungsergebnisse retten können, bevor er das Feuer gelegt hatte, um seine Spuren zu verwischen. Das Gebäude stand zwar noch, aber sämtliche Aufzeichnungen waren mit den Computern zerstört worden.

Selbst wenn er jemals mit dem Gebäude in Verbindung gebracht wurde – was extrem unwahrscheinlich war – würden sie ihm nie nachweisen können, was er dort getan hatte. Oder dass er überhaupt mit den Ereignissen im Keller in Verbindung stand, denn die Wandler würden nie damit zur Polizei gehen. Immerhin hatte er nach so langer Zeit endlich den Heilsbringer gefunden, der ihm vor anderthalb Jahren in Namibia entwischt war. An den Narben, die seine Seite überzogen, war er eindeutig zu erkennen gewesen. Damit bewahrheitete sich das, was er schon lange vermutete: Der Heilsbringer war ihm in die USA gefolgt. Und damit befand er sich da, wo Lee ihn haben wollte.

Es gab nur einen kleinen Haken: Isabel. Die Menschenfrau mit einem Hauch Wandlerblut hatte Fähigkeiten, die er für sich nutzen wollte, deshalb musste er sie unbedingt wieder einfangen. Doch sie war verschwunden. Die ersten Tage hatte sie unter Polizeiüberwachung in einem Hotelzimmer verbracht, wenn sie nicht gerade mit ihrem Vater im Krankenhaus bei der verletzten Polizistin gewesen war. Auch diese Sache war nicht gut gelaufen. Er hatte nicht damit gerechnet, dass die Wandler die Polizei einschalten würden, um Isabel zu finden. Genau genommen hatten sie das auch nicht, sondern Caruso, der sich zu seiner Überraschung als Isabels Vater entpuppt hatte. Aber es brachte nichts, weiter darüber nachzugrübeln. Es war so und er musste es in seine Pläne mit einberechnen.

Wenn er Isabel und auch Caruso nicht in seine Gewalt brachte oder tötete, konnten sie seine ganze Arbeit zunichtemachen. Da sie nun sein Gesicht kannten, wäre es möglich, dass sie seine wahre Identität entdeckten und ihn an die Polizei verrieten. Außer sie würden schweigen, um ihre tierischen Freunde nicht in Gefahr zu bringen. Aber er würde es Caruso zutrauen, dass er ihm eine Falle stellte und ihn einfach beseitigte. Wann hatten sich ihre Rollen eigentlich vertauscht und er war vom Jäger zum Gejagten geworden?

Wütend schlug er mit der Krücke auf die Fensterbank. Er würde es keinesfalls zulassen, dass Caruso den Spieß umdrehte. Isabel und ihr Vater hatten San Francisco nach einigen Tagen verlassen. Wie zu erwarten, waren sie nach Los Angeles gefahren, wo Isabel mit ihrer Mutter lebte. Doch dort waren sie nicht geblieben, sondern schon nach einigen Stunden wieder aufgebrochen. Lee presste seine Zähne so fest zusammen, dass sie knirschten. Im dichten Verkehr hatte sein Mann sie schließlich verloren. Seitdem war Isabel verschwunden, während Caruso am nächsten Tag wieder in San Francisco im Krankenhaus aufgetaucht war.

Ein bitteres Lächeln verzerrte sein Gesicht. Natürlich, der Mistkerl wollte seine neue Freundin nicht alleinlassen. Das wunderte ihn nicht, schließlich hatte sich Caruso im Labor auch für die Versorgung der verletzten Polizistin entschieden, anstatt Lee zu verfolgen. Eine Regung, die er sogar nachvollziehen konnte, schließlich hätte er auch alles für seine Frau getan. Aber er würde sich dabei nie von einem Gewissen oder seltsamen Moralvorstellungen aufhalten lassen. Wenn Caruso das nicht lernte, würde er sehr schnell alles verlieren.

Lee wandte sich vom Fenster ab und zog sein Handy aus der Innentasche seines Jacketts. Es wurde Zeit, wieder die Zügel in die Hand zu nehmen. Es war nicht hinnehmbar, dass seine Feinde immer noch frei herumliefen. Rasch wählte er eine Nummer und wartete ungeduldig auf Antwort.

»Ja?«

»Holen Sie die Polizistin und bringen Sie sie zu mir.« Lee brauchte seinen Namen nicht zu nennen, das Handy war nur zu diesem Zweck angeschafft worden.

»Was ist mit dem Mann?« Genauso gut hätte sein Gesprächspartner nach einem Kaugummi fragen können, so desinteressiert klang er.

Nachdenklich strich Lee über seine Haare. »Er wird von selbst kommen, wenn wir seine Freundin haben.«

Lee beendete das Gespräch, legte das Telefon auf die Fensterbank und blickte aus dem Fenster über sein Grundstück, das eher einem verwilderten Park glich. Vor einem Jahr hatte er alle Hausangestellten entlassen und sich nicht mehr um Haus und Grundstück gekümmert, sondern sich nur seinem Ziel gewidmet. Als er sich vorstellte, was seine Frau dazu gesagt hätte, dass er ihren heiß geliebten Garten so verkommen ließ, zog sich sein Herz schmerzhaft zusammen. Im Moment hatte er keine Zeit dafür, aber wenn er seine Rache bekommen hatte, würde er dafür sorgen, dass alles wieder in altem Glanz erstrahlte. Auch wenn sie es nicht mehr sehen würde.

Faul lag Kainda in dem die Auswilderungsstation umgebenden kleinen Waldgebiet auf einer Astgabel und genoss es, sich den Wind um die Nase wehen zu lassen. Ihr Schwanz schwang sanft hin und her, ihren Kopf hatte sie auf ihre Pfoten gebettet, während sie die afrikanische Landschaft betrachtete. Ein dunkelblauer Himmel wölbte sich über den Gräsern der Savanne, die Temperatur war jetzt im Winter angenehm. Sie war seltsam zufrieden, ein Zustand, den sie nur selten erreichte. Und eigentlich nur, wenn Ryan in der Nähe war. Ihr Körper erstarrte und sie hob den Kopf. Witternd sog sie die Luft ein und lächelte innerlich. Lautlos erhob sie sich und balancierte auf dem Ast, bis sie Ryan unter sich auftauchen sah. Wäre er ebenfalls ein Wandler gewesen, hätte er sie sofort entdeckt, doch so gelang es ihr, ihn zu überraschen. Mit einem weiten Satz sprang sie vom Baum und landete direkt vor seinen Füßen. Ryan zuckte automatisch zurück, doch sie wartete nicht darauf, dass er sich von seinem Schreck erholte, sondern stürzte sich auf ihn.

Zusammen kippten sie nach hinten um und Kainda landete auf seiner Brust. Unter ihrer Pfote fühlte sie sein Herz wild klopfen, sein Atem kam in unregelmäßigen Zügen. Kainda fuhr mit der Zunge über seine Wange, bevor sie ihren Kopf an seine Halsbeuge schmiegte. Ryans Brustkorb hob sich mit einem tiefen Atemzug, dann schlangen sich seine Arme um ihren Körper.

»Irgendwann bekomme ich noch einen Herzinfarkt, wenn du mich weiter so erschreckst, Etana.« Noch immer verwendete er den Kosenamen, den er ihr gegeben hatte, als sie noch Patientin in seiner Tierklinik gewesen war und er sie für eine normale Leopardin gehalten hatte.

Wie immer schmolz sie dahin, als sie in seinen tiefblauen Augen seine Liebe für sie schimmern sah. Sie verwandelte sich und schlang ihre Arme um seinen Nacken. »Dein Herz ist völlig in Ordnung.« Ein sanftes Knabbern an seinem Hals ließ ihn zusammenzucken. »Außerdem will ich nicht, dass es dir irgendwann langweilig mit mir wird.«

Ryan grub seine Finger in ihre Haare und zwang sie, ihn anzusehen. »Es war noch keine Sekunde langweilig mit dir, Kainda. Ich liebe dich und bin gern mit dir zusammen.«

Unsicher blickte sie ihn an, aber sie konnte keinen Schimmer Humor in seiner Miene erkennen. Er meinte es eindeutig ernst. Auch nach all den Monaten hatte sie sich noch nicht daran gewöhnt, wieder einen Mann in ihrem Leben zu haben, jemanden, der sie so liebte, wie sie war. Mit der Zeit hatte der Schmerz über den Verlust ihres Gefährten und ihres Sohnes etwas nachgelassen, auch wenn er nie ganz vergehen würde. Ohne Ryan wäre sie verloren gewesen, nur durch ihn hatte sie neuen Lebensmut geschöpft. Da ihre Kehle zugeschnürt war und sie keinen Ton herausbrachte, beugte sie sich herunter und küsste ihn mit all den Gefühlen, die er in ihr auslöste.

Wie immer zögerte Ryan nicht, sondern ließ seine Zunge in ihren Mund wandern. Ein Arm schlang sich um ihre Taille, seine Hand legte sich auf ihren Po und presste sie dichter an ihn. Kainda unterdrückte ein Stöhnen und rieb sich an seiner Erektion. Es dauerte eine lange Zeit, bis sie schließlich den Kuss beendete und ihren Kopf hob.

Ernst sah sie in seine von Leidenschaft verdunkelten Augen. »Du bist mein Leben, Ryan. Ohne dich wäre ich verloren.«

Sein Körper spannte sich unter ihr an, seine Finger gruben sich fast schmerzhaft in ihre Haare. »Gott, wenn du so etwas sagst …« Er brach ab und räusperte sich.

Kainda versuchte sich aufzurichten, doch er hielt sie auf sich fest. »Was?«

»Ich muss immer daran denken, dass wir uns beinahe nie getroffen hätten. Oder wie wenig gefehlt hat, dich für immer zu verlieren.« Ein Zittern lief durch seinen Körper.

Auch sie hatte nicht vergessen, wie sie bei der Verfolgung durch die Verbrecher schwer verletzt worden und dadurch in Ryans Klink im Wild Animal Park gelandet war. Und wie ein Verfolger schließlich sogar in Ryans Haus eingebrochen war, um sie zu entführen. Dabei war Ryan beinahe getötet worden und Kainda um ein Haar eingeschläfert, weil sie ihn verteidigt und den Angreifer schwer verletzt hatte. Glücklicherweise war es Harken im letzten Moment gelungen, das zu verhindern und für sie einen Transport nach Namibia zu organisieren.

Sie legte ihre Hände um Ryans Wangen. »Aber das hast du nicht. Wir sind hier, zusammen, und niemand kann uns mehr etwas tun.«

Der sorgenvolle Ausdruck in seinem Gesicht verschwand. »Stimmt. Einer deiner Verfolger ist tot, zwei andere sind im Gefängnis. Und jeder denkt, dass du nicht mehr lebst. Niemand würde dich hier suchen.«

»Ganz genau.« Kainda erinnerte sich ungern an die Ereignisse, deshalb wechselte sie das Thema. »Warum bist du eigentlich hier? Hast du mich gesucht?«

Langsam setzte er sich auf, ließ sie dabei aber nicht los. Als Kainda schließlich auf seinem Schoß saß und ihre Beine um seine Hüfte schlang, antwortete er. »Ja. Mia wollte mit dir über ein paar Neuankömmlinge sprechen.« Während Ryan als Tierarzt in der Auswilderungsstation arbeitete, kümmerte Kainda sich darum, dass es den Tieren und Wandlern an nichts fehlte. Seine Hand glitt über ihren Rücken und löste eine Gänsehaut aus. »Mia sah nicht gut aus. Ich weiß nicht, was los ist, aber ich habe sie noch nie so … aufgelöst gesehen.«

Das klang nicht gut. Seit sie hier lebten, war Mia zu einer Freundin geworden, und Kainda mochte ihre gelassene, freundliche Art. Wenn sie dermaßen aufgeregt war, musste etwas passiert sein. Sie wollte sich von Ryan lösen, doch er hielt sie fest und stand mit ihr in seinen Armen auf. Als er auf ihr kleines Haus zuging, das neben den anderen Gebäuden der Auswilderungsstation lag, schlang Kainda ihre Arme um seinen Hals.

»Dir ist schon klar, dass ich nackt bin, oder? Willst du wirklich, dass Joe mich so sieht?«

Abrupt blieb Ryan stehen. »Verdammt! Ich habe mich schon so daran gewöhnt, dass ich gar nicht mehr darüber nachdenke. Wenn wir keinen Aufruhr veranstalten wollen, solltest du dich vielleicht doch lieber verwandeln und zu unserem Haus schleichen.«

Außer Mia wusste niemand, dass sie eine Wandlerin war, auch wenn sie vermutete, dass Joe etwas ahnte. Doch sie vertraute dem schweigsamen Ovambo, der für Mia ein unverzichtbarer Helfer war.

Mit einem bedauernden Seufzer löste sie sich von Ryan und glitt an seinem Körper hinunter. »Manchmal vermisse ich es, unter Wandlern zu leben und mir keine Gedanken darüber machen zu müssen, ob ich Kleidung brauche oder nicht.«

Ryan hob ihr Kinn an und blickte tief in ihre Augen. »Bedauerst du es, mit einem Menschen zusammen zu sein?«

Ihre Augenbrauen zogen sich zusammen. »Hast du eigentlich vorhin nicht zugehört, als ich gesagt habe, wie glücklich ich mit dir bin?«

»Doch, und ich weiß auch, dass du mich liebst, aber darum geht es mir nicht.« Er machte eine Pause und strich mit einem Finger über ihre Wange. »Du bist es gewöhnt, in einer Wandlergruppe zu leben, und ich frage mich, ob ich dir als Mensch das geben kann, was du brauchst. Ich möchte nicht, dass du einsam bist, Kainda.«

Tränen traten in ihre Augen, als sie wieder einmal erkannte, wie viel Glück sie gehabt hatte, Ryan zu begegnen. »Das bin ich nicht. Natürlich ist es manchmal seltsam, nicht in einer Gruppe zu leben, in der jeder dich in- und auswendig kennt. Aber es ist mir wichtiger, mit dir zusammen zu sein, du gibst mir alles, was ich brauche. Und ich bin ja nicht die einzige Wandlerin hier, auch wenn Mia eine Löwin ist.«

Wenn sie zu unruhig wurde, traf sie sich mit Mia und sie tauchten in ihrer Tierform in die Landschaft ein. Das Glücksgefühl, wenn sie so schnell lief, wie sie nur konnte, und der Wind durch ihr Fell strich, war unbeschreiblich. Gleichzeitig waren das die Momente, in denen sie ihre Schwester Jamila am meisten vermisste. Früher waren sie oft zusammen gelaufen, wenn die Leoparden in ihnen nach ihrem Recht verlangten. Durch ihr geistiges Band war es fast so gewesen, als wären sie dabei ein Körper. Ob

Jamila jetzt mit Finn diese wilde Seite auslebte? Wahrscheinlich. Sie selbst konnte das mit Ryan nicht tun, deshalb war sie froh, dass Mia das gleiche Problem hatte. Auch wenn die Löwenwandlerin immer zufrieden wirkte, hatte Kainda doch das Gefühl, dass irgendetwas in ihrer Vergangenheit vorgefallen war.

Ryan küsste sie sanft. »Ich ziehe es vor, dir zu glauben, denn ich möchte dich nicht verlieren.« Er legte seine Stirn an ihre. »Aber wenn du irgendwann das Gefühl hast, in einer Gruppe leben zu müssen, sag es mir, damit wir eine Lösung finden können, okay?«

Wärme breitete sich in ihr aus. Kein Wunder, dass sie sich in ihn verliebt hatte. Genauso sanft und verständnisvoll hatte er sie behandelt, als er noch dachte, sie wäre eine normale Leopardin. Sie lächelte Ryan dankbar an. »Natürlich.«

Mit offenkundigem Bedauern ließ Ryan sie los und trat von ihr zurück. Sein Blick glitt bewundernd über ihren Körper und hinterließ eine Hitze in ihr, die nichts mit der Sonne zu tun hatte.

»Wenn wir nachher in unserem Haus sind, ziehe ich mich auch wieder aus, versprochen.«

Ryan grinste sie an, Erregung ließ seine blauen Augen blitzen. »Davon war ich ausgegangen.«

Kainda verwandelte sich und strich in Leopardengestalt um seine Beine, bevor sie in Richtung der Gebäude loslief.

Ryan folgte ihr langsamer und kam gerade bei ihrem Haus an, als sie sich angezogen hatte. Hand in Hand gingen sie zu Mias Büro, das sich in einem kleinen Haus hinter den anderen Gebäuden befand. Darin hielt sie sich immer dann auf, wenn sie sich nicht gerade um Neuankömmlinge kümmern musste. Oder wenn sie ihre Ruhe haben wollte. Ryan gab Kainda vor der Tür einen Kuss und ging dann weiter zum Klinikgebäude, in dem seine Patienten untergebracht waren. Seit sich herumgesprochen hatte, dass ein Tierarzt in der Auswilderungsstation praktizierte, wurden immer mehr verletzte oder kranke Tiere vorbeigebracht, um die er sich kümmerte. Und Ryan ging mit Leib und Seele in dieser Aufgabe auf.

Kainda klopfte kurz an den Türrahmen von Mias Büro. Die Löwenwandlerin stand mit dem Rücken zu ihr am Fenster und rührte sich nicht, als Kainda in den Raum trat. Ihre Sorge nahm zu, irgendetwas schien tatsächlich nicht zu stimmen, denn es ging beinahe etwas Verlorenes von Mia aus, während sie auf die namibische Landschaft starrte. Zögernd stellte sich Kainda neben sie und blickte ebenfalls hinaus.

»Ryan sagte, du wolltest mit mir über Neuankömmlinge sprechen?«

Mia zuckte zusammen, als Kainda sprach, so als wäre ihr gar nicht bewusst gewesen, dass sich noch jemand im Raum befand. Langsam drehte sie sich zu ihr um. »Danke, dass du so schnell gekommen bist. Wir haben viel vorzubereiten.« Ihre normalerweise hellbraunen Augen waren dunkler als gewöhnlich, das Gesicht war ungewöhnlich blass. Tiefe Ringe lagen unter ihren Augen.

Ryan hatte Recht gehabt: irgendetwas war geschehen, das Mia sehr zu schaffen machte. Doch Kainda wusste nicht, wie sie ihre Freundin darauf ansprechen sollte. »Was kommen denn für Tiere? Sind sie verletzt oder sollen sie ausgewildert werden?«

Ein Schatten zog über Mias Gesicht. »Es sind zwei Wandler, ein Leopard und ein Löwe. Sie sind sehr geschwächt und müssen aufgepäppelt werden.«

Eine Vorahnung beschlich Kainda. »Wo kommen sie her?«

Mia verzog den Mund. »Aus den USA. Sie werden in den nächsten Tagen hierher geschickt.«

»Sind das die beiden, die Jamilas Berglöwengruppe in San Francisco aus einem Labor befreit hat?« Sie hatte noch nicht wieder mit ihrer Schwester gesprochen, daher war sie nicht auf dem Laufenden, was mit den geschwächten Wandlern passiert war.

Mit zusammengezogenen Augenbrauen blickte Mia sie an. »Jetzt weiß ich, wen er mit ›wir‹ meinte.«

Irgendetwas war hier seltsam. »Er?«

Eine Mischung aus Trauer und Wut trat in Mias Augen. »Jemand aus meiner Vergangenheit. Er hat dich damals auch hierher ausfliegen lassen.«

Das erklärte einiges. »Du kennst Harken?«

Mia drehte sich wieder zum Fenster um. »So nennt er sich jetzt?«

»Ich habe ihn nie kennengelernt, aber Jamila hat mir erzählt, dass ein Wandler namens Harken mir geholfen hat, als ich eingeschläfert werden sollte. Er hat zusammen mit der Berglöwengruppe und noch einigen anderen vor etwa einer Woche eine entführte Menschenfrau und eben die eingesperrten und gefolterten Wandler in San Francisco gerettet.« Sie wartete einen Augenblick, doch Mia sagte nichts dazu. »Woher kennst du ihn? Ich glaube nicht, dass irgendjemand weiß, woher er kommt und was seine Motive sind.«

»Da kann ich dir auch nicht helfen.« Mia drehte sich zu ihr um und verschränkte die Arme vor der Brust, als wäre ihr kalt. »Vor anderthalb Jahren war er für kurze Zeit hier. Er war schwer verletzt, offenbar hatte ihn damals der gleiche Kerl gequält, dem das Labor in San Francisco gehörte.« Ihre Augen wurden feucht. »Als er wieder gesund war, ist er verschwunden.« Es war offensichtlich, wie schwer es ihr fiel, über Harken zu reden. Anscheinend hatte er sie mit seiner Abreise sehr verletzt. So sehr, dass sie auch nach so langer Zeit nicht über ihn reden konnte, ohne dass es für jeden sichtbar war.

»Wie ist sein richtiger Name?«

Mia lächelte schwach. »Leon.«

Huh, das klang irgendwie zu … weich, für den harten, undurchsichtigen Wandler, von dem ihre Schwester gesprochen hatte. Kein Wunder, dass er sich in Harken umbenannt hatte. Mias Lachen riss sie aus ihren Gedanken. Verwirrt sah sie auf.

»Du solltest deinen Gesichtsausdruck sehen.« So schnell wie ihre Erheiterung gekommen war, verschwand sie auch wieder. »Wie du siehst, kann ich dir auch nicht wirklich etwas über Leon – oder Harken – erzählen.«

Kainda legte ihre Hand auf Mias Arm. »Mir reicht es zu wissen, dass er auf unserer Seite ist und anderen Wandlern hilft.«

»Das ist eine Sache, an der ich nie gezweifelt habe.« Mia richtete sich auf. »Okay, besprechen wir unsere Neuankömmlinge. Sie landen mit einer Verkehrsmaschine in Windhoek, dort laden wir sie in eine kleine Maschine um, die sie zu dem privaten Rollfeld hier in der Nähe bringt. Eine stundenlange Fahrt mit dem Auto können wir ihnen nicht zumuten, wenn sie wirklich in so schlechtem Zustand sind, wie Leon sagt.«

Kainda verzog den Mund, als sie sich daran erinnerte, wie sie damals hierher transportiert worden war. »Nein, ich würde das auch keinem empfehlen.«

Mia lächelte sie entschuldigend an. »Tut mir leid, damals war das Flugzeug kaputt und wir hatten keine Wahl, weil Leon mich nicht rechtzeitig benachrichtigt hatte.«

»Ich habe es ja überlebt. Soll ich mit nach Windhoek kommen?« Nach ihren Erfahrungen in den USA kam sie nur ungern in die Nähe von Menschen und Städten, doch wenn es darum ging, anderen Wandlern zu helfen, die Ähnliches durchlitten hatten wie sie selbst, würde sie es tun.

»Ja, das wäre gut. Falls der Leopard unruhig wird, kannst du ihn vielleicht beruhigen, ich übernehme den Löwen. Ryan werde ich auch bitten, mitzukommen, damit er sie medizinisch überwacht. Wenn der Löwe wirklich so schwach ist, wie Leon das gesagt hat, dann kann der lange Flug Probleme verursachen.« Sorge stand in ihrem Gesicht. »Wenn er den Transport überhaupt überlebt.«

Kaindas Hände ballten sich zu Fäusten. Hoffentlich zogen die Berglöwen den Verbrecher endlich zur Rechenschaft, der es auf die Wandler abgesehen hatte. Es konnte doch nicht sein, dass ein Mann die Existenz aller Wandler bedrohte und niemand es schaffte, ihn aufzuhalten. Lee hatte bereits so viel Schaden angerichtet, so viele Leben zerstört. Wenn sie ihn jemals in die Finger bekommen sollte, würde sie ihn ein für alle Mal unschädlich machen. Aber erst einmal würde sie ihn leiden lassen.

Nur langsam tauchte sie aus ihren Gedanken auf, als sich Mias Hand über ihre Faust legte. »Geht es dir gut?«

»Ja.« Ihre Stimme klang rau, aber das konnte sie nicht ändern. Es war sowieso nur ein Wunschtraum, Lee war in den USA und sie würde nie wieder dorthin zurückkehren. »Wann sollen die Wandler ankommen?«

»Ich werde gleich mit dem Piloten sprechen und fragen, wann er Zeit hat. Leon sagte, es müsste möglichst schnell passieren, der Leopard ist wohl ungeduldig.« Mia zog eine Augenbraue hoch. »An wen erinnert er mich nur?«

Kainda schnitt eine Grimasse, als Mia darauf anspielte, wie sie selbst vor einigen Monaten nicht darauf gewartet hatte, dass ihre Verletzung richtig verheilte, sondern sofort aufgebrochen war, um die Überreste ihrer Familie und Freunde zu beerdigen.

»Entschuldige, ich wollte dich nicht daran erinnern.« Mia rieb über ihre Stirn. »Ich glaube, ich lege mich erst mal hin.«

Kainda nickte nur und verließ das Büro. Sie brauchte jetzt dringend Ryan, um ihre Erinnerungen zu verdrängen.

7

Ein Scharren schreckte Dawn aus ihrem unruhigen Schlaf auf. Mit weit aufgerissenen Augen starrte sie in die Dunkelheit, ihre Hand wanderte automatisch zu ihrer Hüfte, wo sich sonst ihre Dienstwaffe befand. Doch da war nichts. Stattdessen trafen ihre Finger auf die Bettdecke, und sie erinnerte sich daran, dass sie noch in ihrem Einzelzimmer im Krankenhaus lag. Das bedeutete, dass sie nicht einmal eine Pistole im Nachttisch oder dem Safe in ihrem Wohnzimmer hatte. Wenn das Krankenhauspersonal den Raum betrat, machten sie immer Licht und sprachen sie an. Doch jetzt war da nur Dunkelheit und ominöse Stille. Angestrengt lauschte sie, bis sie glaubte, das Blut in ihren Adern pulsieren zu hören. Dann kam es wieder: ein ominöses Rascheln und ein leises Quietschen, so als versuchte jemand, sich möglichst leise durch den Raum zu bewegen.

Lautlos schob Dawn die Bettdecke zur Seite und schwang ihre Beine über die Bettkante. Die Federung quietschte leise und Dawn blieb regungslos sitzen. Ihr Herz hämmerte so laut, dass sie nicht hören konnte, ob sich der Eindringling immer noch näherte. Weil sie nicht abwarten wollte, bis sie angegriffen wurde, ließ sie sich fallen und landete schmerzhaft auf dem Boden neben dem Bett. Die Wunde an ihrem Bauch meldete sich protestierend, sie konnte nur hoffen, dass sie die Naht nicht aufgerissen hatte. Aber das war jetzt nebensächlich, es zählte nur, der Bedrohung zu entkommen. Dawn bemühte sich, ihre Atmung zu regulieren, während sie so leise wie möglich zur Wand kroch, damit sie ihren Angreifer kommen sah.

Irgendwie musste es ihr gelingen, an dem Eindringling vorbei zur Tür zu kommen. Sie machte sich keine Illusionen, dass sie sich in ihrem derzeitigen Zustand nicht wirklich lange wehren konnte. Jede Bewegung sandte einen ziehenden Schmerz durch ihren Unterleib. Lautlos atmete Dawn auf, als ihr Rücken die Wand berührte. Ihr ganzer Körper war angespannt, als sie herauszufinden versuchte, wo sich der Eindringling im Raum befand. Oder ob da überhaupt jemand war, vielleicht waren ihre Instinkte durch die Geschehnisse der letzten Zeit aus dem Lot geraten. Dawn hielt den Atem an, als sie erneut ein Rascheln hörte, diesmal deutlich näher. Angestrengt starrte sie in die Richtung, aus der sie das Geräusch gehört hatte, und glaubte, eine schemenhafte Figur zu sehen, die sich mitten im Raum befand.

Die Augen weiterhin auf den dunkleren Fleck gerichtet, bewegte sie sich langsam an der Wand entlang auf die Tür zu. Wenn sie den Gang erreichte, konnte sie um Hilfe rufen und wäre in Sicherheit. Erst jetzt fiel ihr wieder der Notfallknopf ein, den sie in dem ersten Schreck völlig vergessen hatte.

Sie wünschte, Caruso wäre hier. Innerlich schüttelte sie den Kopf. Jetzt galt es, sich völlig auf den Eindringling zu konzentrieren, der sich weiter auf das Bett zu bewegte. Anscheinend war ihm noch nicht aufgefallen, dass sie sich nicht mehr darin befand. Jetzt beugte er sich darüber.

Das war ihre Gelegenheit! Dawn richtete sich auf und begann, weiter in Richtung der Tür zu schleichen. Sie wollte den Mann möglichst nicht auf sich aufmerksam machen, bis sie die Tür öffnete. Eine Hand auf den Verband gepresst, versuchte sie, gleichzeitig auf ihr Ziel und den Verbrecher zu achten. Ihre Beine zitterten und in ihrem Kopf breitete sich zunehmend Schwindel aus. Ihr Kreislauf protestierte gegen die plötzliche Bewegung und ihren erhöhten Adrenalinpegel.

Dawn stützte sich mit der Hand an der Wand ab und atmete

tief durch. Ihre Finger berührten einen Gegenstand, der daraufhin mit lautem Scheppern zu Boden fiel. Ein Bilderrahmen! Einen Moment lang war sie wie erstarrt, dann rannte sie los. Kurz bevor sie die Türklinke berührte, legte sich eine Hand um ihren Nacken und riss sie zurück. Vor Schreck erstarrte sie einen Moment lang, bevor sie sich wehrte. Ein glühender Schmerz zuckte durch ihre Schusswunde, als die Bewegung an der Naht zerrte. Dawn keuchte auf, Übelkeit wühlte in ihrem Magen, während die Bewusstlosigkeit sie zu übermannen drohte. Sie kämpfte verbissen dagegen an, denn sie wusste, dass sie dann verloren war. Was auch immer der Kerl von ihr wollte, es war offensichtlich, dass er kein Problem damit hatte, eine verletzte Polizistin anzugreifen.

Der Griff in ihrem Nacken verstärkte sich, ein Arm schlang sich um ihren Brustkorb. Helle Punkte flimmerten vor ihren Augen und sie schnappte verzweifelt nach Luft. Ihre Fingernägel gruben sich in den Unterarm des Angreifers, der sich dadurch überhaupt nicht beeindrucken ließ. Mit dem Hacken trat sie nach seinem Schienbein, was ihm einen Fluch entlockte, aber mit nackten Füßen konnte sie keinen großen Schaden anrichten. Ihre Arme waren an ihrem Körper gefangen und jede Bewegung ihrer Beine sandte reine Agonie durch ihren Unterleib. Trotzdem kämpfte sie mit allem, was sie hatte. Der Verbrecher schien jedoch jeden verzweifelten Versuch vorauszusehen und schaffte es, ihr auszuweichen.

»Lassen Sie mich los! Ich … Hmmm.« Dawn krümmte sich zusammen, als sie unerwartet auf das Bett geworfen wurde und sich eine große Hand auf ihren Mund legte. Sie bekam keine Luft! Ihre Finger krallten sich in die kräftigen Arme des Mannes, doch sie war zu schwach, um die Hand zu bewegen. Mit jeder Sekunde fühlte sie, wie sie schwächer wurde und ihre Gegenwehr erlahmte.

Der Kerl beugte sich vor, bis sie über sich den Umriss seines

Kopfes erkennen konnte. »Wenn du dich still verhältst, werde ich meinen Griff lockern. Wenn nicht …« Er brauchte nicht weiterzureden, sie wusste auch so, was er meinte. In wenigen Sekunden würde sie das Bewusstsein verlieren und er konnte mit ihr machen, was er wollte.

Die Vorstellung jagte einen Schauder durch ihren Körper. Sie gab jede Gegenwehr auf und atmete in gierigen Zügen ein, als er wie versprochen seine Hand weniger fest auf ihren Mund presste. Ihre Lunge verkrampfte sich und sie hatte Mühe, einen Hustenanfall zu unterdrücken. Selbst wenn sie gewollt hätte, hatte sie keine Kraft mehr, sich zu wehren. Ihre Energie war durch ihren Fluchtversuch verbraucht, ihre Arme und Beine waren wie aus Blei. Verzweifelt suchte sie nach einem Ausweg, doch wenn ihr nicht jemand von außen zu Hilfe kam, war sie diesem Verbrecher hilflos ausgeliefert.

»Was … wollen Sie … von mir?« Ihre Stimme war durch die Hand und ihre raue Kehle kaum zu verstehen.

Der Mann gab ein Schnauben von sich. »Ich? Nichts.«

Trotz seiner Worte hielt er sie weiter fest. »Aber … was machen Sie dann hier?«

Die Hand vor ihrem Mund verschwand, doch er hielt weiterhin ihre Kehle umfangen. »Ich soll dich rausbringen und genau das werde ich tun. Ich würde es vorziehen, das halbwegs gewaltfrei zu tun, aber das liegt ganz bei dir.«

Anscheinend machte sich der Sauerstoffmangel im Gehirn bemerkbar, denn sie verstand nicht, was das bedeutete. Es dauerte eine Weile, bis sich der Nebel lichtete. »Wer hat Sie beauftragt?« Sie kannte niemanden, der ein Interesse daran haben konnte, sie aus dem Krankenhaus zu holen. Außer Caruso, aber der würde es nie auf diese Art und Weise tun, schließlich wusste er, dass sie noch Schmerzen hatte.

»Tut mir leid, das kann ich dir nicht sagen. Du wirst wohl warten müssen, bis du ihn triffst.« Seine Stimme klang eindeutig amüsiert, aber Dawn konzentrierte sich darauf, was er gesagt hatte.

Ihn. Der Auftraggeber war also ein Mann. Und ihr fiel nur einer ein, der sich trauen würde, eine Polizistin entführen zu lassen, wenn es seinen Zielen diente: Lee. Furcht ließ ihr Herz hämmern, als sie sich daran erinnerte, wie sie im Labor mit ihm gekämpft und er sie, ohne zu zögern, angeschossen hatte. Einfach nur, weil sie ihm im Weg gewesen war. Doch was versprach er sich davon, sie jetzt zu kidnappen? Sein Labor war versiegelt worden, die Tiere waren befreit und inzwischen wahrscheinlich schon irgendwo untergebracht.

Dawn bemühte sich, nicht daran zu denken, was sie gesehen hatte. Große Raubkatzen, die ohne Käfige von Männern in den Wald gebracht worden waren, ein Adler, der sie scheinbar führte, ein nackter Mann … Und mittendrin Caruso. Sie hatte sich bisher noch nicht getraut, ihn zu fragen, was das alles zu bedeuten hatte, aber vielleicht hätte sie das tun sollen. Denn sie konnte sich des Eindrucks nicht erwehren, dass sie seinetwegen entführt werden sollte – oder wegen dem, was sie dort gesehen hatte.

»Ich muss die Sache jetzt mal ein wenig abkürzen. Entspann dich einfach.«

Bevor sie seine Worte hinterfragen konnte, spürte sie einen Stich in der Armbeuge und erkannte, dass es zu spät war, sich noch zu wehren. Ihre Muskeln wurden schlaff und sie konnte sich nicht mehr rühren. Was geschah mit ihr? Anstatt das Bewusstsein zu verlieren, wie sie es erwartet hatte, blieb sie wach und konnte den Mann weiterhin über ihr sehen. Sie wollte schreien, um sich schlagen, irgendetwas. Aber nichts davon gelang ihr.

Der Verbrecher grunzte zufrieden und schob seine Arme unter ihren Körper. Innerlich schrie sie auf, doch er legte sie nur ordentlich ins Bett und zog dann die Decke bis zum Hals über sie. Hilflos musste sie es geschehen lassen, dass er sie samt ihrem Bett aus dem Zimmer und den langen Gang hinunter schob. Im Licht konnte sie ihn deutlich erkennen. Er trug einen Arztkittel und benahm sich so, als wäre es normal, dass er sie mitten in der Nacht durch das Krankenhaus fuhr. Dawn konnte sich weder selbst retten, noch jemanden auf ihre Lage aufmerksam machen. Sie versuchte, einer Schwester mit den Augen zu signalisieren, dass sie entführt wurde, doch die warf ihr nur einen kurzen Blick zu, nahm die Papiere entgegen, die der Mann ihr hinhielt und nickte dann. Anscheinend hatte ihr Entführer an alles gedacht. Er schob sie weiter, fuhr sie mit dem Fahrstuhl ins Erdgeschoss und kurze Zeit später machte die hellgraue, mit Leuchtstoffröhren bestückte Decke dem wolkenlosen Nachthimmel Platz.

Was würde Caruso tun, wenn er am Morgen zum Krankenhaus kam und feststellte, dass sie nicht mehr dort war? Würde er annehmen, dass sie freiwillig verschwunden war? Sie wusste es nicht, und das machte ihr Angst. Wenn sie Pech hatte, würde sie noch nicht einmal vermisst gemeldet werden. Sie wollte nicht wissen, wie oft Menschen freiwillig aus einer Klinik verschwanden. Und wenn der Verbrecher Verlegungspapiere eingereicht hatte, würde sie erst gar nicht vermisst gemeldet werden. Bei der Arbeit würde sie auch niemand vermissen, weil sie noch mindestens zwei Wochen krankgeschrieben war und keiner ihrer Kollegen oder ihr Chef damit rechnete, dass sie in nächster Zeit zum Dienst erschien.

Blieb nur Caruso. Sie musste einfach daran glauben, dass er wissen würde, dass sie das Krankenhaus nicht verlassen hätte, ohne ihm Bescheid zu sagen. Schon gar nicht in ihrem Zustand. Trotz der Betäubung konnte sie den Schmerz fühlen, der von ihrer Wunde ausging. Es war die Hölle. Etwas Feuchtes lief an ihrer Seite entlang, anscheinend hatte sich die Naht wieder geöffnet. Die feuchte Salzluft vom Meer strich über sie, während sie durch die Nacht geschoben wurde. Wenn sie auch nur einen Muskel hätte bewegen können, hätte sie gezittert. Das Mittel, das der Entführer ihr gespritzt hatte, lähmte wohl nur die Muskeln, ihr Gehirn schien voll funktionsfähig zu sein. Fast wünschte sie sich, es wäre nicht so.

Schließlich hielt der Mann ihr Bett an und ein metallisches Geräusch ertönte. Es klang, als würde jemand die Schiebetür eines Lieferwagens öffnen. Dawn versuchte, trotz ihrer Angst und der Schmerzen nicht aufzugeben. Sie musste so viel wie möglich über ihre Umgebung in Erfahrung bringen, wenn ihr die Flucht gelingen sollte. Momentan war das zwar noch aussichtslos, aber irgendwann würde das Mittel seine Wirkung verlieren und dann wollte sie bereit sein. Ihr Entführer schob die Bettdecke zur Seite und hob sie ohne Umschweife hoch. Das Gefühl seiner Hände an ihren nackten Beinen und durch ihr dünnes Nachthemd verursachte ihr Übelkeit und machte sie wütend. Aber sie konnte nichts anderes tun, als im Geiste die Zähne zusammenzubeißen und die Berührung zu ertragen.

Wieder schob sich die Erinnerung dazwischen, wie Caruso sie hochgehoben und durch das brennende Gebäude getragen hatte. Seine Berührung war liebevoll gewesen, die Hände sanft. Ihr Entführer dagegen drückte so fest zu, dass sie garantiert blaue Flecken davontragen würde. Über ihr wechselte sich das gelbliche Laternenlicht des Parkplatzes mit dem metallenen Himmel des Lieferwagens ab. Plötzlich wurde sie losgelassen und fiel wie ein Stein zu Boden. Ihre Wange landete schmerzhaft auf einem nach Benzin stinkenden Teppich, Schmerz explodierte in ihrem Bauch. Furcht schnürte ihr die Luft ab und sie hatte das Gefühl zu ersticken. Einige Sekunden lang konzentrierte sie sich nur darauf, genug Sauerstoff zu bekommen, bevor sie sich zwang, wieder auf ihre Umgebung zu achten.

Durch die offene Schiebetür des Wagens konnte sie sehen, wie ihr Entführer das Bett mit einem Fußtritt zur Seite beförderte, bevor er sich über sie beugte und an einem Gegenstand hinter ihr herumzerrte. Mit einem unheilvollen Rascheln zog er etwas über sie, das wie eine Plane aussah. Als auch ihr Kopf darunter verschwand, schrie sie innerlich auf, doch kein Laut drang über ihre Lippen. Dawn versuchte, ihre Hände und Füße zu bewegen, ihren Kopf, irgendetwas, doch nichts rührte sich. Sie war hier gefangen. Furcht kroch durch ihren Körper und füllte sie vollständig aus. Jetzt erst konnte sie wirklich nachvollziehen, wie ihre Schwester sich damals gefühlt haben musste, als sie entführt worden war. Wenn sie als erfahrene Polizistin schon Mühe hatte, ihre Angst zu beherrschen, wie war es dann der erst sechzehnjährigen Natalie ergangen? Und würde Dawn genauso spurlos verschwinden wie ihre Schwester?

Nein, daran durfte sie nicht denken! Sie musste stark bleiben und überleben, damit sie die Täter zur Rechenschaft ziehen konnte. Mit einem Knall wurde die Schiebetür geschlossen, dann herrschte einen Moment lang Ruhe. Es war schwer, unter der knisternden Plane etwas zu hören, besonders, wenn ihre schweren Atemzüge in ihren Ohren dröhnten. Der Wagen schaukelte heftig, dann ertönte noch ein Knall. Kurz darauf wurde der Motor angelassen. Anscheinend war der Entführer eingestiegen und machte sich nun bereit loszufahren. Doch der Motor blieb weiterhin im Leerlauf. Was machte der Kerl jetzt? Dawn wünschte, sie hätte etwas sehen können und wäre nicht bewegungsunfähig in völliger Dunkelheit gefangen gewesen.

Sie blinzelte heftig, als Schweiß über ihre Stirn lief und in ihre Augen geriet. Unter der Plane war es unerträglich heiß, was ihre Verfassung noch verschlechterte. Unvermittelt erklang die Stimme ihres Entführers. Zuerst dachte sie, er spräche mit ihr, doch dann wurde ihr klar, dass er telefonierte. Dawn hielt den Atem an und lauschte.

»Ich habe sie. Wo soll ich sie hinbringen?« Eine Pause. »Okay, ich bin in etwa drei Stunden dort. Noch irgendwelche Wünsche?« Wieder hörte er seinem Gesprächspartner zu. »Das lässt sich einrichten.«

Oh Gott, was sollte er mit ihr tun? Sie foltern oder vergewaltigen? Sie töten? Ein Wimmern blieb in ihrer Kehle stecken.

»Nein, das war kein Problem, sie hat sich nicht groß gewehrt.« Ein Lachen klang in seiner Stimme mit, das ihr einen Schauder über den Rücken jagte. »Ja, ich habe den Umschlag im Zimmer deponiert, er wird ihn finden.«

Meinte er Caruso? Hing die ganze Entführung mit ihm zusammen? Möglich war es. Doch solange sie es nicht genau wusste, brachte es auch nichts zu spekulieren. Sie musste sich darauf konzentrieren, am Leben zu bleiben, alles andere würde sich später finden.

»Deponieren Sie den Betrag wie gehabt, dann bekommen Sie Ihren Köder.«

Die anschließende Stille verkündete, dass er das Telefonat beendet hatte. Ohne nachzuprüfen, ob sie überhaupt noch lebte, trat er aufs Gas und der Wagen schoss vorwärts. Die Gedanken überschlugen sich in ihrem Kopf. *Köder?* Was meinte er damit? Wurde sie nur entführt, weil Caruso in eine Falle gelockt werden sollte? Aber auch wenn Caruso sie gerettet und seitdem jeden Tag im Krankenhaus besucht hatte, war sie nicht sicher, dass er wirklich alles tun würde, um ihr zu helfen. Besonders wenn er ahnte, dass es sich um eine Falle handelte. Dass er ihr nie den wahren Grund für Isabels Entführung erzählt hatte – und vor allem was bei der Befreiungsaktion wirklich abgelaufen war – zeigte doch klar, dass er ihr nicht vertraute. Allerdings wusste das ihr Entführer oder sein Auftraggeber nicht.

Wahrscheinlich gingen sie davon aus, dass Caruso irgendwelche Gefühle für sie hegte, nur weil er sich um sie gekümmert hatte, als sie verletzt war. Zwar hatte er sie auch geküsst, aber nie in Gesellschaft. Woher sollten sie das also wissen? Die Erinnerung an die sanften Küsse löste Bedauern in ihr aus, weil sie durch ihre Verletzung nie dazu gekommen waren auszutesten, ob da wirklich etwas zwischen ihnen war. Es hatte eindeutig bei ihr gekribbelt, und wenn ihre Menschenkenntnis sie nicht völlig trog, war auch Caruso nicht unbeteiligt geblieben. Aber das bedeutete nicht unbedingt etwas. Wenn sie demjenigen gegenüberstand, der ihre Entführung in Auftrag gegeben hatte, würde sie ihm klarmachen, dass es ein Fehler gewesen war, sie hier einzusperren. Sie war Polizistin, verdammt noch mal, ihr durfte so etwas überhaupt nicht passieren!

Eine Weile versuchte Dawn, anhand der Geräusche und der Verlagerung in den Kurven den Weg durch die Stadt nachzuvollziehen, doch schließlich gab sie entmutigt auf. Sie kannte sich in San Francisco nicht gut genug aus, um die zurückgelegte Strecke in ihrem Kopf entstehen zu lassen. Hoffentlich würde sie an ihrem Zielort die Möglichkeit haben, sich umzusehen und daraus zu schließen, wo sie hingebracht worden war. Wenn sich eine Möglichkeit zur Flucht ergab, würde sie jedes Wissen benötigen. Aber noch war es nicht so weit. Wenn sie das richtig verstanden hatte, würde die Fahrt etwa drei Stunden dauern. Vielleicht ließ in der Zeit die Wirkung des Mittels nach und sie konnte sich wieder bewegen. Außer der Entführer hatte mit ihr noch etwas anderes vor und rechnete die dafür benötigte Zeit mit ein.

Die vorher mühsam verdrängte Angst schwappte über sie und riss sie mit sich in die Tiefe. Ihre ungewisse und hilflose Lage ließ Panik in ihr aufsteigen, die sie nicht mehr unterdrücken konnte. Während ihr Körper immer noch erstarrt war, hämmerte ihr Herz in viel zu schnellem Rhythmus, ihre Atmung wurde immer hektischer. Sosehr sie sich auch sagte, dass sie ruhig bleiben musste, es gelang ihr nicht. Die Dunkelheit verschlang sie.

8

Caruso ertappte sich dabei, wie er lächelte, als er aus dem Wagen stieg und in die Morgensonne blinzelte. So seltsam das schien, er fühlte sich tatsächlich gut. Oder zumindest so gut, wie es ging, solange Lee noch frei herumlief. In der letzten Woche war er jeden Tag zum Krankenhaus gefahren, um einige Zeit mit Dawn zu verbringen. Und mit jeder Minute in ihrer Gegenwart fühlte er sich ihr näher. Sie war eine bemerkenswerte Frau, die er gerne noch näher kennenlernen wollte. Solange die Situation mit Lee noch nicht geklärt war, konnte er keine Beziehung eingehen, aber danach war er für sie frei. Immer vorausgesetzt natürlich, dass Dawn das auch wollte, aber so wie sie ihn oft ansah, war er sich beinahe sicher. Und die Küsse ... Sein Lächeln verbreiterte sich. Oh ja, Dawn spürte es auch, das konnte er in ihren ausdrucksvollen Augen lesen.

Ein weiterer Grund für seine gute Laune war Isabels Anruf, den er gestern Abend erhalten hatte. Anscheinend fühlte sie sich bei den Berglöwenwandlern ausgesprochen wohl und genoss es, mit Bowen zusammen sein zu können, der sich in San Francisco sogar in Lees Hände begeben hatte, um ihr beizustehen. Nach dem, was sie in letzter Zeit durchgemacht hatte, war es schön zu wissen, dass sie jetzt so glücklich war. Er hätte sich zwar gewünscht, sie hätte erst studiert, bevor sie in die Wildnis ging, aber es stand ihm nicht zu, das zu kommentieren. Schließlich hatte er erst vor wenigen Tagen erfahren, dass er überhaupt eine Tochter hatte. Da ihm der Gedanke an ihre Mutter, die ihm Isabels Existenz fast achtzehn Jahre lang verheimlicht hatte, die Laune verdarb, schob er ihn schnell beiseite. Der Tag war zu schön dafür.

Ungeduldig betrat Caruso das Krankenhaus und ging direkt zu den Fahrstühlen. Über seine Ruhelosigkeit lächelnd drückte er auf den Knopf des Stockwerks, in dem Dawns Zimmer lag. Quälend langsam fuhr der Fahrstuhl nach oben. Endlich öffneten sich die Türen und Caruso trat in den Gang hinaus. Die Annahme war verwaist, deshalb ging er direkt zu Dawns Zimmer. Nach einem kurzen Klopfen öffnete er die Tür und blickte hinein. Ein Mann lag in Dawns Bett und blickte ihm verwundert entgegen.

»Oh, tut mir leid, ich muss die Zimmernummer verwechselt haben.«

»Kein Problem.« Die Stimme des Mannes klang gepresst, seine Haut wirkte grau.

Carusos Blick glitt zur Tür. Nummer 317 – Dawns Zimmer. Sein Magen krampfte sich zusammen. »Entschuldigen Sie, es ist anscheinend doch das richtige Zimmer. Wissen Sie zufällig, was mit der Patientin passiert ist, die vorher hier lag?«

»Nein. Ich wurde heute Morgen hierhin verlegt, das Zimmer war frei.«

Caruso nickte abgehackt. »Danke. Gute Besserung.« Leise schloss er die Tür und lehnte sich mit dem Rücken dagegen.

Wo zum Teufel war Dawn? Auf keinen Fall war sie schon entlassen worden, der Arzt hatte bei der letzten Untersuchung gesagt, dass er sie noch ein paar Tage zur Beobachtung dabehalten wollte. Und sie hatte ihm nicht erzählt, dass sie sich nach Las Vegas verlegen lassen wollte. Das konnte nur bedeuten … Carusos Herz begann zu hämmern. Nein, sie durfte nicht tot sein! Ohne bewussten Befehl setzten sich seine Füße in Bewegung und er rannte los. Atemlos kam er bei der Annahme an und krampfte seine Hände um die Kante der Theke, um sich auf den Beinen zu halten. Furcht hielt ihn fest im Griff.

Die Schwester sah auf und ihre Augen weiteten sich, als sie ihn erblickte. »Kann ich Ihnen helfen?«

Caruso musste einige Male schlucken, bevor er sprechen konnte. »Ich suche Dawn Jones, Zimmer 317.«

Die Augenbrauen der Schwester zogen sich zusammen, während sie in einer Liste blätterte. »Ah ja. Sie ist nicht mehr hier.«

Das Blut verließ seinen Kopf und er schwankte. Seine Finger färbten sich weiß, so fest umklammerte er das Holz. »Ist sie tot?«

Erschrocken blickte sie ihn an. »Nein, natürlich nicht! Ich war heute Nacht nicht im Dienst, aber so wie es aussieht, wurde sie in ein anderes Krankenhaus verlegt.«

Es dauerte eine Weile, bis Caruso seinen Herzschlag so weit beruhigt hatte, dass er wieder denken, geschweige denn reden konnte. Gott sei Dank, Dawn lebte! Dann ging ihm auf, was die Schwester gesagt hatte. »Sie wurde mitten in der Nacht verlegt? Ist das nicht ungewöhnlich?«

Die Schwester hob ihre Schultern. »Es kommt hin und wieder vor. Manchmal stehen nicht genug Krankenwagen zur Verfügung, besonders wenn es um weite Strecken geht, und der Transport wird in die Nacht verlegt.«

»Das beruhigt mich. Können Sie mir sagen, wo sie hingebracht wurde?«

Unsicher sah sie ihn an. »Eigentlich darf ich das nicht … außer Sie sind ein Verwandter?«

»Ich bin ihr Verlobter.« Die kleine Notlüge würde Dawn ihm sicher verzeihen. Außer sie hatte die Verlegung wirklich selbst veranlasst und ihm nichts davon gesagt, weil sie ihn nicht mehr sehen wollte. Diesmal setzte sein Herz aus einem anderen Grund aus. Schließlich atmete er tief durch. Nein, das konnte er sich nicht vorstellen. Wenn Dawn ihn wirklich nicht mehr sehen wollte, hätte sie ihm das ins Gesicht gesagt.

Die Miene der Krankenschwester entspannte sich. »Herzlichen Glückwunsch. Ich denke, in dem Fall kann ich Ihnen die Verlegungspapiere zeigen.« Sie schob ihm den Zettel zu.

Rasch überflog Caruso den Text und stutzte, als er zum Verlegungsort kam. Er sah auf. »Phoenix? Ich hätte erwartet, dass sie nach Las Vegas verlegt wurde.«

»Dazu kann ich nichts sagen, die diensthabende Krankenschwester hat die Papiere unterschrieben, also wird alles ordnungsgemäß vonstattengegangen sein.« Sie deutete auf eine Unterschrift.

»Danke für Ihre Hilfe.« Caruso fuhr mit der Hand durch seine Haare und überlegte sich, was er jetzt tun sollte. Vermutlich könnte er bei der Klinik anrufen und sich erkundigen, ob Dawn gut angekommen war. Am liebsten würde er sofort dorthin fahren, doch er konnte seine Suche nach Lee nicht aufgeben. Nicht einmal für Dawn. Er war sich sicher, dass der Verbrecher bereits wieder etwas plante und diesmal würde er ihn aufhalten, koste es, was es wolle. Caruso zwang sich zu einem Lächeln. »Auf Wiedersehen.« Der Druck auf seiner Lunge steigerte sich mit jedem Schritt, den er sich von Dawns Zimmer entfernte. Er warf einen letzten Blick zurück und seufzte. So viel zu seiner guten Stimmung. Es wäre ja auch merkwürdig gewesen, wenn er …

»Warten Sie!«

Caruso wandte sich um, als die Stimme der Schwester hinter ihm erklang. Ein ungutes Gefühl überkam ihn. Was konnte jetzt noch sein? »Ja?«

Die Frau kam um den Tresen herum und hielt ihm einen Umschlag hin. »Das hätte ich beinahe vergessen! Der Pfleger hat einen Brief auf dem Nachttisch gefunden, als das Bett in Zimmer 317 neu bezogen wurde. Ist Ihr Name Caruso?«

»Ja.« Vielleicht gab es ja einen vernünftigen Grund dafür, dass Dawn ihm nichts über die Verlegung gesagt hatte.

»Entschuldigen Sie, aber ich müsste einen Ausweis sehen.«

»Natürlich.« Caruso zog sein Portemonnaie aus der hinteren Hosentasche, holte seinen Führerschein heraus und zeigte ihn der Schwester.

Sie reichte ihm den Umschlag. »Ich hoffe, was auch immer darin ist, hilft Ihnen. Alles Gute für die Hochzeit.«

»Danke.« Caruso lächelte sie noch einmal an und strebte dann auf den Fahrstuhl zu.

So schnell wie möglich verließ er das Krankenhaus und setzte sich in seinen Wagen. Ungeduldig riss er den Umschlag auf und zog eine Karte heraus. Sein Nacken prickelte, als er das Motiv betrachtete: einen Berglöwen. Wie hoch war die Wahrscheinlichkeit, dass Dawn von selbst darauf gekommen war? An Zufall glaubte er schon lange nicht mehr. Caruso hielt den Atem an und drehte die Karte um.

Caruso,
wenn du deine Freundin lebend wiedersehen willst, wirst du mit deiner Tochter zu mir kommen. Ruf mich an.
Lee

Darunter war eine Telefonnummer notiert. Carusos Hand ballte sich zur Faust und zerknüllte die Karte. Übelkeit wühlte in seinem Magen. Lee hatte Dawn! Und er konnte nichts dagegen tun, denn er würde Isabel nie diesem Mistkerl ausliefern. Wenn es nur um ihn selbst gegangen wäre, hätte er keine Sekunde gezögert, um Dawn zu retten. Aber er konnte seine Tochter nicht einem Mann ausliefern, der keine Skrupel hatte, Wandler einzusperren, zu foltern und zu töten oder Menschen zu beseitigen, die ihm im Weg standen. Isabel würde bei den Berglöwen bleiben, in Sicherheit, und er würde alles dafür tun, Lee zu finden und Dawn zu befreien. Wenn sie noch lebte.

Caruso lehnte die Stirn ans Lenkrad und versuchte, sich wieder zu beruhigen. Tief atmete er durch, richtete sich auf und startete den Motor. Er hatte keine Zeit zu verlieren, wenn er Dawn retten wollte.

Bowen war so in Isabels Anblick am Küchentisch vertieft, dass er das Klopfen zuerst gar nicht hörte. Erst als Isabel ihre Hand auf seinen Arm legte, riss ihn das aus seinen Gedanken. Rasch stand er auf und ging zur Tür, um die Röte seiner Wangen zu verbergen. Dabei kam er an seiner Mutter vorbei, die ihm ein wissendes Lächeln sandte. Das half nicht gerade, seine Verlegenheit zu mindern. Es war schlimm genug, dass sie in der kleinen Hütte alles mitbekam, was vor sich ging, weshalb Isabel bisher auf einer Liege im Wohnzimmer schlief anstatt bei ihm im Bett. Seine Sehnsucht wurde mit jedem Tag stärker, den er in Isabels Gesellschaft verbrachte, aber er hatte entschieden zu warten, bis sie sich hier im Lager und in der Gruppe eingewöhnt hatte.

Das tat er auch aus Selbstschutz, denn wenn Isabel doch nicht hier leben wollte oder konnte, würde es ihn noch viel härter treffen, wenn er ihr noch nähergekommen war. Aber wahrscheinlich machte er sich da etwas vor. Isabel hatte sich in seinem Herzen eingenistet und ließ sich nicht mehr daraus vertreiben. Durch die lange Trennung waren die Gefühle nur noch intensiver geworden, und inzwischen konnte er sich nicht mehr vorstellen, ohne sie zu leben. Durch ihre geistige Verbindung wusste er, dass es Isabel genauso ging. Obwohl die Gefahr nun vorüber war, konnte er Isabel immer noch in seinem Kopf spüren, und auch sie konnte jede seiner Regungen nachvollziehen.

Bowen riss die Tür auf und starrte Finn an, dessen Gesichtsausdruck Alarmglocken in seinem Kopf schrillen ließ. Irgendetwas war passiert, das war dem Ratsführer deutlich anzusehen.

»Hallo Bowen.« Finn hielt ihm das Satellitentelefon hin. »Ein Anruf für dich.«

Zögernd streckte Bowen die Hand aus und nahm das Telefon entgegen. »Wer ist es?«

»Caruso.« Finn hatte die Stimme gesenkt, sodass Isabel ihn nicht hören konnte. »Vielleicht solltest du das Gespräch draußen führen.«

Nach einem letzten Blick zurück zu Isabel, die ihn besorgt ansah, vermutlich, weil sie seine Unruhe spüren konnte, zog Bowen die Tür hinter sich zu.

»Wenn du mir das Telefon zurückbringst, können wir uns darüber unterhalten.« Finn drehte sich um und ging in Richtung seiner Hütte zurück.

Bowen räusperte sich und hob das Telefon ans Ohr. »Hier ist Bowen.«

»Na endlich!« Caruso klang eindeutig aufgebracht. »Hör zu, ich möchte, dass du gut auf Isabel aufpasst. Lass sie auf keinen Fall aus den Augen. Am besten sollte sie das Lager nicht verlassen.«

Ein Knoten bildete sich in Bowens Magen. »Warum? Was ist passiert?«

»Lee hat Dawn aus dem Krankenhaus entführt. Als ich hier ankam, war sie weg.« Seine Stimme brach bei dem letzten Wort.

»Woher weißt du, dass sie entführt wurde? Vielleicht ...«

Isabels Vater unterbrach ihn. »Lee hat eine Nachricht für mich hinterlassen. Er will, dass ich mich ihm zusammen mit Isabel ausliefere.«

»Nein!« Das Wort explodierte aus Bowen heraus.

Caruso gab einen ungeduldigen Laut von sich. »Natürlich werde ich Isabel nicht gefährden, deshalb rufe ich dich ja an. Sorg dafür, dass sie in Sicherheit ist.«

»Natürlich mache ich das. Aber was ist mit der Polizistin? Wir können sie doch nicht einfach im Stich lassen, nachdem sie so viel für Isabel riskiert hat.«

»Das habe ich auch nicht vor. Ich werde Lee suchen und zur

Strecke bringen. Aber das kann ich nur, wenn ich weiß, dass Isabel in Sicherheit ist.«

»Ich werde sie mit meinem Leben beschützen.« Und das meinte Bowen todernst. Sollte irgendjemand versuchen, ihm Isabel noch einmal wegzunehmen, würde er bis zum letzten Atemzug um sie kämpfen.

»In Ordnung. Danke. Sag Isabel bitte …« Es schien, als würden Caruso die Worte fehlen, aber Bowen verstand ihn auch so.

»Natürlich. Ich hoffe, du findest Dawn. Melde dich, wenn du Hilfe brauchst.«

»Das werde ich. Danke.« Carusos Stimme klang heiser.

»Sei vorsichtig.«

Ohne eine Antwort beendete Caruso das Gespräch.

Eine Weile stand Bowen nur da und versuchte, das Gehörte zu verarbeiten. Anscheinend ließ sich Lee auch vom Verlust seiner Geisel, der entführten Wandler und des Labors nicht von seinem Vorhaben abbringen. Was auch immer das sein mochte. Wie sollten sie sich schützen, wenn sie nicht wussten, wer Lee eigentlich war und was er wollte? Offensichtlich hatte es etwas mit den Wandlern zu tun, aber es machte keinen Sinn, dass er sie manchmal entführen und für angeblich wissenschaftliche Zwecke foltern ließ und manchmal einfach nur tötete. Eines war aber sicher: Lee war hochgefährlich und musste gestoppt werden. Egal was es kostete, sie konnten nicht zulassen, dass er weiter Wandler und ihre Menschenfreunde ins Visier nahm oder ihre Existenz womöglich öffentlich machte.

Erschreckt zuckte er zusammen, als sich eine Hand auf seine Schulter legte. Tief sog er die Luft ein: Isabel. Rasch drehte er sich zu ihr um und zog sie in seine Arme. Sein Gesicht in ihren Haaren vergraben, versuchte er, seine Gefühle wieder unter Kontrolle zu bringen. Als er glaubte, ihr in die Augen sehen zu können, ohne den Aufruhr in sich zu verraten, trat er einen Schritt zurück. Schon auf den ersten Blick merkte er, dass er sich keine Mühe hätte geben müssen. Isabel wusste durch ihre geistige Verbindung genau, was in ihm vorging.

»Wer war das?« Ihre sanfte Stimme strich beruhigend über ihn.

»Caruso.«

»Was wollte er?« Misstrauisch zogen sich ihre Augen zusammen. »Und warum wollte er nicht mit mir sprechen?«

Bowen legte seine Hand an ihre Wange. »Er wollte nur sicherstellen, dass ich auf dich aufpasse.«

»Das war alles?«

»Ja.« Bowen verschluckte sich fast an der Lüge.

Isabel ließ ihre Arme sinken und trat zurück. Wütend funkelte sie ihn an. »Erinnerst du dich daran, dass ich deine Gefühle spüren kann? Ich hasse es, wenn du mich anlügst, Bowen. Gerade du müsstest wissen, wie sehr mich die Lügen von Henry Stammheimer und meiner Mutter getroffen haben. Und dass ich von jemandem, der behauptet, mich zu lieben, erwarte, dass er mir die Wahrheit sagt.«

Bowen legte seine Hand um ihren Nacken und küsste sie mit all den Gefühlen, die in ihm waren. Erst verhielt Isabel sich still, doch dann erwiderte sie seinen Kuss. Nach langer Zeit hob er den Kopf. »Ich *behaupte* nicht, dich zu lieben, es ist so.«

Ihr Atem strich über seinen Hals, als sie heftig ausatmete. »Ich weiß. Trotzdem hast du mich angelogen.« Ein Mundwinkel hob sich. »Und das werde ich nicht vergessen, auch wenn du mich noch so geschickt ablenkst.«

»Das sollte keine Ablenkung sein, ich wollte dir nur zeigen, was ich für dich empfinde.«

Ihr Lächeln wurde breiter. »Danke.« Sie wurde wieder ernst. »Und jetzt sag mir, was passiert ist. Ich habe gestern Abend mit Caruso telefoniert und da war alles in Ordnung. Er klang glücklich.«

Mit einem Seufzer gestand Bowen sich ein, dass er die Geschehnisse nicht vor Isabel geheim halten konnte. Und durfte. Es ging sie genauso an wie die Wandler, denn schließlich war sie jetzt ein Teil der Gruppe, ein Teil von ihm. Außerdem ging es um ihren Vater, der sich vermutlich in Gefahr begeben würde, um die Polizistin zu retten. Bowen nahm Isabels Hand und führte sie zu einem umgestürzten Baumstamm. Nachdem er sich darauf gesetzt hatte, zog er Isabel auf seinen Schoß. Er schlang seine Arme um sie und stützte sein Kinn auf ihren Kopf.

»Dawn ist von Lee aus dem Krankenhaus entführt worden. Er fordert, dass Caruso sich ihm im Austausch gegen die Polizistin stellt. Und er will auch dich.«

Isabels Körper versteifte sich. »Oh Gott! Dawn ist so schwer verletzt, wie kann Lee sie einfach als Geisel nehmen?«

Bowen biss die Zähne zusammen. »Ich denke mal, es ist ihm völlig egal, ob sie dabei stirbt oder nicht. Wahrscheinlich hat er sowieso nicht vor, sie leben zu lassen, wenn er euch erst mal in seiner Gewalt hat. Und euch wird er erst für seine Zwecke ausbeuten und dann ebenfalls töten.«

Sie hob den Kopf und blickte ihn an. Tränen glitzerten in ihren Augen. »Ich will nicht, dass sie meinetwegen leiden muss. Sie wollte uns nur helfen und hat mit der ganzen Sache nichts zu tun.«

»Ich weiß, aber du wirst nicht in die Nähe von Lee kommen. Caruso hat mich gebeten, auf dich aufzupassen, und genau das werde ich tun.« Isabel wollte etwas sagen, aber Bowen legte einen Finger über ihre Lippen. »Es würde nichts bringen, wenn du dich ihm ausliefern würdest, er würde Dawn nie freilassen.«

Isabel streifte seine Hand ab. »Das ist mir klar. Gibt es keine andere Möglichkeit, ihr zu helfen?«

»Dein Vater versucht, Lee aufzuspüren und Dawn zu befreien.«

Hoffnungsvoll blickte Isabel ihn an. »Glaubst du, das wird ihm gelingen?«

Bowen wollte lügen, aber Isabel verdiente es, die Wahrheit zu hören. »Dieser Lee hat unzählige Männer, die für ihn die Drecksarbeit erledigen, und vor allem scheint er über viel Geld zu verfügen. Wenn er nicht gefunden werden will, dürfte es schwierig sein, ihn aufzuspüren.«

Ihre Augen verdunkelten sich. »Aber irgendetwas müssen wir tun!«

»Ich denke, wir sollten zusammenarbeiten, schließlich haben wir alle das gleiche Ziel: Lee davon abzuhalten, noch mehr Schaden anzurichten. Ich werde gleich mit Finn reden und ich denke, auch Harken wird sehr daran interessiert sein, Lee zu finden.«

Isabel straffte ihre Schultern. »Ich bin dabei.« Als sie sah, dass er protestieren wollte, kam sie ihm zuvor. »Ich werde mich in keinen Kampf einmischen oder irgendetwas Dummes tun, falls du das befürchtest. Aber ich will nicht angelogen oder geschont werden. Ich habe das Recht, zu wissen, was vor sich geht.«

Sanft küsste Bowen sie. »Natürlich.«

9

Mit langen Sätzen jagte Harken durch den Wald. Viel zu selten konnte er in den USA in seine Löwengestalt wechseln, deshalb genoss er dieses ungewohnte Vergnügen. Gleichzeitig vermisste er den Sand unter seinen Pfoten, die Landschaft und vor allem den Geruch seiner Heimat. Das schmerzhafte Ziehen in seiner Brust wurde stärker, je länger er ihr fernblieb. Es musste ihm gelingen, Lee auszuschalten, damit er endlich zurückkehren und sein Leben dort fortsetzen konnte. Der Gedanke, Mia wiederzusehen, ließ sein Herz schneller schlagen, selbst wenn er wusste, dass sie vermutlich kein Wort mehr mit ihm wechseln würde. Zumindest nicht, wenn es um ihre Beziehung ging. Der Schmerz intensivierte sich und so schnell er auch rannte, er konnte ihn nicht abschütteln.

Harken wurde erst langsamer, als er die Grenze zum Gebiet der Berglöwenwandler überquerte. Normalerweise hätte er sich jetzt verwandelt und wäre als Mensch weitergegangen – oder hätte sich unsichtbar gemacht. Es machte ihm Spaß, die anderen Wandler zu erschrecken, wenn er unvermutet neben ihnen auftauchte. Ganz zu schweigen davon, dass er so Informationen erhielt, die er nicht bekam, wenn sie ihn sahen. Aber beides hätte zu lange gedauert, und außerdem hatte er heute irgendwie das Bedürfnis, seine wahre Gestalt zu zeigen. Oder zumindest einen Teil davon. Also lief er weiter direkt auf das Lager zu. Schon bald roch er einen Begleiter, der sich ihm jedoch nicht näherte. Seltsam, er hatte erwartet, dass sie ihn aufhalten würden, solange sie nicht wussten, wer er war.

Unvermittelt stellte sich ihm ein nackter Mann in den Weg. Die Arme über der Brust verschränkt blickte ihn der Berglöwenwandler finster an. Harken erkannte sofort den Halbindianer Torik wieder, und das erklärte auch, warum sie ihn durchgelassen hatten. Auch wenn er nicht wusste, wie Torik es anstellte, er konnte ihn sogar spüren, wenn Harken unsichtbar war. Oder in diesem Fall in Löwenform.

Harken blieb stehen und verwandelte sich. »Wie geht es deinem Vater?«

Für einen winzigen Augenblick malte sich Überraschung auf Toriks Zügen ab und ein ganzes Kaleidoskop anderer Gefühle, die Harken nicht deuten konnte. »Besser, danke. Meine Mutter ist bei ihm.«

Der Mensch Tenaya Colston war bei dem Angriff eines von Lee beauftragten Killers lebensgefährlich verletzt worden, als er sich schützend vor die Gefährtin seines Sohnes gestellt hatte.

Harken neigte den Kopf. »Gut. Finn erwartet mich.«

An Toriks Miene war nicht abzulesen, was er dachte. »Ich weiß. Ich soll dich zu ihm bringen.«

Es schien nicht so, als würden ihm die Berglöwenwandler nach den Geschehnissen in San Francisco vorbehaltlos vertrauen, aber das hatte er auch nicht erwartet. Sie wussten nichts über ihn, außer, dass er immer auftauchte, wenn es Schwierigkeiten mit Lee gab. Nicht gerade die geeignete Art, sich Freunde zu machen. Harken ignorierte den kleinen Stich, den es ihm versetzte, keinerlei Freunde zu haben. Seine wenigen namibischen Freunde hatte er seit anderthalb Jahren weder gesehen noch mit ihnen gesprochen. Bewusst hatte er die Entscheidung getroffen, hier in den USA niemanden an sich heranzulassen, damit sein Gegner keine Macht über ihn hatte.

Harken sah sich um und schnitt eine Grimasse. Ein guter Gedanke, aber verdammt schwer umzusetzen. Es war ihm nicht gelungen, seine Gefühle herauszuhalten, als ihm klar geworden war, dass die Berglöwenwandler in Gefahr waren. Erst recht nicht, seit er Lee im Labor erkannt hatte und seitdem mehr denn je überzeugt war, dass der Verbrecher auch seinetwegen hinter den Wandlern her war. Doch noch immer wusste er nicht, warum. Zwar besaß er Fähigkeiten, die ihn von den anderen Wandlern unterschieden, doch Lee konnte das auf keinen Fall wissen.

Harken verwandelte sich wieder und wartete ungeduldig darauf, dass Torik es ihm gleichtun würde. Stattdessen blickte der ihn eine Weile an und schüttelte dann den Kopf. »Jetzt weiß ich erst, wie schlecht es dem Löwenwandler aus Lees Labor wirklich geht, davor fehlte mir der Vergleich.« Unerwartet hob sich sein Mundwinkel. »Ich glaube, ich muss Caitlin in der Hütte anbinden, damit sie dich nicht sieht. Sie würde dir Löcher in den Bauch fragen.«

Harken stieß ein warnendes Grollen aus. Ganz sicher wollte er nicht, dass die Autorin ihn in einen ihrer Liebesromane einbaute, so wie sie es unwissentlich mit den Berglöwenwandlern getan hatte. Bevor Torik sich verwandelte, sah Harken noch sein Grinsen aufblitzen. Er hatte den Berglöwenwandler noch nie so … glücklich gesehen. Harken konnte einen neidischen Stich nicht unterdrücken. Wenn sogar der vorher so schweigsame und in sich zurückgezogene Torik es geschafft hatte, eine Frau zu finden, die ihn glücklich machte, kam Harken sich noch einsamer vor. Entschieden schob er den Gedanken beiseite. Es war seine Entscheidung gewesen, Namibia zu verlassen und damit auch seine Familie und Mia, jetzt musste er damit leben. Auch wenn es noch so sehr schmerzte.

Dankbar folgte er Torik, der ein schnelles Tempo anschlug, so als wüsste er, dass Harken das Kräftemessen mit ihm genoss. Bereits nach kurzer Zeit wurde deutlich, dass Torik nur mit ihm spielte. Der kleinere und wendigere Berglöwe war wesentlich besser an die bewaldete Gegend angepasst, Harken bevorzugte die offene Savanne. Mehr als einmal konnte er gerade noch einem plötzlich auftauchenden Hindernis ausweichen. Als sie im Lager eintrafen, kam Harkens Atem keuchend. Seine Ausdauer hatte eindeutig unter der erzwungenen Untätigkeit gelitten. Torik dagegen war die Anstrengung nicht anzusehen, als er sich verwandelte. Im Gegenteil, er wirkte, als hätte er einen erholsamen Spaziergang hinter sich.

Harkens Abneigung gegen den Berglöwenmann wuchs um ein Vielfaches, als der wissend eine Augenbraue hochzog. Mit dem letzten Rest Energie verwandelte Harken sich und stand auf.

»Sie sind in der Ratshütte.«

Nach einem finsteren Blick auf Torik ging Harken in die angegebene Richtung. Der Berglöwenmann folgte ihm schweigend, aber Harken hatte nichts anderes erwartet. Sie würden ihn sicher nicht alleine durch das Lager laufen lassen – er würde das einem Fremden in seiner Gruppe auch nicht erlauben. Erneut durchfuhr ihn ein Stich der Sehnsucht. Was war nur heute mit ihm los? Normalerweise hatte er seine Emotionen besser unter Kontrolle. Wahrscheinlich lag es an dem Gespräch mit Mia und seiner Ungeduld, Lee endlich zur Strecke zu bringen. Harken atmete tief durch und setzte eine unbeteiligte Miene auf, bevor er die Ratshütte betrat.

Seine Augen weiteten sich, als er nicht wie erwartet nur Finn gegenüberstand, sondern einem ganzen Raum voller Wandler. Er erkannte etliche von ihnen; die Wächterin Keira und Sawyer, der Anführer der Nevada-Berglöwen, waren genauso anwesend wie der Adlerwandler Griffin sowie Bowen und seine Menschenfreundin Isabel. Es waren auch noch weitere Wächter da und ein oder zwei andere Wandler, die er nicht kannte. In einer Ecke stand ein extrem unterernährter Mann, dessen Gesichtsausdruck nichtsdestotrotz beinahe überheblich wirkte. Vermutlich handelte es sich dabei um den Leopardenwandler, den er nach Namibia zurückbringen sollte.

Sein Blick fiel wieder auf Isabel, die Bowens Arm fest umklammert hielt. Ihr Gesichtsausdruck spiegelte Furcht und Anspannung wider. Seltsam, er hatte erwartet, dass sie glücklich wäre, Lee entkommen zu sein und nun mit Bowen zusammenleben zu dürfen. Stattdessen konnte er in ihren Augen Entsetzen lesen.

Fragend blickte er Finn an. »Was ist los? Ich dachte, wir wollten über den Flug nach Afrika reden.«

Der Ratsführer der Berglöwen schob die Hände in seine Hosentaschen. »So war es auch geplant, aber heute Morgen haben wir erfahren, dass Lee offenbar erneut zugeschlagen hat.«

Harken erstarrte. »Was? Wo?«

»Mein Vater hat angerufen. Lee hat Dawn aus dem Krankenhaus entführen lassen.« Isabels Gesicht wurde noch blasser. Ein Zittern lief durch ihren Körper. »Als Caruso sie heute Morgen besuchen wollte, war sie verschwunden. Angeblich ist sie in ein anderes Krankenhaus verlegt worden, aber Lee hat meinem Vater eine Karte hinterlassen, in der er ihn auffordert, sich ihm mit mir zusammen auszuliefern, damit der Polizistin nichts passiert.«

Bowens Griff um ihre Schulter wurde fester. »Was definitiv nicht in Frage kommt.«

»Das ist mir klar! Aber wir müssen doch irgendetwas tun!« Tränen standen in ihren Augen.

Finn mischte sich ein. »Genau deshalb sind wir alle hier. Irgendwie muss es uns gelingen, Lee zu finden und endlich unschädlich zu machen. Zu lange schon haben wir uns zurückgezogen und nur verteidigt. Es wird Zeit, dass wir angreifen.«

»Bei mir rennst du damit offene Türen ein, aber zuerst müssen wir Lee finden, bevor wir ihn vernichten können.« Harken rieb über seine Stirn. »Ich habe San Francisco nach ihm abgesucht, ihn aber nicht gefunden. Ich könnte mir vorstellen, dass er in seinen Unterschlupf zurückgekehrt ist, nur wissen wir nicht, wo sich der befindet. Auch die polizeilichen Ermittlungen haben bisher noch nichts ergeben.«

Schweigen erfüllte die Hütte. Schließlich räusperte sich Griffin. »Was ist mit den drei Verbrechern, die Keira und Sawyer überwältigt haben? Vielleicht können die uns etwas über Lee sagen.«

»Unwahrscheinlich. Es kam mir nicht so vor, als würden sie mehr über Lee wissen als den Namen und dass er ihnen für einen bestimmten Job Geld gibt.« Keira verzog den Mund. »Außerdem sind sie in Las Vegas in Polizeigewahrsam und ohne Dawns Kontakte werden wir nie erfahren, ob sie eine Aussage gemacht haben.«

Finn wandte sich an den Rest der Gruppe. »Was können wir sonst tun?«

Harken rieb über seine Stirn. »Nicht wirklich viel. Ich werde weiterhin die Augen offen halten, aber zuerst muss ich die Sache mit Namibia regeln. Danach werde ich verstärkt nach Lee suchen. Allerdings fürchte ich, dass es dann für die Polizistin zu spät sein wird.« Zwar hatte er nur kurz etwas mit ihr zu tun gehabt, aber es hatte ihm imponiert, wie sehr Dawn Jones sich für Isabel und Caruso eingesetzt hatte – und das, ohne den Hintergrund der Entführung zu kennen. Ob Caruso ihr inzwischen erzählt hatte, worum es ging? Die Wahrscheinlichkeit war hoch, dass Lee sie nicht leben lassen würde, wenn er merkte, dass die Geisel nicht die erhoffte Wirkung zeigte. »Was wird Caruso tun?«

Bowen verzog den Mund. »Er will Lee suchen und zur Strecke bringen. Wie hat er nicht gesagt.«

Harken unterdrückte einen skeptischen Laut. Wenn es so einfach wäre, hätte er Lee schon lange aufgespürt und ausgeschaltet. Wobei sie jetzt wenigstens wussten, wie er aussah, das machte die Sache vielleicht einfacher. Allerdings war Lee ihnen wieder einen

Schritt voraus und es fehlte die Zeit, ihn aufzustöbern, wenn sie das Leben der Polizistin retten wollten.

Frustriert fuhr er sich mit der Hand durch die Haare. »Okay. Zuerst bringe ich jetzt die beiden ehemaligen Gefangenen zum Flughafen, danach kümmere ich mich um Lee.«

Ein Knurren ertönte aus der Ecke. »Ich habe einen Namen.«

Harken blickte den Leopardenwandler ruhig an. »Wenn ich ihn wüsste, hätte ich ihn benutzt.«

Der Leopardenmann trat vor und blickte ihn prüfend an. »Naz.« Es schien so, als wollte er noch mehr sagen, doch schließlich verschränkte er nur die Arme über der Brust und schob sein Kinn vor.

Harken seufzte innerlich. Es würde eine lange Fahrt werden, wenn Naz sich weiter so verhielt. »Ich werde dich und den Löwenwandler – dessen Namen ich nicht kenne, aber den ich deshalb nicht weniger respektiere …« Ein leises Husten war zu hören. »… zum Flughafen bringen, damit ihr nach Namibia geflogen werdet. Jemand von der Auswilderungsstation *Shapes of Life* wird euch am Flughafen in Windhoek in Empfang nehmen. In der Station könnt ihr bleiben, bis ihr euch stark genug fühlt, zu euren Gruppen zurückzukehren. Oder wohin ihr auch immer wollt.«

»Ich kann auch gleich …«

Sofort unterbrach er Naz. »Entweder machen wir es so, wie ich es sage, oder du kannst dir einen eigenen Weg nach Afrika suchen.« Als er die Qual in den Augen des Leopardenwandlers sah, wurde seine Stimme sanfter. »Es ist sicherer, wenn ihr euch erst durchchecken lasst, außerdem wird Lee so nicht eure Spur aufnehmen können. Mia, die Leiterin der Station, ist auch Wandlerin, sie weiß, was zu tun ist und was ihr braucht.«

Finn bewegte sich unruhig. »Jamilas Schwester Kainda wurde damals auch von Harken dorthin geschickt und sie konnte am nächsten Tag schon aufbrechen.«

Zögernd nickte Naz. »Okay.«

Das klang nicht übermäßig dankbar, aber Harken war schon froh, dass sich der Leopardenmann nicht weiter wehrte. Es würde schon schwierig genug werden, den Löwen zu transportieren, wenn er nicht selbst laufen oder sich verwandeln konnte. Harken blickte Naz prüfend an und nickte dann. »Gut.« Er wandte sich an Finn. »Ich melde mich, wenn ich wieder frei bin. Sollte in der Zwischenzeit irgendetwas geschehen, gebt mir sofort Bescheid.«

Finn nickte knapp. »Willst du gleich wieder los?«

Am liebsten hätte Harken sich erst ein wenig ausgeruht, doch nach der neuesten Entwicklung war es sicherer, wenn er die beiden afrikanischen Wandler so schnell wie möglich aus dem Land brachte, damit er sich ganz der Jagd nach Lee widmen konnte. »Ja. Ist der Löwe in der Krankenstation?«

Finn ging an ihm vorbei. »Ich bringe dich hin.« Im Türrahmen drehte er sich um. »Meldet sich jemand freiwillig, den Löwenwandler zur Straße zu tragen?«

Allgemeines Stöhnen war die Antwort. »Der ist verdammt schwer!« Der ihm unbekannte Wächter seufzte tief auf. »Okay, ich bin dabei.«

Rasch fanden sich mit Torik und Griffin noch zwei andere, die sich bereit erklärten, Packesel zu spielen.

Harken blickte Finn an. »Hast du etwas von Marisa gehört?« Seit er sie aus dem Krankenhaus in Las Vegas entführt hatte, hatte er nicht mehr mit ihr gesprochen.

Finns finstere Miene wurde von einem Lächeln abgelöst. »Es geht ihr sehr viel besser. Kainda hat ihr eine von Mias Wundersalben geschickt.«

Harken schnitt eine Grimasse, als er sich an seine eigene Behandlung mit der Salbe erinnerte. Das Zeug schmerzte höllisch und er wusste nicht, wie ein menschlicher Körper darauf reagierte. »Hilft sie?«

»Anscheinend schon. Nicht so schnell wie sie bei einem Wandler wirken würde, aber Coyle sagte, ihre Knochen wachsen deutlich schneller zusammen.« Ein Muskel zuckte in Finns Kiefer. »Sie hat starke Schmerzen, aber sie würde alles tun, um bald wieder auf den Beinen zu sein. Es macht sie verrückt, im Bett liegen zu müssen.«

Bei dem Gedanken musste Harken lächeln. »Ich kann es mir vorstellen.«

Finns Mundwinkel hob sich. »Du hast gar keine Vorstellung, *wie* sehr es sie nervt, so eingeschränkt zu sein.«

Doch, die hatte er. Für die quirlige Marisa musste es die Hölle sein, sich nicht bewegen zu dürfen. »Wenn sie Mias Salbe einige Zeit nimmt, sollte sie bald wieder laufen können.« Er schwieg einen Moment. »Bei mir hat sie sehr gut geholfen.«

Finns Blick wanderte zu Harkens Seite, auf der die verheilten Brandwunden zu sehen waren. Doch er sagte nichts, sondern nickte ihm nur zu.

Bevor Harken länger darüber nachgrübeln konnte, warum er heute so viel über sich preisgab, kamen sie bei der Hütte der Heilerin Fay an. Als Finn die Tür öffnete, richtete sich Fay auf und blickte ihnen entgegen.

»Ist der Löwe bereit?«

Fays Lippen pressten sich bei Finns Frage zusammen. »Ich bin immer noch der Meinung, dass er zu schwach für so eine lange Reise ist. Es wäre besser …«

Finn legte seine Hand auf ihre Schulter. »Ich weiß. Aber uns läuft die Zeit davon. Je länger die beiden hier sind, desto größer ist die Gefahr einer Entdeckung.«

Mit großen Augen sah Fay ihn an. »Glaubst du, wir sind hier wieder in Gefahr?«

»Nein. Aber Lee wird sicher die Flughäfen beobachten lassen, deshalb ist es besser, die beiden Wandler jetzt rauszubringen, solange er noch mit anderen Dingen beschäftigt ist.« Finn klang überzeugend, aber an seiner Haltung konnte Harken erkennen, dass er tatsächlich einen weiteren Angriff befürchtete.

Unmöglich war es nicht, schließlich war es Lee schon mehrfach gelungen, Wandlergruppen im Wald ausfindig zu machen. Oder in der Savanne. Seine Kehle zog sich zusammen, als sein Blick auf Jamila fiel, die ihnen in die Hütte gefolgt war. Hätte Lee ihre Gruppe damals nicht angegriffen, wenn er nicht geflohen wäre? Da er Lees Motiv nicht kannte, wusste er es nicht, aber es war möglich. Auch wenn er für Lees Taten nicht verantwortlich war, konnte er diesen Anflug von Schuld nicht unterdrücken. Harken schob sein Kinn vor. Er würde Lee zur Strecke bringen, koste es, was es wolle. Zu viel hatte der Verbrecher ihnen bereits genommen. Und noch immer konnte Harken das Gefühl nicht abschütteln, einer der Auslöser für Lees Hass gegen die Wandler zu sein.

Jamila riss ihn aus seinen Gedanken. »Ich begleite euch zum Waldrand, so kann ich überwachen, wie es dem Löwen geht.«

Finn sah aus, als wollte er gegen ihre Entscheidung protestieren, doch dann nickte er zögernd. »Gut. Aber kommt sofort zurück, ich will, dass in nächster Zeit alle Gruppenmitglieder in der Nähe des Lagers bleiben.«

Fay strich mit der Hand über die Schulter des Löwen. Ein Auge öffnete sich langsam, es wirkte, als wäre bereits diese Bewegung zu viel. Bei jedem Atemzug stachen die Rippen unter dem struppigen Fell hervor. Harken konnte verstehen, dass die Heilerin davor zurückschreckte, ihm einen Transport zuzumuten. Aber er hatte den Eindruck, dass der lethargische Zustand des Löwenmannes eher auf seine Psyche als auf körperliche Leiden zurückzuführen war. Der beste Beweis dafür war Naz, der genauso abgemagert war, aber aus seinem Hass auf Lee und dem Wunsch, nach Hause zu kommen, seine Kraft zog. Der Löwe dagegen hatte sich aufgegeben.

Harken beugte sich zu ihm hinunter und verwandelte sein Gesicht so weit, dass der Löwe in ihm zu erkennen war. »Wir bringen dich jetzt nach Hause. Wenn du noch ein wenig durchhältst, bist du bald wieder in Afrika und kannst durch die Savanne streifen.« Deutlich konnte er die Sehnsucht in seiner Stimme hören und hoffte, dass es den anderen nicht auffiel. Als er sich aufrichtete und umdrehte, fing Jamilas Blick seinen ein. Ihre Augen waren feucht und ein Zittern lief durch ihren Körper. Rasch wandte Harken sich ab und verließ die Hütte.

10

Als Dawn mühsam die Lider hob, war da nur Dunkelheit. Sie blinzelte, um ihren Blick zu klären, doch es half nichts: sie konnte nichts sehen. Seltsam, normalerweise drang das Licht der Straßenlaterne vor ihrem Haus unter der Jalousie hindurch in ihr Schlafzimmer, sodass es nie stockdunkel war. Doch jetzt war da … nichts. Einen Moment lag sie mit weit aufgerissenen Augen da, bis sie sich daran erinnerte, was geschehen war. Mit einem Keuchen setzte sie sich abrupt auf und musste einen Schmerzensschrei unterdrücken, als ihre Wunde gegen die Bewegung protestierte. Eine Hand auf ihren Bauch gepresst, versuchte sie den Schmerz zu lindern, doch er ebbte nicht ab. Unter ihrer Handfläche konnte sie einen dicken Verband fühlen, ihr Entführer oder irgendjemand anders musste sie neu verbunden haben, nachdem die Naht wieder aufgegangen war.

Erst da wurde ihr bewusst, dass sie nicht mehr gelähmt war. Erleichtert bewegte sie ihre Hände und Füße und legte den Kopf in den Nacken. Das war das Schlimmste gewesen: sich nicht rühren zu können. Blieb noch das Problem, dass sie nichts sehen konnte und auch nicht wusste, wo sie sich befand. Und vor allem, ob ihr Entführer oder Lee in der Nähe war. Ihr Herz klopfte so laut, dass sie kaum etwas anderes hören konnte. Normalerweise konnte sie sich auf ihre Instinkte verlassen, doch in dieser Situation waren sie nutzlos. Es konnte jemand direkt neben ihr sitzen, ohne dass sie es bemerkte. Dawn ballte ihre Hände zu Fäusten und atmete so tief durch, wie es ihre Verletzung zuließ. Zum ersten Mal seit Jahren wandte sie wieder die Technik an, die ihr eine Psychiaterin damals nach dem Verschwinden ihrer Schwester gezeigt hatte, als sie ständigen Panikattacken ausgeliefert gewesen war.

Es schien unendlich lange zu dauern, bis sie sich so weit beruhigt hatte, dass sie wieder klar denken konnte. Dawn lauschte angespannt, konnte aber nichts hören, das auf andere Personen in ihrer Nähe hinwies. Mit angehaltenem Atem kniete sie sich langsam hin und begann, ihre Umgebung mit den Händen zu erkunden. Unter ihr lag eine dünne Matratze direkt auf dem kalten Steinboden. Sonst befand sich nichts in unmittelbarer Nähe und sie kroch weiter. Sie schürfte ihre nackten Knie an dem rauen Boden auf, doch das nahm sie nur am Rande wahr. Nach einigem Suchen traf sie auf eine Wand und richtete sich langsam daran auf. Ihre Beine zitterten vor Anstrengung, doch sie zwang sich, stehen zu bleiben.

Langsam, Schritt für Schritt ging sie die Wand ab, bis sie glaubte, den gesamten Raum umrundet zu haben. Furcht drückte auf ihre Brust, als ihr klar wurde, dass sie sich in einem fensterlosen Kellerraum befand. Es gab nur eine stabile Metalltür, die verschlossen war. Sie war gefangen und würde ohne Hilfe von außen nicht herauskommen. Lee konnte sie einfach sterben lassen – er brauchte nur die Tür geschlossen zu halten, bis sie verdurstet war. Die muffige Luft schien sich um sie herum zu verdichten und machte ihr das Atmen schwer. *Oh Gott!* Dawn sank langsam an der Wand zu Boden, als ihre Beine unter ihr nachgaben.

War es das, was ihre Schwester erlebt hatte? Hatte Natalie eingesperrt in einem Kellerloch darauf gewartet, dass jemand sie befreite, aber es war nie jemand gekommen? War sie vielleicht immer noch irgendwo dort draußen und wartete auf ihre Rettung? Die Vorstellung war unerträglich. Mit dem Handrücken wischte sie ihre Tränen von den Wangen. Schon immer hatte sie es gehasst, hilflos zu sein, doch in dieser Situation war es noch schlimmer. Sie sollte Lee helfen, irgendein Ziel zu erreichen, wenn sie die Bemerkungen des Entführers richtig verstanden hatte. Sie würde sich nicht selbst retten können und zusätzlich auch noch benutzt werden. Der Gedanke ließ heiße Wut in ihr aufsteigen. Wenn sie auch nur den Hauch einer Gelegenheit bekam, Lee zu erledigen, würde sie das, ohne zu zögern, tun.

Als hätten ihre Gedanken ihn heraufbeschworen, erklang ein kratzendes Geräusch an der Tür, die gleich darauf mit einem lauten Quietschen aufschwang. Ein Lichtstrahl drang in den Raum und blendete sie. Zu spät hielt Dawn eine Hand vor ihre Augen. Sie blinzelte gegen die hellen Flecken auf ihrer Pupille an, doch sie konnte den Mann, der in den Raum trat, nur undeutlich sehen. Aber das, was sie sah, reichte, um ihn zu identifizieren, auch wenn er sich die Haare dunkel gefärbt hatte und jetzt einen Bart trug: Lee. Sein Blick irrte von der leeren Matratze durch den Raum, bis er auf sie traf.

Seine Lippen verzogen sich zu einem unangenehmen Lächeln. »Sie sind ja schon wach, wie praktisch. Für eine Weile dachte ich, der Blutverlust wäre zu viel für Ihren geschwächten Körper gewesen.«

Dawn kämpfte sich auf die Füße und stützte sich an der Wand ab, damit sie nicht zusammenbrach. Auf keinen Fall wollte sie, dass Lee sie schwach sah. Wütend funkelte sie ihn an. »Wenn Sie mich nicht hätten entführen lassen, hätte ich gar nicht geblutet!«

»Das mag sein, aber ich habe dafür gesorgt, dass Ihre Wunde neu vernäht und verbunden wurde. Ich habe also Ihr Leben gerettet.«

»Erwarten Sie bloß keine Dankbarkeit von mir. Meine Kollegen werden mich finden, darauf können Sie Gift nehmen.« Dawn merkte, wie die Wut und das Sprechen ihr die Kraft raubten, doch sie weigerte sich, der Schwäche nachzugeben.

Diesmal lag in seinem Lächeln echte Amüsiertheit. »Aber das würde ja das Wissen voraussetzen, dass Sie entführt wurden und von wem. Und da das nicht der Fall ist …« Er zuckte mit den Schultern.

»Ich habe ausgesagt, dass Sie mich angeschossen haben und derjenige waren, der Isabel Kerrilyan entführt hatte. Es wurde eine Skizze angefertigt, die Ihnen sehr ähnlich sieht. Sie sind also bereits polizeilich bekannt.«

Lees Augen verengten sich. »Das mag sein, aber niemand kennt meinen Namen und auch nicht mein Versteck. Von daher wird Sie hier niemand finden.« Mit der Hand strich er über seinen dunklen Bart. »Außerdem werde ich Sie nicht lange gefangen halten, wenn Ihr Freund Caruso das tut, was ich will. Ich bin gespannt, ob Sie ihm so viel wert sind, wie ich annehme.«

»Er wird nicht so dumm sein, in eine Falle zu laufen.« Zumindest hoffte sie das.

Lee sah sie durchdringend an. »Ach nein? Ich hatte das Gefühl, dass Sie ihm etwas bedeuten. Würde er eine Freundin im Stich lassen? Denken Sie daran, was er für seinen verstorbenen Freund Jennings alles tut.«

»Darüber weiß ich nichts. Ich kenne Caruso kaum.« Und sie war nicht gerade glücklich darüber, dass dieser Verbrecher anscheinend mehr über ihn wusste als sie selbst. Wieso hatte Caruso ihr in den Tagen, die er an ihrem Bett gesessen hatte, nie etwas über sich erzählt? Und warum hatte sie nicht mehr danach gefragt? Sie war davon ausgegangen, dass er mit der Zeit anfangen würde zu reden – sofern er weiterhin etwas mit ihr zu tun haben wollte. Vielleicht hatte sie aber auch nur Angst gehabt, dass er nicht mehr kommen würde, wenn sie ihn zu sehr bedrängte.

»Dann hoffen wir für Sie, dass er sich verpflichtet fühlt, Ihnen zu helfen, sonst könnte es ungemütlich werden.«

Dawn presste ihre Lippen zusammen und antwortete nicht auf diese Provokation. Egal was sie sagte, Lee hatte sowieso alle Trümpfe in der Hand und würde tun, was er wollte. Unauffällig blickte sie an ihm vorbei zur Tür, die ein Stück offen stand. Vielleicht wenn sie ihn überraschte …

»Denken Sie nicht mal daran. In Ihrem Zustand würden Sie nie an mir vorbei kommen.«

Womit er leider Recht hatte, wie Dawn sich eingestehen musste. Noch konnte sie nicht fliehen, aber sie würde es versuchen, sobald sie wieder bei Kräften war. »Wollen Sie mich eigentlich verhungern lassen?«

Seine Augenbrauen zogen sich zusammen. »Nicht notwendigerweise. Warum?«

»Ich bin kurz davor, schließlich habe ich zuletzt gestern Abend etwas im Krankenhaus gegessen – das nicht mal besonders gut war. Oder war das schon vorgestern?« In der Dunkelheit hatte sie überhaupt kein Gefühl dafür, wie viel Zeit seitdem vergangen war.

»Gestern, es ist erst Mittag. Also gut, ich bringe Ihnen nachher was. Zuerst habe ich allerdings noch etwas anderes vor.« Lee drehte sich um und ging zur Tür.

Dawn spannte die Muskeln an, bereit, ihn trotz der ausweglosen Situation anzugreifen, doch er blickte noch einmal zu ihr zurück, bevor sie sich bewegen konnte. »Das würde ich nicht machen, wenn Sie das Essen haben wollen. Sparen Sie lieber Ihre Kraft, Sie werden sie brauchen.« Bevor ihr eine Erwiderung einfiel, hatte er bereits die Tür hinter sich zugezogen und sie in der Dunkelheit zurückgelassen.

Ihre zitternden Beine gaben nach, und sie sank wieder zu Boden. An die Wand gelehnt schlang sie ihre Arme um ihre Beine und bettete ihren Kopf auf die Knie. Zwar wollte sie nicht, dass Caruso sich in Lees Hände begab, um sie zu retten, doch sie hoffte, dass er irgendeine andere Möglichkeit fand, sie herauszuholen. Sie wollte wirklich hier weg. Dawn schloss die Augen und bemühte sich, nicht daran zu denken, wie sehr sie dunkle enge Räume hasste.

»Auf keinen Fall gehe ich da rein!« Naz' Stimme wurde mit jedem Wort lauter.

Harken unterdrückte einen Seufzer und blickte erneut auf die Uhr. Inzwischen diskutierte er bereits seit zwanzig Minuten mit dem Leopardenwandler. Genau genommen seit sie die Lagerhalle in der Nähe des Flughafens betreten hatten und Naz die Kisten gesehen hatte, in denen er und der Löwenwandler nach Afrika transportiert werden würden. »Es gibt keine andere Möglichkeit, als euch per Tiertransport zu schicken.« Er deutete auf den Löwen, den sie unter Schwierigkeiten in eine der Kisten gelegt hatten und der sich seitdem noch keinen Zentimeter gerührt hatte. »Er kann sich nicht verwandeln und du bist zu instabil, um zu riskieren, dass du von anderen Menschen gesehen wirst. Mal ganz davon abgesehen, dass du keine Papiere hast.«

»Das ist mir klar, aber …«

Harken ließ ihn nicht ausreden. »Ich verstehe, dass du es nicht erträgst eingesperrt zu sein. Aber wenn du es einige Stunden durchhältst, bist du in Namibia und damit frei.« Er erinnerte sich an Jamilas Blick, als sie sich am Rande des Waldes von ihm und den beiden Wandlern verabschiedet hatte. Auch sie schien den Sog zu spüren, den ihr Heimatland auf sie ausübte.

»Warum bist du dann noch nicht zurückgekehrt?«

Harken konzentrierte sich wieder auf Naz. »Weil ich hier noch etwas zu tun habe, bevor ich nach Hause kann.« Wenn er im Labor nur etwas stärker gewesen wäre, hätte er jetzt nach Namibia mitfliegen können. Der Schmerz darüber saß tief und er hatte Mühe, ihn nicht zu zeigen.

»Lee?« Hass durchtränkte das eine Wort.

Mit einem knappen Nicken beantwortete er die Frage, bevor er sich wieder auf seine Aufgabe konzentrierte. »Du musst dich jetzt entscheiden: entweder du fliegst auf diese Art nach Afrika oder du bleibst hier, vielleicht für immer.«

Unentschlossen blickte Naz auf die Kiste. »Ich weiß nicht, ob ich es ertrage.« Sein Flüstern war kaum zu verstehen. Harken blieb stumm, denn es war nicht seine Entscheidung. Die Haut spannte sich über Naz' hervorstechenden Wangenknochen, während er mit sich kämpfte. Schließlich nickte er langsam. »In Ordnung.« Beschwörend blickte er Harken an. »Danach bin ich wirklich frei?«

»Ich verspreche es dir. Mia wird sich darum kümmern.«

»Okay.« Er berührte kurz Harkens Schulter. »Danke für deine Hilfe.« Damit verwandelte er sich und lief in Leopardengestalt zur Kiste.

Erleichtert atmete Harken auf. Zwar war das Lagerhaus derzeit menschenleer, aber es hätte genauso gut jemand hereinkommen können, während sie hier diskutierten. Er stellte einen Napf mit Wasser in beide Kisten und legte Fleisch dazu. »Ihr bekommt noch mal etwas, nachdem die Kisten im Flugzeug sind. Versucht, euch möglichst unauffällig zu benehmen.« Ein Fauchen des Leoparden antwortete ihm. »Gute Reise.« Harken schloss die Riegel an der Kiste des Löwen und ging dann zu der des Leoparden hinüber. »Grüß Mia von mir.« Naz sah ihn einen Moment an und neigte dann den Kopf.

Verdammt, das hatte er gar nicht sagen wollen. Kopfschüttelnd schloss Harken auch die zweite Kiste und verließ dann rasch die Lagerhalle. Seine Aufgabe hier war erledigt. Ein Unternehmen, das auf Raubtiertransporte spezialisiert war, würde die beiden Kisten abholen, zum Flughafen bringen und dafür sorgen, dass sie in das richtige Flugzeug geladen wurden. Danach konnte er nur noch hoffen, dass die beiden unversehrt ihre Heimat erreichten und von Mia in Empfang genommen wurden.

Harken stieg ins Auto und zog sein Telefon hervor. Zuerst rief er das Unternehmen an, damit sie wussten, dass die Kisten abholbereit waren. Danach wählte er die Nummer von *Shapes of Life*.

Sein Herz klopfte schmerzhaft in seiner Brust, während er darauf wartete, dass Mia sich meldete.

»*Shapes of Life*. Wie kann ich Ihnen helfen?« Es war nicht Mias Stimme, die antwortete.

Harken schluckte die Enttäuschung herunter und versuchte, sich auf das Geschäft zu konzentrieren. »Kainda?«

»Ja?« Ihre Antwort klang vorsichtig.

»Hier ist Harken. Eigentlich wollte ich Mia sprechen.« Seine Stimme schwankte bei ihrem Namen, und Harken schloss die Augen. Wo war seine Beherrschung geblieben, auf die er sich sonst immer verlassen konnte? Die Vorstellung, dass Naz und der Löwenwandler morgen bei Mia sein würden, während er selbst immer noch hier war, traf ihn stärker, als er gedacht hatte.

»Mia ist gerade unterwegs. Ich nehme an, es geht um den Transport?«

Harken räusperte sich. »Genau. Das Flugzeug wird morgen gegen 14 Uhr eurer Zeit in Windhoek landen.« Er nannte ihr die Flugnummer und die Codes der Kisten.

»Okay, ich habe es notiert. Wir werden da sein und die beiden in Empfang nehmen.« Sie schwieg einen Moment. »Ich erinnere mich noch gut, wie es war, im Flugzeug aufzuwachen und nicht zu wissen, wo ich war und was mit mir passierte.«

Harken unterbrach sie rasch. »Die beiden sind wach, sie wissen, was los ist. Und sie freuen sich auf ihre Heimat.« Jedenfalls ging er davon aus.

»Das sollte kein Vorwurf sein, ich bin dir dankbar für das, was du für mich getan hast.« Ihre Stimme wurde weicher. »Werden wir uns auch mal persönlich treffen?«

Nachdem er sich geräuspert hatte, konnte er antworten. »Ich hoffe es.« Seine Kehle zog sich zusammen. »Sag Mia …«

»Was?«

Harken senkte den Kopf und schloss die Augen. »Nichts. Es

ist besser, ich sage es ihr selbt, wenn ich sie irgendwann einmal wiedersehe.« Harken verabschiedete sich und ließ das Handy sinken. Vermutlich hätte er froh sein sollen, nicht mit Mia sprechen zu müssen, doch stattdessen spürte er nur Enttäuschung, ihre Stimme nicht gehört zu haben. Auch wenn es ihn jedes Mal quälte, erinnerte es ihn auch daran, weshalb er überhaupt hier war. Entschlossen hob Harken die Lider und starrte auf das Lagerhaus. Nicht mehr lange und er hatte seine Aufgabe erledigt. Dann konnte er nach Hause zurückkehren und versuchen, Mia zu erklären, warum er gegangen war. Er konnte nur hoffen, dass sie ihm die Gelegenheit dazu geben würde.

Je länger Caruso durch die Stadt fuhr, ohne eine Spur von Dawn zu entdecken, desto verzweifelter wurde er. Nachdem er in dem Krankenhaus in Phoenix, in das Dawn angeblich verlegt worden war, die telefonische Auskunft erhalten hatte, dass sie dort keine Patientin dieses Namens hatten, war er noch einmal in die Klinik zurückgekehrt. Die Krankenschwester hatte auf sein Drängen hin die Polizei über Dawns Verschwinden informiert, und Detective Petrovsky, der schon die Ermittlungen in Isabels Entführungsfall geleitet hatte, war kurz darauf eingetroffen. Zu sagen, dass er nicht sonderlich erfreut war, Caruso dort anzutreffen, war noch untertrieben. Nachdem er klargemacht hatte, dass er nicht gehen würde, bis er wusste, was mit Dawn geschehen war, hatte Petrovsky endlich mit den Ermittlungen begonnen. Nach einer Raucherpause war er in etwas besserer Stimmung gewesen und hatte Caruso sogar erlaubt, die Aufzeichnungen der Sicherheitskameras mit anzusehen.

Caruso wäre beinahe in den Monitor gesprungen, als sie sahen, wie Dawns Bett von einem Mann in Arztkittel den Flur entlanggeschoben wurde. Ihre Augen waren weit aufgerissen und er glaubte, trotz der schlechten Qualität der Aufnahmen ihre Angst darin zu erkennen. Sie war eindeutig wach und wusste, was mit ihr passierte, doch sie rührte keinen Muskel, um sich in Sicherheit zu bringen. Was hatte der Kerl mit ihr gemacht?

Petrovsky fluchte leise, als der Unbekannte der Nachtschwester den Verlegungsschein aushändigte und er einfach so mit Dawn aus dem Krankenhaus spazierte. Nicht ein Mal war sein Gesicht auf den Kamerabildern zu sehen gewesen. Er war ohne Zweifel ein Profi und wusste, was er tat.

Auch die Außenkamera hatte nur die Rückenansicht des Entführers eingefangen, dann verschwand er mitsamt dem Bett und Dawn aus der Reichweite der Kamera. Von der Nachtschwester bekamen sie eine vage Beschreibung des Täters, die völlig nutzlos war. Petrovsky würde trotz der mageren Ausbeute eine Fahndung nach dem Mann ausschreiben, aber Caruso wusste, dass es zwecklos war. Selbst wenn sie ihn durch viel Glück fanden, war Dawn sicher schon lange nicht mehr bei ihm. Inzwischen war sie garantiert bereits in Lees Fängen. Unerreichbar, solange er nicht wusste, wo Lee sich aufhielt. Die Antwort des Detectives auf seine Frage, ob sie Lee inzwischen ausfindig gemacht hatten, war wie zu erwarten negativ ausgefallen.

Nachdem er von Petrovsky das Versprechen bekommen hatte, ihn anzurufen, sobald sich etwas Neues ergab, verließ Caruso das Krankenhaus. Tief atmete er die frische Luft ein, doch es gelang ihm nicht, so klar zu denken, dass er eine Lösung fand, wie er Dawn retten konnte. Oder doch, die gab es, aber er würde seine Tochter niemals opfern. Er musste sich bei Lee melden, um zu verhindern, dass der Dawn etwas antat, nur weil er nicht anrief.

Seine Hand zitterte, als er die Karte herauszog und die Nummer in sein Handy eingab. Beinahe endlos klingelte es, bevor jemand das Gespräch annahm.

»Ja?«

Wut stieg in Caruso auf und er schaffte es kaum, ein Wort hervorzupressen. »Wo ist sie, du elender Mistkerl?«

Eine kleine Pause entstand, dann begann Lee zu lachen. »Gleich zur Sache, wie? Irgendwie überrascht mich das nicht.« Etwas schlug mit einem dumpfen Knall zu. »Noch geht es deiner Polizistin gut, aber das wird nicht lange so bleiben, wenn du nicht das tust, was ich dir sage. Bist du bereit, dich und deine Tochter gegen sie auszutauschen?«

»Und was, wenn ich nein sage?« Caruso hielt den Atem an.

»Dann wird deine Freundin spurlos verschwinden. Für immer.« Lee klang völlig gelassen, und das war kein Wunder, denn er hielt alle Trümpfe in der Hand. »Du brauchst übrigens gar nicht versuchen, meinen Standort über mein Handy ermitteln zu lassen, es hat keinen GPS-Empfänger und ich schalte es gleich wieder aus.«

Daran hatte er noch nicht einmal gedacht. »Ich will mit Dawn sprechen.«

Ein Schnauben antwortete ihm. »Warum glaubst du, dass du hier etwas zu bestimmen hättest? Entweder du kommst mit Isabel hierher, oder die Polizistin ist tot. So einfach ist das.«

Caruso hielt das Handy so fest, dass das Gehäuse unheilvoll knackte. Mühsam lockerte er seine Finger. »Das geht nicht so schnell, Isabel ist nicht bei mir.«

»Das ist mir völlig egal! Hol sie und dann melde dich wieder.«

»Warte! Dawn …«

Lee unterbrach ihn. »Wenn ich in zwölf Stunden nichts von dir gehört habe, ist sie tot.« Damit beendete er das Gespräch.

Caruso blickte auf die Uhr. Zwölf Stunden waren mehr, als er erwartet hatte. Aber er würde sie brauchen, um einen durchführbaren Plan zu entwickeln. Er konnte sich nur vorstellen, wie es Dawn jetzt gehen musste, irgendwo eingesperrt, verängstigt, völlig allein. Wusste sie, dass er alles tun würde, um sie zu retten, oder glaubte sie, er würde sie im Stich lassen? Wenn er wenigstens kurz mit ihr hätte reden können!

Verärgert schüttelte er die Gedanken ab und konzentrierte sich auf das Wichtigste: einen Plan. Er hob das Handy wieder hoch und wählte Harkens Nummer.

»Ja?«

»Hier ist Caruso. Wo bist du gerade?« Mit der Hand fuhr er durch seine zerzausten Haare.

»San Francisco.«

Erleichtert atmete er auf. »Gut. Kannst du mir einen GPS-Sender besorgen, den ich schlucken kann? Und dazu einen Empfänger? Es eilt.«

»Willst du die Polizistin befreien?«

Irgendwie schaffte es der mysteriöse Wandler immer wieder, mehr zu wissen, als er eigentlich sollte. »Ja. Wenn ich eine Möglichkeit finde, Dawn zu retten und Lee festzusetzen, werdet ihr mir dann helfen?«

Harken schwieg kurz. »Natürlich.«

Ihm war bewusst, dass die Wandler ihm nicht seinetwegen helfen würden oder wegen Dawn, sondern um Lee aus dem Verkehr zu ziehen, aber das war ihm recht, solange das Ziel am Ende erreicht wurde.

11

Mit einem Lächeln warf Lee das Billig-Handy neben sich auf das Sofa und nahm sein Weinglas in die Hand. Caruso hatte wie erwartet den Köder geschluckt. Es war schlichtweg genial gewesen, die Polizistin entführen zu lassen. Selbst wenn Caruso die Frau nicht liebte, würde er sich verpflichtet fühlen, ihr zu helfen, weil sie nur durch ihn in diese Situation gekommen war. Er war schon immer gut darin gewesen, Menschen und ihre Reaktionen einzuschätzen – anscheinend hatte er nichts verlernt. Caruso war im Grunde ein Einzelgänger, aber er würde alles für die Menschen tun, die ihm nahestanden.

Genau das würde Lee jetzt für seine Zwecke nutzen. Und dann würde er ihn beseitigen, nachdem er endlich bekommen hatte, was er wollte. Lee lehnte sich zurück und trank einen Schluck Wein. Es wurde Zeit, die Sache ein für alle Mal zu beenden. Seine Geduld war nach dem neuerlichen Reinfall in San Francisco restlos erschöpft. Er musste die Sache unbedingt endlich erledigen, lange würde er diese ständige Anspannung nicht mehr aushalten. Wie als Antwort darauf klingelte sein richtiges Handy. Mit einem genervten Seufzer stand er auf und zog das Telefon aus seinem Jackett, das er über einen Stuhl geworfen hatte.

»Ja?«

»Sind Sie immer noch an Tiertransporten von Raubkatzen interessiert?«

Lee erkannte die Stimme sofort. Sie gehörte seinem wichtigsten Informanten, der stets für ihn auf der Suche nach weiteren Wandlern war. Sein Herz begann schneller zu schlagen. »Ich höre.«

»Es war nicht ganz einfach, aber ich habe mir Zugriff auf die Ladelisten der Flugzeuge beschafft. Am Flughafen San Francisco ist vor einer Stunde eine Maschine gestartet, in der sich unter anderem ein Leopard und ein Löwe befinden.«

Ja! Er konnte fühlen, dass sie auf der richtigen Spur waren. Mit Mühe schaffte er es, seine Stimme unbeteiligt klingen zu lassen. »Ziel?«

»Windhoek, Namibia.«

Oh ja, das hörte sich ganz nach einem Volltreffer an. »Verfolgen Sie die Sache weiter. Ich will wissen, wer den Transport in Auftrag gegeben hat und wohin die Tiere nach Ankunft gebracht werden.« Lee rieb über sein Kinn. »Und behalten Sie auch weiterhin die Flughäfen im Auge, falls es doch nicht die Lieferung ist, um die es mir geht.« Vermutlich war das unnötig, aber er wollte diesmal keinen Fehler machen. »Gute Arbeit. Wegen der anderen Sache, über die wir neulich gesprochen hatten …«

»Ja?«

»Ich möchte, dass Sie alles bereithalten, es kann jederzeit losgehen.«

»Alles klar.«

»Ich melde mich wieder, wenn Sie loslegen sollen.«

Lee ließ das Telefon sinken und unterdrückte den Drang, seine Faust in die Luft zu stoßen. Wenn er sich nicht täuschte, war er seinem Ziel gerade einen gewaltigen Schritt näher gekommen. Dazu noch die Polizistin und Caruso – ja, es sah eindeutig so aus, als würde endlich alles in seinem Sinne verlaufen. Aber er würde diesmal nichts dem Zufall überlassen, noch einmal würden sich diese verdammten Berglöwenwandler nicht einmischen können.

Es fiel Bowen nicht schwer, Isabels Duftspur bis zu einem kleinen See zu folgen. Bisher waren sie noch nie hier gewesen, weil er befürchtete, sich nicht zurückhalten zu können, wenn sie zu weit von den anderen entfernt waren. Seine Sehnsucht nach ihr hatte sich mit jedem Tag, den sie im Lager verbrachte, gesteigert. In Berglöwenform blieb er unter den Bäumen am Rand der Lichtung stehen und ließ seinen Blick über Isabel gleiten. Sie saß am Ufer, die Beine ausgestreckt, den Oberkörper auf ihre Ellbogen gestützt. Ihr Rock war fast bis zur Hüfte hochgezogen, damit das Wasser ungehindert ihre langen Beine umspielen konnte. Die rotbraunen Haare flossen frei ihren Rücken hinab und bewegten sich leicht im Wind. Isabels Augen waren geschlossen, und sie hatte das Gesicht der Sonne zugewandt.

Sein Herz klopfte schneller und es gelang ihm nur mühsam, seine Erregung zu beherrschen. Zu stark war die Erinnerung an die Küsse und Berührungen, die sie im Geiste getauscht hatten, während sie in Lees Labor gefangen gewesen waren. Bowen hatte sie in Gedanken hierher, an diesen besonderen Ort, gebracht, um gemeinsam mit Isabel vergessen zu können, dass sie eingesperrt waren. Und um sie endlich so berühren zu können, wie er es sich ein Jahr lang gewünscht hatte. Die Gefühle waren echt gewesen, aber wie er jetzt feststellte, war die Realität noch um einiges intensiver. Das Problem war nur, dass er Isabel nicht mit der Macht seiner Sehnsucht nach ihr erschrecken wollte.

Bowen zuckte zusammen, als plötzlich in seinem Kopf Bilder entstanden. Daran musste er sich erst noch gewöhnen. Vor einem Jahr hatte nur Isabel seine Gefühle und Bilder empfangen können, jetzt beruhte das auf Gegenseitigkeit. In seinem Kopf drehte sich Isabel zu ihm um, ein Lächeln spielte um ihre Lippen, während sie ihn heranwinkte. In ihren großen blauen Augen stand deutlich sichtbar ihre Liebe zu ihm, gepaart mit einem Hauch Verlangen. Wie konnte er so einer Einladung widerstehen? Seine Pfoten setzten sich wie von selbst in Bewegung und er stand innerhalb von Sekunden neben ihr. Mit der Schnauze stupste er sie sachte an und rieb dann seine fellige Wange an ihrer.

Isabel öffnete die Augen und wandte sich ihm zu. Mit einem Lächeln schlang sie ihre Arme um seinen Hals. »Habe ich dir schon gesagt, wie schön du bist?«

Ja, das hatte sie, etwa hundertmal. Nicht, dass er sich deswegen beschwerte, der Berglöwe in ihm sonnte sich gern in ihrer Bewunderung. Als Antwort leckte er sie.

Mit einem Lachen löste sie sich von ihm und wischte mit dem Handrücken über ihren Mund. »Bei so etwas bevorzuge ich wirklich die Menschenform.«

Ein Schnurren drang aus seiner Kehle, bevor er sich verwandelte. Nackt kauerte er neben Isabel auf dem Boden. Er schob einige Strähnen seiner Haare hinter sein Ohr, damit er sie besser sehen konnte. Ihr Blick glitt über seinen Körper, bevor er wieder bei seinem Gesicht landete. Glücklicherweise konnte sie wegen seiner Haltung die Reaktion gewisser Körperteile nicht sehen, sonst wäre sie wahrscheinlich schreiend davongerannt. Oder auch nicht. Um sich abzulenken, konzentrierte er sich auf das, was sie gesagt hatte.

»Du magst es lieber, wenn ein Mensch dich leckt?«

Amüsiert schüttelte sie den Kopf. »Nicht irgendein Mensch, sondern du. Außerdem sprach ich vom Küssen.«

Sein Herzschlag hatte sich beim ersten Satz schon beschleunigt, doch beim zweiten geriet sein Verlangen endgültig außer Kontrolle. Mit einem Knurren, das deutlich nach Berglöwe klang, legte er seine Hand um ihren Hinterkopf und zog sie dichter an sich heran. Seine Lippen berührten ihre und für einen langen Moment vergaß er jede Zurückhaltung. Er küsste sie so, wie er es sich seit einem Jahr erträumt hatte, schlang eine ihrer Haarsträhnen um seine Hand und hielt Isabel so wirksam gefangen. Nicht, dass es nötig gewesen wäre, sie erwiderte seinen Kuss mit einer Leidenschaft, die ihm den Atem raubte. Sie schlang ihre Arme um seinen Oberkörper und grub ihre Fingernägel in seinen nackten Rücken.

Nur mit Mühe schaffte Bowen es, sich nicht auf sie zu stürzen und ihr die Kleidung vom Leib zu reißen. Stattdessen zwang er sich, den Kuss sanfter werden zu lassen und sich schließlich ganz von ihr zu lösen. Ihr Atem ging genauso schwer wie seiner, ihre Augen waren halb geschlossen. Röte bedeckte ihre Wangen und ihr Mund sah aus, als wäre er ausgiebig geküsst worden. Das Bedürfnis, sie wieder an sich zu ziehen und dort weiterzumachen, wo sie aufgehört hatten, brachte ihn fast um.

Isabels Lider hoben sich und sie blickte ihn mit verschleierten Augen an. »Wow.« Das brachte Bowen zum Lachen. Ein Lächeln huschte über Isabels Gesicht. Ihre Fingerspitze strich über seinen Mundwinkel. »Ich bin froh, dass du wieder lachst, auch wenn es über mich ist.«

Bowen biss spielerisch in ihren Finger. »Ich lache nicht über dich, sondern über mich.«

Ihr Blick wurde schärfer. »Wieso über dich?«

Hitze stieg in seine Wangen. Warum hatte er nicht einfach den Mund gehalten? »Meine Reaktion auf dich. Du brauchst mich nur anzusehen oder einen Ton von dir zu geben und schon …« Er wedelte verlegen mit der Hand, während er gleichzeitig versuchte, sie nicht auf seine Erektion aufmerksam zu machen.

Isabels Blick glitt an ihm herunter und heftete sich auf seinen Schaft. Mit der Zungenspitze befeuchtete sie ihre Lippen. »Ich … bin froh, dass es nicht nur mir so geht.«

Bowens Augenbrauen schoben sich zusammen. »Das solltest du aber wissen.«

»Ja, schon. Es ist nur …« Sie blickte ihm direkt in die Augen. »Ich bin jetzt seit einer Woche hier und obwohl wir so lange darauf gewartet haben, endlich zusammen sein zu können, ist noch nichts passiert. Ich hatte wohl Angst, dass du mich doch nicht mehr willst, nachdem du mich jetzt etwas besser kennst.«

»Du spürst doch meine Gefühle, wie konntest du je daran zweifeln, wie sehr ich dich will?« Es fiel ihm schwer, sie nicht in seine Arme zu ziehen und ihr genau zu zeigen, was in ihm vorging.

Isabel blickte über den See hinaus. »Na ja, wahrscheinlich, weil es dir so leichtzufallen scheint, mich nicht ständig zu berühren.«

Mit einem unterdrückten Stöhnen lehnte Bowen seine Stirn an ihre Wange. »Wir waren nie allein und wenn du von Berglöwenwandlern umgeben bist, weißt du, dass mit Privatsphäre nicht zu rechnen ist. Schon gar nicht, wenn wir in der Hütte meiner Mutter leben.«

Mit roten Wangen blickte sie ihn an. »Du meinst, deine Mutter würde uns hören?«

»Vermutlich, vor allem aber würde sie uns riechen.«

Isabel schnitt eine Grimasse. »Wunderbar.«

»Ich werde uns eine eigene Hütte bauen, sowie die Gefahr vorbei ist.« Er zögerte, als er ihren Gesichtsausdruck sah. »Außer du willst doch nicht mehr bei uns leben?«

Ihr Erstaunen wandelte sich in Wut. »Ich wollte schon seit einem Jahr bei dir leben, nur du hast selbstherrlich entschieden, dass es nicht sein kann. Ich habe es satt, immer nur …« Der Rest ihrer Tirade ging in seinem Kuss unter.

Als er kurz darauf den Kopf hob, schimmerten Isabels Augen feucht. »Es ging nicht darum, was ich will, sondern was das Richtige für dich ist. Wolltest du nicht die Schule beenden? Etwas studieren? Das alles wäre nicht möglich gewesen, wenn du hier bei uns gelebt hättest. Ganz davon abgesehen, dass du noch minderjährig warst und deine Mutter auch ein Wort mitzureden hatte. Eigentlich bist du das immer noch.«

»Die paar Wochen …«

Bowen lächelte sie an. »Ich bin der Meinung, dass du erwachsen genug bist, deine eigenen Entscheidungen zu treffen und ich bin sehr froh, dass sie auf mich gefallen ist.« Mit dem Daumen strich er über ihre Wange. »Dass du uns eine Chance gibst, trotz allem, was vorgefallen ist.«

»Wie könnte ich mich nicht für den Mann entscheiden, den ich liebe?« Ihre Stimme zitterte leicht.

Wie jedes Mal, wenn sie das sagte, zog sich Bowens Herz schmerzhaft zusammen, bevor es loshämmerte. Noch immer hatte er sich nicht daran gewöhnt, dass seine Träume Wirklichkeit geworden waren und sie hier bei ihm war. Anstelle einer Antwort küsste er sie erneut, sanft und eindringlich.

Als Isabel sich von ihm löste, blickte sie ihn ernst an. »Ich möchte dich aber nicht deiner Mutter wegnehmen. Sie hat nur noch dich …«

»Das tust du nicht. Es ist normal, dass die Kinder in eine eigene Hütte ziehen, wenn sie volljährig werden oder einen Partner finden. Das heißt aber nicht, dass wir unsere Eltern dann nur noch alle paar Tage sehen, wir bleiben uns weiterhin nah.«

Isabel lächelte ihn an. »Das beruhigt mich.« Rasch wurde sie wieder ernst. »Was glaubst du, tut Caruso jetzt?«

»Er wird versuchen, Dawn zu finden.« Und hoffentlich schlau genug sein, Hilfe anzufordern, wenn er sie benötigte. Isabel sollte nicht noch einen Vater verlieren. Allerdings befürchtete er das Schlimmste, denn Caruso war ihm bisher nie wie ein Teamspieler vorgekommen. Doch das würde er Isabel nicht sagen, schließlich konnte er sich irren.

Ihre Zähne gruben sich in ihre Unterlippe. »Aber das ist doch bestimmt gefährlich! Außerdem, wie will er das anstellen? Wenn er schon so lange erfolglos nach Lee sucht, wie soll er ihn dann plötzlich so schnell finden? Ist das nicht ziemlich aussichtslos?«

Ein gutes Argument. Genau das befürchtete Bowen auch, aber er wollte Isabel nicht noch nervöser machen. »Harken wird ihm helfen, wenn er die beiden Wandler nach Afrika geschickt hat.

Außerdem wissen wir jetzt, wie Lee aussieht, sicher hilft das bei der Suche.«

»Das mag sein. Aber ich habe das Gefühl, dass ich ihm helfen sollte. Schließlich ist Dawn nur in Gefahr geraten, weil sie euch geholfen hat, mich zu finden.«

Er legte seine Hände um ihr Gesicht und zwang sie, ihm in die Augen zu schauen. »Das kannst du am besten, indem du hierbleibst. Anders kannst du ihm momentan nicht helfen.«

Das Blau ihrer Augen wurde dunkler. »Das weiß ich. Ich fühle mich nur so … unnütz.«

Bowen küsste sie sanft. »Das bist du nicht. Caruso möchte, dass du in Sicherheit bist. Wenn es eine Möglichkeit gäbe, wie du ihm oder Dawn helfen kannst, würde ich dich unterstützen. Aber die gibt es nicht.« Als er sah, dass sie protestieren wollte, zog er sie mit sich, bis sie auf dem Boden lagen.

Mit einem Seufzer bettete Isabel ihren Kopf auf seine Schulter und schlang ihren Arm um ihn. Sein Herz klopfte schneller, diesmal nicht aus Furcht, sondern weil es sich so gut anfühlte, wie Isabel sich an ihn schmiegte. Mit der Hand fuhr er über ihren Rücken und vergrub seine Finger in ihren Haaren. Isabel stieß einen zufriedenen Laut aus und drängte sich enger an ihn. Ihre Hand glitt über seine Brust und legte sich über sein Herz. Bowen gelang es nicht, seine Erregung zu unterdrücken, er konnte nur hoffen, dass sie nicht nach unten blickte. Es fiel ihm schwer, aber er wollte die Situation nicht ausnutzen. Isabel brauchte seinen Trost und seine Unterstützung, nicht sein Verlangen. Mit sanften Fingern streichelte er sie, bis sie sich völlig entspannte.

»Können wir noch ein wenig hier liegen bleiben? Es ist so friedlich, so als würden alle anderen Probleme nicht existieren.«

Bowen spielte mit ihren Haaren. »Am liebsten würde ich den ganzen Tag so mit dir verbringen, aber wir sollten bald wieder zum Lager zurückkehren, falls es etwas Neues gibt.«

Seufzend strich Isabel mit ihrer Hand erneut über seine Brust. »Schade.«

Bowens Körper spannte sich an, als ihre Finger immer tiefer glitten. Nur noch wenige Zentimeter und sie würde seinen Schaft berühren, der ihr entgegenzuwachsen schien. Gott, er wollte nichts mehr als das, aber er konnte es nicht zulassen, sonst würde er sie hier und jetzt lieben, egal wie ungünstig der Zeitpunkt war. Sanft schlossen sich seine Finger um ihr Handgelenk. Sie hob ihren Kopf und blickte ihn fragend an.

Bowen biss die Zähne aufeinander, in dem vergeblichen Versuch, seine Erregung zurückzudrängen. »Wenn du mich jetzt berührst, werde ich mich nicht zurückhalten können.«

Isabels Augen weiteten sich. »Und?«

Mit einem Zischen atmete er aus. »Und wir wollten doch eigentlich zum Lager zurückgehen.«

Isabel stützte ihr Kinn auf seine Brust. »Falsch, das wolltest nur du.« Ernst blickte sie ihn an. »Du hast selbst gesagt, dass wir uns im Lager nicht näherkommen können, weil dann jeder sofort mitbekommt, was wir tun. Aber ich möchte endlich wissen, wie sich deine Haut anfühlt – überall.«

Er wollte das auch, mehr als alles andere. »Isabel …«

Sie ließ ihn nicht ausreden. »Bitte. Ich möchte dich so gern berühren.«

Wie sollte er ihr widerstehen? Und vor allem warum sollte er, wenn er doch genau das Gleiche wollte? Ohne bewussten Befehl öffneten sich seine Finger, er ließ seinen Kopf zurücksinken und schloss die Augen.

Mit einem zufriedenen Laut bewegte Isabel weiter ihre Hand über seinen Bauch. Bowen stockte der Atem, als er ihre Wärme an seinem Penis spüren konnte, noch bevor sie ihn überhaupt berührte. Sein Herz hüpfte in seiner Brust, während er darauf wartete, dass sie das tat, wovon er seit einem Jahr träumte. Inzwischen war er so erregt, wahrscheinlich würde er kommen, sowie sich Isabels Hand um ihn schloss. Das musste er auf jeden Fall verhindern, wenn er sie nicht gleich verjagen wollte. Bei der ersten zaghaften Berührung an seinem Schaft zuckte er wie unter einem Stromschlag zusammen.

Sofort zog Isabel ihre Hand zurück und hob ihren Kopf. »Habe ich dir wehgetan?«

Bowen riss die Augen auf und sah, dass sie ihn besorgt anblickte. »Nein!«

Skeptisch ruhte ihr Blick weiterhin auf ihm, ihre Zähne gruben sich in ihre Unterlippe. Da es ihm gerade schwerfiel, Worte in seinem benebelten Gehirn zu formen, nahm er ihre Hand und legte sie auf seine Erektion. Um ihr klarzumachen, dass sie ihm nicht wehtun würde, egal, was sie tat, schloss er seine Finger um ihre und drückte fest zu. Ein Stöhnen steckte in seiner Kehle und er hatte Mühe, es zurückzuhalten. Um Isabel nicht zu etwas zu zwingen, das sie vielleicht nicht wollte, zog Bowen seine Hand weg und presste sie stattdessen neben sich auf den Boden. Die andere blieb weiterhin in ihren Haaren vergraben. Die seidigen Strähnen rieben warm über seine Brust und erregten ihn zusätzlich.

Isabel, die bei seiner Berührung erstarrt war, ließ nun ihre Finger federleicht über seinen Schaft wandern. Seine Muskeln verspannten sich in dem Bemühen, stillzuhalten. Mühsam lockerte er seine Hand in ihren Haaren. Vorsichtig strich er eine Haarsträhne aus ihrem Gesicht und genoss ihre weiche Haut an seinen Fingerspitzen. Er hätte Stunden damit verbringen können, sämtliche Konturen ihres Gesichts zu erforschen – zumindest wenn Isabel nicht gerade ihre Hand fester um seinen Penis schließen würde, während sie gleichzeitig über seine Brust leckte. Bowen erstarrte, bis er sich wieder halbwegs im Griff hatte.

Seine Hand wanderte zu ihrem Rücken und er presste sie dichter an sich. Isabel nahm das als Aufforderung, an ihm zu knabbern und ihn damit um den Verstand zu bringen. Ihre Finger glitten hinunter und legten sich sanft um seine Hoden. Bowen biss die Zähne zusammen und hob ihr automatisch seine Hüfte entgegen. Als er bemerkte, was er da tat, zwang er sich stillzuhalten. Diesmal drang das Stöhnen über seine Lippen.

Isabel hob den Kopf und blickte ihn lange an. »Darf ich dich dort berühren?«

»Du darfst mich anfassen, wo du willst, Isabel. Ich genieße jede einzelne Sekunde.« Seine Stimme klang so rau, dass sie kaum zu verstehen war.

Ihre Augen strahlten und ein Lächeln spielte um ihre Mundwinkel. »Danke, ich werde später darauf zurückkommen.« Ihre Finger schlossen sich fester um ihn.

Hitze schoss durch seinen Körper. »Ich kann es … kaum erwarten.«

Isabels Hand verließ ihn und diesmal stöhnte er vor Enttäuschung auf. Bevor er protestieren konnte, beugte sie sich über ihn und legte ihre Lippen auf seine. Bowen öffnete seinen Mund und küsste sie mit all der Leidenschaft, die sich in ihm aufgestaut hatte.

Isabels Finger wühlten sich in Bowens Haare. Es fühlte sich so gut an, seinen starken Körper an ihrem zu spüren und seine volle Aufmerksamkeit zu genießen. In ihrem Kopf entstanden Bilder, die sie beide nackt im Gras zeigten, Bowen über sie gebeugt, ein Bein zwischen ihre Oberschenkel geschoben. Ein Schauder lief über ihren Rücken, als sich ihre Erregung steigerte. Sie wollte das, und zwar sofort.

Bowen knurrte protestierend, als sie ihren Mund von seinem losriss und ihn ein Stück von sich schob. Dann erstarrte er. »Zu viel?« Seine raue und dunkle Stimme war kaum zu verstehen.

Isabel nahm seine Hand und zog ihn wieder zu sich. »Im Gegenteil, zu wenig.«

Sie merkte, dass er zögerte, und erkannte, dass er immer noch nicht glaubte, dass sie es wirklich wollte. Irgendetwas musste sie tun, um ihn davon zu überzeugen. Schließlich griff sie nach dem Saum ihres T-Shirts und zog es mit einem Ruck über ihren Kopf. Sie warf es zur Seite und lag mit nacktem Oberkörper vor ihm. Bowen war wie erstarrt, während sein Blick über sie glitt. Gerade als Isabel dachte, dass sie vielleicht einen Fehler begangen hatte, stützte er sich mit einem Grollen, das eindeutig nach Berglöwe klang, über ihr auf seine Ellbogen.

Unerwartet ernst blickte er sie an. »Ich will dir nicht wehtun.«

Beruhigend lächelte sie ihn an. »Das wirst du nicht. Ich vertraue dir.« Mit den Fingerspitzen umrundete sie eine seiner Brustwarzen, die sich sofort zusammenzog. »Und jetzt hör auf zu reden und tu lieber was.« Bowens leidenschaftlicher Gesichtsausdruck raubte ihr den Atem.

Er nickte knapp und beugte sich zu ihr hinunter. »Dein Wunsch ist mir Befehl.«

Seine Lippen fuhren ihren Hals hinunter und er hinterließ eine Spur aus Küssen und leichten Bissen. Isabel bewegte sich unruhig unter ihm und ihre Fingernägel bohrten sich in seinen Rücken. Als er tiefer glitt, rieb er mit seinem Oberkörper über ihre empfindlichen Brustspitzen, die sich ihm wie von selbst entgegenhoben. Isabel biss in ihre Unterlippe, um den Schrei zu unterdrücken, als sich Bowens heißer Mund um eine Spitze schloss und er zu saugen begann. Mit zwei Fingern zupfte er an ihrer anderen Brustwarze. Isabels Beine schlangen sich um seine Taille, während sich ihre Hand in seine Haare grub. Die Gefühle drohten sie zu überwältigen. Es wurde auch nicht leichter dadurch, dass sie Bowens Emotionen ebenfalls spüren konnte.

Instinktiv hob Isabel die Hüfte und rieb sich an seinem Schaft.

Bowen hob den Kopf und sie stieß ein Wimmern aus, als sein Mund ihre Brustspitze verließ. Ein zufriedenes Lächeln lag auf seinen Lippen. Isabels Augen verengten sich. Wenn sie schon ihre Beherrschung verlor, dann wollte sie, dass Bowen sich auch nicht mehr unter Kontrolle hatte. Mit einem Ruck rollte sie sich herum, bis sie auf ihm lag. Anscheinend hatte er nichts dagegen, sonst wäre es ihr nie gelungen. Seine Augen glitzerten im Sonnenlicht.

Isabel ließ ihre Hände über seine Brust gleiten und beschloss, ihn genauso zu quälen, wie er es bei ihr getan hatte. Sie beugte den Kopf herunter und schloss ihren Mund über seiner Brustwarze, die sich zu einem kleinen Punkt zusammenzog, sobald Isabel sie berührte. In einer kleinen Bewegung rieb sie mit ihrem Bauch über seine Erektion und freute sich über sein Zusammenzucken. Bowen wickelte sich eine Haarsträhne um seine Hand und fuhr mit der anderen ihr Ohr entlang. Ein Zittern lief durch Isabels Körper. Unglaublich, was eine so leichte, unschuldige Berührung in ihr auslöste. Und Bowen wusste das wahrscheinlich genau.

Behutsam kratzte sie mit ihren Zähnen über seinen Nippel und lächelte zufrieden, als Bowens Griff in ihrem Haar fester wurde. Schließlich reichte ihr das nicht mehr und sie rutschte langsam tiefer. Ihr Herz schlug immer schneller, während sie ihrem Ziel näher kam. Sie küsste sich einen Weg von der Brust bis zum Bauch, während ihre Hände über Bowens Rippen glitten. Unruhig bewegte er sich unter ihr, aber er tat nichts, um sie aufzuhalten. Ihre Zunge glitt in seinen Bauchnabel und Bowens Hüfte schnellte nach oben. Sein harter Schaft presste sich gegen ihre Brüste.

Isabel hob den Kopf. Wenn sie noch länger wartete, würde sie durchdrehen – oder vor Erregung sterben. Bowen blickte sie mit glühenden Augen an. Aber er tat nichts, um sie aufzuhalten, als sie noch tiefer rutschte und seinen Penis sanft mit der Nase berührte. Seine Hände krallten sich auf beiden Seiten ins Gras, die angespannten Muskeln in seinem Bauch waren deutlich sichtbar. Als sie mit der Zungenspitze das Ende seines Schaftes berührte, zuckte er zusammen. Wenn möglich wurde er noch härter. Flüssigkeit trat aus dem Schlitz aus und sie leckte sie auf.

Bowen stieß ein tiefes Stöhnen aus. Seine Hüfte hob sich und Isabel öffnete den Mund weiter, damit sie noch mehr von seinem Schaft schmecken konnte. Sie hatte so etwas bisher noch nie getan, aber es gefiel ihr außerordentlich gut, Bowen auf diese Weise die Beherrschung zu rauben.

Sosehr er es auch versuchte, Bowen konnte die Laute nicht zurückhalten, die sich aus seiner Kehle lösten. Genauso wenig wie die Bewegung seiner Hüfte. Schließlich hielt er es nicht mehr aus.

»Isabel.«

Sie hob den Kopf und blickte ihn fragend an, den Mund immer noch um seinen Schaft geschlossen. Allein der Anblick sandte ihn beinahe in den Orgasmus. Da ihm die Worte fehlten, richtete er sich auf und zog Isabel zu sich hoch. Als sie dabei seinen Schaft losließ, musste er die Zähne zusammenbeißen, um nicht enttäuscht aufzustöhnen. Bowen schlang seine Arme um sie und küsste sie mit all der Leidenschaft, die in ihm war. Isabel stieß einen hungrigen Laut aus und bewegte sich unruhig auf ihm, ein sicheres Zeichen, dass sie auch nicht länger warten konnte.

Rasch drehte er sich mit Isabel in den Armen um, bis er wieder auf ihr lag und zog ihren Rock samt Slip aus. Seine Beine schob er zwischen ihre, sein Schaft stieß an ihren Eingang. Schweiß stand auf seiner Stirn, aber er hielt seine Hüfte still, bis Isabel sich an seine Berührung gewöhnt hatte. Sanft küsste er sie. »Bist du sicher?«

Ihre Augen öffneten sich und sie sah ihn eine Weile stumm an. Bowen war schon fast so weit, sich von ihr zu lösen, als sie endlich antwortete. »Das meinst du nicht im Ernst, oder? Du würdest wirklich kurz vor dem Ziel aufhören?«

»Wenn du das willst, ja.« Auch wenn es ihm verdammt schwergefallen wäre und er danach vermutlich ein paar Stunden lang hätte kalt duschen müssen.

»Du bist verrückt.« Isabel schlang ihre Beine um seine Hüfte und zog ihn näher an sich. »Komm zu mir.«

Diesmal zögerte Bowen nicht, sondern schob seine Hüfte vorwärts. Sein Schaft glitt in ihren engen Tunnel und Bowen musste die Zähne zusammenbeißen, um nicht sofort zu explodieren. Es war ein so unglaubliches Gefühl, in ihr zu sein, mit ihr auf diese Weise verbunden zu sein. Vor allem, weil er in seinem Kopf gleichzeitig ihre Empfindungen spürte. Nachdem er den letzten Widerstand überwunden hatte, war seine gesamte Länge in ihr. Einen Moment lang verharrte er so, bevor er sich genauso langsam wieder hinausbewegte.

»Okay?«

Isabels Antwort bestand darin, dass sie ihre Fingernägel in seinen Po grub. »Mehr!«

Bowen konnte sich nichts Schöneres vorstellen, also folgte er ihrem Befehl und vergrub sich wieder in ihr, noch tiefer als zuvor. Schnell fand er einen Rhythmus, der immer schneller wurde. Bowen senkte seinen Kopf und leckte über Isabels Brustspitze. Ihr erregtes Stöhnen zeigte, wie sehr sie seine Berührungen genoss, deshalb schloss er seine Finger um ihre Brustwarzen, während er sich zu ihrem Hals hinaufknabberte. Isabel hob ihre Hüfte und Bowen stöhnte auf, als er noch tiefer in sie drang.

Bald besaß er keine Kontrolle mehr über seine Stöße und gab ihr alles, was in ihm war. Vorsichtig biss er in Isabels Hals und ihr Inneres zog sich um ihn herum zusammen. Rasch presste er seinen Mund auf ihren, um ihren Schrei zu dämpfen, als sie den Höhepunkt erreichte. Nach zwei weiteren Stößen folgte Bowen ihr. Es war ein himmlisches Gefühl, Isabel so nahe zu sein und dieses Erlebnis mit ihr zu teilen. Erschöpft rollte Bowen sich auf seine Seite und zog Isabel an sich, sein Schaft immer noch in ihr.

Sanft küsste er ihre Stirn. »Ich liebe dich.«

Ihre Augen öffneten sich und Tränen schimmerten darin. »Und ich dich. Egal was passiert, ich bin froh, bei dir zu sein.«

Bowen strich liebevoll Isabels Haare aus ihrem Gesicht. Hoffentlich hatte er keinen Fehler begangen, als er Isabel erlaubte, hier bei der Gruppe zu bleiben. Er würde es sich nie verzeihen, wenn ihr etwas passierte.

12

Unruhig sah Mia zu, wie die beiden Kisten vorsichtig in die kleine Maschine umgeladen wurden, die sie für den Flug zur Auswilderungsstation gemietet hatte. Ein lautes Fauchen war zu hören und ein Lächeln glitt über ihr Gesicht. Zumindest einer ihrer Neuzugänge lebte noch und war offensichtlich sehr unzufrieden mit seiner Situation. Mehr Sorgen machte ihr der Löwenwandler, von dem sie bisher noch nichts gehört hatte. Hoffentlich hatte er den langen Transport gut überstanden. Kainda stand mit einem düsteren Gesichtsausdruck neben ihr. Wahrscheinlich erinnerte sie sich an ihre eigene Reise vor nicht allzu langer Zeit. Ihr Gefährte Ryan überwachte das Verladen der Kisten.

Die für Katzenwandler unangenehmen Kerosindünste und ohrenbetäubenden Geräusche des Flughafens waren der einzige Nachteil, den sie in all den Jahren an ihrer Arbeit hatte finden können – denn regelmäßige Besuche am Flughafen ließen sich dabei nicht vermeiden. Gut, und die Tatsache, dass sie nie Urlaub machen konnte, aber eigentlich brauchte sie auch keinen. Außerdem hatte sie jetzt Kainda und Ryan, die sich um alles kümmerten, wenn sie mal einen Tag Abstand gewinnen wollte. So wie gestern nach Leons Anruf. Nach einer unruhigen Nacht hatte sie sich am nächsten Tag in die Wildnis zurückgezogen, um Leon möglichst wieder zu vergessen. Was natürlich nicht funktioniert hatte – wie immer.

Mit einem tiefen Seufzer, der ihr einen besorgten Seitenblick von Kainda einbrachte, ging sie auf die kleine Maschine zu, in der die beiden Kisten nun standen. Ryan kniete davor und füllte das Wasser nach, während er beruhigend auf den Leoparden einredete. Ein kleiner Funken Neid kam in ihr auf, als der Tierarzt aufblickte und Kainda anlächelte. Nicht, dass sie Ryan für sich haben wollte, auch wenn er mit seinen schwarzen Haaren und blauen Augen sehr gut aussah und außerdem furchtbar nett war. Es war mehr das Gefühl, jemanden zu haben, der immer für einen da war und der alles mit einem teilte, um das sie Kainda beneidete. Wobei die Leopardenwandlerin nach allem, was sie durchgemacht hatte, – dem Tod ihrer gesamten Gruppe, ihres Gefährten und ihres Sohnes, die Entführung nach Amerika durch den Jäger Gowan, die erzwungene Teilnahme an der Jagd auf die Berglöwenwandler und schließlich die Verfolgung durch weitere Feinde der Wandler – das Glück wirklich verdient hatte.

Dagegen war ihr Leben trotz der Tatsache, dass sie ihren Vater nie kennengelernt hatte, geradezu idyllisch verlaufen. Eine sichere und glückliche Jugend bei ihrer Gruppe, die Ausbildung als Heilerin und schließlich dann die Erfüllung ihres Traumes, eine Auswilderungsstation aufzubauen. Ihre Arbeit dort wurde von Spendengeldern unterstützt, die bisher regelmäßig hereinkamen. Aber selbst ohne hätte Mia weitergemacht, denn sie konnte es nicht ertragen, wenn Tiere litten. Außerdem hatte sie damit eine Anlaufstelle für Wandler ins Leben gerufen und ein breites Hilfs-Netzwerk für ihre Art aufgebaut, das sich über ganz Namibia erstreckte. So war sie immer informiert, wenn irgendwo im Land etwas geschah, das die Wandler betraf.

Der Pilot gab ihr ein Zeichen, dass die Ladung gesichert war und sie losfliegen konnten. Erleichtert kletterte sie mit Kainda ins Innere des Flugzeugs, während der Pilot die Tür hinter ihnen zuschlug.

»Alles in Ordnung?«

Ryans Gesicht war ernst, als er antwortete. »Dem Leoparden geht es so weit gut, auch wenn er unterernährt ist.« Er ignorierte ein Grollen aus der Kiste. »Der Löwe lebt, aber er ist extrem schwach. Ich kann noch nicht sagen, ob er durchkommt.«

Die Anspannung bildete einen Klumpen in Mias Magen. Sie hasste es, einen ihrer Schützlinge zu verlieren, aber besonders nahe ging es ihr, wenn es ein Löwe war. Von einem Löwenwandler ganz zu schweigen. Wieder glitt ein Bild von Leon durch ihren Kopf. Entschlossen schob sie ihr Kinn vor. »Ich werde ihn wieder aufpäppeln. Auf keinen Fall werde ich diesen Mistkerl gewinnen lassen, der ihm und den anderen Wandlern das angetan hat.«

Kainda nickte. »Wir helfen dir dabei.«

Der Ansage des Piloten folgend nahmen sie ihre Plätze ein und schnallten sich an. Obwohl das Flugzeug nach nur zwanzig Minuten in der Nähe der Auswilderungsstation landete, kam es Mia wie eine Ewigkeit vor. Ryan hatte während des Fluges mehrmals den Zustand des Löwen überprüft, der glücklicherweise noch lebte. Mia konnte es kaum erwarten, ihn mit ihrer Aufbaupaste wieder auf die Beine zu bringen. Allerdings befürchtete sie, dass sein Zustand nicht nur körperliche, sondern vor allem psychische Ursachen hatte. Bei dem Leoparden würde eher das Problem sein, ihn lange genug in der Auswilderungsstation zu halten, damit er sich noch ein wenig erholen konnte. Aber sie konnte verstehen, dass er möglichst schnell zu seiner Gruppe zurückwollte. Er erinnerte sie ein wenig an Kainda, die sich damals genauso benommen hatte.

Sobald das Flugzeug zum Stillstand gekommen war, sprang Mia auf. Innerhalb kürzester Zeit hatten sie die Kisten auf die Ladefläche eines Lieferwagens bugsiert, gesichert und fuhren die restlichen Kilometer zur Station. Wie immer, wenn sie das Schild mit dem Schriftzug *Shapes of Life* sah, schlug ihr Herz höher. Es war ihr Traum, ihr Baby. Mit ein wenig mehr Geld hätte sie noch mehr Personal einstellen und mehr Tiere in ein sicheres Gebiet auswildern können. Vielleicht würde es ihr irgendwann sogar gelingen, ein an ihr Grundstück anschließendes Schutzgebiet zu erschaffen, in dem einige ihrer Schützlinge ein neues Zuhause fanden. Aber das war Zukunftsmusik, im Moment war sie froh, wenn sie ihre Rechnungen bezahlen und ihren wenigen Angestellten wenigstens ein kleines Gehalt geben konnte.

Ihr Blick fiel auf Ryan, der mit Kainda auf dem Beifahrersitz saß. Ihr schlechtes Gewissen meldete sich. Als Tierarzt in einem Tierpark hatte er in den USA ein Vielfaches seines jetzigen Gehalts verdient und dafür weniger arbeiten müssen. Sie hatte es schamlos ausgenutzt, dass er mit Kainda offen zusammenleben wollte, was in den USA nicht möglich war. Aber solange er zufrieden schien, würde sie ihn sicher nicht darauf hinweisen.

Mia schüttelte den Kopf und konzentrierte sich auf das Fahren. Mit den geschwächten Wandlern auf der Ladefläche fuhr sie lieber selbst, weil sie die meiste Erfahrung mit den von Löchern und Rillen übersäten Sandpisten hatte. Ryan neigte dazu, zu langsam zu fahren, obwohl das zu weit größerem Schwanken führte.

Als sie endlich vor den Gebäuden ankamen, konnte sie ihre vor Anspannung verkrampften Hände nur mit Mühe vom Lenkrad lösen. Mia stieß die Tür auf und schwang sich heraus. Joe war bereits beim Wagen angekommen und half Ryan und Kainda dabei, die Sicherheitsleinen zu lösen und die Kisten zu öffnen. Der Leopard sprang mit einem großen Satz aus der Kiste, sobald diese offen war. Wie zu erwarten gaben seine Beine jedoch schon nach wenigen Schritten nach, und er sank mit einem wütenden Fauchen zu Boden. Mia war sofort bei ihm und legte eine Hand auf seinen Rücken.

»Es ist alles in Ordnung, du bist jetzt in Sicherheit. Wir bringen dich ins Haus, wo du dich von den Strapazen erholen kannst.« Der Leopard sah sie nur an und zeigte ihr seine beeindruckenden Zahnreihen. Mit einem Seufzer stand Mia auf und schüttelte den Kopf. »Kainda, kannst du dich um ihn kümmern?«

»Natürlich.« Die Leopardenwandlerin kniete sich neben ihn. »Ich bin Kainda. Im Lager der Berglöwen hast du sicher meine Schwester Jamila kennengelernt. Ich hoffe, du kannst mir später berichten, wie es ihr geht.«

Der Leopard schloss das Maul und neigte seinen Kopf. Erleichtert atmete Mia auf. Wenn sie Glück hatten, würde Kainda ihm klarmachen können, dass es sehr dumm wäre, aufzubrechen, ohne sich vorher ausgeruht zu haben.

Ryan blickte zu ihnen hinüber, einen seltsamen Ausdruck auf dem Gesicht. Fast so etwas wie Angst spiegelte sich in seinen Augen. Sehr ungewöhnlich. Mia ging zu ihm und Joe. »Wie sieht es hier aus? Kriegen wir den Löwen ohne schweres Gerät raus?«

»Wenn wir alle anfassen, sollte es gehen. Ich möchte ihn so schnell wie möglich in meiner Klinik haben, er ist völlig dehydriert. Anscheinend war er zu schwach, um während des Flugs genug zu trinken.«

»Okay, dann los.«

Gemeinsam mit Kainda und Joe hoben sie die Plane, auf der der Löwe lag, an und hievten ihn auf einen Transportwagen, mit dem sie ihn in die Klinik fuhren, einen Raum innerhalb des Gebäudekomplexes, der die Abteile für ihre Schützlinge beherbergte. Erneut fassten sie an und legten den Wandler vorsichtig auf einem Untersuchungstisch ab.

Mia trat zurück und hatte zum ersten Mal Gelegenheit, den Löwen genauer zu betrachten. Leon hatte nicht übertrieben, er sah wirklich schlimm aus. Was auch immer dieser Lee mit ihm angestellt hatte, musste die Hölle gewesen sein. Selbst wenn sie ihn körperlich wieder fit bekamen, konnten sie nur ahnen, welchen Schaden die Gefangenschaft in seiner Seele angerichtet hatte. Auch die anderen standen stumm um ihn herum und ihre betroffenen Mienen sprachen Bände.

Mühsam riss Mia ihren Blick los. »Kainda, Joe, könnt ihr euch um den Leoparden kümmern? Ich werde hier mit Ryan zusammenarbeiten.«

»Natürlich.« Kainda strich mit ihren Fingerspitzen über Ryans Arm, als sie an ihm vorbeiging. Sofort entspannte er sich und es gelang ihm sogar ein kleines Lächeln.

Der Ovambo nickte Mia wortlos zu und verließ die Klinik. Auch nach anderthalb Jahren, die er nun schon für sie arbeitete, konnte sie die meiste Zeit nicht erraten, was er gerade dachte. Aber das war auch nicht nötig, sie kam gut mit ihm aus und er leistete hervorragende Arbeit. Nur einmal hatte sie ihn gefragt, warum er für *Shapes of Life* arbeiten wollte. ›Weil ich eine Schuld begleichen will‹, war seine rätselhafte Antwort gewesen, aber sie hatte nicht weiter nachgehakt. Schließlich hatten sie alle Geheimnisse und eine Vergangenheit.

Während Ryan dem Löwen eine Infusion legte, versuchte Mia, ihm etwas von ihrer Energiepaste einzuflößen, die sie mit Wasser gemischt hatte, damit der Wandler sie besser schlucken konnte. Der größte Teil floss jedoch wieder aus seinem Maul. Ihr Blick traf Ryans und sie sah in seinem die gleiche Befürchtung, die auch sie hegte: es war zu spät für den Löwenwandler.

Aber das würde sie nicht akzeptieren. Sie würde alles versuchen, um ihm wieder Lebenswillen zu geben. Mit fest zusammengepressten Lippen holte sie ihre Heilsalbe hervor und bestrich damit vorsichtig die vielen alten und neueren Wunden am Körper des Löwen. Es beunruhigte sie, dass er nicht einmal zusammenzuckte, obwohl die Salbe nach eigener Erfahrung höllisch schmerzte.

Nach einiger Zeit verließ Ryan die Klinik, um nach dem Leoparden zu sehen, der in einem anderen Raum untergebracht war.

Mia beugte sich über den Löwen und brachte ihren Mund dicht an sein Ohr. »Wenn du durchhältst, werde ich dir helfen, deine Gruppe zu finden und dich dorthin zu bringen.« Keine

Reaktion. Ihre Finger gruben sich in seine Mähne. »Du bist nicht mehr allein.« Ein Augenlid hob sich langsam. Mia ließ den Löwen in ihr auf ihrem Gesicht durchscheinen, öffnete den Mund und stieß ein leises Grollen aus. Etwas wie Verstehen war in seinem Auge zu erkennen, bevor es sich wieder schloss. »Schlaf jetzt, ich werde auf dich aufpassen.«

Mit einem tiefen Atemzug, der seine Rippen noch weiter hervorstechen ließ, entspannte sich der Körper des Löwenwandlers und er schlief ein. Eine Weile wachte sie über ihn, bevor sie halbwegs sicher war, dass er nicht sterben würde. Auf jeden Fall mussten sie in kurzen Abständen nach ihm sehen und versuchen, seinen Lebenswillen zu wecken. Was offenbar weitaus schwieriger war, als seinen Körper zu stärken. Mia überprüfte die Infusion, die weiterhin Flüssigkeit durch einen Schlauch in den Vorderlauf pumpte. Immerhin konnten sie sicher sein, dass er sie sich nicht herausriss, da er sich bisher noch keinen Millimeter bewegt hatte. Nach einem letzten Blick verließ sie die Klinik.

Auf dem Rückweg zu ihrem Büro ging sie an dem Raum vorbei, in dem der Leopardenwandler untergebracht war. Ryan untersuchte ihn vorsichtig, während Kainda seinen Kopf hielt und leise auf ihn einredete. Wenn Mia das Fauchen des Leoparden richtig deutete, war das auch notwendig. Er mochte es eindeutig nicht, von einem Menschen berührt zu werden. Wahrscheinlich brachte das zu viele Erinnerungen an seine Gefangenschaft zurück.

Rasch trat Mia ein und stellte sich neben Kainda. »Wie geht es ihm?« Der Leopard blickte sie direkt an und zeigte ihr seine Reißzähne.

Kainda löste den Blick nicht von ihm. »Er ist in einem schlechten körperlichen Zustand, aber mit einigen Tagen Ruhe und deinem Aufbautrank sollte er bald wieder fit sein.«

Ryan hob den Kopf und nickte ihr zu. Mit geübten Bewegungen zog er die Untersuchungshandschuhe von den Fingern und warf sie in den Mülleimer. »Es scheint keine bleibenden körperlichen Schäden zu geben.«

Mia zuckte erschrocken zurück, als sich der Leopard zu verwandeln begann. Durch seine Schwäche war es ein langwieriger Prozess, der ihn keuchend zurückließ.

Sowie er sich ein wenig erholt hatte, starrte er Ryan mit seinen grünbraunen Augen feindselig an. »Redet nicht über mich, als wäre ich nicht hier! Ihr seid nicht besser als die Kerle im Labor!«

Ryan presste die Lippen zusammen, ein Muskel zuckte in seiner Wange, aber er sagte nichts.

Kainda war nicht so zurückhaltend. »Wir versuchen, dir zu helfen, du Idiot!« Ihre Stimme wurde sanfter. »Ich verstehe, dass du viel durchgemacht hast, aber das ist kein Grund, uns zu beleidigen.«

Der Leopardenwandler verzog den Mund. »Dich habe ich nicht gemeint.«

Kaindas Augen verengten sich drohend. »Wen dann? Meinen Gefährten, der zwar ein Mensch ist, dir aber trotzdem helfen will? Oder Mia, in deren Auswilderungsstation du dich befindest und durch deren Hilfe deine Rückkehr überhaupt erst möglich war?«

Der Leopard reagierte nicht auf ihre Fragen, sondern fokussierte seine Aufmerksamkeit auf Mia. »Harken hat dich erwähnt.«

Ihr Herz zog sich zusammen. *Leon*. »Was … was hat er gesagt?« Kainda blickte sie merkwürdig an, aber das war ihr egal.

»Ich soll dich grüßen.«

Enttäuschung presste ihre Kehle zusammen. »Oh.« Mühsam riss sie sich zusammen und wechselte das Thema. »Wie heißt du eigentlich?«

»Naz.«

»Okay, Naz, es wäre gut, wenn du ein paar Tage hierbleibst, damit du dich erholen kannst. Danach bringen wir dich dann wohin auch immer du willst.«

Der Leopardenwandler zögerte einen Moment, bevor er den Kopf neigte. »In Ordnung. Aber nicht mehr als zwei Tage, ich war schon zu lange fort. Ich muss wissen …« Er brach ab und presste die Lippen zusammen.

Da er nichts weiter sagte, breitete Mia eine Decke über ihn. »Das verstehe ich. Nimm einfach den Energietrank, den ich für dich vorbereitet habe, dann wirst du schnell wieder auf den Beinen sein.« Sie wandte sich um. »Kainda, kannst du dich um mögliche andere Verletzungen kümmern? Du weißt, wo die Salbe ist.«

Als Kainda nickte, drehte Mia sich rasch um und verließ auf schnellstem Weg das Gebäude. Draußen holte sie tief Luft, doch sie schaffte es nicht, Leon aus ihrem Kopf zu vertreiben. Warum hatte er sich auch wieder bei ihr melden müssen? Es hatte lange gedauert, bis es ihr endlich gelungen war, ihn nicht jede Minute des Tages zu vermissen oder sich zu fragen, was aus ihm geworden war. Ob er überhaupt noch lebte. Hatte sie ihn irgendwie vertrieben, war sie zu anhänglich geworden? Nein, das konnte es nicht sein. Bis zu dem Morgen, an dem sie sein Verschwinden bemerkt und den Zettel gefunden hatte, war sie sicher gewesen, dass er ihre Gefühle teilte und es genoss, bei ihr zu sein. Wie so oft erschien seine Nachricht vor ihrem geistigen Auge.

Mia,
ich muss mich dringend um etwas kümmern, das länger dauern kann. Es tut mir leid.
Leon

Noch immer wusste sie nicht, weshalb er gegangen war, ohne sich zu verabschieden, und das machte sie verrückt. Und das, nachdem sie sich geliebt hatten, als gäbe es kein Morgen mehr. Inzwischen sollte sie die Sache längst abgehakt haben, schließlich war er nur zwei Wochen bei ihr gewesen, doch irgendetwas hinderte sie daran, ihn loszulassen. Es gelang ihr einfach nicht, ihn zu vergessen. Auch nach anderthalb Jahren konnte sie noch seine Berührungen spüren, glaubte seinen Duft zu riechen und seine raue Stimme zu hören. Die Nächte waren am schlimmsten, wenn sie von ihm so lebendig träumte, dass sie morgens glaubte, er würde neben ihr im Bett liegen. Doch er war nie dort.

Die Befürchtung, dass er vielleicht nicht mehr am Leben war, hatte sich nach seinem ersten Anruf aufgelöst, aber dafür war Wut in ihr erwacht. Warum hatte er sich nie bei ihr gemeldet, wenn er doch wusste, dass sie sich um ihn sorgte? Zu gerne hätte sie ihm diese Frage gestellt, aber er war ja nicht hier und die Telefonate kamen so unerwartet und waren so kurz, dass sie nie dazu kam. Aber sie würde vorbereitet sein, wenn er noch einmal anrufen sollte, um sich nach den beiden Wandlern zu erkundigen. Sie wollte endlich Antworten, damit sie ihr Leben wirklich fortsetzen konnte.

13

Dawn wusste nicht, wie viel Zeit vergangen war, seit sie in die Kellerzelle gesperrt worden war, aber es kam ihr unendlich lang vor. Lee war nicht wieder bei ihr aufgetaucht, nachdem er kurz nach seinem ersten Besuch ein wenig Wasser und etwas zu essen gebracht hatte. Inzwischen hatte sie zwar schon wieder Hunger, aber den ertrug sie lieber, wenn sie dafür nicht noch einmal mit dem Verbrecher reden musste. Lee wirkte erschreckend normal, wohlhabend und intelligent. Trotzdem hatte er offensichtlich kein Problem damit, Menschen zu entführen oder sogar zu töten. Sie ging davon aus, dass Caruso sich ihm nicht ausliefern würde, um sie zu retten. Also musste sie sich irgendwie selbst befreien, wenn sie diesem Mistkerl entkommen wollte. Nur wie?

Mühsam kam sie auf die Beine und begann erneut damit, den Raum mit den Händen abzutasten. Schließlich gab sie entkräftet auf. Wie schon beim letzten Mal fand sie keine Möglichkeit, ihrem Gefängnis zu entfliehen. Verzweiflung drohte sie zu überwältigen, doch sie kämpfte dagegen an. Sie durfte nicht zulassen, dass Lee sie für seine Zwecke einspannte und dadurch womöglich auch andere Menschen in Gefahr brachte. Allerdings wusste sie nicht, wie sie das in ihrer jetzigen Situation machen sollte. Ein Zittern lief durch ihren Körper. Immer stärker sickerte die Kälte von Boden und Wänden durch ihr dünnes Nachthemd.

Dawn schlang die Arme enger um sich und versuchte, so viel Körperwärme wie möglich zu bewahren. Wenn Caruso nicht kam, würde Lee sie dann einfach hier unten sterben lassen? Um die Angst zu verdrängen, biss Dawn auf ihre Lippe und versuchte, sich zusammenzureißen. Noch war sie nicht tot und sie weigerte sich, überhaupt darüber nachzudenken. Irgendwie würde sie hier herauskommen und das Tageslicht wieder sehen, das schwor sie sich. Erschöpft schloss sie die Augen.

Dawn.

Ihr Kopf ruckte hoch und sie sah sich mit weit aufgerissenen Augen in dem Raum um. Nicht, dass sie in der Dunkelheit etwas erkennen konnte. Hatte sie eben ihren Namen gehört? Nein, das konnte nicht sein, außer ihr war niemand hier. Trotzdem setzte sie sich gerader hin, jeder Muskel in ihrem Körper war angespannt.

Dawnie.

Ihr Herz begann zu rasen. Sie kannte diese Stimme und es gab nur einen Menschen auf der Welt, der sie je Dawnie genannt hatte. Aber ihre kleine Schwester war seit zwanzig Jahren verschollen und vermutlich tot. Natalie war nicht hier, es war reine Einbildung, dass sie mit ihr redete. Oh Gott, sie wurde eindeutig verrückt! Wut kam in ihr auf, die jede Angst wegspülte. Sie war Polizistin, verdammt noch mal! Auf keinen Fall würde sie sich von Lee oder der Dunkelheit und Kälte verängstigen oder zu Wahnvorstellungen treiben lassen. So sehr sie ihre Schwester auch wiedersehen wollte, hier war weder der Ort noch die Zeit dafür. Wenn sie überleben wollte, brauchte sie jedes Quäntchen Kraft.

Bleib stark!

Sie wusste nicht, ob es ihre innere Stimme war oder Natalies, aber sie würde sich daran halten.

Unbehaglich blickte Caruso sich auf der verlassenen Straße um. Die Dämmerung hielt bereits Einzug und vertiefte die Schatten der Gebäude, doch von Harken war noch nichts zu sehen. Er hatte extra diesen abgelegenen Ort ausgewählt, damit niemand sein Treffen mit Harken bemerkte. Vermutlich war er übervorsichtig, aber er wollte kein Risiko eingehen. Trotzdem hatte er das Gefühl, dass er beobachtet wurde, auch wenn er immer noch allein zu sein schien. Ein Blick auf die Uhr zeigte ihm, dass Harken sich verspätete. Vielleicht kam der Wandler auch gar nicht, schließlich war es nicht seine Freundin, die von Lee gefangen gehalten wurde.

Freundin? Caruso verzog den Mund. Ohne Frage empfand er etwas für Dawn – okay, mehr als nur ein wenig – aber sie waren keine Beziehung eingegangen und er kannte sie noch nicht gut genug, um sie als seine Freundin zu bezeichnen. Trotzdem war sie das für ihn. *Mist.* Caruso fuhr mit der Hand durch seine Haare und begann wieder damit, auf und ab zu gehen. Die Unruhe wurde stärker, die Vorstellung, was Lee Dawn in der Zwischenzeit vielleicht angetan hatte, machte ihn wahnsinnig. Wurde ihre Verletzung versorgt oder war sie sich selbst überlassen?

Als er jemanden hinter sich spürte, wirbelte er herum. Harken war bereits fast bei ihm angekommen. Er war so mit seinen eigenen Sorgen beschäftigt gewesen, dass er Harkens Anwesenheit nicht gespürt hatte. Dabei war Harken in seiner menschlichen Gestalt gekommen, er trug sogar Kleidung.

Angespannt blickte Caruso dem Wandler entgegen. »Hast du es bekommen?«

Wortlos hielt Harken ihm einen kleinen Behälter hin. Caruso nahm ihn entgegen, öffnete ihn und blickte hinein. Eine Kapsel, etwa in Größe einer Tablette, befand sich darin. Seine Kehle zog sich zusammen, als er daran dachte, sie zu schlucken. »Funktioniert der Sender?«

Harken hob die Schultern. »Theoretisch ja.«

Caruso schnitt eine Grimasse. »Sehr beruhigend, danke.«

»Dir muss klar sein, dass das, was du planst, sehr gefährlich ist und es vor allem keine Garantie gibt, dass es funktionieren wird. Noch kannst du die Sache abblasen.« Wie machte Harken es nur, dass seine Stimme immer unbeteiligt klang? Caruso konnte fühlen, dass der Wandler lange nicht so ruhig war, wie er tat.

»Und was dann? Soll ich Dawn einfach im Stich lassen? Das kommt nicht in Frage.«

Harken neigte den Kopf, anscheinend war ihm klar, dass er ihn sowieso nicht aufhalten konnte.

Caruso nahm die Kapsel aus dem Behälter und legte sie auf seine Zunge. Mit einem Schluck Wasser spülte er sie hinunter und spürte, wie sein Magen sich hob. Grimmig bekämpfte Caruso die Übelkeit und wandte sich schließlich wieder an Harken. »Und? Bekommst du das Signal?«

Harken zog ein Peilgerät aus der Tasche und schaltete es an. Ein blinkender Punkt erschien auf einer Karte der Gegend. »Ja. Allerdings weiß ich nicht, wie gut es funktioniert, wenn wir weiter voneinander entfernt sind und sich Autos oder Gebäude dazwischen befinden.« Er steckte das Gerät wieder ein. »Ich werde möglichst nah dranbleiben, ohne gesehen zu werden.«

Mit einem knappen Nicken wandte Caruso sich ab, bevor er sich noch einmal zu dem Wandler umdrehte. »Weißt du, warum ich dich um Hilfe gebeten habe?«

»Nein. Warum?«

»Weil ich weiß, dass du keine Skrupel hast, mich zu benutzen, wenn es deinen Interessen dient. Und weil du Lee mindestens genauso sehr ausschalten willst wie ich.« Bei dem letzten Satz drang ein scharfer Schmerz in seinen Kopf, der von Harken ausging.

Der verzog den Mund. »Stimmt. Aber ich gehe dabei nicht über Leichen, deshalb versuch möglichst, aus der Schusslinie zu bleiben, bis die Verstärkung eintrifft.«

»Das werde ich, wenn es Dawns Leben nicht gefährdet.« Er rieb über seine Schläfe. »Du hast den Berglöwen Bescheid gesagt?«

Harken nickte ihm zu. »Viel Glück.« Ohne ein weiteres Wort drehte er sich um und entfernte sich.

Caruso blickte dem Wandler nach, bis er nicht mehr zu sehen

war, dann atmete er tief durch. Sein Plan war nicht ungefährlich, das wusste er selbst, aber er war seine einzige Chance, wenn er Dawn retten wollte. Es gab keine andere Möglichkeit, Lees Versteck in so kurzer Zeit zu finden. Also musste er tun, was der Verbrecher ihm sagte – zumindest bis er bei Dawn war. Danach würde er dafür sorgen, dass Lee nie wieder jemandem schaden konnte. Mühsam bezwang er seine Wut, zog das Handy heraus und wählte erneut die Nummer, die Lee auf die Karte geschrieben hatte.

»Und, bist du bereit, dich und deine Tochter auszuliefern, um die liebliche Polizistin zu retten?«

Caruso biss die Zähne zusammen, als er Lees hämische Stimme hörte. »Sag mir einfach nur, wo ich hinkommen soll.«

Lee lachte auf. »Du denkst wirklich, dass ich dir eine Adresse nenne, damit du sie an deine Wandler-Freunde oder die Polizei weitergibst? Wohl kaum. Du wirst genau das tun, was ich sage, und wenn ich sicher bin, dass du meinen Anweisungen gefolgt bist, darfst du deine Freundin vielleicht lebend wiedersehen.«

Seine Hand ballte sich zur Faust, doch Caruso schaffte es, seine Stimme ruhig zu halten. »Können wir diese Schwafeleien lassen und zur Sache kommen? Was soll ich tun?«

»Ich nehme an, du bist in San Francisco?« Lees Stimme hatte jeden Humor verloren.

»Ja.«

»Gut. Ich will, dass du zur Lombard Street am Russian Hill fährst, dort wird dich jemand erwarten.«

Carusos Magen zog sich bei der Vorstellung zusammen, sich jemandem freiwillig auszuliefern, doch er hatte keine Wahl. »Auf welcher Seite der Straße?« Die Lombard Street war ein Touristenmagnet, weil sie an Häusern vorbei in scharfen Kehren einen Hügel hinaufführte.

»Oben. Und Caruso … komm allein, oder deine Freundin ist tot.« Die Verbindung wurde unterbrochen.

Langsam ließ Caruso das Handy sinken. Hoffentlich wusste Harken, was er tat. Wenn entdeckt wurde, dass der Wandler ihm folgte, obwohl er allein kommen sollte, musste Dawn leiden, so viel war klar. Nein, so durfte er nicht denken, Caruso würde dafür sorgen, dass Dawn unverletzt freikam und wenn es das Letzte war, was er tat.

Entschlossen steckte Caruso das Handy in seine Jackentasche und machte sich eilig auf den Weg zu seinem Wagen. Glücklicherweise war um diese Uhrzeit der Verkehr nicht mehr so dicht, sodass er innerhalb weniger Minuten die obere Einfahrt der Lombard Street erreichte. Von Harken hatte er nichts gesehen, obwohl er wusste, was für einen Wagen der Wandler fuhr, also würde ihn hoffentlich auch kein anderer bemerken. Schließlich parkte er am Straßenrand und hielt nach demjenigen Ausschau, den er hier treffen sollte. Caruso überlegte noch, wie er den Kontaktmann erkennen sollte, als ein Schatten neben dem Seitenfenster auftauchte.

Die Tür wurde geöffnet und ein Mann beugte sich zu ihm hinunter. Die Baseballkappe verdeckte in der Dunkelheit fast völlig sein Gesicht. »Steigen Sie aus und kommen Sie mit.«

Wortlos gehorchte Caruso. Der Mann führte ihn zu einem Lieferwagen, der in einer dunklen Seitenstraße geparkt war. Mit einem Ruck schob er die Seitentür auf und machte eine Handbewegung in das dunkle Innere. »Steigen Sie ein.« Carusos Nackenhaare sträubten sich und er zögerte. »Nun machen Sie schon oder wollen Sie, dass die Kleine Ihretwegen leiden muss? Sie hat schon genug durchgemacht.«

Mit geballten Fäusten ging Caruso auf den Mann los. »Wenn Sie ihr irgendetwas …«

»Steigen Sie ein. *Sofort.* Lee erwartet meinen Anruf in fünf Minuten. Wenn ich mich nicht melde, wird er sich um die Polizistin kümmern.«

Caruso hatte Mühe, seine Wut im Zaum zu halten, als er in den Laderaum des Lieferwagens stieg. Am liebsten hätte er dem Kerl seine Faust ins Gesicht geschlagen und ihn so lange bearbeitet, bis er ihm sagte, wo er Dawn finden konnte. Aber die Gefahr war zu groß, dass er es gar nicht wusste oder Lee die Drohung wirklich wahr machte und Dawn etwas antat, wenn der Kerl nicht in bestimmten Abständen bei ihm anrief. Die Haare in seinem Nacken richteten sich auf, als der Verbrecher ebenfalls in den Wagen stieg und die Tür hinter ihnen schloss. Im schwachen Licht der Innenraumbeleuchtung konnte Caruso sehen, dass der fensterlose Laderaum völlig leer war. Als Caruso sich umdrehte, war eine Pistole auf seinen Kopf gerichtet.

»Wo ist das Mädchen? Mein Auftraggeber sagte, ich soll hier zwei Personen abholen.«

»Sie ist nicht hier.« Eine Faust traf ihn im Magen und Caruso hatte Mühe, auf den Beinen zu bleiben.

»Falls du es noch nicht gemerkt hast, Schlaumeier, das ist kein Spiel. Wenn du deinen Teil des Handels nicht erfüllst, wird deine Freundin sterben.«

Caruso biss die Zähne zusammen und ballte hilflos die Fäuste. »Für nichts in der Welt würde ich das Leben meiner Tochter aufs Spiel setzen.«

Der Mann legte den Kopf schräg. »Ich gebe das so an meinen Auftraggeber weiter. Du wirst wohl mit seiner Reaktion leben müssen. Und jetzt zieh dich aus.«

Einen Moment fehlte Caruso die Sprache. Damit hatte er nicht gerechnet. »Was?«

Der Mann hob die Schultern. »Mein Ding ist es auch nicht, aber mein Auftraggeber hat gesagt, dass ich darauf achten soll, dass du auf keinen Fall etwas mit einschmuggelst. Das geht am leichtesten, wenn du nichts mehr anhast. Also, zieh dich aus.«

Caruso war erleichtert, sich nicht für einen Sender in seiner

Kleidung oder das GPS-Signal seines Handys entschieden zu haben, aber er spürte auch Unbehagen in sich aufsteigen. Er war kein Wandler, dem es nichts ausmachte, nackt herumzulaufen. Außerdem war er dem Verbrecher dann noch schutzloser ausgeliefert.

»Die Zeit läuft …«

Carusos Zähne knirschten, so fest presste er sie aufeinander, während er seine Jacke auszog. Ohne eine weitere Aufforderung streifte er auch sein T-Shirt über den Kopf, doch als der Verbrecher auf seine Hose zeigte, musste Caruso an sich halten, um nichts zu tun, was Dawns Leben gefährdete. Er schlüpfte aus seinen Schuhen und zog dann auch noch die Jeans aus. »Zufrieden?«

»Alles.«

Caruso verschränkte die Arme vor der Brust. »Was könnte ich wohl in einem Slip verstecken?«

»Eine Menge, wenn du schlau bist, aber das ist egal. Runter damit, sonst sage ich Lee, dass du nicht kooperativ bist.«

Mit ruckartigen Bewegungen streifte Caruso sich auch noch den Slip ab und schob ihn mit dem Fuß zur Seite.

Wieder blitzten die Zähne auf. »Sehr vernünftig.« Der Mann drehte sich um und öffnete die untere Wandverkleidung hinter der Fahrerkabine. »Da rein.«

In der schummerigen Innenbeleuchtung war nur ein schwarzes Loch zu sehen. Wahrscheinlich war es ein Hohlraum unter den Sitzen. »Nein.«

Der Verbrecher schob seine Baseballkappe zurück und blickte ihm zum ersten Mal in die Augen. »Muss ich mich ständig wiederholen? Wenn du nicht dort reinkriechst und absolut still bist, wird deine Freundin die Nacht nicht überleben. Willst du das?«

»Welche Sicherheit habe ich, dass sie überhaupt in Lees Gewalt ist? Und dass er ihr etwas antun wird, wenn ich Ihren Befehlen nicht folge?«

Der Mann hob die Augenbrauen. »Gar keine. Aber ich kann dir versichern, dass das hier kein Spiel ist. Lee hat die Polizistin in seiner Gewalt und schreckt nicht davor zurück, sie zu verletzen oder zu töten. Das sollte dir klar sein.«

Caruso blickte ihn lange an und jetzt verstand er endlich, warum ihm der Verbrecher bekannt vorgekommen war. »Sie haben Dawn aus dem Krankenhaus entführt.«

Sein Gegner lachte. »Gut kombiniert. Dann weißt du ja jetzt, dass ich die Wahrheit sage. Also mach es uns beiden leicht und tu endlich, was ich sage.« Als Caruso immer noch zögerte, machte er einen drohenden Schritt auf ihn zu. »Ich kann dich auch verschnüren und knebeln, bevor ich dich dort hineinstopfe, such es dir aus.«

Caruso hasste es, sich so auszuliefern und nichts aktiv unternehmen zu können. Doch wenn er nur so Dawn retten konnte, dann würde er es tun. Auch wenn es ihn verrückt machte. Ein Bild von Isabel erschien vor seinem inneren Auge. Er tat es auch für sie, denn erst wenn Lee beseitigt war, würde sie sicher leben können. Zögernd bückte er sich und kroch in die schmale Öffnung. Es war so dunkel, dass er nicht mal die Hand vor Augen sehen konnte. Der Geruch von Benzin und anderen unangenehmen Dingen drang an seine Nase. Sein Atem kam immer schneller, Panik ließ seinen Körper erstarren. Der Platz in dem Verschlag reichte gerade dazu aus, dass er seine Beine ausstrecken konnte, dafür waren es nur wenige Zentimeter bis zu der metallenen Decke.

»Machen Sie es sich gemütlich, wir werden ein paar Stunden unterwegs sein.« Damit schloss der Mann ohne Vorwarnung die Abdeckung und Caruso blieb im Dunkeln zurück.

Eine Weile konzentrierte er sich nur aufs Atmen, während er mühsam die Angst zurückdrängte, in dem engen Raum zu ersticken. Er versuchte, die Abdeckung aufzustoßen, doch sie bewegte sich nicht. Die Panik verstärkte sich. Doch dann erkannte er, dass durch einen Spalt schlecht riechende, aber immerhin Atemluft eindrang. Es schien eine Ewigkeit zu dauern, bis er etwas außer dem wilden Hämmern seines Herzens wahrnahm. Über ihm knirschte es, als sich der Verbrecher auf den Sitz schwang. Der laute Knall der Autotür ließ ihn zusammenzucken. Sein Versteck war also nicht schalldicht. Die Vermutung bestätigte sich, als der Mann anfing zu sprechen.

»Ich habe ihn. Wo soll ich ihn hinbringen?« Eine Pause entstand. Offensichtlich sprach er mit Lee am Telefon. »Nein, er hat keine Probleme gemacht. Es war fast ein wenig enttäuschend, die Frau hatte wenigstens Feuer. Allerdings hat er das Mädchen nicht mitgebracht.« Wieder lauschte er. »Ja, ich kann versuchen, aus ihm herauszubekommen, wo sie ist, aber ich dachte, das würden Sie lieber selbst machen.« Eine Pause entstand. »Wenn er keine Dummheiten macht, werde ich ihn unverletzt bei Ihnen abliefern.« Danach herrschte Stille, bis der Motor mit einem lauten Röhren ansprang.

Caruso presste die Hände über die Ohren, aber das half nur bedingt. Vor allem aber konnte er sich so nicht abstützen, als der Lieferwagen die steile Straße hinunterfuhr und er schmerzhaft gegen die ungepolsterte Vorderwand seines Gefängnisses schlug. Kurz darauf fuhr der Wagen aufwärts und Caruso rollte zurück. Hoffentlich verließen sie bald San Francisco, sonst war er grün und blau, wenn er endlich bei Dawn ankam. Er konnte nur hoffen, dass der Sender funktionierte und Harken ihm folgte. Falls es ihm selbst nicht gelang, Lee zu überwältigen – und das wurde immer wahrscheinlicher, weil er keine Waffe und auch kein Druckmittel gegen den Verbrecher hatte – würde hoffentlich Harken die Gelegenheit dazu haben.

Vor allem musste das geschehen, bevor Lee versuchte, Isabel zu finden. Zumindest hatte es sich nach den Antworten des Entführers so angehört, als hätte Lee das vor. Egal was mit ihm selbst passierte, er konnte nicht zulassen, dass Lee Isabel etwas antat.

Seine Tochter hatte schon genug mitgemacht und sollte jetzt endlich Ruhe finden und ihr Glück mit Bowen genießen können. Doch im Moment konnte er nichts ausrichten und musste warten, bis er Lee gegenüberstand. Caruso schloss seine Augen und hatte sofort wieder Dawns Gesicht vor sich. *Halt noch ein wenig durch, ich komme.*

Isabel drehte sich zum hundertsten Mal auf der Matratze um, bis sie sich eingestand, dass sie nicht mehr einschlafen würde. Ein Druck lastete auf ihrer Brust und ihre Gedanken kamen nicht zur Ruhe. Vor allem hielt sie mit ihrer Unruhe auch Bowen vom Schlafen ab, obwohl er ein Stockwerk höher in seinem Bett lag. Seine Versuche, sie durch die Bilder, die er ihr im Kopf sandte, abzulenken, funktionierten nicht. Sie spürte, dass etwas Furchtbares geschehen würde, doch sie konnte nichts tun, um es zu verhindern. Ob dieses Gefühl von ihr kam oder ob sie einfach nur die Befürchtungen der Berglöwenwandler um sich herum aufnahm, wusste sie nicht. Es war aber auch egal, denn es lief auf das Gleiche hinaus: irgendetwas würde passieren.

Zitternd zog sie die Decke bis zum Kinn hoch und starrte mit weit aufgerissenen Augen in die Dunkelheit. Bilder entstanden in ihrem Kopf. Bowen setzte sich in seinem Bett auf und hielt ihr seine Hand entgegen. Sehnsüchtig blickte sie ihn an. Die Bettdecke war heruntergerutscht und gab seinen nackten Oberkörper frei. Wie gern hätte sie jetzt neben ihm gelegen und sich an seinen warmen Körper geschmiegt. Doch das ging nicht, denn ihre Liege stand im Wohnzimmer im Erdgeschoss und Bowen war in seinem Zimmer im Obergeschoss. Und direkt daneben schlief seine Mutter in ihrem Zimmer, auf die sie Rücksicht nehmen mussten.

Bowen winkte sie zu sich heran, seine Lippen bewegten sich. Fast glaubte Isabel, ihn hören zu können. *Komm zu mir.* Sie brauchte nicht lange zu überlegen. Rasch schob sie die Beine aus dem Bett und stand auf. Sie sah zweifelnd auf ihr dünnes Nachthemd hinunter und zuckte schließlich mit den Schultern. Alles Wichtige war verdeckt. So leise wie möglich schlich sie die Holztreppe hinauf, um Amira nicht zu wecken. Langsam schob sie die Tür zu Bowens Zimmer auf und trat ein. Bowen saß genauso in seinem Bett, wie sie es in ihrem Kopf gesehen hatte, ein Lächeln spielte um seinen Mund.

Mit einem leisen Klicken schloss sie die Tür hinter sich und ging auf Bowen zu. Einladend hob er die Decke an und Isabel kletterte, ohne zu zögern, zu ihm ins Bett.

Liebevoll zog Bowen die Bettdecke bis zu ihrer Schulter hoch. »Du zitterst ja.«

»Ich habe das Gefühl, dass etwas Schlimmes passieren wird. Ich kann es nicht abschütteln.«

»Mit deinem Vater oder Dawn?«

Isabel schmiegte sich enger an ihn, um mehr von seiner Wärme aufzunehmen. »Vielleicht. Aber auch in der Gruppe herrscht eine so große Unsicherheit, dass ich nicht zur Ruhe komme.«

Seine Finger strichen durch ihre Haare. »Ich kann dir nicht versprechen, dass nichts passieren wird. Aber egal was auch geschieht, wir werden für unsere Freiheit kämpfen. Und gegen jeden, der unsere Familie bedroht. Und dazu gehört auch dein Vater.«

Isabel hob den Kopf und strich mit ihren Lippen über seinen Mund. »Danke.«

Bowen küsste sie so liebevoll, dass ihr Tränen in die Augen stiegen. Nach langer Zeit trennten sie sich und Isabel legte ihren Kopf wieder auf seine Brust.

Seine Hand strich über ihre Schulter. »Schlaf jetzt, es wird alles gut.«

Mit einem Lächeln auf den Lippen schlief sie ein.

14

Lee blickte aus dem Fenster, während er ungeduldig auf Caruso wartete, der von einem weiteren Mitarbeiter das restliche Stück des Weges zum Versteck gebracht wurde. Er wollte nicht, dass der Entführer sein Versteck kannte. Die Ankunft Carusos war innerhalb der nächsten Minuten angekündigt. Lees Mundwinkel hoben sich. Oh, er freute sich schon darauf, Caruso endlich in seiner Gewalt zu haben. In San Francisco hatte er ihn entkommen lassen müssen, um sich selbst und vor allem die Forschungsergebnisse in Sicherheit zu bringen, aber nun würde er genug Zeit haben, sich um den Mistkerl zu kümmern. Und mit der Polizistin als Druckmittel konnte Lee es sich sogar leisten, ein paar Experimente an ihm durchzuführen und mehr über seine Verwandtschaft zu den Wandlern herauszufinden, bevor er ihn endgültig beseitigte.

Ärgerlich war nur, dass Isabel nicht dabei war, aber er hatte sowieso nicht damit gerechnet, dass Caruso seine Tochter opfern würde. Jemand anders würde sich darum kümmern, dass sie ebenfalls wieder in seine Gewalt gebracht wurde.

Das Klingeln des Telefons unterbrach seine Gedanken. Freudige Erwartung durchströmte ihn, als er die Nummer seines Informanten sah. »Ja?«

»Das Flugzeug ist in Windhoek gelandet. Danach wurden die beiden Kisten in ein Kleinflugzeug umgeladen.«

»Sagen Sie nicht, dass Sie die Spur verloren haben.«

Ein raues Lachen drang durch die Leitung. »Natürlich nicht. Zwar wurde versucht, den Transport zu tarnen, aber es ist alles nur eine Frage des Preises. Die Kisten wurden zu einer Auswilderungsstation namens *Shapes of Life* gebracht. Die Leiterin der Station heißt Mia Leore, sie hat die Raubkatzen persönlich in Empfang genommen.«

Lees Herz klopfte schneller. Das war es, er konnte es spüren. »Ist es inzwischen sicher, dass das meine Tiere waren?«

»Hundertprozentig lässt sich das natürlich nicht sagen, aber es waren ein männlicher Löwe und ein männlicher Leopard, beide in einem äußerst schlechten körperlichen Zustand.«

Okay, das passte tatsächlich alles. Lee blickte erneut aus dem Fenster auf die immer noch leere Einfahrt. Wo blieb der Kerl nur mit Caruso? »Konnten Sie noch etwas über die Auswilderungsstation in Erfahrung bringen?«

»Neben der Leiterin kümmern sich noch zwei oder drei Einheimische um die Tiere. Interessant ist aber, dass seit einigen Monaten auch ein amerikanischer Tierarzt für sie arbeitet.« Sein Gesprächspartner machte eine Pause. »Sein Name ist Ryan Thorne.«

Lee erstarrte. Das konnte kein Zufall sein! Thorne hatte im Wild Animal Park in Escondido, Kalifornien, gearbeitet und war damals in die Schusslinie geraten, als die verletzte Leopardenwandlerin dort eingeliefert wurde. Sein Mann, der die Leopardin damals einfangen sollte, hatte ihm berichtet, dass der Tierarzt die wilde Raubkatze sehr vertraulich behandelt und sie sogar in sein Haus mitgenommen hatte. Ob Thorne schon damals gewusst hatte, dass es sich um eine Wandlerin handelte? Vielleicht war er ihr nach Namibia gefolgt. Bisher war Lee davon ausgegangen, dass die Leopardin von staatlichen Stellen eingefangen und getötet worden war, doch das musste ja nicht der Wahrheit entsprechen, wenn sein Widersacher seine Finger im Spiel hatte.

Sein Herz klopfte schneller. In Namibia hatte alles angefangen, ob es dort auch enden würde? Er hatte jedenfalls nichts dagegen. Noch besser wäre es, wenn es ihm gelingen würde, diesen elenden Heilsbringer ebenfalls dorthin zu locken. »Finden Sie heraus, ob es im letzten November eine Tierlieferung aus den USA, eventuell Los Angeles, nach Windhoek und an diese Auswilderungsstation gegeben hat.«

»Welche Tierart?«

»Eine Leopardin, wenn es richtig deklariert wurde.«

Ein Brummen ertönte. »In Ordnung, ich mache mich gleich dran. Was soll ich bezüglich der aktuellen Lieferung unternehmen?«

Lee dachte kurz darüber nach, entschied dann aber, dass er sich bei dieser Sache nicht auf jemand anderen verlassen würde. »Geben Sie mir die Anschrift der Auswilderungsstation, ich werde mich um alles Weitere selbst kümmern. Gute Arbeit.«

»Gibt es sonst noch etwas, das ich tun kann?«

Lee rieb über die ungewohnten Bartstoppeln, die fürchterlich juckten. »Ja. Sorgen Sie dafür, dass mich diese elenden Berglöwen nicht mehr belästigen.«

Eigentlich war es schade, so viele potentielle Testobjekte zu verlieren, aber die Gruppe hatte ihm bisher nur Ärger gemacht. Es bedeutete weniger Aufwand, sich andere Wandler zu suchen. Glücklicherweise wusste sein Informant dank seiner Kontakte, die auch jemanden mit Zugriff auf aktuelle Satellitenbilder einschlossen, wo sie sich versteckten und Lee konnte ihm diese Aufgabe bedenkenlos übertragen. Außerdem wurde es auch Zeit, diese verfluchte Reporterin zu erledigen, die sich überall einmischte. Diesmal würde Marisa Pérèz nicht wieder entkommen, dafür würde er sorgen. Er hatte genau den richtigen Mann für diese Aufgabe. Nachdem er bei der Autorin und ihrem Wandler-Freund versagt hatte, bekam er jetzt noch eine letzte Chance.

Lee beendete das Gespräch und wollte sich gerade vom Fenster abwenden, um einen Flug nach Namibia zu buchen, als er

Scheinwerfer sah, die auf das Haus zukamen. Endlich! Er warf das Telefon auf den Schreibtisch und ging rasch zur Tür. Schließlich wollte er Caruso ein würdiges Willkommen bereiten.

Eine Fahrt im Kofferraum eines Autos war auch nicht wesentlich bequemer als in dem versteckten Verschlag im Lieferwagen, stellte Caruso fest, als der Wagen über einen mit Schlaglöchern übersäten Schotterweg fuhr. Ganz zu schweigen von den blauen Flecken, die er sich geholt hatte, als er unsanft aus dem Lieferwagen gezerrt und in den Kofferraum gestopft worden war. Davor waren sie lange Zeit bergauf gefahren, anscheinend befanden sie sich inzwischen in den Bergen. Er hatte Mühe, in der mit Benzin geschwängerten Luft zu atmen, die von dem dreckigen und kratzigen Teppich ausging. Hoffentlich waren sie bald da, wo auch immer er hingebracht werden sollte, denn lange würde er diese Tortur nicht mehr durchhalten. Inzwischen tat ihm alles weh und er hatte keine Kraft mehr, die Übelkeit noch lange zurückzudrängen.

Als hätte der Fahrer seine Gedanken gehört, verlangsamte sich das Auto. Caruso versuchte, in dem beengten Gefängnis seine Arme und Beine zu bewegen, um die Blutzirkulation wieder in Gang zu bringen. Er musste in der Lage sein, sich ungehindert zu bewegen, wenn er gegen Lee bestehen wollte. Bei einer kurzen Durchsuchung des Kofferraums war er auf keinerlei Gegenstände gestoßen, die er als Waffe benutzen könnte. Als der Wagen mit einem Ruck zum Stehen kam, holte Caruso tief Luft. Mit angespannten Muskeln wartete er darauf, dass der Deckel des Kofferraums geöffnet wurde.

Das Erste, was er sah, als es dann geschah, war der Lauf einer Pistole, die auf sein Gesicht gerichtet war.

»Komm heraus, langsam und vorsichtig.«

Caruso erkannte die Stimme sofort: Lee. Nur mühsam schaffte

er es, seine Wut so weit zu unterdrücken, dass er nicht auf den Mistkerl losging. Langsam richtete er sich auf und blickte über den Rand des Kofferraums auf den Mann, der vor ihm stand. Zuerst erkannte er ihn nicht wieder, denn im Dunkeln wirkte Lee mit dunkel gefärbten Haaren, einem Bart und legerer Kleidung wesentlich jünger. Nur das Funkeln in den hellen Augen war trotz der Dunkelheit unverkennbar. Und natürlich die Stimme, die ihn auch in seinen Träumen noch verfolgte. Genugtuung erfüllte Caruso, als er die Krücke und das dick verbundene Knie sah. Immerhin war dem Verbrecher auch noch ein Andenken an ihr Zusammentreffen in San Francisco geblieben.

Lee begann zu lachen. »So viel wollte ich gar nicht sehen.« Mit der Pistole deutete er auf Carusos nackten Körper, als er aus dem Kofferraum stieg.

Carusos Hände ballten sich zu Fäusten, hilflose Wut presste seine Kehle zusammen. »Sag das deinem Lakaien in San Francisco, der fand die Idee brillant, mir meine Kleidung wegzunehmen.«

Das Grinsen wich nicht aus Lees Gesicht. »Von einem praktischen Standpunkt aus gesehen auf jeden Fall. So brauche ich dich zumindest nicht nach Waffen oder einem Handy zu durchsuchen.«

»Können wir jetzt zur Sache kommen? Ich bin hier, wie du es wolltest, also lass die Polizistin frei.«

Das löste erneute Heiterkeit bei Lee aus. »Du dachtest nicht wirklich, dass es so einfach sein würde, oder? Außerdem hast du deine Tochter nicht dabei. Der Deal war, dass ihr beide euch mir ausliefert.«

»Als wenn ich Isabel jemals in deine Nähe lassen würde! Du wirst nie wieder deine schmierigen Hände an sie legen.«

Lees Gesichtsausdruck wurde härter, die Amüsiertheit war wie weggewischt. »Wenn du das denkst, bist du beschränkter, als ich bisher geglaubt habe. Ich weiß genau, wo deine Tochter sich versteckt hält, und ich habe schon Maßnahmen diesbezüglich getroffen. Das wird kein Problem sein.«

Im ersten Moment erstarrte Caruso, dann stürzte er sich auf Lee. In dem Augenblick war es ihm völlig egal, ob eine Waffe auf ihn gerichtet war. Er konnte nur daran denken, Lee ein für alle Mal zu beseitigen. Heftig stieß er mit ihm zusammen und riss den Verbrecher mit sich zu Boden. Bevor er einen Schlag anbringen konnte, schlangen sich Arme wie Stahlseile um seinen Oberkörper und hoben ihn von Lee herunter. Seine Lunge zog sich schmerzhaft zusammen und er bekam keine Luft mehr. Hilflos hing er in dem Griff, als seine Beine unter ihm nachgaben und er langsam zu Boden sank. Schwarze Punkte flimmerten vor seinen Augen, aber er wandte seinen Blick nicht von Lee ab.

Der rappelte sich schwerfällig auf und richtete die Pistole wieder auf ihn. »Du hast Glück, dass ich noch etwas mit dir vorhabe, sonst hätte ich dich jetzt erschossen.« Er winkte seinem Mann, der Caruso immer noch umklammert hielt. »Lass ihn los, er wird es nicht noch einmal probieren.« Lee stellte sich dicht vor ihn und blickte auf ihn herunter. »Denn wenn er das tut, wird seine Polizistenfreundin darunter zu leiden haben.«

Gierig sog Caruso die Luft ein, als sein Gegner ihn endlich losließ. So gern er auch Lee den selbstgefälligen Ausdruck aus dem Gesicht wischen wollte, musste er sich zurückhalten, wenn er Dawns Leben nicht gefährden wollte. »Ich will sie sehen.«

»Oh, das wirst du, keine Angst.« Lee blickte auf seine Uhr. »Gehen wir, ich habe nicht viel Zeit.«

»Eine andere Verabredung?« Caruso versuchte, so viel Verachtung in seine Worte zu legen wie möglich.

Ein unheimliches Lächeln spielte um Lees Mund. »Ganz genau. Ich werde eine kleine Reise unternehmen.« Erneut wedelte er mit der Pistole. »Wollen wir dann?«

Mühsam kam Caruso auf die Beine, die durch die lange Fahrt in beengten Verhältnissen und den fehlenden Sauerstoff immer noch wackelig waren. Aber das würde er Lee auf keinen Fall zeigen. Langsam ging er auf das Haus zu, der Verbrecher mit der Pistole dicht hinter ihm. Unauffällig blickte er sich um, konnte in der Dunkelheit aber nur die Schemen von Bäumen erkennen, die das Haus auf allen Seiten umgaben. Die Stille und die frische Luft deuteten an, dass in der Nähe keine Zivilisation zu erwarten war. Was eine Flucht ohne Harkens Hilfe erschweren würde.

Vielleicht sollte er die Zeit nutzen, etwas über Lees Pläne herauszufinden. »Was willst du eigentlich von mir?«

Lee stieß ein Schnauben aus. »Ursprünglich wollte ich gar nichts von dir, aber du musstest ja den großen Rächer spielen. Nicht, dass dieser Jennings das verdient hatte.« Carusos Hände ballten sich zu Fäusten, aber er sagte nichts dazu. »Doch jetzt, wo ich weiß, dass du mit den Wandlern zusammenarbeitest und noch dazu selbst Wandlerblut in dir hast, bist du deutlich interessanter für mich.« Lee lachte. »Pech für dich. Andererseits lebst du so vielleicht ein wenig länger, als es sonst der Fall gewesen wäre.«

»Die Polizistin hat aber nichts mit der ganzen Sache zu tun. Sie weiß nichts über die Hintergründe von Isabels Entführung oder die Tiere im Labor.« Caruso drehte sich zu Lee um. »Lass sie gehen. Du willst bestimmt nicht, dass die Polizei sich an deine Fersen heftet.«

Lee schüttelte bereits den Kopf. »Ich habe nichts mehr zu verlieren. Solange die Polizistin mir nützlich ist, wird sie mein Gast bleiben.« Ein geisterhaftes Lächeln huschte über sein Gesicht. »Und das ist allein deine Schuld. Denn hätte ich nicht mitbekommen, dass sie dir etwas bedeutet, wäre ich nie auf die Idee gekommen, sie da mit reinzuziehen.«

Rasch wandte Caruso sich wieder um, damit der Verbrecher nicht die Gefühle sehen konnte, die ihm sicher deutlich in den

Augen standen. »Ich hatte nur ein schlechtes Gewissen, weil sie meinetwegen verletzt wurde, deshalb habe ich sie im Krankenhaus besucht.«

»Jeden Tag?« Die Skepsis war deutlich in Lees Frage zu hören.

»Ja.«

»Das könnte ich ja vielleicht noch glauben, wenn du dich nicht gerade ausgeliefert hättest, um ihr Leben zu retten. So etwas macht man nicht, weil man ein schlechtes Gewissen hat, dafür müssen die Gefühle schon stärker sein.«

Caruso musste ihm insgeheim zustimmen. Bereits von ihrem ersten Treffen an hatte er etwas für Dawn gefühlt. In jeder anderen Situation hätte er versucht, ihre Beziehung zu vertiefen, aber zu dem Zeitpunkt war die Suche nach Isabel vorrangig gewesen. Und nach der Befreiung seiner Tochter hatte Dawn im Krankenhaus gelegen und war zu schwer verletzt gewesen, um sie mit seinen wirren Gefühlen zu belasten. Vor allem, weil er wusste, dass die Sache mit Lee noch nicht ausgestanden war und er sie wieder verlassen musste, sobald der Verbrecher auftauchte. Er hatte nicht damit gerechnet, dass Lee ihm zuvorkommen könnte, und das war eindeutig ein Fehler gewesen, den er nicht noch einmal begehen würde. Vor der Eingangstür eines heruntergekommenen Hauses angekommen, blieb Caruso stehen.

»Dachte ich es mir doch.« Lee griff an ihm vorbei und schob die Tür auf. »Aber immerhin bin ich so nett, dich deine kleine Freundin noch einmal sehen zu lassen. Eigentlich solltest du mir dankbar sein.«

»Ja, sicher.«

Lee stieß einen theatralischen Seufzer aus und lenkte ihn mit dem Pistolenlauf im Kreuz in das Haus hinein. »Auch noch undankbar. Aber vielleicht wirst du deine Meinung ändern, wenn ich mich später mit dir beschäftige.«

Caruso erwiderte nichts. Jede weitere Unterhaltung war zwecklos. Lee würde nicht plötzlich von seinem Plan ablassen und Dawn gehen lassen oder zumindest enthüllen, was er genau vorhatte. Dafür war er dummerweise zu intelligent. Also presste Caruso die Lippen zusammen und ging auf Lees Anweisung den schmalen Flur hinunter an einer Holztreppe vorbei bis zu einer Tür, die darunter eingelassen war. Ein Schauder lief über Carusos Rücken. Wie es schien, hatte Lee nicht vor, ihn in einem normalen Zimmer unterzubringen.

Lee öffnete die Tür und bediente einen Wandschalter. Eine einzelne Glühbirne flammte auf und beleuchtete eine schmale Treppe, die auf beiden Seiten von Steinwänden umgeben war. »Ein schickes Ambiente, oder? Ich bin sicher, du wirst dich schnell wohlfühlen.« Lachend schob er Caruso vorwärts. »Deine Freundin war auch ganz begeistert davon.«

Wenn Dawn schon einen ganzen Tag hier unten eingesperrt war, musste sie inzwischen völlig verzweifelt sein, vor allem in ihrem verletzten Zustand. Hoffentlich lebte sie überhaupt noch. Der Gedanke, dass sie alleine und unter Schmerzen in einem Keller gestorben war, löste einen schmerzhaften Druck in seiner Brust aus. Nein, es musste ihr gut gehen, anders hätte Lee sie ja nicht als Druckmittel benutzen können. Abrupt blieb Caruso stehen.

Der Pistolenlauf bohrte sich schmerzhaft in seine Seite. »Nun los, ich habe nicht ewig Zeit.«

»Wenn Dawn etwas geschehen ist, werde ich dich umbringen.« Die Drohung kam fast in einem Grollen heraus.

»Huh, jetzt habe ich aber Angst.« Trotz seiner ironischen Worte klang Lee nicht mehr ganz so selbstsicher wie zuvor. *Gut.*

Unsanft stieß er Caruso eine Hand in den Rücken, sodass er einige Stufen herunterstolperte, bevor er sich wieder fing. Die Treppe führte um eine Ecke und endete vor einer Metalltür. Erneut kroch das Unbehagen in Caruso hoch. Die Pistole drückte weiterhin in seinen Körper, während Lee sich vorbeugte, einen

Schlüssel in das Schloss steckte und ihn herumdrehte. Mit einem Knarren schwang die Tür nach innen auf. Lee stieß Caruso vorwärts in ein dunkles Verlies, das nach Moder und Verfall stank. Es dauerte eine Weile, bis sich seine Augen an die Lichtverhältnisse gewöhnt hatten und er eine kleine Figur erkennen konnte, die zusammengesunken an einer der Wände saß. *Oh Gott, Dawn!*

Ohne einen weiteren Befehl von Lee abzuwarten, lief er los und hockte sich neben sie. Zögernd legte er seine Hand auf ihre Schulter.

Ihr Kopf schnappte hoch und sie starrte ihn mit großen Augen an. »Caruso?«

»Ja, ich bin hier. Es ist alles gut.« Das war zwar gelogen, aber er wollte sie nicht erschrecken.

»Oh Gott, wir müssen hier raus, bevor …« Sie versuchte sich aufzurichten, sank dann aber mit einem Stöhnen zusammen.

Caruso schlang einen Arm um ihre Schultern und stützte sie. »Bleib ruhig, ich kümmere mich um dich.«

»Du fühlst dich nur schuldig, genau, das glaube ich dir sofort.« Lees Stimme drang unangenehm durch den Kellerraum.

Dawn zuckte zusammen und versuchte, sich von ihm zu lösen. »Was …?«

Lee unterbrach sie. »Ich würde ja wirklich gerne noch hierbleiben und zuhören, wie du ihr erklärst, warum sie hier ist, aber leider muss ich jetzt los. Viel Spaß noch!« Damit zog er die schwere Eisentür hinter sich zu und ließ sie in der Dunkelheit zurück.

Einen Moment lang herrschte Stille, bevor Dawn wieder sprach. »Was tust du hier, Caruso?« Ihre Hand berührte seinen Schenkel und er zuckte zusammen. »Bist du etwa nackt?«

Das Entsetzen in ihrer Stimme brachte ihn beinahe zum Lachen. »Nicht freiwillig, das kann ich dir versichern. Und ich bin gekommen, um dich hier rauszuholen.«

Dawn schwieg einen Moment. »Okay, schön. Aber geht das

nicht besser, wenn du draußen bist? Ich halte das für ziemlich schwierig, wenn du hier mit mir zusammen eingesperrt bist.«

Caruso versuchte, nicht daran zu denken, dass Dawns Hand immer noch auf seinem Oberschenkel lag. »Es ging nicht anders, Lee hat damit gedroht, dir etwas anzutun, wenn ich nicht komme, und da wir nicht wussten, wo er sich aufhält, war dies der einzige Weg, das herauszufinden.«

»Hast du die Polizei informiert? Werden sie uns hier herausholen?« Etwas wie Hoffnung klang in ihrer Stimme mit.

»Nein.«

Als er nichts weiter sagte, bohrten sich ihre Fingernägel in sein Bein. »Aber du hast einen Plan, ja? Ich kann mir wirklich bedeutend Schöneres vorstellen, als in diesem Verlies gefangen zu sein.«

Caruso umschloss ihre Hand mit seiner. »Ich auch. Aber wir werden hier nicht lange sein, du musst nur noch ein wenig Geduld haben.«

»Ich hoffe, du hast Recht, denn ich will endlich hier raus.«

Er drückte ihre Finger. »Was macht deine Wunde?«

»Anscheinend hat dieser Widerling die aufgeplatzte Naht wieder zunähen lassen.«

Der Gedanke, dass vielleicht jemand an Dawn herumgedoktert hatte, der nichts davon verstand, machte ihn krank. »Und jetzt ist alles in Ordnung?«

»Zumindest blutet es nicht mehr. Ich hoffe nur, es hat sich nichts entzündet.« Dawns Schulter rieb über seine Brust.

»Das kann sich ein Arzt ansehen, wenn wir hier raus sind.« Er zog sie enger an sich. »Versuch, dich ein wenig auszuruhen.«

»Ich möchte lieber wissen, was hier eigentlich los ist. Warum wusste dieser Lee, dass du kommen würdest, wenn er mich entführt? Und bei der Gelegenheit: warum hast du dich ihm ausgeliefert, anstatt einfach zur Polizei zu gehen?«

Caruso zögerte einen Moment, nicht sicher, was er ihr erzählen sollte. »Weil die Polizei dich nicht schnell genug gefunden hätte. Es gab keine Hinweise, wo du sein könntest, oder wer dich entführt hat.«

Dawn versteifte sich und rückte von ihm ab. »Ich würde es begrüßen, wenn du mir endlich mal die Wahrheit sagen würdest. Glaubst du nicht, dass ich das verdient habe?«

Resigniert schloss er die Augen. Dawn hatte völlig Recht. Das Problem war nur, dass er nicht wusste, wie sie darauf reagieren würde, wenn sie alles erfuhr. Am besten tastete er sich erst einmal vor. »Lee hat darauf spekuliert, dass du mir etwas bedeutest. Er war sicher, dass ich bereit sein würde, mich auszuliefern, um dich zu retten.«

Einen Moment lang schwieg Dawn. »Und hatte er Recht?«

Caruso legte seine Hand um ihre Wange. »Was denkst du?«

»Da du hier bist, scheinst du zumindest genug für mich zu empfinden, um mich nicht tot sehen zu wollen.« Rau drang ihre Stimme durch die Dunkelheit.

Kopfschüttelnd beugte Caruso sich vor und strich mit seinen Lippen über ihre. »Es ist wesentlich mehr, das solltest du wissen.«

Sie presste ihre Stirn an seine. »Was ich mir am meisten gewünscht habe, seit ich hier eingesperrt bin, war, dich noch einmal wiederzusehen.« Er hörte sie leise lachen. »Ich kann dich zwar immer noch nicht sehen, aber immerhin fühle ich dich.« Ihre Hand glitt weiter über seinen Oberschenkel nach oben.

Caruso erstarrte, als ihre Fingerspitzen nur Zentimeter an seinem Schaft vorbei nach oben fuhren. Das Gefühl von Dawns Berührungen auf seiner nackten Haut war beinahe mehr, als er ertragen konnte. Rasch fing er ihre Hand ein und legte sie über sein Herz, was jedoch auch nicht wirklich half. Sicher konnte sie seinen wild hämmernden Herzschlag spüren.

»Wirst du mir noch antworten?«

Damit erwischte sie ihn kalt. »Habe ich das nicht gerade?«

»Zum Teil.«

Er hatte Mühe seine Gedanken zu ordnen. »Welcher Teil fehlt noch?«

»Der, wo du mir erklärst, was hier eigentlich los ist. Ich habe schon nicht verstanden, warum dieser Lee Isabel entführt hatte und was bei ihrer Rettung genau abgelaufen ist. Und dann war da noch die Sache mit den Tieren.«

Sein Herz setzte aus. »Welche Tiere?«

Dawns Hand spannte sich auf seiner Brust an. »Dave Caruso, wage es nicht, mich für dumm zu verkaufen. Ich war dort und habe gesehen, wie Raubtiere aus dem Gebäude getragen wurden. Ein Leopard lief sogar frei neben den Menschen her!« Als er nichts dazu sagte, zog sie ihre Hand zurück. »Und Lee hat im Labor auch merkwürdige Andeutungen gemacht. Irgendwas mit … Wicklern?«

Mit einem tiefen Seufzer ließ Caruso seinen Kopf an die Wand sinken. »Wandlern.«

»Ja, genau, das war es! Was meinte er damit?«

»Das würdest du mir sowieso nicht glauben.« Caruso rieb über seinen Oberschenkel, in dem sich ein Krampf bemerkbar machte. »Außerdem ist es besser, wenn du nichts darüber weißt.«

Dawns Atem streifte seine Wange, als sie heftig ausatmete. »Das möchte ich doch lieber selbst entscheiden. Wenn es um etwas Illegales geht …«

»Nein, das tut es nicht. Aber es ist ein Geheimnis, und es hätte furchtbare Konsequenzen, wenn es bekannt wird.« Er wollte auf keinen Fall noch mehr Wandler auf dem Gewissen haben.

»Du traust einem Verbrecher wie Lee also mehr als mir?« Deutlich schwang Verletztheit in Dawns Frage mit.

»Ich traue Lee überhaupt nicht. Dummerweise hat er irgendwie von der Sache erfahren und nutzt es nun für seine Zwecke aus. Und es ist schwierig, ihn zu stoppen, wenn gleichzeitig das

Geheimnis nicht herauskommen darf. Wir können nicht einfach die Polizei rufen.«

Dawns Hand legte sich auf seinen Arm. »Ich möchte es nicht als Polizistin wissen, sondern als Privatperson, die verstehen will, was hier eigentlich vorgeht.«

Er zögerte. »Aber du musst mir versprechen, niemandem je davon zu erzählen. Es hängen viele unschuldige Leben davon ab.«

Ohne Zögern schloss Dawn ihre Hand um seine. »Du hast mein Wort.«

Caruso stellte fest, dass er ihr mehr vertraute als den meisten anderen Menschen, die er kannte. Und wenn er jemals eine echte Beziehung zu ihr aufbauen wollte, musste er ihr die Wahrheit sagen. Die Wandler würden ihn dafür wahrscheinlich in der Luft zerreißen. »Die Raubkatzen, die du in San Francisco gesehen hast, waren keine normalen Tiere.«

»Sondern was? Dressiert?«

Unerwartet stieg ein Lachen in Carusos Kehle auf. »Nicht ganz. Sie sind Gestaltwandler.«

Einen Moment herrschte Stille. Dann erklang Dawns Stimme. »Was?«

»Menschen, die sich in Tiere verwandeln können – oder andersherum.«

Dawn setzte sich abrupt auf und entzog ihm ihre Hand. »Du machst dich über mich lustig, oder?«

Mit einem Seufzer zog Caruso sie wieder an sich. »Ich habe doch gesagt, du würdest mir nicht glauben.«

»Ja! Weil es völlig unmöglich ist! Nichts kann sich in eine andere Form verwandeln, zumindest nicht auf so eine extreme Art und Weise.«

»Das dachte ich auch bis vor einiger Zeit. Aber ich habe es mit eigenen Augen gesehen. Weil sie wissen, dass die Menschen das nicht verstehen können, leben die Wandler versteckt in einsamen

Gegenden.« Und er hatte mit dazu beigetragen, sie aufzuspüren und zu jagen. Sein Magen zog sich schmerzhaft zusammen.

Dawn atmete hart aus. »Die Raubkatzen, die ich gesehen habe, sind also eigentlich Menschen? Und was war mit diesem nackten Mann im Gang, ist der auch ein … Wandler?«

»Ja.« Harken würde ihn vermutlich umbringen, wenn er sie hier herausholte und Dawn ihn darauf ansprach. »Es ist einfacher für die Wandler, sich zu verwandeln, wenn keine Kleidung im Weg ist.«

Ihre Hand glitt über seine Haut. »Dann bist du auch einer?«

Erneut musste er lachen. »Ich bin nackt, weil mein Entführer sicherstellen wollte, dass ich keine Waffen oder Sender dabeihabe.«

»Das erklärt nur deine fehlende Kleidung, ist aber keine Antwort auf meine Frage.«

»Nein, ich kann mich nicht verwandeln. Worüber ich sehr froh bin.«

»Warum wollte Lee dann unbedingt im Labor dein Blut haben? Ich kann mich nicht mehr genau daran erinnern, aber meinte er nicht, dass Isabel irgendetwas von dir geerbt hat?«

Caruso schloss die Augen. Natürlich erinnerte sie sich daran, was sollte er von einer Polizistin auch anderes erwarten? »Lee denkt, dass einer meiner Vorfahren ein Wandler war und ich diese Veranlagung auch an Isabel weitergegeben habe.«

»Wie kommt er darauf, wenn du dich nicht verwandeln kannst?«

Bisher hielt Dawn ihn anscheinend noch nicht für einen Spinner, aber wenn er ihr von seinen Fähigkeiten erzählte, würde sie das sicher nachholen. »Isabel kann die Gefühle von Katzen spüren, sowohl die von Tieren, als auch die von Wandlern. Wie es aussieht, hat sie das von mir geerbt.«

»Ihr könnt die Gefühle von Katzen spüren.« Dawns Tonfall war skeptisch.

»Ja. So habe ich auch Isabel gefunden, obwohl ich vorher nicht wusste, dass ich überhaupt eine Tochter habe. Ich konnte ihre Nähe spüren, und dass sie zu mir gehörte.« Er räusperte sich. »Ich kann es selbst nicht genau erklären, es fühlte sich an, als wäre sie ein Teil von mir.«

Einen Moment lang herrschte Stille. Schließlich räusperte Dawn sich. »Ich glaube, ich brauche eine Weile, um das zu verarbeiten.«

»Das verstehe ich.« Caruso berührte ihre Haare. »Warum ruhst du dich nicht ein wenig aus, bis wir hier rausgeholt werden?«

»Ich denke, das werde ich tun.«

Vorsichtig zog er sie an sich und schlang seine Arme um ihren Oberkörper. Nach einer Weile entspannte Dawn sich und legte ihren Kopf an seine Brust.

Caruso dachte schon, dass sie eingeschlafen wäre, als sie noch einmal sprach.

»Dave?«

Ein Schauder lief über seinen Rücken, wie immer, wenn sie ihn mit Vornamen ansprach. »Ja?«

Dawn atmete tief ein. »Ich bin froh, dass du hier bei mir bist.«

Er zog sie dichter an sich und küsste ihren Scheitel. »Ich auch.«

15

Nachdem er Carusos Signal bis zu diesem Waldstück gefolgt war, lief Harken ungeduldig den Hügel hinauf. Seinen Wagen hatte er unten in einem Gebüsch verstecken müssen, weil die Straße, die den Hügel hinauf führte, mit einem Tor gesichert war und es keine Möglichkeit gab, ungesehen mit dem Auto dort hinaufzufahren. Also musste er zu Fuß zu dem Haus laufen, das er auf der Anhöhe vermutete und in das Caruso, zumindest laut GPS-Signal, gebracht worden war. In seiner Löwenform wäre er wesentlich schneller dort gewesen, aber dann hätte er keine Waffen und das GPS-Gerät mitnehmen können. Carusos Plan, ihm über das Signal seines Senders zu folgen und im Notfall einzugreifen, war bestenfalls stümperhaft und es konnte alles Mögliche schiefgehen, aber mit einem hatte er Recht: schneller würden sie nicht an Lee herankommen.

Er war etwa auf halbem Weg den Hügel hinauf, als er ein Motorengeräusch hörte. Rasch duckte er sich hinter einen Baum und blickte dem Wagen entgegen, der den Hügel hinab auf ihn zu fuhr. Getönte Scheiben verhinderten, dass er sah, wer sich darin befand. Aber seine Nase verriet es ihm: Lee. Harken sprang auf, bereit, sich auf die Straße zu stürzen, doch es war zu spät. Der Wagen brauste an ihm vorbei. Zu Fuß würde er ihn nie einholen können. Sein Impuls drängte ihn, es trotzdem zu versuchen, doch er konnte Caruso und die Polizistin nicht im Stich lassen. Immerhin war er sich sicher, dass sich die beiden nicht mit in der Limousine befanden, ihre Gerüche fehlten.

Frustriert blickte er den Rücklichtern des Wagens hinterher, bevor er sich wieder in Bewegung setzte, diesmal noch schneller als zuvor. Enttäuschung drückte auf seine Brust. Er war so nah dran gewesen und wieder war Lee ihm entkommen. Warum hatte der Verbrecher Caruso zu sich bringen lassen und war dann weggefahren? Gab es etwas Wichtigeres zu tun oder hatte er Caruso einfach sofort getötet, um ihn endlich loszuwerden? Möglich wäre es. Wut breitete sich in ihm aus, die ihm zusätzliche Kraft gab.

Erst als Harken die Lichtung erreichte, auf der ein verfallenes Haus stand, wurde er langsamer. Schwer atmend blieb er schließlich in der Dunkelheit stehen und beobachtete die Umgebung des Hauses. Der Wagen, in dem Caruso hierher gebracht worden war, parkte vor dem Gebäude. Im unteren Stockwerk des Hauses brannte hinter einigen Fenstern Licht, anscheinend war also zumindest noch ein Verbrecher dort.

Rasch zog Harken sich aus und verwandelte sich. Unsichtbar bewegte er sich zum Haus und drang durch das Schlüsselloch der Haustür ein. Zuerst kontrollierte er die beleuchteten Räume und fand ein mit alten Möbeln ausgestattetes Wohnzimmer, in dem ein Mann in einem verblassten Sessel saß und wie gebannt in einen kleinen Fernseher starrte, über den eine Sitcom flimmerte. Auf einem Beistelltisch standen eine geöffnete Flasche Bier und ein Teller mit Pizzaresten. Der Mann erwartete offensichtlich keine Besucher und war entsprechend unaufmerksam. Gut.

Harken verließ den Raum und durchsuchte den Rest des Erdgeschosses, bevor er ins Obergeschoss schwebte. Doch auch hier war niemand, und die meisten Räume waren bis auf furchtbar hässliche Tapeten und Fußböden sogar ganz leer. Auf keinen Fall lebte Lee hier, es war nur ein unscheinbares Versteck, in das er sich zurückziehen konnte, wenn er untertauchen musste. Oder wo er jemanden gefangen hielt, denn warum sonst hätte er hier einen Mann abstellen sollen?

Um nicht noch mehr Zeit zu verlieren, verwandelte sich Harken zurück und folgte Carusos Geruchsspur bis zu einer Kellertür. Da sie abgeschlossen war, wurde er wieder unsichtbar und schwebte durch einen Spalt. Eine schmale Treppe führte nach unten und endete vor einer Metalltür. Nachdem er durch das Schlüsselloch in den Kellerraum gekommen war, verwandelte Harken sich wieder zurück. Es war so finster, dass selbst seine Katzenaugen nicht viel halfen, aber er konnte an der Wand die Umrisse von zwei Personen erkennen.

»Harken?«

Er zuckte zusammen. Warum vergaß er immer wieder, dass Caruso seine Gefühle spüren konnte, selbst wenn er ihn nicht sah? »Ja.«

»Hol uns hier raus. Wir müssen Lee …«

Harken unterbrach ihn. »Lee ist weg.«

Ein Fluch ertönte. »Wir müssen sofort hinterher! Er darf nicht entkommen.«

Mühsam unterdrückte Harken einen ungeduldigen Laut. »Das ist er schon. Wie geht es der Polizistin?«

»Gut. Und sie hat Ohren. Wie sind Sie hier reingekommen, ohne die Tür zu öffnen?« Dawn lebte noch und war anscheinend nicht gerade guter Stimmung.

»Können wir die Erklärungen auf später verschieben? Wenn ich euch hier rausholen soll, muss ich erst den Wachmann ausschalten und den Schlüssel für die Türen suchen. Wenn wir Glück haben, finden wir irgendwo im Haus Informationen darüber, wohin Lee verschwunden ist. Wartet hier.« Harken machte sich unsichtbar und schwebte zur Tür zurück.

»Sehr witzig.«

Er ignorierte Carusos Antwort und kehrte ins Erdgeschoss des Gebäudes zurück. Der Verbrecher war immer noch völlig in das Fernsehprogramm vertieft. Harken hielt sich nicht lange auf, sondern verwandelte sich hinter dem Sessel, griff sich eine herumstehende Bierflasche und schlug sie dem Mann über den Kopf, bevor der überhaupt bemerken konnte, dass er nicht mehr allein war. Nachdem er ihn gefesselt und geknebelt hatte, durchsuchte Harken erst die Kleidung, dann die Räume nach den Schlüsseln zum Keller. Es dauerte eine Weile, aber schließlich fand er ihn in der Schublade eines alten Küchenschranks. Gleichzeitig suchte er nach Hinweisen, wohin Lee gefahren war, entdeckte jedoch nichts. Auch gab es nirgends Unterlagen über Wandler, Lee musste sie woanders versteckt haben.

Gereizt kehrte er schließlich in den Keller zurück. Abgesehen von Dawns Rettung war die ganze Aktion Zeitverschwendung. Lee war entwischt und würde nun vermutlich noch härter zuschlagen als sonst. Und diesmal hatten die Wandler vielleicht nicht so viel Glück wie bisher. Sein Magen krampfte sich bei der Vorstellung zusammen, während er die obere Tür aufschloss und die Treppe hinunterlief. Kurz darauf öffnete er die untere Tür und schob sie weit auf.

»Ihr könnt jetzt rauskommen, die Luft ist rein.«

Er hatte kaum ausgesprochen, als sich Caruso auch schon an ihm vorbeidrängte, den Arm um die Polizistin gelegt, die er liebevoll stützte.

Dawn blickte ihn einen Moment lang an und schüttelte dann den Kopf. »Werde ich Sie je angezogen sehen?«

Harkens Mundwinkel hob sich. »Eventuell irgendwann.«

Ihr Blick wurde schärfer. »Erklären Sie mir dann auch, wie Sie vorhin ohne Schlüssel und, ohne die Tür zu öffnen, in den Raum gekommen sind?«

»Ist das wirklich wichtig? Ich dachte, Sie würden sich freuen, wieder frei zu sein.«

Schuldbewusstsein verdrängte für einen Moment den misstrauischen Ausdruck auf ihrem Gesicht. »Tut mir leid. Danke, dass Sie uns hier rausgeholt haben.«

Harken nickte. »Kein Problem.«

So schnell es Dawns Verletzung zuließ, führte er sie durch das Haus und in den angrenzenden Wald. Dort zog er seine Kleidung wieder an, die er vor dem Haus eingesammelt hatte.

Caruso half der Polizistin, sich auf einen Baumstumpf zu setzen, bevor er sich an Harken wandte. »Gab es irgendwelche Hinweise darauf, wohin Lee verschwunden ist?«

»Nein.« Harken hörte selbst, wie gepresst seine Stimme klang.

»Verdammt! Lee hat irgendwas davon gesagt, dass er eine Reise unternehmen will. Wohin weiß ich nicht.« Carusos Stimme wurde rauer. »Er meinte auch, dass er genau weiß, wo Isabel sich befindet und dass er bereits etwas deswegen unternommen hat.« Verzweifelt blickte er Harken an. »Wir müssen unbedingt die Berglöwen warnen, bevor …« Er brach ab, als Harken eine scharfe Handbewegung machte. »Was?«

Stumm deutete Harken auf Dawn. Wie konnte Caruso so unvorsichtig sein, vor der Polizistin über Wandler zu reden?

»Dann befindet sich deine Tochter bei den Gestaltwandlern?« Harkens Atem stockte bei Dawns Frage.

Er trat einen Schritt auf Caruso zu, der ihn unbehaglich ansah. »Du hast es ihr erzählt?« Ein Grollen klang in seiner Stimme mit, aber das war ihm egal.

Caruso schob sein Kinn vor. »Ich fand, dass sie ein Anrecht darauf hat, zu wissen, warum sie entführt wurde.«

»Das mag sein, aber es stand dir nicht zu, diese Entscheidung zu treffen!«

»Warum nicht? Ich bin schließlich auch zum Teil ein Wandler.« Carusos Stimme war ruhig und sachlich.

Harken atmete tief durch und versuchte, sich zu beruhigen. »Aber du lebst nicht irgendwo versteckt, weil du die ganze Zeit Angst haben musst, entdeckt zu werden. Du hast deinen Pass und dein Leben in der Menschenwelt, niemand würde dich jemals wie ein Tier einsperren und Versuche an dir durchführen.«

Diesmal schwieg Caruso, seine Lippen waren fest zusammengepresst. Dawn schob sich zwischen sie und blickte Harken fest in die Augen. »Er kann nichts dafür, ich habe ihn danach gefragt.«

Harken schluckte die Bemerkung herunter, die ihm auf der Zunge lag, und konzentrierte sich dafür auf das Wesentliche. »Sie sind Polizistin und damit der Wahrheitsfindung verpflichtet. Deshalb ist es gefährlich, wenn Sie von uns wissen.«

Dawn verschränkte ihre Arme vor der Brust. »Aber nur, wenn es um ein Verbrechen geht.«

»Wir müssen uns selbst schützen und das können wir nur, indem wir niemandem von unserer Existenz erzählen. Ich schätze mal, Sie haben etwas gegen Selbstjustiz, oder?« Dazu wusste Dawn nichts zu sagen, Unsicherheit stand in ihren Augen. »Am besten vergessen Sie einfach, dass es uns gibt. Kehren Sie nach Las Vegas und in Ihr normales Leben zurück.«

Ihre Zähne bohrten sich in ihre Unterlippe. »Das kann ich nicht.«

»Dann haben wir ein Problem.«

Das Kribbeln weckte Marisa aus einem unruhigen Schlaf. Um Coyle nicht zu wecken, lag sie völlig still, obwohl ihr Bein sie fast wahnsinnig machte. Er war gerade erst neben ihr eingeschlafen, nachdem sie ihn endlich so weit gebracht hatte, sich überhaupt zu ihr ins Bett zu legen. Bisher hatte er sich geweigert, weil er befürchtete, ihr unabsichtlich Schmerzen zu bereiten. Dabei tat es ihr viel mehr weh, ihn nicht neben sich zu haben, aber das wollte ihr sturer Berglöwe nicht einsehen.

Er war auch erst nach langen Bitten und Drohungen bereit gewesen, Mias Heilsalbe, die Kainda aus Namibia geschickt hatte, auf ihre Wunden aufzutragen, weil er wusste, wie schmerzhaft die Behandlung war. Deshalb wollte sie unbedingt vermeiden, dass er sie in diesem Zustand sah und die weitere Behandlung in Frage stellte.

Mit zusammengebissenen Zähnen ertrug Marisa das Jucken und Prickeln ihrer heilenden Verletzungen. Immerhin waren inzwischen die beinahe unerträglichen Schmerzen vergangen. Vorsichtig setzte Marisa sich auf und schob ihr gesundes Bein über die Bettkante. Sie wusste, dass sie sich eigentlich nicht bewegen sollte, aber sie hielt es nicht mehr im Bett aus. Seit ihrem Unfall lag sie nun schon mehr oder weniger bewegungslos herum und das machte sie beinahe noch wahnsinniger als das verdammte Kribbeln.

Wahrscheinlich fehlte ihr das Geduldsgen, denn wenn sie auch nur eine Sekunde länger liegen musste, würde sie schreien. Und das würde Coyle wecken, der sie nur wieder auf seine unnachahmlich sanfte Art dazu zwingen würde, das zu tun, was er für richtig hielt. Marisa unterdrückte einen Aufschrei, als etwas Feuchtes ihr nacktes Bein berührte. Mit beiden Händen schob sie Angus beiseite, der von ihren Bewegungen aufgewacht war. Früher hätte der Bloodhound einfach durchgeschlafen, doch seit sie so schwer verletzt worden war, bewegte er sich kaum von ihrer Seite. Ein Lächeln spielte um ihren Mund. Wenn ihr früher jemand erzählt hätte, dass sie mal mit einem großen, sabbernden Hund und einem Berglöwen zusammenleben würde, hätte sie ihn für verrückt erklärt. Doch jetzt konnte sie sich kein anderes Leben mehr vorstellen.

Um Angus – und auch sich selbst – zu beruhigen, strich sie über sein weiches Fell und rieb hinter seinen Ohren. Sein hingebungsvolles Stöhnen reizte sie zum Lachen, doch sie unterdrückte es. Das Kribbeln in ihrem Bein erinnerte sie daran, dass sie eigentlich aufstehen wollte. Mit einem stummen Seufzer hob sie die Krücken auf, die unter ihrem Bett lagen, und stemmte sich mühsam in die Höhe. Wie immer spielte ihr Kreislauf nach dem langen Liegen verrückt, doch schließlich ließ das Schwindelgefühl nach und sie konnte sich auf die Krücken gestützt ganz aufrichten. Einen Moment lang stand sie einfach nur da und atmete langsam ein und aus.

Das war der leichte Teil gewesen. Da auch ihre Kniescheibe gebrochen war, hatte sie einen Gips, der vom Unterschenkel fast bis zur Hüfte reichte und der es ihr unmöglich machte, das Bein anzuziehen, um sich mit Hilfe der Krücken fortzubewegen. Vielleicht sollte sie sich Rollen unter den Fuß schnallen, dann könnte sie ihr Bein vor sich herschieben. Marisa unterdrückte ein Schnauben. Es schien, als hätte die Salbe zumindest so weit gewirkt, dass ihr Humor wieder zum Leben erwachte.

Sie überlegte gerade, ob sie die Verschlüsse lösen und den Gips wenigstens für eine Weile abnehmen sollte, als sich eine Hand unerwartet um ihren Arm schloss. »Was glaubst du, was du da tust?«

Marisa sackte in sich zusammen. »Verdammt, hast du mich erschreckt.«

»Wenn du im Bett liegen würdest, so wie du es eigentlich sollst, wäre das gar nicht nötig.« Coyle trat vor sie und zog sie sanft an sich.

Seufzend lehnte sie ihren Kopf an seine Brust und ließ sich von ihm stützen. »Ich habe es nicht mehr im Bett ausgehalten, wollte dich aber nicht stören. Das habe ich nun von meiner Rücksichtnahme.«

Coyle schlang einen Arm um ihren Rücken und hob mit seinen Fingern ihr Kinn an. Im Mondlicht, das durch das Fenster ins Zimmer drang, konnte sie seine Augen glitzern sehen. »Wie oft muss ich dir noch sagen, dass du mich nicht störst? Ich will sofort wissen, wenn es dir nicht gut geht, damit ich dir helfen kann. Klar?«

Während sich die Wärme in ihr ausbreitete, schüttelte sie den

Kopf. »Es geht mir gut – mal abgesehen von meiner Ungeduld und der Tatsache, dass ich es furchtbar satthabe, im Bett zu liegen.«

»Du hast also keine Schmerzen?« Seine Finger strichen über ihren Rücken.

»Nein, glücklicherweise nicht mehr. Aber es kribbelt und juckt ganz furchtbar. Deshalb konnte ich nicht mehr schlafen.« Marisa schob ihre Hände über seinen nackten Po. Als sie seine antwortende Erektion an ihrem Bauch fühlte, lächelte sie. Es tat gut zu wissen, dass sie immer noch begehrenswert war, nicht dass sie bei Coyle jemals daran gezweifelt hatte. Er war immer sehr großzügig mit seinen Liebesbeweisen.

Coyle zupfte an ihrem Zopf. »Ein Zeichen dafür, dass deine Verletzungen heilen.«

»Das ist mir klar, aber es nervt trotzdem. Wie wäre es, wenn du mich ablenkst, wo du jetzt schon mal wach bist?« Sie klimperte mit den Wimpern, weil sie wusste, dass Coyle sie im Dunkeln sehen konnte.

Anstatt die Gelegenheit jedoch sofort zu nutzen, wie er es vor dem Unfall gemacht hätte, ließ er sie los und trat zurück. »Du weißt, dass das nicht geht, solange dein Bein so empfindlich ist.«

Marisa rollte die Augen. »Mein Körper besteht aus mehr Stellen als nur meinem Bein.«

»Glaub mir, das ist mir durchaus bewusst. Und es gibt nichts, was ich lieber täte, als dich zu lieben. Aber mir ist es wichtiger, dass du dich erst vollständig erholst, damit ich deine Verletzungen nicht noch verschlimmere.« Seine warme Stimme wickelte sich um sie, genauso wie seine Fürsorge.

Widerwillig gab sie nach. »Spielverderber.«

Coyle grinste sie an. »Genau. Und jetzt leg dich wieder ins Bett.«

»Ganz ehrlich, ich kann nicht. Ich werde verrückt, wenn ich noch eine Sekunde länger dort liegen muss.« Und nicht nur wegen des Kribbelns.

Ohne ein Wort wandte Coyle sich ab und holte etwas aus dem Schrank. Er hängte ihren Bademantel über ihre Schultern und half ihr, die Arme in die Ärmel zu stecken. Anschließend knotete er ihn vorsichtig über ihrem Bauch zusammen. »Wie wäre es mit einem kleinen Ausflug nach draußen?«

Der Gedanke, endlich wieder frische Sommerluft riechen zu können, ließ Tränen in ihre Augen steigen. »Oh ja, bitte! Du glaubst nicht, wie sehr ich das vermisst habe.«

»Doch, das tue ich.« Seine Stimme klang so sehnsüchtig, dass Marisa eine Gänsehaut bekam.

Erst jetzt ging ihr auf, auf was Coyle seit ihrem Unfall verzichtet hatte. Beinahe ununterbrochen war er an ihrer Seite, anstatt durch die Wildnis zu streifen, wie seine Natur es verlangte. Offenbar brauchten sie beide dringend einen Tapetenwechsel. »Bring mich nach draußen, Coyle.«

Ohne zu zögern, hob er sie vorsichtig hoch. »Geht es so?«

Marisa schlang einen Arm um seinen Nacken und legte ihren Kopf an seine Brust. »Wunderbar.« Als er sich zur Tür bewegte, blickte sie ihn an. »Willst du dir nicht etwas anziehen?«

»Wozu?«

Eine berechtigte Frage. Die Wandler machten sich nichts daraus, nackt herumzulaufen, und ihr Haus lag so versteckt, dass sie niemand beobachten konnte. »Vergiss es. Ich sehe dich gern an.«

Ein Lachen rumpelte in seiner Brust und Marisa schloss mit einem zufriedenen Seufzer die Augen. Dafür, dass sie vor einer Woche beinahe gestorben wäre, ging es ihr erstaunlich gut. Es schien so, als wirkte die Heilsalbe wirklich Wunder. Sie musste auf jeden Fall daran denken, sich bei Kainda zu bedanken. Denn sonst würde sie jetzt immer noch mit starken Schmerzen im Bett liegen, anstatt von ihrem Geliebten die Treppe hinuntergetragen zu werden. Marisa beugte sich vor und küsste Coyles Hals. Als Antwort zog er sie dichter an sich, sodass sie einen besseren

Zugang hatte. Da sie wusste, wie gerne er das mochte, schabte sie mit ihren Zähnen über seine Kehle. Die Muskeln in seinem Körper spannten sich an und er stieß ein tiefes Grollen aus.

»Du solltest mich nicht reizen, wenn ich mich sowieso schon kaum noch beherrschen kann.« Der Berglöwe war deutlich in seiner Stimme zu hören.

»Tut mir leid.«

Coyle schnaubte. »Ja, sicher.«

Unschuldig blickte Marisa ihn an. »Ehrlich, ich würde dir die Sache zu gern erleichtern.« Sie konnte seinen harten Schaft an ihrer Hüfte fühlen. Ernster fügte sie hinzu: »Du bist nicht der Einzige, der damit ein Problem hat.«

Coyle blieb stehen und küsste sie auf die Stirn. »Ich weiß.« Seine Augen weiteten sich und er wich abrupt zurück. »Angus, nimm die Nase da weg!«

Das Lachen brach aus Marisa hervor, als der Bloodhound sich beleidigt abwandte und mit auf den Holzboden klickenden Krallen vor ihnen her zur Tür lief.

»Das findest du lustig, was?« Ein Hauch von Humor schwang in seiner Stimme mit.

»Ja.« Sie versuchte heldenhaft, ihre Heiterkeit zu unterdrücken. »Angus liebt dich eben.«

Coyle stieß ein Knurren aus. »Unsinn, er will immer nur was zu Fressen haben.«

»Und heute gibt es Wurst?« Marisa schaffte es nicht mehr, ihr Lachen zurückzuhalten.

Als Coyle sich zu ihr herunterbeugte, konnte sie seine Reißzähne aufblitzen sehen. »Ich glaube, du wirst langsam zu frech. Soll ich dich wieder ins Bett bringen?«

Marisa klammerte sich mit beiden Armen an ihn. »Nein, bitte nicht! Ich bin auch ganz brav, versprochen.«

Coyle gab einen skeptischen Laut von sich, ging aber weiter zur

Tür. Rasch drehte sie den Schlüssel herum und schob den Riegel zurück, bevor sie die Klinke herunterdrückte. Die Tür schwang auf und Coyle trug sie hindurch.

Sommerlich warme Luft strich über sie und sie atmete tief ein. »Herrlich!« Sie deutete auf die Schaukel, die eine Ecke der Veranda einnahm. »Setzt du mich ab?«

Wortlos folgte Coyle ihrer Bitte und ließ sie vorsichtig auf das Polster sinken. »Geht es so?« Anstatt sich neben sie zu setzen, blickte Coyle sehnsüchtig auf die das Grundstück umgebende Natur.

»Ja.« Sie hielt ihm eine Hand entgegen und drückte seine Finger, als er sie umschloss. »Lass den Berglöwen ruhig heraus. Du warst lange genug mit mir im Haus eingesperrt.«

Coyle hockte sich vor sie. »Genau dort wollte ich auch sein.«

»Ich weiß, aber jetzt hast du die Gelegenheit, dich ein wenig auszutoben.« Als er protestieren wollte, legte sie ihre Finger auf seine Lippen. »Es geht mir gut hier und Angus wird auf mich aufpassen, bis du zurück bist.«

Er küsste ihre Fingerspitzen. »Bist du sicher?«

»Ganz sicher. Außerdem, du weißt doch, wie sexy ich dich in Berglöwengestalt finde.« Sie wackelte mit den Augenbrauen.

Coyle schüttelte den Kopf. »Du bist unverbesserlich. Aber genau so liebe ich dich.«

Ohne Vorwarnung verwandelte er sich. Der Berglöwe schob seinen Kopf unter ihre Hand und begann zu schnurren, als sie ihn hinter dem Ohr kraulte. Seine Katzenaugen schlossen sich halb, eine Tatze legte sich vorsichtig auf den Oberschenkel ihres gesunden Beines. Eine Weile genoss sie es, mit ihrer Wildkatze zu schmusen. Erst als Coyle begann, seinen Kopf an ihrer Brust zu reiben, schob sie ihn schließlich widerwillig von sich.

»Okay, das reicht jetzt. Lauf!«

Coyle sah sie einen Moment an, blinzelte ihr zu und sprang

dann mit einem weiten Satz von der Veranda. Wie gebannt verfolgte Marisa seinen Weg über das Grundstück, bis sie ihn in der Dunkelheit aus den Augen verlor. Das erinnerte sie daran, wie sie ihn zum ersten Mal in seiner Berglöwenform gesehen hatte. Auch damals war es dunkel gewesen und Angus hatte sie direkt zu Coyle geführt. Natürlich war sie vor Angst wie erstarrt gewesen, schließlich konnte sie nicht wissen, dass unter seinem Fell ein Mensch steckte.

Niemals hätte sie geglaubt, dass es so etwas wie Gestaltwandler überhaupt geben konnte. So viel war in dieser kurzen Zeit geschehen. Manchmal war es beängstigend, wie sehr sie Coyle liebte und wie wenig sie sich ein Leben ohne ihn vorstellen konnte. Trotz aller Probleme und Sorgen.

Marisa lächelte, als Angus seinen Kopf auf ihr Bein legte. »Ja, ich weiß, du magst es nicht, wenn ich ihm mehr Aufmerksamkeit schenke als dir.« Mit den Fingern strich sie über seine Stirnfalten. »In manchen Dingen seid ihr euch wirklich sehr ähnlich.«

Ein Fauchen klang durch die Nacht. Anscheinend war Coyle noch in Hörweite. Marisa legte den Kopf an die Lehne der Schaukel und blickte zum sternenübersäten Himmel hinauf, während er einer Duftspur folgte und hinter dem Haus verschwand. Offensichtlich brauchten ihre beiden Männer ein wenig Freiheit, aber das war ihr recht, so konnte sie in Ruhe ihren Gedanken nachhängen.

Ein leises Kratzen ertönte hinter ihr und Marisa fuhr herum. Die Bewegung erschütterte ihr verletztes Bein und sie schnitt eine Grimasse, als das Kribbeln von Schmerz abgelöst wurde. Verdammt! »Coyle?« Keine Antwort.

Mühsam richtete Marisa sich auf und blickte über die Lehne der Schaukel. Es war nichts zu sehen. Unruhig rieb sie über ihre Arme, während sie zur Kante rutschte. »Angus?« Auch der Hund ließ sich nicht blicken.

Wahrscheinlich war es ein normales Geräusch für ein Holzhaus gewesen, doch mitten in der Nacht und alleine kam es ihr unheimlich vor. Dummerweise waren ihre Krücken im Haus, sonst wäre sie jetzt hineingegangen und hätte dort auf Coyles Rückkehr gewartet. So war sie mehr oder weniger auf der Schaukel gefangen, bis er zurückkam. Ein kalter Windhauch strich über ihre Schulter und ein Schauder lief über ihren Rücken. Es kam ihr so vor, als würde sie beobachtet, aber das war sicher nur Einbildung, schließlich hätten es sowohl Angus als auch Coyle sofort gemerkt, wenn hier jemand wäre.

Halbwegs beruhigt lehnte Marisa sich wieder zurück, doch das Gefühl von Zufriedenheit stellte sich nicht wieder ein. Wütend, dass sie sich von einem kleinen Geräusch den schönen Moment hatte kaputt machen lassen, befahl sie ihrem Körper, sich wieder zu entspannen. Doch das war leichter gesagt als getan. Gerade als sie es geschafft hatte, wieder normal zu atmen, spürte sie einen Luftzug hinter sich. Bevor sie reagieren konnte, presste sich eine Hand vor ihren Mund, während sich ein Arm um ihre Kehle legte.

Einen Augenblick lang war sie wie erstarrt vor Schreck, dann warf sie sich nach vorne. Die Schaukel schwang durch ihre Gewichtsverlagerung nach hinten und traf ihren Angreifer, der einen erstickten Laut ausstieß. Marisa rutschte von der Sitzfläche und stürzte auf den Holzboden der Veranda. Obwohl der Gips sie schützte, schoss beim Aufprall ein scharfer Schmerz durch ihr Bein. Marisa schrie auf.

Bevor sie sich wieder aufrappeln konnte, war ihr Angreifer bereits neben ihr, schlang seinen Arm um ihren Brustkorb und schleifte sie über die Veranda zur Haustür. Marisa öffnete den Mund, doch die Hand wurde wieder davor gepresst, bevor sie einen Hilferuf ausstoßen konnte. Verzweifelt versuchte sie, sich zu wehren, doch egal was sie auch versuchte, der Mann ließ nicht von ihr ab. Ihr Gips kratzte über den Boden und der Schmerz raubte ihr fast das Bewusstsein.

Mit letzter Kraft hob sie den Arm, der nicht eingeklemmt war, und schlug auf den Angreifer ein. Ihre Fingernägel trafen auf Haut und hinterließen tiefe Furchen. Mit einem Fluch verstärkte der Mann seinen Griff und presste seinen Arm auf ihre empfindlichen Rippen. Schwarze Punkte tanzten vor Marisas Augen und sie wusste, dass sie verloren hatte. *Coyle* …

16

So schnell er konnte lief Coyle über den federnden Waldboden und genoss es, endlich wieder von Natur umgeben zu sein. Der Berglöwe hatte die Führung übernommen, sowie er im Wald gewesen war. Jetzt holte er sich das, worauf er seit dem Unfall hatte verzichten müssen, doch Coyle vergaß nie, dass Marisa auf der Veranda auf ihn wartete. Glücklich, dass er eine Gefährtin hatte, die genau verstand, was er brauchte, und die ihm auch den Freiraum dafür gab, machte Coyle einen weiten Satz über einen umgestürzten Baum und landete geschmeidig auf der anderen Seite.

Coyle. Abrupt stoppte Coyle und lauschte. Marisa? Das Herz hämmerte vor Anstrengung in seiner Brust, aber sein Gehör war ausgeprägt genug, dass er es hören würde, wenn Marisa ihn rief. Die Nacht um ihn herum war totenstill. Das Fell in seinem Nacken sträubte sich, als er einen fremden Geruch witterte. Warum war ihm der nicht vorher aufgefallen? Ein Grollen löste sich aus seiner Kehle. Wer auch immer sich hier herumtrieb, würde sich wünschen, nie einen Fuß auf ihr Grundstück gesetzt zu haben.

Plötzlich zerriss wütendes Bellen die Stille. Ohne eine Sekunde zu zögern, rannte Coyle los. Wenn Marisa etwas passiert war … Da ihn der Gedanke ablenkte, schob Coyle ihn in die hinterste Ecke seines Gehirns und ließ den Jagdinstinkten freien Lauf. An der Hütte angekommen, fand er Angus, der die Haustür mit gesträubtem Fell anbellte. Von Marisa war nichts zu sehen. Furcht um seine Gefährtin setzte ein. Sie wäre nie allein von der Schaukel heruntergekommen, irgendjemand musste sie überfallen und nach dem Verhalten des Hundes zu urteilen ins Haus geschleppt haben.

Angus blickte ihn aus den Augenwinkeln an, setzte aber den Radau fort. Guter Hund. Coyle schlich durch die das Haus umgebenden Büsche zur Hintertür, die nicht ganz geschlossen war. Er schob sie mit der Schulter etwas weiter auf und schlüpfte durch den Spalt. Rasch durchquerte er das Haus auf der Suche nach Marisa. Seine Nase führte ihn zur Küche. Angst um Marisa breitete sich in ihm aus. Sie war so schwer verletzt, sie konnte sich gar nicht richtig gegen einen Angreifer zur Wehr setzen. Aber er wusste genau, dass sie sich davon nicht abhalten lassen würde. Seine Zähne pressten sich aufeinander, als er Blutstropfen auf dem Boden sah.

Der Berglöwe in ihm wollte in den Raum stürmen und den Verbrecher in der Luft zerreißen, doch das würde Marisa gefährden. Durch die dicke Haustür war dumpf Angus' wütendes Bellen zu hören, das würde jedes Geräusch, das er verursachte, überdecken. Lautlos bewegte Coyle sich durch den Flur zur unbeleuchteten Küche. Ein weiterer Vorteil für ihn – er konnte in der Dunkelheit sehen, während der Angreifer faktisch blind war.

Dicht am Boden schlich Coyle durch die offene Küchentür, gerade als Marisa einen schmerzerfüllten Laut ausstieß. Der Geruch von Blut stieg in seine Nase und brachte seinen Berglöwen zur Raserei.

»Au, du Miststück!« Ein dumpfes Geräusch ertönte, gefolgt von einem Stöhnen.

Coyle umrundete den Tisch und machte sich zum Sprung bereit. Der Anblick von Marisa, die schlaff im Arm des Mannes hing, löste eine Angst in ihm aus, die ihn erstarren ließ. Nein, sie durfte nicht tot sein! Coyle griff den Verbrecher mit einem lauten Berglöwenschrei an.

Damit hatte er den Menschen eindeutig überrascht, der Marisa vor Schreck fallen ließ und es Coyle damit ermöglichte, ihn anzuspringen. Der Mann stolperte nach hinten, etwas fiel mit einem lauten Krachen zu Boden. Splitter schnitten in seine Pfoten, aber das nahm Coyle nur am Rande wahr. Sein einziger Gedanke war, die Sache schnell zu beenden, damit er sich um Marisa kümmern konnte. Er riss den Mann zu Boden und er schlug seine Zähne in dessen Schulter. Der Verbrecher stieß einen schmerzerfüllten Schrei aus und wehrte sich heftig gegen ihn. Coyle nahm die Schläge und Tritte kaum wahr, während er darum kämpfte, die Oberhand zu gewinnen.

Aus den Augenwinkeln sah er etwas in der Hand des Mannes glitzern. Er warf sich zur Seite, aber es war zu spät. Stahl blitzte auf und schwang in hohem Bogen auf ihn zu. Ein feuriger Schmerz zog sich über sein Vorderbein. Seine Krallen bohrten sich in die Brust des Gegners und Coyle stieß ein wütendes Grollen aus. Wieder fuhr das Messer auf ihn hinab und Coyle erkannte, dass der Angreifer nicht von ihm ablassen würde.

Ein kurzer Blick zu Marisa zeigte ihm, dass sie sich immer noch nicht gerührt hatte. Die Wut verstärkte sich und er griff den Mann erneut an. Diesmal gelang es ihm, den Arm mit dem Messer zu erwischen. Ein lautes Knacken ertönte, als ein Knochen brach, gefolgt von einem gequälten Stöhnen. Bereit, von dem Verbrecher abzulassen, wenn er den Kampf aufgab, zog Coyle sich ein Stück zurück. Dies nutzte sein Gegner aus und stürzte sich auf ihn. Das Messer hielt er nun in seiner unverletzten Hand und zielte damit direkt auf Coyles Kehle. »Ich werde euch verdammte Freaks erledigen!«

Coyle blieb keine andere Wahl, als ihn mit einem gezielten Schlag abzuwehren. Erneut war ein Knacken zu hören und der Mann fiel zu Boden, wo er reglos liegen blieb. Nach kurzem Zögern ließ Coyle von dem Toten ab und entfernte sich von ihm. Schließlich verwandelte er sich und kniete sich neben Marisa, die sich immer noch nicht rührte. Vorsichtig berührte er ihre Wange.

»Marisa, wach auf. Es ist alles in Ordnung, ich bin bei dir.« Seine Hand zitterte genauso wie seine Stimme.

Es schien unendlich lange zu dauern, bis ihre Augenlider flatterten und sich schließlich hoben. Ihrem Blick war die Verwirrung deutlich anzusehen. »W…wo bin … ich?«

»Du bist in Sicherheit, bei mir.«

Der Schleier über ihren Augen verschwand und sie blickte ihn direkt an. »Coyle.«

Er lächelte sie mühsam an. »Genau, mein Kätzchen. Ich bringe dich jetzt hier raus.« Langsam schob er seine Arme unter ihren Körper und hob sie vorsichtig hoch. Sein Herz krampfte sich zusammen, als ihr Kopf an seine Schulter sank und sich ihre Augen wieder schlossen.

Als Marisa ihre Augen wieder aufschlug, lag sie im Wohnzimmer auf dem Sofa, das Licht brannte und Angus blickte sie vorwurfsvoll an. Sie wollte ihre Hand heben, um den Hund zu streicheln und schnitt eine Grimasse, als bei der Bewegung Schmerz durch ihren Körper fuhr. Angus stieß ein leises Winseln aus und drängte sich an sie.

Coyle tauchte plötzlich neben ihr auf und schob den Hund zur Seite. »Lass das, Angus.« Er hockte sich neben sie und legte seine Hand vorsichtig auf ihren Arm. »Was tut dir weh?«

»Solltest du nicht lieber fragen, was mir nicht wehtut?« Mühsam hob sie den Kopf und sah an sich herunter. »Sieht irgendetwas verletzt aus?« Schwindel erfasste sie und sie legte sich schnell zurück.

»Du hast eine Schwellung an der Wange und wirst vom Sturz sicher einige blaue Flecken bekommen. Sonst habe ich bisher noch nichts entdeckt.« Coyle schob ihren Bademantel zur Seite. »Der Gips scheint gehalten zu haben, aber ich sehe besser nach, ob sich deine Verletzungen verschlimmert haben.« Vorsichtig löste er die Verschlüsse, zog den Gips von ihrem Bein und beugte sich darüber.

»Und?«

»Wirkt unverändert. Wenn du dort stärkere Schmerzen hast, musst du es mir sagen.« Marisa nickte stumm. Langsam ließ Coyle seine Hand über ihre Rippen gleiten. »Hier alles okay?«

»Ich denke schon.« Sie verzog das Gesicht. »Momentan tut mein Ellbogen mehr weh, glaube ich.«

Coyle holte einen Tiegel hervor. »Ich habe Fays Salbe mitgebracht, damit sollten die kleineren Verletzungen relativ schnell heilen.« Sanft rieb er die Heilsalbe auf ihren schmerzenden Ellbogen und ihre geschwollene Wange. »Brauchst du noch etwas? Schmerztabletten? Etwas zu trinken?«

»Wasser wäre nett.« Marisa riss die Augen auf, als ihr ein Gedanke kam. »Was ist mit dem Verbrecher? Wenn er nun aufwacht oder …«

»Das wird er nicht.«

Die Endgültigkeit in Coyles Stimme sagte ihr, dass der Kerl nie wieder aufstehen würde. Einerseits bedauerte sie das vergeudete Leben, andererseits war sie aber auch froh, dass er ihr und auch Coyle nichts mehr tun konnte. Noch jetzt lief ein Schauder durch ihren Körper, wenn sie daran dachte, was er mit ihr vorgehabt hatte.

»Der Kerl hat versucht, mich zu seinem Auto zu schleppen, um mich zu Lee zu bringen. Er hat zwar keinen Namen genannt, aber ich bin sicher, dass dieser Verbrecher ihn geschickt hat. Wer sollte es sonst auf mich abgesehen haben?« Er hatte nur gesagt, dass er sie zu seinem Auftraggeber bringen würde, entweder tot oder lebendig. Glücklichweise hatte Angus ihn daran gehindert. Zur Belohnung würde sie dem Hund später einen Extraknochen geben. Dann kam ihr ein Gedanke. »Aber was ist, wenn er nicht allein war?«

Ein Muskel zuckte in Coyles Wange. »Ich habe das Haus gesichert und meine Mutter wird uns gleich hier abholen. Wir fahren zum Lager.«

Marisa biss auf ihre Lippe. »Ich glaube nicht, dass ich schon so weit laufen kann.«

Coyle küsste ihre Schläfe. »Die letzte Strecke trage ich dich.«

»Aber …«

Er legte seine Stirn an ihre. »Bitte, Marisa, ich möchte einfach nur, dass du in Sicherheit bist. Der Überfall hat deutlich gezeigt, dass du in Gefahr bist, solange Lee noch auf freiem Fuß ist.«

Sie wusste, dass er Recht hatte und dass sie sich hier im Moment nicht mehr sicher fühlen würde. »Okay. Aber ich muss meinen Laptop mitnehmen. Und Angus.«

Ein erleichtertes Lächeln spielte um seinen Mund. »Davon bin ich ausgegangen.« Nach einem weiteren Kuss erhob er sich. »Am besten ziehen wir dich jetzt erst mal an und packen dann alles ein, was du benötigst.«

Aus den Augenwinkeln sah Marisa etwas Rotes aufblitzen. Ihr Atem stockte, als sie den langen Schnitt auf Coyles Unterarm entdeckte. »Du bist verletzt!«

Leidenschaftslos blickte Coyle an seinem Arm herab. »Nur ein Kratzer.« Er zuckte mit den Schultern.

Marisa biss die Zähne zusammen und zählte im Geiste bis zehn, bevor sie wieder sprach. »Wasch die Wunde aus und benutz Fays Salbe. Erst danach kannst du mir beim Anziehen helfen.«

Coyles Mundwinkel zuckten, aber er gehorchte wortlos und kam wenig später ins Wohnzimmer zurück.

Marisa ließ sich von ihm widerstandslos eine weite Trekkinghose und ein T-Shirt überziehen, die er aus dem Schlafzimmer mitgebracht hatte.

Schließlich richtete er sich wieder auf. »Musst du noch ins Bad?«

Der Gedanke aufzustehen ließ sie nicht gerade in Jubelstürme ausbrechen, aber wenn sie tatsächlich ins Lager gingen, ließ sich das nicht umgehen. »Ja, das wäre wohl besser.«

Vorsichtig half Coyle Marisa auf die Beine. »Geht es?«

Sie belastete vorsichtig ihr verletztes Bein und sah ihn erstaunt an. »Besser als erwartet. Es tut nicht mal weh.«

»Belaste es trotzdem möglichst wenig, damit es nicht wieder schlimmer wird.« Coyle trug sie ins Bad und ließ sie dort allein, nachdem er ihr die Krücken gebracht hatte.

Als Marisa fertig war, humpelte sie vorsichtig auf den Flur. An die Wand gelehnt blickte sie Coyle entgegen, der gerade mit zwei Rucksäcken die Treppe herunterkam, Angus dicht hinter sich. Der Hund schien zu spüren, dass sie einen Ausflug machen würden.

Schließlich blickte Coyle den Hund streng an. »Wenn du jetzt nicht still bist, bleibst du hier!«

Angus legte den Kopf schräg, seine Zunge hing aus dem Maul.

Marisa musste lachen, ein Wunder nach dem, was sie gerade erlebt hatte. »Glaubst du wirklich, dass das hilft? Du solltest es inzwischen besser wissen.«

»Vermutlich, aber ich gebe die Hoffnung nicht auf, dass Angus doch noch mal was lernt.« Coyle kam zu ihr und zog sie in seine Arme. »Bist du fertig?«

»Ja.« Sehnsüchtig sah sie sich um. »Ich werde unser Haus vermissen.«

»Ich auch. Aber mit etwas Glück wird die Sache mit Lee bald erledigt sein und dann können wir zurückkommen.«

Ernst blickte Marisa ihn an. »Ich *hasse* das! Wenn ihr einfach frei leben könntet, gäbe es diese ganzen Probleme nicht. Am liebsten würde ich …«

Als sie nicht weiterredete, hakte er nach. »Was?«

»Ich weiß nicht. Herausschreien, dass ich dich liebe. Artikel über Wandler schreiben, die allen klarmachen, dass sie von euch nichts zu befürchten haben.«

Zärtlich strich er mit seinen Lippen über ihren Mund. »Mir reicht es, wenn du bei mir bist und mir ins Ohr flüsterst, dass du mich liebst.« Seine Finger spielten mit dem Ende ihres Zopfes. »Und alles andere muss noch warten, im Moment wäre es zu gefährlich.«

»Das ist mir klar.« Marisa seufzte tief auf. »Ich hasse diese Heimlichtuerei.«

»Ich auch, aber es ist sicherer so.« Coyle löste sich von ihr. »Meine Mutter wird gleich da sein und uns hier rausbringen. Ich habe dich erneut fast verloren, noch einmal könnte ich das nicht ertragen.«

»Das wirst du nicht.« Beruhigend rieb Marisa über seine Brust. »Du weißt, dass ich mich gerne im Lager aufhalte, ich freue mich schon darauf, Isabel, Amber und die anderen wiederzusehen. Aber ich habe Angst, dass ich euch damit nur noch mehr in Gefahr bringe.«

»Niemand wird wissen, wohin wir gehen. Und das Lager ist gut geschützt, noch einmal werden uns die Menschen nicht überraschen. Außerdem sind mit Caitlin und Isabel zwei weitere Menschen im Lager, sie freuen sich bestimmt über die Gesellschaft.« Bevor Marisa antworten konnte, begann Angus zu bellen und lief zur Tür. Coyle legte den Kopf lauschend zur Seite. »Ein Auto. Ich nehme an, das ist meine Mutter.«

Nachdem Aliyah sicher im Haus war, ging Coyle hinaus, um sich um die Beseitigung des Verbrechers zu kümmern. Unruhig wartete Marisa auf seine Rückkehr. Schließlich öffnete sich die Hintertür und Coyle trat in den Raum. Sein Gesicht war blass. »Gehen wir.« Vorsichtig hob er Marisa hoch und trug sie zum Wagen. Sanft ließ er sie in den Beifahrersitz gleiten und küsste sie auf die Stirn.

Aliyah stellte ihr Gepäck in den Kofferraum. »Ich habe Finn Bescheid gesagt, er schickt jemanden zum Waldrand, der dir beim Tragen hilft und euch beschützt.«

Coyle richtete sich auf und sah seine Mutter über das Autodach hinweg an. »Danke.«

Aliyah lächelte ihm aufmunternd zu, bevor sie sich auf den Fahrersitz schwang. Noch einmal kehrte Coyle zum Haus zurück, überprüfte alles und schloss schließlich die Tür ab. Marisa sah ihm traurig dabei zu. Hoffentlich konnten sie bald wieder nach Hause zurückkehren.

Nach einem letzten Blick stieg Coyle schließlich hinten ins Auto ein, schob Angus' feuchtes Maul beiseite, der neben ihm auf dem Rücksitz lag, und ergriff Marisas Hand. »Ich verspreche, dass wir bald wieder zurückkommen. Bis dahin werde ich Janet bitten, die Blumen zu gießen und ab und zu nach dem Rechten zu sehen.«

Mit einem Seufzer lehnte Marisa ihren Kopf an die Kopfstütze. »Ich liebe dieses Haus. Aber solange ich bei dir sein kann, lebe ich meinetwegen auch in einer Hundehütte.«

Während Aliyah lachte, verzog Coyle den Mund. »Ein bisschen was Besseres werden wir hoffentlich finden.«

Von einem Baum aus beobachtete Griffin, wie ein Auto am Rande des Waldgebiets hielt und eine Person ausstieg. Erleichtert erkannte er, dass es Coyle war, der nun um den Wagen herumging und die Beifahrertür öffnete. Ein großer Hund hechtete sofort hinterher. Mit einem Adlerschrei stieß er sich vom Ast ab und flog in einem weiten Bogen zum Straßenrand, damit Coyle ihn kommen sah. Dort verwandelte er sich und ging zum Wagen. Marisas Hund begrüßte ihn mit einem Knurren. Vorsichtig blieb er außer Reichweite der Zähne stehen.

Coyle sah auf, und in seiner Miene war seine Anspannung deutlich zu sehen. »Hallo Griffin. Danke, dass du gekommen bist.«

Zwar flog er nicht gerne im Dunkeln, aber es war die einzige Möglichkeit gewesen, weil Aliyahs Mitteilung so kurzfristig eingetroffen war, dass nur er die Straße schnell genug erreichen konnte. »Kein Problem.« Er blickte in den Wagen und lächelte Marisa zu. »Wie geht es dir?«

Sie berührte seinen Arm. »Trotz des Überfalls besser als bei unserem letzten Treffen.«

»Das sieht man.« Zuletzt hatte er sie gesehen, als sie schwer verletzt im Autowrack lag. Damals war sie totenblass gewesen, die Blutspuren grell in ihrem Gesicht. Jetzt war wieder Leben in ihre dunklen Augen zurückgekehrt, auch wenn an ihrer Wange eine frische Prellung prangte. »Du siehst gut aus.«

Hinter ihm ertönte ein Grollen. »Meine.«

Marisa stöhnte auf. »Jetzt geht das schon wieder los.«

Hastig zog Griffin sich zurück und unterhielt sich stattdessen mit Aliyah, bis Coyle Marisa aus dem Wagen gehoben hatte. Als sie so weit waren, nahm sich Griffin das Gepäck und tauchte in den Wald ein. Coyle folgte ihm kurze Zeit später und holte ihn rasch ein. Einen Arm hatte Marisa um Coyles Nacken geschlungen, den anderen presste sie auf ihre Rippen.

Besorgt bemerkte Griffin, dass sie blasser geworden war. »Ist es wirklich nötig, dass ihr ins Lager geht, solange Marisa noch nicht wieder gesund ist?«

Ein Muskel zuckte in Coyles Wange. »Ich will nicht, dass Lee noch einmal auf die Idee kommt, sich an ihr zu vergreifen.«

Griffin konnte sich vorstellen, was es in einem Wandler wie Coyle auslösen musste, wenn er nicht in der Lage war, seine Gefährtin zu beschützen.

17

Nach einigen Stunden kamen sie endlich im Lager an. Zwischendurch hatten sie sich trotz Coyles Protesten ein paarmal mit dem Tragen abgewechselt, sodass sie relativ schnell durchgekommen waren. Als sie endlich das Gebiet betraten, atmete Griffin erleichtert auf. Noch immer hatte er sich nicht daran gewöhnt, längere Zeit zu gehen, erst recht nicht im Dunkeln, wann immer möglich verwandelte er sich und flog die Strecke. Nur wenn er mit Amber und Lana einen Ausflug machte, blieb er freiwillig in Menschenform. Da er weder über den guten Geruchssinn der Berglöwen verfügte, noch den Vorteil hatte, die Welt von oben betrachten zu können, wurde er normalerweise vom Auftauchen der Wächter überrascht. Diesmal allerdings kündigte der Hund ihn mit lautem Knurren an. Das Fell in seinem Nacken sträubte sich.

Ein Berglöwe tauchte neben ihnen auf und blieb in sicherem Abstand zu Angus stehen. An der dunkleren Fellfarbe konnte Griffin ohne Probleme Torik erkennen.

Der Wächter verwandelte sich und neigte den Kopf. »Coyle, Marisa. Schön, euch zu sehen.« Wie üblich trug er eine undurchdringliche Miene zur Schau.

Marisa streckte eine Hand aus. »Torik! Wie geht es deinem Vater? Hat Caitlin sich gut hier eingelebt? Hast du ihr wirklich eine Schreibhütte gebaut? Was …?«

Torik grinste sie an. »Ich bin froh, dass du dich wieder so gut fühlst. Können wir uns die Fragestunde für das Lager aufheben? Caitlin freut sich sicher, dich zu sehen und dir jede Frage zu beantworten, die du haben magst.«

Marisa verzog ihr Gesicht. »Spielverderber! Und überhaupt, komm näher, damit ich dir einen Kuss geben kann.«

Wie zu erwarten stieß Coyle ein tiefes Grollen aus. »Bleib, wo du bist.«

»Ehrlich Coyle, du solltest langsam wissen, dass es keinen Grund gibt, auf Torik eifersüchtig zu sein. Selbst wenn ich ein romantisches Interesse an ihm hätte – was nicht so ist – hat Torik nur noch Augen für Caitlin.«

Toriks Zähne blitzten auf. »Das stimmt allerdings. Deshalb würde ich auch vorschlagen, dass wir uns jetzt beeilen, ich werde gleich abgelöst und möchte nach Hause zu meiner Gefährtin.«

Marisa lächelte zufrieden und legte ihren Kopf an Coyles Schulter. »Siehst du – gar keine Konkurrenz für dich.«

Mit einem Brummen stimmte Coyle zu und setzte sich wieder in Bewegung.

Auch Griffin verstand die Sorge ihres ehemaligen Anführers nicht. Von dem, was er bisher gesehen hatte, war Torik Hals über Kopf in die Autorin verliebt, die seit einiger Zeit mit ihm im Lager lebte. Auch wenn er in Gegenwart von anderen noch immer wortkarg erscheinen mochte, war eindeutig eine Veränderung an ihm zu bemerken. In seine Augen war Leben zurückgekehrt, was sicher zum großen Teil daran lag, dass Caitlin jetzt bei ihm war.

Sehnsüchtig blickte Griffin in den dunklen Himmel hinauf. Was gäbe er darum, sich auf den Windströmungen treiben lassen, sich immer höher hinaufschrauben zu können, bis die Bäume nur noch kleine Punkte waren. Sein Fuß verfing sich in einer Wurzel und er blickte rasch wieder zu Boden, auch wenn er dort nichts sah. Er sollte sich besser auf seine Aufgabe konzentrieren, damit er so schnell wie möglich zu Amber und Lana kam. Am nächsten Morgen konnte er dann einen Aufklärungsflug unternehmen. Er wünschte nur, er hätte Amber mitnehmen und ihr seine Welt zeigen können.

Als sie im Lager ankamen, verabschiedete Torik sich mit einem kurzen Nicken, bevor er eilig den Weg zu seiner Hütte einschlug. Griffin rückte den Rucksack auf seinen Schultern zurecht. Ein Lachen erklang hinter ihm und er drehte sich zu seinen beiden Begleitern um.

Marisa grinste breit. »Ich finde es toll, ihn so zu sehen. Wetten, dass er es nie zugeben würde, wie sehr er unter Caitlins Pantoffel steht?«

Seine Mundwinkel hoben sich. »Damit könntest du Recht haben.«

Coyle schnaubte. »Als wenn es uns besser ginge. Ohne unsere Frauen wären wir nichts.«

Marisas Augen wurden verdächtig feucht. Sie zog Coyles Kopf mit ihrer Hand nach unten und küsste ihn sanft auf die Lippen. »Manchmal sagst du wirklich die schönsten Dinge. Aber ich denke, die ganze Sache beruht auf Gegenseitigkeit. Nur zusammen sind wir vollständig.«

Griffin neigte zustimmend den Kopf.

Coyle küsste Marisa noch einmal, bevor er witternd den Kopf hob. »Ich rieche Ambers patentierten Eintopf.« Sofort ging er schneller, was Griffin nur recht war.

Gerade als die Hütte in Sicht kam, öffnete sich die Tür und ein kleines Bündel stürzte auf sie zu. Griffin ließ die Rucksäcke und die Krücken fallen, hockte sich hin und fing das Berglöwenjunge auf, das sich sofort in seine Arme schmiegte. Sein Herz zog sich vor Liebe zusammen, als er Lanas zerzaustes Fell kraulte und in ihre goldenen Katzenaugen blickte.

Seit zehn Monaten lebte er mit seiner Berglöwengefährtin und ihrem Ziehkind zusammen und er genoss jede einzelne Sekunde. Er konnte sich gar nicht vorstellen, ohne Lana zu leben, deren Eltern Einzelgänger waren. Wegen einer chronischen Krankheit konnte Lana nicht bei ihnen in der Wildnis am Rande des

Berglöwengebiets leben, deshalb hatten Amber und Griffin sie als Tochter aufgenommen, weil sie keine gemeinsamen Kinder bekommen konnten.

»Ist das Lana?« Marisas Stimme riss ihn aus seiner Verzauberung. Griffin nickte wortlos. »Sie ist so groß geworden! Coyle, trag mich näher.«

Amber stürzte aus der Hütte, Panik in ihrem Gesicht. Erst als sie Lana auf Griffins Arm entdeckte, entspannte sie sich. »Oh Gott, ich dachte schon, Lana wäre abgehauen. Ich hatte mich nur kurz umgedreht und schon war sie weg.« Ein Schauder lief durch ihren Körper.

»Es ist alles in Ordnung, ich habe sie. Wahrscheinlich hat sie mich gerochen und wollte mich nur begrüßen.« Er küsste Lanas Kopf. »Das stimmt doch, mein Schatz?«

Amber legte ihren Arm um seine Taille und presste sich an ihn. Ihre Augen waren auf Lanas Höhe und sie blickte ihre Ziehtochter ernst an. »Du weißt doch, dass du nicht einfach weglaufen sollst, schon gar nicht mitten in der Nacht.«

Lana blickte sie mit großen Augen an. Ohne Vorwarnung verwandelte sie sich und Griffin passte rasch seinen Griff an, damit sie nicht herunterfiel. Das brachte ihm einen herzzerreißenden Blick ein. »Da!« Lana strich mit ihrer Hand über Griffins Wange.

Um den Kloß in seiner Kehle zu vertreiben, drehte er sich zu Marisa und Coyle um, die die Familienzusammenführung stumm beobachtet hatten. Er sah, wie Marisa Lana sehnsüchtig anblickte, während Coyles Blick auf seiner Gefährtin ruhte. Ein schmerzlicher Ausdruck und beinahe so etwas wie Panik huschte über sein Gesicht. Was konnte das bedeuten?

Amber löste sich von ihm und wandte sich ihrem Bruder zu. »Entschuldigt, ich wollte euch nicht ignorieren, aber Lana hat mir einen solchen Schreck eingejagt.«

Coyle hatte sich offensichtlich wieder gefasst und lächelte Amber an. »Kein Problem.«

Sie stellte sich auf die Zehenspitzen und küsste seine Wange, ihre Hand legte sie auf Marisas Arm. »Ich freue mich, euch zu sehen. Kommt rein, das Essen ist schon fast fertig.« Rasch hob sie das Gepäck auf, das Griffin fallen gelassen hatte, und strebte auf die Hütte zu.

Griffin schaukelte Lana in seinen Armen. »Und, wollen wir sehen, was Mom gekocht hat?«

Dawn öffnete die Augen und blinzelte verwirrt in die relative Dunkelheit. Wo war sie? Als ihr die Entführung wieder einfiel, setzte sie sich ruckartig auf. Mit einem Stöhnen presste sie die Hand auf ihre Wunde. Verdammt, das tat weh!

»Ganz ruhig, beweg dich nicht.« Eine raue Männerstimme wehte über sie. Die Matratze senkte sich an ihrer unverletzten Seite. Es dauerte einen Moment, bis die Erinnerung zurückkam. *Caruso*.

»Wo sind wir?« Hatte sie nur geträumt, dass sie aus dem Kellerverlies entkommen waren? Nein, dort war kein weiches Bett gewesen. Ihre Hand glitt über Carusos Bein. Und er war nicht angezogen gewesen. Also waren sie jetzt definitiv woanders. Fast ein wenig enttäuscht, dass er nicht mehr nackt war, versuchte sie, die Dunkelheit mit den Augen zu durchdringen.

Ein Klicken ertönte und eine Lampe flammte auf. »Wir sind in einem Hotelzimmer. Harken hat uns befreit und hierher gebracht, erinnerst du dich?«

Jetzt wo er es sagte … »Ja. Ich hatte nur ein Orientierungsproblem.« Als sie merkte, dass ihre Hand immer noch auf Carusos Bein lag, zog Dawn sie schnell zurück. »Dann sind wir in Sicherheit?«

Ein dünnes Lächeln huschte über Carusos Gesicht. »Im Moment ja. Ich werde dich heute nach Las Vegas zurückbringen, damit du dich dort im Krankenhaus erholen kannst.«

Ihre Augenbrauen zogen sich zusammen. »Und seit wann bestimmst du das?«

Caruso beugte sich über sie, bis seine Nase fast ihre berührte. »Seit du meinetwegen entführt und nicht gerade sanft behandelt wurdest. Du musst dringend zu einem Arzt.«

Dawn stockte bei seiner Nähe der Atem. »Es geht mir gut. Ich kann mich von einem Arzt untersuchen lassen, aber ich will nicht ins Krankenhaus zurück. Lieber erhole ich mich zu Hause.«

»Dawn …«

Sie legte ihre Hand auf seine Brust und konnte das schnelle Klopfen seines Herzens spüren. »Du kannst mich nicht dazu zwingen.«

»Bitte, Dawn, ich möchte nicht dafür verantwortlich sein, dass dir noch etwas passiert.« Seine Stimme vibrierte in seiner Brust.

»Das bist du nicht. Ich bin erwachsen und ich bin Polizistin. Ich kann selbst auf mich aufpassen.« Sie schnitt eine Grimasse. »Zumindest wenn ich nicht gerade im Krankenhaus liege.«

Unbehagen lag in seinen blauen Augen. »Ich will nur, dass du in Sicherheit bist.«

Wärme breitete sich in ihr aus, als sie erkannte, dass er sich wirklich um sie sorgte. »Meinst du nicht, dass das am besten geht, wenn ich weiß, was hier eigentlich passiert?«

»Ich habe es dir doch erzählt …« Er wollte von ihr abrücken, doch Dawn grub ihre Finger in sein Hemd und zog ihn zurück.

»Das reicht mir aber noch lange nicht. Zum Beispiel weiß ich nicht, wie du in diese ganze Sache hineingeraten bist. Oder deine Tochter. Und was dieser Lee überhaupt für ein Problem mit dir hat.«

Noch während sie sprach, verschloss sich sein Gesicht. »Das willst du nicht wissen.«

»Doch, das will ich.« Sie musste es sogar, denn sie wollte sich nicht in einen Mann verlieben, über den sie fast nichts wusste. Und das, was sie wusste, war äußerst seltsam. Dawn schloss die Augen, als ihr klar wurde, was sie da gerade gedacht hatte. Verdammt, sie wollte sich in niemanden verlieben, erst recht nicht in solch einen undurchsichtigen Menschen. Ihre Lider hoben sich und sie sah gerade noch seinen sehnsüchtigen Ausdruck. Ihr Herz klopfte schneller. »Was machst du eigentlich?«

»Wie bitte?«

»Beruflich, meine ich. Wenn du nicht gerade deiner entführten Tochter hinterherjagst.«

Er wirkte erleichtert. »Ich bin Ingenieur.«

Prüfend blickte sie ihn an. »Das passt zu dir. Aber erwarten deine Vorgesetzten nicht, dass du bald zurückkehrst? Wo kamst du noch mal her?«

»Denver. Und ich habe mich auf unbestimmte Zeit beurlauben lassen.« Er sagte es, als wäre das eine ganz normale Sache.

»Warum? Isabel ist in Sicherheit, du könntest doch jetzt wieder arbeiten gehen.«

Ein Muskel zuckte in seiner Wange. »Nicht, solange Lee nicht ausgeschaltet ist.«

Dawn setzte sich gerader auf. »Ich hoffe, du redest nicht davon, ihn zu töten. Als Polizistin kann ich das nicht zulassen.«

Caruso hob die Schultern. »Es zählt nur, dass Lee weder meiner Tochter oder dir noch den Wandlern schaden kann. Egal wie.«

»Dave …«

Ein Feuer loderte in seinen Augen. »Ich kann dich gerne anlügen, wenn du das möchtest, aber Tatsache ist, dass es mir egal ist, was mit dem Verbrecher geschieht, solange er niemandem mehr etwas antun kann.«

Dawn schwieg einen Moment, während sie sich überlegte, wie sie weiter vorgehen sollte. Es war klar, dass Caruso nicht von seiner Meinung abrücken würde, egal was sie auch sagte. Einerseits konnte sie verstehen, warum er so dachte, ihr würde es genauso gehen, wenn es um den Entführer ihrer Schwester gegangen wäre. Aber sie wollte nicht, dass er eine solche Schuld auf sich lud und vor allem wollte sie ihn nicht im Gefängnis sehen. Nur wie konnte sie ihn davon abhalten?

Schließlich war er es, der die Stille brach. »Bitte, Dawn. Geh zurück nach Las Vegas, wo sich deine Familie, Freunde und Kollegen um dich kümmern und dich beschützen können. Ich könnte es nicht ertragen, wenn dir etwas geschieht.«

Ihre Kehle schnürte sich zusammen. »Ich lasse dich nicht alleine.« Sie beugte sich vor und küsste ihn sanft auf die Lippen. »Außerdem glaube ich nicht, dass du nur wegen der Sache in San Francisco hinter Lee her bist. Als ich den Namen neulich erwähnte, konnte ich sehen, dass er dir bereits bekannt war. Und auch dieser Harken scheint ein bereits länger währendes Problem mit Lee zu haben.«

Sein Seufzer wehte über ihre Lippen. »Du lässt es nicht ruhen, oder?«

»Das kann ich nicht. Ich will wissen, was hier vorgeht.« Dawn hielt den Atem an. Wenn er wieder nicht antwortete, würde sie das Thema fallen lassen müssen. Und ihn möglichst aus ihrem Gedächtnis streichen, bevor er ihr noch mehr bedeutete, als er es sowieso schon tat.

Caruso stand auf und ging im Zimmer auf und ab. Schließlich stellte er sich an das Fenster und schob den Vorhang ein Stück zur Seite, um nach draußen zu sehen. An seiner starren Haltung konnte Dawn erkennen, wie angespannt er war. Als sie schon dachte, dass er nicht mehr antworten würde, räusperte er sich. »Lee ist schuld am Tod eines Freundes. Ich habe geschworen, dass ich ihn zur Strecke bringe.« Schmerz und Wut klangen in seiner Stimme mit.

Mitleid durchströmte Dawn. »War dein Freund ein Wandler?«

Caruso stieß ein hartes Lachen aus. »Nein, er hat Wandler gejagt.«

Irgendwie schaffte es seine Erklärung nur, sie noch mehr zu verwirren. Vermutlich mit Absicht.

Abrupt drehte er sich zu ihr um. »Es wundert mich, dass du nichts dazu sagst.«

Dawn schnitt eine Grimasse. »Mir fällt gerade nichts dazu ein. Wie konnte er dein Freund sein, wenn er Wandler gejagt hat und du wenigstens zum Teil einer bist?«

Seine Schultern sanken nach vorn, offensichtlich erschöpft rieb er über seine Schläfen. »Ich kannte Gary seit meiner Kindheit und auch später waren wir noch enge Freunde. Dass ich anscheinend Wandlerblut in mir habe, habe ich erst letzte Woche von Lee erfahren. Ich dachte, ich bin ein ganz normaler Mensch. Das Einzige, was mich von anderen unterschieden hat, war meine Fähigkeit, die Gefühle von Katzen in meinem Kopf zu spüren. Davon habe ich Gary allerdings nie etwas erzählt.«

»Was meintest du damit, dass er sie gejagt hat? Wollte er sie einfangen?«

Die Falten in Carusos Gesicht vertieften sich. »Nein, er wollte sie töten.«

Unruhig rutschte Dawn auf der Matratze herum. »Aber es sind doch auch Menschen? Das ist Mord!«

»Das ist mir klar. Er hat sie gehasst, seit er von Lee erfuhr, dass seine ehemalige Verlobte ihn vor über zwanzig Jahren für einen Berglöwenwandler verlassen hatte.« Caruso stockte. »Gary hat Melody sehr geliebt und glaubte die ganzen Jahre, sie wäre im Wald von einem Tier angefallen und getötet worden.«

Dawn wusste nicht, ob sie so eine fantastisch anmutende Geschichte glauben sollte, aber Caruso tat es offensichtlich. »Aber so war es nicht?«

Caruso warf ihr einen kurzen Blick zu. »Nein. Sie hat anscheinend einen Berglöwenmann kennengelernt und sich in ihn verliebt. Einige Zeit später ist sie bei der Geburt ihres Kindes gestorben.«

Wider Willen fühlte sich Dawn von der Geschichte in den Bann gezogen. »Wandler können sich also mit Menschen fortpflanzen?«

Ein Anflug von Humor war in seinem Blick zu erkennen. »Wie wäre ich wohl sonst zu meinem Wandlerblut gekommen?«

Dawn hob verlegen die Schultern. »Genetik war noch nie mein Spezialgebiet.«

Caruso trat langsam näher. »Ja, sie können gemeinsame Kinder bekommen. Alles Weitere müsstest du einen der Wandler fragen, ich weiß bisher auch nur das, was ich am Rande mitbekommen habe.« Sein Blick verhärtete sich wieder. »Jedenfalls ist Gary furchtbar wütend geworden, als Lee ihm davon berichtete und er herausfand, dass es der Wahrheit entsprach. Er schwor, sich an den Wandlern zu rächen.« Caruso schluckte hart. »Bei dem Versuch wurde er getötet.«

An seinem schuldbewussten Gesichtsausdruck erkannte sie, dass sie lieber nicht fragen sollte, wie genau das geschehen war. »Von Lee.«

»Indirekt ja.« Caruso holte tief Atem. »Jedenfalls gebe ich ihm die Schuld daran, weil er Gary dazu aufgehetzt hat, etwas Falsches zu tun.«

Dawn streckte die Hand nach ihm aus. »Okay, ich verstehe jetzt, warum du ihn bestraft sehen willst.«

Caruso nahm ihre Hand in seine. »Gut.« Er setzte sich auf die Bettkante. »Ich würde dich gerne besuchen, wenn die Sache erledigt ist.«

Ein Lächeln breitete sich auf ihrem Gesicht aus. »Ich bestehe darauf.«

Zum ersten Mal seit scheinbar unendlich langer Zeit entspannte sich seine Miene, seine Augen glitzerten, als er sich vorbeugte. »Tust du das?«

Ihre Lippen prickelten und sie wünschte sich nichts mehr, als dass er sie endlich einmal richtig küsste. Zwar wusste sie immer noch nicht wesentlich mehr über ihn, doch all das war in diesem Moment egal. Caruso schien ihren Augen diesen Wunsch abzulesen, denn er überwand die wenigen Zentimeter, die sie noch trennten, und strich mit seinen Lippen über ihren Mund. Aber das war ihr nicht genug, sie wollte mehr. Mit der Hand umschlang sie seinen Nacken und hinderte ihn so daran, zurückzuweichen, als sie sich dichter an ihn drängte. Gierig vertiefte Dawn den Kuss. Nach kurzem Zögern gab Caruso jede Zurückhaltung auf und verschlang sie beinahe. Die Gefühle explodierten in ihr und sie versuchte, sich mit einem Stöhnen enger an seinen harten Körper zu schmiegen.

Caruso hielt sie mit den Händen auf ihren Schultern zurück und löste sich mühsam von ihrem Mund. »Vorsicht, ich möchte nicht, dass deine Verletzung schlimmer wird.« Seine Stimme war so rau, dass sie ihn kaum verstand. Vielleicht lag es aber auch an dem Rauschen in ihren Ohren.

»Das wird sie nicht, wenn wir aufpassen. Bitte …« Die Worte blieben in ihrer Kehle stecken.

18

Caruso schob sie vorsichtig ins Bett zurück und lehnte sich über sie. »Bitte was?«

Dawn konnte spüren, wie Tränen in ihre Augen stiegen, als sie seine sanfte Frage hörte. »Ich möchte wieder etwas fühlen. Mich in einem anderen Menschen verlieren.«

Seine Miene spannte sich an. »Glaubst du, dass ich der Richtige dafür bin?«

Ohne zu zögern, nickte sie. »Ja.«

Einen Moment lang schien er noch zu zögern, dann ersetzte Hitze die Vorsicht in seinen Augen. Ohne ein weiteres Wort schob er sich über sie und stützte sich auf seinen Ellbogen über ihr auf. Seine Hüfte presste sich an ihre und sie konnte seine Erektion an ihrer Mitte fühlen. Ihre Hände legten sich auf sein jeansbekleidetes Hinterteil und sie presste ihn näher an sich. Gemeinsam stöhnten sie auf. Okay, es wurde eindeutig Zeit, dass Caruso seine Kleidung auszog. Ihre Finger zitterten, als sie sich an den Knöpfen seines Hemdes zu schaffen machte. In ihrer Hast riss sie einen ab.

Seine warme Hand umfasste ihre. »Vorsicht, mehr Kleidung habe ich nicht und ich wollte damit noch rausgehen.« Er schob ihre Finger beiseite, schlüpfte rasch aus dem Hemd und warf es auf den Stuhl.

Mit einem zufriedenen Brummen strich sie mit beiden Händen über seine nackte Brust. »Kannst du dir vorstellen, dass mir das im Moment völlig egal ist?«

Ein amüsierter Laut drang aus seiner Kehle. »Ja. Aber ich ziehe es trotzdem vor, vollständig bekleidet draußen herumzulaufen.«

»Dann zieh dich eben gleich aus.« Ihre Stimme klang atemlos.

Caruso erstarrte über ihr. »Bist du sicher?«

Dawn hob die Augen von seiner Brust. »Ich dachte, das wäre es, was wir beide wollten. Oder habe ich deine Signale falsch interpretiert?« *Oh Gott, bitte nicht!*

Sie erhielt ein Schnauben als Antwort. Gefolgt von dem Verlust seines Gewichtes auf ihr. Dawn krampfte ihre Finger in die Bettdecke, um nicht nach ihm zu greifen und ihn wieder zu sich herunterzuziehen. Warum hatte sie ihn nur nicht einfach weitergeküsst, bis er so in dem Augenblick gefangen war, dass er sie nicht mehr verlassen konnte? Enttäuscht wandte sie den Kopf ab. Noch nie hatte sie sich einem Mann an den Hals geworfen, sie wusste nicht, ob sie ihm jemals wieder in die Augen sehen konnte, ohne an diesen peinlichen Moment denken zu müssen. Ein Rascheln ertönte, dann zog etwas an der Bettdecke.

»Rutsch ein Stück.«

Ihr Kopf ruckte herum und ihre Augen weiteten sich, als sie Caruso völlig nackt vor sich stehen sah. Ungläubig glitt ihr Blick über seinen Körper, der muskulöser war, als sie es erwartet hatte. Sein Schaft schien ihr entgegenzustreben, Feuchtigkeit glitzerte an seiner Spitze. Dawn leckte über ihre plötzlich trockenen Lippen.

Die Muskeln zuckten in seinen Armen, während er geduldig darauf wartete, bis ihr Blick bei seinem Gesicht ankam. »Fertig?« Stumm nickte sie. Ein Lächeln spielte um seinen Mund. »Ich kann auch um das Bett herumgehen und …«

Hastig rutschte Dawn in die Mitte der Matratze und hob die Bettdecke an. Carusos Zähne blitzten auf und ihr wurde bewusst, dass sie ihn noch nie wirklich hatte lachen sehen. Augenblicklich stieg in ihr die Sehnsucht auf, genau das zu erleben. Aber nicht jetzt. Ihr Herz hämmerte, als er ins Bett stieg und sich neben ihr ausstreckte. Zwar war er im Verlies auch nackt gewesen, aber da hatten sie sich mehr umarmt, um die Wärme zu teilen. Doch jetzt war er hier und sie hatten alle Zeit der Welt.

Als Caruso sie an sich ziehen wollte, schüttelte sie den Kopf. »Oh nein, jetzt bin ich dran. Hände über den Kopf.«

Eine Augenbraue hob sich, aber er gehorchte, ohne Fragen zu stellen. Dawn zog die Decke zur Seite, sodass er völlig nackt vor ihr lag. Ihr Mund wässerte geradezu, als sie seine im Schein der Lampe warm leuchtende Haut betrachtete. Wo sollte sie anfangen? Oben, oder doch lieber unten? Hungrig beäugte sie seine Mitte mit der beeindruckenden Erektion. Schließlich entschied sie sich dafür, sein Gesicht genauer zu erkunden. Sie hauchte eine Spur von Küssen von seiner Nasenspitze über seinen Wangenknochen bis zum Ohr. Caruso bewegte sich unruhig und sie legte ihre Hand auf seine Brust. Sofort blieb er still liegen. Das Gefühl, Macht über so einen starken Mann zu haben, steigerte ihre Erregung.

Sanft biss sie in seine Ohrmuschel und konnte unter ihrer Hand seinen galoppierenden Herzschlag spüren. Sie küsste und knabberte eine Spur über sein stoppeliges Kinn nach unten. Als sie die grünlich-blauen Flecken an seiner Kehle sah, stockte sie. Das sah aus wie … »Hat dich etwa jemand gewürgt?«

Caruso zuckte mit den Schultern. »Ein kleines Missverständnis.«

Ärger breitete sich in ihr aus, dass er so etwas herunterspielte, denn die Abdrücke einer großen Hand waren deutlich zu erkennen. Sie betrachtete ihn genauer und entdeckte an seinem Brustkorb und vor allem über seinen Rippen frische und ältere Blutergüsse. Mit dem Finger strich sie darüber und merkte, wie Caruso zusammenzuckte. »War das etwa auch ein Missverständnis?«

»Nein.«

Ihre Augenbrauen zogen sich zusammen, als er nicht mehr dazu sagte.

Ohne ihr Zeit für weitere Fragen zu geben, zog Caruso sie tiefer und küsste sie. Als er merkte, dass Dawn sich nicht wehrte, sondern den Kuss noch vertiefte, vergaß er alles andere und konzentrierte sich nur noch darauf. Eine Hand ließ er über ihren Rücken wandern, die andere grub sich in ihre kurzen braunen Haare. Die seidigen Strähnen fühlten sich gut auf seiner Haut an. Er gab ein zufriedenes Brummen von sich, als seine Finger endlich das Ende des Nachthemds erreichten und er sie darunterschieben konnte. Langsam glitt seine Hand unter dem Stoff wieder nach oben und zog ihn dabei mit sich. Dawn gab einen ungeduldigen Laut von sich, riss sich von ihm los und schlüpfte aus dem Nachthemd.

Carusos Mund wurde trocken, als er ihren Körper zum ersten Mal nackt sah. Sein Blick fiel auf die dunklen Spitzen ihrer wunderschönen Brüste. Er konnte an nichts anderes mehr denken, als sie zu kosten. Vorsichtig schob er Dawn mit einem Arm um ihre Hüfte vorwärts, bis sich ihre Brust direkt über seinem Mund befand. Mit einem unterdrückten Stöhnen strich er mit der Zunge darüber, bevor er sie in seinen Mund saugte.

Dawns gesamter Körper spannte sich an, aber als er sich von ihr lösen wollte, streckte sie ihm ihre Brust entgegen. Anscheinend sollte er weitermachen. Das ließ sich Caruso nicht zweimal sagen. Abwechselnd küsste, leckte und saugte er an ihren Brüsten, bis sich Dawn unruhig über ihm wand. Mit den Händen erkundete er ihren Körper, von den überraschend kräftigen Armen und Schultern, über den langen Rücken bis zu ihrem Po. Von dort aus strich er in kreisenden Bewegungen über ihre Oberschenkel, erst hinunter zu den Kniekehlen, dann wieder nach oben, bis er bei ihren Schamhaaren ankam. Dawn zuckte zusammen und drängte sich noch dichter an ihn.

Caruso leckte ein letztes Mal über ihre Brustspitzen, bevor er Dawn weiter nach oben schob, während er gleichzeitig tiefer rutschte. Er zog eine Spur aus Küssen und leichten Bissen über ihre Rippen und ihren Bauch, achtete aber darauf, ihre Verletzung nicht zu berühren. Es schmerzte ihn, die gerötete Wunde zu sehen, die die Kugel und die anschließende Operation hinterlassen hatten. Sorge um ihre Gesundheit drängte wieder in ihm hoch. Vermutlich war das, was sie hier taten, noch keine gute Idee. Er presste einen Kuss dicht neben die Wunde und schloss die Augen.

»He, du willst doch jetzt nicht einschlafen, oder?« Durch den Humor klang Unsicherheit und Caruso riss hastig die Augen auf.

»Das hatte ich nicht vor, aber vielleicht ist es besser …«

Dawn ließ ihn nicht ausreden, ihr Blick lag ernst auf ihm. »Willst du mich?«

Caruso stieß ein tiefes Stöhnen aus. »Du weißt, dass ich dich mehr als alles andere will. Aber …«

Erneut unterbrach sie ihn. »Dann gibt es kein ›Aber‹. Ich will dich auch und ich habe nicht vor, darauf zu verzichten, nur weil du irgendwelche komischen Vorstellungen hast, was wir tun sollten oder nicht. Hast du das verstanden?«

Ein Lachen stieg in ihm auf. »Ja, Ma'am.«

Dawn verdrehte die Augen. »Hattest du nicht gerade etwas vor? Wenn nicht, dann kann ich mir so einiges vorstellen, was ich gerne mit dir machen möchte.« Als sie sich aufrichten wollte, zog er sie rasch zurück.

»Nichts da, erst bin ich dran.« Er grinste sie an. »Kann es sein, dass du ein wenig herrisch bist?«

»Ja.« Sie biss auf ihre Lippe. »Stört dich das?«

Caruso deutete auf seine Erektion. »Sieht das so aus, als würde mich irgendetwas an dir stören?« Wenn möglich richtete sich sein Penis noch weiter auf, nachdem Dawns Blick darauf lag. »Ganz im Gegenteil. Und jetzt komm her, ich will endlich wissen, ob du überall so gut schmeckst.«

Röte schimmerte auf Dawns Wangen und ihrem Dekolleté,

Hitze leuchtete aus ihren hellbraunen Augen. Nach einem letzten sehnsüchtigen Blick auf seinen Schaft kroch sie auf Händen und Knien an seinem Körper hinauf, bis sich sein Mund dicht vor dem lockenden Hügel befand. Mit den Fingern strich er durch die kurzen Haare, bevor er dem Weg mit seiner Zunge folgte. Ihr Geruch stieg in seine Nase und er atmete tief ein. Sie roch nach dem Duschgel, das vom Hotel zur Verfügung gestellt wurde – vor allem aber nach Dawn. Es machte ihn verrückt. Mit den Fingern öffnete er sie und leckte dann über ihre Klitoris. Heftig zuckte Dawn zusammen, ein rauer Laut entfuhr ihr.

Caruso legte beide Hände um ihre Hüfte, um jede Bewegung zu verhindern, während er nach Lust und Laune knabberte, leckte und saugte. Seine Finger gruben sich in ihre Pobacken, während ihr Zucken immer stärker wurde. Es dauerte nicht lange, bis sie mit einem leisen Schrei kam. Zufrieden, ihr einen Orgasmus verschafft zu haben, gleichzeitig aber immer noch extrem erregt, ließ er sie los, damit sie sich neben ihn legen konnte. Er zog sie in seine Arme und küsste ihre Stirn.

Nach einiger Zeit hob sie ihren Kopf und blickte ihn an. Ohne ein Wort zu sagen, küsste sie ihn. Was seinen Zustand noch verschärfte. Es gelang ihm nicht mehr, still zu liegen, seine Hüfte hob sich ohne Befehl vom Bett. Die Muskeln in seinem Oberkörper verspannten sich. Wie von selbst schob sich seine Hand nach unten und legte sich um seinen Penis. Es war zu lange her, die Erregung beinahe schmerzhaft in ihrer Intensität.

Dawn hob ihren Kopf und lächelte ihn an. »Danke.«

»Es war mir ein Vergnügen.« Sosehr er es auch versuchte, er hatte den Eindruck, dass sein Lächeln eher einer Grimasse glich.

Ihre Augen schimmerten beinahe golden. Sanft umfasste ihre Hand ebenfalls seinen Schaft. »Lass mich das machen.«

Ein beinahe verzweifelter Laut drang aus seiner Kehle, als ihre weiche Hand über seine Erektion strich. Oh Gott, er würde sicher sterben, wenn sie ihn richtig berührte. Oder wenn sie ihn nicht berührte, er war sich nicht so ganz sicher, welches von beiden zutraf. Jeder Gedanke verließ ihn, als Dawn sich umdrehte und hinabbeugte. Wie von selbst legte sich seine Hand auf ihren Rücken und er hielt den Atem an. Doch sie nahm ihn nicht in den Mund, wie er das erwartet hatte, sondern leckte nur einmal über die Spitze, bevor sie sich wieder aufrichtete. Mühsam unterdrückte er ein enttäuschtes Aufstöhnen.

Sie blickte ihn über die Schulter hinweg an. »Ich glaube, wir müssen uns noch einmal umdrehen. Wenn ich mich bücke, zerrt es an der Wunde und ich will es richtig genießen können, wenn ich dich schon mal nackt unter mir habe.«

Sofort meldete sich sein schlechtes Gewissen. »Wir müssen nicht …«

Dawn drückte ihn warnend. »Doch, wir müssen. Mach mich nicht wütend, wenn ich dich gerade in der Hand habe.«

Wortwörtlich. Caruso beschloss, auf ihre Warnung zu hören, und richtete sich auf. »Wie willst du mich haben?«

Ein Lächeln spielte um ihre Lippen. »Du lernst schnell.« Sie fuhr mit der Hand durch ihre Haare. »Am besten lege ich mich auf den Rücken.« Rasch schnappte sie sich die beiden Kissen und legte sie unter ihren Kopf.

Es lenkte Caruso ungemein ab, sie so dort liegen zu sehen. Er schob sich über sie und sein Schaft glitt zwischen ihre Beine, als wüsste er genau, wo er hinwollte. Einen Moment lang genoss er ihre feuchte Wärme, bevor er sich bedauernd zurückzog. »Du hast vermutlich kein Kondom dabei, oder?« Stumm schüttelte Dawn den Kopf. »Okay, dann muss es so gehen.«

Es war beinahe schmerzhaft, sie wieder zu verlassen, aber er lenkte sich damit ab, eine Spur an ihrem Körper hinaufzuküssen, bis er bei ihrem Mund ankam. Ihre Zunge schlang sich um seine und für einen Moment vergaß er alles andere.

Doch schließlich beendete Dawn den Kuss. »Rutsch höher.«

Sein Herz hämmerte in seiner Brust, als er ihrem Befehl Folge leistete. Über ihr aufgestützt schob er sich langsam höher und ließ seine Erektion über ihren Bauch gleiten. Er schloss die Augen und konzentrierte sich ganz auf das Gefühl ihrer samtigen Haut. Erschreckt zuckte er zusammen, als sich Dawns Hände unerwartet um seinen Schaft schlossen. Er musste jeden Muskel in seinem Körper anspannen, um nicht sofort zu kommen. Es half auch nicht gerade, dass Dawns Hände weiterwanderten und sich um seine Hoden legten. Ein Kribbeln schoss sein Rückgrat hinauf und er biss die Zähne zusammen. Unaufhaltsam schob er sich weiter an Dawns Körper hoch, sein Penis glitt zwischen ihre Brüste und verweilte dort. Er überließ ihr, was sie mit ihm tun wollte.

Dawn zögerte nicht, ihre Hände um seinen Po zu legen. »Komm höher.« Ihre Stimme klang tiefer als sonst, die Erregung war deutlich zu hören.

Caruso richtete sich auf und presste die Knie zu beiden Seiten ihrer Schultern in die weiche Matratze. Dadurch war er für ihre Erkundungen weit geöffnet, was sie sofort ausnutzte. Ein Schauder durchlief seinen Körper und er schloss seine Augen. Er würde sofort explodieren, wenn er zusah, wie seine Erektion in Dawns Mund verschwand. Sofort riss er sie wieder auf, als sie stattdessen mit ihrer Zunge eine Spur bis zu den Hoden zog. Während eine Hand auf seiner Hüfte lag, als wollte sie ihn festhalten, schob sich die andere zwischen seine Beine.

Vorsichtig blickte er nach unten und der Anblick von Dawns rosa Zunge, die an ihm wie an einem Eis leckte, ließ seinen Schaft zucken. Sein Herz blieb stehen, um gleich danach wieder loszupoltern. Wenn sie so weitermachte, konnte es durchaus sein, dass er einen Infarkt bekam. Die Hitze breitete sich in ihm aus, besonders als sich ihre Lider hoben und sie ihn mit Leidenschaft in ihren hellbraunen Augen ansah. Um seine Beherrschung wiederzuerlangen, griff er mit beiden Händen das Kopfteil des Bettes und starrte an die Wand. Allerdings half das auch nicht wirklich, seine Gefühle wieder in den Griff zu kriegen. Besonders nicht, als Dawn langsam mit der Zunge an seinem Penis entlangfuhr und ihn dann in den Mund nahm.

Jeder Muskel in seinem Körper erstarrte und er hatte Mühe, genug Luft zu bekommen. Oh Gott, wie sollte er diese Tortur länger als zwei Sekunden aushalten? Immer tiefer glitt er in ihre warme Mundhöhle, bis er an ihren Rachen stieß. Sie schluckte und löste damit beinahe seinen Orgasmus aus. Seine Finger färbten sich weiß, so fest umklammerte er den Holzrahmen. Ein protestierender Laut löste sich aus seiner Kehle, als er langsam wieder aus der feuchten Höhle hinausglitt. Dawn lachte um seinen Schaft herum und löste mit den Vibrationen einen Schauder in ihm aus.

Als nur noch seine Spitze in ihrem Mund war, nahm er zum ersten Mal wieder etwas anderes wahr. Dawns Handfläche rieb über seine Hoden, während ihre Finger dahinter über seine empfindliche Haut strichen. Sein Körper vibrierte förmlich, als ihre andere Hand über seinen Po wanderte und ihn schließlich wieder nach vorne schob – tiefer in ihren Mund. Eigentlich war es nur ein Signal, den Rest machte er selbst. Schnell fand er einen Rhythmus, zuerst langsam, dann immer schneller, während Dawn an ihm saugte und den Rest seiner Beherrschung stahl. Nur mühsam gelang es ihm, sich so weit zurückzuhalten, dass er sie nicht verletzte.

Aber Dawn schien es auch zu gefallen, wenn er die erregten Laute richtig deutete. Ihre Fingernägel gruben sich in seinen Po, aber das störte ihn nicht. Im Gegenteil, der kleine Schmerz erregte ihn nur noch mehr. Hitze stieg über sein Rückgrat zu seinem Nacken empor und er wusste, dass er nicht mehr lange durchhalten würde. Einerseits konnte er es kaum erwarten, endlich zu kommen, andererseits wollte er gerne ewig so weitermachen.

Doch Dawn schien ihm das nicht zu gönnen. Stetig glitten ihre Finger von seinen Hoden weiter nach hinten, bis sie über den empfindlichen Muskel strich.

Caruso erstarrte, sein Herz hämmerte in seiner Brust. Wenn möglich wurde er noch härter. Das Holz unter seinen Händen knarrte protestierend, als Dawn ihre Fingerspitze ein winziges Stück in ihn schob. Die Augen fest zusammengepresst ließ er sich gehen und kam mit einem tiefen Stöhnen. Die Welt um ihn herum schien zu explodieren, aber vielleicht war er es auch selbst. Es kostete unendlich viel Kraft, sich aus Dawns warmen Mund zurückzuziehen, bevor er neben ihr zusammenbrach. Weiße Flecken flimmerten hinter seinen geschlossenen Lidern und sein Atem kam in rauen Zügen.

19

Nur langsam nahm er wieder etwas außerhalb seines Körpers wahr. Immer wieder liefen Schauer durch ihn, sein Herz klopfte viel zu schnell. Unsicher, wie Dawn auf ihn reagieren würde, drehte er ihr den Kopf zu. Mit einem zufriedenen Lächeln blickte sie ihn an, ihre Augen leuchteten warm. Ob sie den Stein hören konnte, der bei ihrem Anblick von seinem Herzen fiel? Mühsam drehte er sich auf die Seite, sodass er ihre Hand nehmen konnte. Er führte sie an seine Lippen und hauchte einen Kuss auf die Fingerspitzen.

»Danke.« Ihm fehlten die Worte, um das auszudrücken, was er eigentlich sagen wollte.

Ihr Lächeln wurde breiter. »Das Vergnügen war ganz auf meiner Seite.«

Sein Schaft zuckte, obwohl er eigentlich für die nächsten Tage befriedigt sein sollte. »Das freut mich.« Er räusperte sich. »Willst du …«

Ein lautes Klopfen an der Tür unterbrach ihn. In seinem Kopf konnte er Harken spüren, der eine Mischung von Wut und Ungeduld aussandte. Mit einem Satz war er aus dem Bett und schlüpfte in seine Jeans. Er zog die Bettdecke über Dawns nackten Körper, deren Hand automatisch zu ihrer Hüfte gewandert war, so als erwarte sie, dort eine Waffe vorzufinden. Dann ging er zur Tür und öffnete sie einen Spalt breit. Harken blickte ihn an. Immerhin war er nicht wieder unsichtbar ins Zimmer gekommen, sondern hatte vorher geklopft. Die Vorstellung, dass er sie beinahe beim Sex erwischt hätte, ließ Hitze in Carusos Gesicht steigen.

Harkens Augenbraue hob sich. »Lässt du mich rein? Ich denke, ich habe lange genug vor dem Hotel gewartet.«

»Woher wusstest du …?«

»Mein Geruchssinn ist ziemlich ausgeprägt, falls du das vergessen hast.« Harkens Stimme klang völlig sachlich.

Verdammt, daran hatte er überhaupt nicht gedacht. Ein Blick zum Bett bestätigte ihm, dass Dawn Harken gehört hatte. Ihre Augen waren weit aufgerissen und ihre Wangen glühten. Caruso beschloss, dass es keinen Grund gab, verlegen zu sein. Sie waren beide erwachsen und ungebunden, und wenn Harken nicht gefiel, was sie taten, war das sein Pech. Mit mehr Kraft als nötig schloss er die Tür und löste den Riegel, bevor er sie wieder öffnete. Wortlos ließ er Harken in den Raum treten.

In der Mitte des Zimmers blieb der Wandler stehen und schien nicht recht zu wissen, wohin er blicken sollte.

Caruso lehnte sich mit über der Brust gekreuzten Armen an die Wand. »Hast du Lee gefunden?«

Mit zusammengepressten Lippen schüttelte Harken den Kopf. »Nein. Nirgends eine Spur von ihm. Ich bin sogar noch einmal zum Haus zurück und habe es von oben bis unten durchsucht, aber da war nichts.« Harken fuhr mit den Händen durch seine Haare. »Der Mann, den er zur Bewachung dagelassen hatte, wusste nichts. Auch beim nächstgelegenen Flughafen gab es keine Unterlagen darüber, dass ein Lee Rosebud Passagier war. Es kann natürlich auch sein, dass er seinen Namen noch einmal gewechselt hat.« Der Frust war ihm deutlich anzuhören und Caruso konnte das Gefühl absolut nachvollziehen.

Schon wieder war Lee ihnen entkommen. Es konnte doch nicht sein, dass der Kerl nach Belieben Wandler und Menschen entführte oder tötete und trotzdem nie eine Spur hinterließ, die sie irgendwie weiterbringen würde. Ein halbes Jahr war er nun schon hinter dem Verbrecher her und obwohl er ihm ein paarmal recht nah gekommen war, hatte er es doch nie geschafft, ihn unschädlich zu machen. Ewig konnte er dieses Leben nicht fortführen, erst recht nicht, nachdem er nun auch an Isabel und Dawn denken musste. Außerdem ging ihm langsam das Geld aus, sein Erspartes war auf eine bedenklich kleine Summe gesunken. Deshalb hatte er beschlossen, Garys Erbe dafür zu verwenden, was er bisher vermieden hatte.

»Wie wäre es, wenn wir der Polizei eine Beschreibung geben, wie Lee jetzt aussieht?«

Harken antwortete Dawn, bevor er es konnte. »Nein.«

Dawns Augenbrauen schoben sich zusammen. »Warum nicht? Es wurde nach Isabels Entführung eine Phantomzeichnung angefertigt, die jetzt angepasst werden muss, wenn wir Lee fassen wollen.«

»Inzwischen wird er sein Aussehen vermutlich schon wieder verändert haben. Außerdem können wir es uns nicht leisten, dass die Polizei zu viele Fragen stellt. Zum Beispiel, wie Sie befreit wurden und warum er Sie überhaupt entführt hat.« Harken blickte Dawn finster an. »Ich für meinen Teil möchte jedenfalls nicht in irgendeinem Polizeibericht auftauchen.«

Dawn gab nicht so schnell auf. »Und was ist mit dem Mann, der uns bewachen sollte? Wir müssen ihn doch der Polizei übergeben.«

»Ich habe mich schon um ihn gekümmert.«

Caruso zuckte zusammen, als er Dawns fassungslosen Gesichtsausdruck sah. »Was soll denn das heißen? Haben Sie ihn etwa umgebracht?«

Er konnte spüren, wie sich Harkens Wut bei Dawns Frage verstärkte, deshalb schritt er schnell ein. »Das bringt uns nicht weiter.« Sein Blick glitt zu Dawn. »Ich weiß, dass dein erster Reflex ist, zur Polizei zu gehen, aber das können wir uns aus naheliegenden Gründen nicht erlauben. Selbst wenn sie Lee finden würden, ist nicht gesagt, dass sie ihm die Verbrechen auch nachweisen könnten. Er kann dagegen sein Wissen über Wandler als Verhandlungsbasis nehmen, und das könnte für alle Wandler tödlich enden. Das können wir nicht riskieren.«

Dawn schwieg einen Moment und nickte schließlich. »Das verstehe ich.«

Harken neigte den Kopf. »Wir versuchen ihn zu finden, bevor er sich etwas Neues ausdenken kann, uns zu schaden.«

Carusos Kehle presste sich zusammen. »Ich denke, das hat er schon, und vermutlich hat er es auch schon in Gang gesetzt.«

»Deshalb fahre ich zum Lager, um mit Finn und den anderen darüber zu reden. Wenn er es wirklich auf die Gruppe abgesehen hat, müssen wir sie schützen und vor allem zurückschlagen.« Harkens Wut mischte sich mit Entschlossenheit. Es war offensichtlich, dass er inzwischen alles tun würde, um Lee auszuschalten.

Doch Caruso fragte ihn nicht danach, sondern nickte stattdessen nur. »Wir kommen mit.«

Harken warf ihm einen seltsamen Blick zu. »Du glaubst doch nicht, dass sie dich oder eine Polizistin in ihr Lager lassen, oder?«

Caruso biss die Zähne zusammen. »Das werden wir sehen.«

Harken hätte nicht erwartet, so schnell wieder ins Berglöwenlager zu kommen. Es war kein Vergnügen, die lange Strecke an zwei aufeinanderfolgenden Tagen zu bewältigen. Aber es ging nicht anders, denn der einzige Hinweis, den er über Lees zukünftige Pläne hatte, war ein möglicher weiterer Angriff auf das Berglöwenlager. Vermutlich würde Lee nicht selbst hierherkommen, aber immerhin bestand die Möglichkeit, dass er von seinen angeheuerten Leuten etwas über seinen Aufenthaltsort erfuhr. Caruso und Dawn hatte er unterwegs an einem anderen Hotel abgesetzt und dazu gebracht, sich ein Zimmer zu nehmen, bis er mit den Berglöwen gesprochen hatte.

Als er vor der Hütte des Ratsführers ankam, verwandelte er sich in seine Menschenform. Diesmal war er in seinem unsichtbaren Zustand durch das Gebiet der Berglöwen geschwebt, weil er keine Lust gehabt hatte, wieder mit Berglöweneskorte das Lager zu betreten.

»Was tust du hier?«

Überrascht drehte Harken sich um und schnitt eine Grimasse, als er Torik mit finsterem Gesichtsausdruck hinter sich stehen sah. »Ich will zu Finn.« Er zog eine Augenbraue hoch. »Und ich frage mich immer noch, wie du mich bemerkst, wenn ich unsichtbar bin. Kannst du auch meine Gefühle spüren wie Caruso und Isabel?«

»Nein.« Mehr schien Torik dazu nicht sagen zu wollen.

Aber diesmal ließ Harken es nicht auf sich beruhen, denn er wollte – nein, musste – wissen, welche Fähigkeiten die Wandler hatten, die sie vielleicht im Kampf gegen Lee einsetzen konnten. »Was dann? Riechst du mich? Hörst du mich?«

Torik blickte ihn einen Moment lang an und hob dann die Schultern. »Nein, damit hat es nichts zu tun. Es ist mehr …« Er runzelte die Stirn und schien nach Worten zu suchen. »… eine Verschiebung der Luftpartikel, die ich auf der Haut spüre.«

Interessant, vielleicht war Torik deshalb ein so guter Wächter, er verließ sich nicht nur auf Augen, Ohren und Nase, sondern nahm die Umgebung mit dem ganzen Körper auf.

Harken neigte den Kopf. »Danke für die Erklärung.«

»Ich gehe davon aus, dass du es nicht weitererzählen wirst.« Torik drehte sich noch einmal zu ihm um. »Eben gerade war ich übrigens nur zufällig in der Gegend, als du dich verwandelt hast.« Seine Zähne blitzten in einem Grinsen auf, bevor er im Wald untertauchte.

Kopfschüttelnd ging Harken die letzten Meter zu Finns Hütte und klopfte an die Tür. Sein Magen krampfte sich zusammen, als er unvermutet Jamila gegenüberstand, die ihn unbehaglich anblickte. Wie immer meldete sich sofort das Schuldgefühl, wenn er sie sah. Auch wenn sie inzwischen wesentlich glücklicher wirkte, würde er ihr nie das zurückgeben können, was sie in Namibia verloren hatte.

Harken räusperte sich. »Hallo Jamila. Ist Finn auch da?«

Langsam schüttelte sie den Kopf. »Er ist bei Amber und Griffin, Coyle ist vor kurzem mit Marisa angekommen.«

Seine Augenbrauen schoben sich zusammen. »Ist etwas passiert? Ich kann mir nicht vorstellen, dass es gut für Marisa ist, wenn sie mit ihren Verletzungen durch den Wald läuft.«

Ein Lächeln huschte über Jamilas Gesicht. »Die Salbe aus Namibia hat anscheinend gut geholfen. Zwar kann sie noch nicht wieder selbst laufen, aber immerhin geht es ihr gut genug, dass Coyle sie zum Lager tragen konnte.«

Es war gut zu hören, dass es Marisa besser ging, aber das erklärte immer noch nicht, warum sie jetzt hier war. »Warum wollte Coyle Marisa gerade jetzt zum Lager bringen?« Besonders wenn die Gefahr bestand, dass es angegriffen wurde.

Jamilas Gesicht verschloss sich wieder. »Das solltest du ihn besser selbst fragen.«

Mit einem stummen Seufzer neigte Harken den Kopf. »Das werde ich.« Er wandte sich um, wurde aber von einer Hand auf seinem Arm aufgehalten. Erstaunt blickte er Jamila an, die rasch zurücktrat.

Sie biss sich auf die Lippe. »Torik sagte …« Jamila verstummte.

»Was?«

»… dass du dich in einen Löwen verwandeln kannst. Heißt das, dass du auch aus Afrika kommst?« Sie ratterte die Frage so schnell herunter, dass er sie kaum verstehen konnte. Nicht sicher, ob er ihr wirklich antworten sollte, und vor allem wie, zögerte er einen Augenblick. Jamila senkte den Kopf, ihre Schultern sanken nach unten. »Entschuldige, es geht mich nichts an.«

Vorsichtig legte Harken seine Hand auf Jamilas schlanke Schulter. »Du kannst mich alles fragen.« Die Frage war nur, ob er ehrlich antworten würde. »Ich bin ein Löwenwandler und komme aus Namibia.«

Ihr Kopf ruckte hoch. »Wirklich? Dann weißt du, was mit meiner Gruppe passiert ist?«

Sein Herz setzte einen Moment aus. »Ich habe davon gehört, aber erst, nachdem es schon zu spät war. Es tut mir leid.«

Tränen standen in ihren grünbraunen Augen. »Wie können die Menschen so etwas tun? Wir haben nie irgendjemanden belästigt oder jemandem geschadet. In der Gruppe waren auch Kinder, aber das war ihnen völlig egal. Sie haben alle umgebracht. Einfach so.«

Der Kloß in seinem Hals breitete sich aus. »Ich weiß nicht, welche Beweggründe sie hatten. Aber ich werde dafür sorgen, dass die Sache nicht ungestraft bleibt.« Und nicht nur dieses Verbrechen.

Einen Moment lang sah Jamila ihn stumm an, dann nickte sie. »Danke.«

Harkens Blick lag noch lange auf der Tür, als Jamila sie längst hinter sich geschlossen hatte.

Ambers Hütte lag ein wenig außerhalb des eigentlichen Lagers, aber Harken fand sie ohne Probleme. Eigentlich brauchte er nur dem Geruch nach Hund zu folgen, der in der Luft lag. Angus war neben Torik der Einzige, der ihn in unsichtbarem Zustand bemerkte. Gut, von Isabel und Caruso abgesehen, die seine Gefühle wahrnehmen konnten. Seine Vorsicht gegenüber dem Hund lag aber wohl eher an der instinktiven Abneigung, die die Katze in ihm verspürte. Er fragte sich, wie Coyle es aushielt, in einem Haus mit Angus zu leben.

Gerade als Harken klopfen wollte, öffnete sich die Tür und Bowen blickte ihm angespannt entgegen. »Komm herein.«

Die kleine Hütte war voller Menschen, neben Amber und Griffin, Coyle und Marisa sah er sich auch Isabel, Finn und Keira sowie deren Freund Sawyer gegenüber. Auf einem Bett hatte sich ein Berglöwenjunges zusammengerollt, daneben lag der Hund auf dem Boden. Es wirkte fast, als würde er über das Junge wachen. Harken unterdrückte gerade noch ein Schnauben. Sehr unwahrscheinlich.

»Ist etwas mit meinem Vater geschehen oder mit Dawn?« Furcht stand in Isabels blauen Augen.

»Nein, es geht ihnen gut. Sie wollten mitkommen, aber ich habe sie überredet, erst einmal im Hotelzimmer zu bleiben, bis Dawn sich etwas erholt hat.«

Erleichterung zeichnete sich auf Isabels Gesicht ab. Ihre Hand legte sich um Bowens, der sich hinter sie gestellt hatte. »Oh, gut.«

»Ich will weder Caruso noch eine Menschenfrau, die wir nicht kennen, hier im Lager sehen. Erst recht nicht, solange Lee noch frei herumläuft.« Finn hatte die Arme über der Brust verschränkt.

Harken neigte den Kopf. »Das dachte ich mir. Allerdings hat Caruso das gleiche Interesse wie wir, Lees Machenschaften zu beenden. Besonders seitdem Isabel in Gefahr ist.«

»Wir werden uns telefonisch mit ihm abstimmen, wenn es nötig ist. Im Moment ist es mir lieber, wenn so wenig Leute wie möglich wissen, wo unser Lager genau ist.« Finn blickte ihn durchdringend an. »Warum bist du hergekommen?«

Manchmal wünschte Harken sich, dass sich auch einmal jemand freuen würde, ihn zu sehen, aber das war bei seinem Lebensstil wohl nicht möglich.

»Finn!« Marisa blickte den Ratsführer streng an. »Harken hat uns nun schon mehrmals geholfen, du könntest ein wenig netter zu ihm sein.«

Ob die Menschenfrau inzwischen auch unter die Gedankenleser gegangen war? »Das ist nicht nötig.«

Jetzt richtete Marisa ihren dunklen Blick auf ihn. »Doch, das ist es! Und überhaupt, können wir uns erst mal richtig begrüßen, bevor wir zur Sache kommen? Ich habe dich nicht gesehen, seit du mich aus dem Krankenhaus entführt hast.«

Sein Mundwinkel hob sich. »Hallo Marisa. Es ist schön, dich wieder so … fit zu sehen.« Harken ging zum Tisch, beugte sich zu Marisa hinunter und küsste ihre Wange.

Wie zu erwarten, trat Coyle sofort näher und stieß ein warnendes Grollen tief in der Kehle aus.

Harken richtete sich auf und hob beide Hände. »Ganz ruhig, ich bin keine Konkurrenz.« Kein Wunder, er hatte sein Herz in Namibia gelassen. »Und was macht ihr überhaupt hier? Ich hätte nicht gedacht, dass Marisas Bein schon so weit geheilt ist.«

Ein Muskel zuckte in Coyles Wange. »Ist es auch nicht. Wir konnten nicht in unserem Haus bleiben, weil uns einer von Lees Schergen dort überfallen hat. Er wollte Marisa entführen oder töten.«

Harken erstarrte. »Verdammt!« Mühsam schob er seine Wut beiseite und konzentrierte sich auf den Grund, weshalb er mitten in der Nacht hierhergekommen war. »Lee hat Caruso gegenüber erwähnt, dass er weiß, wo Isabel ist und schon diesbezüglich Maßnahmen ergriffen hat. Das hatte ich Finn auch schon am Telefon gesagt. Ich gehe davon aus, dass das keine leere Drohung war. Lee hat bereits mehrmals bewiesen, dass er in der Lage ist, Wandlergruppen aufzuspüren. Ich halte es für wichtig, dass wir uns auf einen Angriff vorbereiten.«

Während Finn grimmig nickte, explodierte Keira. »Dieses miese Schwein! Wir hätten ihn in San Francisco nicht entkommen lassen dürfen.«

Harkens Körper spannte sich an. »Darüber brauchen wir nicht zu diskutieren, es ist so, und wir müssen damit leben. Konzentrieren wir uns darauf, einen Plan zu entwickeln, wie wir ihn diesmal endgültig aus dem Verkehr ziehen können.« Es half seiner Stimmung nicht gerade, dass auch die Berglöwenwandler ihm vorwarfen, Lee nicht schon in seinem Labor ausgeschaltet zu haben.

Sawyer legte seinen Arm um Keira und zog sie an seinen Körper. Beruhigend strich er über ihre goldblonden Haare. »Ich bin dafür. Solange der Kerl noch frei herumläuft, wird keiner von uns mehr ruhig schlafen können.«

Keira ließ ihre Reißzähne aufblitzen, als sie sich an Sawyer wandte. »Musst du immer so vernünftig sein?«

»Am liebsten würde ich losstürmen und Lee die Kehle herausreißen, für das, was er meinem Bruder Cade und seiner Gefährtin Neela in seinem Labor angetan hat. Aber ich weiß, dass ich ihn so nicht finden werde, deshalb bin ich bereit, noch etwas zu warten, bevor ich meine Rache bekomme.«

Sofort lehnte Keira sich an ihn und legte ihre Hand über sein Herz. »Das wirst du. Lee wird für das bezahlen, was er uns allen angetan hat.«

Harken blickte sich im Raum um. Seine Kehle zog sich zusammen, als ihm bewusst wurde, dass er der Einzige war, der alleine war. Alle hatten jemanden, der sie stützte und mit dem sie ihre Sorgen, aber auch ihre Freude teilen konnten. Die Einsamkeit breitete sich mit einem kalten Hauch in ihm aus, bis er wie erstarrt war. Was hätte er darum gegeben, jetzt Mia sehen zu können, nur für einen winzigen Augenblick ihre Wärme zu spüren. Doch sie war weit weg, unerreichbar für ihn.

Ein schmerzerfülltes Keuchen riss ihn aus seinen Gedanken und er sah, dass Isabel zusammengesunken war und nur noch von Bowen aufrecht gehalten wurde. Automatisch machte er einen Schritt auf sie zu, doch ein Blick von Bowen stoppte ihn. Es lag eine Mischung aus Sorge, Verständnis und Mitleid darin, die Harken bewusst machte, dass er es war, der Isabel gerade Schmerzen bereitete. Mühsam brachte er seine Gefühle unter Kontrolle und atmete erleichtert auf, als Isabel sich schnell wieder erholte. Zwar war sie noch erschreckend blass, aber es gelang ihr ein zittriges Lächeln.

»Es geht schon wieder, tut mir leid.«

Besorgt ruhte Bowens Blick auf ihr. »Vielleicht ist es doch keine gute Idee, wenn du in einem Lager mit Katzenwandlern lebst.«

Röte stieg in ihre Wangen, ihre Augen blitzten warnend. »Das Thema hatten wir doch schon beendet. Du wirst mich nicht mehr los, ich bleibe hier.«

»Isabel …«

Finn räusperte sich. »Zurück zum Thema. Was können wir tun, um uns vor einem Angriff der Menschen zu schützen?«

Das war eine gute Frage. Zu dumm, dass er keine Antwort darauf hatte. »Mehr als unsere Kräfte bündeln und noch wachsamer zu sein als sonst, können wir nicht tun. Gibt es aktuelle Notfallpläne?« Harkens Blick wanderte zu dem kleinen schlafenden Fellbündel. Für die Jungen, die Kranken und Schwachen war ein Überfall am gefährlichsten. Und für die Menschenfrauen, denn sie konnten sich nicht verwandeln und in der Vegetation untertauchen.

»Ja, ich kann ihn dir nachher zeigen, er ist in meiner Hütte.« Mit der Hand fuhr Finn durch seine Haare, bis die blonden Strähnen zu allen Seiten abstanden. »Jeder verfügbare Wächter ist eingeteilt.«

Harken nickte. »Und was ist mit den Adlern?«

Ein Muskel zuckte in Griffins Wange. »Die Oberen sind informiert, aber bisher kam noch keine Antwort, ob sie uns im Falle eines Angriffs zur Seite stehen.«

Warum hatten die Adlerwandler immer noch nicht verstanden, dass es auch sie betraf, wenn es jemand auf die Wandler abgesehen hatte? Natürlich waren sie so tief in der Wildnis versteckt etwas geschützter als die Berglöwen, aber Jennings Angriff hatte doch wohl bewiesen, dass sie nicht unverwundbar waren. Vor allem wären sie nützlich gewesen, weil sie aus der Luft viel größere Gebiete überprüfen konnten. Wenn ihm mehr Zeit geblieben wäre, hätte er die Gruppe aufgesucht und mit ihnen geredet, aber sein Gefühl sagte ihm, dass Lee schon bald zuschlagen würde. Und dann musste er hier sein.

Erschöpft rieb er über seine Stirn. Sein Körper schien immer längere Erholungsphasen zu brauchen, je öfter er sich in seinen unsichtbaren Zustand verwandelte. Und diese Fähigkeit würde er sicher noch brauchen, wenn das Lager angegriffen wurde. Dazu kam noch, dass er durch Dawns Entführung und die anderen Ereignisse inzwischen seit zwei Tagen unterwegs war, ohne sich eine Minute Schlaf zu gönnen. »Okay.« Er wandte sich an Finn. »Hast du jetzt Zeit, mir die Pläne zu zeigen?«

Finn nickte knapp. »Und danach bringe ich dich zur Ratshütte, wenn es dir nichts ausmacht, dir den Platz mit einigen von Sawyers Männern zu teilen.«

Dankbar lächelte Harken ihn an. »Zur Not würde ich auch im Stehen schlafen, aber ein Bett wäre purer Luxus.«

»Was ist jetzt mit meinem Vater und Dawn?«

Finn wandte sich zu Isabel um. »Ruf ihn an und sag ihm, wir melden uns bei ihm. Vielleicht ist es auch gar nicht schlecht, wenn wir jemanden außerhalb haben, der etwas unternehmen kann, falls hier etwas schiefgehen sollte.«

Es herrschte angespanntes Schweigen, als Harken schließlich Finn aus der Hütte folgte.

20

Lee trat aus dem Flughafengebäude in die nur von den Straßenlaternen erhellte Nacht. Der Wind strich raschelnd durch die hohen Palmen, die vor dem Gebäude ihr Dasein fristeten. Ein Schauder durchlief ihn, als er in den dunklen Nachthimmel starrte. Zuletzt war er vor anderthalb Jahren hier gewesen, bevor seine ganze Welt zusammengebrochen war. Aber trotz aller Verzweiflung hatte er damals doch noch Hoffnung gehabt. Jetzt war ihm nichts mehr geblieben außer seiner Rache. Entschlossen richtete er sich auf und strebte, so schnell es sein verletztes Knie zuließ, auf den Mietwagenschalter zu. Zu dieser Zeit war glücklicherweise nicht mehr allzu viel los, und er hatte die übrigen Touristen schon hinter sich gelassen, weil er nur einen Bordkoffer dabeihatte und nicht darauf warten musste, dass das Gepäck aus dem Flugzeug entladen wurde.

Nach dem zehnstündigen Flug und einer durchwachten Nacht fühlte er sich wie gerädert und sein Knie schmerzte höllisch. Er wollte nur noch in ein Hotelzimmer und endlich schlafen. Dummerweise brauchte er dafür einen Mietwagen, denn der Flughafen lag 45 Kilometer außerhalb von Windhoek. Wenigstens waren es nur ein paar Schritte bis zum Mietwagenschalter. Dort legte er die Reservierungsbestätigung und seinen falschen Pass auf den Tresen. Wenn er nicht so müde gewesen wäre, hätte er seinen Spaß daran, den Angestellten der Mietwagenfirma mit seinen falschen Dokumenten hinters Licht zu führen. So aber war er froh, als die Anmietung endlich abgeschlossen war und er zu seinem Wagen geführt wurde.

Zufrieden betrachtete er den Luxusjeep. Damit würde er die Leiterin der Auswilderungsstation täuschen können. Dies war seine Gelegenheit, die Sache ein für alle Mal zu beenden, und er wollte sie nicht vergeben. Nein, er *musste* sie beenden, denn er merkte, wie viel Kraft es ihn kostete, sich immer noch nicht an demjenigen gerächt zu haben, der ihm das genommen hatte, was ihm am meisten im Leben bedeutete.

Er stellte sein Gepäck in den Kofferraum und war kurz darauf unterwegs. Außerhalb des Flughafengeländes war die Nacht tiefschwarz. Gelegentlich glaubte er in der Ferne ein Licht aufflackern zu sehen, aber es konnten höchstens einzelne Häuser sein. Im Licht der Scheinwerfer sah er am Straßenrand dunkle Schatten, doch ob es sich um Bäume oder sogar Tiere handelte, war nicht zu erkennen. Die meiste Zeit jedoch war da nur Leere. Er konnte sich nicht erklären, warum jemand in so einem kargen Land leben wollte, aber die Menschen hier hatten wenig andere Möglichkeiten. Ihn hätte das definitiv depressiv gemacht.

Endlich entdeckte er auf halber Strecke nach Windhoek das Schild eines halbwegs standesgemäßen Hotels am Rande der Nationalstraße. Er war gerne bereit, auf ein wenig Luxus zu verzichten, wenn er dafür ein sauberes, ordentliches Zimmer bekam, in dem er endlich den verpassten Schlaf nachholen konnte. Stark hinkend betrat er die Rezeption und buchte ein Doppelzimmer, damit er etwas mehr Platz hatte.

Froh, endlich angekommen zu sein, öffnete er wenig später die Tür seines Zimmers und trat ein. Mit müden Augen blickte er sich um. Der Raum war in afrikanischem Farbschema gehalten und schien angemessen ausgestattet zu sein. Eigentlich interessierte ihn nur das große Doppelbett, das einladend aufgeschlagen war. Lee humpelte zu einem Sessel und ließ sich vorsichtig hineinsinken. Inzwischen konnte er sein Knie kaum mehr bewegen, wahrscheinlich, weil er die dicken Verbände und die Krücken zu Hause gelassen hatte, um weniger aufzufallen, und durch das lange Sitzen im Flugzeug. Zwar war er erster Klasse geflogen, aber das hatte nur bedingt geholfen.

Mit einem Stöhnen streckte er sein Bein aus und griff nach seiner Tasche, um eine Schmerztablette herauszuholen. Rasch spülte er sie mit der Flasche Wasser herunter, die auf dem Tisch stand. Er konnte nur hoffen, dass sie schnell wirkte und dass vor allem sein Bein morgen wieder halbwegs funktionierte, denn er würde es brauchen, wenn alles nach Plan lief. Für einen Moment überkam ihn Aufregung und verdrängte die Erschöpfung. Zumindest ein Teil seines Anliegens würde bald für immer erledigt sein.

Der verdammte Wandler, der ihn so viel gekostet hatte, würde sterben, aber vorher würde er noch leiden, so wie er selbst auch gelitten hatte. Und auch für die Berglöwengruppe würde gesorgt werden, damit sie ihm nicht noch einmal in die Quere kamen. Wenn das erledigt war, würde er seine Wissenschaftler die Forschungen wieder aufnehmen lassen. Der Erfolg war greifbar nah, er konnte es spüren.

Lee holte sein Portemonnaie heraus und betrachtete das Foto seiner Frau, das er immer bei sich trug. Mit dem Finger strich er sanft darüber. »Bald.« Ihr Gesicht verschwamm vor seinen Augen, der altbekannte Schmerz presste auf seinen Brustkorb und schnürte seine Kehle zu. Er würde alles dafür geben, sie noch einmal sehen und berühren zu können. Doch ihm war nur seine Rache geblieben.

Mit einem erstickten Schrei fuhr Mia aus dem Bett hoch. Das Herz hämmerte in ihrer Brust. Die Bettdecke hatte sich um ihren Körper gewickelt, das feuchte Nachthemd klebte an ihrer Haut. Über ihren rauen Atemzügen konnte sie kaum etwas anderes hören, was das Gefühl der Bedrohung noch verstärkte. Mit weit aufgerissenen Augen saß sie in ihrem Bett und starrte in die Dunkelheit. Nur langsam ließ die Panik nach, als ihr bewusst wurde, dass es nur ein Alptraum gewesen war, der sie aus dem Schlaf gerissen hatte. Erleichtert ließ sie sich in die Kissen zurücksinken und schaltete ihre Nachttischlampe an.

Noch immer glaubte sie, die Gitterstäbe fühlen zu können, die sie einsperrten, und der Gestank nach Blut, Desinfektionsmitteln und verbranntem Fleisch lag in ihrer Nase. Mia schnitt eine Grimasse. Schon immer hatte sie eine lebhafte Fantasie gehabt, aber dieser Traum übertraf alles, beinahe, als wäre sie dabei gewesen. Vielleicht hätte sie Naz doch lieber nicht danach fragen sollen, was in San Francisco passiert war und wie es den Wandlern in der Gefangenschaft ergangen war. Zuerst hatte er nicht darüber reden wollen, doch dann war es aus ihm herausgesprudelt und hatte sich offenbar in ihrem Kopf festgesetzt.

Sie konnte sich nicht vorstellen, jemals irgendwo eingesperrt zu sein, halb verhungert und verdurstet und gequält von Wissenschaftlern, die einen ständig untersuchten. Und das über ein Jahr lang. Kein Wunder, dass Naz so schnell wie möglich wieder in die Freiheit entlassen werden und zu seiner Gruppe zurückwollte. Glücklicherweise hatte er eingesehen, dass er die lange Reise zu seiner Gruppe in seinem jetzigen Zustand nicht bewältigen konnte und es besser war, wenn er sich noch ein paar Tage hier ausruhte. Aber Mia hatte ihm versprechen müssen, dass die Tür zu seiner Unterkunft nie abgeschlossen wurde.

Nach Naz' Schilderungen war dieser Lee ein Monster, dem es völlig egal gewesen war, dass die Wandler in den Käfigen litten, solange seine Forschungen dadurch vorankamen. Anscheinend war er regelmäßig von seinen Wissenschaftlern über die neuen Erkenntnisse unterrichtet worden, hatte das Labor aber selbst häufig inspiziert – und die Gefangenen dann noch mehr leiden lassen.

Und dieser furchtbare Mensch hatte damals Leon entführt

und gequält. Kein Wunder, dass er jetzt hinter dem Verbrecher her war. War das auch der Grund, warum er sie damals verlassen hatte? Möglich war es. Aber auch wenn sie es verstehen konnte und mit ihm litt, würde sie nicht vergessen, dass er sich einfach davongestohlen hatte, ohne ihr zu sagen, wohin er ging und wie lange er fortbleiben würde. Wahrscheinlich konnte er sich nicht vorstellen, wie sehr es sie geschmerzt hatte, einfach so verlassen zu werden. Genauso wie ihr Vater es damals mit ihrer Mutter gemacht hatte, als sie mit ihr schwanger gewesen war.

Mia zog die Knie an und schlang ihre Arme darum, als sie in der kühlen Nachtluft fröstelte. Auch wenn es schon so lange her war, hatte sie immer noch nicht das Gefühl abschütteln können, unerwünscht gewesen zu sein. Sie sollte lieber über etwas anderes nachdenken, bevor der Schmerz überhand nahm. Der Löwenwandler würde längere Zeit in der Krankenstation bleiben müssen, und da er sich immer noch nicht verwandelt hatte, konnte sie nicht einmal seine Gruppe verständigen, damit sie wussten, dass er noch lebte. Hatte er Familie? Eine Gefährtin, die glaubte, dass er tot war? Und wieder tauchte Leons Bild vor ihrem inneren Auge auf. Entschlossen drängte sie es beiseite. Das war gar kein Vergleich, Leon hatte sie freiwillig verlassen, während der Löwenwandler von Verbrechern eingefangen und in die USA verschifft worden war.

Wahrscheinlich lag es daran, dass ihr Patient sie daran erinnerte, wie sie Leon in der Wildnis gefunden und aufgepäppelt hatte. Sein Zustand war damals zwar ernst gewesen, aber er hatte sich schnell wieder erholt, weil er vor der Verletzung gesund und kräftig gewesen war. Das konnte sie von dem Löwenwandler nicht gerade behaupten. Sie war sicher, dass er nur noch wenige Tage in dem Labor durchgehalten hätte, wenn er jetzt nicht gerettet worden wäre. Aber nun war er hier und sie würde gemeinsam mit Ryan alles dafür tun, dass es ihm bald wieder besser ging.

Ihre Gedanken wanderten zu Leon zurück. Warum hatte er sich noch nicht bei ihr gemeldet, um sich nach den beiden Wandlern zu erkundigen? War er so beschäftigt, dass er nicht einmal eine halbe Minute erübrigen konnte? Oder war er in Gefahr und konnte sich deshalb nicht melden? Hatte dieser Lee ihn irgendwie erwischt? Furcht um Leon breitete sich in ihr aus. Sie hasste es, dass sie sich nach allem, was passiert war, tatsächlich noch um ihn sorgte, aber so war es.

Immer noch unruhig legte Mia sich schließlich zurück und schaltete das Licht aus. Dunkelheit umgab sie und sie überlegte, ob sie es vielleicht doch besser angelassen hätte. Als sich ihre Augen endlich an die neuen Lichtverhältnisse angepasst hatten, atmete sie erleichtert auf. Morgen lag wieder ein langer Tag vor ihr und es wurde Zeit, dass sie endlich einschlief – möglichst ohne Alpträume. Als sie in den Schlaf sank, verstummten die Nachtgeräusche der Wildnis.

Der Jetlag verhinderte, dass Lee mehr als ein paar Stunden schlief. Zu unruhig, um noch länger im Bett zu bleiben, stand er auf und startete die Kaffeemaschine, bevor er ins Bad ging. Wie jedes Mal zuckte er erschrocken zusammen, als er im Spiegel seine dunklen Haare und den Bart entdeckte. Wenn er sich schon selbst nicht erkannte, war er sich ziemlich sicher, dass auch niemand sonst ihn mit den Geschehnissen in San Francisco in Verbindung bringen würde. Zufrieden machte er sich rasch fertig und kehrte in das andere Zimmer zurück.

Er schob den Vorhang ein Stück zur Seite und blickte in die Dunkelheit hinaus. Sobald die Sonne aufging, würde er losfahren, denn er konnte es kaum noch erwarten, diese Mia zu treffen und zu erfahren, ob er mit seiner Annahme richtig lag, dass sie mit seinem Widersacher, dem Heilsbringer, zusammenarbeitete. Es ärgerte ihn nur, dass er damals nicht darauf gekommen war, in

Auswilderungsstationen nach Wandlern zu suchen. Vielleicht hätte er sein Ziel so viel eher erreicht. Die Auswilderungsstation lag mindestens drei Autostunden von hier entfernt, je nach Qualität der Straßen würde er noch länger brauchen.

Nach einem Blick auf die Uhr entschied er, seinen Mann anzurufen, den er zur Bewachung von diesem Caruso und seiner Polizistenfreundin abgestellt hatte, nur um sicherzugehen, dass alles nach Plan lief. Zu oft war bereits etwas schiefgegangen, wenn er sich auf andere verließ. Aber die Reise hierher hatte nicht warten können, bis er sich mit Caruso befasst hatte. Er hatte noch einiges mit den beiden vor, wenn er hier fertig war. Zumindest mit Caruso, die Polizistin würde verschwinden müssen. Als normaler Mensch war sie für ihn uninteressant, außer als Druckmittel, um Caruso gefügig zu machen. Aber Lee war sich sicher, dass er das nicht mehr brauchte, wenn Caruso lange genug in der Zelle geschmort hatte und einige Experimente an ihm durchgeführt worden waren. Die Vorstellung ließ ihn lächeln.

Lee holte das Handy aus seiner Jackentasche und wählte die Nummer des Verstecks. Es war ein Glücksfall gewesen, dass er das heruntergekommene Haus vor einigen Monaten gefunden hatte. Es lag günstig und konnte nicht zu Lees wahrer Identität zurückverfolgt werden.

Ungeduldig wartete er darauf, dass der Mann endlich abhob, aber das tat er nicht. Schließlich gab Lee auf und warf das Handy auf das ungemachte Bett. Vielleicht war der Wachmann gerade auf der Toilette oder im Keller, um den Gefangenen etwas zu essen zu bringen. Er würde es in ein paar Minuten noch einmal versuchen.

Nach einem Kaffee und zwei weiteren Versuchen musste Lee jedoch einsehen, dass irgendetwas nicht stimmte. Entweder hatte der Idiot seine eindeutige Anweisung, sich nicht vom Haus zu entfernen, ignoriert, oder er war nicht in der Lage, ans Telefon zu gehen. Und so wie er die Wandler kannte, tippte er auf Letzteres. Wut strömte durch seinen Körper und er warf den Plastikbecher mit Kaffee an die Wand.

Während er beobachtete, wie die braunen Schlieren langsam die Tapete herunterrannen und in den hellen Teppich sickerten, überlegte er, wie sie das Versteck gefunden haben konnten. Irgendjemand musste Caruso gefolgt sein, als er zum Haus gebracht wurde, anders war es nicht zu erklären. Dabei hatte der Entführer ihm versichert, dass das unmöglich war. Der Ärger brannte in seiner Brust und er hatte Mühe, seine Atmung unter Kontrolle zu bringen.

Wenn er zurück in den USA war, würde er ihm klarmachen, dass er ein Versagen nicht duldete. Immer wieder gab er Unmengen an Geld für Leute aus, die sich dann unglaublich dumm anstellten und sich von diesen Mutanten austricksen ließen. Zu oft war er schon enttäuscht worden, wenn er dachte, dass er endlich Erfolg gehabt hatte. Das würde jetzt ein Ende haben. Anscheinend konnte er sich nur noch auf sich selbst verlassen. Glücklicherweise hatte er sich entschieden, persönlich nach Namibia zu reisen und die Sache ein für alle Mal zu beenden.

Nach einigen tiefen Atemzügen hatte er sich soweit beruhigt, dass er ein weiteres Telefonat führen konnte. Sein Informant meldete sich nach dem zweiten Klingeln.

»Ja.«

»Haben Sie den Tiertransport von November letzten Jahres aufspüren können?«

Ein Rascheln ertönte. »Es gab einen Transport zu der Zeit vom Flughafen Los Angeles nach Windhoek, allerdings wird das Tier als Löwe bezeichnet. Aber ich denke mal, es ist durchaus möglich, dass absichtlich eine falsche Beschreibung gegeben wurde.«

Ein eindeutiger Hinweis wäre ihm lieber gewesen, aber immerhin hatte es überhaupt einen Tiertransport zu der Zeit gegeben.

»Ich habe noch weiter nachgeforscht. Auch diese Kiste wurde am Flughafen Windhoek von Mia Leore abgeholt und zu ihrer Auswilderungsstation gebracht.«

Ja, das war es! »Gute Arbeit. Wie sieht es mit den Berglöwen aus?«

»Ich bin noch bei der Logistik, morgen können wir loslegen.«

Das dauerte ihm fast zu lang, aber ein Tag mehr oder weniger machte vermutlich auch nichts aus, solange diese elenden Viecher danach vernichtet waren und ihm nicht mehr in die Quere kommen konnten. »Okay. Ich verlasse mich darauf, dass diese Sache in meinem Sinne erledigt wird.« Bisher war sein Informant immer zuverlässig gewesen, also hoffentlich auch diesmal. Noch einen Rückschlag konnte er nicht dulden.

»Natürlich.«

Lee atmete tief durch. »Eine Sache noch: ich möchte, dass Sie eine Adresse überprüfen lassen. Ich habe dort einen Mann stationiert, den ich nicht mehr erreichen kann. Und lassen Sie auch im Keller nachsehen, dort habe ich zwei Gäste untergebracht. Sorgen Sie dafür, dass sie am Leben bleiben, bis ich zurück bin.« Sofern sie noch dort waren, was mehr als unwahrscheinlich war. Rasch diktierte er die Adresse. Das Haus würde er danach nicht mehr benutzen können, aber das war ihm die Sache wert. Er musste wissen, ob sich Caruso und die Polizistin noch in seiner Gewalt befanden oder nicht.

»Alles klar.« Der Mann machte eine Pause. »Sonst noch was?«

»Ja. Wenn Sie Isabel Kerrilyan bei den Berglöwen finden, lassen Sie sie wenn möglich am Leben und halten Sie sie fest, bis ich wieder da bin. Alle anderen vernichten Sie.« Lee wartete die Zustimmung nicht ab, sondern beendete das Gespräch und beobachtete, wie der Himmel im Osten langsam heller wurde.

21

Gierig atmete Harken die kühle Nachtluft ein, während er unruhig durch die Wälder strich. Seine Gedanken ließen ihn einfach nicht mehr zur Ruhe kommen. Den ganzen Tag hatten sie das Berglöwengebiet patrouilliert, aber es hatte sich kein Mensch gezeigt. Anstatt Erleichterung zu empfinden, machte ihn das allerdings noch unruhiger. Irgendetwas plante Lee, aber bevor der Verbrecher nicht handelte, konnten sie nicht reagieren. Das Warten zerrte an ihrer aller Nerven, und anstatt noch eine Nacht in der Ratshütte zu verbringen, hatte er sich in die Wildnis zurückgezogen.

Inzwischen war es Tag in Namibia und er konnte Mia endlich anrufen, um zu fragen, wie sich die geschwächten Wandler eingelebt hatten. Bisher hatte er es geschafft, dem Drang zu widerstehen, doch jetzt musste er ihre vertraute Stimme hören und sich versichern, dass alles in Ordnung war.

Harken setzte sich auf einen umgestürzten Baumstamm und zog das Handy heraus. Bevor er es sich noch einmal anders überlegen konnte, drückte er auf die Schnellwahltaste. Seine Hand zitterte, als er das Handy an sein Ohr hielt.

»*Shapes of Life*, Mia Leore am Apparat.« Ihre samtige Stimme hüllte ihn ein.

Für einen Moment war seine Kehle wie zugeschnürt und er brachte keinen Ton heraus. Schließlich räusperte er sich. »Hier ist Leon. Wie geht es dir?«

Eine kleine Pause entstand und er befürchtete schon, dass sie einfach wieder auflegen würde. Schließlich erklang ein leises Seufzen. »Gut.«

Harken schloss die Augen und wünschte mit jeder Faser seines Körpers, jetzt bei ihr sein zu können. Was hätte er darum gegeben, sie in die Arme nehmen und ihr all das sagen zu können, was sich in den letzten anderthalb Jahren in ihm aufgestaut hatte. Aber vermutlich würde sie es jetzt nicht mehr hören wollen und er konnte es ihr nicht verdenken.

»Wolltest du etwas Bestimmtes?« Sie senkte ihre Stimme. »Es ist ein potentieller Geldgeber hier, der sich die Auswilderungsstation ansehen will.«

Die Vorstellung, dass jemand ihre Gesellschaft genießen durfte, während er hier festsaß, ließ Eifersucht in ihm aufkeimen. Mühsam hielt er seine Stimme ruhig. »Ich wollte mich erkundigen, ob die beiden gut bei dir angekommen sind und wie es ihnen jetzt geht.«

»Es ist alles reibungslos verlaufen und es geht ihnen so weit gut, auch wenn der Löwe noch sehr schwach ist. Aber Ryan kümmert sich um ihn und wir können nur abwarten, ob sein Lebenswille ausreicht.«

Erleichtert atmete Harken auf. »Benimmt Naz sich?«

Ein leises Lachen drang durch die Leitung. »Ich konnte ihn davon überzeugen, noch ein wenig hierzubleiben. Er erinnert mich sehr an Kainda, als sie hier ankam.«

»Vielleicht ist das einfach Leopardenart.«

»Das könnte sein.« Mia räusperte sich. »Entschuldige, ich muss jetzt wirklich aufhören, sonst geht der Mann wieder. Wir sind hier auf Spendengelder angewiesen.«

Harken streckte eine Hand aus und stellte sich vor, seine Fingerspitzen über Mias Gesicht gleiten zu lassen. »Ich weiß. Viel Glück dabei.«

»Danke.«

»Mia …«

»Ja?« Diesmal konnte er Ungeduld in ihrer Stimme hören.

Harken rieb über seine schmerzende Brust. »Ich möchte, dass du weißt, wie viel du mir bedeutest und wie sehr ich dich vermisse, falls wir uns nicht mehr sprechen sollten.« Schließlich konnte es durchaus sein, dass er Lees nächsten Angriff nicht überlebte.

»Leon …«

Schnell beendete Harken die Verbindung, bevor Mia ihm sagen konnte, dass seine Gefühle sie nicht mehr interessierten. Er hätte es nicht ertragen, das von ihr zu hören, denn dann wäre auch der letzte Rest Hoffnung in ihm erloschen, jemals zu Mia zurückkehren zu können. Harken rieb über sein Gesicht und versuchte, sich wieder unter Kontrolle zu bringen. Dann riss er sich die Kleidung vom Körper und verwandelte sich, bevor er wieder zwischen den Bäumen untertauchte.

In Löwenform rannte er, bis er die Grenze des Berglöwengebiets erreichte. Schwer atmend blieb er stehen und sah sich um. Wenn er sowieso nicht schlafen konnte, war es vielleicht nicht verkehrt, für den Schutz des Lagers zu sorgen. Harken hob die Nase und witterte, konnte aber außer den anderen Wandlern keinen Geruch wahrnehmen. Es schien so, als wären sie eine weitere Nacht in Sicherheit.

Langsam legte Mia das Telefon auf ihren Schreibtisch und versuchte, die Tränen zu unterdrücken, die in ihre Augen gestiegen waren. Dieser verdammte Leon! Wie sollte sie ihn vergessen, wenn er solche Dinge sagte? Dachte er, dass er dort weitermachen konnte, wo sie aufgehört hatten, wenn er in ein paar Jahren wieder nach Namibia zurückkehrte? Sie hatte ihr Leben ohne ihn weitergeführt, das sollte ihm doch klar sein. Ach ja? Wie kam es dann, dass sie seit seinem Weggang keinen anderen Mann an sich herangelassen hatte? Dass sie immer noch von ihm träumte und oft das Gefühl hatte, er wäre bei ihr?

Auch wenn sie noch so sehr dagegen protestierte, ihre Gefühle für Leon hatten sich nicht geändert. Nur, dass sich inzwischen Wut daruntermischte. Mia ignorierte ihre innere Stimme und bemühte sich um einen freundlichen Gesichtsausdruck, als sie sich zu dem potentiellen Spender umdrehte, der auf der anderen Seite des Raumes mit dem Rücken zu ihr stand und aus dem Fenster blickte.

»Entschuldigen Sie bitte die Unterbrechung, Mr Turner.«

Er wandte sich um und lächelte sie an. »Kein Problem. Es muss herrlich sein, hier inmitten der Natur arbeiten zu können.«

Diesmal war ihr Lächeln echter. »Oh ja, ich kann mir keinen schöneren Ort vorstellen.«

»Ich finde das alles ganz faszinierend, was Sie hier aufgebaut haben, Ms Leore. Wäre es möglich, dass ich mir auch die anderen Gebäude einmal ansehe?«

Mia ging um den Schreibtisch herum auf ihn zu. »Natürlich, ich führe Sie gerne herum. Ich freue mich über Ihr Interesse an unserer Auswilderungsstation.« Sie öffnete die Tür und folgte Turner hindurch. »Darf ich Sie fragen, wie Sie überhaupt auf *Shapes of Life* gekommen sind? Es gibt andere, bekanntere Auswilderungsprogramme in Namibia.«

Turner drehte sich zu ihr um. »Ein Geschäftsfreund hat mir davon berichtet, er war vor einiger Zeit in der Gegend und hatte von Ihnen gehört.« Seine hellgrünen Augen verdunkelten sich. »Wissen Sie, es ist mir zwar peinlich, das zuzugeben, aber ich habe früher sogar einmal an einer Jagd teilgenommen. Inzwischen weiß ich, wie viel besser es ist, diese wunderbaren Tiere zu schützen und sie in ihrer natürlichen Umgebung zu beobachten.«

Mia zuckte bei dem Wort Jagd zusammen. Wenn sie eines hasste, dann waren es Menschen, die nur zu ihrem Spaß andere Lebewesen töteten. Anscheinend waren ihr die Gedanken anzusehen, denn Turner redete rasch weiter.

»Ich möchte versuchen, ein wenig von dem, was ich angerichtet habe, wiedergutzumachen, indem ich die Arbeit mit wilden Tieren finanziell unterstütze.«

Mia neigte den Kopf. »Ein schöner Gedanke.« Wenn Turner Geld spenden wollte, um sein schlechtes Gewissen zu beruhigen, würde sie sicher nichts dagegen sagen, sie konnte jeden Cent gebrauchen. »Wir bekommen hier Tiere aus Parks oder von Privatpersonen, die wieder an das Leben in Freiheit gewöhnt werden sollen. Das können bis zu dreißig im Jahr sein. Seit letztem Jahr haben wir hier auch eine Krankenstation mit einem richtigen Tierarzt, deshalb werden uns auch vermehrt verletzte Wildtiere gebracht, die wir wenn möglich wieder aufpäppeln und dann in die Freiheit entlassen.«

»Das ist interessant. Kann ich die Klinik auch sehen?«

»Gerne, wenn Sie möchten.« Sie führte ihn den Pfad zu den anderen Gebäuden entlang. Als sie merkte, dass er etwas humpelte, ging sie langsamer. Bei Sonnenlicht und aus der Nähe betrachtet, stellte sie fest, dass er deutlich älter war, als er auf den ersten Blick wirkte. Das beruhigte sie irgendwie, denn sie hatte schon befürchtet, dass er irgendwann anfangen würde, mit ihr zu flirten. Bisher war allerdings nichts davon zu spüren gewesen. »Hinter den Häusern ist ein Auswilderungsgehege, aber es ist für die großen Raubtiere eindeutig zu klein. Deshalb möchte ich das Gebiet gerne in den nächsten Jahren vergrößern, um dort die Tiere unterzubringen, die nicht mehr ausgewildert werden können, weil sie in der freien Wildbahn nicht überleben würden.«

Turner hob die Augenbrauen. »Sind sie dann nicht wieder eingesperrt?«

Bei dieser Kritik fingen ihre Wangen an zu brennen. »Ja, aber die einzige andere Möglichkeit wäre, sie einzuschläfern, und das bringe ich nicht über mich. Sie hätten ein gutes Leben hier und genug Freiraum, ohne verhungern zu müssen.« Rasch hob sie die

Hand, als Turner etwas sagen wollte. »Das Gehege wäre nur die allerletzte Möglichkeit. Jedes Tier, das fähig ist, draußen zu überleben, bekommt die Chance. Das bleibt weiterhin mein Ziel.«

»Ich verstehe.« Er schob eine Sonnenbrille auf seine Nase. »Wenn Sie hier einen Tierarzt haben, sind die Möglichkeiten sicher auch größer, den Tieren zu helfen.«

»Ganz genau.« Erleichtert stürzte Mia sich auf den Themenwechsel. »Unser Tierarzt kommt übrigens auch aus den USA. Ich bin wirklich froh, dass ich ihn überreden konnte, hierzubleiben.«

»Es ist sicher eine spannende Herausforderung für ihn, mit solch exotischen Tieren arbeiten zu können.«

Fast meinte Mia, einen Hauch von Ironie zu hören, entschied dann aber, dass sie sich geirrt haben musste. »Eigentlich hatte Ryan damit schon Erfahrung, er hat davor in einem Wildtier-Park gearbeitet. Aber es ist hier natürlich ein bisschen anders.«

Turner nickte und betrachtete die trockene Landschaft hinter den Häusern.

Schweigend schlug Mia den Weg zum nächsten Gebäude ein, in dem sich die Käfige befanden. Ein leichter Luftzug strich über sie, als sie die Tür öffnete. »Hier werden die Tiere untergebracht, wenn sie bei uns ankommen. Zuerst wird ihre Gesundheit überprüft und ihr Ernährungszustand. Wenn sie kräftig genug sind, testen wir, ob sie sich selbstständig ernähren können. Ist das der Fall, kommen sie ins Außengehege. Bei den verletzten Wildtieren ist die Probephase meist nicht nötig, außer sie haben eine längere Genesungszeit oder die Verletzungen sind zu schwer, um sie wieder auszuwildern. Sie werden von uns so schnell wie möglich an den Fundort zurückgebracht, nachdem sie behandelt wurden.«

Turner blieb neben einem der zimmergroßen Käfige stehen und blickte hinein. »Wie viele Tiere haben Sie im Moment hier?«

Mia hätte die Wandler lieber nicht erwähnt, aber sie wollte auch nicht, dass dieser potentielle Geldgeber die Auswilderungsstation für zu unbedeutend hielt, um sie zu unterstützen, deshalb entschied sie sich für die Wahrheit. »Sieben.« Sie führte ihn zum nächsten Käfig, in dem eine verletzte Antilope auf einem Strohbett lag. »Dieses Impala wurde von einem Auto angefahren. Sein Unterschenkelknochen ist gebrochen, aber unser Arzt konnte ihn richten. Wir hoffen, dass keine Schäden bleiben und es bald wieder in die Freiheit entlassen werden kann.«

So etwas wie Ungeduld huschte über Turners Züge, deshalb ging sie rasch weiter. Vermutlich war er so wie alle anderen Besucher und wollte lieber die Großtiere oder Raubkatzen sehen. Allerdings konnte sie damit im Moment nicht dienen, da sie nicht die beiden Wandler vorführen wollte, die aber die einzigen Raubkatzen in der Station waren.

»Was machen Sie mit den Tieren, die nicht wieder ausgewildert werden können? Solange Sie noch kein größeres Gehege haben, meine ich.«

Genau so eine Frage wollte sie eigentlich nicht gestellt bekommen. »Dann müssen wir sie leider an Parks geben oder sie einschläfern.« Ihr tat jedes Mal der Magen weh, wenn sie darüber nachdachte. »Oder ich behalte sie trotz des mangelnden Platzes hier.« Die Antwort lag bitter auf ihrer Zunge. »Genau deshalb möchte ich endlich das Grundstück erweitern, um auch diesen Tieren eine Möglichkeit zu geben, in ihrer natürlichen Umgebung zu leben.«

Turner nickte bedächtig. »Das verstehe ich.«

Erleichtert atmete sie aus. Vielleicht würde sie mit seiner Hilfe endlich ihren Traum von einem Schutzgebiet für die Tiere erfüllen können. »Wie wäre es, wenn wir uns jetzt die Krankenstation ansehen?« Ryan würde ihn mit seinem Fachwissen sicher beeindrucken können.

»Gerne.« Turner lächelte sie an. »Gibt es dafür ein eigenes Gebäude?«

»Leider noch nicht. Derzeit ist sie in einem anderen Haus untergebracht, in dem sich noch weitere Käfige befinden.« Sie schnitt eine Grimasse. »Dummerweise zahlt niemand für die Behandlung von Wildtieren, wir bleiben auf den Kosten sitzen, wenn sich nicht eine Tierschutzorganisation oder die Regierung beteiligt.«

»Vielleicht kann ich etwas daran ändern. Ich muss sagen, so viel Engagement finde ich bewundernswert.«

Röte stieg in Mias Wangen. »Danke.«

Zufrieden brachte sie ihren Besucher zu dem angrenzenden langgezogenen Gebäude und betrat es durch den Eingang, hinter dem gleich die Klinik lag. Sie wollte nicht, dass Turner die Wandler sah, die in den Käfigen weiter hinten im Gang untergebracht waren, aber sie musste auf ihn Eindruck machen und konnte deshalb nicht auf einen Besuch der Krankenstation verzichten.

Vor dem Klinikraum blieb sie stehen. »Wie Sie sehen …«

Ihre Nackenhaare sträubten sich, als ein heiseres Fauchen erklang. Mia wirbelte herum und sah, dass ihr Gast von ihr unbemerkt den Gang weiter hinuntergegangen war. Vor einem der Käfigzimmer, die über die ganze Länge des Gebäudes angeordnet waren und jeweils etwa zehn Quadratmeter umfassten, blieb er stehen und blickte fasziniert hinein.

Rasch lief sie zu ihm und zuckte zusammen, als sie Naz erkannte. Der Leopardenmann stand in einer Ecke des Raumes an die Wand gepresst, die Reißzähne in einem tiefen Grollen entblößt. Anscheinend war Naz über den Besuch alles andere als erfreut. Entschuldigend blickte sie ihn an und hoffte, dass er sie verstand.

»Kommen Sie, gehen wir zurück zur Klinik, Mr Turner. Es ist nicht gut, wenn sich die Patienten zu sehr aufregen.«

Turner wandte den Blick nicht von dem Leoparden ab. »Das ist also auch eines der verletzt aufgefundenen Wildtiere?«

Mia presste die Lippen aufeinander, als Naz erneut zu fauchen begann. Sie konnte nur hoffen, dass er nichts Dummes anstellte, solange Turner im Gebäude war, denn seine Tür war nicht abgeschlossen. »Ja. Und jetzt muss ich Sie bitten, mitzukommen, damit sich das Tier wieder beruhigen kann.«

»Natürlich. Es tut mir leid, ich wollte ihn nicht aufregen.« Bildete sie es sich ein, dass seine Augen zufrieden funkelten? War er etwa auch nur so ein Adrenalin-Junkie, den die Gefahr reizte, in der Nähe einer Raubkatze zu sein? Enttäuschung drohte sich in ihr breitzumachen, aber sie schluckte sie herunter. Sie musste Turner nicht mögen, solange er schnell in die USA zurückkehrte und sein Geld hierließ.

Sie zwang sich zu einem Lächeln. »Ist ja nichts passiert.« Rasch wandte sie sich um und strebte in der Hoffnung auf die Klinik zu, dass Turner ihr folgen würde. Ein kurzer Blick zurück bestätigte das. Erleichtert ging sie weiter den Gang entlang und stoppte erst wieder vor der Tür zur Krankenstation.

Durch die Glasscheibe konnte sie Ryan sehen, der sich gerade über den Löwen beugte. Verdammt, eigentlich sollte der Wandler längst in einem der Käfige sein. Anscheinend hatte Ryan entschieden, ihn noch länger in der Klinik zu behandeln. Es war besser, wenn sie Turner den Raum doch nicht zeigte, sondern so schnell wie möglich mit ihm zum Büro zurückkehrte. So schwach wie der Löwenwandler war, konnte jede Aufregung tödlich sein. Hoffentlich bekam er gar nichts von dem Besuch mit.

»Vielleicht bleiben wir lieber hier draußen, um keine Bakterien in den Raum zu tragen.«

Sie winkte Ryan zu, der sie überrascht ansah, bevor er seine Untersuchung beendete und zur Tür kam. Er zog die Handschuhe von den Fingern, warf sie in einen Mülleimer und wusch seine Hände. Turners Kleidung raschelte hinter ihr, doch sie beachtete ihn nicht, weil in diesem Moment Ryan aus dem Raum kam.

»Entschuldige die Störung, Ryan. Ich führe gerade Mr Turner

durch die Gebäude. Er interessiert sich für die Auswilderungsstation, weil er ein Projekt sucht, das er finanziell unterstützen kann.«

Ryan lächelte und hielt Turner die Hand hin, während seine tiefblauen Augen ihn prüfend anblickten. Anscheinend spürte auch er, dass irgendetwas an ihrem Besucher merkwürdig war. »Hallo. Ich hoffe, es gefällt Ihnen bei uns.«

Turner schüttelte seine Hand. »Sehr gut bisher.« Er blickte an Ryan vorbei, der vor der Glastür stehen geblieben war. Mia fragte sich, ob er das absichtlich getan hatte. »Was fehlt dem Löwen?«

»Altersschwäche. Er schafft es nicht mehr, sich selbst zu ernähren, deshalb ist er so abgemagert.« Ryan zuckte bei der Lüge mit keiner Wimper.

»Macht es dann noch Sinn, ihn auszuwildern?« Turners Stimme klang anteilnehmend, doch irgendetwas an seinem Gesichtsausdruck passte nicht dazu.

Ryans Lippen pressten sich zusammen. »Wir päppeln ihn hier auf, aber den Rest seines Lebens wird er wohl im Gehege verbringen müssen.«

»Das ist schade.« Immer noch blickte Turner an Ryan vorbei auf den Löwen. »Ich habe solch eine große Raubkatze noch nie aus der Nähe gesehen, wäre es wohl möglich, da mal reinzugehen?«

Mia schüttelte schon den Kopf. »Nein, tut mir leid, das kann ich nicht zulassen. Das Wohl der Tiere steht bei uns immer an erster Stelle und in seinem Zustand könnte Aufregung für den Löwen tödlich sein.«

Ein leichtes Lächeln spielte um Turners Lippen. »Ich verstehe.«

Auch wenn Mia die Spendengelder bereits schwinden sah, war sie nicht bereit, das Leben des Löwenwandlers zu riskieren oder ihn vor einem Menschen zur Schau zu stellen. »Warum setzen wir die Führung nicht fort, dann kann ich Ihnen noch das Außengehege zeigen.«

Nach einem letzten Blick auf den Löwen nickte Turner langsam. »Das wäre nett.«

Erleichtert drehte Mia sich um und sah gerade noch, wie ein gepunkteter Schwanz um die Ecke am Ende des Ganges verschwand. Rasch wandte sie sich wieder zu Turner um. »Nehmen wir wieder die hintere Tür, die liegt näher am Außengehege.« Das stimmte zwar nur bedingt, aber sie wollte nicht, dass der Mensch merkte, dass sich Naz nicht mehr in seinem Käfig befand.

Verdammt noch mal, hätte der Leopardenwandler nicht noch ein wenig abwarten können, bevor er entschied, das Gebäude zu verlassen? Ihr Herz klopfte schneller, als ihr ein anderer Gedanke kam. Was wenn er die Station ganz verließ, weil er nicht mehr darauf warten wollte, dass sein Körper sich erholte? Sie würde Kainda hinterherschicken, um ihn zum Bleiben zu überreden. Wahrscheinlich hatte das Begaffen durch einen Menschen zu seiner Entscheidung beigetragen. Und das war ihre Schuld. Sie hatte ihm versprochen, dass er hier unter Gleichgesinnten und in Sicherheit war. Und einen Tag später brachte sie schon einen Menschen ins Gebäude, obwohl sie doch wusste, wie sehr er während seiner Gefangenschaft unter den Menschen gelitten hatte.

Hilflos sah sie Ryan an. An seinem Gesichtsausdruck konnte sie erkennen, dass er Naz' Flucht auch mitbekommen hatte. »Könntest du bitte Kainda Bescheid sagen? Ich brauche gleich ihre Hilfe.« Sie versuchte, ihre Stimme so ruhig wie möglich klingen zu lassen.

»Kein Problem.« Ryan schloss die Tür zur Klinik hinter sich ab. »Ich glaube, sie stockt mit Joe gerade die Vorräte auf.«

»Danke, Ryan.« Mia blickte Turner erleichtert an. Sie stockte, als sie seinen merkwürdigen Gesichtsausdruck sah, bemühte sich dann aber um ein Lächeln. »Wollen wir?«

Turner zog die Augenbrauen hoch. »Wollen Sie tatsächlich so tun, als wäre der Leopard nicht gerade durch den Gang gelaufen?«

Mia brauchte ihr Erschrecken nicht zu spielen. Verdammt, wenn Turner das weitererzählte … »Was? Das kann gar nicht sein! Er ist noch in seinem Käfig.«

»Nein, das ist er nicht.« Turners Miene veränderte sich, wurde härter. »Und ich habe auch keine Lust mehr auf dieses Spiel. Wir wissen beide, wer oder vielmehr was dieser Leopard ist.«

Mia bemerkte, wie Ryan sich neben ihr versteifte. Ihr Herz hämmerte in ihrer Brust. Wer war dieser Kerl und was wusste er? Sie bemühte sich, ihre Stimme ruhig zu halten. »Ich weiß nicht wovon Sie reden, Mr Turner, aber vielleicht ist es besser, wenn Sie mein Grundstück jetzt verlassen.«

»Das glaube ich eher nicht.« Seelenruhig zog Turner eine tödlich aussehende Pistole unter seinem Hemd hervor.

Fassungslos starrte Mia darauf. »Was soll das? Wenn Sie glauben, dass Sie hier Geld finden, irren Sie sich.«

Turner lachte amüsiert. »Ich habe genug Geld. Aber Sie haben etwas, das mir gehört.« Sein Blick glitt wieder zu dem Löwen.

Ein schrecklicher Verdacht kam in Mia auf. »Wir haben hier nichts von Ihnen.«

»Oh doch. Eigentlich wollte ich erst einmal die Gegend auskundschaften, aber da der Leopard abgehauen ist, muss ich meinen Plan ein wenig ändern.«

Ryan trat einen Schritt vor. »Und wie sieht dieser Plan aus?«

Turner grinste ihn an. »Das werden Sie zu gegebener Zeit erfahren.« Er fuchtelte mit der Pistole in Richtung Klinik. »Da rein.«

»Das können Sie nicht …«

Er unterbrach Mia. »Ich kann alles, falls Sie es noch nicht gemerkt haben: ich bin hier derjenige mit der Waffe.« Ohne zu zögern, schob er ihr die Pistole in die Rippen. »Sie sollten mir lieber so wenige Probleme wie möglich machen, sonst muss ich mir überlegen, ob Sie für meinen Plan wirklich unbedingt nötig sind.«

Mia ergriff Ryans Arm, dessen Körper sich neben ihrem angespannt hatte, damit er keine Dummheiten machte. Da draußen waren immer noch Kainda, Naz und Joe. Zusammen sollte es ihnen doch gelingen, einen einzigen Mann zu überwältigen, selbst wenn er eine Waffe hatte.

22

Kainda winkte Joe noch einmal zu und trat aus dem Vorratslager in die gleißende Wintersonne. Abrupt blieb sie stehen, als sie sah, dass Naz sich aus dem Klinikgebäude schlich und den freien Platz davor so schnell wie möglich überquerte, bevor er in der Vegetation untertauchte, die die Auswilderungsstation umgab. Wie es aussah, wollte er wohl doch nicht länger bleiben. Ihr erster Impuls war, ihn laufen zu lassen, weil sie wusste, wie stark die Sehnsucht nach der Heimat werden konnte, doch dann folgte sie ihm rasch. Auch wenn er es nicht wahrhaben wollte, würde er in seinem geschwächten Zustand seine Gruppe nie erreichen. Sie musste ihn aufhalten und zur Vernunft bringen.

Im Schutz der Bäume zog sie sich aus und verwandelte sich. Es war nicht schwer, der Fährte des Leopardenwandlers zu folgen, sein Geruch lag deutlich in der Luft. Kainda kam rasch näher und holte ihn schließlich ein. Mit einem weiten Satz sprang sie Naz in den Weg und zwang ihn zum Anhalten. Er bleckte die Zähne und stieß ein wütendes Fauchen aus. Doch Kainda bewegte sich nicht von der Stelle, wie er es wollte, sondern verwandelte sich stattdessen. Zwar machte es sie unruhig, so schutzlos vor ihm zu stehen, aber sie glaubte nicht, dass er sie angreifen würde. Zumindest hoffte sie das.

»Hallo Naz. Wo willst du denn hin?« Er antwortete nicht, sondern starrte sie nur wütend an. Kainda stieß einen lautlosen Seufzer aus. Anscheinend wollte er es ihr nicht leicht machen. »Du kannst noch nicht zu deiner Gruppe zurück. Der Weg ist momentan noch zu weit für dich.«

Sein Körper versteifte sich und sein Grollen wurde lauter.

So kam sie nicht weiter. »Bitte Naz, sei vernünftig. In ein paar Tagen bringen Mia oder Ryan dich mit dem Auto in die Nähe deines Gebietes und du wirst tatsächlich lebendig dort ankommen. Das ist es doch, was du willst, oder?« Wieder keine Reaktion. »Ich werde nicht zulassen, dass du in diesem Zustand gehst.«

Naz verwandelte sich und blickte sie verächtlich an. »Und wie willst du mich daran hindern?«

Kainda ließ sich davon nicht aus der Ruhe bringen. »Das ist kein Problem, denn *ich* bin nicht halb verhungert und habe überall Wunden am Körper, die noch nicht richtig verheilt sind.«

Der Treffer saß. Seine Augen wurden katzenartiger. »Vielleicht solltest du dich lieber um deinen Menschengeliebten und deine Löwenfreundin kümmern.«

Unbehagen kroch über ihren Rücken. »Wovon redest du?«

Seine Reißzähne waren deutlich zu sehen, ein Grollen lag in seiner Stimme, als er ihr antwortete. »Der Mensch, der uns gefangen gehalten hatte, ist hier aufgetaucht. Deine Löwenfreundin hat ihn durch die Station geführt.« Ein Schauder lief deutlich sichtbar durch seinen Körper. »Und er hat mich erkannt.«

Kaindas Nackenhaare richteten sich auf. »Lee ist hier? Das ist unmöglich!« Sie schob mit einer fahrigen Bewegung eine schwarze Locke aus ihren Augen. »Du musst dich täuschen.«

Verächtlich sah Naz sie an. »Glaubst du wirklich, ich würde den Mann nicht erkennen, der mich ein Dreivierteljahr lang gefangen gehalten und gefoltert hat? Es war der Mistkerl, daran besteht kein Zweifel. Er kann zwar sein Aussehen und seinen Namen verändern, aber nicht seinen Gestank. Und es ist sicher kein Zufall, dass er jetzt hier ist.«

Kainda glaubte ihm. Zwar wusste sie nicht, wie Lee hierher gekommen war oder warum, aber das war auch nebensächlich. Ihr einziger Gedanke war, dass sie Ryan und Mia warnen und in

Sicherheit bringen musste. »Hat er gemerkt, dass du ihn erkannt hast und geflohen bist?«

Naz hob die Schultern. »Ich gehe davon aus.«

Wut kroch in ihr hoch und sie trat dicht an ihn heran. »Damit hast du alle anderen gefährdet! Wir müssen sie da herausholen, bevor Lee das tut, was auch immer er hier vorhat.«

Seine Lippen pressten sich zusammen. »Das wirst du alleine tun müssen, ich gehe nach Hause.«

Ihre Hand schloss sich um seinen Arm. »Das kannst du nicht tun, ich brauche deine Hilfe, Mia und Ryan brauchen dich! Du kannst doch nicht den Mistkerl entkommen lassen, der dir das angetan hat!«

Etwas glomm in seinen Augen auf, aber dann schüttelte er den Kopf. »Wie du ja eben selbst gesagt hast, bin ich nicht kräftig genug. Wenn ich schon nicht nach Hause laufen kann, wie soll ich dann gegen einen Mann kämpfen können, der vermutlich wieder bewaffnet ist und auch sicher nicht allein?«

Vermutlich hatte er damit Recht, aber irgendetwas mussten sie tun, um Lee unschädlich zu machen. »Naz …«

»Ich werde gehen, Kainda, du kannst mich nicht davon abhalten.« Seine Stimme war leise, beinahe entschuldigend. »Du solltest auch fliehen, solange du noch kannst.« Als sie nicht antwortete, verwandelte er sich wieder und trottete in Richtung Freiheit davon.

Einen Moment lang sah sie ihm verzweifelt nach, dann riss sie sich zusammen. Sie konnte ihn nicht zwingen, ihr zu helfen, also musste sie alleine einen Weg finden, wie sie Lee ausschalten konnte. Die Wut auf den Mann, der so viel Leid verursacht hatte, trieb sie vorwärts. Sie verwandelte sich und lief in Richtung der Gebäude zurück. Dort angekommen, kroch sie lautlos durch die Sträucher auf ihr Haus zu. Bevor sie etwas unternahm, musste sie Jamila und die Berglöwenwandler darüber informieren, dass sich Lee hier aufhielt und nicht in den USA, wie sie vermuteten.

Auch wenn sie sich am liebsten sofort versichert hätte, dass es Ryan und Mia gut ging, siegte die Vernunft. Sollte Lee sie sehen und ebenfalls gefangen nehmen, gab es niemanden mehr, der Hilfe holen konnte. Deshalb schlich sie sich in ihr Haus und verwandelte sich erst, als sie sicher war, dass sich niemand dort aufhielt. Ihr Herz zog sich schmerzhaft zusammen, als sie Ryans Geruch witterte, der noch in den Räumen hing. Furcht um ihn ließ ihre Hand zittern, als sie das Telefon aus der Station nahm und die Nummer des Berglöwenlagers eintippte.

»Ja?« Es war mehr ein Knurren als ein Wort. Erst jetzt fiel ihr ein, dass es in den USA zehn Stunden früher und damit mitten in der Nacht war.

»Finn? Hier ist Kainda.« Sie wollte mehr sagen, aber ihre Stimme versagte. Tränen schossen in ihre Augen, als ihr bewusst wurde, dass sie Ryan verlieren konnte, so wie vor anderthalb Jahren ihren Gefährten und ihren Sohn.

»Kainda? Was ist passiert?« Diesmal klang Finn hellwach und besorgt. Im Hintergrund konnte Kainda die Stimme ihrer Schwester hören.

Mühsam riss sie sich zusammen. »Ich habe eben Naz draußen getroffen. Er sagte, dass Lee hier in der Auswilderungsstation ist.«

»Was? Wie kommt er denn nach Afrika? Woher weiß er überhaupt von der Station?«

»Keine Ahnung, aber ich gehe davon aus, dass Naz die Wahrheit sagt. Er ist übrigens abgehauen.« Sie schluckte schwer. »Mia hat Lee wohl durch das Gebäude geführt, ich glaube nicht, dass sie weiß, wer er ist. Da Ryan ihn nie gesehen hat, kann er ihn nicht erkennen, und ich auch nicht. Kannst du mir eine aktuelle Beschreibung geben?«

»Caruso sagte, seine Haare sind jetzt schwarz gefärbt und er trägt einen Bart. Er hat hellgrüne Augen. Lee ist Mitte fünfzig und etwa 1,80 Meter groß. Im Moment humpelt er anscheinend.« Sie konnte ein Rascheln hören. »Ich werde Harken informieren, er wird sicher wissen wollen, dass Lee jetzt in Namibia ist.«

Zwar wusste sie nicht, was Harken tun konnte, wenn er in den USA war, aber im Moment war Kainda jede Hilfe recht, egal von wem sie kam. Bis er hier ankam, konnte es für Ryan und Mia längst zu spät sein.

»Bitte, Finn, tut irgendwas. Ich werde versuchen, Ryan und Mia zu helfen, aber ich weiß nicht, ob es mir gelingen wird.« Ihre Stimme brach.

Es gab einen dumpfen Laut. »Versprich mir, dass du nichts tust, das dich in Gefahr bringt!« Kainda lächelte durch ihre Tränen, als sie die Stimme ihrer Schwester hörte. Jamila hatte ihrem Gefährten anscheinend das Telefon entrissen.

»Hallo kleine Schwester.«

Jamila schnaubte. »Glaub nicht, dass du mich ablenken kannst. Ich meine es ernst, Kainda.«

»Ryan ist vielleicht in Gefahr, ich kann hier nicht untätig herumsitzen.« Die Verzweiflung war deutlich in ihrer Stimme zu hören. »Wenn mir noch ein geliebter Mensch genommen wird …« Sie brach ab, als sich ihre Kehle vor Angst zuschnürte.

Jamila gab einen schmerzerfüllten Laut von sich, so als würde sie auch tausende Kilometer entfernt noch den Kummer ihrer Schwester spüren. »Genauso geht es mir auch! Du bist alles, was ich noch an Familie habe, Kainda. Ich verstehe, dass du Ryan helfen musst, ich bitte dich nur, daran zu denken, dass es ihm nichts bringt, wenn du ebenfalls gefangen genommen oder sogar getötet wirst.«

»Das ist mir klar. Ich verspreche, dass ich vorsichtig sein werde.« Sie blickte aus dem Fenster zu den Gebäuden hinüber. »Ich muss jetzt gehen, vielleicht gelingt es mir, Joe zu warnen, damit Lee ihn nicht auch noch in seine Fänge bekommt.«

»Pass bitte auf dich auf, Kainda. Und melde dich regelmäßig hier, damit ich weiß, dass es dir gut geht.«

»Ich werde es versuchen.« Sie schluckte um den Kloß in ihrem Hals herum. »Ich hab dich lieb, kleine Schwester.« Rasch beendete sie die Verbindung, bevor ihr erneut die Tränen kamen. Wenn sie Lee überlisten wollte, musste sie einen kühlen Kopf bewahren und ihre Gefühle tief in ihrem Innern verschließen. Es war ihr damals nicht gelungen, ihre Familie zu beschützen, doch diesmal würde sie nicht zulassen, dass ihr die Menschen, die sie liebte, entrissen wurden. Gott sei Dank war Jamila weit weg und in Sicherheit.

Rasch verließ sie das Haus und verwandelte sich. Jede Deckung ausnutzend lief sie zu dem Gebäude, in dem sich die Krankenstation befand. Witternd hob sie die Nase. Ja, sie nahm neben Mia und Ryan eindeutig einen fremden Geruch wahr. Erleichtert erkannte sie, dass es nicht nach frischem Blut oder Tod roch, also waren die beiden noch unverletzt.

Trotzdem wollte sie auch mit eigenen Augen sehen, dass es Ryan gut ging. Doch sie konnte natürlich nicht einfach durch die Tür spazieren. Da sie in ihrer Leopardenform auch nicht durch die Fenster blicken konnte, schlich sie sich durch das Gebüsch zur Seite des Klinikgebäudes und verwandelte sich. Vorsichtig richtete sie sich in Menschengestalt neben dem Fenster der Klinik auf und presste sich an die Wand. Mit einem letzten tiefen Atemzug schob sie sich langsam vor, bis sie in den Raum hineinsehen konnte.

Ihr Herz klopfte schmerzhaft, als sie Ryan und Mia in einer Ecke auf dem Boden sitzen sah. Ein Mann stand mit der Seite zu ihr im Raum und hielt eine Pistole auf die beiden gerichtet. Mit den dunklen Haaren und dem Bart schien es sich tatsächlich um

Lee zu handeln. Eine Welle des Hasses überschwemmte Kainda und sie konnte sich kaum zurückhalten, einfach durch das Fenster zu springen, und den Verbrecher in Stücke zu reißen. Als hätte er ihre Gedanken gespürt, drehte er sich ruckartig zum Fenster um. Kainda riss den Kopf zurück und verwandelte sich. Innerhalb weniger Sekunden war sie im Gebüsch untergetaucht. Dort kauerte sie heftig atmend, während sie am ganzen Körper zitterte.

Als sie sicher war, dass Lee sie nicht gesehen hatte, kehrte sie zur Vorratshütte zurück, wo Joe immer noch mit der Bestandsaufnahme beschäftigt war. Für einen Moment blieb sie stehen und fragte sich, ob sie das alles nur geträumt hatte, doch dann hatte sie wieder Ryan und Mia vor Augen, die von Lee mit einer Pistole in Schach gehalten wurden. Kainda sah sich noch einmal um, trat dann in das Gebäude und zog die Tür hinter sich zu.

Joe sah überrascht auf. »Hast du was vergessen?« Dann nahm er ihren Gesichtsausdruck wahr und stand hastig auf. »Was ist passiert? Braucht Mia Hilfe?«

»Ein Mann bedroht Mia und Ryan in der Krankenstation mit einer Pistole. Wir müssen irgendetwas tun!« Beinahe hätte sie ihm von Naz erzählt und wer Lee war, doch ihr fiel gerade noch rechtzeitig ein, dass der Ovambo ein Mensch war und kein Wandler. Zwar glaubte sie, dass er mehr wusste, als er jemals gesagt hatte, aber sie konnte Mia nicht verraten.

Joes sonst so ruhiges und freundliches Gesicht wirkte plötzlich hart. »Ich werde ihn mir ansehen.«

»Das kannst du nicht, wenn er dich sieht, nimmt er dich nur auch noch gefangen.«

»Ich muss wissen, wer der Kerl ist, damit ich entscheiden kann, was wir am besten tun können.« Er zögerte. »Wenn es der ist, den ich befürchte, dann werden wir alleine nicht viel ausrichten können.«

Kainda starrte ihn misstrauisch an. Kannte Joe diesen elenden Mistkerl etwa?

Als Joe ihren Gesichtsausdruck sah, seufzte er und schüttelte den Kopf. »Ich weiß, was ihr seid, aber ich habe nichts mit diesem Verbrecher zu tun.« Er schnitt eine Grimasse. »Zumindest nicht mehr.« Schuld stand deutlich sichtbar in seinen Augen.

Ein Grollen löste sich aus ihrer Kehle und sie machte einen Schritt auf ihn zu. »Hast du etwas damit zu tun, dass er jetzt hier ist? Hast du ihn auf uns gehetzt?«

»Nein. Aber ich kann mir vorstellen, was er hier will.«

Seltsamerweise glaubte Kainda ihm. »Und was ist das?«

»Den Löwen zurückholen, der ihm vor anderthalb Jahren entwischt ist.« Fast etwas wie ein Lächeln huschte über seine Lippen. »Ein toller Trick, sich unsichtbar davonzuschleichen.«

Kainda klappte ihren offen stehenden Mund zu. »Du kennst Harken?«

Joe hob die Schultern. »Seinen Namen kenne ich nicht, aber Mia hat ihn damals in der Wüste gerettet, nachdem er schwer verletzt entkommen war. Er ist zwei Wochen hiergeblieben.«

Das erklärte allerdings nicht, warum er jetzt in den USA war und Lee hier. »Lee hatte Harken damals also eingefangen? Was wollte er von ihm?«

»Ich weiß es nicht genau. Er hatte einige von meinem Stamm dafür bezahlt, dass wir seine Ausrüstung schleppten, das Lager aufbauten und so weiter, während er auf Jagd ging.« Als Kainda etwas einwenden wollte, sprach er rasch weiter. »Es war nicht richtig, deshalb habe ich mich gleich danach aus dem Staub gemacht und bin Harken gefolgt. Er ist ziemlich weit gekommen, aber irgendwann war seine Kraft am Ende, deshalb habe ich die Auswilderungsstation angerufen, von der ich gehört hatte, und Mia gesagt, wo sie ihn findet.« Einer seiner Mundwinkel hob sich. »Nachdem ich sämtliche Spuren beseitigt hatte, bin ich Lee gefolgt, um sicherzustellen, dass er den Löwen nicht erneut einfängt. Als Harken in die USA ging, habe ich Mia meine Hilfe angeboten und sie hat angenommen.« Er senkte seine Stimme. »Es war das Mindeste, was ich tun konnte, nachdem ich diesem Verbrecher geholfen hatte.«

So viel hatte Kainda Joe noch nie am Stück reden gehört. »Weiß Mia, dass du bei Harkens Gefangennahme dabei warst?«

Stumm schüttelte Joe den Kopf. »Ich wollte ihr keinen Grund geben, mich wegzuschicken.«

Kaindas Unruhe kehrte zurück, als ihr bewusst wurde, wie viel Zeit schon vergangen war. Sollte Mia die Sache mit Joe selbst klären, jetzt war es nur wichtig, wie sie Lee überwältigen konnten, ohne seine Gefangenen in Gefahr zu bringen. Alleine würde ihr das wohl nicht gelingen, aber auch mit Joes Hilfe war das Risiko zu hoch. Sie brauchten Verstärkung, so viel war klar.

Joe riss sie aus ihren Gedanken. »Ich werde sehen, ob ich einige Freunde erreichen kann. Allerdings wird das etwas dauern, weil sie nicht gerade in der Nähe leben.«

Kainda biss nachdenklich auf ihre Lippe. »Ist das nicht zu gefährlich? Lee ist unberechenbar.«

»Wenn genug Zeugen da sind, wird er sich nicht trauen, irgendjemanden zu verletzen.«

Sie war sich da nicht so sicher, nickte aber schließlich, weil ihr auch nichts Besseres einfiel. »Okay, versuchen wir es.«

Joe drehte sich an der Tür noch einmal zu ihr um. »Kommst du mit?«

»Nein, ich bleibe hier.« Sie brachte es nicht über sich, Ryan alleinezulassen, zu groß war ihre Angst, dass sich die Geschehnisse wiederholen könnten. Damals, als ihre Gruppe überfallen wurde, war sie nicht da gewesen und hatte später nur noch die Leichen ihres Sohnes und ihres Gefährten gefunden. Das durfte nicht noch einmal geschehen.

Besorgt blickte Joe sie an und nickte dann zögernd. »Pass auf dich auf.«

Gerade als es Harken gelungen war, den Schmerz in seinem Innern so weit zu unterdrücken, dass er wieder halbwegs funktionierte, stellte sich ihm einer der Berglöwenwächter in den Weg und beorderte ihn zurück zur Ratshütte, weil es eine neue Entwicklung gab. Was auch immer es war, es musste schlimm sein, wenn sie sich sogar die Mühe machten, ihn mitten in der Nacht im Wald zu suchen. Äußerlich blieb er ruhig, aber das schlechte Gefühl breitete sich in ihm aus, je näher er dem Lager kam.

Die Hütte war bereits voll belegt, als Harken eintrat. Überall sah er ernste und besorgte Mienen, doch dann fiel sein Blick auf Jamila, deren dunkle Haut beinahe grau wirkte und die sich an Finn lehnte, als könnte nur er sie aufrecht halten. Sein Herz klopfte schneller, Furcht kroch sein Rückgrat hinauf. Nur mit Mühe hielt er seine Stimme ruhig. »Ihr wolltet mich sehen?«

Finns grüne Augen waren dunkler als gewöhnlich, seine Lippen beinahe farblos. »Wir haben einen Anruf von Kainda bekommen. Anscheinend hält sich Lee in Namibia auf und hat ihren Gefährten Ryan und Mia als Geiseln genommen.«

Harken hatte mit vielem gerechnet, aber nicht damit. Sein Herz setzte einen Schlag lang aus, sein Atem stockte. Die Haare in seinem Nacken richteten sich auf und er spürte, wie Angst und Wut in ihm explodierten. Mia in den Händen dieses Verbrechers, der schon mehrfach Wandler und Menschen umgebracht hatte, war mehr, als er ertragen konnte. Gequält schloss er die Augen, als er sich vorstellte, was Lee Mia in diesem Moment vielleicht antat. Die ganze Zeit, die er sich von ihr ferngehalten hatte, damit eben genau das nicht passierte, war umsonst gewesen. Wäre er dortgeblieben, hätte er ihr jetzt wenigstens beistehen können. Hatte Lee irgendwie herausgefunden, dass Mia mit ihm in Verbindung stand? Es musste so sein, anders war nicht zu erklären, dass der Verbrecher sich jetzt dort aufhielt.

Seine Lider hoben sich. »Verdammt noch mal!«

Von seinem Ausbruch überrascht, starrten ihn die Berglöwen unsicher an. Die Hände an seinen Seiten zu Fäusten geballt, versuchte er, sich wieder zu beruhigen. Er musste einen klaren Kopf behalten und eine Möglichkeit finden, Mia zu helfen. Auf keinen Fall konnte er zulassen, dass Lee ihr etwas antat.

Schließlich hatte er sich so weit unter Kontrolle, dass er wieder sprechen konnte. »Ist es sicher, dass es sich um Lee handelt? Hat er seinen Namen genannt? Kainda hat ihn ja nie gesehen, vielleicht irrt sie sich.«

Finn schüttelte bereits den Kopf. »Es war Naz, der ihr gesagt hat, dass Lee von Mia durch die Gebäude geführt wurde. Und ich denke mal, er wird sich nach so langer Zeit in Lees Gefangenschaft nicht irren. Auch wenn mir das lieber wäre.« Sein Arm schlang sich fester um Jamila, in deren Augen Tränen standen. »Kainda hat gesehen, dass ein Mann, der Lees derzeitigem Aussehen entspricht, Mia, Ryan und den Löwenwandler in der Krankenstation mit einer Pistole bedroht.«

Harken unterdrückte einen weiteren Fluch. »Okay, gehen wir also davon aus, dass es wirklich Lee ist. Woher wusste er von *Shapes of Life*? Und was genau will er?«

»Wir dachten, du könntest uns das vielleicht sagen.« Toriks Stimme erklang hinter ihm. »Schließlich kommst du aus Namibia und kennst offensichtlich auch diese Mia.«

Langsam drehte sich Harken zu ihm um. Toriks dunkle Augen ruhten auf ihm. »Ich komme aus Namibia und kenne Mia, aber ich weiß deshalb trotzdem nicht, wie Lee herausgefunden hat, dass …« … *sie ihm alles bedeutete*. Er räusperte sich. »Ich bin aus Namibia weggegangen, um genau das zu verhindern, was jetzt anscheinend passiert ist.«

Finn mischte sich wieder ein. »Dann bist du Lee dort begegnet? Ist er dir in die USA gefolgt?« Ein Vorwurf schwang in seiner Stimme mit.

Harken unterdrückte den Impuls, über die Narben an seiner Seite zu streichen. »Vor etwa anderthalb Jahren hat Lee mich in Namibia eingefangen. Ich konnte entkommen und Mia hat mich in die Auswilderungsstation gebracht, weil ich verletzt war.« Er brachte es nicht über sich, den Mord an der Leopardengruppe zu erwähnen, an dem er sich immer noch eine Mitschuld gab. »Um sie nicht zu gefährden, bin ich Lee in die USA gefolgt. Ich wollte ihn unschädlich machen, konnte ihn aber nicht finden. Deshalb habe ich euch kontaktiert, nachdem er euch ins Visier genommen hatte.«

Keira stieß ein Grollen aus. »Dann hat er uns nur angegriffen, weil er dich nicht haben konnte?« Damit äußerte sie seine stillen Befürchtungen laut.

Bevor er antworten konnte, kam ihm Sawyer zuvor. »Nein, der Angriff auf meine Gruppe fand schon vor zwei Jahren statt, passierte also vor der Sache in Namibia. Und wer weiß, wie lange er schon hinter den Wandlern her ist, wir müssen ja nicht die ersten gewesen sein.«

Auch wenn es nicht richtig war, erleichterte es Harken irgendwie, dass er nicht der Auslöser für Lees besessene Jagd auf die Wandler war. Trotzdem schien es Harken so, als wäre seine Suche nach dem ›Heilsbringer‹ noch eine weitere Entwicklung. »Ich denke, wir können davon ausgehen, dass Lee nicht hinter einem einzigen Wandler her ist, sondern hinter allen. Warum genau, weiß ich nicht, er hat mir damals nicht gesagt, warum er mich hat einfangen lassen.« Er stieß hart den Atem aus. »Und das ist mir auch egal, ich weiß nur, dass ich sofort nach Namibia muss, um Mia zu retten.«

Skeptisch sah Finn ihn an. »Glaubst du, du kannst das alleine schaffen? Was ist, wenn Lee wieder Männer gekauft hat, die jeden umbringen, der ihnen im Weg ist?«

»Das muss ich wohl riskieren.« Für Mia würde er alles tun. »Ich werde Caruso Bescheid sagen, er wird sicher mitkommen wollen.«

»Vermutlich.« Finn sah sich im Raum um. »Wir werden besprechen, ob wir auch jemanden dorthin schicken. Es ist auch in unserem Interesse, dass Lee keine Gefahr mehr darstellt.«

Harken neigte den Kopf. »Das würde ich begrüßen. Es muss nur schnell entschieden werden, weil ich aufbreche, sobald ich einen Flug bekomme.« Jede Sekunde, die er Mia in Lees Gesellschaft ließ, war eine zuviel. Er wollte zu ihr, egal, was er dafür tun musste.

23

Mia schaffte es nicht, die Augen von der Pistole abzuwenden, die auf sie gerichtet war. Turner – oder wie auch immer er heißen mochte – hatte Ryan und sie gezwungen, sich in der Krankenstation auf den Boden zu setzen, während er ein Telefonat führte. Soweit sie es von seiner Seite des Gesprächs aus mitbekommen hatte, forderte er Verstärkung an und befahl gleichzeitig, irgendetwas anzugreifen. Angst kroch in ihr hoch, als sie erkannte, dass er anscheinend wirklich vorhatte, sie hier für längere Zeit gefangen zu halten. Nur warum? Weder sie noch Ryan kannten ihn, sie konnte sich nicht vorstellen, warum sie ihm so wichtig zu sein schienen. Ein Blick auf Ryan zeigte, dass auch er nicht verstand, was hier vorging.

Schließlich hielt sie es nicht mehr aus. »Was wollen Sie von uns? Sie müssen doch wissen, dass es hier nichts gibt, das sich zu stehlen lohnt.«

Turner lachte ihr ins Gesicht. »Ich habe nicht vor, etwas zu stehlen. Im Gegenteil, ich will, dass etwas hierherkommt.« Seine Augen glitzerten. »Oder vielmehr jemand. Ich habe lange darauf gewartet.«

Verwirrt sah Mia ihn an. »Ich habe keine Ahnung, wovon Sie überhaupt reden.« Auch Ryan schüttelte den Kopf.

Der Verbrecher wandte sich ihm zu. »Wo ist denn Ihre Leopardenfreundin? Ich hatte mich darauf gefreut, sie zu sehen.«

Ein Muskel zuckte in Ryans Wange. »Derzeit haben wir keine Leopardin hier. Nur ein Männchen.«

»Sie meinen den, der sich gerade aus dem Staub gemacht hat?

Schlau von ihm, aber ich glaube nicht, dass er in seinem Zustand weit kommen wird.« Turner grinste ihn an. »Aber nein, von dem habe ich nicht geredet, sondern von der Leopardin, die Sie in Ihrer Klinik in Escondido behandelt haben, nachdem sie von einem Truck angefahren wurde.«

Mia legte ihre Hand auf Ryans Arm, als er aufspringen wollte. Langsam lehnte er sich wieder an die Wand. »Die wurde von den Behörden eingeschläfert, nachdem sie einen Menschen angegriffen hatte. Schade um das schöne Tier.«

Mia hätte gelächelt, wenn die Situation nicht so ernst gewesen wäre. Wenn Kainda das hätte hören können, dann hätte sie Ryan die Ohren langgezogen. Hoffentlich ging es ihr und Joe gut. Seit Turner sein wahres Gesicht gezeigt hatte, war keiner von beiden in das Gebäude gekommen. Aber waren sie sich der Situation überhaupt bewusst? Hatte Naz sie gewarnt und sie holten bereits Hilfe? Oder waren sie vielleicht auch von etwaigen Komplizen von Turner gefangen genommen worden?

»Ihr wollt also weiterhin so tun, als wäre dies hier eine normale Auswilderungsstation und als wäre der hier …« Turner stieß mit der Pistole in die Seite des Löwenwandlers, der bisher noch keinen Muskel gerührt hatte. »… ein Tier?«

Eiseskälte breitete sich in Mias Körper aus. Woher wusste der Kerl, dass der Löwe ein Wandler war? Mit Mühe hielt sie ihre Stimme ruhig. »Was sollte er denn sonst sein?«

Turner legte den Kopf schräg. »Netter Versuch, aber ich sollte dir vielleicht sagen, dass jeder deiner Gedanken an deinem Gesichtsausdruck abzulesen ist. Du weißt genau, wovon ich rede, und es würde die Sache wesentlich beschleunigen, wenn du es zugeben würdest, ohne dass ich jemandem wehtun muss.«

Ihre Wut kochte über. »Wer zum Teufel sind Sie?«

Sein Gesichtsausdruck verdüsterte sich. »Hat dir dein Freund das etwa nicht gesagt? Das wundert mich. Ich fand euer Telefonat vorhin übrigens sehr aufschlussreich. Es wird interessant sein herauszufinden, ob du auch zu den Wandlern gehörst. Und wenn ja, zu welcher Art. Es ist nur schade, dass ich dich nicht am Leben lassen kann, ich suche immer neue Wandler für meine Forschung. Meine letzten Exemplare sind mir gerade abhandengekommen.« Sein Blick glitt zum Löwen.

Mit all ihrer Kraft hielt sie die Verwandlung zurück, als der Löwe in ihr ausbrechen und den Verbrecher in Stücke reißen wollte. Ryan war nicht so zurückhaltend. Mit einem rauen Laut stürzte er sich auf Turner. Der wurde von der Aktion überrascht, fing sich aber rasch wieder. Bevor Ryan seine Hände um dessen Hals legen konnte, presste sich die Pistole in seine Brust.

»Das würde ich nicht tun, wenn Sie noch ein wenig länger leben wollen. Eigentlich sind Sie nämlich entbehrlich, Doktor, deshalb würde ich mich an Ihrer Stelle nicht reizen.« Sein Mund verzog sich hämisch, als Ryan einen Schritt zurücktrat. »Kluge Entscheidung. Und jetzt setzen Sie sich wieder hin, bevor ich es mir anders überlege.«

Mia konnte deutlich die Wut, aber auch die Furcht um Kainda in Ryans Augen sehen, als er sich wieder neben ihr niederließ. Beruhigend legte sie ihre Hand auf seinen Arm.

Um Turner von ihm abzulenken, richtete Mia sich auf. »Ich weiß immer noch nicht, was Sie eigentlich von uns wollen, Mr Turner.« Sie machte eine kleine Pause. »Vermutlich ist das gar nicht Ihr Name, oder?«

Er lächelte sie auf eine Weise an, die ihre Nackenhaare hochstehen ließ. »Ihr könnt mich auch Lee nennen. Aber eigentlich ist es auch egal, denn die Sache wird hier enden.«

Lee. Mit diesem einen Wort bestätigte er ihren schlimmsten Verdacht. Er war der Kerl, der Harken gequält hatte und in den USA solchen Ärger bereitete! Der Wandler und Menschen entführte und quälte oder sogar tötete. Furcht kroch in ihr hoch und sie erkannte, dass sie in noch größerer Gefahr waren, als sie bisher gedacht hatte. Anscheinend hatte er wirklich vor, sie zu töten, wenn er dachte, dass es – was immer *es* auch war – hier enden würde. Oder er spielte nur mit ihnen. Gänsehaut bildete sich auf ihren Armen, als sein kalter Blick sich in ihren bohrte. Nein, er wirkte so, als meinte er es todernst.

Lees Blick lag auf ihrem Gesicht. »Ich sehe, dass du jetzt weißt, wer ich bin. Ich nehme an, dass deine Freunde in den USA dich vor mir gewarnt haben.« Als sie nichts sagte, blitzte Wut in seinen Augen auf. »Du willst also wissen, warum ich gekommen bin?«

Mia nickte zögernd. »Ja.«

»Ich habe gehört, dass meine Versuchsobjekte hierher gebracht wurden.« Mit der Pistole stupste er dem Löwenwandler in die Rippen, der sich immer noch nicht rührte.

Wie konnte er davon wissen? Leon hatte doch gesagt, dass er die Herkunft der Wandler verschleiert hatte. »Sie wollen sie zurückholen?« Ihr Magen zog sich zusammen, als sie sich fragte, wie sie ihn daran hindern konnte.

Lees Mund verzog sich. »Wohl kaum. Nein, mich interessiert vielmehr derjenige, der dafür gesorgt hat, dass sie hierherkamen.«

Leon. Ein eiskalter Schauder lief Mia über den Rücken. Der Kerl hatte es auf Leon abgesehen! »Ah, ich sehe, du weißt, von wem ich spreche. Sehr gut, dann kann ich mir längere Erklärungen sparen. Ich weiß übrigens auch, dass die Leopardin, die der liebe Doktor aufgepäppelt hat, auf dem gleichen Weg hierhergelangt ist. Es lohnt sich also gar nicht zu leugnen.«

Mia presste ihre Lippen zusammen und schwieg, während sich die Angst weiter in ihr ausbreitete.

»Wie, du hast nichts dazu zu sagen?«

»Ich weiß nicht, wovon Sie reden.« Leider wusste sie es nur zu genau, beinahe wünschte sie, es wäre nicht so. Irgendwie musste es ihr gelingen, Leon zu warnen!

Lee schüttelte den Kopf. »Zu schade. Falls du darüber nachdenkst, mich anzulügen, spar es dir. Ich weiß nämlich genau, wo dieser Knabe hier herkommt …« Er griff in die Mähne des Löwen und zog daran. »… deshalb ist das völlig unnötig.«

Mia wusste nicht, was sie tun sollte. Dieser Lee war eindeutig bereit, bis zum Äußersten zu gehen, so viel stand fest. Und er war unberechenbar, das machte es auch schwierig, wenn nicht gar unmöglich, seine Reaktionen vorauszusehen. »Sie haben immer noch nicht gesagt, was Sie eigentlich wollen.«

Die hellgrünen Augen verdunkelten sich. »Ich will Rache.«

Das Herz klopfte ihr bis zum Hals und sie hatte Mühe, einen Ton herauszubringen. »Wofür? Wir haben Ihnen nie etwas getan.«

Lees Hand schloss sich fester um die Pistole. Seine Fingerknöchel stachen weiß hervor. »Oh doch, das habt ihr. Aber das werde ich mit deinem Freund direkt abmachen. Du musst ihn nur kontaktieren und ihm sagen, dass ich hier auf ihn warte und mich in der Zwischenzeit mit euch beiden vergnüge.« Sein Lächeln war alles andere als freundlich. »Ich wette, er wird in den nächsten Flieger springen, er hat auch immer reagiert, wenn ich in den USA einen Wandler angegriffen habe.«

Mia befeuchtete ihre trockenen Lippen. »Da gibt es nur ein Problem: Ich weiß weder, wo er ist, noch wie ich ihn erreichen kann.« Das stimmte zwar nicht so ganz, aber das musste Lee ja nicht wissen.

Er blickte sie einen Moment lang an und schüttelte dann den Kopf. »So schön und so verlogen. Falls du es schon vergessen hast: ich war vorhin dabei, als du mit ihm telefoniert hast. Und sicher habt ihr auch früher schon miteinander gesprochen, um die Transporte klarzumachen. Also, noch einmal: Ruf ihn an und sag ihm, dass er herkommen soll, wenn er euch nicht auf dem Gewissen haben will.«

Nur mit Mühe schaffte Mia es, ihre Miene ausdruckslos zu halten. »Warum denken Sie, dass ihn das interessieren wird?«

Lee lächelte. »Oh, das wird es. Wenn er sein Leben sogar für ein Menschenmädchen und solche Bettvorleger wie ihn hier riskiert, wird er das sicher auch für euch tun. Außerdem weiß ich, dass er hinter mir her ist, und er wird sich diese Gelegenheit sicher nicht entgehen lassen.« Sie befürchtete, dass er damit Recht hatte. Er zog sein Handy aus der Jackentasche und hielt es ihr hin. »Ich habe beschlossen, die Sache hier zu beenden, wo ich ihn schon einmal erwischt habe. Los, ruf ihn endlich an.«

Sie schüttelte den Kopf. »Nein.«

Mit einem tiefen Seufzer trat Lee auf sie zu. Sie spannte ihre Muskeln in Erwartung eines Angriffs an, doch der kam anders als erwartet. Bevor sie reagieren konnte, hatte er den Lauf der Pistole an Ryans Schläfe gepresst.

»Also gut, noch einmal von vorn. Nimm das Telefon und ruf diesen verdammten Mistkerl an, bevor ich dem lieben Doktor eine Kugel in den Schädel jage.« Ein seltsamer Glanz lag in seinen Augen und sie fragte sich, ob er verrückt war. Sie hatte jedenfalls keinen Zweifel daran, dass er Ryan, ohne mit der Wimper zu zucken, töten würde.

»Ich habe seine Telefonnummer wirklich nicht! Das müssen Sie mir glauben.«

Lee sah sie eine Weile lang nur an, die Pistole bewegte sich keinen Millimeter. Ryan hatte sich die ganze Zeit nicht gerührt, doch jetzt drehte er leicht den Kopf und blickte sie an. Wut stand deutlich sichtbar in seinen Augen und sie wusste, dass er Lee angreifen würde, wenn er nur den Hauch einer Chance sah. Hilflos saß Mia daneben, und ihre Finger gruben sich in ihre Oberschenkel.

»Ich glaube, dass du lügst.« Ryan zuckte zusammen, als Lee den Pistolenlauf noch fester gegen seine Schläfe drückte. »Tut mir leid für Sie, Doktor, aber wie es scheint, sind Sie Miss Leore nicht so wichtig wie ihre Wandlerfreunde. Haben Sie zum Abschied noch einen Wunsch?«

»Ja, erschießen Sie sich zuerst.« Ryans grollende Stimme klang beinahe wie die eines Wandlers.

Lee lächelte. »Gute Idee, aber nein, ich denke, damit warte ich noch ein wenig. Zuerst will ich noch einmal meinem Widersacher gegenüberstehen und dafür sorgen, dass er das bereut, was er getan hat.«

Mia konnte sich nicht vorstellen, was das gewesen sein mochte. Leon hatte ihr erzählt, dass er den Mann vorher nie gesehen hatte, der ihn gefangen genommen und gequält hatte – und sie glaubte ihm. Was sollte ein Wandler aus Namibia auch mit einem wohlhabenden Mann aus den USA zu tun haben? Aber anscheinend sah der Verbrecher eine Verbindung, sonst wäre er nicht hier. Was konnte er für Gründe haben, die Wandler und besonders Leon so zu hassen?

Lees Finger krümmte sich um den Abzug.

»Nein, warten Sie!«

Er sah sie mit einer hochgezogenen Augenbraue an. »Ist dir die Nummer doch noch eingefallen?«

»Nein, ich weiß sie wirklich nicht. Aber vielleicht kann ich jemanden erreichen, der ihm eine Nachricht überbringen kann.«

Er nickte zufrieden. »Na also, warum nicht gleich so.« Er hielt ihr wieder das Handy hin. »Ruf an.«

»Ich … ich habe die Nummer nicht im Kopf, sie ist in meinem Telefon gespeichert.«

»Na, dann hol es raus!« Lee klang deutlich ungeduldiger.

»Es ist im Büro.«

Einen langen Moment sah er sie an und sie befürchtete schon, dass er Ryan erschießen würde, doch schließlich nickte er. »Okay, wir beide gehen zum Büro und er bleibt hier.« Lee wandte sich Ryan zu. »Und wenn Sie versuchen sollten, zu entkommen oder

Hilfe herbeizurufen, dann werde ich die gute Miss Leore töten. Ist das klar?« Ryan nickte stumm. »Gut, dann bleibt nur noch eines zu tun, um sicherzugehen, dass Sie meinen Anweisungen folgen.« Rasch drehte er sich um und schoss.

Mia schrie entsetzt auf. Der ausgemergelte Körper des Löwenwandlers zuckte, Blut lief aus der Wunde an seiner Seite, wo die Kugel ihn getroffen hatte. Sein Auge öffnete sich. Als sein Blick sich auf Lee richtete, stieß er ein schwaches Grollen aus.

Lee beugte sich über ihn. »Ah, du wachst doch noch mal auf. Erinnerst du dich an mich? Dachtest du wirklich, du könntest mir entkommen?«

Mias Beherrschung brach und sie ging mit den Fäusten auf Lee los. Damit überraschte sie ihn, doch bereits nach dem zweiten Schlag presste er ihr den Pistolenlauf auf die Brust.

»Das würde ich mir noch mal überlegen. Los, gehen wir.« Er schob sie vor sich her zur Tür. »Worauf warten Sie noch, Doktor, wollen Sie ihn einfach so sterben lassen?« Leise schloss er die Tür hinter sich und drehte den Schlüssel herum, der draußen steckte.

Tränen standen in Mias Augen, als sie den langen Gang hinunterging. Wie konnte jemand nur so etwas tun? Der Löwenwandler war doch überhaupt keine Gefahr für den Verbrecher gewesen! »Sie Mistkerl! Fühlen Sie sich jetzt stark, weil Sie auf ein wehrloses Tier geschossen haben?«

Lees stechender Blick richtete sich auf sie. »Nein. Ich lasse nur keine losen Fäden zurück. Der Löwe wäre sowieso gestorben, ob nun hier oder in meinem Labor in San Francisco ist völlig unerheblich.« Er beugte sich näher zu ihr heran. »Ihr werdet mir diesmal nicht entkommen, dafür werde ich sorgen.«

»Sie sind ein Monster!«

Betont gleichgültig zuckte er mit den Schultern. »Mag sein. Aber ich bin wenigstens kein Mutant, so wie ihr.«

Mia ballte ihre Hände zu Fäusten, damit sie ihn nicht noch

einmal angriff. »Nein, Sie sind viel schlimmer. Sie könnten ein normales, erfülltes Leben führen, stattdessen leben Sie dafür, andere zu zerstören.«

Ohne Vorwarnung packte Lee sie an den Armen und stieß sie mit dem Rücken gegen die Wand. Ihr Hinterkopf schlug mit Wucht dagegen und für einen Moment sah sie nur schwarze Punkte.

Lee schob sein Gesicht dicht an ihres heran, sodass sie den Kaffee riechen konnte, den er in ihrem Büro getrunken hatte. War das wirklich erst eine Stunde her? Es kam ihr wie eine Ewigkeit vor. »Du hast überhaupt keine Ahnung wovon du redest! Ihr habt mir mein Leben genommen und ich werde nicht ruhen, bis ihr dafür gebüßt habt.«

Sein Atem ging heftig, in seinen Augen brannte ein Feuer, das ihr Angst machte. Vor allem aber bemerkte sie den Kummer, der ihm deutlich sichtbar ins Gesicht geschrieben stand. Schmerz verdunkelte seine Augen. Mia unterdrückte einen Anflug, von Mitleid. Dieser Verbrecher hatte es nicht verdient, nach dem, was er den Wandlern angetan hatte. Was auch immer er verloren hatte, es gab ihm nicht das Recht, andere zu quälen oder zu töten.

Mit angewiderter Miene trat Lee zurück. »Warum rede ich überhaupt mit dir darüber? Hör auf, Zeit zu schinden, ich will die Sache endlich hinter mich bringen.« Er packte ihren Arm und zog sie mit sich zum Ausgang. »Für dich ist es auch positiv – je schneller es geht, desto eher lasse ich dich in Ruhe.«

Sie glaubte kaum, dass er sie und Ryan einfach gehen lassen würde, wenn er bekommen hatte, was er wollte. Nein, er würde sie kaltblütig lächelnd umbringen, so wie den Löwenwandler. Doch auch etwas anderes machte ihr Sorgen: Wie würde sie reagieren, wenn sie Leon wiedersah? Vermutlich würde nicht nur er, sondern auch Lee ihr die Gefühle ansehen können und sie wollte ihm nicht noch mehr Macht über Leon geben. Aber dafür war es wohl sowieso schon zu spät. Wenn Leon das, was er am Ende des Telefonats gesagt hatte, ernst meinte, würde Lee alles von ihm verlangen können und er würde es tun, um sie zu beschützen.

Tränen liefen ihr über die Wangen. Würde sie Leon nach so langer Zeit wiedersehen, nur um ihn gleich darauf durch Lees Hand erneut zu verlieren? Irgendwie musste sie ihn davon abhalten, hierherzukommen, denn auch wenn sie noch wütend auf ihn war, wollte sie ihn doch nicht verletzt oder gar tot sehen. Und wenn sie ganz ehrlich war, hatten sich ihre Gefühle für ihn nie geändert. Obwohl er ihr so viel Leid zugefügt hatte, liebte sie ihn immer noch.

Ihre Beine wurden immer schwerer, je näher sie zu ihrem Büro kamen. Irgendetwas musste sie tun, um das zu verhindern, was Lee offensichtlich vorhatte. Allerdings würde es auch niemandem helfen, wenn sie erschossen wurde. Wie sicher konnte sie sein, dass Lee sie am Leben ließ, wenn sie den Anruf getätigt hatte? Vermutlich brauchte er sie weiterhin als Geisel, aber wer wusste schon, wie verrückt er wirklich war.

Im Büro angekommen ging sie langsam zu ihrem Schreibtisch hinüber. Ihr Blick fiel auf den Monitor ihres PCs und ihr kam eine Idee, wie sie vielleicht Hilfe herbeirufen konnte. Sie setzte sich auf den Stuhl und nahm das Telefon aus der Aufladestation. Während Lee sich neben sie stellte, ging sie sämtliche gespeicherten Telefonnummern durch.

Schließlich blickte sie zu ihm hoch. »Ich habe die Nummer doch nicht im Telefon.«

»Du solltest dir gut überlegen, ob du mich wirklich verärgern willst.« Die Pistole deutete genau auf ihre Rippen.

Mia schluckte schwer. »Das will ich nicht, es ist die Wahrheit. Aber ich habe die Nummer sicher in meinem E-Mail-Programm gespeichert. Dort sammele ich alle meine Kontakte.«

Lees Augen bohrten sich in ihre. »In Ordnung, sieh nach. Aber langsam und vorsichtig. Wenn du irgendetwas versuchst, bist du tot.«

War sie das nicht sowieso schon? Er hatte bereits klargemacht, dass niemand von ihnen überleben würde, wenn er das bekam, was er wollte. »Natürlich.«

Mia legte ihre zitternde Hand auf die Mouse und bewegte sie leicht, damit der Bildschirmschoner verschwand. Rasch klickte sie auf das E-Mail-Programm und rief die Kontakte auf. Lee beobachtete jeden ihrer Schritte. Sie musste ihn irgendwie ablenken. Als sie die gesuchte Adresse fand, riss sie ihren Kopf hoch und starrte aus dem Fenster. Wie sie es gehofft hatte, folgte Lee automatisch ihrem Blick. Er trat sogar einen Schritt zur Seite, um besser sehen zu können. Das nutzte Mia sofort aus. Rasch klickte sie auf E-Mail schreiben. So leise wie möglich begann sie, eine kurze Nachricht zu tippen, während Lee abgelenkt war. Erschreckt zuckte sie zusammen, als sich eine Hand wie ein Schraubstock um ihre Schulter schloss. Vor Schmerz stöhnte sie auf.

Lee blickte sie wütend an. »Das solltest du lieber bleibenlassen.« Ihre Hand rutschte von der Mouse, als das Taubheitsgefühl in ihrem Arm zunahm. »Wenn du noch ein wenig weiterleben möchtest, solltest du mir jetzt die Telefonnummer nennen, damit wir die Sache hinter uns bringen können.«

Mia wusste, dass sie verloren hatte. Noch einmal würde der Verbrecher sie nicht aus den Augen lassen. Also löschte sie die Nachricht und scrollte die Liste der Kontakte weiter hinunter, bis sie die Nummer des Berglöwenlagers fand. Mia hob das Kinn, um ihn ihre Angst nicht sehen zu lassen. »Es wird jemand kommen und uns befreien, darauf können Sie Gift nehmen.«

Nach einem weiteren durchdringenden Blick zuckte er mit den Schultern. »Egal, wenn dort draußen noch jemand herumläuft, wird er sowieso nicht mehr lange frei sein. Inzwischen dürfte meine Verstärkung eingetroffen sein und das Grundstück umstellt haben.« Als Mia ihn mit weit aufgerissenen Augen anstarrte, wedelte er mit der Pistole. »Worauf wartest du noch? Ruf endlich an.«

Mit zitternden Fingern wählte Mia die Nummer und hoffte, dass sie keinen Fehler beging und die Wandler in eine Falle lockte, die sie alle töten würde. Sie hielt den Atem an, als das Freizeichen ertönte.

»Ja.« Die fremde männliche Stimme klang gehetzt.

»Hier ist Mia. Aus Namibia.«

Eine kleine Pause entstand, im Hintergrund hörte sie Stimmengemurmel. »Wir haben gehört, dass man dich als Geisel genommen hat.«

»Das stimmt auch.« Sie leckte über ihre trockenen Lippen. »Könnt ihr ihm eine Nachricht von mir übermitteln?«

»Ich kann sogar noch mehr tun. Er ist gerade hier.«

Mias Herz schlug bis zum Hals. Wie sollte sie so tun, als würde ihr Leon nichts bedeuten, wenn sie direkt mit ihm sprach und sie wusste, dass es das letzte Mal sein konnte?

24

Harken stürzte in die Hütte und kam keuchend vor Finn zum Stehen. Mit einem ernsten Gesichtsausdruck reichte der ihm das Handy. Als ihm Jamila erzählt hatte, dass Mia am Telefon war, hatte er im ersten Moment wahnsinnige Freude und Erleichterung verspürt, aber das hatte sich in Entsetzen gewandelt, als die Leopardenwandlerin ihm sagte, dass Mia auf Lees Befehl anrief. Wortlos nahm er das Handy entgegen und presste es an sein Ohr, auch wenn er kaum etwas anderes als seinen Herzschlag hörte.

»Mia?« Seine Stimme klang rau und atemlos. Es kam ihm der Gedanke, dass Lee vielleicht mithörte und es besser wäre, möglichst unbeteiligt zu wirken, aber er bezweifelte, dass ihm das gelingen würde. »Geht es dir gut?«

»Ja. Ryan und ich werden als Geiseln gefangen gehalten.« Ein Zittern war in ihrer Stimme zu hören. »Der … Geiselnehmer fordert, dass du nach Namibia kommst und dich ihm auslieferst. Sonst wird er uns töten.«

Harken schloss die Augen. »Ich komme so schnell wie möglich.« Er wollte ihr sagen, dass er sie liebte, aber damit würde er Lee nur mehr Munition in die Hand geben. »Halt durch, okay?«

»Ich versuche es.« Mia holte tief Luft. »Komm nicht! Bleib dort, in Sicherheit!« Die Worte brachen aus ihr hervor und Harken konnte ihre Furcht hören.

»Mia, nicht …« Harken wurde von einer anderen Stimme unterbrochen, die er in seinen Alpträumen ständig hörte.

»Hallo, wie schön, dass wir endlich einmal dazu kommen, ein wenig zu plaudern. Du solltest nicht auf sie hören, wenn du deine

Freundin noch einmal lebend sehen willst. Ich habe schon mit dem Löwenwandler angefangen, den ihr mir in San Francisco gestohlen habt, und mache dann mit dem Doktor weiter. Glaubst du, das wird der lieblichen Miss Leore gefallen?« Lee lachte. »Du solltest ihren Gesichtsausdruck sehen. So ausdrucksvolle Augen. Ich wette, du möchtest sie noch ein wenig behalten.«

Harken biss die Zähne zusammen, um nicht das zu sagen, was ihm auf der Zunge lag. Stattdessen bemühte er sich um eine ruhige Antwort. »Ich habe schon gesagt, dass ich komme, und das werde ich auch.«

»Sehr vernünftig. Du glaubst nicht, wie lange ich schon darauf warte, dich wieder in die Finger zu bekommen.«

Oh doch, vermutlich genauso lange wie er selbst. »Mia, Ryan und sämtliche anderen Mitarbeiter und Tiere sollten besser unverletzt sein, wenn ich ankomme.« Er erkannte seine eigene Stimme kaum wieder, so kalt klang sie.

Anscheinend konnte Lee die Drohung darin sehr genau hören, denn es dauerte einen Moment, bis er antwortete. »Dann komm lieber schnell, denn ich bin nicht für meine Geduld bekannt.«

Die Verbindung brach ab, bevor Harken etwas sagen konnte. Langsam und mit einem hohlen Gefühl im Magen ließ er das Handy sinken.

»Was wirst du tun?«

Jetzt erst wurde er sich wieder Finns und Jamilas Gegenwart bewusst. Inzwischen hatten sich auch weitere Berglöwenwandler in die Hütte gedrängt. »Genau das, was ich gesagt habe, ich werde so schnell wie möglich nach Namibia fliegen.« Er rieb über sein Gesicht. »Irgendwie muss ich Lee davon abhalten, Mia und Ryan zu töten.«

Jamila mischte sich ein. »Immerhin wissen wir, dass er Kainda noch nicht eingefangen hat, denn sonst hätte Mia nicht betont, dass nur sie und Ryan Geiseln sind.«

Harken nickte knapp. »Auch Naz ist anscheinend noch in Freiheit.«

Finn verzog den Mund. »Aber sofort abgehauen, nachdem er Lee gesehen hat. Ich glaube nicht, dass wir mit seiner Hilfe rechnen können.«

»Vermutlich nicht. Aber wenigstens gibt es so eine Geisel weniger.« Harkens Brust zog sich zusammen, als er an den Löwenwandler dachte. Er hatte ihm versprochen, dass er bald wieder in Freiheit sein und sich erholen würde, stattdessen war er jetzt tot. Die Wut auf Lee steigerte sich, bis er fast daran erstickte.

Besorgt blickte Jamila ihn an. »Du willst dich Lee aber nicht ausliefern, oder? Er würde einfach nur euch alle umbringen.«

Harken lächelte gequält. »Nein. Erst befreie ich Mia und Ryan und dann kümmere ich mich um Lee. Nachdem ich jetzt weiß, wo er ist, wird er mir nicht noch einmal entkommen.«

»Er wird sicher Männer dort haben, die die Geiseln und das Grundstück bewachen«, wandte Finn ein.

»Ich weiß. Aber an denen komme ich ohne Probleme vorbei.« Schließlich konnte ihn niemand sehen, wenn er unsichtbar war. Problematisch wurde es erst, wenn er versuchte, die Geiseln zu befreien. »Außerdem werde ich auch nicht allein sein.« Er gab Finn das Telefon zurück und zog sein eigenes Handy heraus. »Ich werde Caruso anrufen und fragen, ob er inzwischen ein Flugzeug organisiert hat.« Harken zögerte. »Wenn uns auch noch jemand von euch begleiten würde, wäre ich dankbar. Ich weiß, dass ihr es euch nicht leisten könnt, auf eure Wächter zu verzichten, wenn ihr auch jederzeit angegriffen werden könntet.«

Finn neigte den Kopf. »Wir waren gerade dabei, das zu besprechen, als der Anruf kam. Ich teile dir die Antwort so schnell wie möglich mit.«

»Danke.« Leise verließ Harken die Hütte. Er entfernte sich ein Stück und rief dann Caruso an.

Der kam sofort zur Sache. »Ich habe ein Flugzeug gechartert, das uns direkt zu einem kleinen Flugplatz in der Nähe der Auswilderungsstation bringen wird. Da es eine kleinere Maschine ist, müssen wir zwischenlanden und auftanken, aber anders ist es nicht zu machen. In einer regulären Verkehrsmaschine wäre es zu unsicher für euch Wandler, zumal ihr keine Papiere habt.«

»Okay. Wo steht die Maschine?«

»In Mariposa.« Caruso zögerte. »Ich möchte Dawn hier nicht alleinelassen. Wäre es möglich, dass sie im Lager unterkommt, solange ich weg bin? Da Lee gerade in Namibia ist, wäre sie dort sicher.«

»Ich werde Finn fragen. Glaubst du, dass noch Gefahr für sie besteht?«

Caruso räusperte sich. »Ich will kein Risiko eingehen, dafür bedeutet Dawn mir zu viel.«

Finn blickte über die Menge der versammelten Wandler hinweg. Weil die ganze Gruppe teilnehmen sollte, fand die Versammlung im Freien statt. Obwohl es mitten in der Nacht war, hatten sich fast alle eingefunden. Bisher hatten sie immer noch keinen geeigneten Ort für solche Veranstaltungen gefunden. In diesen Momenten trauerte er der Versammlungshöhle ihres früheren Lagers nach.

»Unser Feind hält sich derzeit in Namibia auf. In einer Auswilderungsstation, die von einer Löwenwandlerin geführt wird, hat er Geiseln genommen. Harken wird in Kürze dorthin fliegen und den Verbrecher, der uns und anderen Wandlern bereits so viel Leid zugefügt hat, stellen. Dafür braucht er Hilfe und ich habe zugestimmt, dass er auf uns zählen kann, sofern sich jemand dazu bereit erklärt, mit ihm dorthin zu fliegen.« Unruhe kam in der Grupppe auf und Finn hob seine Stimme, damit sie nicht unterging. »Leider hebt die Tatsache, dass Lee in Namibia ist, nicht die Gefahr für unser Lager auf. Er hat schon oft Verbrecher angeheuert, die für ihn die Drecksarbeit erledigten, und nach unseren Informationen kann es auch diesmal wieder so sein.« Er hob die Hand, als alle durcheinanderredeten. »Aber wenn es uns gelingt, Lee jetzt auszuschalten, würde die Bedrohung für uns beträchtlich sinken, denn niemand wird etwas für ihn tun, wenn er nicht mehr bezahlt. Deshalb halte ich es für wichtig, dass wir Harken dabei helfen, unseren Feind zu vernichten.«

»Ich gehe.« Überraschtes Gemurmel erhob sich, als Melvin vortrat. »Nach dem, was er Bowen durch meine Schuld angetan hat und dem Angriff auf meinen Vater und meine Entführung, will ich dabei sein, wenn er seine Strafe erhält.«

Finn betrachtete Melvin eine Weile schweigend. Seit er wieder im Lager lebte, hatte der junge Wandler sich die größte Mühe gegeben, den Verrat vor einem Jahr, als er einem Verbrecher die Koordinaten des Lagers gegeben und damit zu Bowens Entführung beigetragen hatte, wiedergutzumachen. Inzwischen war er gut in die Gruppe integriert und ein vollwertiger Wächter.

Den Ausschlag für seine Entscheidung gab die Tatsache, dass es noch einige Mitglieder in der Gruppe gab, die Melvin nicht vollständig trauten. »In Ordnung, danke.«

Melvin neigte den Kopf und trat zurück.

Toriks Blick traf seinen und er nickte knapp, als Zeichen, dass er auch mitkommen würde. Wie immer schien er zu wissen, wo er am nötigsten gebraucht wurde. Als halber Mensch hatte er sowohl einen Ausweis als auch einen Führerschein und würde deshalb eine gute Ergänzung für das Team sein. Allerdings würde der erfahrene Wächter hier fehlen, falls sie angegriffen wurden.

»Okay, Torik und Melvin werden mit Harken und Caruso nach Namibia fliegen. Sonst noch jemand?«

»Ja, ich.« Der Wächter Falk trat vor. »Dieser Mistkerl ist schuld an Harmons Tod, ich will nicht, dass er wieder entwischt.«

Finn nickte lediglich. Falk war jung, aber kein Draufgänger. Und mit Torik in der Nähe würde er gute Arbeit leisten. »Gut, dann haben wir jetzt genug beisammen. Alle anderen werden hier im Falle eines Angriffs gebraucht. Seid bitte vorsichtig und kommt heil wieder zurück.«

Torik verschwand in den angrenzenden Büschen, während die anderen von ihren Freunden und ihrer Familie umringt wurden. Conner hatte Melvin fest in seine Arme geschlossen, in Fays Augen standen Tränen. Auch Falks Mutter war die Angst um ihren Sohn deutlich anzusehen. Finn wollte gerade Jamila suchen, als Harken zu ihm trat.

»Danke. Ich werde alles dafür tun, sie gesund wieder zurückzubringen.«

»Davon gehe ich aus.«

Harken neigte den Kopf. »Caruso fragt, ob Dawn hier bei euch unterkommen kann, solange er weg ist. Er hat Angst, dass Lee noch einmal jemanden auf sie ansetzen wird, wenn er merkt, dass die beiden entkommen sind.«

Finn dachte darüber nach und schüttelte dann langsam den Kopf. »Es tut mir leid, ich kann das Risiko nicht eingehen, eine Polizistin in das Lager zu lassen. Noch dazu wenn sie verletzt ist. Im Falle eines Angriffs würde sie uns behindern.«

»Ich verstehe.« Harken war keine Gefühlsregung anzusehen.

»Ihr könnt sie doch nicht einfach ihrem Schicksal überlassen, nachdem sie so viel für uns riskiert hat!« Isabel schob sich vor Finn und starrte ihn vorwurfsvoll an.

»Es geht leider nicht anders, Isabel, der Schutz der Gruppe geht vor.«

»Ich bin aber auch ein Mensch und …«

Finn unterbrach sie. »Du gehörst jetzt zu Bowen und damit zur Gruppe, deshalb bist du hier.«

Tränen standen in ihren Augen, doch sie nickte nur.

Coyle legte eine Hand auf ihre Schulter. »Caruso soll sie zu Aliyah bringen, dort ist sie sicher.«

Finn lächelte erleichtert. »Eine gute Idee. Kannst du bei deiner Mutter anrufen und sie fragen, ob sie damit einverstanden ist?«

Coyle nickte.

Nachdem auch diese Sache erledigt war, konnte Finn sich endlich auf die Suche nach Jamila begeben. Er machte sich Sorgen um sie. Seit ihre Schwester in Gefahr war, schien sie noch in sich gekehrter als sonst. Wahrscheinlich war sie nur so schnell verschwunden, weil sie noch immer das Gefühl hatte, nicht richtig dazuzugehören. Finns Herz zog sich zusammen, wie immer bei dem Gedanken, dass er sie verlieren könnte, wenn sie es irgendwann nicht mehr bei den Berglöwen aushielt.

Erleichtert atmete er auf, als er die Hüttentür öffnete und Jamilas warmen Duft wahrnahm. »Jamila?«

Sie kam langsam die Treppe herunter, ihre Zähne hatten sich in ihre Unterlippe gegraben, wie immer, wenn sie nicht wusste, wie er auf etwas reagieren würde.

Sorge breitete sich in ihm aus. »Was ist? Hat dich jemand belästigt?«

»Nein.« Sie kam zu ihm und umarmte ihn. Ihre Augen schimmerten grünbraun, als sie zu ihm aufsah. »Ich werde auch nach Namibia fliegen.«

Finns Herz blieb einen Moment stehen, bevor es losraste. Die Worte stauten sich in seiner Kehle, doch kein Laut drang heraus.

Eine Träne lief über Jamilas Wange. »Es tut mir leid, Finn, ich muss einfach dorthin und Kainda helfen. Mein ganzes Leben lang war sie immer für mich da und hat mich beschützt. Jetzt kann ich mich revanchieren.« Sie legte ihre Stirn an seine Brust. »Ryan ist ihr Leben, wenn ihm etwas zustößt, wird Kainda das nicht überleben. Ich kann sie nicht verlieren, Finn, sie ist die Letzte meiner Familie.«

Er wollte einwenden, dass er jetzt ihre Familie war und sie hierher gehörte, doch er brachte es nicht über sich. An ihrer Stelle hätte er genau das Gleiche getan.

Finn legte seine Hände um ihr Gesicht und wartete, bis sie ihm in die Augen sah. »Sei bitte vorsichtig. Du bist nämlich mein Leben.«

Jamila schlang ihre Arme fester um ihn. »Und du meins. Ich verspreche, dass ich so schnell wie möglich zurückkomme.«

»Ich würde mitkommen, aber in dieser Situation kann ich die Gruppe nicht alleinelassen.« Es fühlte sich an, als würde sein Herz in der Mitte durchgerissen. »Aber vielleicht sollte ich trotzdem …«

Schnell legte Jamila ihre Finger über seinen Mund. »Nein, du wirst hier gebraucht, Finn. Ich möchte nicht, dass die anderen noch einen Grund mehr haben, mich abzulehnen.«

Mit einem rauen Laut beugte er sich zu ihr hinunter und presste seine Lippen auf ihren Mund. Er beendete den Kuss erst, als er keine Luft mehr bekam. »Ich werde auf dich warten.« Als Jamila sich mit einem traurigen Lächeln von ihm löste, verstärkte sich die Angst, dass sie in Namibia bleiben und er sie nie wiedersehen würde. Bevor er sie erneut an sich reißen und anflehen konnte, bei ihm zu bleiben, lief sie bereits die Treppe hinauf.

Ein Druck bildete sich in seiner Brust und er musste dringend an die frische Luft, wenn er nicht an seinen Gefühlen ersticken wollte. Rasch verließ er seine Hütte und setzte sich auf einen Baumstamm am Rande des Waldes. Dort wartete er, bis Jamila wenig später mit einem vollgepackten Rucksack herauskam. Seine Kehle zog sich zusammen, sodass er nur ihre Hand nehmen und sie zu den anderen führen konnte. Der Druck ihrer Finger zeigte ihm, dass sie ihn auch so verstand.

Fluchend versuchte Ryan die Blutung an der Hüfte des Löwenwandlers zu stillen. Schweiß lief von seiner Stirn in die Augen und er wischte ungeduldig mit dem Ärmel seines T-Shirts darüber. Die Kompresse, die er gerade erst auf die Wunde gepresst hatte, war bereits wieder durchgeblutet. Als Erstes hatte er eine Transfusion gelegt, damit das Blut, das der Wandler konstant verlor, wieder ersetzt wurde. Er würde ihn operieren müssen, um die Kugel zu entfernen und das zerstörte Gewebe zu nähen, doch unter diesen Umständen war das kaum möglich. Solange er niemanden hatte, der ihm assistierte, war es nur ein Stochern im Dunkel. Noch nicht einmal eine Narkose konnte er setzen, weil der Löwenwandler sie in seinem geschwächten Zustand mit aller Wahrscheinlichkeit nicht überleben würde.

Ein leises Tappen ließ seinen Kopf hochrucken. Als er Kainda am Fenster erkannte, sackte er erleichtert zusammen. Sie lebte! Obwohl Lee nach ihr gefragt hatte, war er sich nicht sicher gewesen, ob sie nicht inzwischen von dessen Männern eingefangen worden war. So gern er auch zu ihr gehen und sich vergewissern wollte, dass es ihr wirklich gut ging, es war nicht möglich, wenn er den Löwen nicht verlieren wollte. Rasch wechselte er die Kompresse und hielt sie mit einer Hand fest auf die Wunde gedrückt. Der Löwe zuckte schwach unter ihm, er musste höllische Schmerzen haben. Wenn er eine Hand frei gehabt hätte, dann hätte er ihm zumindest eine örtliche Betäubung gesetzt.

»Was hat dieser Mistkerl getan?« Kaindas Stimme klang lauter, sie hatte das Fenster aufgeschoben und den Kopf hindurchgestreckt.

»Er hat ihn angeschossen. Einfach nur so, weil er es konnte und um mich beschäftigt zu halten.« Die Wut und Hilflosigkeit war deutlich in seiner Stimme zu hören. »Schnell, versteck dich, bevor er wiederkommt. Er hat Verstärkung angefordert, wahrscheinlich wird es hier bald nur so vor Verbrechern wimmeln.«

Sie schüttelte bereits den Kopf. »Ich bleibe bei dir.«

»Bitte Kainda, verlass das Grundstück, du kannst uns besser helfen, wenn du frei bist. Lee wird dich töten oder als Pfand benutzen, damit wir tun, was er sagt.« Die Furcht um sie drohte ihn zu ersticken. »Und wenn er merkt, dass du eine Wandlerin bist, wird er dich für seine Zwecke missbrauchen. Ich muss wissen, dass du in Sicherheit bist.« Es war, als würde er gegen eine Wand reden. Seine Augen weiteten sich, als Kainda das Fenster ganz aufschob und in den Raum kletterte. »Was tust du da? Bist du völlig verrückt geworden?« Normalerweise liebte er ihre Dickköpfigkeit, aber in diesem Fall wollte er sie am liebsten schütteln, damit sie zur Vernunft kam.

»Ich helfe dir, damit der Löwe eine Chance hat.«

»Wenn der Verbrecher zurückkommt …«

Kainda unterbrach ihn. »Werde ich schon lange wieder weg sein. Zumindest wenn du endlich mal loslegst.« Ungeduldig sah sie ihn an. »Was brauchst du?«

Mit einem unhörbaren Seufzer gab Ryan nach. »Wenn du die Kompresse übernimmst, suche ich mir die Sachen selbst zusammen.«

Wortlos legte Kainda ihre Hand auf seine und hielt die Kompresse fest auf die Wunde gedrückt, als er seine Finger zurückzog. So schnell wie möglich sammelte Ryan das Operationsbesteck zusammen und zog eine Spritze mit einem örtlichen Betäubungsmittel auf. Das spritzte er in das Hinterteil des Löwen und hoffte, dass es bald wirkte. Mia und Lee würden allerhöchstens zehn Minuten wegbleiben, vermutlich weniger. Wie sollte er in der Zeit die Behandlung fertig bekommen? Auf keinen Fall würde er Kaindas Leben gefährden, egal wie sehr er den Löwenwandler retten wollte.

Ernst sah er sie an. »Sowie du riechst oder hörst, dass der Verbrecher zurückkommt, springst du aus dem Fenster, egal wie weit wir mit der Operation sind, klar?« Kainda nickte stumm. »Okay, dann nimm jetzt die Kompresse weg und halt mit dem Spreizer die Wundränder auseinander, damit ich mehr sehen kann.« Es behagte ihm gar nicht, die grundlegendsten Hygienemaßnahmen zu missachten, aber das würde alles zu viel Zeit kosten. Er konnte nur eine Notoperation durchführen und hoffen, dass der Wandler sie überlebte.

Schneller als erwartet fand er die Kugel in der Wunde, zog sie heraus und warf sie in eine kleine Metallschale. Glücklicherweise steckte die Kugel im fleischigen Teil der Hüfte und hatte daher keinen Schaden an Organen oder Arterien angerichtet. Er nähte die Muskeln und das Gewebe wieder zusammen, bis nur noch die äußere Naht fehlte. Wie schon so oft zuvor schien Kainda genau zu wissen, was er dachte, und zog ihre Hände zurück. Ryan schob die Haut zusammen und begann, sie mit breiten Stichen zusammenzunähen. Das würde keine besonders schöne Narbe werden, so viel war sicher.

Gerade als er Kainda sagen wollte, dass er nun alleine zurechtkam, versteifte sich ihr Körper und ihr Blick flog zur Tür. Ryans Herz setzte aus und begann erst wieder loszupoltern, als er sah, dass der Gang leer war.

Kainda beugte sich zu ihm hinüber und küsste ihn auf die Lippen. »Ich liebe dich. Bleib bloß am Leben.« Rasch durchquerte sie den Raum und schwang sich behände aus dem Fenster. Vorsichtig schob sie es hinter sich zu und verschwand außer Sichtweite.

Ryans erleichtertes Aufatmen blieb in seiner Kehle stecken, als sich die Tür hinter ihm öffnete. Möglichst unauffällig beugte er sich wieder über den Löwenwandler und setzte die Naht fort. Seine Muskeln spannten sich an, als Lee neben ihm stehen blieb. Doch der Verbrecher erschoss weder ihn noch den Löwen, wie er es beinahe erwartet hatte, sondern begann zu lachen. Verwirrt blickte Ryan ihn an.

»Ich hätte nicht gedacht, dass Sie es schaffen, ihn so lange am Leben zu halten und dann auch noch zu operieren.« Lee schüttelte den Kopf. »An Ihrer Stelle wäre ich so schnell wie möglich abgehauen und hätte mein eigenes Leben gerettet. Aber nein, Sie bleiben hier und spielen lieber Tierarzt.«

»Das ist ein Konzept, das Sie nicht verstehen können, wie? Das Leben eines anderen höher zu bewerten als sein eigenes?«

Jeglicher Humor verschwand aus Lees Gesicht, in seinen hellen Augen brannte ein Feuer. »Oh doch, genau das tue ich auch. Nur eben nicht eures.« Lee drehte sich um und marschierte zur Tür. »Sie können hierbleiben und sich weiter um den Löwen kümmern, wenn Sie wollen. Dann machen Sie wenigstens keine Dummheiten.«

»Wo ist Mia?«

Das Lächeln kehrte zurück. »Sie hat jetzt ihre eigene Behausung, damit ihr nicht irgendwelche Pläne zusammen ausheckt.« Lee öffnete die Tür und drehte sich noch einmal zu ihm um. »Und denk nicht mal dran, aus dem Fenster zu klettern – sowie ich dich nicht mehr in diesem Raum finde, sind der Löwe und deine kleine Freundin tot.« Die Tür fiel mit einem leisen Klicken ins Schloss und Ryan konnte hören, wie der Schlüssel herumgedreht wurde.

25

Torik vergrub seine Gefühle tief im Innern, bevor er Caitlins Schreibhütte betrat. Auf keinen Fall wollte er sie hier alleinelassen, aber es ging nicht anders. Die Vorstellung, dass der Verbrecher noch einmal jemanden schicken könnte, der Caitlin verschleppen oder töten sollte, machte ihn wahnsinnig. Deshalb hatte er sich freiwillig gemeldet, nach Namibia zu fahren.

Tief atmete er Caitlins Duft ein, der in der Hütte hing. Er hatte ihr wegen ihrer Allergie einen katzenfreien Raum schaffen müssen, an dem sie in Ruhe ihre Bücher schreiben konnte. Deshalb war sie auch der Versammlung ferngeblieben – es wäre zu gefährlich gewesen, sie so vielen potentiellen Allergenen auszusetzen.

Als sie das Klicken der Tür hörte, drehte Caitlin sich um und sah ihn besorgt an. »Wie ist es gelaufen?«

Anstelle einer Antwort trat er hinter sie und schlang seine Arme um ihren Oberkörper. Torik schloss die Augen und rieb seine Wange an ihren seidigen Haaren, die im Lampenlicht goldbraun schimmerten. Eigentlich kannten sie sich erst so kurze Zeit, aber es schien ihm, als wäre sie schon immer ein Teil von ihm gewesen. Er konnte sich ein Leben ohne sie nicht mehr vorstellen, und das machte ihm Angst. Schon einmal hatte er eine Frau so nah an sich herangelassen und war mit gebrochenem Herzen zurückgeblieben. Doch Caitlin war nicht so labil wie Arlyn, sie würde um das kämpfen, was sie liebte. Das sagte er sich zumindest immer wieder, vielleicht würde er es in einigen Jahren auch wirklich glauben.

Caitlin umfasste seine Hände mit ihren und legte ihren Kopf in den Nacken, um zu ihm aufzusehen. »Torik? Sagst du es mir oder muss ich jemand anderen fragen?«

Torik hob sie aus ihrem Stuhl, setzte sich selbst darauf und zog sie rittlings auf seinen Schoß, damit er ihr in die Augen schauen konnte. Das sonst so strahlende Silbergrau war dunkel vor Sorge.

Schließlich lehnte er seine Stirn an ihre und schloss die Augen. »Harken hat darum gebeten, dass ihn einige aus unserer Gruppe nach Nambia begleiten, damit Lee ein für alle Mal erledigt wird.«

Als er nichts weiter sagte, hakte sie nach. »Und?«

Torik atmete hart aus. »Und ich habe mich dafür gemeldet.« Langsam hob er den Kopf und befürchtete fast, dass sie ihn verständnislos anblicken würde, aber ihr Gesichtsausdruck war undeutbar. »Er muss endlich gestoppt werden, Cat. Ich kann nicht die ganze Zeit befürchten, dass er es immer wieder versuchen wird, solange bis er die Wandler vernichtet hat. Und erst recht nicht, wenn du auch auf seiner Abschussliste stehst.«

»Das verstehe ich.« Sie legte ihre Arme um seinen Nacken.

»Aber ich will dich hier nicht alleinelassen, wenn die Möglichkeit besteht, dass das Lager angegriffen wird.« Er strich eine Haarsträhne hinter ihr Ohr. »Ich möchte, dass du zu deiner Freundin Shannon ziehst, bis die Gefahr vorüber ist. Ihr Freund kann dich beschützen.«

Caitlin schüttelte bereits den Kopf. »Ich habe mich dafür entschieden, hier mit dir zusammenzuleben, Torik. Es ist jetzt mein Zuhause. Und ich werde sicher nicht beim erstbesten Anzeichen von Gefahr alle im Stich lassen.«

Sein Herz zog sich zusammen, teils aus Liebe, teils aus Angst um seine sture Gefährtin. Er musste irgendwie versuchen, sie davon zu überzeugen, sich in der Menschenwelt zu verstecken, bis Lee beseitigt war. »Bitte, Cat, es ist auch für die anderen besser, wenn du dich solange woanders aufhältst.«

Sie löste sich von ihm und starrte ihn ungläubig an. »Warum das?«

»Weil du dich nicht verwandeln kannst, wenn das Lager angegriffen wird.« Er wusste, dass es gemein war, aber ihm fiel nichts anderes ein, wie er sie dazu bringen konnte, sich in Sicherheit zu bringen. Ihr verletzter Gesichtsausdruck schnitt ihm ins Herz.

Caitlin hob eine Augenbraue. »Und versuchst du auch Marisa und Isabel wegzuschicken oder nur mich?«

»Cat ...«

»Nein, du wirst mich nicht dazu bringen, die Gruppe im Stich zu lassen, nur damit ich bloß nicht in Gefahr gerate. Warum haben alle anderen das Recht, für die zu kämpfen, die sie lieben, und ich nicht?«

Was konnte er dagegen sagen? Mit einem tiefen Seufzer gab er auf. »Natürlich hast du das Recht dazu, ich habe nur Angst um dich. Angst davor, dich wieder zu verlieren, nachdem ich dich gerade erst gefunden habe.«

Caitlin lächelte ihn an, obwohl ihre Augen feucht schimmerten. »So schnell wirst du mich nicht los.« Sie küsste ihn sanft. »Du weißt, dass ich dir nie verzeihen würde, wenn du nicht aus Namibia zurückkommst, oder?«

»Ich werde nicht eine Sekunde länger dort bleiben als unbedingt nötig.« Nach einem letzten, langen Kuss schob er Caitlin widerwillig von seinem Schoß und stand auf. Je schneller sie loskamen, desto eher wäre er auch wieder hier, deshalb verlor er keine Zeit, mit Caitlin in ihre Wohnhütte zurückzukehren und sein Gepäck zusammenzusuchen. Wenige Minuten später war er bereits wieder unterwegs. Ein letztes Mal drehte er sich um und ließ seinen Blick noch einmal gierig über seine Gefährtin wandern, die ihm an die Tür gelehnt nachsah. Auf jeden Fall hatte er allen Grund, schnell nach Hause zurückzukehren – er hoffte nur, dass er dann überhaupt noch ein Zuhause hatte.

Besorgt blickte Caruso Dawn von der Seite an, während er mit einem Auge die Straße im Blick behielt. Mitten in der Nacht war außer ihnen auf dieser einsamen Strecke niemand unterwegs, aber es konnte sich jederzeit ein Tier auf die Fahrbahn verirren. Dawn wirkte im fahlen Licht des Mondes und der Instrumentenbeleuchtung erschreckend blass. Kein Wunder, sie musste nach dieser anstrengenden Woche furchtbar erschöpft sein. Auch wenn ihre Verletzung den Umständen entsprechend zu heilen schien, hatte er trotzdem ein schlechtes Gewissen, weil er sie nicht in ein Krankenhaus zurückbrachte – oder zumindest nach Hause, wo sie sich ausruhen konnte. Aber das war zu gefährlich, solange Lee noch auf freiem Fuß war.

Er wollte Dawn nicht verlieren. Nur deshalb war er bereit, sie mitten in der Nacht zu einer fremden Frau zu bringen, die noch dazu eine Wandlerin war. Dawns Augen waren geschlossen, dunkle Ringe lagen darunter. Seine Hände schlossen sich fester um das Lenkrad und er fuhr schneller.

Erleichtert atmete er auf, als er endlich das Ortsschild von Incline entdeckte. Eigentlich war es gar kein richtiger Ort, sondern eher eine kleine Ansammlung von Häusern, die sich am Ufer des Merced River an die Berghänge schmiegten. Er konnte sich gut vorstellen, dass in dieser Einsamkeit auch ein Wandler seine Ruhe fand. Aber das war ihm recht, je weniger Leute Dawn sahen, desto besser. Als er schließlich vor der Hausnummer hielt, die Harken ihm genannt hatte, zögerte er. Sein Blick glitt über Dawns Gesicht, die schmale Nase, die hohen Wangenknochen und das energische Kinn. Für einen Moment zog sich sein Herz vor Sorge um sie zusammen, aber dann musste er lächeln, als er sich vorstellte, wie sie darauf reagieren würde, dass er so viel Angst um sie hatte. Schließlich war sie Polizistin und konnte selbst auf sich aufpassen, wie sie immer wieder betonte. Das mochte stimmen, aber es änderte nichts an seinen Gefühlen. Als hätte sie seine Gedanken gespürt, schlug Dawn die Augen auf und blinzelte in die Dunkelheit. Schließlich fiel ihr Blick auf ihn und sie richtete sich langsam auf. Verschwunden waren die Müdigkeit und der Eindruck von Verletzlichkeit, den sie im Schlaf noch ausgestrahlt hatte.

»Sind wir da?«

»Ja.« Er konnte nicht verhindern, dass seine Stimme rau klang.

Dawn blickte aus dem Seitenfenster zu dem kleinen Haus hin, das versteckt inmitten von Bäumen stand. »Es wirkt so … verwunschen.«

Carusos Mundwinkel hoben sich. »Lass dich nur nicht von einem Prinzen küssen, während ich weg bin.«

Ihr Schnauben machte deutlich, was sie von der Möglichkeit hielt. »Glaubst du …?«

Ein Klopfen ertönte an der Fensterscheibe hinter ihm und Caruso zuckte erschrocken zusammen. Rasch drehte er sich um und musterte die Frau, die neben dem Wagen stand und darauf zu warten schien, dass sie ausstiegen. Mit ihren rotblonden Locken und dem freundlichen Lächeln wirkte sie harmlos, doch er blieb wachsam, als er seine Tür öffnete und ausstieg.

»Sind Sie Aliyah?«

»Ja. Und ich nehme an, ihr seid Caruso und Dawn. Coyle hat gesagt, dass Dawn einen Platz braucht, wo sie ein paar Tage unterkommen kann.« Sie lächelte Dawn an, die sich gerade aus dem Wagen kämpfte. »Ich freue mich immer über Gesellschaft.«

»Wir sind Ihnen sehr dankbar dafür.« Er schüttelte Aliyahs Hand. »Ich bin froh, wenn ich Dawn in guten Händen weiß.«

»Dave …« Dawn warf ihm über dem Dach des Wagens einen warnenden Blick zu.

»Warte, ich nehme dein Gepäck.« Er duckte sich und nahm die Reisetasche vom Rücksitz, die sie neu gekauft und im Supermarkt mit dem Nötigsten an Kleidung und Hygieneartikeln gefüllt hatten.

Dawn stand immer noch an der gleichen Stelle, als er wieder auftauchte, also legte er seinen Arm um ihre Taille und führte sie zum Haus. Dort angekommen hob er sie kurzerhand auf seine Arme. Er ignorierte ihren protestierenden Laut und trug sie in das Zimmer, zu dem Aliyah sie führte.

»Wirklich, Dave, ich kann selber gehen, lass mich runter.«

Vorsichtig legte er sie auf das Bett und hielt sie dort fest, als sie sofort wieder aufstehen wollte. »Bleib da liegen, du bist verletzt und erschöpft. Und vor allem musst du mir nicht beweisen, wie stark du bist. Das weiß ich längst.«

»Hör auf deinen Gefährten.« Aliyah beugte sich über Dawn, als Caruso schließlich zur Seite trat. »Und lass mich deine Wunde sehen, vielleicht kann ich dir helfen.«

Dawn zögerte, aber schließlich hob sie ihr T-Shirt ein Stück an. Darunter kam ein dicker Verband zum Vorschein, der vom Bauchnabel bis über ihre unteren Rippen spannte. Caruso ertrug den Anblick der schlimmen Verletzung kaum, deshalb ließ er die beiden Frauen alleine. Er ging ins Wohnzimmer, stellte sich an das Fenster und blickte in die Dunkelheit hinaus. Wie war es nur möglich, dass er schon nach so kurzer Zeit so viel für sie empfand?

Er war so viele Jahre lang nie in Versuchung geraten, eine feste Beziehung zu einer Frau einzugehen, der Gedanke hatte ihn nie gereizt, denn die Gefühle waren nie tief genug gewesen. Aber Dawn hatte es irgendwie geschafft, all seine Schutzmechanismen zu umgehen und ihm unter die Haut zu kriechen. Die Macht seiner Gefühle machte ihm Angst, und er wusste nicht, wie er darauf reagieren sollte.

»Sie schläft jetzt.« Caruso drehte sich zu Aliyah um, als sie ihn ansprach. »Die Ärmste war völlig übermüdet.« Coyles Mutter trat vor ihn und blickte ihn forschend an. »Du solltest auch etwas schlafen, in dem Zustand hilfst du niemandem.«

Caruso hob die Schultern. »Das mache ich im Flugzeug. Jetzt

ist es nur wichtig, dass wir keine Zeit verlieren.« Rasch wechselte er das Thema. »Wie sieht die Wunde aus?«

Aliyahs Miene machte deutlich, dass sie seine Ablenkungstaktik durchschaute. »Nicht gut, sie ist ein wenig entzündet. Ich habe sie mit einer Heilsalbe eingerieben, damit sollte Dawn bald wieder völlig hergestellt sein.«

Erleichtert atmete er tief durch. »Danke. Auch dafür, dass Sie Dawn hier aufnehmen, obwohl wir keine Wandler sind und nicht zur Gruppe gehören. Es bedeutet mir viel, zu wissen, dass sie in Sicherheit ist und sich jemand um sie kümmert.«

»Isabel ist Bowens Gefährtin und eine gute Freundin von Marisa und Coyle. Als ihr Vater bist du damit praktisch auch so etwas wie Familie.« Sie lachte über seinen Gesichtsausdruck. »Gewöhn dich besser dran.«

Das sagte sie nur, weil sie nicht wusste, was er getan hatte, aber er würde sie sicher nicht darüber aufklären. So zwang er sich zu einem Lächeln. »Ich versuche es.«

»Außerdem habe ich gehört, dass du genauso wie Isabel Wandlerblut in dir hast, auch wenn es schon einige Generationen her ist. Damit betrifft dich die ganze Sache genauso wie uns.« Sie wedelte mit der Hand. »Aber genug davon, ich nehme an, du willst noch einmal nach Dawn sehen, bevor die anderen kommen?«

»Ja.«

»Dann geh ruhig. Du kannst dich auch noch ein wenig hinlegen, wenn du möchtest, es ist noch genug Zeit.«

Caruso nickte stumm und verließ rasch das Zimmer, damit Aliyah seinen Gesichtsausdruck nicht sah. Nichts würde er lieber tun, als sich zu Dawn ins Bett legen und sich von ihrer Nähe ablenken lassen, aber darauf musste er verzichten. Sie brauchte ihre Ruhe und er musste sein Ziel im Auge behalten. Leise betrat er den Raum und lehnte die Tür an, damit das Licht vom Flur nicht hineindrang, er aber trotzdem hören konnte, was draußen vorging. Langsam trat er ans Bett und blickte Dawn an. Wie von selbst beugte er sich zu ihr hinunter und streckte seine Hand nach ihr aus. Doch bevor seine Finger ihr Gesicht berührten, setzte sein Verstand wieder ein.

Schnell richtete er sich wieder auf und machte einen Schritt zurück. Den Blick weiterhin auf sie gerichtet, setzte er sich in den Sessel, der in einer Ecke des Raumes stand, und streckte die Beine aus. Zwar konnte er nicht schlafen, aber immerhin konnte er so noch ein wenig zur Ruhe kommen, bevor er die Wandler traf. Seit Garys Tod wartete er auf die Gelegenheit, Lee endlich dafür büßen zu lassen und jetzt war er nur noch wenige Stunden davon entfernt.

Noch mehr allerdings wollte er, dass Isabel und Dawn endlich in Sicherheit waren. Seine Tochter hatte sich bereits entschieden, wie ihr weiteres Leben aussehen sollte, als sie zu Bowen ins Lager gegangen war. Eigentlich hatte Caruso sich überlegt, in ihre Nähe zu ziehen, aber das war schwierig, wenn sie in der Wildnis lebte. Und jetzt war da auch Dawn. Sein Blick glitt zu ihr und er hatte Mühe, der Verlockung zu widerstehen, zu ihr ins Bett zu kriechen und sie in den Armen zu halten, bis er aufbrechen musste. Er konnte auch in Dawns Nähe nach Las Vegas ziehen, wenn er wieder frei war. Ob sie sich darüber freuen würde? Es machte ihn nervös, dass er das nicht einschätzen konnte. Er wusste nur, dass er bei ihr sein wollte, egal wie, egal wo.

Caruso wusste nicht, wie lange er in seinen Gedanken versunken gewesen oder ob er doch eingeschlafen war, als er in seinem Kopf die Gefühle der Katzenwandler spürte. Rasch stand er auf und ging zur Tür. Dort blickte er zu Dawn zurück und entschied, dass er so nicht gehen konnte. Ohne zu bemerken, dass er sich bewegt hatte, stand er plötzlich neben dem Bett und beugte sich zu Dawn hinunter. Sanft berührte er mit seinen Lippen ihren Mund, bevor er sich widerwillig wieder aufrichtete. »Pass auf dich auf.«

Ohne einen Blick zurück verließ er das Zimmer und traf im Wohnzimmer auf Harken. »Gehen wir.«

Zufrieden blickte Lee durch die Käfigtür, hinter der Mia aufgebracht hin und her lief. Glücklicherweise waren die Türen von außen zu verriegeln und es gab keinen anderen Ausgang, sodass er sich keine Gedanken machen musste, dass seine wichtigste Geisel einfach verschwand.

Mia blieb vor ihm stehen und starrte ihn wütend an. »Lassen Sie mich zu Ryan, er braucht meine Hilfe bei der Behandlung des Löwen!«

»Warum denkst du, dass mich das interessiert? Der Löwe kann ruhig sterben.«

»Wie können Sie so unmenschlich sein?«

Lee lachte laut auf. Das aus dem Munde einer Wandlerin zu hören – und er war sich beinahe sicher, dass Mia Leore eine war – war lustig. Er trat dichter an das Gitter heran. »Mir schien es so, als würde der Doktor auch so zurechtkommen. Aber da der Löwe früher oder später sowieso sterben wird, ist es auch egal.«

»Aber …«

»Du bleibst hier und wenn du Ärger machst, wird der Tierarzt dafür leiden. Hast du das verstanden?« Mia nickte, während ihre Augen Feuer sprühten. »Gut. Und jetzt entschuldige mich, ich habe noch anderes zu erledigen, bis dein Freund eintrifft.«

Zufrieden, als er die plötzliche Blässe ihres Gesichts sah, drehte er sich um. »Ach ja, und falls du denkst, es könnte dich jemand befreien, ohne dass ich es bemerke, muss ich dich enttäuschen. Das Gebäude wird rund um die Uhr von meinen Männern bewacht.«

Ohne auf eine Antwort zu warten, ging Lee den Gang entlang und trat aus dem Gebäude. Die Tür schlug hinter ihm ins Schloss und er atmete tief durch. Nur noch ein paar Stunden und er hatte endlich das, was er seit Jahren suchte: den Heilsbringer. Auch wenn es zu spät war, würde er doch endlich Gelegenheit zur Rache haben. Und dabei auch noch Geld verdienen, sehr praktisch.

Lee schrak zusammen, als plötzlich ein Mann um die Ecke des Gebäudes trat. Automatisch griff er zu seiner Pistole, ließ sie aber sinken, als er ihn erkannte. »Haskell, Sie kommen gerade zur richtigen Zeit.«

Gabe Haskell war ein Söldner und Großwildjäger, der seit Jahren in Namibia lebte und ihm mit seinen Informationen schon bei der ersten Suche gute Dienste geleistet hatte. Als er näher kam, sah Lee, dass er noch größer und kräftiger wirkte als bei ihrem letzten Zusammentreffen.

»Ich habe Ihre Nachricht bekommen. Was genau soll ich machen?« Die Stimme war so tief, dass sie beinahe tonlos wirkte.

Lee unterdrückte den Schauder, der ihm über den Rücken lief und versuchte, nicht von diesem Hünen eingeschüchtert zu sein. Es war nur gut, dass der Mann auf seiner Seite stand und nicht auf der der Wandler. »Haben Sie Männer mitgebracht?«

»Zehn Mann. Acht bewachen die Grundstücksgrenze, die anderen beiden die Häuser. Es wird niemand an ihnen vorbeikommen.«

Lee lächelte erleichtert. »Sehr gut. Sie wissen, dass es sowohl Menschen, als auch Tiere sein können, die sie aufhalten müssen?«

Wenn Haskell irgendetwas Seltsames daran fand, ließ er es nicht erkennen. Er hatte gelernt, in seinem Job nicht zu viele Fragen zu stellen – genau der Grund, warum Lee ihn für solche Aufgaben buchte.

»Ja. Was soll ich tun?«

»Bleiben Sie bei dem Klinikgebäude und sorgen Sie dafür, dass niemand hinein- oder herauskommt. Es sind zwei Menschen und ein Löwe darin eingesperrt, sie sind meine Trümpfe, die ich auf keinen Fall verlieren darf. Zumindest jetzt noch nicht. Ist das klar?«

»Natürlich.«

»Sagen Sie den Männern, dass sich noch mehrere Menschen oder Tiere auf diesem Grundstück befinden könnten. Wenn sie die finden, sollen sie sie zu mir bringen. Es kann nie schaden, mehr Geiseln zu haben.«

»Alles klar.« Haskells Gesicht war keinerlei Gefühl zu entnehmen.

»Gut.« Lee blickte auf die Uhr. »Im Moment erwarte ich noch keinen größeren Ärger, aber in etwa zehn Stunden müssen Sie extrem wachsam sein.«

Haskell nickte und ging zum Gebäude, wohl um sich zu vergewissern, dass wirklich die Personen dort waren, die Lee ihm genannt hatte.

Zufrieden kehrte Lee zum Büro zurück. Haskell war extrem penibel, wenn es um seine Aufträge ging, und er scheute sich auch nicht davor, jemanden zu töten, das würde die Sache erleichtern. Im Büro machte Lee es sich auf dem Sofa gemütlich. Während der Wartezeit würde er die Unterlagen durchgehen, vielleicht könnte er so ohne viel Arbeit noch weitere Wandler finden. Aber zuerst musste er seinen Informanten anrufen und sich erkundigen, wie es in den USA lief. Mit etwas Glück war das Problem mit den dortigen Wandlern bereits ausgeräumt, wenn er in einigen Tagen zurückkehrte.

Selbst wenn Caruso, die Polizistin und sein Wachmann spurlos verschwunden waren. Sie würden wieder auftauchen und er würde dafür sorgen, dass sie ihm nicht noch einmal entkamen. Aber das konnte warten, bis er zurück in den USA war – mit seinem Hauptgewinn. Letztendlich waren sie nicht wichtig genug, als dass er dafür alles opfern würde.

Kainda wollte mit jeder Faser ihres Körpers bei Ryan bleiben, aber es war zu gefährlich. Nicht lange nachdem sie aus dem Fenster geklettert war und sich in den Büschen vor dem Klinikgebäude versteckt hatte, waren ungefähr ein Dutzend Männer aufgetaucht, die aussahen, als wüssten sie mit den Waffen umzugehen, die sie in Massen bei sich trugen. Sie durchsuchten sämtliche Gebäude und riegelten sie ab, bevor sie sich auf dem Grundstück verteilten, um auf mögliche Angreifer zu warten. Gleichzeitig würden sie jeden auf dem Gelände festhalten – oder es zumindest versuchen. Sie musste das Grundstück verlassen, um die anderen warnen zu können, wenn sie hierherkamen.

Noch einmal sah sie zu dem Gebäude zurück, in dem Ryan und Mia gefangen gehalten wurden, dann wandte sie sich unglücklich und wütend ab und pirschte sich in Leopardengestalt durch das Dickicht. Sie hatte nur zwei Vorteile gegenüber den Menschen: sie konnte sie wittern und damit umgehen und sie war schneller als sie, falls sie doch entdeckt werden sollte. Das größte Problem würde es sein, ein kleines Stück freier Fläche zwischen den Gebäuden und dem angrenzenden Waldstück zu überwinden, ohne gesehen zu werden. Auch wenn ihre Fellfarbe mit den bräunlichen Gräsern verschmolz, würde jemand, der aufmerksam war, sie sehen können. Und sie befürchtete, dass die Männer Profis waren, die genau hinsehen würden.

Nach einigen tiefen Atemzügen rannte sie los. Als Leopardin war sie auf kurzen Strecken extrem schnell und sie holte alles aus sich heraus. Wenige Sekunden später tauchte sie in das Waldgebiet ein, das die Station umgab. Sofort blieb sie stehen und lauschte, während sie gleichzeitig den Geruch prüfte. Wie erwartet witterte sie gleich einen Menschen, dessen Duft immer stärker wurde. Er kam auf sie zu. Wenn sie ihn angriff, würden die anderen Männer inklusive Lee wissen, dass sie hier draußen war. Deshalb zog sie sich vorsichtig zurück, bis sie von der Vegetation völlig verdeckt wurde.

Mit angehaltenem Atem wartete sie darauf, dass er an ihr

vorbeiging oder dorthin zurückkehrte, woher er gekommen war. Beinahe lautlos tauchte er schließlich auf. Als normaler Mensch hätte sie ihn nie kommen hören und wäre ihm hilflos ausgeliefert gewesen. So wartete sie nur, bis er sich weit genug von ihr fortbewegt hatte, bevor sie sich wieder in Bewegung setzte. Ihre Muskeln waren angespannt, jederzeit bereit zu fliehen, sobald die Gefahr zu groß wurde.

Auch einen zweiten Mann umging sie auf diese Art, bevor sie am Rand des Kerngrundstücks ankam, das von einem Zaun umgeben war, um das Eindringen von Wildtieren zu verhindern. Kainda verwandelte sich, kletterte darüber und sprang auf der anderen Seite herunter. Die Hände um die Metallstreben gelegt, blickte sie zur Station zurück. *Halt durch, Ryan, ich hole dich da raus.*

26

Ryan blickte aus dem Fenster und wünschte sich, er wüsste, wie es Kainda ging. Hoffentlich war sie in Sicherheit und entwickelte nicht irgendeinen tollkühnen Plan, wie sie ihn befreien konnte. Es machte ihn nervös, dass er eigentlich nur aus dem Fenster hätte springen müssen, um dem Verbrecher zu entkommen. Aber das konnte er nicht tun, solange Mia noch in dessen Händen war, und auch der Löwe brauchte weiterhin seine Hilfe. Ryan legte seine Stirn an das kühle Glas und schloss die Augen. Nach allem, was Kainda schon durchgemacht hatte, wünschte er sich nichts mehr, als dass sie in Ruhe leben konnte. Er hatte geglaubt, dass sie hier in Namibia in Sicherheit wäre, aber irgendwie schien dieser Lee doch den Weg zu ihr gefunden zu haben.

Erschrocken wirbelte er herum, als er hinter sich ein seltsames Geräusch hörte. Er lief zum Operationstisch, als der Löwe begann, sich zu verwandeln. Verdammt, warum tat er das? Wenn er schon zu schwach war, überhaupt den Kopf zu heben, wie sollte er dann die Kraft für eine Verwandlung aufbringen? Ganz zu schweigen davon, dass es für Lee ein Beweis für die Existenz der Wandler sein würde, wenn plötzlich zwei Menschen hier eingesperrt waren. Nicht, dass er das nicht sowieso schon wusste.

Ryan legte seine Hände auf die Schulter des Löwen. »Bleib in Löwenform, dann heilst du schneller!«

Wie zu erwarten, hörte der Wandler nicht auf ihn. Diese Dickköpfigkeit kannte er bereits von Kainda und sie regte ihn immer wieder auf. Leider konnte er nichts machen, um den Löwen an der Verwandlung zu hindern. So blieb ihm nichts anderes übrig, als zuzusehen, wie sie sich immer weiter hinauszog, bis er schließlich zitternd und zusammengekrümmt in seiner Menschengestalt auf dem Tisch lag. Die Knochen waren unter der dunklen Haut deutlich sichtbar, selbst die schwarzen Locken wirkten stumpf. Die Wunde war geschwollen und wirkte entzündet, aber immerhin blutete sie nicht. Ryan deckte ein Laken über den Mann und überprüfte seinen Puls. Er kam ihm etwas schnell und schwach vor.

»D… danke für die … Hilfe.« Die Stimme des Mannes war so undeutlich, dass Ryan ihn kaum verstand. Offensichtlich hatte er seit langer Zeit nicht mehr geredet.

»Gern geschehen. Es wäre aber wirklich vernünftiger, wenn du dich wieder verwandeln würdest. Wenn Lee wiederkommt …«

Der Löwenwandler unterbrach ihn. »Ich muss … Falls ich … sterbe, benach…richtigt bitte … meine F…familie. Sie denken … ver…mutlich, dass ich … schon … tot bin.«

»Ich werde dich nicht sterben lassen, aber nur für den Fall, dass noch etwas passiert, sag mir, wie ich deine Familie finden kann.«

Der Löwenwandler nannte ihm die Wegbeschreibung zu seiner Gruppe, dann sank er schwach zurück auf die Liege. Offenbar hatte er seine letzten Kräfte verbraucht. Ryan nickte ihm zu, um ihm zu signalisieren, dass er sich alles eingeprägt hatte. »Wie heißt du überhaupt?«

»Din…ari.« Schmerz verzerrte sein Gesicht.

»Ich werde deine Wunde jetzt noch einmal mit Salbe behandeln, Dinari, das wird zwar wehtun, aber ich verspreche dir, dass die Verletzung dir dafür innerhalb kürzester Zeit keine Probleme mehr bereiten wird. Ich möchte, dass du dich danach wieder in deine Löwengestalt zurückverwandelst.«

Dinari nickte schwach. »Okay.« Ein schwacher Atemzug hob das Laken. »Wenn du … dich retten kannst, dann … tu das. Lass mich … hier.«

»Das kann ich schon wegen Mia nicht tun, und ich würde dich auch nicht in dem Zustand alleinlassen.« Ryan holte den Salbentiegel aus dem Schrank und hob das Laken so weit an, dass die genähte Wunde frei lag. Vor Wut auf den Verbrecher biss Ryan seine Zähne zusammen, während er die Salbe vorsichtig auftrug. Wenn er die Gelegenheit hätte, würde er Lee eigenhändig den Hals umdrehen, aber es war unwahrscheinlich, dass der sich überhaupt noch mit ihm abgeben würde. Außer er wollte ihn noch einmal als Druckmittel gegen Mia benutzen.

Der Löwenmann zuckte zusammen, als die Wirkung der Salbe einsetzte. Ein Grollen stieg aus seiner Kehle auf, dann verwandelte er sich. Erleichtert atmete Ryan auf. Das Laken ließ er, wo es war, sein Patient würde die Wärme brauchen können, während sein Körper heilte. Hoffentlich wirkte die Salbe, damit der ohnehin schon geschwächte Löwenwandler eine Chance hatte, zu überleben. Aber die hatten sie vermutlich alle nur, wenn Harken kam und Lee ausschaltete.

Talon schwebte in großen Kreisen über den Baumwipfeln und hing seinen Gedanken nach. Seit dem Angriff auf das Adlerlager im vergangenen Winter wurde ihr Gebiet noch gründlicher überwacht als früher. Doch das war ihm nicht genug, deshalb hatte er sich angewöhnt, bei seinen Patrouillen wesentlich weiter hinaus zu fliegen, teilweise bis zum Waldrand und auch in das Gebiet der Berglöwenwandler hinein. Die Oberen wussten nichts davon, aber er vermutete, dass Juna, eine ehemalige Wächterin, die nach den Ereignissen damals in den Kreis der Oberen gewählt worden war, ahnte, was er tat. Im Geiste grinste er. Kein Wunder, schließlich sah sie oft genug, wie erschöpft er nach seinen Touren war, wenn sie sich heimlich in seine Hütte schlich.

Bisher hatte sich seine Befürchtung, dass die Menschen noch einmal versuchen könnten, die Wandler anzugreifen, glücklicherweise als falsch erwiesen, doch er würde nicht in seiner Wachsamkeit nachlassen. Ihre Gruppe war damals nur durch das Eingreifen der Berglöwenwandler gerettet worden. Doch sie hatten schwere Verluste erlitten, die sie sich schlichtweg nicht leisten konnten, wenn die Gruppe weiter bestehen sollte. Der größte Verlust war für ihn Griffins Übersiedeln zu den Berglöwen gewesen. Obwohl Talon seinen Freund durchaus verstehen konnte, vermisste er ihn. Griffin hatte jetzt eine Gefährtin und ein Pflegekind, um die er sich kümmern musste, und so wurden ihre Treffen immer seltener.

Vielleicht konnten die Adler wieder aus ihrem selbst auferlegten Exil im tiefsten Wald in die Nähe der anderen Gruppe zurückkehren, wenn die Bedrohung durch die Menschen beseitigt war. Aber das konnte noch Jahre dauern oder vielleicht auch nie geschehen.

Mit mehreren kräftigen Flügelschlägen katapultierte Talon sich höher hinauf und genoss die nachmittäglichen Sonnenstrahlen auf seinem Gefieder. Seine scharfen Augen erspähten tief unter ihm auf einer sonnenbeschienenen Wiese einen Farbklecks, der wie ein Berglöwenfell aussah. Neugierig sank er tiefer, bis seine Schwingen beinahe die Wipfel der Bäume streiften. Nach einem weiteren Überflug war er sich sicher, dass es sich tatsächlich um einen Berglöwen handelte. Nur warum bewegte er sich nicht? Talon stieß einen schrillen Adlerschrei aus, der normalerweise jeden Berglöwen wecken würde. Hier zeigte er aber keine Wirkung.

Unruhe erfasste ihn und er entschied, die Sache zu überprüfen. Lautlos segelte er heran und landete auf einem Ast in der Nähe. Talon legte den Kopf schräg und beobachtete den Berglöwen, der auf einer kleinen Lichtung zwischen den Bäumen lag. Selbst ohne seine Adleraugen hätte er den kurzen Pfeil gesehen, der im Brustkorb steckte. Verdammt! Unsicher, was er jetzt tun sollte, bewegte Talon ruhelos die Flügel. Wenn es einer der Wandler war, konnte er ihn nicht einfach hier liegen lassen. Aber zuerst musste er feststellen, ob er vielleicht noch zu retten oder schon tot war. Auch wenn er Ersteres hoffte, befürchtete Talon doch, zu spät zu kommen.

Mit einem schlechten Gefühl stieß Talon sich vom Ast ab und segelte zur Lichtung hinunter. Aus der Nähe konnte er die blicklosen Augen sehen und wusste, dass er dem Berglöwen nicht mehr helfen konnte. Trauer mischte sich mit Wut und er stieß erneut einen hohen Schrei aus. Ein leises Sirren ertönte und etwas flog haarscharf an ihm vorbei, als er instinktiv abdrehte. Ein Pfeil! Der Mörder war anscheinend noch in der Nähe. Warum hatte er nicht daran gedacht? Talon hatte nicht vor, seine Neugier mit dem Leben zu bezahlen. Er drehte ab und flog, so schnell er konnte, auf die Bäume zu, die ihm ausreichend Deckung geben würden, damit er ungesehen verschwinden konnte.

Unter sich konnte er einen Mann erkennen, der mit einer Armbrust im Anschlag aus den Bäumen heraustrat. Gleichzeitig wich Talon in letzter Sekunde zwei weiteren Pfeilen aus, die viel zu nah vorbeiflogen. Einer streifte sogar seine Federspitzen und Talon verlor für einen Moment den Auftrieb. Mehrere kräftige Flügelschläge brachten ihn wieder in eine stabile Lage, doch er wusste, dass es nur eine Frage der Zeit war, bis sie ihn erwischten. Aber das konnte er nicht zulassen, es waren offensichtlich mehrere Männer mit Waffen im Gebiet und es war durchaus möglich, dass sie es auf die Wandler abgesehen hatten. Er musste die Berglöwengruppe warnen, deren Gebiet nicht weit entfernt lag und danach auch die Adler informieren.

Egal wie, er musste durchkommen. Mit einem waghalsigen Flugmanöver tauchte er zwischen den Bäumen ein und flog, so schnell er konnte, in einem Zickzackkurs um die dicken Stämme und ausladenden Äste herum. Erst als er sicher war, die Männer weit hinter sich gelassen zu haben, traute er sich, höher zu steigen und sich wieder von den Winden seinem Ziel entgegentragen zu lassen. Seine Muskeln schmerzten von den ungewohnten Manövern und so war er froh, als er endlich das Gebiet der Berglöwen erreichte.

Talon landete auf einem Ast und stieß einen schrillen Adlerschrei aus. Wie er die Berglöwen kannte, hatten sie sicher einen Wächter in der Gegend, der ihn hören würde. Das ging schneller, als wenn er bis zum Lager flog, das in der Mitte des Gebiets lag.

Nur wenige Minuten später landete Griffin neben ihm auf dem Ast. Doch Talons Freude über das Wiedersehen wurde von den Ereignissen gedämpft. Er deutete mit dem Kopf zum Boden und flog hinunter, dicht gefolgt von Griffin. Dort verwandelten sich beide.

»Talon, schön dich zu sehen! Auch wenn es ziemlich unerwartet ist. Was führt dich hierher?« Griffin legte seine Hand auf Talons Schulter.

»Gleichfalls. Ich wünschte, ich hätte bessere Nachrichten.«

Griffins Lächeln verblasste, seine dunkelbraunen Augen wurden vogelartiger. »Was ist passiert?«

»Ich habe im Wald einen toten Berglöwen gefunden, er wurde mit einer Armbrust erschossen.«

Griffins schmales Gesicht wurde noch kantiger. »War es ein Wandler?«

Talon hob die Schultern. »Das konnte ich nicht erkennen. Bevor ich näher herankommen konnte, wurde ich auch angegriffen. Ich weiß nicht, wie viele es sind und was sie genau vorhaben, ich bin gerade so entkommen.« Ernst blickte er Griffin an. »Ich denke, wir sollten mit dem Schlimmsten rechnen und uns auf einen neuen Kampf mit den Menschen einstellen.«

Griffin fuhr mit den Händen durch seine Haare. »Es hieß nur, dass Lee wüsste, wo die Berglöwen zu finden sind, die Gefahr für euch ist relativ gering, wenn ihr im neuen Lager bleibt. Außerdem kann es sein, dass Lee nicht mal etwas über Adlerwandler weiß, schließlich war er bei dem Angriff nicht dabei und Jennings und seine Männer sind tot.«

Talon schnaubte. »Was euch passiert, hat auch Auswirkungen auf uns, das solltest du am besten wissen. Wir Wandler hängen zusammen.« Talon hockte sich auf den Boden. »Ich muss die Oberen informieren. Wenn wir Glück haben, entscheiden sie sich dafür, den Berglöwen zu helfen, sollte es wirklich einen Angriff der Menschen geben, aber ich kann es nicht garantieren.«

Griffin nickte ernst. »Ich weiß. Danke für die Warnung.«

Talon neigte den Kopf. »Pass auf dich auf, mein Freund.« Er verwandelte sich und stieß mit einem Schrei in den Himmel.

Finns Wut und Besorgnis steigerte sich ins Unermessliche, als Griffin ihm berichtete, was Talon gesehen und erlebt hatte. »Diese verdammten Schweine! Warum können sie uns nicht einfach in Ruhe lassen?«

Griffin antwortete nicht auf die rhetorische Frage, sondern stellte eine andere. »Glaubst du, es war ein Wandler?«

Unbehaglich hob Finn eine Schulter. »Aus unserer Gruppe ist es niemand, aber es könnte einer der Einzelgänger gewesen sein. Selbst wenn es ein normaler Berglöwe war, hatten die Menschen kein Recht dazu.« Finn rieb über seine Stirn. »Ich muss die Wächter informieren und den Notfallplan in Gang setzen.«

»Ich kann es übernehmen, die anderen zu warnen, ich komme am schnellsten zu allen durch. Gibt es noch irgendwelche Anweisungen, die ich weiterleiten soll?«

Finn gelang ein dankbares Lächeln. »Sie wissen Bescheid. Sag ihnen, sie sollen auf sich aufpassen und kein Risiko eingehen. Sowie sie die Menschen sehen, sollen sie sich zurückziehen und auf Verstärkung warten.«

Griffin nickte. »Ich werde auch ein wenig nach den Menschen Ausschau halten.«

Finn drückte seine Hand. »Sei vorsichtig.«

Besorgt blickte er Griffin nach, als der Adlerwandler sich verwandelte und langsam in den Himmel aufstieg. Hoffentlich brachte sich Griffin damit nicht in Gefahr, anscheinend waren die Menschen auch auf fliegende Wandler vorbereitet. Oder sie schossen auf alles, was sich bewegte. Rasch ging Finn zu seiner Hütte, die ihm ohne Jamila seltsam leer vorkam.

Nach einem tiefen Atemzug wählte er Aliyahs Nummer. Als sie sich meldete, verlor er keine Zeit. »Es kann sein, dass wir bald angegriffen werden.« Er erklärte ihr rasch die Situation. »Sag bitte den anderen Ratsmitgliedern Bescheid. Ich melde mich, wenn es hier wieder sicher ist.«

»Bitte passt auf euch auf.« Deutlich war Aliyahs Angst in ihrer Stimme zu hören.

»Das werden wir.« Finn beendete die Verbindung und legte das Telefon langsam auf den Tisch. Die drei älteren Ratsmitglieder würden nichts ausrichten können, aber sie mussten Bescheid wissen, dass ein Angriff bevorstand. Die Älteren gehörten noch zur Gruppe, auch wenn sie inzwischen unter Menschen lebten, und sie hatten ein Recht darauf, zu wissen, wenn ihre Kinder und Enkel in Gefahr waren. Sollten die Wächter die Menschen nicht zurückschlagen können, mussten sich die Älteren um die Kranken und Schwachen im Versteck kümmern und dafür sorgen, dass die Gruppe weiterlebte.

Mit beiden Händen stützte er sich auf die Holzplatte und ließ den Kopf hängen. Er hatte so gehofft, dass es nie wieder zu einem solchen Angriff kommen würde. Im Gegensatz zum letzten Mal waren sie zwar darauf vorbereitet und würden sich wehren, aber er war sicher, dass die Gegner diesmal ein anderes Ziel verfolgten. Sie würden sich nicht darauf beschränken, die Wandler einzufangen und in Käfige zu sperren, so wie vor einem Jahr. Dieses Mal würden sie jeden Berglöwen töten, den sie fanden. Dieser Gedanke setzte ihn in Bewegung und er rannte los.

Finn riss die Tür zu Fays Hütte auf, ohne zu klopfen. »Fay?«

Beinahe bevor er ausgesprochen hatte, erschien die Heilerin auf dem oberen Treppenabsatz. Um sich herum hörte er Rascheln und Stöhnen und er erinnerte sich erst jetzt daran, dass Cade und Neela immer noch in Behandlung waren, seitdem sie aus Lees Labor befreit worden waren.

Fays rote Haare hingen offen und zerzaust bis zu ihrer Hüfte, ihre Haut war blass. »Ist jemand verletzt?«

»Nein. Aber wir werden wahrscheinlich bald angegriffen. Ich möchte, dass du die Kranken, Schwachen und Kinder ins Versteck bringst. Isabel und Caitlin können dir dabei helfen. Und nehmt auch Marisa mit.«

Das Grün ihrer Augen war dunkler geworden. »Natürlich. Aber danach kehre ich zurück, ihr werdet einen Heiler brauchen, falls es wirklich zum Kampf kommt.«

Finn legte seine Hände auf ihre schmalen Schultern. »Vor allem brauchen wir eine lebendige Heilerin. Sei bitte vernünftig und bleib mit den anderen in Sicherheit.«

Fay verzog ihren Mund. »Wir haben keine Zeit für eine Diskussion. Ich verspreche, dass ich die anderen zum Versteck bringe, alles andere entscheide ich dann.«

Da Finn wusste, dass es unmöglich war, Fay etwas auszureden, wenn sie es sich einmal in den Kopf gesetzt hatte, nickte er nur. Vielleicht hätte ihr Gefährte Conner sie zur Vernunft bringen können, aber der war wie die anderen Wächter gerade irgendwo im Gebiet unterwegs.

Cade setzte sich auf und schob die Beine über den Rand der Liege. »Ich werde auch mitkämpfen.«

»Nein, absolut nicht.« Fay kam Finn zuvor. Sie eilte zu ihm und legte ihre Hand auf seinen Arm. »Du bist noch viel zu schwach dafür, du würdest die anderen nur gefährden.«

Cades Gesicht verdüsterte sich. »Aber ich muss doch …«

Neela mischte sich ein. »Fay hat Recht. Du kannst noch nicht kämpfen, aber wir werden dabei helfen, die anderen in Sicherheit zu bringen und sie dort zu beschützen.«

Erst sah es so aus, als wollte der Berglöwenwandler seiner Gefährtin widersprechen, aber dann nickte er nur.

Erleichtert atmete Finn auf. »Ist hier alles geregelt?«

»Ja. Ich werde sofort mit der Evakuierung beginnen, du kannst dich auf uns verlassen.« Fay trat zu ihm und küsste ihn auf die Wange.

»Danke.« Nach einem letzten Blick in die blassen Gesichter der Heilerin und ihrer Schützlinge verließ er die Hütte.

Jetzt musste er nur noch dafür sorgen, dass sich auch wirklich alle, die nicht kämpfen konnten, bei Fay einfanden. Rasch steuerte er auf Kearnes Haus zu, der ebenfalls Ratsmitglied war. Auch wenn sie sonst selten einer Meinung waren, wusste er, dass auf Kearne Verlass war, wenn es um logistische Dinge ging. Und besonders, wenn auch seine Gefährtin und seine Töchter in Gefahr waren. Nur wenige Sekunden, nachdem er geklopft hatte, öffnete sich die Tür.

Kearnes ernster Gesichtsausdruck zeigte, dass er wusste, warum Finn gekommen war.

»Trommele alle zusammen, die nicht kämpfen können, und sag ihnen, sie sollen zu Fay gehen. Sie bringt sie ins Versteck.«

»Alles klar.«

»Und Kearne?«

Fragend blickte er Finn an. »Ja?«

»Geh auch mit ins Versteck.« Er hob die Hand, als Kearne protestieren wollte. »Falls mir etwas zustoßen sollte, braucht die Gruppe jemanden, der sie führt. Sorg dafür, dass die Berglöwenwandler eine Zukunft haben.« Seine Kehle zog sich bei der Vorstellung zusammen, dass die Gruppe ausgelöscht werden könnte.

Schließlich neigte Kearne den Kopf. »Das werde ich.« Er streckte seine Hand aus. »Viel Glück.« Sein Mundwinkel hob sich. »Und komm bloß zurück, ich habe keinerlei Ambitionen, Ratsführer zu werden.« Ernster fuhr er fort: »Auch wenn du mir das vielleicht nicht glaubst, ich denke, dass du ein fähiger Anführer bist und deinen Job gut machst.«

Überrascht über das Lob schüttelte Finn seine Hand und räusperte sich. »Danke. Bis hoffentlich bald.«

27

Dawn schlug mühsam die Augen auf, als Stimmengemurmel in ihren Schlaf drang. Stirnrunzelnd starrte sie in das Halbdunkel. Es dauerte einen Moment, bis sie sich daran erinnerte, wo sie war. »Dave?«

Als sie keine Antwort bekam, schlug sie die Bettdecke zurück und schob die Beine aus dem Bett. Erst als sie sich aufrichtete, merkte sie, dass etwas anders war. Die Schmerzen waren weg. Ihre Hand zitterte, als sie die Nachttischlampe anknipste. Dawn schob ihr T-Shirt hoch und betrachtete ungläubig ihre Wunde, die am Tag zuvor noch geblutet hatte. Zwar konnte sie noch erkennen, wo die Naht war, doch war davon nur noch eine rötliche Linie zu sehen. Die Verfärbung darum war auch merklich zurückgegangen. Anscheinend wirkte die von Aliyah verabreichte Salbe wirklich Wunder.

Die Stimmen im Nebenzimmer wurden lauter, und Dawn beschloss nachzusehen, was dort vorging. Waren Harken und die Wandler schon eingetroffen? Schnell ging sie zur Tür und trat in den kleinen Flur hinaus. Sie folgte dem Lichtschimmer zu einem Durchgang, der in das gemütliche Wohnzimmer führte. Die Stimmen verstummten, als sie in den Raum trat, und sie bemerkte verwirrt, dass sie außer Aliyah niemanden aus der Gruppe kannte.

»Oh, tut mir leid, ich habe Stimmen gehört und dachte, Caruso …« Sie brach ab und betrachtete die ernsten Mienen genauer. Irgendetwas stimmte nicht. »Wo ist Caruso?«

Aliyah trat zu ihr und legte einen Arm um ihre Schulter. »Er ist bereits losgeflogen. Du hast lange geschlafen.«

Schmerz schoss durch ihren Körper, der nichts mit ihrer Verletzung zu tun hatte. Caruso war schon weg, ohne sich noch einmal von ihr zu verabschieden? Sie verstand zwar, dass er so schnell wie möglich nach Afrika wollte, aber sie wünschte, sie hätte die Möglichkeit gehabt, ihm zu sagen, was sie für ihn empfand.

»Er wollte dich nicht wecken, deshalb hat er mich gebeten, dir zu sagen, dass er bald wieder hier ist.«

Da Dawn nicht vor diesen Fremden darüber reden wollte, nickte sie nur. Außerdem hatte Aliyah schon genug getan und sie wollte ihr nicht noch mehr zur Last fallen. »Hat er den Wagen hiergelassen?« Nachdem ihre Wunde jetzt fast verheilt war, konnte sie endlich nach Hause fahren und die ganze Sache hinter sich lassen. Doch noch während sie das dachte, wusste sie, dass es ihr nicht gelingen würde.

»Nein, tut mir leid.« Aliyah blickte die anderen im Raum an, die alle über fünfzig waren. Schließlich schien sie eine Entscheidung zu treffen. »Die Berglöwengruppe wird wahrscheinlich gerade überfallen. Wir überlegen jetzt, was wir tun können, um unseren Familien zu helfen.« Ihre Stimme zitterte und in ihren bernsteinfarbenen Augen stand Furcht.

Einen Moment lang versuchte Dawn zu verstehen, was vor sich ging. Alle im Raum waren Wandler? Und warum waren sie hier und nicht im Wald, wenn dort ihre Familien waren? »Von wem werden sie überfallen?«

»Von Menschen mit Armbrüsten. Vermutlich hat dieser Verbrecher Lee sie angeheuert, um Isabel zu entführen und dafür zu sorgen, dass wir ihm nicht mehr in die Quere kommen.«

Dawns Nackenhaare stellten sich auf. »Aber warum rufen Sie dann nicht die Polizei?« Sie trat einen Schritt vor. »Ich kann …«

Aliyah hielt sie am Arm zurück. »Nein, wir können die Polizei nicht informieren, es weiß niemand, dass wir existieren, und so soll es auch bleiben.«

»Aber wir müssen etwas tun!« Caruso würde sich nie verzeihen, wenn seiner Tochter etwas geschah.

»Ja, darin sind wir uns einig.« Ein älterer Mann blickte sie durchdringend an. »Bitte gehen Sie in Ihr Zimmer zurück, damit wir weiter beratschlagen können, wie mit dieser Bedrohung umzugehen ist.« Er drehte sich wieder zu den anderen um, doch Dawn war nicht bereit, so schnell aufzugeben.

»Ich möchte helfen.«

Wieder lagen alle Blicke auf ihr. »Wie soll das funktionieren? Sie sind ein Mensch und Sie sind verletzt.« Der Mann machte eine wegwerfende Handbewegung. »Das wird uns nicht weiterhelfen.«

Dawn richtete sich zu voller Größe auf. »Sagen Sie mir einfach nur, wo ich hinmuss, damit ich etwas unternehmen kann, anstatt hier Zeit mit unsinnigen Diskussionen zu verschwenden.«

»Sie hat Recht.« Aliyah lächelte ihr flüchtig zu. »Ich werde nicht zusehen, wie mir nach meinem Mann auch noch meine Kinder von den Menschen genommen werden. Mir ist egal, was ihr macht, ich werde jedenfalls alles tun, um ihnen zu helfen.«

»Aber glaubst du, dass es ihnen wirklich hilft, wenn ein paar alte Menschen durch den Wald stapfen?«, gab einer der Männer zu bedenken. »Wir könnten die Sache dadurch noch schlimmer machen.«

Aliyah rieb über ihr Gesicht. »Das mag sein. Aber hast du dir auch überlegt, was passiert, wenn vielleicht gerade mal zehn oder fünfzehn Wächter einer größeren Gruppe bewaffneter Menschen gegenüberstehen? Wie sollen sie die Verbrecher besiegen können und gleichzeitig versuchen, die Kranken und Schwachen zu schützen?«

Einen Moment lang herrschte betretenes Schweigen. Schließlich räusperte sich einer der Männer. »Genau deshalb sind wir jetzt hier und besprechen, was wir tun können.«

Aliyah senkte den Kopf. »Ich weiß, entschuldigt. Es ist nur … ich spüre, dass sie dringend unsere Hilfe brauchen, besonders weil die Wächter Torik und Falk auch nicht dort sind.« Ihre Stimme war rau vor Emotionen.

Dawn versuchte, die Sache logisch anzugehen. »Wissen diese Angreifer, dass sie es mit Wandlern zu tun haben, oder denken sie, es sind Tiere?«

»Das wissen wir nicht. Es ist beides möglich. Warum fragen Sie?«

»Weil ich überlege, ob sie auch schießen würden, wenn sie Menschen vor sich haben. Die meisten Leute schrecken ja doch davor zurück, jemanden zu ermorden. Bei Tieren – Entschuldigung – ist die Hemmschwelle deutlich geringer.«

Einer der Älteren nickte. »Das mag stimmen, aber die Gruppenmitglieder können es sich nicht leisten, das zu testen. In Menschengestalt sind sie schutzlos.«

Dawn biss auf ihre Lippe. »Ich dachte dabei auch eher an uns. Wenn wir dorthin gehen und die Verbrecher merken, dass sie nicht einfach mit dem Morden durchkommen, sondern dass Zeugen existieren, dann werden sie sich bestimmt zurückziehen.«

Eine Frau, deren graue Haare bis zur Taille reichten, wiegte nachdenklich den Kopf. »Aber sie können dann jederzeit wiederkommen und die Aufgabe beenden.«

»Ich weiß, aber es geht mir erst mal darum, zu verhindern, dass eure Familienmitglieder heute sterben. Danach können wir immer noch überlegen, wie wir weiter verfahren. Zum Beispiel könnte ich sie wegen Wilderei verhaften lassen.« Sie hob die Hand, als aufgeregtes Gemurmel erklang. »Vor allem aber könnte es sein, dass sich die Bedrohung von selbst erledigt, wenn es Caruso und den anderen gelingt, Lee zu besiegen. Wenn niemand da ist, der sie bezahlt, werden diese Männer vermutlich das Lager nicht wieder angreifen.«

Aliyahs Augen glitzerten entschlossen. »Ich finde den Vorschlag gut. Wenn wir auch die anderen Älteren, die nicht hier in der Nähe leben, dazu bringen, uns dort zu treffen, sind wir so viele, dass sie uns nicht ignorieren oder einfach umbringen können.«

Einer der Männer legte seine Hand auf Aliyahs Arm. »Erst muss vom Rat eine Entscheidung getroffen werden.«

»Na, dann tut das doch endlich! Jede Sekunde, die wir hier vertrödeln, kann die letzte für einen unserer Liebsten sein.«

Damit rüttelte sie die ehemaligen Wandler offensichtlich auf. Drei weißhaarige Männer, von denen der eine so aussah, als wäre er bereits über achtzig Jahre alt, zogen sich in eine Ecke des Raumes zurück und berieten sich leise miteinander. Die restlichen Alten bewegten sich unruhig und Dawn fragte sich, ob sie vielleicht zu viel verlangte. Das hier waren alte Leute, sie wusste nicht einmal, ob sie überhaupt den beschwerlichen Weg durch den Wald bewältigen konnten. Waren sie stark genug, sich Verbrechern in den Weg zu stellen?

Aliyah berührte ihren Arm. »Danke für die Unterstützung, obwohl Sie eigentlich gar nichts mit unseren Problemen zu tun haben.«

Dawn verzog den Mund. »Seit Isabels Entführung ist es auch zu meiner Sache geworden, auch wenn ich keine Wandlerin bin.«

»Das verstehe ich, Isabel ist so ein tolles Mädchen.« Aliyah seufzte tief auf. »Jetzt ist sie endlich mit Bowen zusammen und dann passiert so etwas. Das macht mich wirklich wütend. Wenn ich diesen Lee jemals in die Finger kriege …«

»Ich hätte auch noch ein oder zwei Dinge mit ihm zu regeln, aber Caruso wollte mich ja nicht mit nach Afrika nehmen.« Der Gedanke versetzte ihr erneut einen Stich.

»Er macht sich sehr viel aus Ihnen und will Sie in Sicherheit wissen.«

Prüfend sah Dawn die ältere Frau an. »Hat er das gesagt?«

»Man kann es auch an seinen Handlungen ablesen, finden Sie nicht? Soweit ich weiß, hat er sich in Lees Hände begeben, um Ihnen zu helfen, das zeigt doch ziemlich deutlich, wie viel Sie ihm bedeuten.«

Dawn nickte zögernd. Caruso hatte auch darauf verzichtet, Lee zur Strecke zu bringen, um Kompressen auf ihre Wunde zu drücken, damit sie nicht verblutete. Eigentlich zweifelte sie auch nicht wirklich an seinen Gefühlen für sie, sondern sie ärgerte sich eher darüber, dass er einfach für sie entschieden hatte, ohne sie nach ihrer Meinung zu fragen. Sie war alt genug, für sich selbst Entscheidungen zu treffen. Aber das würde sie mit ihm diskutieren, sobald er wieder da war. Wenn er überhaupt wiederkam … Dawn schüttelte den Kopf, um den schrecklichen Gedanken loszuwerden. Caruso und die anderen würden Lee besiegen und gesund und munter wieder in die USA zurückkehren.

Angespannt wandte sie sich den drei Ratsmitgliedern zu, als diese sich wieder zu den anderen gesellten. »Wir werden mit allen Mitteln versuchen, unsere Familien zu schützen. Sobald wir die anderen Älteren, die in der Nähe des Waldes leben, benachrichtigt haben, damit sie sich mit uns am Waldrand treffen, fahren wir los. Allerdings kommen nur die mit, die körperlich in der Lage dazu sind.«

Aliyah räusperte sich. »Ich denke, die Ratsmitglieder sollten in Sicherheit bleiben.«

Die drei Männer sahen sich an, bevor einer knapp nickte. »Wir würden euch ohnehin nur behindern.«

Dawn konnte dem insgeheim nur zustimmen. Wobei sie nicht wusste, ob das nicht auch auf sie zutraf, falls die Wunde ihr wieder zu schaffen machte, aber davon würde sie sich nicht abhalten lassen.

Caruso presste das Handy so dicht an sein Ohr, dass seine Fingerknöchel weiß hervorstachen. Warum ging niemand ans Telefon? Finn musste doch wissen, dass sie sich sofort nach ihrer Ankunft in Namibia melden würden. Mit einem schlechten Gefühl im Magen beendete er die Verbindung und ließ seine Hand sinken. Nach einem scheinbar endlos langen Flug in ihrer Chartermaschine, dessen Horror für ihn darin bestanden hatte, das Leiden der Katzenwandler die ganze Zeit in seinem Kopf zu spüren, waren sie endlich auf einem kleinen Flugplatz in der Nähe der Auswilderungsstation gelandet. Die fünf Wandler waren sofort nach draußen gestürmt und hatten sich in die umgebende Wildnis geschlagen, weil die Tiere in ihnen nach Freiheit verlangten, nachdem sie so lange auf engem Raum eingesperrt gewesen waren.

Beinahe konnte er den Drang nachvollziehen, auch wenn er selbst nicht zur Verwandlung fähig war, aber noch wichtiger war es ihm, mit Isabel und Dawn zu reden. Die Zähne fest zusammengepresst wählte er Aliyahs Nummer. Vielleicht würde sie ihm sagen können, was im Lager los war. Ein warmes Gefühl breitete sich in seiner Brust aus, als er daran dachte, mit Dawn zu sprechen.

»Hier ist *All About Nature*. Wir sind leider gerade nicht da. Bitte hinterlassen Sie eine Nachricht, wir melden uns so schnell wie möglich.«

Diesmal schnitt die Angst bis in seine Knochen. Ein Blick auf die Uhr zeigte ihm, dass es in den USA Nachmittag war, aber er konnte sich nicht vorstellen, wo Dawn in ihrem Zustand hingegangen sein sollte. »Caruso hier. Wir sind in Namibia angekommen. Bitte meldet euch so schnell wie möglich, ich erreiche niemanden im Lager und mache mir Sorgen.«

Als Harken einige Minuten später zurückkehrte, hatte Caruso sich immer noch nicht beruhigt.

Ein Blick in sein Gesicht reichte offensichtlich, um Harken zu zeigen, dass etwas nicht stimmte. »Was ist los?«

Caruso räusperte sich, aus Angst, dass seine Stimme versagen würde. »Ich erreiche weder das Lager noch Aliyah. Ich weiß nicht, warum sie nicht antworten, aber befürchte, es kann nur einen Grund haben: Das Lager wurde angegriffen.«

Die nur mühsam unterdrückte Wut war Harken deutlich anzusehen. »Verdammt! Ich hatte gehofft, dass Lee damit wartet, bis er wieder zurück ist, wodurch wir den Angriff von vornherein hätten verhindern können.«

Jamilas Stimme erklang hinter ihm. »Was verhindern?«

Harken schüttelte den Kopf. »Im Lager meldet sich niemand.«

Angst trat in die Augen der Leopardenwandlerin. »Finn trägt das Handy immer bei sich. Und wenn er mal in Berglöwengestalt unterwegs ist, gibt er es Kearne oder einem der anderen. Was machen wir jetzt?«

In diesem Moment traten Torik, Melvin und Falk dazu, die Harkens Bemerkung mit angehört hatten. Auch ihnen war die Unruhe anzumerken.

Harken schwieg einen Moment. »Im Grunde können wir nur weitermachen.« Er hob die Hand, als Caruso etwas einwenden wollte. »Wir rufen regelmäßig im Lager an, irgendwann wird sich jemand melden.«

Die andere Möglichkeit war zu furchtbar, um sie auszusprechen, aber Caruso wusste, dass sie alle daran dachten. Was war, wenn sich niemand mehr melden konnte? Wenn sie alle tot oder gefangen waren? Er hatte geglaubt, dass Isabel dort in Sicherheit war, sonst hätte er sie woanders untergebracht. Oder hätten sie nicht nach Namibia aufbrechen sollen? Aber sie konnten Lee nicht einfach davonkommen lassen und nicht reagieren, wenn er hier wieder Geiseln genommen hatte. Noch dazu den Gefährten von Jamilas Schwester und Harkens … Freundin. Außerdem, was hätte er bei einem Angriff auf das Lager ausrichten können? Er kannte nicht einmal den Standort.

Aber das erklärte immer noch nicht, wo zum Teufel Dawn war. Es war unwahrscheinlich, dass jemand Aliyahs Haus angegriffen hatte. Doch vielleicht hatte die ehemalige Wandlerin Dawn in Sicherheit gebracht? Dann würde sie sich hoffentlich bald bei ihm melden. Caruso atmete tief durch. Es brachte nichts, wenn er vor Sorgen verging, im Gegenteil, es würde ihn bei der Aufgabe behindern, Lee aus dem Verkehr zu ziehen.

»Okay, bringen wir die Sache hinter uns.« Die anderen nickten stumm. »Wie weit ist es von hier?«

»Etwa eine halbe Stunde, wenn wir uns beeilen.« Harken sah auf die Uhr. »Ich möchte es noch vor Sonnenaufgang schaffen, das gibt uns die Gelegenheit, ungesehen mögliche Wachmänner auszuschalten, bevor wir uns um Lee kümmern.«

Wie Caruso wenig später feststellte, hatten Wandler eine ganz andere Vorstellung von beeilen als Menschen. Da er sich nicht verwandeln konnte, musste er den ganzen Weg durchjoggen. Eigentlich hatte er bisher geglaubt, relativ fit zu sein, aber die Wandler belehrten ihn eines Besseren. Schwer atmend erreichte er schließlich die in einem Dickicht liegende Umzäunung des Grundstücks. Während er sich auf den Boden setzte, blieb Jamila stocksteif neben ihm stehen. Ihre Augen waren geschlossen und sie hatte den Kopf geneigt.

Gerade als er sie ansprechen wollte, hoben sich ihre Lider. Tränen schimmerten in ihren Augen. »Kainda kommt gleich hierher.«

Neugierig sah er sie an. »Woher weißt du das?«

Jamila zögerte einen Moment, bevor sie sich neben ihn setzte. »Meine Schwester und ich haben das Band.« Auf seinen verständnislosen Blick hin erklärte sie ihre Bemerkung. »Wir sind geistig miteinander verbunden. Wir spüren starke Gefühle des anderen, wenn wir nicht zu weit auseinander leben. Die Verbindung war durchtrennt, seit sie nach Afrika gebracht wurde, aber jetzt spüre ich sie wieder.«

Caruso fragte sich, ob es dem Gefühl glich, das er immer in Isabels Nähe hatte. Wie hatten die beiden Schwestern es ausgehalten, so weit voneinander getrennt zu leben, wenn sie sich ihr ganzes Leben davor durch ihre Verbindung so nahe gewesen waren? Bevor er mehr darüber erfahren konnte, sprang Jamila auf und lief los. Nach mehreren Metern stieß sie einen freudigen Laut aus und warf sich in die Arme einer schlanken Person. Wegen der Dunkelheit konnte Caruso nicht mehr erkennen als braune Haut, die um einiges heller war als Jamilas, und schwarze Locken.

Nach einer Weile trat Harken dazu und räusperte sich. »Entschuldigt, ich weiß, dass ihr euch lange nicht gesehen habt, aber die Zeit läuft uns davon. Ich will die Sache so schnell wie möglich erledigen.«

Caruso unterdrückte ein Schnauben. *Wer nicht?* Für ihn konnte es gar nicht schnell genug gehen.

Schließlich lösten sich die beiden Schwestern voneinander und Kainda trat vor. »Bist du Harken?« Als er nickte, stellte sie sich auf die Zehenspitzen und küsste ihn auf die Wange. »Danke, dass du mich letztes Jahr gerettet und Ryan hinterhergeschickt hast.«

Harken lächelte. »Und ich danke dir, dass du dich um Mia gekümmert hast.«

Kainda neigte den Kopf und erstarrte. Carusos Nackenhaare richteten sich auf, als sie ihn anstarrte. »Du bist ein Mensch.«

»Größtenteils, ja. Ich bin Isabels Vater.«

Ihre Nasenflügel bebten. »Du bist nicht Stammheimer.«

»Richtig.« Langsam nervte es ihn, immer mit dem verbrecherischen Wissenschaftler verglichen zu werden, der Isabel aufgezogen hatte.

Jamila legte ihrer Schwester eine Hand auf den Arm. »Das ist Caruso, er hat uns in San Francisco bei der Befreiung von Isabel, Bowen und den anderen gefangenen Wandlern sehr geholfen. Ich hatte dir von ihm erzählt. Er ist hier, um uns zu helfen, Lee zur Strecke zu bringen.«

Kainda nickte abgehackt. »Okay. Ich habe die Wachmänner noch nicht beseitigt, weil das zu auffällig gewesen wäre. Allerdings kenne ich ihre Standorte. Die acht Männer sind zwar gut und schwer bewaffnet, aber wir haben den Vorteil in der Natur.« Ihre Finger schlangen sich ineinander. »Bei den an den Gebäuden stationierten Männern ist das anders. Ich glaube nicht, dass ihnen dort viel entgeht und es gibt kaum Deckung.«

Harken mischte sich ein. »Das ist kein Problem.«

Einen langen Moment blickte sie ihn nur an und nickte dann. »Wenn man sich unsichtbar machen kann? Ich habe Jamila nicht geglaubt, als sie das erzählt hat. Aber du kannst die Männer nicht alleine besiegen, selbst mit solchen Fähigkeiten.«

»Das habe ich auch nicht vor. Zuerst will ich einfach nur einen Blick in das Gebäude werfen und herausfinden, wo genau sich die Gefangenen befinden.«

Kainda biss sich auf die Lippe. »Ryan habe ich zuletzt in der Krankenstation gesehen, sie liegt am westlichen Ende des großen Gebäudes in der Mitte. Wo Mia genau ist, weiß ich nicht, nur dass sie wieder dorthin zurückgebracht wurde.«

»Ich werde sie finden.«

Torik trat vor. »Was sollen wir solange machen, während du ins Gebäude gehst?«

»Dafür sorgen, dass die Wachmänner hier im Wald uns später nicht in die Quere kommen können.« Er begann seine Kleidung auszuziehen. »Passt auf euch auf, wir können uns keinen Fehler leisten.«

Als wenn sie das nicht wüssten! Caruso beschränkte sich auf ein knappes Nicken und auch die anderen gaben wortlos ihre Zustimmung.

Harken reichte Melvin seine Kleidung. »Versteck die gut.« Sein

Blick erfasste jeden der Anwesenden. »Bis später.« Vor ihren Augen verschwand Harken.

Kainda, die das noch nie gesehen hatte, keuchte auf, bevor sie ihre Hand auf den Mund presste. Mit großen Augen blickte sie dorthin, wo eben noch ein Mann gestanden hatte.

Caruso dagegen erfasste Harken mit seinen Sinnen und folgte so seinem Weg über den Zaun und weiter auf die Häuser zu. Auch wenn Harken meist unbeteiligt wirkte, seine Gefühle sagten etwas ganz anderes. Schmerz, Schuldgefühl und Furcht vermischt mit Vorfreude und Liebe. Bald verlor sich seine Spur und Caruso drehte sich zu den anderen um. »Wollen wir anfangen?«

28

Ängstlich blickte Marisa Coyle hinterher, als er im Unterholz verschwand. Er hatte sie zu Fays Hütte gebracht, damit sie mit den anderen Frauen und Kindern gemeinsam ins Versteck gehen konnte, während er gegen die Menschen kämpfte. Am liebsten hätte sie dagegen protestiert, aber mit ihren Verletzungen konnte sie nicht viel ausrichten und würde den anderen nur im Weg sein. Immerhin konnte sie sich inzwischen schon mit Hilfe der Krücken langsam fortbewegen, aber es fehlte noch einiges, um zu alter Stärke zurückzufinden. Angus presste sich an ihr Bein und winselte. Auch er hasste es offensichtlich, zurückgelassen zu werden.

Marisa bückte sich und kraulte seinen Nacken. »Es wird alles gut gehen.« Das klang nicht sonderlich überzeugend, aber mehr brachte sie nicht zustande. Ihr Blick fiel auf Caitlin, die auch nicht gerade glücklich wirkte. Sie hatte es sogar noch schlechter, weil Torik auf dem Weg nach Namibia war und nicht in ihrer Nähe. Bevor Marisa sie ansprechen konnte, trat Fay aus ihrer Hütte, dicht gefolgt von Cade und Neela. Marisa konnte sich nur vorstellen, wie die beiden vor einer Woche ausgesehen haben mussten, wenn sie jetzt immer noch erschreckend abgemagert waren und so wirkten, als würde ein kräftiger Windstoß sie umpusten.

Langsam versammelten sich immer mehr Wandler um sie herum, darunter viele Kinder und Mütter. Es machte Marisa wieder bewusst, wie wenig Wächter es in der Gruppe gab. Selbst mit Sawyers Männern würde es schwer werden, die Verbrecher aufzuhalten. Marisas Herz zog sich vor Angst zusammen. Nach dem Desaster mit Jennings sorgte Lee diesmal sicher dafür, dass die

Angreifer den Wandlern zahlenmäßig weit überlegen waren. Von den Waffen ganz zu schweigen. Tränen stiegen ihr in die Augen, als sie sich vorstellte, was das für die Wandler bedeuten konnte. Selbst wenn ein Teil der Gruppe im Versteck überlebte, waren die Berglöwenwandler des Yosemite ohne ihre Wächter dem Untergang geweiht.

Kearnes grimmigem Gesichtsausdruck nach zu urteilen, war ihm das auch bewusst. »Okay, los geht's. Alle, denen es möglich ist, verwandelt euch.« Sein scharfer Blick richtete sich auf die drei Menschenfrauen. »Versucht, euch so unauffällig wie möglich zu bewegen. Und kein Wort.«

Marisa verdrehte die Augen. Glaubte er wirklich, dass sie den Ernst der Situation nicht erkannt hatten und einen Kaffeeklatsch abhalten würden? Isabel bewegte sich unruhig neben ihr und Marisa legte eine Hand auf ihre Schulter. Für sie musste es besonders schwer sein, weil die Gefühle der Wandler – all die Furcht und Wut – auf sie einstürmten. Hoffentlich hielt sie diese Tortur durch.

Als die Wandler damit begannen, ihre Berglöwengestalt einzunehmen, nieste Caitlin sofort. Erschrocken sah Marisa sie an. Sie hatte die Katzenhaarallergie der Autorin vergessen! Wie sollte sie es in dem Versteck zusammen mit all den Katzen aushalten? Und es war beinahe unmöglich, dass sie lautlos durch den Wald schlich.

Kearnes Augen verengten sich. »Fay, führ die anderen zum Versteck.« Als die Heilerin zögerte, und auch Amber den Mund öffnete, um dagegen zu protestieren, machte er eine scharfe Handbewegung. »Sofort. Oder wollt ihr, dass den Menschen unsere Kinder in die Hände fallen?«

Nach einem letzten Blick in ihre Richtung liefen Fay und Amber los. Rasch leerte sich die Lichtung, bis nur noch Marisa, Caitlin und Isabel vor Kearne standen.

»Es tut mir leid.« Caitlins Stimme war undeutlich, weil sie immer noch ein Taschentuch vor ihre Nase presste. »Nimm Marisa und Isabel bitte mit, sie sind keine Gefahr für euch.«

Kearne sah sie eine Weile schweigend an, bevor er tief durchatmete. »Auch wenn es gegen meine Überzeugungen geht, gehört ihr jetzt zur Gruppe. Würde ich zulassen, dass euch etwas geschieht, würde das die Gruppe auseinanderreißen. Also folgt mir, aber bitte leise.« Kearne drehte sich um und lief in Menschengestalt los.

Marisa wechselte einen erstaunten Blick mit Caitlin und Isabel, bevor sie ihm eilig folgte. Erleichterung breitete sich in ihr aus, als sie so schnell wie möglich durch den Wald humpelte. Wenn Kearne Caitlin nicht mitgenommen hätte, wäre sie auch im Lager geblieben, und sie hatte den Verdacht, dass Isabel genauso entschieden hätte.

Es schien unendlich lange zu dauern, bis sie endlich beim Versteck ankamen. Marisas verletztes Bein schmerzte bei jedem Schritt und sie musste sich auf die Lippen beißen, um nicht laut aufzuschreien. Kearne hob sie wortlos hoch und trug sie die letzten Meter den steilen Eingang zu der unterirdischen Höhle hinunter. Unten angekommen setzte er sie ab und wandte sich um.

Marisa legte ihre Hand auf seinen Arm. »Danke.« Kearne neigte den Kopf und entfernte sich rasch.

Amber trat zu ihnen, Erleichterung deutlich sichtbar in ihren bernsteinfarbenen Augen. Lana schmiegte sich in ihren Arm und schien zu schlafen. »Gut, dass ihr hier seid, für einen kurzen Moment dachte ich, dass Kearne euch dortlassen würde. Es tut mir leid, dass ich mich nicht für euch eingesetzt habe, aber Lanas Sicherheit hat für mich oberste Priorität.«

»Das verstehen wir.« Caitlin nickte ihr zu. »Wenn ich euch in Gefahr bringen sollte, werde ich gehen.«

»Eigentlich sollte die Allergie kein Problem sein, wenn sich alle wieder zurückverwandeln.«

Ein scharfes Einatmen ertönte hinter Marisa und sie drehte sich schnell um. Isabel war leichenblass, ihre Augen riesengroß in ihrem Gesicht. »Was hast du?«

Eine Träne lief über Isabels Wange. »Der Angriff hat begonnen.«

Marisa fragte sich, woher Isabel das wusste, bis sie verstand. »Bowen?«

Isabel nickte und wischte über ihre Augen. Auch wenn Marisa wusste, wie schwer es für Isabel war, die Gefühle der Wandler zu ertragen, erfuhren sie durch ihre Verbindung zu Bowen auch den Vorteil, dass sie so wussten, was vor sich ging. Hoffentlich musste Isabel nicht miterleben, wie ihr Geliebter verletzt wurde oder sogar starb. Marisa glaubte nicht, dass sich die junge Frau davon erholen würde.

Gleichzeitig kam in ihr die Angst um Coyle wieder hoch. Sie konnte nur hoffen, dass er auf sich aufpasste und unverletzt zu ihr zurückkam. Am liebsten würde sie sich mit in den Kampf stürzen, anstatt hier eingesperrt zu sein und nur abwarten zu können, aber sie hätte die Wandler nur behindert. Marisa ließ sich schließlich auf einer Bank in der Nähe des Monitors nieder, der die Umgebung des Verstecks zeigte.

Angus legte sich zu ihren Füßen und blickte mit fragenden Augen zu ihr auf. Froh, dass wenigstens er bei ihr war, streichelte sie über seinen Kopf. »Keine Angst, Coyle wird bald wieder bei uns sein.«

Auf Zehenspitzen stand Mia vor dem hoch in der Mauer liegenden Fenster und blickte hinaus. In ein paar Stunden würde es hell werden und sie befürchtete, dass ihre Zeit ablief. Lee würde nicht ewig warten, bevor er den nächsten Zug machte. Spätestens gegen Mittag würde er etwas unternehmen, wenn Leon bis dahin nicht aufgetaucht war. Einerseits wollte sie mehr als alles andere frei sein, aber nicht um den Preis, dass Leon sich dem Verbrecher auslieferte oder bei dem Versuch, sie zu retten, starb.

Mia war so in ihre Gedanken vertieft, dass es eine Weile dauerte, bis sie bemerkte, dass sie nicht mehr alleine war. Eine Hand auf ihr wild klopfendes Herz gepresst wirbelte sie herum und erstarrte. Leon stand dicht vor ihr. Langsam ließ sie ihren Blick über seinen nackten Körper gleiten und musste sich eingestehen, dass sie sich immer noch an jeden Millimeter davon erinnerte. Während sein Körper genauso kraftvoll war wie früher, wirkte sein Gesicht älter, härter. Linien durchzogen seine Haut, die früher nicht da gewesen waren.

Damit sie nicht dem Impuls nachgab, mit den Fingern darüberzustreichen, verschränkte sie ihre Arme vor der Brust. »Wie bist du hier reingekommen?« Mia zuckte innerlich zusammen, als sie den Vorwurf in ihrer Stimme hörte. So hatte sie sich ihr Wiedersehen nicht vorgestellt, doch sie schien den seit anderthalb Jahren angestauten Ärger über sein Verschwinden nicht unterdrücken zu können.

Leons Mundwinkel hob sich ein winziges Stück. »Hallo Mia. Ich habe dich vermisst.« Als sie nicht antwortete, zuckte er mit den Schultern. »Das ist im Moment unwichtig. Ich wollte dich nur wissen lassen, dass wir hier sind und daran arbeiten, euch freizubekommen.«

Ungläubig beobachtete sie, wie er sich umdrehte und auf die Tür zuging. Schließlich hielt sie es nicht mehr aus und machte einen Schritt auf ihn zu. Sie sah kaum, wie er sich bewegte, aber plötzlich war sie in seinen Armen und sie spürte das Hämmern seines Herzens unter ihrer Wange. Seine Finger krochen unter ihre Haare und legten sich um ihren Nacken, während er mit der anderen Hand ihr Kinn anhob. Mit Verlangen in seinen rauchig grauen Augen beugte er sich zu ihr hinunter und berührte ihre Lippen mit seinen.

Ohne bewussten Befehl glitten ihre Hände an seinen Armen hinauf und sie hielt sich fest, damit sie nicht zu Boden sank. Ihre Beine gaben nach, als sie endlich den Kuss erhielt, auf den sie endlos lange anderthalb Jahre gewartet hatte. Sie sollte ihn fragen, wo er gewesen war und warum er sie verlassen hatte, doch dafür hätte sie ihren Mund von seinem trennen müssen und dazu war sie noch nicht bereit. In diesem Moment war die Vergangenheit egal und es zählte nur, dass er jetzt bei ihr war.

Erst der Gedanke daran, was passieren würde, wenn Lee ihn hier vorfand, gab ihr die Kraft, sich von Leon zu lösen. Röte überzog seine Wangen und seine Augen glitzerten.

Mia räusperte sich. »Du musst weg, bevor Lee dich hier findet.«

Sofort wurde die Leidenschaft in seinem Gesicht von Härte abgelöst. »Wir werden zuerst die Wachmänner im Wald an der Grundstücksgrenze beseitigen und uns dann zu den Gebäuden vorarbeiten. Leider musst du noch so lange hier drin bleiben, weil ich dich nicht ungesehen hier herausbekomme.«

»Aber wenn du rauskommst, warum …?«

Beinahe so etwas wie ein schlechtes Gewissen war in Leons Miene zu erkennen. »Ich habe dir damals nicht alles über mich erzählt.« Er zog sie noch einmal an sich und gab ihr einen tiefen Kuss. »Es tut mir leid. Ich werde mich beeilen, damit du endlich hier rauskannst.«

Vor ihren Augen löste er sich in Luft auf. Mia presste eine Hand vor ihren Mund, um ihren erschrockenen Aufschrei zu unterdrücken und starrte mit weit aufgerissenen Augen dorthin, wo Leon eben noch gestanden hatte. Mit der anderen Hand wedelte sie vor sich herum, um ihn vielleicht noch zu ertasten, aber er war wirklich verschwunden. Wut ersetzte die Überraschung. Nicht alles über sich erzählt? Das war die Untertreibung des Jahrtausends! Wie hatten sie sich so nahekommen können, wenn er so etwas vor ihr geheim hielt? Mia schnitt eine Grimasse. Vielleicht hatte auch nur sie gedacht, dass sie ihm etwas bedeutete und sie zusammengehörten.

Der Schmerz bohrte sich in ihre Brust und sie holte keuchend Atem. Nein, Leons Gefühle für sie waren in seinen Augen zu sehen gewesen – damals und heute. Aber warum hatte er ihr dann verheimlicht, dass er sich unsichtbar machen konnte? Er hatte ihr von seiner Familie erzählt, von seiner Gefangennahme, seinen Gedanken und Wünschen … aber kein Wort über seine speziellen Fähigkeiten. Was hatte er noch alles vergessen zu erwähnen? Vielleicht konnte er fliegen oder sich in einen Käfer verwandeln. Die Vorstellung heiterte Mia für einen kurzen Augenblick auf, bevor ihr wieder einfiel, dass Leon in diesem Moment bei dem Versuch, sie zu retten, sein Leben aufs Spiel setzte. Sie ging wieder zum Fenster und starrte in die Dunkelheit hinaus. *Komm bitte heil zu mir zurück.*

Wieder einmal wünschte Caruso, er könnte sich auch in ein Tier verwandeln oder, noch besser, sich unsichtbar machen, so wie Harken. Stattdessen versuchte er, sich unbemerkt dem Haus zu nähern, in dem sich Mias Büro befand. Die Aufgabe, die Wachmänner am Rand des Grundstücks auszuschalten, hatte er den Wandlern überlassen, sie konnten sich in der Natur viel unauffälliger bewegen als er selbst. Stattdessen hatte Caruso mit Harken abgemacht, dass er Lees Aufenthaltsort herausfand, während Harken nach einer Möglichkeit suchte, Mia und den Tierarzt zu befreien. Und er hatte vor, diesen Job gut zu erledigen. Nach über einem halben Jahr stand er nun endlich kurz davor, den Mann zu bestrafen, der die Schuld am Tod seines Freundes Gary trug und der erst seine Tochter und dann auch noch Dawn entführt hatte. Zu sagen, dass er hochmotiviert war, dem Treiben des Mistkerls ein Ende zu bereiten, wäre eine Untertreibung gewesen.

Schweiß lief über seinen Rücken, während er sich Schritt für Schritt vorarbeitete. Glücklichweise reichte an dieser Stelle die Vegetation bis fast zur Haustür, sodass er im Mondlicht nicht bemerkt werden würde, wenn er sich beeilte. Nachdem er noch einmal nach allen Seiten Ausschau gehalten hatte und sicher war, dass keiner der Verbrecher in der Nähe war, rannte er geduckt los. Am Haus angekommen, drückte er sich mit dem Rücken an die Hauswand, während er sich vorsichtig in Richtung der Tür schob. Mit angehaltenem Atem blickte er um die Ecke. Niemand zu sehen.

Angespannt lauschte Caruso, konnte aber keinen Laut hören. Es schien, als wäre das Bürogebäude leer. Vielleicht hielt Lee sich doch woanders auf, aber wo? Ganz sicher würde er seine Gefangenen nicht allein lassen oder nur in der Hand seiner Männer, wenn er beabsichtigte, damit Harken anzulocken. Nein, er musste irgendwo in der Nähe sein, wo er einen Überblick über die Lage behielt. Und der beste Ort dafür war Mias Büro. Aber wenn er hier wäre, hätte doch sicher jemand das Gebäude bewacht. Trotzdem musste er es überprüfen. Entschlossen schlich Caruso weiter, von der großzügigen Eingangshalle, durch den schmalen Flur bis zu dem großen Raum, der eindeutig als Büro diente.

Ein kurzer Blick genügte, um ihm zu zeigen, dass hier niemand war. Enttäuscht ließ er die Pistole sinken. Wie es aussah, würde er doch alle Gebäude nach Lee absuchen müssen. Irgendwo musste er ja sein. Oder war es einem der Wachleute gelungen, ihn zu warnen? Möglich war es. Aber dann würde es trotzdem eher Lees Stil entsprechen, hier in der Schaltzentrale der Auswilderungsstation auf seine Verfolger zu warten. Außer er war bei dieser Mia und Harken lief direkt in eine Falle.

Ein Prickeln in seinem Nacken warnte Caruso, dass er sich schon zu lange hier aufgehalten hatte. Nach einem letzten Blick in das Büro drehte er sich um und begann, die anderen Räume, eine kleine Küche und ein Bad, zu durchsuchen. Auch sie waren leer.

Als er aus dem Bad kam, stand Lee plötzlich vor ihm, eine Pistole zeigte genau auf seine Brust. Sein Herz schlug schneller, aber er sah Lee nur ruhig an. Auf keinen Fall würde er seinem Gegner die Genugtuung geben, Furcht zu zeigen. Außerdem war seine eigene Waffe auch auf Lee gerichtet, er musste nur schneller abdrücken.

»So sehen wir uns wieder.« Lee lächelte unangenehm. »Du bist verdammt hartnäckig.«

Mit Mühe hielt Caruso seine Stimme ruhig. »Ich habe doch gesagt, dass ich dich töten werde. Warum verwundert dich das?«

Lee hob die Schultern. »Mich wundert eher, dass die Wandler mit dir zusammenarbeiten, nachdem du bei Jennings kleiner Racheaktion dabei warst.«

»Wer sagt, dass ich nicht alleine hier bin?«

Geringschätzig blickte Lee ihn an. »Glaubst du wirklich, ich bin so dumm, den Flugplatz in der Nähe nicht überwachen zu lassen? Ich weiß genau, wer alles hier ist und auch, dass deine Freunde gerade dabei sind, mein Wachpersonal zu dezimieren.«

Warum war Lee dann trotzdem so ruhig? Hatte er noch irgendein As im Ärmel, das ihm den Sieg sichern würde? Wenn ja, musste er die anderen sofort warnen. Bevor er den Gedanken zuende geführt hatte, krümmte sich sein Finger um den Abzug. Die Kugel schlug in Lees Oberkörper und der Verbrecher stolperte zurück. Seine Hand ging automatisch zu der Stelle, an der die Kugel in sein Jackett eingedrungen war. Langsam sank er an der Wand herab, bis er auf dem Boden saß. Sein Gesicht war bleich, Schweiß bildete sich auf seiner Stirn.

Caruso trat näher und beugte sich über ihn. »Wie fühlt es sich an zu verlieren?«

Lee blickte ihn einen Moment lang an und begann dann unerklärlicherweise zu lächeln. »Keine Ahnung, sag du es mir.«

Zu spät bemerkte Caruso, dass jemand hinter ihm stand. Mit

Wucht krachte etwas auf seinen Kopf und er ging zu Boden. Schwärze drohte ihn zu verschlingen, doch er kämpfte dagegen an. Er konnte Lee nicht gewinnen lassen! Doch sosehr er auch versuchte, seine Hand dazu zu bringen, noch einmal zu schießen, es gelang ihm nicht. Er wusste nicht einmal, ob er die Pistole noch hatte, geschweige denn eine Hand. Sein ganzer Körper war taub, wie gelähmt.

Lee beugte sich vor, ein zufriedenes Lächeln im Gesicht. »Ultraleichte schusssichere Weste, falls du dich fragst, warum deine Kugel keinen Schaden angerichtet hat.«

»Nächstes … Mal … ziele ich … auf … den Kopf.«

»Es wird kein nächstes Mal geben. Du hast nur Glück, dass ich dich eventuell noch gebrauchen kann, sonst würde ich dich jetzt einfach töten.«

Caruso befahl seinem Körper, sich zu bewegen, sich zu wehren und es gelang ihm, sich aufzubäumen. Doch bevor er Lee erreichte, versetzte ihm der Mann hinter ihm einen weiteren Schlag auf seinen Kopf und es wurde schwarz um ihn.

Es war nicht schwierig, die Angreifer auszumachen, die direkt auf das Gebiet der Berglöwenwandler zuhielten. Griffin landete auf einem Ast und beobachtete die Männer eine Zeitlang. Je mehr er über ihre Anzahl und ihre Bewaffnung herausfinden konnte, bevor sie in das Gebiet eindrangen, desto besser. Die Gruppe schien wesentlich besser organisiert als die von Jennings, dem damals die ganze Horde Männer blindlings gefolgt war. Jetzt hatten sich die Jäger im Gebiet verteilt. Es gab auch Gewehre, aber im Moment hielten die Männer Armbrüste bereit, wahrscheinlich, damit ihr Angriff nicht durch Schüsse angekündigt wurde. Sehr schlau – und für die Wandler tödlich.

Nachdem er genug gesehen hatte, flog er rasch wieder zurück, um die anderen zu warnen. Sie würden jeden Vorteil nutzen müssen, um diese Gegner zu besiegen. Griffin landete neben Coyle und Finn, verwandelte sich und berichtete, was er gesehen hatte. »Es sind mindestens dreißig Männer, die sich über ein großes Gebiet verstreut auf euch zu bewegen. Es scheint, als wüssten sie genau, wo das Lager liegt.«

»Verdammt.« Finn fuhr mit beiden Händen durch seine Haare. »Ich frage mich, woher Lee das weiß, diesmal kann er es nicht von einem von uns erfahren haben.«

»Wenn er genug Geld hat, dürfte es nicht schwierig sein, den Wald über Satellitenbilder nach uns absuchen zu lassen.« Wut und Verzweiflung standen in Coyles Augen. »Es ist nur noch eine Frage der Zeit, bis Wandler keine Möglichkeit mehr haben, sich vor den Menschen zu verstecken. Was sollen wir dann tun? Es wird immer jemanden wie Lee geben, der uns ausnutzen oder sogar töten will.«

Finn schüttelte den Kopf. »Ich weiß es nicht. Aber im Moment müssen wir sowieso erst mal zusehen, dass wir die nächsten Stunden überleben, alles andere ist zweitrangig.«

Coyle nickte nur.

»Soll ich die anderen informieren, damit sie die Männer einzeln erledigen können?« Vermutlich klang Griffin ungeduldig, aber die Gefahr für Amber und Lana wurde immer größer, wenn sie die Menschen näher herankommen ließen.

»Ja, mach das. Wir müssen sie daran hindern, in die Nähe des Lagers zu kommen.« Finn legte seine Hand auf Griffins Schulter. »Danke, dass du uns hilfst.«

»Ihr seid jetzt meine Familie. Wenn Talon zu den Oberen durchdringen kann, bekommen wir vielleicht Hilfe von den Adlern. So lange müssen wir durchhalten.«

»Sag den anderen, sie sollen versuchen, die Menschen in die Fallen zu locken. Das ist für uns die ungefährlichste Methode, sie unschädlich zu machen.«

Die Fallen waren Erdgruben, die sie in den vergangenen Monaten ausgehoben und getarnt hatten, damit sie nicht noch einmal hilflos einem Angriff der Menschen ausgeliefert waren. Jeder Wandler wusste, wo sie sich befanden, aber die Verbrecher würden sie erst bemerken, wenn es zu spät war.

Griffin nickte, verwandelte sich und flog los. Je schneller sie die Menschen loswurden, desto eher konnte er zu seiner Familie zurück.

29

Froh, dass niemand in der Nähe war, der seine Angst bemerken konnte, schlich Bowen sich an einen der Menschen heran. Es war weniger die Angst um sich selbst, als vielmehr der Gedanke, was Isabel, seiner Mutter und all den anderen passieren würde, wenn sie die Verbrecher nicht rechtzeitig aufhielten, der sein Herz hämmern ließ. Zwar war seine Ausbildung als Wächter noch nicht ganz beendet, aber im Prinzip konnte er alles, worauf es ankam. Ihm fehlte nur die Kampferfahrung, aber es sah so aus, als würde er das heute nachholen.

Genervt schüttelte Bowen den Kopf und konzentrierte sich darauf, seine Aufgabe zu erfüllen. Keira verließ sich darauf, dass er den Mann in ihre Richtung lockte, und genau das würde er tun. Einerseits beruhigte es ihn, dass die erfahrene Wächterin in seiner Nähe war, andererseits wollte er aber auch nicht, dass sie seine Angst bemerkte. Schließlich hatte sie viel Zeit aufgewendet, um ihn nach seiner Gefangenschaft zu trainieren, während die anderen ihn nach seinen Erlebnissen eher geschont hatten. Allerdings war das seine eigene Schuld gewesen, schließlich hatte er sich von allen zurückgezogen.

Leichtfüßig lief Bowen parallel zu dem Verbrecher durch den Wald. Als sie der Falle immer näher kamen, schwenkte er in Richtung des Mannes und gab sich jede Mühe, dessen Aufmerksamkeit zu erringen. Es dauerte nicht lange, bis der den Köder schluckte und Bowen folgte. Etwas flog durch das Unterholz auf ihn zu und Bowen konnte gerade noch dem Pfeil ausweichen. Verdammt! Der Kerl war schneller als erwartet und das machte

Bowens Aufgabe umso riskanter. Mit einem wütenden Grollen beschleunigte er seine Schritte und achtete darauf, nicht in die Schusslinie zu geraten.

Plötzlich tauchte vor ihm ein weiterer Mann auf, den er vorher nicht bemerkt hatte. Seine Armbrust hielt er direkt auf ihn gerichtet. Adrenalin schoss durch Bowens Körper und er warf sich zur Seite, als der Verbrecher einen Pfeil auf ihn abfeuerte. Gerade als er dachte, er hätte es geschafft, durchzuckte ihn der Schmerz. Bowen biss die Zähne zusammen und lief weiter, diesmal auf den Mann zu, der einen neuen Pfeil anlegte. Egal wie, er musste diesen Mistkerl erwischen, bevor er auf jemand anderen schießen konnte.

Bevor er ihn jedoch erreichte, schoss etwas aus dem Unterholz hervor und stürzte sich auf den Verbrecher. Der ging unter dem Gewicht des Berglöwen zu Boden. *Keira!* Bowen wollte ihr helfen, doch er erinnerte sich gerade noch rechtzeitig daran, dass der zweite Mensch immer noch in der Nähe war. Wenn ihr Plan funktionieren sollte, musste er versuchen, ihn weiterhin zu der Grube zu locken. Nach einem letzten Blick auf Keira, die gerade ihre Zähne in die Schulter des Mannes schlug, rannte er los.

Es war nicht schwer, den Aufenthaltsort des Verbrechers zu finden, er brauchte einfach nur dem Geruch folgen. Das war einer der wenigen Vorteile, die sie gegenüber den Menschen hatten. Noch einmal kreuzte er den Weg des Verbrechers – diesmal allerdings ohne diesem die Möglichkeit zu geben, auf ihn zu schießen. Da Keira anderweitig beschäftigt war, lag es an ihm, den Mann so zu verwirren, dass er die Falle erst bemerkte, wenn es zu spät war. Bowen versuchte, die geistige Verbindung zu Isabel abzublocken, denn er spürte ihre Besorgnis und er konnte sich nicht leisten, jetzt abgelenkt zu werden.

Deutlich waren die Schritte des Mannes zu hören, der hinter ihm durch das Unterholz lief. Bowen wurde etwas langsamer, damit der Verbrecher glaubte aufzuholen. Gleichzeitig achtete er darauf, nicht wieder ins Schussfeld zu geraten. Seine Aufregung steigerte sich, je näher er der Grube kam. Es musste ihm gelingen, den Mann direkt darauf zuzuführen, ohne selbst hineinzufallen. Sein Herz hämmerte in seinen Ohren, sodass er kaum noch hörte, was hinter ihm vorging. Er durfte nicht versagen – nicht wenn sich die anderen auf ihn verließen.

Bowen ließ den Verbrecher noch näher herankommen und lief schließlich nur wenige Meter vor ihm. Als ihm der Gestank in die Nase stieg, der die Wandler vor der Grube warnte, holte er tief Atem und folgte seinem Instinkt. Nach zwei langen Schritten stieß er sich kräftig mit den Hinterbeinen ab und sprang mit einem gewaltigen Satz über das verdeckte Erdloch. Er landete auf festem Boden, doch eine seiner Pfoten verhedderte sich in den Stöcken, die zur Abdeckung der Grube dienten, und er stürzte. Der Mann hinter ihm stieß einen triumphierenden Schrei aus und hob im Laufen seine Armbrust.

Verzweifelt versuchte Bowen sich zu befreien, doch die Zeit reichte dafür nicht aus. Sein Blick ruhte auf dem Pfeil, der ihn töten würde, deshalb bemerkte er zuerst nicht, dass der Mensch auf das Geflecht trat, das die Grube abdeckte. Erst als sich die Augen hinter der Waffe weiteten und der Mann vorwärts fiel, verstand Bowen, dass der Plan funktioniert hatte. Er presste sich so dicht auf den Boden, wie es ging, als sich der Pfeil aus der Waffe löste. Etwas strich über seinen Rücken, aber er fühlte keinen Schmerz. Erleichtert setzte er sich auf. Es war kein Laut aus dem Loch zu hören und es war tief genug, dass der Verbrecher keinen Schaden mehr mit seiner Waffe anrichten konnte.

Genervt blickte Bowen auf seine Hinterpfote, die immer noch gefangen war. Er versuchte sich zu befreien, aber das Geflecht wollte ihn einfach nicht loslassen. Gerade als er bereit war, sich zu verwandeln, um in seiner Menschengestalt eine Lösung zu finden, hörte er ein Rascheln im Gebüsch neben ihm. Jeder Muskel in seinem Körper erstarrte, bis er Keira roch. Vor Erleichterung ganz schwach, ließ er seinen Kopf sinken und stieß etwas aus, das erschreckend nach einem Winseln klang.

Keira kam rasch auf ihn zu und der Ausdruck in ihren Augen sagte ihm, dass sie sich über ihn amüsierte. Es war ihm peinlich, dass sie ihn so sah, gleichzeitig war er froh über ihre Anwesenheit. Nach einem Blick in die Grube setzte sie sich neben ihn und rieb ihre Wange an seiner. Überrascht riss er die Augen auf, während sich sein Körper entspannte. Anscheinend nahm sie es ihm zumindest nicht übel, dass er die Sache beinahe verbockt hätte. Sie verwandelte sich und beugte sich über seine Pfote. Mit einigen wenigen Handgriffen hatte Keira ihn befreit und auf eine Verletzung überprüft. Anscheinend war er weitgehend unverletzt, jedenfalls spürte Bowen keinen Schmerz.

Als er sich aufsetzen wollte, schüttelte sie den Kopf und deutete auf sein Hinterteil. Seine Augen weiteten sich, als er den Pfeil sah, der in seinem Schwanz steckte. Kein Wunder, dass er vorhin einen Schmerz gespürt hatte, schließlich war der bestimmt zwanzig Zentimeter lange Pfeil etwa in der Mitte des Schwanzes eingedrungen und schaute zu beiden Seiten heraus. Übelkeit stieg in ihm auf, die er rasch unterdrückte. Auf keinen Fall würde er Keira noch mehr Grund geben, an seinen Fähigkeiten als Wächter zu zweifeln. Der Schmerz war auszuhalten und es war kein lebenswichtiges Organ verletzt worden. Solange Fay die Wunde später mit der Salbe behandelte, damit sie sich nicht entzündete, war nur sein Stolz verletzt.

Keira stützte ihren Arm auf seinen Körper, schloss ihre Finger um seinen Schwanz und umfasste mit der anderen Hand den Pfeil. »Ganz ruhig.« Ihre Stimme war so leise, dass nur er sie hören konnte. Bevor er sich wappnen konnte, zog sie den Pfeil mit einem Ruck heraus.

Verdammt, das tat weh! Bowen presste die Zähne zusammen,

damit er keinen Laut von sich gab. Keira ließ ihn los und er drehte sich sofort um, damit er den Schaden an seinem Schwanz begutachten konnte. Inzwischen schmerzte die Wunde auch wieder und blutete, deshalb strich er sofort mit der Zunge darüber. Mit ein wenig Glück wurden seine Selbstheilungskräfte dadurch aktiviert und das runde Loch schloss sich von selbst. Da sich seine Schwanzspitze noch bewegen ließ, ging er davon aus, dass der Knochen wenigstens nicht beschädigt war.

Schließlich richtete er sich auf und blickte auf den Pfeil herunter, den Keira in der Hand hielt. Es war ein dünner, metallener Bolzen, der ohne weiteres töten konnte, wenn er an der richtigen Stelle in den Körper drang. Er hatte ohne Zweifel viel Glück gehabt. Für einen kurzen Moment lehnte er sich an Keira und rieb seine Schulter an ihrer. Sie lächelte ihn an und strich über seinen Kopf. Trotz der ernsten Situation wirkte sie glücklicher als er sie in all den Jahren davor gesehen hatte. Die Veränderung war eindeutig auf Sawyer zurückzuführen, der sie aus ihrer selbstgewählten Einsamkeit herausgeholt hatte.

Wenn er darüber nachdachte, hatte Lee mit seinen Versuchen, die Wandler auszurotten oder für seine Forschungen zu missbrauchen, nicht nur unermessliches Leid zu verantworten, sondern seltsamerweise auch einige Paare zusammengebracht, die es sonst nie gegeben hätte. Coyle und Marisa, Finn und Jamila, Kainda und Ryan, Torik und Caitlin, Keira und Sawyer und nicht zuletzt ihn selbst und Isabel. Sie alle hätten nicht gewusst, dass es den Menschen oder Wandler überhaupt gab, der so perfekt zu ihnen passte.

Als Keira ihn anstieß, tauchte er aus seinen Gedanken auf. Verlegen erkannte er, dass er für einen Moment alles um sich herum vergessen hatte.

»Wir müssen weiter.«

Bowen nickte Keira zu und rappelte sich auf. Schmerz zuckte

durch seinen Schwanz, aber er ignorierte ihn. Beim Laufen merkte er, dass die Verletzung seine Balance ein wenig aus dem Lot brachte, hoffentlich würde ihn das nicht bei dem weiteren Kampf behindern. Aber letztlich spielte es keine Rolle.

Ungeduldig kauerte Harken im Gebüsch und wartete darauf, dass Lees Scherge für einen Moment unaufmerksam war. Zwar hätte er sich auch unsichtbar anschleichen können, doch für die ersten paar Sekunden nach der Verwandlung war er angreifbar und sein Gegner würde diesen Umstand sofort ausnutzen. Zumal es auch keine Deckung in der Nähe gab. Obwohl es immer noch Nacht war, lag das Klinikgebäude in helles Licht getaucht. Außerdem hatte er seine Lektion in San Francisco gelernt. Noch einmal würde er nicht riskieren, sich durch die ständigen Verwandlungen zu sehr auszupowern und dadurch Lee einen Vorteil zu verschaffen.

An der aufmerksamen Art, mit der der Wachmann die Umgebung musterte, erkannte Harken, dass er das Fehlen seiner Kumpane im Wald schon bemerkt hatte. Nicht einmal lockerte er den Griff um seine Waffe. Wenn er nicht ab und zu blinzeln würde, hätte er auch als Statue durchgehen können. Er stand direkt an die Hauswand gelehnt, sodass Harken sich nicht von hinten anschleichen konnte. Unruhig verlagerte Harken sein Gewicht. Irgendwie musste er den Kerl umgehen, wenn er Ryan und Mia dort herausholen wollte. Zwar hätte er sich auch direkt auf die Suche nach Lee begeben können, aber diese Aufgabe hatte Caruso übernommen. Wenn der Versuch scheiterte, den Verbrecher unschädlich zu machen, wollte Harken bei Mia sein, um sie notfalls zu schützen.

Harken wollte es gerade auf der anderen Seite des Gebäudes versuchen, als Lee um die Ecke kam und direkt auf den anderen Mann zuging. Verdammt! Offenbar war es Caruso nicht gelungen, ihn aus dem Verkehr zu ziehen, und jetzt lief Harken die Zeit davon. Er hatte Mia versprochen, ihr zu helfen, aber nun betrat Lee das Gebäude. Unfähig, untätig herumzusitzen, wenn Mia in Gefahr war, stand Harken auf. Egal wie, er musste sofort dort hinein.

Aus den Augenwinkeln sah Harken eine Bewegung und drehte langsam den Kopf. Kainda gab ihm ein Zeichen und verwandelte sich dann. Als er erkannte, dass sie vorhatte, den Wachmann abzulenken, indem sie sich ihm als Ziel anbot, schüttelte er den Kopf. Es musste eine andere Möglichkeit geben, ohne dass sich die Leopardin einer solchen Gefahr aussetzte. Ganz sicher hatte Lee den Kerl nicht wegen seines Aussehens ausgesucht, sondern weil er genau wusste, wie er das Gewehr benutzen konnte, das er mit solcher Leichtigkeit im Arm hielt. Sein Herz klopfte schneller, als Kainda ihn ignorierte und direkt auf den Verbrecher zuhielt.

Sowie sie am Rande des beleuchteten Geländes auftauchte, entdeckte der Mann sie und setzte das Gewehr an. Um Kaindas mutige Aktion nicht zu verschenken, wartete Harken nicht ab, um zu sehen, was passierte, sondern rannte los. Ein Schuss ertönte und er zuckte zusammen. Der Fluch des Mannes beruhigte ihn. Anscheinend hatte er die Leopardin nicht getroffen. Als der Mensch um die Ecke des Gebäudes verschwand, überquerte Harken schnell die freie Fläche und presste sich an die Hauswand, bevor er sich dem nächstgelegenen Fenster näherte und in den Raum blickte. Überrascht zuckte er zurück, als ihm von der anderen Seite Ryan Thorne entgegensah.

Nach einem Blick über die Schulter öffnete der Tierarzt das Fenster. Sein Gesicht war kalkweiß. »Sag mir, dass das gerade nicht Kainda war.« Harken schwieg, aber die Wahrheit war ihm wohl anzusehen. »Verdammt! Sie hat mir versprochen, sich nicht in Gefahr zu bringen!«

Harken verstand seine Angst. »Sie hat mir geholfen, ungesehen zum Gebäude zu gelangen.« Tief atmete er durch. »Komm jetzt, damit es nicht umsonst war.«

Ryan schüttelte bereits den Kopf. »Ich kann Dinari nicht alleinlassen.« Er deutete hinter sich zu dem Löwen, der auf dem Operationstisch lag.

»Komme ich durch diesen Raum ins Gebäude?«

»Nein, die Tür ist von außen abgeschlossen.«

Natürlich, das wäre ja auch zu einfach gewesen. »Dann komme ich von der anderen Seite, wenn ich Mia befreit habe.« Ryan nickte und schloss das Fenster wieder.

Harken schlich an der Wand entlang, bis er die Tür erreichte. Der Wachmann war nirgends zu sehen, anscheinend war Kaindas Ablenkungsmanöver tatsächlich erfolgreich gewesen. Dankbar trat Harken in das hell erleuchtete Innere des Gebäudes. Nirgends gab es eine Deckung, wenn Lee jetzt den Gang entlangkam, würde er ihn sofort entdecken. Lautlos bewegte er sich so schnell wie möglich auf Mias Zelle zu. Das Herz hämmerte in seiner Brust. Wo war Lee geblieben? Vorsichtig blickte er um die Ecke und zuckte sofort zurück. Das Blut rauschte in seinen Ohren, lähmende Furcht und grenzenlose Wut ließen seinen Körper erstarren.

»Komm ruhig näher, wir warten schon auf dich.« Lees Stimme troff vor Hohn und Befriedigung.

Harken schloss die Augen und versuchte, zumindest einen Anschein von Ruhe wiederzuerlangen, bevor er Lee begegnete. Es würde Mia nicht retten, wenn er sich von seinen Gefühlen beherrschen ließ. Mit dem Ärmel wischte er den Schweiß von der Stirn, bevor er die Schultern straffte und vor die Gittertür trat.

»Ich dachte schon, du wärst zu feige, dich zu zeigen.« Lees Pistole bewegte sich keinen Millimeter von Mias Schläfe.

»Was willst du?« Harkens Blick glitt zu Mia, der die Verzweiflung deutlich anzusehen war. Mit den Augen gab sie ihm ein Zeichen, dass er sich in Sicherheit bringen sollte. Wie konnte sie glauben, dass er sie im Stich lassen würde? Fast unmerklich schüttelte er den Kopf und konzentrierte sich auf Lee.

»Meine Rache.« Lees Griff an Mias Arm spannte sich an und sie zuckte zusammen. »Ich habe so lange auf diesen Tag gewartet und jetzt ist es endlich so weit.«

An Lees Gesichtsausdruck konnte Harken erkennen, dass er es todernst meinte. Vorsichtig bewegte er sich in Richtung der offen stehenden Zellentür. »Mia hat dir nichts getan, lass sie gehen.«

Lee lachte scharf auf. »Das hättest du wohl gerne. Und du solltest lieber da stehen bleiben, sonst hat deine Freundin gleich ein schönes Loch im Kopf.« Mit dem Lauf der Pistole rieb er über Mias Schläfe. »Das wäre jammerschade, ich bin nämlich noch nicht bereit dazu. Zuerst möchte ich, dass du so leidest, wie ich deinetwegen gelitten habe.«

Die Wut kochte in Harken hoch. »Ich weiß nicht, wovon du redest. Ich habe dir nie etwas getan.«

In Lees Augen blitzte Hass auf, seine Gesichtszüge verzerrten sich. »Du hast mir meine Frau genommen.«

Verwirrt schüttelte Harken den Kopf. »Ich kenne deine Frau überhaupt nicht. Und ich weiß ganz sicher, dass ich noch nie einer Frau etwas getan habe, du musst dich irren.« Konnte das Ganze wirklich auf einer Verwechslung beruhen? Dann hatte Lee völlig umsonst das Leben unzähliger Wandler zur Hölle gemacht. Harken trat durch die Türöffnung und blieb ein Stück von Mia entfernt stehen. Zu gern hätte er sie berührt und ihr versichert, dass alles gut werden würde, aber Lee hatte immer noch nicht die Waffe gesenkt. Im Gegenteil, er wirkte, als würde er gleich explodieren.

»Ich habe gesagt, du sollst draußen stehen bleiben.« Mit einer Hand griff er in Mias Haare und zog heftig daran. Mit einem Schmerzenslaut versuchte sie, den Druck zu mindern. »Willst du mir etwa weismachen, dass du nicht derjenige bist, den sie den Heilsbringer nennen? Ich habe in San Francisco die Wunden an deiner Seite gesehen, die ich verursacht habe.«

Harken wusste, dass es nichts bringen würde, es abzustreiten.

Und er hatte keine Lust mehr, sich zu verstecken. Seine Augen wurden löwenartiger. »*Du* hast *mich* entführt, nicht andersherum. Ich wüsste also nicht, warum du mir die Schuld gibst. Vielleicht hat deine Frau dich verlassen, weil du ein Verbrecher bist und über Leichen gehst, wenn es deinem Vorteil dient.«

Lee schleuderte Mia zur Seite und stürmte auf ihn zu. Mit einem dumpfen Geräusch schlug Mias Kopf auf den Boden. Harken wollte zu ihr laufen, doch Lee packte ihn am Pullover und presste den Lauf der Pistole gegen seinen Hals.

»Meine Frau hat mich nicht verlassen, sie ist tot! Und zwar weil du dich geweigert hast, mir mit deinen Heilkräften zu helfen.«

Tränen standen in Lees Augen und in Harken regte sich ein Hauch von Mitleid. Lee stieß ihn von sich und er stolperte ein paar Schritte rückwärts, bevor er sich wieder fing. »Du hast mich nicht um Hilfe gebeten, sondern mich einfangen lassen und dann gequält. Woher sollte ich wissen, was du wolltest?«

Lee machte eine wegwerfende Handbewegung. »Das ist jetzt egal. Lee-Ann ist tot und ich werde dafür sorgen, dass du dir wünschst, es auch zu sein.«

Offensichtlich war der Verbrecher durch den Tod seiner Frau verrückt geworden. »Was hatte deine Frau?« Vielleicht konnte er Zeit gewinnen, wenn er Lee dazu brachte, über seine Motive zu reden. Mia hatte sich immer noch nicht wieder gerührt und seine Sorge um sie wuchs.

Schmerz stand deutlich sichtbar in Lees Gesicht geschrieben. »Eine unbekannte Immunschwäche, für die es noch kein Heilmittel gibt. Ich habe Forscher und Ärzte engagiert, die alles Mögliche ausprobiert haben, doch nichts half. Nachdem mir auch die in den USA eingefangenen Wandler nicht geholfen haben, bin ich durch sämtliche Länder gereist auf der Suche nach jemandem, der mir helfen konnte. Nach Monaten fand ich in Namibia einen Schamanen, der zustimmte, meine Frau zu behandeln. Aber auch das half nicht, es ging Lee-Ann immer schlechter. Also musste ich sie wieder in die USA ausfliegen lassen.« Seine Mundwinkel hoben sich in der Parodie eines Lächelns. »Ich habe den unfähigen Schamanen … überzeugt, mir zu sagen, wer mir helfen kann, und er hat den Heilsbringer genannt, halb Tier, halb Mensch, der gewaltige Heilkräfte hat. Dich.«

Harken schüttelte bereits den Kopf. »Er hat sich geirrt, ich hätte deiner Frau auch nicht helfen können. Ich habe keine Heilkräfte, die über die Versorgung oberflächlicher Wunden hinausgehen. Es wäre völlig umsonst gewesen, mich gefangen zu nehmen.«

»Das glaube ich nicht. Der Schamane hat darauf bestanden, dass du ihn geheilt hast. Und in der Situation hätte er mich nicht angelogen. Er wusste, dass er sonst unter großen Schmerzen gestorben wäre.« Lees Augen glänzten wie im Fieber. »Ich hätte nur mehr Zeit gebraucht, um dein Blut zu analysieren. Dann hätte ich die für die verbesserte Heilung zuständigen Gene isolieren und davon ein Medikament herstellen können.« So einfach, wie Lee sich das vorstellte, hätte es nie funktioniert, aber Harken sagte ihm das nicht. Der Verbrecher hätte es ihm sowieso nicht geglaubt. Lee strich über seine Augen und seine Stimme klang belegt, als er fortfuhr. »Doch dann bist du geflohen und ich hatte nichts. Als ich zum Hotel zurückkam, erfuhr ich, dass Lee-Ann in den USA gestorben war. Ich war nicht bei ihr, als es zu Ende ging, und das werde ich mir nie verzeihen.« Die Wut kehrte in seine Augen zurück. »Und dir noch viel weniger!«

Seine Waffe richtete sich auf Harkens Brust. »Ich habe mir geschworen, dich genauso leiden zu lassen, wie ich das getan habe, und ich denke, ich habe das ideale Mittel dafür gefunden.« Sein Blick glitt zu Mia. »Ich sehe dir an, wie viel dir die Frau bedeutet, das macht die Rache noch süßer.«

Harkens Herz zog sich zusammen. Bevor er zuließ, dass dieser Mistkerl Mia etwas antat, würde er ihn mit bloßen Händen angreifen. Egal was mit ihm selbst dabei passierte. »Warum jagst du die Wandler? Sie können deine Frau auch nicht wieder lebendig machen.«

Diesmal war tatsächlich so etwas wie Humor in Lees Augen zu erkennen. »Dumme Frage, natürlich um Geld zu verdienen. Meine Forscher haben schon einige interessante Dinge herausgefunden, die wir für die Entwicklung neuer Medikamente und Kosmetikprodukte verwenden können. Wenn ich sie auf den Markt bringe, werde ich damit viel, viel Geld machen.« Der Hass blitzte wieder hervor. »Und es ist gleichzeitig meine Rache. Wenn ich mit euch fertig bin, wird es keine Wandler mehr in Freiheit geben. Vielleicht verkaufe ich auch einige Exemplare an die Regierung. Ich bin sicher, denen fallen noch weitere Verwendungsmöglichkeiten für euch ein.«

Ein Grollen entfuhr Harken, bevor er es verhindern konnte. Seine Krallen bohrten sich in seine Handflächen.

Lee lachte. »Ich sehe, das gefällt dir. Und keine Angst, du wirst das alles hautnah miterleben können. Zuerst wollte ich dich töten, aber das wäre zu einfach. Ich will, dass du höllische Qualen leidest, während du zusehen musst, wie ich deine Freundin langsam töte. Dann wirst du wissen, wie es ist, wenn einem der Mensch entrissen wird, den man am meisten liebt.«

»Hat deine Frau gewusst, was für ein Mensch du bist? Ich kann mir nicht vorstellen, dass sie jemanden geliebt hat, der so skrupellos ist und über Leichen geht. Vielleicht ist sie gestorben, weil sie es nicht mehr ertragen konnte, mit einem Verbrecher verheiratet zu sein.« Harken wusste, dass er Lee damit reizte, aber irgendwie musste er ihn dazu bringen, sich nur auf ihn zu konzentrieren und zu vergessen, dass Mia immer noch hilflos auf dem Boden lag.

Mit einem wütenden Schrei drückte Lee ab. Gerade noch rechtzeitig verwandelte Harken sich und die Kugel bohrte sich in die Wand hinter ihm. In unsichtbarem Zustand schwebte er aus seiner

Kleidung heraus und durch die Zelle, bis er direkt vor Lee war, der wild mit der Waffe herumfuchtelte, während er versuchte, Harken zu finden. Schließlich richtete er die Waffe stattdessen auf Mia.

»Zeig dich, oder ich sorge dafür, dass deine Freundin nicht wieder aufwacht.« Er spannte den Hahn. »Sofort. Eins – zwei …«

Harken verwandelte sich in seine Löwenform, um den Verbrecher so weit zu verwirren, dass er nicht sofort abdrückte. Denn in den ersten Sekunden nach der Verwandlung würde er noch nicht handeln können.

Lee starrte ihn an. »Und da wunderst du dich, warum Menschen euch Freaks jagen.«

Harken stieß ein lautes Brüllen aus, das in dem Gebäude widerhallte. Aus Richtung der Krankenstation ertönte ein antwortendes Brüllen, das wesentlich schwächer war, aber dennoch bedrohlich wirkte.

Lee wurde deutlich blasser und trat einen Schritt zurück. Dann riss er sich zusammen und hob sein Kinn. »Glaub nicht, dass du mir Angst machen kannst. Ich werde heute diese Angelegenheit zwischen uns beenden. Schon viel zu lange habe ich auf diesen Moment gewartet.«

Das war ganz in Harkens Sinne. Ein Stöhnen ertönte und er blickte für einen Sekundenbruchteil hinter sich. Diese Unaufmerksamkeit nutzte Lee sofort aus. Der Schuss dröhnte in seinen Ohren, ein brennender Schmerz breitete sich in seiner Seite aus. Mit einem wütenden Grollen stürzte er sich auf den Verbrecher, doch seine Beine gaben unter ihm nach und er fiel neben Mia zu Boden.

Mit einem zufriedenen Gesichtsausdruck stellte Lee seinen Fuß auf Harkens Seite. »Schon besser. Und jetzt werde ich mich um deine Freundin kümmern.«

30

Finn streifte auf der Suche nach weiteren Feinden durch den Wald. Diesmal gingen die Menschen schlauer vor, sie ließen sich Zeit und schlichen sich heran. Wenn Talon die Gruppe nicht gewarnt hätte, wäre es den Menschen vielleicht gelungen, zu ihrem Gebiet vorzudringen, ohne bemerkt zu werden. Doch auch mit der Vorwarnung war es verdammt schwer, die Verbrecher daran zu hindern. Es waren einfach zu viele und sie waren zu weit verteilt, um sie gut bekämpfen zu können. Kaum hatten sie einen ausgeschaltet, löste ein anderer die Sensoren in einem anderen Gebiet aus.

Bisher waren die Berglöwen größtenteils unverletzt oder mit kleineren Wunden aus den Kämpfen hervorgegangen, aber er wusste nicht, wie lange ihr Glück halten würde. Wahrscheinlich war genau das die Taktik der Menschen: sie so lange in Scharmützel zu verwickeln, bis sie zu geschwächt waren, um den tatsächlichen Angriff abzuwehren. Finn wusste nicht, was er dagegen tun sollte. Sie konnten es sich nicht leisten, die Menschen in ihr Gebiet vordringen zu lassen, egal, was es sie kostete.

Wut breitete sich in ihm aus, als er einen weiteren Menschen in der Nähe witterte. Mit einem unhörbaren Grollen folgte Finn dem Mann, bis er ihn sehen konnte. Die Art, wie er sich bewegte, zeigte, dass er ein erfahrener Jäger war. Beinahe lautlos schlich er durch das Unterholz, die Waffe nach vorne gerichtet, während sein Kopf sich ständig hin und her drehte, auf der Suche nach einem neuen Opfer. Es war keine Falle in der Nähe, deshalb beschloss Finn, den Verbrecher selbst unschädlich zu machen.

Bis auf wenige Meter pirschte er sich heran, ohne dass der Mensch ihn bemerkte. Finn duckte sich tiefer und atmete noch einmal tief durch, bevor er losrannte. Mit einigen weiten Sprüngen war er bei dem Mann und stürzte sich auf ihn. Die Armbrust wurde abgefeuert, doch der Pfeil traf ihn nicht. Mit einem tiefen Knurren sorgte Finn dafür, dass der Verbrecher keine Gefahr mehr darstellte. Die Gegenwehr des Mannes war schwach gewesen, anscheinend hatte er sich nur auf seine Waffe verlassen und sich nicht überlegt, was passierte, wenn ein gereizter Berglöwe angriff. Finn weigerte sich, Mitleid mit jemandem zu haben, der hierhergekommen war, um unschuldige Tiere zu töten.

Finn richtete sich auf und überprüfte die Luft, ob sich noch ein anderer Mensch in der Nähe aufhielt. Zufrieden, dass es nicht so war, lief er schließlich weiter. Er war noch nicht weit gekommen, als er einen lauten Berglöwenschrei hörte. Sein Nackenfell richtete sich auf, während sein Herz losraste. Es war mit den Wächtern abgemacht, dass nur im äußersten Notfall solch ein Signal benutzt wurde. Was auch immer geschehen war, musste schlimm sein. Finn warf sich herum und jagte in die Richtung, aus der der Schrei gekommen war. Hoffentlich nutzten die Menschen nicht die Gelegenheit und folgten ebenfalls dem Laut oder drangen in das Gebiet ein, während die Wandler abgelenkt waren.

Inzwischen war es gespenstisch still im Wald, Finn wusste nicht, ob es ein gutes oder ein schlechtes Zeichen war, dass der Schrei nur einmal erklungen war. Die Vorstellung, dass einer der Wandler tot sein könnte, drückte auf seinen Magen. Es war seine Aufgabe als Ratsführer, für ihre Sicherheit zu sorgen, und er wusste nicht, ob er die richtige Entscheidung getroffen hatte. Vielleicht hätten sie nicht kämpfen, sondern sich weiter in den Wald zurückziehen sollen? Aber das wäre nur eine Zwischenlösung gewesen, denn wenn die Menschen es darauf anlegten, würden sie die Wandler überall finden. Außerdem war die Zeit zu kurz gewesen, um mit den Kindern, den Kranken und Schwachen umzuziehen.

Das Magendrücken verstärkte sich, je näher er kam. Der Geruch von Blut lag in der Luft – und von Tod. Mit nur minimaler Vorsicht stürmte er auf eine kleine Lichtung und kam abrupt zum Stehen, als er beinahe auf einen Menschen trat. Die Wunde in seiner Halsgegend ließ keinen Zweifel offen, dass er tot war.

Ein Berglöwenwandler lag im Gras und Sawyer beugte sich über ihn. Im ersten Moment dachte er schon, dass es Keira war, doch als er näher kam, erkannte er Brick, Sawyers Stellvertreter. Verdammt! Auch wenn Finn ihn nicht gut kannte, war er doch einer der erfahrensten Wächter. Zögernd hockte er sich neben Sawyer und verwandelte sich. Der Führer der ehemaligen Nevada-Berglöwen presste seine Hand auf eine Wunde im Bauchbereich seines Freundes. Blut lief zwischen seinen Fingern hindurch und tropfte ins Gras.

»Kann ich irgendetwas tun?«

Ein Muskel zuckte in Sawyers Wange. »Wenn er überleben soll, muss er sofort zu Fay.«

Und sie wussten beide, dass das eigentlich unmöglich war. Alle verfügbaren Wächter wurden jetzt hier gebraucht, Sawyer konnte Brick nicht zum Versteck bringen.

Sawyer drehte sich zu ihm um, Verzweiflung und Kummer deutlich sichtbar in seinen braunen Augen. »Brick war immer für mich da, ich kann ihn nicht einfach sterben lassen.« Eine Träne lief über sein Gesicht. »Ich habe meinen Männern versprochen, dass sie hier sicher sind. Und das habe ich nur gesagt, damit ich mit Keira zusammen sein kann, wir wussten alle, dass die Menschen wiederkommen können.«

»Deine Männer haben es genauso gewusst. Sie haben ein neues Zuhause gewollt und das haben sie hier auch gefunden. Brick würde sicher auch zustimmen, dass es die richtige Entscheidung war.« Finn fühlte sich wie ein Lügner, weil er so etwas sagte, obwohl er selbst an seiner Entscheidung zweifelte. Schließlich war es sein schlechtes Gewissen, das den Ausschlag gab. »Geh, bring ihn zu Fay.« Vermutlich war es taktisch unklug, seine Gefühle bestimmen zu lassen, aber er konnte nicht zusehen, wie ein Wandler starb, weil er keine Hilfe bekam.

Dankbarkeit lag in Sawyers Augen, als er Brick vorsichtig auf seine Arme hob.

»Warte kurz, ich hole etwas, das hoffentlich das Blut für kurze Zeit stillt.« Finn lief zum Waldrand und zupfte Moos von einem Felsen. Zurück bei Sawyer presste er es an Bricks Wunde. »Okay. Versuch, schnell zurückzukommen.« Er legte seine Hand auf Sawyers Schulter. »Ich hoffe, Brick schafft es.«

Sawyer nickte und tauchte im Wald unter. Finn rieb über seine Stirn und blickte ihnen hinterher. Hoffentlich kamen sie durch, ohne auf Menschen zu treffen. Auf keinen Fall wollte er, dass die Verbrecher sich fragten, warum ein nackter Mensch einen verletzten Berglöwen durch die Gegend trug. Sofern sie nicht sowieso wussten, dass sie gegen Wandler kämpften. Finn presste seine Zähne zusammen. Auch wenn es ihm nicht gefiel, er würde jeden einzelnen der Verbrecher töten, damit sie ihr Wissen nicht weitergeben konnten. Sein Herz schmerzte bei dem Gedanken, so zu werden wie seine Feinde.

Ein Rascheln im Gebüsch ließ ihn herumfahren. Wie hatte er nur so unvorsichtig sein können, sich nicht sofort zurückzuverwandeln und ins dichtere Unterholz zurückzuziehen? Finn warf sich zu Boden und prüfte den Geruch. Wenn sich ein Mensch in der Nähe aufhielt und ihn beobachtete, konnte er sich nicht verwandeln. Als er Nolens Geruch erkannte, atmete er erleichtert auf und lief gebückt auf ihn zu. Sie hatten den Einzelgänger und seine Familie gesucht, um ihnen Schutz im Versteck anzubieten, sie jedoch nicht gefunden. Finn hatte nicht erwartet, Lanas Vater wiederzusehen, solange Menschen in ihrem Gebiet waren.

Er hockte sich neben ihn. »Was tust du hier?«

Nolen verwandelte sich mühsam. »Auch wenn ich nicht mehr bei der Gruppe leben kann, gehöre ich dennoch dazu.« Er legte den Kopf schräg. »Ich habe meine Gefährtin und unseren Sohn in Sicherheit gebracht und bin zurückgekommen.« Seine Augen blickten Finn bittend an. »Lana ist sicher?«

»Ja, Amber hat sie mit ins Versteck genommen. Wir hätten auch euch dorthin gebracht, aber ihr wart verschwunden.«

Nolen nickte. »Meine Gefährtin hätte es nicht in der Gruppe ausgehalten und schon gar nicht in einem geschlossenen Raum. Aber danke.«

Finn neigte den Kopf. »Okay, wir versuchen gerade, die Verbrecher davon abzuhalten, in unser Gebiet einzudringen. Du weißt, wo die Fallen sind?«

»Ja.«

»Lock sie dorthin oder schalte sie direkt aus. Es sind zu viele, um sich lange mit ihnen aufzuhalten. Aber sei vorsichtig, deine Familie braucht dich.«

Nolen bleckte seine Zähne. »Ich bin zwar kein ausgebildeter Wächter, aber ich habe einige Erfahrung darin, meine Familie zu verteidigen.«

Angespannt beobachtete Kainda, wie der Wachmann die Umgebung nach ihr absuchte. Sie musste zugeben, dass er seinen Job gut machte, aber sie wollte, dass er endlich aus dem Weg war, damit sie zu Ryan kam. Nachdem mit einiger Mühe sämtliche anderen Männer auf dem Gelände beseitigt waren, die anscheinend darauf vorbereitet gewesen waren, auch gegen Tiere zu kämpfen, stand er als Letzter vor ihr und ihrem Ziel. Lee war vor einigen Minuten in das Gebäude gegangen und sie befürchtete, dass er

Ryan etwas antun konnte. Immerhin war Harken auch dort und würde den Verbrecher hoffentlich davon abhalten. Trotzdem musste sie dort hinein. Jetzt sofort. Unruhig richtete sie sich auf und bereitete sich darauf vor, im Schutz der Dunkelheit die kurze Strecke zum Haus zu überqueren.

»He, du!«

Ihr Kopf ruckte bei dem lauten Ruf herum. Ihre Augen weiteten sich, als sie Joe sah, der mit einer ganzen Gruppe von Menschen direkt auf den Wachmann zuhielt. Der hielt sein Gewehr immer noch schussbereit in der Hand. Nach einem letzten Blick auf die Menschen setzte Kainda sich in Bewegung. Auf halbem Weg hörte sie einen Schuss, der eindeutig aus dem Haus kam. Nach einigen Sekunden Stille ertönte ein lautes Brüllen, dicht gefolgt von einem zweiten und einem weiteren Schuss. Oh Gott! Kainda rannte los, ohne sich um den Wachmann zu kümmern.

Ihr Geruchssinn sagte ihr, dass die anderen Wandler ganz in der Nähe waren, aber sie wartete nicht, sondern schlüpfte durch die Tür, sowie sie das Gebäude erreichte. Ihr Herz hämmerte im Takt ihrer Pfoten, als sie den Gang entlanglief. Ein Mann trat auf den Gang und sie erkannte Lee. Der Geruch von Blut schwebte in der Luft. Mit einem wütenden Fauchen griff sie an. Er hob die Pistole, doch sie war schon in Reichweite und sprang gegen seine Brust. Die Wucht holte ihn von den Füßen und er stürzte zu Boden. Ein Schuss löste sich, die Kugel traf sie aber nicht. Kainda grub ihre Krallen in seine Kleidung, um nicht heruntergeworfen zu werden. Die Pistole schlitterte über die Fliesen und blieb ein Stück entfernt liegen.

Kainda beugte ihren Kopf herunter und zeigte dem Verbrecher ihre Reißzähne.

Seine Gesichtsfarbe wurde noch ein wenig blasser. Angst stand deutlich sichtbar in seinen Augen. »Du bist eine von Gowans Leopardinnen, oder?«

Zu gerne hätte sie dem Mistkerl gesagt, dass sie niemandem gehörte, beschränkte sich aber auf ein Fauchen. Ein Stöhnen kam aus einer der Zellen und Kainda erkannte, dass sie keine Zeit verlieren durfte.

»Eigentlich solltest du schon seit anderthalb Jahren tot sein, so wie deine Gruppe. Aber Gowan hat seine Aufgabe nicht zu Ende gebracht.« Anscheinend hatte Lee sich wieder etwas gefasst und versuchte nun, sie mit seinen Worten zu treffen.

Trauer, Schmerz und Wut vermischten sich in Kainda und sie rang mühsam nach Atem. Hatte Lee damals etwas mit der Ermordung ihrer Familie zu tun gehabt? Das Gesicht ihres Sohnes entstand vor ihren Augen und sie musste Tränen zurückblinzeln. Dakarai war ihr Sonnenschein gewesen, so jung und unschuldig. Und trotzdem war er genauso wie alle anderen einfach abgeschlachtet worden. Kainda fauchte in dem Versuch, den Schmerz herauszulassen, der sie zu ersticken drohte.

Lee nutzte die Gelegenheit, bäumte sich abrupt auf und stieß Kainda mit beiden Armen zur Seite. Mit einem Ratschen zerriss seine Kleidung, Kainda verlor den Halt und flog durch die Luft. Sie stieß heftig gegen die Wand und blieb für einen Moment benommen liegen, bevor sie sich wieder aufrappelte. Lee hatte die Zeit genutzt, seine Pistole aufzuheben und sie wieder auf Kainda zu richten. Sie erstarrte und ließ ihren Blick nicht von der Waffe. Würde es hier enden? Nein, sie weigerte sich, dem Verbrecher die Genugtuung zu geben, nach ihrer Familie auch sie ausgelöscht zu haben.

Aus den Augenwinkeln sah sie eine Bewegung. Bevor Lee reagieren konnte, hatte sich Harken auf ihn gestürzt. Blut bedeckte seine Seite, doch seine offensichtliche Wut schien ihm Kraft zu verleihen. Sein Brüllen hallte von den Wänden wider und Kainda widerstand der Versuchung, ihre Pfoten über die Ohren zu pressen. Harken schlug mit einer Pranke zu und schleuderte Lee zu

Boden. Die Pistole fiel erneut auf die Fliesen und Kainda beeilte sich, sie aus der Reichweite des Verbrechers zu bringen.

Dabei sah sie in den Käfig und entdeckte Mia, die regungslos auf dem Boden lag. Ihr Herz zog sich zusammen. Kein Wunder, dass Harken so wütend war. Kainda wollte zu ihr laufen und ihr helfen, aber im Moment war es wichtiger, dafür zu sorgen, dass Lee keinen Schaden mehr anrichten konnte. So sah sie gerade noch, wie Lee mit der Faust auf Harkens verletzte Seite schlug.

Ein rauer Laut entfuhr dem Löwenwandler und seine Beine knickten ein. Lee schob ihn zur Seite und kam auf die Knie. Nein! Er würde nicht entkommen, dafür würde sie sorgen. Sie stieß ein lautes Fauchen aus. Lee wirbelte zu ihr herum, seine Augen waren weit aufgerissen. Anscheinend erkannte er, dass sie ihn töten würde, für das was er ihren Freunden, ihrer Gruppe, vor allem aber ihrem Sohn angetan hatte.

Abwehrend hob er eine Hand. »Das willst du nicht machen. Wenn du mich tötest, wird das für euch ein Nachspiel haben.« Durch seine Worte schien er ein wenig seiner Überheblichkeit zurückzuerlangen. »Ich bin ein reicher und vor allem einflussreicher Mann, wenn ich plötzlich verschwinde, wird es Fragen geben. Und wenn jemand meine Unterlagen über Wandler entdeckt …« Er brach ab und grinste sie an.

Kainda interessierte das nicht. Sie wusste nur, dass sie den Mörder ihres Sohnes vor sich hatte und er dafür sterben musste. Mit einem drohenden Fauchen senkte sie den Kopf und spannte ihren Körper an. Lee stolperte einen Schritt rückwärts, aber es war ihnen beiden bewusst, dass er ihr nicht entkommen würde. Gerade als sie zum Sprung ansetzte, sah sie etwas in seiner Hand aufblitzen.

Instinktiv zuckte sie zurück, doch es reichte nicht aus. Schmerz schoss durch ihre Schulter, als das Messer sie traf. Ihr Vorderbein war nutzlos und knickte unter ihr ein. Gerade als sie sich erneut auf Lee stürzen wollte, wurde sie zur Seite gestoßen.

Das typisch gefleckte Fell eines Leoparden blitzte auf, als er den Menschen unter sich begrub. Naz! Lee wehrte sich verzweifelt, doch er hatte keine Chance. Ein vernehmliches Knacken ertönte, dann lag er still. Es war endlich vorbei.

Naz ließ von seinem Opfer ab und trat einen Schritt zurück, bevor er auf die Seite kippte. Sofort war Kainda an seiner Seite und verwandelte sich. Mit den Händen strich sie vorsichtig über sein Fell. Sein Atem ging schnell, ein Zittern lief durch seinen Körper.

»Ganz ruhig, ich hole Ryan, er wird dir helfen.«

Doch bevor sie das tat, musste sie sich erst davon überzeugen, dass Lee auch wirklich tot war. Kainda atmete tief durch, bevor sie sich über Lee beugte. Seine weit aufgerissenen Augen starrten sie leer an. Sein Mund stand offen, als hätte er noch versucht, um Hilfe zu rufen. An dem merkwürdigen Winkel, in dem der Kopf zum Körper lag, konnte Kainda erkennen, dass Naz ihm das Genick gebrochen hatte.

Ein viel zu schneller Tod, wenn sie bedachte, was er ihrer Familie angetan hatte. Oder auch Naz und den anderen Wandlern, die er über Jahre hinweg eingesperrt und gefoltert hatte. Oder der Berglöwengruppe von Sawyer, der er nur die Wahl zwischen dem Tod im Feuer oder den Waffen seiner Jäger gelassen hatte. Nicht zu vergessen den Jugendlichen Bowen, den er hatte entführen und quälen lassen. Nein, Lee hatte es eindeutig verdient, zu sterben, und sie weigerte sich, sich deswegen schlecht zu fühlen.

Als sie sich umsah, bemerkte sie, dass Harken, der sich verwandelt hatte, wieder in den Käfig zurückgekehrt war und sich jetzt über Mia beugte, die sich immer noch nicht bewegt hatte. Ihr Herz zog sich zusammen, als sie sich vorstellte, dass die Löwenwandlerin schwer verletzt sein könnte.

Mia hatte sie damals aufgenommen, als sie ohne Zuhause gewesen war, und es ihr sogar ermöglicht, dass Ryan bei ihr bleiben konnte. Sie schuldete es ihrer Freundin, sich zuerst um sie zu kümmern. Zögernd trat sie in die Zelle. Harken schien seine eigene Verletzung gar nicht zu bemerken, weil er nur Augen für Mia hatte.

»Was ist mit ihr?«

Harken blickte auf und Kainda erschrak, als sie die Verzweiflung in seinen Augen sah. »Sie ist mit dem Kopf auf den Fliesen aufgeschlagen.« Seine Miene verhärtete sich. »Hast du Lee erledigt?«

Kainda schüttelte den Kopf. »Naz ist mir zuvorgekommen.«

»Kannst du Ryan hierher schicken?«

»Natürlich, Naz braucht auch Hilfe.« Kainda wandte sich zum Gehen.

»Kainda.« Fragend drehte sie sich um, als er sie noch einmal ansprach. »Es war Lee, der damals den Auftrag gab, deine Gruppe zu töten. Ich habe es erst erfahren, als es schon zu spät war, sonst hätte ich versucht, euch zu helfen. Es tut mir leid.«

Sie nickte knapp und lief aus der Zelle. Wenn sie jetzt anfing, über die Geschehnisse von damals nachzudenken, würde sie nicht mehr funktionieren können. Und das musste sie, wenn sie Ryan befreien und den anderen helfen wollte. So schnell sie konnte, rannte sie zur Krankenstation und drehte den Schlüssel herum. Im letzten Moment wich sie dem Stuhl aus, den Ryan in ihre Richtung schwang, als sie die Tür öffnete.

»Nicht, ich bin es.«

Ryan ließ den Stuhl fallen und riss sie in seine Arme. »Oh Gott, du lebst!« Er küsste sie mit so viel Liebe, dass ihr Tränen in die Augen schossen.

So ungern sie sich von ihm trennen wollte, sie musste es tun, damit er Mia, Harken und Naz helfen konnte. »Ich bin froh, dass es dir gut geht.« Sie küsste ihn noch einmal sanft. »Wir haben keine Zeit. Nimm Verbandszeug und alles mit, was du sonst brauchst. Es gibt mehrere Verletzte.«

Erst jetzt sah er die Wunde an ihrer Schulter. »Oh Gott, warum hast du nichts gesagt? Habe ich dir wehgetan?«

»Nein, ich habe deine Nähe gebraucht.« Sie blickte auf ihre blutende Schulter. »Nur eine Fleischwunde, es reicht, wenn du mir eine Kompresse gibst, die ich daraufhalten kann, während du dich um die anderen kümmerst.«

Ryan beugte sich vor und besah sich die Wunde genauer, bevor er schließlich zögernd nickte. »Okay, aber wenn die Schmerzen zu schlimm werden, sag Bescheid. Dann gebe ich dir etwas dagegen.« Er suchte eine Kompresse und einen Verband heraus und versorgte rasch ihre Schulter. »Am besten setzt du dich irgendwo ruhig hin.«

»Ich komme lieber mit.« Wenn sie ehrlich war, wollte sie jetzt nicht allein sein.

Ohne ein weiteres Wort eilte Ryan den Gang entlang. Kainda folgte ihm langsamer.

Es dauerte nicht lange, bis sich die anderen Wandler im Klinikgebäude einfanden.

»Ist er tot?« Die Stimme erklang hinter Kainda.

Rasch drehte sie sich um und erkannte Melvin, einen der Berglöwenwandler. »Ja.«

»Gut.« Nach einem letzten Blick auf den Toten drehte der junge Mann sich abrupt um und ging weg.

Sein Freund Falk trat neben Kainda. Aus einer Wunde an seinem Haaransatz lief Blut über sein Gesicht, aber er schien es gar nicht zu bemerken. »Was machen wir jetzt mit ihm?«

Kainda hob die Schultern. »Vermutlich sollten wir ihn hier wegbringen. Sollte es tatsächlich eine Untersuchung zu seinem Verschwinden geben, wäre es schlecht, wenn er auf Mias Grundstück gefunden wird. Am besten lassen wir Harken oder Caruso entscheiden.«

Torik gesellte sich zu ihnen und blickte auf den Toten hinunter. Seinem Gesicht war keine Regung anzusehen, aber die Befriedigung ging in Wellen von ihm aus. Stumm blieb der Wächter im Gang stehen und sah zu, wie Ryan sich um die Verletzten kümmerte.

Schließlich traf auch Jamila ein. Besorgt blickte sie Kainda an. »Bist du in Ordnung?«

»Ja, es ist nur eine Fleischwunde.«

»Ist das die fachliche Meinung deines Gefährten oder sagst du das nur so?«

Kainda rang sich zu einem Lächeln durch. »Es ist wirklich harmlos. Ich bin froh, dass du endlich Ryan kennenlernst.«

»Ich auch.« Jamila schlang ihren Arm um Kaindas Taille.

Kainda blickte sich um. »Wo ist eigentlich Caruso? Ich dachte, er war so heiß darauf, den Verbrecher eigenhändig für die Entführung seiner Tochter zu bestrafen.«

»Keine Ahnung. Ich habe ihn nicht mehr gesehen, seit wir uns aufgeteilt haben, um die Wachleute auszuschalten.«

Ein schlechtes Gefühl breitete sich in Kainda aus. Sie konnte sich nicht vorstellen, dass Caruso einfach so verschwand.

31

Sawyers Herz hämmerte im Takt zu seinen Schritten, während er so schnell wie möglich zum Versteck lief. Brick rührte sich nicht in seinen Armen und die Befürchtung, dass er sterben könnte, bevor sie die Heilerin erreichten, verdichtete sich zu einem Knoten in seiner Brust. Nach dem Brand, der vor zwei Jahren den Großteil seiner Gruppe auslöschte, hatte er sich geschworen, nicht noch einen seiner Leute an die Menschen zu verlieren. Und nun sah es so aus, als würde genau das geschehen. Hatten sie in den letzten Jahren nicht genug Schlimmes erlebt?

Als er sich dem Versteck näherte, wurde er langsamer und blickte sich unruhig um. Sosehr er Brick auch behandelt sehen wollte, widerstrebte es ihm, dafür die anderen zu gefährden. Erst als er sicher war, dass sich kein Mensch in der Nähe befand, bückte er sich unter den tief hängenden Ästen hindurch und umrundete die Klippen, die den Eingang des unterirdischen Verstecks verbargen. Bevor Sawyer das vereinbarte Klopfzeichen geben konnte, flog die Tür auf und er schlüpfte rasch ins Versteck.

Fay war sofort bei ihm und begutachtete Bricks Wunde, noch bevor er ihn ablegen konnte. »Er lebt noch. Bringen wir ihn dort hinten hin, ich will ihn mir im Licht ansehen.«

Die anderen Wandler machten Sawyer Platz, während Fay ihn rasch durch den düsteren Raum führte.

»Oh Gott, Dad!« Neelas Aufschrei ließ Sawyer zusammenzucken. Rücksichtslos schob sie sich durch die Menge und lief neben ihm her. Sanft legte sie ihre Hand auf Bricks Brust. »Ist er …?« Tränen liefen über ihre Wangen und sie wirkte noch zerbrechlicher als sonst.

»Er lebt. Fay wird sich um ihn kümmern.« Wut hinterließ ein Grollen in seiner Stimme. Sawyer wollte Neela versprechen, dass ihr Vater es schaffen würde, doch er konnte sie nicht anlügen.

Vorsichtig legte er Brick auf eine hastig auf dem Boden ausgebreitete Decke und trat zurück, um Fay mehr Platz zum Arbeiten zu geben. Sie entfernte das mit Blut vollgesogene Moos und schob Bricks Fell mit den Fingern zur Seite, um besser sehen zu können. Dicht beugte sie sich über die Wunde, während eine der Frauen mit einer Taschenlampe darauf leuchtete. Das Fell war blutverkrustet und Sawyer konnte kaum etwas erkennen.

»Bringt mir Wasser und einen Schwamm. Und einen Rasierer.« Sie blickte zu Sawyer auf. »Hat er sich noch mal verwandelt?« Stumm schüttelte er den Kopf. »Wie lange ist er schon verletzt?«

»Etwa eine halbe Stunde. Ich bin so schnell gekommen, wie ich konnte.« Noch immer konnte er deutlich vor sich sehen, wie er Brick vorgefunden hatte, nachdem er seinem Notruf gefolgt war. Ein Mensch hatte sich mit einem Messer in der Hand über Bricks blutigen Körper gebeugt und Sawyer hatte, ohne einen weiteren Gedanken zu verschwenden, angegriffen. So schnell wie möglich hatte er den Verbrecher erledigt und war zu seinem Freund zurückgekehrt. »Finn hat mich hergeschickt.« Aber er wäre auch so gekommen, selbst wenn das eigentlich gegen die Absprache war.

Neela kniete sich neben sie und rieb über das Fell ihres Vaters. »Wie schlimm ist die Verletzung?«

Cade stellte sich hinter sie und legte seine Hand in wortloser Unterstützung auf ihre Schulter. Am Gesichtsausdruck seines Bruders konnte Sawyer erkennen, dass er am liebsten hinausgestürmt wäre, um es mit den Menschen aufzunehmen. Glücklicherweise schien er zu wissen, dass er in seinem Zustand keine Hilfe wäre.

Fay setzte sich auf ihre Hacken zurück. »Er hat viel Blut verloren. Ob innere Organe verletzt wurden, kann ich so nicht feststellen. Ich werde Salbe auftragen und ihn verbinden, aber mehr kann ich hier nicht tun.« Hilflos hob sie die Schultern.

Sawyer blickte auf, als jemand hinter ihn trat. Marisa blickte auf Brick herunter, ihr Gesicht war blass. »Würde Mias Salbe ihm helfen? Ich habe noch etwas übrig.«

Lächelnd streckte Fay die Hand aus und nahm den Tiegel entgegen. »Danke, Marisa, es kann zumindest nicht schaden.«

»Haltet ihn gut fest, das Zeug tut höllisch weh.« Sie deutete auf ihr Bein, das immer noch in einem Gips steckte. »Aber es hilft offensichtlich.«

»Ich muss los.« Sawyer strich über Neelas Haare. »Pass gut auf ihn auf.«

Mit tränenfeuchten Augen blickte sie zu ihm hoch. »Danke, dass du ihn hergebracht hast.«

Sawyer neigte den Kopf und ging zurück zum Eingang. Bevor er hinaustreten konnte, legte sich eine Hand auf seine Schulter. Langsam drehte er sich zu Cade um.

»Sei vorsichtig.«

»Das bin ich immer.« Sawyer umarmte seinen kleinen Bruder kurz, bevor er wieder in die Wildnis eintauchte.

Coyle wischte das Blut aus seinen Augen und versuchte, die Verzweiflung nicht übermächtig werden zu lassen. Seit Stunden versuchten sie, die Menschen daran zu hindern, in ihr Gebiet einzudringen, doch der Kreis um sie zog sich immer enger. Die Verbrecher blieben nach den ersten Verlusten immer zu zweit oder zu dritt zusammen, um sich so gegen die Wandlerangriffe zu schützen. Deshalb mussten auch die Wandler sich zusammentun, doch dadurch entstanden Lücken in der Verteidigung, durch die dann weitere Menschen vordrangen. Es war nur eine Frage der

Zeit, bis sie dem Ansturm nicht mehr standhalten konnten. Schon jetzt waren viele von ihnen verletzt, bis jetzt außer Brick jedoch noch niemand so schwer, dass er nicht weiterkämpfen konnte.

Doch ihre Kräfte ließen langsam nach und sie würden sich bald zurückziehen müssen, um dann ihre verbliebenen Ressourcen zur Verteidung des Lagers zu nutzen. Coyle warf Conner einen Blick zu, der inzwischen auch von der Anstrengung gezeichnet war. Seitdem er ins Lager zurückgekehrt war, hatte er sich wieder in die Riege der Wächter integriert, aber für einen offenen Kampf gegen die Menschen war er nicht vorbereitet. Mit fünfundvierzig Jahren war er fast am Ende seiner Leistungsfähigkeit als Wandler angelangt und die Zeit, die er als Einzelgänger in der Wildnis verbracht hatte, forderte auch ihren Tribut. Aber genauso wie alle anderen würde Conner bis zur totalen Erschöpfung kämpfen, um seine Gefährtin Fay und die anderen im Versteck zu schützen.

Coyle rieb erneut mit dem Vorderlauf über seine Augen. Die Platzwunde an seiner Stirn war nicht weiter tragisch, aber es nervte ihn, dass durch das Blut seine Sicht eingeschränkt war. Conner stieß ihn mit der Schulter an und deutete mit dem Kopf in Richtung eines Gebüschs. Zuerst verstand Coyle nicht, was er wollte, doch dann folgte er ihm. Im Versteck angekommen setzte Conner sich vor ihn und begann damit, über die Wunde zu lecken. Coyle schloss die Augen und ließ es geschehen, denn er wusste, dass es die einzige Möglichkeit war, ohne einen Besuch bei der Heilerin die Verletzung zu behandeln. Den Rest würden dann hoffentlich seine Selbstheilungskräfte erledigen.

Ein Rauschen ertönte über ihnen, dann landete Griffin hinter ihnen. »Ich frage lieber nicht, was ihr hier macht.«

Coyle verdrehte innerlich die Augen. Der Adlerwandler war trotz der Zeit, die er jetzt schon im Lager lebte, skeptisch, was die Heilung durch Lecken anging. Conner beendete die Verarztung und blickte den Adlermann mit verengten Augen an.

Der hob beschwichtigend die Hände. »Schon gut. Ich wollte nur melden, dass Talon mit einigen Wächtern der Adlergruppe eingetroffen ist. Finn setzt sie wie mich als Kundschafter ein.«

Erleichterung durchströmte Coyle, dass sie nun nicht mehr allein gegen die Menschen kämpften. Vielleicht würde es ihnen mit Hilfe der Adler gelingen, die Verbrecher zurückzudrängen. Er verwandelte sich. »Danke für die Nachricht. Wie sieht es bei den anderen aus?«

Griffins Mund verzog sich. »Ungefähr so wie bei euch. Das Lager und das Versteck sind noch sicher.« Unausgesprochen schwang mit, dass das möglicherweise nicht mehr lange der Fall sein würde.

»Verluste?«

»Noch keine.«

Coyle neigte den Kopf. »Hoffen wir, dass es so bleibt.« Er wandte sich zu Conner um. »Bereit?«

Der Wächter stieß ein tiefes Grollen aus. Coyle konnte sich nur vorstellen, wie es in ihm aussehen musste, schließlich begab sich auch sein Sohn Melvin gerade in Gefahr. Ob Harken und die anderen inzwischen in Namibia angekommen waren? Vorsichtig betastete Coyle seine Stirn und erkannte erleichtert, dass die Wunde nicht mehr blutete. Eine Sorge weniger. Jetzt musste es ihnen nur noch gelingen, die Menschen zu besiegen.

»Viel Glück.« Griffin verwandelte sich und stieß mit kräftigen Flügelschlägen in den Himmel.

»Okay, verjagen wir diese Mistkerle aus unserem Gebiet.« Coyle verwandelte sich und kroch vorsichtig aus dem Gebüsch.

Durch die Hilfe der Adler gelang es den Berglöwenwandlern, die Menschen effektiver zu bekämpfen und sie länger zurückzuhalten, doch letztlich reichte auch das nicht aus. Immer weiter mussten sie sich zurückziehen, bis sie dem Lager gefährlich nah waren. Wie sollten sie die Verbrecher daran hindern, dort einzudringen oder schlimmer noch, das Versteck zu finden? Wurde es entdeckt, war es nicht für eine längere Belagerung ausgerichtet. Irgendwann würden die Frauen und Kinder herauskommen müssen und dann wären sie Freiwild für die Jäger, wenn ihnen nicht irgendetwas einfiel, wie sie die Bedrohung auslöschen konnten.

Der Gedanke, dass Marisa etwas geschehen könnte, ließ Coyles Blut in den Adern gefrieren. Sie war sein Leben, seine Zukunft. Er würde sein Leben geben, um sie zu beschützen, und er wusste, dass die anderen Wächter das Gleiche für ihre Familien tun würden. Sie mussten nur dafür sorgen, dass die Menschen die Schutzbedürftigen nicht in die Hände bekamen. Coyle holte noch einmal tief Luft und nahm den Kampf gegen die Menschen wieder auf.

Mia schlug die Augen auf und starrte verwirrt an die weiße Decke hoch über sich. Wo war sie? Sowie sie den Kopf bewegte, setzte ein Schmerz ein, der ihr Tränen in die Augen trieb. Was war passiert? Sie erinnerte sich nur noch daran, wie sie in ihrer Zelle auf Leon gewartet hatte und … Abrupt setzte sie sich auf, nur um gleich darauf mit einem Stöhnen zurückzusinken.

Ryans Stimme erklang. »Ganz ruhig. Bleib still liegen, ich kümmere mich gleich um dich. Ich will nur zuerst die Naht fertig machen.«

Naht? Selbst das Stirnrunzeln tat weh, stellte sie fest. Ganz vorsichtig drehte sie den Kopf, bis sie sehen konnte, was neben ihr vorging. Ihr Herz setzte einen Schlag aus, als sie das Blut an Leons Seite sah. Ryan beugte sich über ihn und nähte die Wunde sorgfältig zusammen. Ihr Blick glitt höher und traf Leons. Seine Augen waren dunkel vor Schmerz, die Lippen fest zusammengepresst.

»Du bist wach.« Ihre Stimme klang rau und schwach.

Ryan drehte sich zu ihr um. Als er sah, dass ihr Blick auf Leon lag, schüttelte er den Kopf. »Ich wollte ihm eine Betäubung geben, aber er hat darauf bestanden, dass ich ihn so verarzte, damit er in der Lage ist, dich zu beschützen, falls doch noch einer von Lees Leuten in der Nähe sein sollte.«

»Was ist mit Lee?«

Diesmal antwortete Leon ihr. »Er ist tot.« Befriedigung klang in seiner Stimme mit.

»Hast du …?« Warum konnte sie sich an nichts erinnern? Sie wusste nur noch, dass Leon aufgetaucht war, dann hatte Lee ihr einen Stoß versetzt und … nichts.

»Nein, es war Naz, mit Kaindas Hilfe.«

Anscheinend war Naz also doch zurückgekommen.

Ryan beugte sich wieder über Leon und beendete die Naht mit einigen Stichen. »So, fertig. Versuch, dich nicht allzu sehr zu bewegen, sonst platzt die Wunde gleich wieder auf. Ich lege dir noch einen Verband um, dann kannst du aufstehen.«

Leon streckte seine Hand nach ihr aus. »Wie geht es dir?«

»Was habe ich über das Bewegen gesagt?« Ryan drückte Leon sanft zurück auf den Boden.

Mia antwortete rasch, um ihn von den Schmerzen abzulenken, die ihm die Bewegung offensichtlich verursachte. »Höllische Kopfschmerzen, aber sonst ganz gut. Wie bist du verletzt worden?«

Leon presste die Lippen aufeinander. Nach einigem Zögern antwortete er schließlich. »Lee hat auf mich geschossen. Glücklicherweise hat er nicht richtig getroffen.«

Obwohl sie ahnte, dass noch mehr dahintersteckte, ließ sie das Thema ruhen, bis es ihnen beiden besser ging. »Kainda ist also wieder da?«

»Ja. Sie hat Lee angegriffen und von uns abgelenkt.« Sein Mund verzog sich. »Sie hätte allen Grund gehabt, ihn für das zu töten, was er ihrer Gruppe angetan hat.«

Ryan blickte auf seine Hände. »Dann stimmt es, was Kainda gesagt hat?«

»Lee hat damals den Auftrag gegeben, ihre Gruppe töten zu lassen.« Harte Linien bildeten sich in Leons Gesicht. »Einige Tage davor hatte er mich gefangen genommen und verletzt.« Er deutete auf die alten Narben an seiner Seite. »Ich konnte entkommen und schließlich hat Mia mich gefunden und gesund gepflegt. Kaindas Familie hatte nicht so viel Glück.«

Entsetzt starrte Mia ihn an. »Warum hast du mir damals nichts davon erzählt?« Deutlich konnte sie das Schuldgefühl in seinen Augen sehen.

»Als ich davon erfahren habe, bin ich den beiden überlebenden Leopardinnen in die USA gefolgt, dort habe ich ihre Spur verloren.«

Mia hielt ihm ihre Hand hin und er umschloss sie sanft. »Es war nicht deine Schuld.« Sie runzelte die Stirn. »Wie hast du überhaupt davon erfahren? Wir waren die ganze Zeit zusammen.«

»Joe.«

Sie überlegte einen Moment und schüttelte dann den Kopf. »Das kann nicht sein, Joe hat damals noch gar nicht für mich gearbeitet. Er ist ...« Sie stockte. »Er ist kurz danach zu mir gekommen. Woher kennst du ihn?«

»Ich habe damals dem Verbrecher geholfen, Leon einzufangen.« Joes Stimme erklang. Er trat in den Käfig. »Als ich gesehen habe, was Lee mit dem Löwen tat, wollte ich nicht mehr für ihn arbeiten. Ich bin Leon gefolgt und habe dich angerufen, als ich gesehen habe, dass er nicht mehr weiterkonnte.«

Wütend setzte sie sich auf und presste eine Hand an ihren schmerzenden Schädel. »Und dann hast du dich bei mir eingeschlichen!« Der Verrat schnitt in ihr Herz.

Joe neigte den Kopf zustimmend. »Ich wollte es wiedergutmachen. Leon hatte Angst, dass du in Gefahr gerätst, falls der

Verbrecher ihn zu dir zurückverfolgt, deshalb ist er gegangen. Und ich bin gekommen, um auf dich aufzupassen.«

Mia sah ihn einen langen Moment an und nickte dann. Ihres Wissens hatte Joe in den anderthalb Jahren nichts getan, was ihr irgendwie geschadet hatte. Ihr Blick glitt zu Leon. »Stimmt das?«

Seine Miene war undurchsichtig, sie konnte beim besten Willen nicht sagen, was er gerade dachte. »Was?«

»Dass du gegangen bist, um mich zu schützen.« Unwillkürlich hielt sie den Atem an, während sie auf seine Antwort wartete. So viel hing davon ab.

Leon setzte sich auf und zwang Ryan damit, die Behandlung zu unterbrechen. An ihrer Hand zog er Mia zu sich. Tief blickte er in ihre Augen und sie hatte plötzlich keine Mühe mehr, seine Gefühle darin zu erkennen. »Natürlich. Wenn es nicht um deine Sicherheit gegangen wäre, dann hätte mich nichts davon abhalten können, bei dir zu sein.«

Mia nahm nur am Rande wahr, dass Joe und Ryan den Käfig verließen, um ihnen Privatsphäre zu geben. »Warum hast du dich dann nie bei mir gemeldet? All die Zeit habe ich auf ein Zeichen von dir gewartet, dass du mich genauso vermisst wie ich dich, und es ist nie eines gekommen.« Ihre Stimme war nur ein Hauch. Gegen ihren Willen traten Tränen in ihre Augen. Obwohl Leon jetzt vor ihr stand, hatte sie immer noch das Gefühl, dass ihr Herz zusammengedrückt wurde.

Er lehnte seine Stirn an ihre. »Weil ich es nicht ertragen hätte, deine Stimme zu hören, ohne zu wissen, dass ich bald wieder bei dir sein werde.« Seine Hand glitt über ihren Rücken. »Außerdem hatte ich Angst, du würdest mir sagen, dass ich nicht wiederzukommen brauche.« Leon hob den Kopf. »Das tust du doch nicht, oder? Ich glaube nicht, dass ich das überleben würde.«

Eigentlich hätte sie ihn leiden lassen sollen, doch sie brachte es nicht über sich. Leon war jetzt hier und sie glaubte ihm, dass er nicht freiwillig gegangen war. »Du möchtest wirklich hierbleiben?«

»Mehr als alles andere. Vermutlich sollte ich in den nächsten Tagen meine Eltern besuchen, damit sie sich keine Sorgen mehr um mich machen, aber danach gehöre ich nur noch dir.« Leon senkte seinen Kopf und küsste sie so sanft, dass sich ihr Herz schmerzhaft zusammenzog.

Atemlos beendete Mia nach langer Zeit den Kuss. »Willkommen zu Hause.«

32

Dawn blieb stehen und presste ihre Hand auf die Wunde. Was hatte sie sich dabei gedacht, in ihrem Zustand durch den Wald zu marschieren? Auch wenn die Verletzung weitgehend verheilt war, schmerzte sie bei zu starker Belastung. Vor allem aber war sie durch das lange Liegen alles andere als fit. Ihr Blick glitt zu Aliyah und den anderen und sie stöhnte lautlos. Auch wenn die ehemaligen Wandler wesentlich älter waren als sie, schienen sie doch über deutlich größere Kraftreserven zu verfügen.

Als hätte sie ihre Gedanken gespürt, drehte sich Aliyah zu ihr um. »Geht es noch?«

Dawn biss die Zähne zusammen und nickte. »Ja. Wie weit ist es noch?«

»Wir sind kurz vor der Gebietsgrenze. Wenn alles in Ordnung wäre, würden wir hier schon von einem der Wächter empfangen werden.« Die Sorge war Aliyah ins Gesicht geschrieben. »Ich habe ein schlechtes Gefühl dabei, es ist, als ob …« Sie brach ab und ihre Nasenflügel blähten sich.

Jetzt nahm Dawn den Geruch auch wahr: Blut. Wie auf Kommando liefen sie los, auf die Quelle des Gestanks zu. Automatisch griff Dawn zu der Pistole, die ihr einer der Älteren gegeben hatte. Auch wenn sie sich durch die Waffe ein wenig sicherer fühlte, kam sie sich inmitten der Wildnis doch wehrlos vor. Von allen Seiten konnte jemand sie bereits im Visier haben und sie würde es erst merken, wenn eine Kugel oder ein anderes Geschoss sie traf. Schwer atmend kam sie bei Aliyah an, die abrupt stehen geblieben war und auf etwas zu ihren Füßen hinunterblickte.

Dawn hatte in ihrem Beruf genug Tote gesehen, um auf einen Blick zu erkennen, dass der Mann vor ihr nicht mehr lebte. Seine Kehle war herausgerissen, die Augen blicklos und starr. Mit einer Grimasse zwang sie sich, sich zu bücken und ihn etwas näher zu untersuchen. Die Haut fühlte sich bereits kühler an, anscheinend lag er hier schon einige Zeit. Ihr Blick glitt über den Toten und blieb an einer Armbrust hängen, die neben ihm im Gras lag.

»Ich nehme an, das ist einer der Angreifer?«

Aliyah nickte stumm, ihre Augen auf einen dunklen Fleck einige Meter entfernt gerichtet. Mit einem unterdrückten Stöhnen stand Dawn auf und ging dorthin. Es war eindeutig Blut, aber es konnte nicht zu dem Toten gehören, denn er schien dort getötet worden zu sein, wo er lag. Das Gras um den Fleck herum war zertrampelt, so als hätten sich dort mindestens zwei Personen für einige Zeit aufgehalten. Aber wo waren sie hin? Und vor allem, zu wem gehörte das Blut? War ein weiterer Mensch verletzt worden oder ein Wandler? Wer auch immer das Blut verloren hatte, war ohne ärztliche Versorgung inzwischen vermutlich ebenfalls tot.

Ein Blick in Aliyahs schmerzerfülltes Gesicht zeigte, dass sie sich dessen ebenfalls bewusst war. Dawn umfasste ihren Arm und zog sie sanft weg. »Komm, gehen wir weiter. Ich denke, wir sollten besser alle zusammenbleiben.« Als sie sich umdrehte, sah sie, dass die anderen Älteren ebenfalls auf die Lichtung getreten waren.

Aliyah blinzelte und ihr Blick fokussierte sich schließlich auf Dawn. »Du hast Recht.«

Schweigend setzten sie sich wieder in Bewegung, noch vorsichtiger als zuvor. Sie fanden noch mehrere Männer, einige davon in tiefen Gruben und weitere Blutflecken, doch es gab keine Spur der Wandler oder lebender Angreifer. Immer tiefer drangen sie in die Wildnis vor, und Dawn fragte sich, wie hier jemand leben konnte, geschweige denn eine ganze Gruppe von Menschen und sogar mit Kindern. Sie konnte sich nicht vorstellen, wie es sein musste, ständig Angst vor einer Entdeckung zu haben.

Der etwa fünfzigjährige Anführer ihrer kleinen Gruppe hob plötzlich eine Hand und sie blieben stehen. Sosehr Dawn auch lauschte, sie hörte keinen Laut, nichts, was ihnen verraten hätte, ob und vor allem wo noch ein Kampf stattfand. Aber wo waren alle hin? Wie als Antwort auf ihre lautlose Frage ertönte über ihnen ein leises Sirren und Flappen. Überrascht schaute Dawn hoch und sah gerade noch, wie ein Adler direkt vor ihnen auf dem Boden landete. Stirnrunzelnd betrachtete sie ihn. Er benahm sich ebenso seltsam wie der Adler in San Francisco, der … Ihre Augen weiteten sich, als er sich in einen Menschen verwandelte. Einen nackten, äußerst gut gebauten Mann, um genau zu sein.

In ihrem Kopf drehte sich alles und Dawn tastete blindlings nach einem Halt. Aliyah schlang einen Arm um ihre Taille und ein Funken Humor glomm in ihren Augen auf, der sofort wieder verschwand. Dawn biss die Zähne zusammen und zwang sich, den Schock über ihre erste miterlebte Verwandlung zu überwinden. Sie konnte später darüber nachdenken, wie unmöglich so etwas wissenschaftlich war, jetzt zählte es nur, Isabel und die Wandler irgendwie heil hier herauszuholen.

Als sie den Adlermann genauer betrachtete, erkannte sie, dass er am Ende seiner Kräfte war. Blut lief an seinem Arm hinab, an seinem Oberkörper befanden sich deutlich sichtbar Prellungen. Ungläubig starrte er die Älteren und Dawn an.

»Hallo Griffin.«

»Was macht ihr hier? Der Wald wimmelt nur so vor Verbrechern, es ist viel zu gefährlich für euch.«

Aliyah trat einen Schritt auf ihn zu und verengte die Augen. »Glaubst du wirklich, wir würden einfach zusehen, wenn jemand versucht, unsere Familien zu töten?«

Griffin schüttelte den Kopf. »Finn würde mir zustimmen. Ihr

könnt hier nicht helfen. Die Verbrecher treiben uns immer weiter zum Lager zurück. Wir haben nicht mehr viele Möglichkeiten. Zwar könnten wir ihnen entkommen, aber dann müssten wir die Kinder und Schwachen ungeschützt zurücklassen.« Er atmete tief durch. »Ihr solltet umkehren.«

»Nein.« Aliyah verschränkte die Arme über der Brust. »Wir werden nicht gehen, wenn wir euch helfen können. Zumindest müssen wir es versuchen.« Die Angst um ihre Familie klang deutlich in ihrer Stimme mit. »Denk an Amber und Lana. Willst du wirklich, dass sie in die Hände der Verbrecher geraten?«

Die Augen des Adlermanns wurden dunkler, seine Hände schlossen sich zu Fäusten. »Du weißt, dass ich alles für sie tun würde.«

Aliyah legte eine Hand auf seinen Arm. »Dann führ uns zu einer Stelle, an der wir zwischen den Menschen und Wandlern herauskommen. Vielleicht ziehen sich die Verbrecher zurück, wenn ihnen Menschen gegenüberstehen.«

»Das ist zu …«

Dawn unterbrach ihn. »Ja, es ist gefährlich, aber wir sind bewaffnet und vielleicht kann ich ihnen mit meiner Polizeimarke klarmachen, dass ihre Tat nicht unbestraft bleiben wird. Falls nicht, werden wir kämpfen.«

Griffin legte den Kopf schräg. »Du bist Carusos Polizistin.«

Hitze stieg in Dawns Wangen, aber sie hob ihr Kinn und blickte ihn direkt an. »Ja. Und ich werde nicht zulassen, dass seiner Tochter etwas zustößt.«

Griffin nickte. »In Ordnung, ich führe euch hin. Ich hoffe nur, ich begehe keinen Fehler.«

Aliyah sah Dawn ernst an. »Du solltest hierbleiben, es ist nicht dein Kampf.«

»Ich glaube, das Thema hatten wir schon. Ich werde sicher nicht zulassen, dass irgendwelche Verbrecher denken, sie könnten ohne Konsequenzen andere Lebewesen töten – seien es nun Tiere oder Menschen oder eine Mischung aus beidem.«

Aliyah nickte ihr dankbar zu.

Dawn drehte sich gerade noch rechtzeitig wieder nach vorne, um zusehen zu können, wie aus dem muskulösen Mann wieder ein mächtiger Adler wurde. Er hob vom Boden ab und flog mit kräftigen Flügelschlägen zwischen den Bäumen hindurch. Gemeinsam mit den anderen folgte sie ihm. Ihre Hände wurden feucht, als sie daran dachte, was alles schiefgehen konnte. Mit Mühe beruhigte sie ihr wild hämmerndes Herz und konzentrierte sich darauf, so leise wie möglich aufzutreten. Trotz ihres Alters bewegten sich die anderen seltsam leichtfüßig, fast als würden sie sich noch an ihr früheres Leben erinnern und wieder zu Berglöwen werden.

Die Zeit schien stillzustehen, während sie sich auf verschlungenen Pfaden durch die Wildnis auf das Lager zu bewegten. Mehr als einmal wechselte der Adler plötzlich die Richtung, ein Zeichen, dass sie den Verbrechern bereits gefährlich nah waren. Schließlich stieß der Adler einen lauten Schrei aus und stieß senkrecht in den Himmel. Anscheinend waren sie in Position. Bevor sie sich eine Strategie überlegen konnten, raschelte es vor ihnen und ein Mann mit einer Armbrust trat unter den Bäumen hervor.

Seine Augen weiteten sich, als er sich der großen Gruppe alter Menschen gegenüber sah. Einen Moment lang stand er stumm da und musterte sie. Er schien nicht ganz zu wissen, was er mit ihnen anfangen sollte. Schließlich verzogen sich seine Mundwinkel verächtlich. »Was tut ihr hier? Geht zurück in euer Altersheim oder wo auch immer ihr hergekommen seid.«

Der Anführer der Gruppe Älterer trat vor. »Nein.«

Die Augen des Jägers verengten sich zu Schlitzen. »Ihr solltet uns besser nicht im Weg stehen, alter Mann. Was macht ihr Alten hier überhaupt mitten im Wald?«

Dawn spannte ihren Zeigefinger am Abzug ihrer Pistole, die sie hinter ihrem Oberschenkel versteckt hielt. Wenn der Kerl nur eine falsche Bewegung machte, würde sie ihn außer Gefecht setzen.

»Wir sind Tierschützer und werden nicht zulassen, dass ihr mit euren Waffen in den Wald kommt und unschuldige Tiere tötet. Wenn ihr euch dagegen sofort zurückzieht, lassen wir euch gehen.« Der Anführer sprach ruhig, fast beschwörend.

Der Verbrecher lachte nur. »Und wer sollte uns dazu zwingen?« Er hob die Armbrust.

Dawn trat einen Schritt vor und richtete ihre Waffe direkt auf sein Herz. »Ich, wenn es sein muss. Ich bin Polizistin und kann Sie wegen Wilderei verhaften. Die Jagd auf Berglöwen ist hier verboten.«

Der Mann beäugte sie prüfend. »Das wäre höchstens eine Geldstrafe.«

»Mag sein, aber was meinen Sie, wie sich eine Verurteilung wegen massiver Bedrohung einer Polizistin und anderer Personen in Ihrem Lebenslauf macht?« Sie entsicherte die Pistole. Auch die Älteren holten die mitgebrachten Waffen heraus und richteten sie auf den Jäger. »Senken Sie die Waffe, sofort. Und sagen Sie Ihren Leuten, dass sie mit erhobenen Händen herauskommen sollen.« Dawn versuchte ihn nicht sehen zu lassen, dass ihre Hand zitterte und sie sich kaum noch auf den Beinen halten konnte. Wenn dieser Kerl so skrupellos war wie Lee, würde er sie erschießen, ohne mit der Wimper zu zucken. War er aber nur ein einfacher Jäger, der von Lee dafür bezahlt wurde, Berglöwen zu töten, würde er davor zurückschrecken, Menschen zu ermorden. »Meine Kollegen wissen übrigens, dass wir hier sind, es wäre besser für Sie, wenn Sie sich kampflos ergeben.«

Der Mann sah sie skeptisch an, schien aber zu verstehen, dass er bei der Übermacht der Älteren keine Wahl hatte. »Und das soll ich Ihnen glauben?«

»Ja.« Dawn wagte es nicht zu blinzeln. Ihrer aller Leben hing davon ab, dass der Verbrecher ihr die Sache abnahm.

»Wir werden nicht angeklagt, wenn wir jetzt gehen?«

Dawn hob die Schultern. »Ich habe keine toten Tiere gesehen, also sind Sie unter der Bedingung frei, dass Sie sofort das Gebiet verlassen und sich nie wieder hier blicken lassen.« Sie spürte die Unruhe der ehemaligen Wandler hinter sich, aber sie wandte den Blick nicht von dem Mann ab.

»Was ist mit meinen Männern, die von den Berglöwen getötet wurden?« Seine Augenbrauen zogen sich zusammen. »Das würde die Polizei sicher auch interessieren, dass die Viecher so aggressiv sind.«

»Ich glaube nicht, dass jemand die Berglöwen anklagen wird. Es sind Tiere, die ihr Territorium verteidigt haben.« Dawn blickte den Mann fest an. »Wenn Sie mit Ihren Leuten Ihr Leben aufs Spiel setzen und illegal Jagd auf geschützte Raubtiere machen, dann ist das Ihr Risiko. Wer sich in Gefahr begibt, kommt darin um. Ich denke, dass wird die Polizei genauso sehen.«

Nach einem langen Zögern nickte der Mann knapp. Seine Wut war ihm deutlich anzusehen. »Ihr habt Glück, dass wir nicht dafür bezahlt wurden, Menschen zu töten.« Ohne ein weiteres Wort zu verlieren, drehte er auf dem Absatz um und tauchte im Wald unter.

»Wir werden ihnen ein Stück folgen, um sicherzustellen, dass sie auch wirklich aufgegeben haben.« Aliyah trat neben Dawn und legte eine Hand auf ihren Arm. »Danke für die Hilfe.«

Vorsichtig ließ Dawn sich auf einem umgestürzten Baumstamm nieder. »Gut, dass er meinen Bluff nicht bemerkt hat.« Zumindest hoffte sie, dass er mit seinen Kumpanen wirklich den Wald verließ und nicht weiter Jagd auf die Berglöwenwandler machte.

Aliyah setzte sich neben sie. »Du hast ihm doch die Wahrheit gesagt: du bist Polizistin.«

»Ja, aber ich habe hier keinerlei Befugnis. Ich habe nicht mal meine Marke dabei, geschweige denn Verstärkung, die nur darauf wartet, dass ich mich melde.«

Ein Lächeln huschte über Aliyahs Gesicht. »Du warst aber sehr überzeugend.« Sie stand auf. »Mach dir darüber keine Gedanken mehr, suchen wir lieber die anderen.«

»Das ist nicht nötig, wir sind hier.« Ein nackter Mann trat aus dem Unterholz heraus. Getrocknetes Blut klebte an seiner Stirn und an anderen Stellen seines Körpers.

Aliyah stieß einen leisen Schrei aus und stürzte auf ihn zu. Mit einem Lächeln öffnete er seine Arme und umarmte sie fest. Vermutlich war das ihr Sohn Coyle. Aliyah legte ihre Hände um sein Gesicht. »Geht es dir gut? Was ist mit den anderen?« Ihre Stimme wurde leiser. »Amber?«

»Es gibt ein paar Verletzte, die anderen sind im Versteck in Sicherheit.« Coyle sah über ihren Kopf hinweg Dawn an. »Danke für die Hilfe. Ich nehme an, du bist Carusos Dawn?«

Röte breitete sich in Dawns Wangen aus, als sie wieder so bezeichnet wurde, aber sie nickte. »Ich habe gerne geholfen. Isabel geht es auch gut?«

»Ja, sie ist bei den anderen im Versteck.« Coyle schob Aliyah sanft von sich. »Es geht mir wirklich gut, Mom. Finn hat ein paar Wächter hinter den Verbrechern hergeschickt, um sicherzustellen, dass sie auch wirklich verschwinden.« Ein Muskel zuckte in seiner Wange. »Die Kerle waren gut. Fast zu gut. Wir sind kaum nah genug an sie herangekommen, um sie auszuschalten. Damit haben sie uns immer mehr in die Defensive gedrängt.«

»Wir haben Leichen gefunden.« Auch wenn sie es nicht wollte, klang ein leiser Vorwurf in Dawns Stimme mit.

Coyles Augen verengten sich. »Wir hatten keine Wahl, wenn wir nicht sterben wollten.«

»Das weiß ich. Die Frage ist nur, was jetzt mit ihnen passieren wird.«

»Wenn die Jäger ihre Toten nicht mitnehmen, werden wir sie außerhalb unseres Gebiets begraben.« Er hob die Hand, als Dawn etwas erwidern wollte. »Wir können sie schlecht bei der nächsten Polizeistelle abgeben. Die Menschen sind hierhergekommen, um uns zu töten, sie haben es nicht besser verdient und …«

Ein Schuss hallte durch den Wald.

Dawn duckte sich automatisch, während Coyle und Aliyah wie erstarrt schienen. Beinahe glaubte Dawn, das Bellen eines Hundes zu hören, dann herrschte Totenstille.

Coyles Gesicht hatte jede Farbe verloren. »Angus.«

Auf Dawns fragenden Blick hin erklärte Aliyah die Bemerkung. »Das war der Hund von Coyles Gefährtin Marisa. Sie ist mit den anderen im Versteck. Wenn jemand dort geschossen hat, sind sie in größter Gefahr.«

Ohne ein weiteres Wort zu wechseln, rannten sie los.

Marisa wusste nicht, wie die Verbrecher das Versteck gefunden hatten, aber sie waren eindeutig dort draußen und warteten darauf, dass sie herauskamen. Es war nur wenige Minuten her, dass Angus warnend geknurrt hatte, als er den Geruch der Menschen wahrgenommen hatte. Als ehemaliger Spürhund war seine Nase sogar noch besser als die der Berglöwen. Von seinem Knurren alarmiert, hatte es nicht lange gedauert, bis sie auf den Monitoren die Verbrecher sehen konnten, die auf das Versteck zu schlichen. Die unauffälligen Überwachungskameras waren rund um die Erdhöhle aufgebaut und verhinderten, dass sich jemand unbemerkt nähern konnte.

Ihr Herz zog sich angstvoll zusammen. Wie waren die Menschen so dicht an das Versteck herangekommen? Hieß das, die Wächter waren tot oder gefangen? Nein, das wollte sie nicht glauben! Coyle lebte und alle anderen auch. Irgendwie mussten die Verbrecher eine Lücke genutzt haben und ihren Spuren hierher gefolgt sein. Isabel trat neben sie, ihr ganzer Körper war angespannt. Falten umgaben ihre Augen und ihren Mund und zeugten von den Schmerzen, die sie haben musste.

Sie antwortete auf Marisas ungestellte Frage. »Irgendetwas passiert gerade. Bowen sendet mir Bilder im Kopf, ich sehe ältere Menschen, die sich den Verbrechern entgegengestellt haben. Und Dawn.«

»Die Polizistin?« Was tat sie hier?

»Genau. Sie unterhält sich mit einem der Verbrecher und sie hat eine Pistole. Ich habe keine Ahnung, was sie sagt, aber Bowen scheint etwas positiver eingestellt zu sein als vorher.«

Marisa warf einen Blick auf den Monitor. Noch immer kamen die Menschen näher. Was auch immer die Polizistin dort gerade verhandelte, schien keinen Einfluss auf die Verbrecher rund um das Versteck zu haben.

»Sie machen kehrt!« Isabels Augen funkelten aufgeregt. »Die Verbrecher ziehen sich zurück und Bowen und die anderen folgen ihnen, um sicherzugehen, dass sie auch wirklich das Gebiet verlassen.«

»Nur dumm, dass sie anscheinend ihren Kumpanen nicht Bescheid gesagt haben.« Marisa deutete auf den Monitor. »Denn die sind noch da. Kannst du Bowen warnen?«

»Ja.« Isabels Lider senkten sich, als sie Bowen eine Nachricht übermittelte. »Er sagt den anderen Bescheid und kommt zurück.«

Erleichtert atmete Marisa auf. Vielleicht würde die Sache ja doch noch gut ausgehen. Trotzdem mussten die anderen auf einen Angriff des Verstecks vorbereitet werden. Kearne schien das genauso zu sehen, denn er wandte sich abrupt um und stieß einen kurzen Laut aus, der zu leise war, um draußen gehört zu werden, aber jeden innerhalb des Raumes aufmerksam werden ließ. Angus stieß ein leises Winseln aus und Marisa bückte sich, um ihn hinter den Ohren zu kraulen. Der arme Kerl musste sich äußerst unwohl zwischen all den Katzenwandlern fühlen, noch dazu unter der Erde eingesperrt.

Die anderen drängten sich um Kearne, der eine leise Erklärung der Situation abgab.

Fay trat schließlich vor. »Was machen wir, wenn wir evakuieren müssen? Brick kann noch nicht laufen, auch wenn er dank Marisas Salbe nicht mehr in Lebensgefahr schwebt.«

»Zur Not werden wir ihn tragen.« Kearne deutete auf den Monitor. »Aber ich befürchte, dass wir sowieso nicht ungesehen hier herauskommen würden, die Menschen sind auf allen Seiten.« Die Last der Verantwortung war deutlich sichtbar in sein Gesicht gegraben.

Unauffällig ging Marisa zu ihrem Rucksack und holte die Pistole heraus, die Coyle ihr mitgegeben hatte. Auch wenn sie sicher kein Meisterschütze war, würde sie sich und die anderen zur Not damit verteidigen. Rasch humpelte sie zum Ausgang und trat nach draußen. Da sie immer noch von der Vegetation verdeckt wurde, hatte Marisa keine Angst, vorzeitig entdeckt zu werden. Wenn sich niemand dem Eingang näherte, würde sie versteckt bleiben. Mit etwas Glück würden die Wächter bald hier eintreffen und die Verbrecher verjagen oder gefangen nehmen. Sie hielt den Atem an, als sie in der Nähe ein Knacken und das Rascheln von Blättern hörte.

Durch die Zweige konnte sie zwei Männer sehen, die in geringer Entfernung zum Versteck stehen blieben. »Ich habe keine Lust, noch weiter durch diese Wildnis zu stapfen.«

Der andere nahm seine Baseballmütze ab und fuhr mit der Hand durch seine schweißnassen Haare. »Zünden wir das trockene Gestrüpp hier einfach an, dann kommen sie schon von selbst raus. Oder die Viecher verbrennen, was mir auch recht ist. Hauptsache, sie sind tot und wir können endlich wieder in die Zivilisation zurückkehren.«

»Gute Idee.« Der Verbrecher feuchtete den Finger an und hielt ihn hoch. »Windrichtung ist auch okay, der Rückweg bleibt frei.«

Marisas Magen zog sich zusammen. Das durfte sie auf keinen Fall zulassen! So trocken wie der Wald derzeit war, würde nicht nur das Versteck abbrennen, sondern alles im Umkreis von mehreren Kilometern. Wenn nicht noch mehr, denn hierher würde sicher keine Feuerwehr kommen, um das Feuer zu löschen. Als sie einen erstickten Laut hinter sich hörte, wirbelte sie herum. Isabel stand im Eingang des Verstecks, die Augen weit aufgerissen. Anscheinend hatte sie das Gespräch der Männer auch gehört.

Marisa beugte sich zu ihr und flüsterte in ihr Ohr. »Warne die anderen. Ich werde versuchen, sie aufzuhalten.«

Isabel wurde bleich, als sie die Pistole in Marisas Hand sah, aber sie nickte nur und zog sich zurück. Beruhigt wandte Marisa sich wieder um. Ihr Herz blieb vor Schreck stehen, als sie sah, dass der Verbrecher ein Feuerzeug in der Hand hielt und sich gerade bückte, um die hohen Gräser zu entzünden.

Ohne zu zögern, brach Marisa durch die Vegetation und zielte mit der Pistole auf ihn. »Feuerzeug aus, sofort!«

Überrascht blickte der Mann zu ihr auf, während sein Kumpan mit einem Fluch die Armbrust hochriss. Marisa blieb keine Wahl, sie betätigte den Abzug. Der laute Knall hallte durch den Wald und übertönte fast den Schmerzenslaut des Verbrechers. Er fiel zu Boden und rührte sich nicht mehr. Ein Blutfleck breitete sich auf seiner Brust aus. Der andere Mann war wie erstarrt und blickte sie aus großen Augen an. Marisas Hände zitterten so stark, dass sie Mühe hatte, die Waffe nicht zu verlieren. Ihr verletztes Bein gab nach und sie suchte nach etwas, an dem sie sich abstützen konnte. Als sie aufblickte, hatte sich der Verbrecher wieder gefangen und hechtete auf sie zu. Furcht schoss durch ihren Körper, als sie die Mordlust in seinen Augen sah.

Angus schoss an ihr vorbei, stürzte sich laut bellend auf den Mann und riss ihn mit seinem Gewicht zu Boden. Marisa zuckte zusammen, als er seine Zähne in den Arm des Verbrechers grub.

»Angus, aus!« Ängstlich sah sie sich um. Bei dem Krach war es nur eine Frage der Zeit, wann einer der anderen Verbrecher auftauchen würde. Sie griff nach dem Halsband des Hundes und versuchte, ihn von seinem Opfer zu ziehen, doch er wollte nicht von ihm ablassen. »Komm schon, wir müssen hier weg.«

Aus den Augenwinkeln sah sie eine Bewegung und erstarrte.

33

Bowen hetzte durch den Wald, die Gefahr für Isabel und die anderen deutlich vor Augen. Es durfte ihr einfach nichts passiert sein! Als er ihre Bilder von den Menschen, die das Versteck umringten, erhalten hatte, war er sofort losgelaufen, doch bevor er auch nur in die Nähe kam, ertönte ein Schuss, dicht gefolgt von wütendem Bellen. Irgendetwas musste passiert sein, denn Kearne würde das Versteck nicht ohne Grund preisgeben. Durch seine Verbindung mit Isabel spürte er ihre Angst. Er wusste, dass die anderen Wächter dicht hinter ihm waren, aber er konnte nicht auf sie warten.

Ohne anzuhalten, stürmte er auf einen der Verbrecher zu, der halb versteckt im Gebüsch stand und mit seiner Armbrust auf jemanden zielte. Mit einem großen Satz sprang er den Mann an und schlug seine Krallen tief in dessen Rücken. Mit einem seltsam hohen Schrei stürzte der Mensch mit dem Gesicht voran in die Vegetation. Als Bowen sicher war, dass sein Gegner nicht wieder aufstehen würde, erhob er sich langsam und blickte dorthin, wohin die Waffe gezielt hatte.

Sein Herz zog sich zusammen, als er Marisa sah, die auf dem Boden kauerte. War er zu spät gekommen? Rasch lief er auf die Menschenfrau zu und atmete erleichtert auf, als er sah, dass sie noch lebte und unverletzt zu sein schien. Angus trottete zu ihr und leckte über ihr Gesicht. Bowen hockte sich neben sie und legte seine Pfote auf ihre Hand.

Marisa blickte auf und lächelte ihn an. »Danke.«

Er neigte den Kopf und entfernte sich ein Stück von ihr, um die Umgebung zu prüfen, während Marisa sich aufrappelte und

Angus am Halsband festhielt. Langsam zog sie sich zum Versteck zurück und überließ es den Wächtern, sich um die weiteren Verbrecher zu kümmern. Der Geruch sagte Bowen, dass sie schon in der Nähe waren, aber er ließ trotzdem nicht in seiner Wachsamkeit nach. Zu groß war die Gefahr für die schwächeren Gruppenmitglieder. Bowen beobachtete, wie Marisa mit ihrem Hund im Gebüsch verschwand, das den Eingang des Verstecks verdeckte.

Gerade als er sich wieder umdrehte, wurde er mit Wucht getroffen und von den Pfoten gerissen. Etwas kam schwer auf ihm zum Liegen und er konnte sich nur mit Mühe darunter herauswinden. Kampfbereit wirbelte er herum und erstarrte. Keira lag mit geschlossenen Augen auf dem Boden, Blut tränkte ihre Hüfte, aus der ein Pfeil herausragte. Übelkeit stieg in ihm auf, als ihm klar wurde, dass die Wächterin verletzt worden war, weil sie sich vor ihn geworfen hatte. Anscheinend war noch ein weiterer Mensch in der Nähe, den er nicht bemerkt hatte. War er noch hier und zielte weiter auf ihn?

Bowen versuchte, ihn zu wittern, doch er nahm nur den Geruch von Blut wahr. Keiras Blut. Mit einem Laut, der fast wie ein Winseln klang, schob er seine Schnauze in ihren Nacken, um sie aufzuwecken. Sie durfte nicht tot sein! Bisher war ihm Keira immer unverwundbar vorgekommen, so stark und furchtlos. Erneut prüfte er die Luft und atmete auf, als er Berglöwen roch.

Eine breite Pfote schob ihn sanft beiseite. Erleichtert machte Bowen Sawyer Platz, der sich neben seine Gefährtin hockte. Als er sich verwandelte, tat Bowen es ihm gleich.

Unruhig blickte er sich um. »Sind die Menschen weg?«

Sawyers Blick blieb auf Keira geheftet. »Ja, wir haben uns um die Verbrecher gekümmert. Sie sind tot.« Mit der Hand strich er über Keiras Rücken. »Komm schon, mach die Augen auf.«

Tränen traten in Bowens Augen, als die Berglöwin nicht reagierte. »Es tut mir leid. Sie muss sich zwischen den Pfeil und mich geworfen haben. Mir ist nicht mal aufgefallen, dass noch jemand in der Nähe war.«

Sawyer deutete mit dem Kopf auf den toten Menschen. »Du hattest ja auch anderes im Sinn.« Er warf Bowen einen kurzen Seitenblick zu. »Mach dir keine Vorwürfe, Keira wusste, was sie tut.«

Bowen konnte sich nicht vorstellen, dass sie erwartet hatte, für ihn erschossen zu werden, aber er schwieg. Während ein Teil von ihm so schnell wie möglich von hier verschwinden wollte, hielt ihn die Angst um Keira an Ort und Stelle. Wie erstarrt hockte er da und wartete darauf, dass sie die Augen aufschlug und ihm sagte, dass die Verletzung nicht weiter schlimm war.

»Willst du, dass die anderen dich für schwächer halten, weil du eine Frau bist, Keira? Ich hätte nicht gedacht, dass du so schnell aufgibst.«

Bowens Kopf ruckte bei den beleidigenden Worten zu Sawyer herum. Rasch schluckte er seine hitzige Bemerkung herunter, als er den Schmerz sah, der in Sawyers Gesicht gegraben war. Seine sonst so ruhigen Hände zitterten, als er mit ihnen durch Keiras Fell strich. Er beugte sich vor und legte seine Stirn an ihren Nacken. Der Kummer in Bowen presste seine Brust zusammen und er hatte Mühe, Luft zu bekommen.

Schließlich hielt er es nicht mehr aus und sprang auf. »Ich hole Fay.« Er rannte los, bevor Sawyer antworten konnte. Keira durfte nicht sterben! Nicht so und schon gar nicht für ihn.

Erleichtert sah er, dass Fay ihm bereits entgegenlief, dicht gefolgt von Isabel. Seine Arme schlangen sich so fest um sie, als sie ihn erreichte, dass er schon befürchtete, sie zu zerdrücken, doch Isabel schien das nichts auszumachen. Im Gegenteil, sie hielt ihn genauso fest, und er hoffte, dass Isabel seine Liebe und Dankbarkeit spüren konnte, dass sie unverletzt und bei ihm war. Und seine Hoffnung, dass nun alles zu Ende war.

Eine Hand legte sich auf seine Schulter und er hob seinen Kopf. Marisa stand neben ihnen. »Alles in Ordnung?«

»J...ja.« Er schluckte heftig. »Aber Keira ...«

Marisa lächelte ihm beruhigend zu. »Sie wird sicher bald wieder auf den Beinen sein.« Mit dem Finger deutete sie hinter Bowen. »Keira ist viel zu dickköpfig, um sich lange von einer Verletzung aufhalten zu lassen.«

Bowen blickte sich um und sah, dass Keira sich verwandelt hatte, und in Sawyers Armen auf dem Boden lag. Ihre Augen waren geöffnet und wenn er sich nicht täuschte, wusch sie ihrem Gefährten gerade gehörig den Kopf. Unwillkürlich bildete sich ein Grinsen auf seinen Lippen. Keiras Blick traf seinen und er versuchte rasch, seinen Gesichtsausdruck zu verbergen, doch es war zu spät. Zu seiner Überraschung zwinkerte sie ihm nur zu. Mehr als alles andere überzeugte ihn diese Geste davon, dass sie wieder gesund werden würde. Dankbar schloss er die Augen und versank in Isabels Umarmung.

Nachdem Ryan Naz, Mia und Harken versorgt hatte, blickte er sich suchend nach Kainda um. Sein Herz zog sich zusammen, als er sie an die Wand gelehnt entdeckte. Ihre Bandage war bereits durchgeblutet. Er konnte deutlich erkennen, wie viel Kraft der Kampf sie gekostet hatte. Rasch ging er zu ihr und zog sie in seine Arme. Sie presste sich dicht an ihn, so als wollte sie in ihn hineinkriechen. Ryan murmelte beruhigende Worte in ihr Ohr und hielt sie fest, ohne ihr weitere Schmerzen zu bereiten.

Es dauerte einen Moment, bis er die junge Frau sah, die hinter Kainda stand. Ihre Hautfarbe war viel dunkler, aber die grünen Augen verrieten, dass sie Kaindas Schwester sein musste. »Hallo, ich bin Ryan.«

Sie lächelte ihn an. »Das dachte ich mir, so wie du Kainda festhältst.«

Röte stieg in seine Wangen, doch er schaffte es nicht, sich von seiner Gefährtin zu lösen. »Entschuldige.«

»Kein Problem. Ich bin Jamila. Es ist schön, dich endlich persönlich kennenzulernen, nachdem wir bisher nur miteinander telefoniert haben.« Ihr Lächeln vertiefte sich, Wärme strahlte aus ihren Augen. »Und natürlich hat Kainda schon so viel von dir erzählt, dass ich fast das Gefühl habe, dich bereits zu kennen.«

»Stimmt gar nicht.« Kaindas Einwurf klang gedämpft, weil sie ihr Gesicht immer noch an Ryans Brust vergraben hatte.

Sanft schob Ryan sie ein Stück von sich, damit er die Wunde an ihrer Schulter noch einmal begutachten konnte. Es tat ihm weh, sie verletzt zu sehen, aber wenigstens war es keine besonders tiefe oder gefährliche Wunde. »Komm mit zur Krankenstation, ich muss die Wunde behandeln, damit sie sich nicht entzündet.«

»Du vergisst, dass ich eine Wandlerin bin, Ryan.«

Seine Augenbrauen schoben sich zusammen. »Auch Wandler können Infektionen bekommen.« Seine Stimme wurde leiser. »Außerdem muss ich mich überzeugen, dass es dir wirklich gut geht.«

Zuerst dachte er, dass Kainda protestieren würde, aber sie nickte nur und ließ sich von ihm zur Krankenstation führen. Als er ihr auf einen Stuhl half, sah er, dass sie erschreckend blass war. »Geht es dir nicht gut?«

Kainda biss auf ihre Lippe. »Meinst du, ich bin ein schlechter Mensch, wenn ich mich freue, dass Lee tot ist?« Ihre Frage war so leise, dass er sie fast nicht verstand.

Sofort legte er seinen Arm um ihre Schultern und zog sie an sich. »Ich glaube, dass das ganz normal ist, nach dem, was er dir angetan hat.« Er hob ihr Kinn an, damit sie ihm in die Augen sehen musste. »Aber ich bin auch froh, dass du ihn nicht selbst getötet hast.«

Tränen standen in Kaindas Augen, eine Seltenheit bei dieser sonst so starken Frau. »Ich wollte ihn leiden lassen, so wie er seine Opfer gequält hat.«

»Das verstehe ich. Mir wäre es in deiner Situation auch nicht anders gegangen.« Mit den Fingerspitzen rieb er über ihre Kopfhaut, um sie zu beruhigen.

Ein Schauder lief durch Kaindas Körper. »Ich sollte den anderen helfen …« Sie versuchte, sich von ihm zu lösen, doch er hielt sie fest.

»Nicht so schnell. Zuerst verarzte ich dich, dann essen wir etwas und danach können wir dann sehen, wobei die anderen Hilfe brauchen.« Er drehte sich zu Jamila um, die in der Tür stehen geblieben war. »Manchmal glaube ich, alle Leoparden sind so.«

Jamila grinste ihn an. »Nicht alle, aber ich kenne einige, die ein wenig … dickköpfig sind.« Vielsagend blickte sie ihre Schwester an. »Ich dagegen bin ganz anders.«

Das brachte Kainda zum Lachen, wahrscheinlich genau die Reaktion, die sie damit bezweckt hatte. »Du hast nur eine andere Methode. Denk dran, ich kenne dich in- und auswendig, Schwesterherz.«

»Gott, ich habe dich vermisst, Kainda.«

Kainda nickte nur, es schien ihr die Sprache verschlagen zu haben. Oder sie sandte ihre Gefühle über das seltsame Band zwischen ihnen, von dem sie Ryan erzählt hatte. Schließlich räusperte sie sich. »Und was ist nun, verarztest du mich, oder muss ich hier verbluten?«

»Das wirst du schon nicht.« Mit den Fingern strich er über ihre Wange. Aus den Augenwinkeln sah er, wie Jamila auf den Gang trat. »Bist du auch verletzt?«

Sie drehte sich noch einmal zu ihm um. »Nein. Ich warte solange draußen. Habt ihr hier ein Telefon?« Ein Schatten glitt über ihr Gesicht. »Caruso hat mehrmals versucht, das Lager der

Berglöwen zu erreichen, aber es hat sich nie jemand gemeldet. Ich mache mir Sorgen um Finn und die anderen.«

Das konnte er sich vorstellen. »Im Büro ist eines. Es ist das kleine Haus, das etwas abseits hinter den anderen Gebäuden steht.«

»Danke. Ich komme dann gleich wieder hierher.«

Ryan nickte und wandte sich wieder Kainda zu, in deren Augen er Schmerz erkennen konnte. »Tut es sehr weh?«

Kainda blickte an ihm vorbei zur Tür. »Die Wunde nicht. Jamilas Angst um Finn schon.«

Sanft küsste er sie auf die Stirn. »Es ist bestimmt alles in Ordnung.« Hoffentlich hörte Kainda seiner Stimme nicht an, dass er nicht daran glaubte. Selbst nach seinem Tod hatte Lee noch die Macht, denen, die Ryan liebte, wehzutun.

Obwohl es eigentlich keinen Grund mehr gab, nervös zu sein, blickte Jamila doch ständig über ihre Schulter, während sie zum Bürogebäude ging. Lee war tot, er konnte ihr nichts mehr tun, trotzdem ging sie unbewusst schneller. Wo mochte Caruso wohl abgeblieben sein? Hatte er inzwischen das Lager telefonisch erreicht? Er war wie vom Erdboden verschluckt, niemand hatte ihn gesehen. Es war seltsam, eigentlich hatte sie geglaubt, dass er den Triumpf, Lee gestellt zu haben, voll auskosten würde. Stattdessen machte er sich rar. Der Gedanke, dass ihm etwas geschehen sein könnte, kam ihr nicht zum ersten Mal, aber dann hätten sie ihn doch inzwischen finden müssen.

Im Moment wollte sie ohnhin nur endlich erfahren, wie es Finn ging und warum sich im Lager niemand meldete. Die letzten Meter rannte sie. Mit einem lauten Knall stieß die Tür gegen die Wand, als sie ins Bürogebäude stürzte. Zielstrebig durchquerte sie den schmalen Flur und betrat das großzügige Büro. Das Telefon lag auf dem Tisch und sie starrte es einen Moment lang nur an. Was, wenn immer noch niemand im Lager ans Handy ging?

Genervt schüttelte sie den Kopf, nahm das Telefon in die Hand und tippte die Nummer ein. Es brachte nichts, sich verrückt zu machen, wenn sie noch gar nicht wusste, was los war.

Jamila hielt den Atem an, als das Freizeichen ertönte. Einmal, zweimal, dreimal … Ihre Hand krampfte sich so fest um das Gehäuse, dass es knackte. Mühsam lockerte sie ihre Finger. *Komm schon, Finn, geh ran!*

»Ja?«

Tränen traten in Jamilas Augen, als sie Finns Stimme hörte, und sie brachte keinen Ton heraus.

»Hallo? Ist da jemand?«

Mühsam riss Jamila sich zusammen. »I…ich bin's.«

»Jamila! Geht es dir gut? Ich habe auf deinen Anruf gewartet.« Seine Erleichterung war deutlich zu hören.

»Mir geht es gut und den anderen auch. Caruso hat nach unserer Landung mehrfach versucht, euch zu erreichen. Auch Aliyah hat sich nicht gemeldet. Was war bei euch los?« Ein Moment der Stille entstand, der sie das Schlimmste befürchten ließ. »Finn, sag endlich was!«

»Das Lager wurde überfallen. Wir konnten sie am Ende zwar abwehren, aber es gibt einige Verletzte. Am schlimmsten hat es Brick erwischt, wir hoffen, dass er durchkommt. Glücklicherweise ist niemand tot.«

Jamila biss auf ihre Lippe. »Und was ist mit den Angreifern?«

»Beinahe wären sie zum Versteck vorgedrungen, aber sie konnten gerade noch abgewehrt werden. Aliyah ist mit Dawn und einigen der Älteren zum Lager gekommen und konnte die noch lebenden Verbrecher davon überzeugen, sich zurückzuziehen. Die anderen werden wir begraben, ihre Kumpane haben sie tatsächlich einfach zurückgelassen.«

Die Erleichterung ließ ihre Knie weich werden und sie sank in den Schreibtischstuhl. »Ich bin so froh, dass es dir gut geht!

Glaubst du, sie werden es noch mal probieren, wenn sie jetzt den Standort des Lagers kennen?«

»Wenn Lee noch einmal Leute anheuert, dann ja.«

In dem Augenblick ging ihr auf, dass sie Finn das Wichtigste noch gar nicht erzählt hatte. »Das wird er nicht, er ist tot.«

Ein tiefer Seufzer drang durch die Leitung. »Gott sei Dank. Bist du sicher?«

»Naz hat ihm das Genick gebrochen.«

Überrascht atmete Finn ein. »Naz ... Nein, erzähl mir das später. Sag mir lieber, wie es dir geht. Du bist doch nicht verletzt?«

»Nein, ich habe keinen Kratzer.« Okay, vielleicht ein paar, aber das brauchte Finn nicht zu wissen. »Kainda hat er mit dem Messer an der Schulter erwischt, aber Ryan verarztet sie schon.« Sie lachte. »Du solltest die beiden zusammen erleben, es ist schön, Kainda wieder so glücklich zu sehen.«

Finn räusperte sich. »Und wie ist es für dich, wieder in Namibia zu sein?«

»Bisher hatte ich noch nicht viel Muße, das zu genießen. Aber ich denke, Kainda wird mir morgen alles zeigen. Ich freue mich darauf, mit eigenen Augen zu sehen, was sie mir bisher nur beschrieben hat.«

»Dann ...« Finn stockte.

»Was?«

»Bleibst du dort?« Seine Stimme klang nach Berglöwe.

Es dauerte einen Moment, bis sie verstand, was er sie fragte. Er glaubte immer noch, dass sie nicht in die USA zurückkehren würde! Sie wusste nicht, ob sie wütend oder verletzt darüber sein sollte, dass er dachte, sie würde ihre Beziehung nicht ernst nehmen. »Wie oft muss ich dir noch sagen, dass du jetzt meine Heimat bist und ich nirgendwo anders sein will? Ja, ich finde es schön, wieder in Nambia und vor allem bei Kainda zu sein, aber ich werde auf jeden Fall zu dir zurückkommen, Finn.«

»Entschuldige, ich musste es noch einmal hören, damit ich es wirklich glauben kann.«

Jamila schüttelte stumm den Kopf. Er würde es erst dann glauben, wenn sie in einigen Tagen wieder zum Lager zurückkehrte. Ihr Herz zog sich vor Sehnsucht zusammen. Seit sie Finns Gefährtin geworden war, hatten sie nie einen Tag getrennt verbracht und sie vermisste ihn. Tief atmete sie ein und erstarrte. Sie stand so rasch auf, dass der Stuhl protestierend quietschte.

»Was war das?«

»Ich kann Caruso riechen.« Sie folgte seiner Geruchsspur.

»Ja, und? Vielleicht war er vor dir in dem Raum.«

»Caruso ist verschwunden, keiner hat ihn gesehen, seit der Kampf anfing.« Jetzt konnte sie auch Geruchsspuren von Blut wahrnehmen. Ihr Herz klopfte schneller, während sie in den dunklen Flur trat. Sie hatte sich nicht die Mühe gemacht, das Licht anzuschalten, als sie in das Haus gekommen war, sodass sie selbst mit ihren Katzenaugen auf dem fensterlosen Gang keine Einzelheiten wahrnehmen konnte.

»Du meinst, er hat sich abgesetzt?« Ein Grollen ertönte. »Ich hätte es wissen müssen. Er …«

Jamila unterbrach ihn. »Nein, das glaube ich nicht. Er wollte Lee genauso stoppen wie wir. Es muss irgendetwas passiert sein, ich rieche Blut.« Sie fand den Lichtschalter und betätigte ihn.

Grelles Licht flammte auf und blendete sie. Jamila blinzelte gegen die Helligkeit an, bis sich ihre Augen daran gewöhnt hatten. Ihr Atem stockte, als sie auf dem Boden rote Flecken sah, die in eine Richtung verwischt waren.

»Jamila, rede mit mir. Was passiert da?«

Sie sah, dass die Blutspur hinter einer Tür verschwand. »Hier ist Blut auf dem Boden, das in Richtung einer Tür führt.« Zögernd legte sie die Hand auf den Türgriff. Sie wollte eigentlich nicht sehen, was auf der anderen Seite war, aber wenn es sich um Caruso handelte, wie der Geruch zeigte, dann musste sie zumindest versuchen, ihm zu helfen. Wenn es nicht schon zu spät war. »Ich öffne die Tür jetzt.«

Die Hand mit dem Telefon abwehrend erhoben, stieß sie die Tür mit Schwung auf. Ein dumpfes Geräusch ertönte und die Tür blieb auf halbem Weg stehen. Noch mehr Blut war auf dem Boden verteilt und sie konnte ein Bein erkennen, das in den Weg ragte. Ohne den Blick abzuwenden, tastete sie nach einem Lichtschalter. »Da liegt jemand.« Diesmal gewöhnte sie sich schneller an das Licht und keuchte auf. »Oh Gott, es ist Caruso. Er hat eine stark blutende Verletzung an Hinterkopf. Überall ist Blut und er rührt sich nicht.« Rasch kniete sie sich neben ihn und legte ihre Finger auf seine Halsschlagader.

»Verdammt! Lebt er noch?«

Jamila hielt den Atem an und ließ ihn dann erleichtert ausströmen, als sie ein Pochen an ihren Fingerspitzen fühlte. »Ja.«

»Gut.« Finn zögerte. »Dann musst du jetzt wohl Hilfe holen.«

»Es tut mir leid. Kann ich dich nachher noch einmal anrufen?«

Ein Grollen rumpelte durch die Leitung. »Ich werde darauf warten.«

Ein Lächeln glitt über Jamilas Gesicht. »Ich vermisse dich auch.«

34

Finn schloss die Augen und versuchte, seine Gefühle wieder unter Kontrolle zu bringen, bevor er zu den anderen zurückkehrte. Als er Jamilas Stimme gehört hatte, war ihm vor Erleichterung, dass es ihr gut ging, ein ganzes Gebirge vom Herzen gefallen. Doch auch wenn Jamila ihm versichert hatte, dass sie zurückkommen würde, befürchtete er immer noch, dass sie merken würde, wie sehr ihr Namibia und Kainda fehlten, und sich umentschied. Vermutlich würde er es erst wirklich glauben, wenn sie vor ihm stand und er sie endlich wieder in die Arme schließen konnte.

»Finn, geht es dir nicht gut?«

Seine Augen flogen auf und er drehte sich zu Isabel um, die sich unbemerkt genähert hatte. »Doch, alles in Ordnung.«

Isabel sah ihn besorgt an. »Ich habe nur deine Unruhe gespürt und …« Sie hob die Schultern. »Entschuldige, ich sollte mich nicht in etwas einmischen, das mich nichts angeht.«

»Kein Grund, sich zu entschuldigen. Du kümmerst dich um andere, das finde ich gut.« Finn stockte. Irgendwie musste er ihr erzählen, was mit ihrem Vater passiert war, aber sollte er das wirklich tun, solange noch nicht klar war, wie es Caruso wirklich ging?

Leichte Röte stieg in Isabels Wangen. »Du kannst es mir ruhig sagen. Ich kann nämlich spüren, dass du versuchst, etwas vor mir geheim zu halten.«

Mit einem tiefen Seufzer gab Finn nach. »Jamila hat gerade angerufen. Es ist ihnen gelungen, Lee zu töten und die Geiseln zu befreien.«

»Das ist doch gut, oder?«

»Ja …«

Isabel riss die Augen auf. »Geht es allen gut?« Ihr Gesicht verlor jede Farbe. »Es ist etwas mit meinem Vater, oder? Deshalb willst du es mir nicht erzählen.«

Finn rieb über seine Stirn. »Einige wurden verletzt, aber es sind alle am Leben. Während wir telefoniert haben, hat Jamila Caruso gefunden. Er wurde offenbar niedergeschlagen und war bewusstlos. Jamila holt gerade Hilfe, deshalb weiß ich noch nicht, wie ernst die Verletzung ist.«

Die Hand vor den Mund gepresst, stolperte Isabel einen Schritt zurück. Schnell schlang Finn einen Arm um sie und stützte sie. Einen Moment lang hielt sie sich steif, doch dann lehnte sie sich an ihn.

Schließlich löste sie sich von ihm und blickte ihn mit geröteten Augen an. »Wir sagen Dawn besser nichts davon, sonst macht sie sich nur Sorgen. Von hier aus können wir im Moment sowieso nichts ausrichten.«

Finn sah an ihr vorbei, als er Bowen witterte. Der junge Berglöwenwächter bewegte sich nach seiner Verletzung etwas steif, aber er hatte nur Augen für Isabel.

Nach einem kurzen Blick auf Finn schloss er sie in seine Arme. »Sag mir, was passiert ist.«

Isabel sah Finn aus dem Augenwinkel an, und er erkannte, dass sie lieber alleine mit Bowen darüber reden wollte.

Finn rieb über seinen Nacken. Das war ihm nur recht. Sie alle waren von der langen Wache und den Kämpfen erschöpft, doch sie würden auch diese Nacht nicht schlafen können. »Entschuldigt mich, ich muss sehen, wie es den Verletzten geht.«

»Sagst du mir Bescheid, wenn du etwas von Caruso hörst?« Bittend blickte Isabel ihn an.

»Natürlich.« Finn nickte ihnen zu und machte sich auf den Weg zu Fays Haus, in dem die Verletzten behandelt wurden.

Nach einem kurzen Klopfen stieß er die Tür der Hütte auf und zuckte zusammen, als er die vielen Wunden sah, die die Wächter im Kampf davongetragen hatten. Die meisten würden mit Hilfe der Salbe schnell heilen, aber einige würden längere Zeit hierbleiben müssen. Brick war immer noch nicht aufgewacht und auch Keira würde es einige Tage ruhig angehen lassen müssen. Die Wunde an der Hüfte war tief, würde aber glücklicherweise keine bleibenden Schäden hinterlassen.

Fay wirkte gestresst, als sie auf ihn zukam. »Hast du etwas von Jamila gehört? Geht es ihr gut? Wann kommt sie wieder? Ich könnte ihre Hilfe gebrauchen.«

Der Schmerz durchzuckte ihn erneut, aber es war auch eine Spur von Stolz dabei, dass seine Gefährtin vermisst wurde. »Das hat sie nicht gesagt, ich denke, dass sie mindestens noch einen oder zwei Tage dortbleiben wird.« Wenn sie überhaupt wiederkam. »Warum fragst du nicht Isabel, ob sie dir hilft, es würde ihr eine sinnvolle Aufgabe geben und sie ablenken.«

»Eine gute Idee, das werde ich tun, wenn ich sie das nächste Mal sehe.« Fay lächelte ihn an. »Willst du zu Keira? Ich glaube, sie ist die ungeduldigste Patientin, die ich je hatte. Sawyer musste sie schon einige Male körperlich davon abhalten, aufzustehen und ihren Dienst wieder aufzunehmen.«

Finns Blick glitt zu seiner Schwester hinüber, die momentan schlief. Sawyer saß daneben und hielt ihre Hand. Es lag so viel Liebe in seinem Gesichtsausdruck, dass Finn wegsehen musste. Er räusperte sich. »Wie geht es Brick?«

Fays Stirn runzelte sich sorgenvoll. »Unverändert. Er hat sehr viel Blut verloren und die Salbe scheint nur sehr langsam zu wirken. Immerhin lebt er noch, das gibt mir Hoffnung, dass er gesund werden wird. Aber es wird wohl einige Zeit dauern.«

Finn nickte. »Nachdem Lee nun tot ist, werden wir hoffentlich die Ruhe haben, uns ein wenig zu erholen.«

Der Salbentiegel fiel Fay aus der Hand und schlug mit einem dumpfen Geräusch auf dem Holzboden auf. »Er ist tot? Und das sagst du erst jetzt?«

Finn bückte sich und hob den Tiegel auf. »Ich habe es selbst gerade eben erst von Jamila erfahren. Und für uns ändert das erst mal nichts, wir müssen trotzdem weiter wachsam bleiben.«

»Das ist mir klar, aber ich finde schon, es haben alle in der Gruppe ein Recht darauf, zu erfahren, dass unser Feind nicht mehr lebt.« Ihre Augen leuchteten. »Wer hat ihn erwischt, Harken oder Caruso?«

»Keiner von beiden. Es war Naz.«

Fay nickte, doch noch bevor sie etwas erwidern konnte, spürte Finn, wie sich eine Hand auf seine Schulter legte.

»Lee ist tot?« Sawyer trat neben ihn und blickte ihn erwartungsvoll an.

»Ja.«

Befriedigung war in Sawyers Miene zu lesen. »Gut. Keira möchte mit dir sprechen.«

Finn blickte zu ihr hinüber und sah, dass ihre Augen offen waren. »Okay. Kannst du bitte die anderen auf der Lichtung versammeln? Ich denke, es ist an der Zeit, ihnen zu erzählen, was in Namibia geschehen ist.«

Sawyer neigte den Kopf und verließ nach einem letzten Blick auf Keira die Hütte.

Zögernd trat Finn ans Bett seiner Schwester und setzte sich auf den Stuhl daneben. »Wie geht es dir?«

Keira verzog den Mund und deutete nach unten. »Ein Schuss in den Po, was glaubst du, wie es mir geht? Das werden mich die anderen Wächter nie vergessen lassen.«

Finn versuchte, sein Grinsen zu unterdrücken. Als sie ihn wütend anfunkelte, wurde er ernst. »Unsinn. Alle wissen, dass du dich vor Bowen geworfen und den Pfeil abgefangen hast, der für ihn gedacht war. Das war sehr mutig und niemand würde auf die Idee kommen, dich deswegen aufzuziehen.«

Einen Moment lang sah sie ihn stumm an, dann nickte sie. »Vermutlich ist es auch besser, dass der Pfeil dort gelandet ist. Viel Fleisch und keine lebenswichtigen Organe.«

»Genau. Lass dich einfach von Sawyer verwöhnen und folge Fays Anweisungen, dann bist du schnell wieder auf den Beinen.«

Sie schnitt eine Grimasse. »Ich werde es versuchen.« Finn wollte sich erheben, doch Keira hielt seine Hand fest. »Warte, ich möchte dir noch etwas sagen.«

Er setzte sich wieder hin und drückte ihre Finger. »Ja?«

Ihre Miene wirkte angespannt. »Ich möchte mich für das entschuldigen, was ich getan habe. Es war nicht richtig, Jamila und dich auszuspionieren und Kearne auf euch zu hetzen.«

Finns Miene verdüsterte sich, als er daran zurückdachte, wie Keira ihnen zu Beginn ihrer Beziehung nachspioniert und sie an das andere Ratsmitglied verpetzt hatte. »Warum hast du es getan?«

Keira biss auf ihre Lippe. »Ich war eifersüchtig darauf, dass ihr euch hattet und glücklich zusammen wart. Erst Coyle und Marisa und dann ihr beiden, ich kam mir so allein vor.« Ihre Augen waren feucht. »Es tut mir wirklich leid, Finn. Ich weiß, dass es unverzeihlich ist, aber ich möchte dich nicht verlieren.«

Finn beugte sich über sie und küsste sie auf die Wange. »Das wirst du nicht. Und ich habe dir längst verziehen. Du bist meine Schwester und ich liebe dich, auch wenn du hin und wieder irgendwelche Dummheiten begehst.«

Keira unterdrückte ihre Tränen und schlug ihm schwach auf den Arm. »He, das war nicht nett. Ich mache nie etwas Dummes.«

Grinsend löste sich Finn von ihr und stand auf. »Ja, genau, Schwesterherz.« Er wurde ernst. »Es wäre schön, wenn du dich auch noch einmal bei Jamila selbst entschuldigen würdest, wenn sie wiederkommt. Ich möchte, dass sie sich hier wohl fühlt.«

»Das hatte ich vor. Und sie wird zurückkommen, keine Angst.«

Finn spürte Hitze in seine Ohren steigen. »Bin ich so leicht zu durchschauen?«

Keira lächelte ihn an. »Nur für jemanden, der dich gut kennt. Jamila liebt dich, du bist ihr wichtiger als alles, was in Namibia ist. Das hat sie doch schon bewiesen, als Kainda ihr angeboten hatte, sie ausfliegen zu lassen.«

»Ja, ich weiß. Aber jetzt ist sie dort und sieht alles wieder, was sie so lange vermisst hat.« Finn schüttelte den Kopf. »Ich kann irgendwie noch nicht glauben, dass sie wirklich alles für mich aufgeben würde, auch wenn sie das sagt.«

»Das kann ich verstehen. Hat sie gesagt, wann sie zurückkommen?«

»Nein. Vermutlich wird es noch ein paar Tage dauern. Caruso wurde verletzt und Jamila wird auch Zeit mit ihrer Schwester verbringen wollen.« Was er ihr auch gönnte. Wenn er sich nur nicht so einsam ohne sie fühlen würde.

»Oh, für Isabel hoffe ich, dass ihr Vater bald wieder auf den Beinen ist.« Das war eine weitere Wandlung bei Keira: sie tat nicht mehr so, als würde sie sich um niemanden sorgen. Besonders gegenüber Isabel und Bowen schien sie einen Beschützerinstinkt entwickelt zu haben, wie auch ihre heutige Tat bewies.

Finn stand auf. »Dann werde ich den anderen jetzt erzählen, was in Namibia passiert ist.«

»Mach das. Und Finn?«

»Ja?« Er drehte sich auf dem Weg zur Tür noch einmal zu ihr um.

»Du bist ein sehr guter Ratsführer, es wird Zeit, dass du auch an dich glaubst. Wir anderen tun es.«

Finn neigte den Kopf und trat rasch aus der Hütte, bevor Keira sehen konnte, wie heftig er auf ihre Worte reagierte. Stocksteif blieb er stehen, als er sich unzähligen Gruppenmitgliedern ge-

genübersah, die sich auf der Lichtung in der Mitte des Lagers versammelt hatten. Nur die Kinder und Verletzten fehlten. Selbst die Älteren waren da und blickten ihn erwartungsvoll an. Spannung lag in der Luft, kein Laut war zu hören. Isabel und Bowen standen am Rand der Gruppe, seine Arme waren schützend um sie gelegt. Auch Marisa und Coyle befanden sich dort, von Angus war nichts zu sehen. Wahrscheinlich hatten sie ihn in Caitlins Obhut in der Hütte gelassen. Die Autorin blieb wegen ihrer Katzenhaarallergie wohl auch dieser Versammlung fern. Griffin hatte seinen Arm um Amber gelegt. Die Adlerwandler waren gleich zu ihrem Lager zurückgekehrt, nachdem die Menschen besiegt gewesen waren. Er musste daran denken, sie auch über Lees Ableben zu informieren und sich noch einmal für ihre Hilfe zu bedanken.

Finn straffte die Schultern und trat einige Schritte vor, bis ihn alle sehen konnten. Eindeutig erwarteten sie, dass er ihnen sagte, wie es nun weiterging. Er wünschte, er hätte eine klare Antwort darauf. »Heute war ein guter Tag. Wir haben erlebt, dass wir gegen die Verbrecher siegen können, wenn wir alle zusammenhalten. Nicht nur innerhalb unserer Gruppe, sondern auch in Kooperation mit anderen Wandlern …« Er nickte zu Griffin. »… und mit der Hilfe von befreundeten Menschen.« Er lächelte Marisa und Isabel zu. »Allerdings hätte das alles nicht gereicht, wenn nicht unsere Älteren und Dawn zu Hilfe gekommen wären. Vielen Dank dafür.« Die Polizistin stand ein Stück entfernt und er winkte sie heran. »Kommen Sie dazu, was ich sagen werde, wird Sie auch interessieren.«

Zögernd trat sie näher und blieb neben Isabel stehen.

Finn wandte sich wieder an die Menge. »Wir haben nicht nur unsere Gruppe verteidigt, sondern auch unseren Lebensstil, und das Überleben unserer Spezies gesichert. Wir werden uns nicht vertreiben lassen. Weder heute noch in Zukunft.« Er machte eine

Pause und holte tief Luft. »Ich habe eine Nachricht aus Namibia bekommen.« Inzwischen war es so still, dass er eine Nadel hätte fallen hören können. »Es ist unseren Leuten gelungen, die Geiseln zu befreien und Lee zu töten. Auf unserer Seite gibt es keine Verluste, allerdings einige kleinere Verletzungen.« Sein Blick glitt zu Dawn und als er sah, dass Isabel mit ihr sprach, beschloss er, nichts zu Carusos Zustand zu sagen. »Sie werden sich ein oder zwei Tage erholen und dann hierher zurückkommen.« Einen Moment lang herrschte noch Stille, dann löste sich die Anspannung der letzten Tage, aber auch all der Monate davor, in lautem Jubel. Mit einem zufriedenen Lächeln ließ Finn seinen Blick über die Gruppe gleiten. Zum ersten Mal hatte er das Gefühl, dass er vielleicht doch nicht ganz unfähig als Ratsführer war. Als er bei Coyle hängen blieb, zwinkerte der ihm zu und hielt den Daumen hoch. Die Zustimmung seines Freundes löste ein Glücksgefühl in ihm aus, das er lange nicht mehr erlebt hatte. Er wünschte nur, dass Jamila bei ihm wäre, um es mit ihm zu teilen.

Grelles Licht fuhr wie ein Dolch in seinen Schädel, als er die Augen öffnete, und weckte einen Schmerz, der so intensiv war, dass Caruso sich wünschte, jemand möge ihn davon erlösen. Es half auch nicht, die Lider zusammenzupressen, noch immer flimmerten helle Punkte vor seinen Augen.

»Er wacht auf!«

Verdammt, musste die Frau so schreien? Jeder Laut trieb das Messer noch tiefer. Ein Stöhnen entfuhr ihm, das beinahe wie das eines Tieres klang. Oder war er ein Tier? Der Gedanke schien so unsinnig und doch irgendwie nicht. Konnte es sein, dass die wirren Gedanken von einer Kopfverletzung herrührten? Das hätte jedenfalls die Schmerzen erklärt.

Etwas legte sich auf seine Schulter. »Ganz ruhig, es ist alles in Ordnung. Du bist in Sicherheit.«

Sehr beruhigend. Zumindest wäre es das gewesen, wenn er noch gewusst hätte, ob vorher Gefahr bestanden hatte. Aber es schien so, sonst wäre er wohl nicht verletzt. Irgendetwas nagte an ihm, doch er konnte den Gedanken nicht fassen. Noch einmal schlug er die Augen auf und zwang sich, sie nicht gleich wieder zu schließen. Alles war verschwommen und schien sich zu drehen. Übelkeit stieg in ihm auf, doch er unterdrückte sie. Mit zusammengebissenen Zähnen versuchte er, sich aufzusetzen, wurde jedoch mit erschreckender Leichtigkeit wieder zurückgedrückt. Ein Gesicht erschien über ihm – nein, zwei Gesichter, die völlig identisch aussahen. Selbst die Mundbewegungen waren synchron.

Zwei Männer mit dunklen Haaren und blauen Augen, die ihn besorgt musterten. »Bleib liegen, wir kümmern uns um dich. Du hast einen Schlag auf den Kopf bekommen und warst einige Zeit bewusstlos. Ich habe dir Mias Stärkungspaste eingeflößt, aber es ist besser, wenn du still liegen bleibst, bis ich mir sicher bin, dass du keinen Schädelbruch hast.«

Zwei weitere Gesichter kamen dazu, diesmal von einer Frau mit schwarzer Hautfarbe und grünbraunen Augen. Sehr ungewöhnlich. Im Gegensatz zu dem Mann kam sie ihm vage bekannt vor. »Hör auf Ryan, Caruso, er weiß, was er tut.«

Ryan … Ryan. Ein Gedanke schoss durch seinen Kopf und er setzte sich ruckartig auf. »Tierarzt!« Sein Magen hob sich und er kämpfte darum, sich nicht zu übergeben.

»Leg dich wieder hin, Caruso.« Sanfte Hände griffen nach seinen Armen und drückten ihn wieder zurück. »Ja, Ryan ist Tierarzt, aber er kennt auch die menschliche Anatomie. Und da der nächste Arzt einige Stunden Fahrt über holperige Straßen entfernt lebt, ist es besser, wenn Ryan dich behandelt. Sollten sich deine Verletzungen als schwerer herausstellen, müssen wir dich ausfliegen lassen.« Sie beugte sich näher zu ihm und die zwei Gesichter überlappten sich an den Seiten. »Wir wollen ungern in dieser Situation die Polizei auf uns aufmerksam machen. Und sie würde sicher informiert werden, wenn du mit einer Schädelverletzung ins Krankenhaus eingeliefert wirst.«

»Welche … Situation?« Die Gesichter drehten sich zur Seite, dann verschwanden sie und zwei Männer kamen in sein Blickfeld, andere als zuvor. Zwar hatten sie auch dunkle Haare, aber die Augen waren rauchig grau. Er kannte sie, dessen war er sicher. Ein Name glitt durch seinen Kopf. »Harken.«

Etwas wie Erleichterung zeichnete sich auf den Gesichtern ab. »Gut, dass du meinen Namen noch kennst. Weißt du, wer ich bin?«

Caruso wollte den Kopf schütteln, überlegte es sich aber noch einmal anders. »Nein. Aber ich kenne dich, oder?«

»Ja. Wir sind zusammen aus den USA hierhergekommen. Erinnerst du dich noch daran?«

»Sind wir jetzt nicht in den USA?« Warum konnte er sich an so etwas Wichtiges nicht erinnern?

»Wir sind in Nambia, auf einer Auswilderungsstation.«

Das brachte etwas in ihm zum Klingen. Sie waren hierhergekommen, weil … weil … Der Nebel in seinem Gehirn lichtete sich etwas, aber alles was er sah, war ein Gesicht. Ein älterer Mann, mit grauen Haaren und hellgrünen Augen. Wer war das? Und warum spürte er einen solchen Hass, wenn er an ihn dachte? »Was machen wir hier?«

Zwischen den Männern und den Frauen wurde eine Diskussion geführt, die aber zu leise war, als dass er sie über dem Rauschen in seinen Ohren hätte hören können. Wut stieg in ihm auf. »Redet mit mir!«

»Wir sind dem Mann gefolgt, der deine Tochter Isabel und vor einigen Tagen auch deine Freundin Dawn entführt hatte. Und der einige … Freunde und Familienmitglieder von uns gequält oder getötet hat.«

Er hatte eine Tochter und eine Freundin? Schemenhaft sah er lange rotbraune Haare und blaue Augen vor sich. Das Bild verschwand und eine Frau mit kurzen braunen Haaren und hellbraunen Augen erschien. Ein Name kristallisierte sich in seinen Gedanken, verbunden mit einem Gefühl des Hasses. »Lee.«

»Genau. Hier nannte er sich Turner.«

»Was meinst du mit ›nannte‹?« Unwillkürlich hielt er den Atem an, während er auf die Antwort wartete.

»Er ist tot.« Harkens Stimme war völlig tonlos.

Genugtuung mischte sich mit Wut, was er nicht begreifen konnte. Caruso kniff die Augen zusammen, um Harken deutlicher sehen zu können. »Das freut mich, aber seltsamerweise ärgert es mich auch. Weißt du, warum das so ist?«

Harkens Zähne blitzten auf. »Ich nehme an, es ärgert dich, weil du bewusstlos im Büro gelegen hast, anstatt derjenige zu sein, der unseren Feind getötet hat.«

Caruso horchte in sich hinein und stellte erleichtert fest, dass es genauso war. »Stimmt. Und, warst du es?«

»Nein, er hatte mich angeschossen und meine … Mia verletzt. Aber eigentlich ist es auch egal, wer es letztendlich war, Hauptsache, der Verbrecher kann kein Unheil mehr anrichten.«

»Aber es ist sicher, dass er tot ist?«

Diesmal antwortete wieder die Frau. »Ja. Wenn hier alles geklärt ist und du dich erholt hast, können wir nach Hause zurückkehren.«

Caruso runzelte die Stirn und der Schmerz intensivierte sich. Er wusste, dass ihm irgendeine wichtige Information noch fehlte, aber egal, wie sehr er auch darüber nachdachte, sie blieb immer außerhalb seiner Reichweite. Stattdessen verstärkten sich seine Kopfschmerzen und er merkte, wie die Gesichter immer undeutlicher wurden, bis sie schließlich ganz verschwanden. Die Stimmen wurden dumpfer, Schwärze senkte sich über ihn.

35

Unruhig lief Dawn neben dem Wagen auf und ab und blickte alle paar Sekunden zur Landebahn hinüber. Als würde das Flugzeug am Horizont auftauchen, nur weil sie es sich so herbeiwünschte. Die letzten drei Tage waren die Hölle gewesen. Noch immer wusste sie nicht, wie es Caruso genau ging und ob er inzwischen sein Gedächtnis zurückerlangt hatte. Ihr letzter Stand war, dass er zumindest keinen Schädelbruch oder etwas ähnlich Gefährliches erlitten hatte. Das war eine Erleichterung, nicht nur für sie, sondern vor allem für Isabel.

Ein Lächeln glitt über ihr Gesicht. Es war zu schön, Carusos Tochter zusammen mit Bowen zu beobachten. Die beiden waren bis über beide Ohren verliebt und ergänzten sich perfekt. Irgendetwas schien Isabel zu beschäftigen, doch Dawn kannte sie nicht gut genug, um sie darauf anzusprechen. Auf jeden Fall herrschte kein Zweifel daran, wie glücklich sie mit Bowen war. Seltsam, dass ihr zwei knapp Volljährige vorführten, wie eine gute Beziehung aussehen sollte. Und dass es sich lohnte, auch einmal etwas zu riskieren. Seit der Entführung ihrer Schwester vor zwanzig Jahren hatte Dawn sich nicht mehr getraut, einen Menschen so nah an sich heranzulassen. Vielleicht wurde es Zeit, das zu ändern. Denn auch wenn sie durch die Abschottung ihrer Gefühle kein Leid erfahren hatte, fehlte doch das Glück.

Das Geräusch eines Flugzeugmotors drang in ihre Gedanken. Rasch drehte sie sich um und blickte der kleinen Maschine entgegen, die auf der Rollbahn landete. Ein Schwall heißer Luft und Abgase blies ihr ins Gesicht, doch sie achtete überhaupt nicht darauf.

»Endlich!« Caitlin trat neben sie und wippte ungeduldig auf und ab.

Dawn warf ihr einen Seitenblick zu. Die Autorin strahlte geradezu vor Glück, dass sie ihren Gefährten gleich wieder in die Arme schließen konnte. Bis eben hatte sie im Wagen gesessen, um noch einige Seiten ihres neuesten Romans zu schreiben, damit sie danach nur noch Zeit für Torik hatte. Wie sehr musste man jemanden lieben, um sein ganzes Leben zu ändern und in die Wildnis zu ziehen? Gut, für eine erfolgreiche Autorin war das sicher leichter als für jemanden, der nicht so unabhängig arbeiten konnte. Trotzdem bewunderte Dawn Caitlin dafür, welche Kompromisse sie für Torik eingegangen war. Würde sie selbst das auch für einen Mann tun? Für den Richtigen wahrscheinlich schon.

Das Flugzeug rollte an ihnen vorbei zu seinem Standplatz. Sie warteten, bis es zum Stehen kam und der Motor ausgestellt wurde, bevor sie sich darauf zubewegten. Dawns Herz pochte immer schneller, als sie beobachtete, wie die Tür aufging und die Treppenstufen ausgeklappt wurden. Torik war draußen, sowie die unterste Stufe den Boden berührte. Mit einem freudigen Aufschrei lief Caitlin an ihr vorbei und warf sich ihrem Gefährten in die Arme. Für einen Moment schien alles um sie herum stillzustehen, während sie sich küssten.

Dawns Lächeln war bittersüß, als sie das Paar mit einem Anflug von Neid beobachtete. Ihr Atem stockte, als ein weiteres Paar Beine im Ausstieg erschien, doch sie gehörten zu jemand anderem. Zwei weitere Männer und eine Frau stiegen aus und blinzelten in die Sonne. Die Frau, es musste sich um Finns Gefährtin Jamila handeln, drehte sich wieder zum Flugzeug um und streckte die Hand aus, um jemandem die Treppe herunterzuhelfen. Ein scharfer Stich fuhr durch Dawns Herz, als Caruso unsicher die Stufen überwand. Auf dem Asphalt angekommen blieb er stehen und hob den Kopf. Seine Bewegungen schienen seltsam unkoordiniert, so als wäre er nicht sicher, ob sein Körper auch wirklich das tat, was er wollte.

Die Erinnerung daran, wie er gewesen war, bevor er nach Namibia geflogen war, trieb Tränen in ihre Augen, doch sie wischte sie ärgerlich weg. Immerhin lebte er noch, das war die Hauptsache. Alles andere würde sich finden. Sie hielt den Atem an, als Caruso sie direkt ansah und sich langsam in Bewegung setzte. Seine Schritte waren etwas unsicher, aber er schaffte es, ohne Unterstützung auf sie zuzugehen. Langsam ging Dawn ihm entgegen, in der Hoffnung, in seinem Gesicht ein Zeichen des Erkennens zu entdecken. Doch da war nichts. Keine Regung war Caruso anzusehen, durch seine dunkle Sonnenbrille konnte sie seine Augen nicht erkennen.

Ihr Magen krampfte sich zusammen. Sollte sie sich nach all den Jahren tatsächlich in einen Mann verliebt haben, nur um ihn gleich darauf wieder zu verlieren? Es schien fast so. Mühsam riss Dawn sich zusammen. Nur weil er sich jetzt nicht an sie erinnerte, hieß das ja nicht, dass seine Erinnerung nicht irgendwann wiederkommen konnte. Und darauf würde sie warten, wenn es sein musste. Sie war nicht bereit, ihn schon aufzugeben. Dicht vor ihm blieb sie stehen und sog gierig jedes Detail seines Gesichts in sich auf, als er die Sonnenbrille absetzte. Er war blass und unter seinen Augen lagen dunkle Schatten. Falten hatten sich zwischen seinen Augenbrauen gebildet, so als hätte er starke Kopfschmerzen. Was sie sich nach einem solch heftigen Schlag auf den Kopf durchaus vorstellen konnte. Dawn hielt den Atem an, während sie auf eine Reaktion von Caruso wartete. Mit Mühe zwang sie sich, ihm den ersten Schritt zu überlassen.

Eine Ewigkeit lang sah er sie nur an und ließ seinen Blick über ihren ganzen Körper wandern, bevor er sich auf ihr Gesicht konzentrierte. Bildete sie sich den Funken des Wiedererkennens nur ein? Langsam, unendlich langsam hoben sich seine Mundwinkel und er lächelte sie schief an. Obwohl sie sich vorher geschworen hatte, nicht zu weinen, wenn sie ihn sah, schossen nun doch Tränen in ihre Augen und liefen über. Verlegen wollte sie sich wegdrehen, doch Caruso legte seine Hand um ihre Wange und wischte mit dem Daumen über die Tränenspuren.

Wie erstarrt blieb sie stehen und wagte es nicht, Hoffnung aufkeimen zu lassen. Sie schloss die Augen.

»Nicht.« Carusos Stimme klang rau und unsicher.

Langsam hob sie die Lider und sah den Schmerz in seinen Augen. »Dave.« Wie von selbst glitten ihre Hände über seine Rippen und sie trat einen Schritt näher.

»Dawn?« Stumm nickte sie. Jetzt wirkten seine Augen nicht mehr leer, sondern voller Hoffnung und Leben. »Hatten wir wirklich eine Beziehung oder habe ich das nur geträumt?«

Dawn lächelte durch ihre Tränen. »Es war kein Traum. Wir kennen uns zwar noch nicht mal zwei Wochen, aber wir waren zusammen, bevor du nach Namibia geflogen bist.« Sie lehnte ihre Stirn vorsichtig an seine. »Ich habe dich vermisst.«

Seine Hände legten sich auf ihren Rücken und er zog sie an sich. »Mein Gedächtnis ist noch etwas lückenhaft, aber die Zeit mit dir ist wie eingebrannt. Ich war mir nur nicht sicher, ob ich wirklich das Glück hatte, jemanden wie dich zu finden, oder ob mir mein Verstand das nur vorgaukelte.«

Erleichtert schmiegte Dawn sich an ihn. »Du hast mich und du wirst mich auch nicht wieder los.«

Carusos Atem strich über ihren Hals. »Das klingt gut.« Seine Hand grub sich in ihre Haare, während sich sein Mund auf ihre Lippen senkte.

Mit langen Sprüngen lief Finn Jamila entgegen. Seit Griffin ihm berichtet hatte, dass die Rückkehrer ihr Gebiet erreicht hatten und sich Jamila tatsächlich unter ihnen befand, gab es für ihn kein

Halten mehr. Er musste zu ihr, sonst würde er verrückt werden. Und wenn es nach ihm ging, würde er sie nie wieder loslassen. Schon vorher war er sich Jamilas Liebe sicher gewesen, aber dass sie tatsächlich ihre Heimat und ihre Schwester wieder verlassen hatte, um mit ihm zusammen zu sein, zeigte ihm, wie sehr sie ihn liebte. Ihr Leben in der Berglöwengruppe war nicht immer einfach gewesen, aber ab sofort würde er dafür sorgen, dass sie vorbehaltlos akzeptiert wurde. Wenn seinen Leuten das nicht passte, würde er, ohne zu zögern, mit ihr nach Namibia gehen. Jamila sollte so glücklich sein, wie er es mit ihr war.

Finn blieb stehen, als er Jamila in ihrer Leopardengestalt auf sich zulaufen sah. Sie war wunderschön, ihr Fell fast schwarz, die dunkleren Rosetten darin nur im Sonnenlicht zu erkennen. Schnell verwandelte er sich in seine menschliche Gestalt und hielt seine Arme auf. Ohne zu zögern, warf Jamila sich hinein. Durch den Schwung kippte er nach hinten um, aber das war ihm egal. Er landete relativ weich auf dem Boden und schlang seine Arme um Jamilas Körper, die sich sofort verwandelt hatte, sobald sie ihn berührte. Schwer atmend blickte sie ihn an, dann senkte sie ohne ein Wort den Kopf und küsste ihn so leidenschaftlich, dass er alles andere um sich herum vergaß.

Nach langer Zeit setzte sie sich zögernd auf. »Genau so habe ich mir unser Wiedersehen vorgestellt.«

Finn lächelte sie an. »Ich kann mich auch nicht beklagen. Du glaubst nicht, wie sehr ich dich vermisst habe, obwohl wir nur ein paar Tage getrennt waren.«

Jamila ließ ihre Hände über seine Brust gleiten. »Doch, das tue ich.« Sie beugte sich vor, bis ihr Gesicht dicht über seinem war. »Weißt du, was merkwürdig ist? Ich hätte gedacht, dass es mir schwerfallen würde, Namibia wieder zu verlassen. Stattdessen war ich schon am zweiten Tag unruhig, weil ich endlich wieder zu dir zurückkommen wollte.«

Etwas Schöneres hätte sie ihm gar nicht sagen können. »Dann tut es dir nicht leid?«

»Was? Dass ich meine Schwester nicht sehen kann, wann ich es möchte? Doch, natürlich. Aber du bist jetzt das Wichtigste in meinem Leben. Ich werde immer unsere Familie und Freunde vermissen, doch sie sind tot und ich kann sie nicht zurückholen. Aber du bist hier und ich liebe dich mehr als alles andere. Du bist mein Leben.«

Finn blieben die Worte in der Kehle stecken, deshalb zog er Jamila zu sich herunter und küsste sie leidenschaftlich. Wenn er ihren zufriedenen Seufzer richtig deutete, verstand sie genau, was er ihr sagen wollte. Schließlich spürte er, wie sich der Kloß in seinem Hals löste, und er setzte sich mit Jamila zusammen auf.

»Ich werde dich nie wieder gehen lassen. Die letzten Tage ohne dich waren furchtbar.«

Lächelnd löste sich Jamila von ihm und stand auf. Sie hielt ihm ihre Hand hin. »Dann lass uns nach Hause gehen.«

Finn erhob sich und verschränkte seine Finger mit ihren. »Das hört sich gut an.« Er sah sich um. »Wo sind die anderen?«

Jamila lachte auf. »Das fällt dir ja früh ein. Melvin und Falk waren dicht hinter mir und sind jetzt wahrscheinlich schon fast beim Lager angekommen. Torik und Caitlin bringen Caruso und Dawn mit und brauchen deshalb länger.«

Finn runzelte die Stirn. So ganz gefiel es ihm immer noch nicht, dass der Mensch danach den Standort ihres Lagers kennen würde, aber er hatte Isabels und Dawns Bitte nicht ablehnen können. Zudem war Caruso beim Kampf gegen Lee verletzt worden und brauchte einen ruhigen Ort, um sich zu erholen. Außerdem hatte er die Unterlagen dabei, die in Lees Mietwagen gefunden worden waren. Damit hofften sie, seine wahre Identität herauszufinden und dafür sorgen zu können, dass nichts von seinen Forschungen an die Öffentlichkeit gelangte.

»Harken ist also in Namibia geblieben?«

Jamila sah ihn von der Seite her an. »Es ist seine Heimat. Er hat Mia damals nur verlassen, um sie zu schützen und um Lee zu jagen. Anderthalb Jahre waren sie getrennt, kannst du dir das vorstellen? Es muss so schwer für ihn gewesen sein. Und er heißt Leon, nachdem seine Aufgabe nun erledigt ist, hat er den Namen Harken abgelegt.«

Finn verzog den Mund. »Leon passt nicht wirklich zu ihm.«

Mit dem Ellbogen stieß Jamila ihm in die Seite. »Das sagst du nur, weil du ihn nie zusammen mit Mia gesehen hast.« Sie seufzte. »Ich hoffe, sie können jetzt dort in Ruhe leben.«

Sanft drückte Finn ihre Hand. »Das werden sie. Lee und seine Männer wurden weit entfernt begraben, niemand wird ihre Spur dorthin zurückverfolgen können.«

Jamila nickte. »Und, wollen wir sehen, wer schneller zum Lager kommt?«

Bevor er antworten konnte, hatte sie sich schon verwandelt und rannte los. Kopfschüttelnd verwandelte Finn sich und lief hinter ihr her. Heute würde er sie gewinnen lassen.

Besorgt folgte Bowen Isabels Geruch. In seinem Kopf konnte er spüren, wie unruhig sie war. Und das lag nicht nur daran, dass ihr Vater bald ins Lager kommen würde. Nein, es war etwas anderes, das sie bereits seit dem Tag des Überfalls beschäftigte. Als er sie fand, beobachtete er sie einen Moment. Sie saß auf einem Baumstumpf, die Beine hatte sie angezogen und ihre Arme darum gelegt. Ihr Kinn stützte sie auf ein Knie. Sie wirkte so allein und verloren, dass sich sein Herz zusammenzog.

Bowen hockte sich vor sie und wartete darauf, dass sie ihn anblickte. In ihren Augen lag eine Traurigkeit, die Furcht in ihm auslöste. Sie würde ihn verlassen, er konnte es fühlen. Auch wenn ihm von Anfang an klar gewesen war, dass Isabel ein besseres

Leben verdient hatte, unter Menschen, mit ihren Freunden und ihrer Familie, wollte er nun dagegen aufbegehren. Isabel gehörte zu ihm, das musste sie doch spüren!

»Bowen.« Ihr Lächeln wirkte gequält. »Sind sie schon da?«

Er räusperte sich. »Nein, das wird sicher auch noch eine halbe Stunde dauern.« Zögernd legte er seine Hände auf ihre Arme. »Sagst du mir, was dich bedrückt?«

»Wie kommst du darauf, dass …?« Sie stoppte, als Bowen die Hand hob.

»Selbst wenn ich nicht deine Gefühle spüren könnte, habe ich Augen im Kopf. Irgendetwas beschäftigt dich seit Tagen und du ziehst dich immer mehr von mir zurück.«

»Das tue ich nicht!« Sie biss auf ihre Lippe. »Ich musste mir nur über etwas klar werden.«

Als sie nichts weiter sagte, wurde er ungeduldig. »Und über was?«

Isabel holte tief Luft. »Ich will mich nie wieder so hilflos fühlen wie während des Angriffs. Du konntest wenigstens kämpfen, aber ich saß nur da und musste befürchten, dich nie wiederzusehen.«

»Die Gefahr ist jetzt vorbei, Lee ist tot. Du …«

»Darum geht es nicht, Bowen. Ich kann nicht hier im Lager leben, ohne irgendeine Funktion zu erfüllen. Als Sawyer Brick brachte, konnte ich nur zusehen, wie Fay um sein Leben kämpfte. Und dann wurde Keira verletzt und ich stand wieder nur dabei.«

Bowen rieb über ihren Arm. »Das verstehe ich. Ich bin sicher, du findest eine geeignete Aufgabe.«

Traurig blickte Isabel ihn an. »Die habe ich schon gefunden. Fay ist Heilerin, sie kann die meisten Verletzungen und Krankheiten versorgen. Aber ihr sind Grenzen gesetzt, weil sie nicht die entsprechende Ausbildung hat.«

»Was hat das mit dir zu tun?« Bowen versuchte, die Panik zu unterdrücken, die in ihm aufkam.

»Ich werde Medizin studieren, damit ich euch besser helfen kann.« Sein Herz blieb stehen und sein Magen krampfte sich zusammen. Er würde sie verlieren. Isabel legte ihre Hand auf seine. »Sag etwas, Bowen.«

Er wollte vernünftig sein und stark, ihr sagen, wie stolz er auf sie war und dass sie sicher das Richtige tat, aber etwas ganz anderes brach aus ihm hervor. »Bitte verlass mich nicht! Ich kann nicht ohne dich leben, Isabel.« Er presste sein Gesicht an ihren Arm.

Ihre Finger glitten durch seine Haare. »Ich habe nicht vor, dich zu verlassen, Dummkopf. Ich mache das für uns, für die Gruppe. Zwar werde ich zum Studieren in die Stadt gehen müssen, aber ich habe vor, an den Wochenenden hierherzukommen und in den Semesterferien natürlich auch. Wenn ich in San Francisco einen Studienplatz bekomme, ist das nicht ganz so weit weg und sollte zu machen sein.«

Langsam hob er den Kopf. »Und was ist, wenn du dort einen Mann kennenlernst, der dir ein Leben in der Zivilisation bieten kann?«

Isabel verdrehte die Augen. »Du glaubst doch nicht wirklich, dass mich irgendeiner von diesen Jünglingen interessieren wird, wenn ich dich habe?« Ihr Griff in seinen Haaren wurde fester. »Hast du immer noch nicht verstanden, dass ich dich liebe?« Durch ihre Verbindung strömten ihre Gefühle klar und deutlich zu ihm herüber.

Bowen küsste ihren Arm. »Natürlich weiß ich das. Aber so ein Studium ist lang, da kann viel passieren.« Das Blut gefror in seinen Adern, als ihm ein Gedanke kam. »Wann fängst du an?«

»Nächstes Jahr im Oktober, für dieses Jahr ist die Bewerbungsfrist schon abgelaufen. Außerdem muss ich auch erst Stammheimers Haus verkaufen, damit ich mir das Studium überhaupt leisten kann.« Sie rieb ihre Wange an seiner. »Also habe ich noch viel Zeit, dich davon zu überzeugen, dass ich es mit uns ernst meine.«

Erleichterung durchströmte ihn und ihm wurde schwindelig. Rasch ließ er Isabel los, bevor er nach hinten umfiel. Punkte tanzten vor seinen Augen und er schloss die Lider.

Isabel war sofort neben ihm. »Bowen? Bowen, hörst du mich?« Ihre Hände glitten über seinen Körper. »Ist es deine Verletzung?«

Er konnte sich nicht einmal mehr an die kleine Wunde erinnern. Fay hatte Mias Wundersalbe an seinem Schwanz angewandt und seit er sich verwandelt hatte, spürte er nur noch ein leichtes Zwicken am Steißbein. Nachdem er sich etwas besser fühlte, griff Bowen nach Isabels Arm und zog sie über sich. »Wie wäre es, wenn die angehende Ärztin ein wenig Wiederbelebung übt?«

Kopfschüttelnd stützte Isabel sich über ihm auf. »Das muss ich nicht mehr üben. Aber wie wäre es mit einem Kuss?«

Bowen nickte stumm. Er war mit allem einverstanden, so lange er sie nicht verlor. Wenn Isabel Medizin studieren wollte, dann würde er sie darin unterstützen und hier auf sie warten, bis sie zurückkam. Tief in seinem Innern spürte er, dass sie es schaffen würden.

Marisa betrat an Krücken Ambers Hütte und lächelte, als sie Lana in ihrem Bett liegen sah. Im Moment war sie in Berglöwenform, aber das änderte sich teilweise minütlich, seit die Kleine gelernt hatte, sich in einen Menschen zu verwandeln. Wie so oft in letzter Zeit lag Angus neben dem Bett und bewachte die Kleine. Marisa beugte sich hinunter und streichelte vorsichtig Lanas Rücken, um sie nicht aufzuwecken. Sehnsucht stieg in ihr auf, auch ein solch kleines Wesen zu haben, eine Mischung aus Coyle und ihr.

Eigentlich war es peinlich, schließlich hatte sie lange Zeit keinerlei Bedürfnis nach einem Kind verspürt. Erst seit sie mit Coyle zusammen war, konnte sie sich das überhaupt vorstellen. Seit Monaten wurde der Wunsch immer stärker und das, obwohl sie wusste, dass Coyle dagegen war, weil er Angst hatte, sie zu verlieren. Sie konnte ihn durchaus verstehen, deshalb würde sie die Sache nicht erzwingen. Selbst wenn sie nie ein Kind haben würden, würde sie mit Coyle glücklich sein.

Amber trat in den Raum und lächelte sie an. »Coyle ist oben.«

»Dann werde ich wohl mal hochgehen.« Widerwillig richtete sie sich auf.

»Lana wird auch später noch hier sein und sich freuen, mit Tante Marisa zu spielen.«

Marisa lachte. »Lana spielt mit allem, was nicht bei drei auf einem Baum ist.«

»Das stimmt allerdings.« Amber wurde ernst. »Trotzdem bist du hier immer willkommen, das weißt du.«

»Ja, danke.« Marisa berührte flüchtig Ambers Hand und sah dann zur Treppe. Auch wenn die Salbe Wunder gewirkt hatte, machten ihr immer noch bestimmte Bewegungen Schwierigkeiten.

»Warte, ich hole Coyle herunter und lasse euch dann allein, das ist einfacher für dich.« Bevor sie antworten konnte, lief Amber schon die Treppe hinauf.

Vorsichtig ließ Marisa sich auf einen Stuhl sinken und stellte die Krücken an den Tisch. Mit den Fingern massierte sie ihr verletztes Bein. Sie blickte gerade rechtzeitig auf, um zu sehen, wie Coyle lautlos die Treppe herunter kam. Ein seltsamer Ausdruck stand in seinen Augen, der sie nervös machte. Er wirkte viel zu ernst, als er sich vor sie kniete.

Sanft legte Coyle seine Hände um ihr Gesicht. »Ich möchte, dass wir erst mal hier im Lager bleiben, damit du dich erholen kannst.«

»Aber …«

Er unterbrach sie. »Sag mir bitte, dass du mit mir hierbleibst. Ich weiß, dass es mit deinem Job nicht so einfach ist, aber …«

Marisa legte ihre Finger über seinen Mund. »Natürlich bleiben wir hier. Mit meinem verletzten Bein hätte ich sowieso nicht viel machen können und wollte mich ein wenig erholen und vielleicht einen Naturführer schreiben. Wenn ich Glück habe, kann ich Amber dazu überreden, mir dafür Fotos zur Verfügung zu stellen. Außerdem kann Finn bestimmt auch deine Unterstützung brauchen, bis wieder Ruhe einkehrt.«

Coyle fing ihre Finger ein, beugte sich vor und küsste sie sanft. »Danke.«

Vorsichtig hob er sie vom Stuhl und setzte sie auf seinen Schoß. Seine Arme schlangen sich um sie und er warf Angus einen kurzen Blick zu, der sie interessiert betrachtete. »Lass uns irgendwo hingehen, wo wir alleine sind.«

Marisa zwinkerte ihm zu. »Hast du etwas Bestimmtes vor?«

»Ich werde dich langsam und ausführlich lieben, und alles nachholen, was wir in den letzten zwei Wochen verpasst haben.« Das Grollen des Berglöwen klang in seiner Stimme mit.

Ein Schauder lief durch Marisas Körper. »Worauf wartest du dann noch?«

Coyle stand mit ihr im Arm auf. »Dein Wunsch ist mir Befehl.« Überraschend ernst blickte er sie an. »Du musst mir nur noch sagen, ob ich verhüten soll, du bist gerade fruchtbar.«

Marisa stockte der Atem. Hieß das, Coyle wollte ein Kind mit ihr? »Meinst du das ernst?«

Langsam nickte Coyle. »Ich will nicht mehr in Angst leben. Wir gehören zusammen und wenn wir ein Kind haben möchten, werden wir das irgendwie zusammen durchstehen.«

Da ihr zum ersten Mal in ihrem Leben die Worte fehlten, zeigte Marisa ihm durch ihren Kuss, wie viel er ihr bedeutete. Atemlos trennten sie sich und sie fand endlich ihre Stimme wieder. »Liebe mich. Sollten wir dabei ein Kind zeugen – umso besser.«

Lachend trug Coyle sie nach draußen.

Epilog

Leon ließ seinen Blick über die Savanne schweifen und atmete tief ein. Es war ein unglaubliches Gefühl, wieder zu Hause zu sein. Der rote Boden, das im Winter graugrüne Gras, in der Ferne die immergrünen Akazien und darüber der strahlend blaue Himmel. Auch wenn er in den USA Landschaften gesehen hatte, deren Weite dem nahekamen, ging doch nichts über seine Heimat. Sein Blick glitt zur Seite, wo Mia in Löwenform neben ihm lief. Sie schien zu verstehen, was es für ihn bedeutete, zum ersten Mal seit anderthalb Jahren zu seiner Gruppe zurückzukehren.

Wie würden seine Eltern reagieren, wenn sie ihn nach so langer Zeit wiedersahen? Er hatte damals zwar versucht, ihnen zu erklären, warum er gehen musste, aber das hieß ja nicht, dass sie es auch wirklich verstanden und akzeptierten. Aber er war sich sicher, dass sie ihn liebten und sich freuen würden, dass er wieder hier war und sogar eine Gefährtin gefunden hatte. Innerlich lächelte er. Zumindest seine Mutter würde hocherfreut sein, dass er sich endlich verliebt hatte, noch dazu in eine Löwenwandlerin.

Die vergangenen Tage waren wie im Flug vergangen. Ryan hatte sich um Naz und Dinari gekümmert, die sich nach den Strapazen nun langsam etwas erholten. Glücklicherweise war die Schussverletzung des Löwenwandlers gut verheilt und er fand langsam seine Kraft wieder. Vielleicht half es ihm auch zu wissen, dass Lee tot war und ihn nie wieder einsperren konnte. Naz wurde immer unruhiger und sie würden ihn zu seiner Gruppe zurückbringen, sobald sie von dem Besuch bei seinen Eltern zurückgekehrt waren.

Mia und Leon hatten viel miteinander geredet und sich noch einmal ganz neu kennengelernt. Die Erleichterung, dass Mia ihm so schnell vergeben hatte, machte jedoch zunehmend dem schlechten Gewissen Platz, dass er ihr immer noch nicht alles über sich erzählt hatte. Es war nicht richtig, sie mit zu seinen Eltern zu nehmen, ohne vorher mit ihr ins Reine gekommen zu sein.

Nach einem weiteren Blick auf Mia wurde er langsamer und blieb schließlich ganz stehen. Als Mia merkte, dass er nicht mehr neben ihr war, wandte sie sich zu ihm um und blickte ihn fragend an. Leon verwandelte sich und Mia tat es ihm gleich.

Sie kam zu ihm und legte eine Hand auf seine Brust. »Bist du nervös, weil du gleich deine Eltern wiedersiehst?«

»Ein wenig unruhig vielleicht, aber die Freude überwiegt.« Er strich durch seine Haare und beobachtete Mia aus den Augenwinkeln. »Es geht um etwas anderes.«

»Wenn du alleine dorthin möchtest, verstehe ich das. Ich kann hier auf dich warten.« Ihrem Gesichtsausdruck war zu entnehmen, dass sie es wirklich so meinte.

Womit hatte er die Liebe und das Verständnis einer so tollen Frau verdient? Aber er würde sie sicher nicht darauf hinweisen. Leon nahm ihre Hand und zog sie mit sich zu Boden. »Nein, ich möchte, dass du sie kennenlernst.« Nervös knetete er ihre Finger. »Es ist …« Hart blies er den Atem aus und blickte ihr dann direkt in die Augen. »Ich habe dir nicht alles über mich erzählt.«

Ihre Augenbrauen zogen sich zusammen. »Was meinst du damit? In den wenigen Tagen, die wir gemeinsam verbracht haben, erwarte ich auch nicht, dass du mir schon jede Kleinigkeit aus deinem Leben erzählt hast.«

Leon zog den Kopf ein. »Es ist eher weniger eine Kleinigkeit.«

»Sondern?«

»Du erinnerst dich daran, wie du mir vorgeworfen hast, ich hätte dir erzählen müssen, dass ich mich unsichtbar machen kann?« Vorsichtig versuchte er ihre Reaktion einzuschätzen. Noch schien sie nicht besonders wütend zu sein, aber das würde sich vermutlich gleich ändern.

»Ja. Aber das weiß ich ja jetzt und ich muss zugeben, ich bin ein wenig neidisch auf diese Fähigkeit.« Eine Falte erschien zwischen ihren Augen. »Meinst du unsere Kinder würden das dann auch können? Es könnte schwierig werden, sie aus Schwierigkeiten herauszuhalten, wenn wir sie nicht sehen.«

Leon verschluckte sich und begann zu husten. Darüber hatte er noch gar nicht nachgedacht. Als er sich beruhigt hatte, sah er Mia vorsichtig an. »Möchtest du denn Kinder haben?«

»Nicht jetzt sofort, aber irgendwann kann ich mir das schon vorstellen.« Ihre Augen wurden löwenartiger. »Du nicht?«

»Doch, natürlich.« Mia nickte befriedigt. »Gut. Und was ist es nun, das du mir bisher verschwiegen hast?«

»Der Grund, warum Lee mich unbedingt einfangen wollte, war vermutlich meine Fähigkeit, mich nicht nur in einen Löwen verwandeln zu können.«

Verwirrt sah Mia ihn an. »Ja, das dachte ich mir schon. Und er hat ja auch etwas in der Art gesagt.«

»Nur wusste Lee nicht, was ich wirklich kann.« Deutlich konnte er Mias Ungeduld spüren. »Er hatte sich in den Kopf gesetzt, dass ich irgendein Heilsbringer bin, jemand, der große Heilkräfte hat. Aber wie du ja weißt, sind sie nicht besser oder schlechter als die anderer Katzenwandler. Lee hat nie erfahren, was mich von anderen Wandlern unterscheidet.« Leon blickte auf den Boden. »Es ist auch der Grund, warum ich immer das Gefühl habe, den Kontakt zu anderen Wandlergruppen suchen zu müssen. Ich hatte hier vor einigen Jahren damit angefangen und ich möchte gerne weitermachen, wenn sich die Lage beruhigt hat.«

Mia lächelte ihn an. »Das ist eine schöne Idee, ich helfe dir dabei. Durch die Arbeit auf der Station habe ich ein Netzwerk von Wandlern aufgebaut, das wir sicher gut nutzen können.« Als er sie nur stumm ansah, wurde sie unsicher. »Außer du möchtest nicht, dass ich dir helfe.«

Es wurde für ihn immer deutlicher, wie gut sie zusammenpassten, als wären sie füreinander bestimmt. »Doch, doch natürlich. Sehr gern.« Er atmete tief durch. »Ich habe nur Angst, dass du ein Problem mit dem haben könntest, was ich dir bisher verschwiegen habe.«

»Nun sag es endlich und spann mich nicht länger auf die Folter.« Ihre Stimme hallte durch die Stille der Landschaft.

»Vermutlich ist es besser, wenn ich es dir zeige.« Leon schloss die Augen und verwandelte sich. Als er die Lider wieder hob, starrte Mia ihn entsetzt an.

»Oh Gott, du bist ein Leopard!«

Auch wenn er ihre Reaktion erwartet hatte, tat sie weh. Schon immer war er anders gewesen als die anderen Wandler, und er wünschte sich nichts mehr, als so akzeptiert zu werden, wie er war. Besonders von der Frau, die er liebte und mit der er den Rest seines Lebens verbringen wollte.

Als er sich von ihr abwandte, legte sie ihre Hand auf seinen Rücken. »Warte, so meinte ich das nicht.« Sie kniete sich vor ihn und legte ihre Hände um seinen Kopf. »Du bist wunderschön.«

Ohne ihr die Gelegenheit zu geben, sich an seine neue Gestalt zu gewöhnen, verwandelte er sich wieder und blickte in Mias weit aufgerissene Augen. »Ein Gepard auch?« Leon öffnete das Maul und leckte mit der Zunge über ihre Hand. Sie schüttelte den Kopf. »Okay, das reicht. Erklär mir bitte, was das zu bedeuten hat.«

Leon verwandelte sich zurück. »Ich wurde als Löwe geboren, meine Eltern sind beide Löwenwandler. Ich weiß nicht, warum ich so bin, aber seit ich denken kann, konnte ich mich in alle möglichen Raubkatzenarten verwandeln und mich auch unsichtbar machen. Es gibt nichts, was ich dagegen tun kann. Ich wollte, dass du es weißt, bevor du entscheidest, ob du mich wirklich als Gefährten willst.«

Mia schüttelte den Kopf. »Denkst du, ich würde dich wegen so etwas fallen lassen? Ich wusste schon immer, dass du etwas Besonderes bist und offensichtlich hatte ich Recht.« Ein Lächeln hob ihre Mundwinkel. »Als Löwe finde ich dich natürlich am heißesten, aber ich kann mich sicher auch an deine anderen Formen gewöhnen.«

Leon beugte sich über sie, bis sie mit dem Rücken im Sand lag. »Ist das so?« Ein Grollen löste sich aus seiner Kehle und er wusste, dass sich seine Augen verändert hatten. Der Löwe in ihm drängte darauf, Mia zu beweisen, dass sie zu ihm gehörte und ausnahmsweise war der Mensch der gleichen Meinung.

Mia schlang ihre Arme um seinen Oberkörper und ließ ihre Krallen über seinen Rücken gleiten. »Du gehörst mir, Leon, egal in welcher Gestalt.«

Genau das wollte er hören. Mit einem Schnurren senkte er seinen Körper und zeigte Mia, wie sehr er sie liebte.

Danksagung

Ich möchte mich bei meiner äußerst geduldigen und fleißigen Testleserin Steffi bedanken, die mich immer auf verbesserungswürdige Stellen hingewiesen und mich gleichzeitig motiviert hat, weiterzumachen.

Ein weiterer Dank gilt meiner wunderbaren Lektorin Katharina, die aus meinen Geschichten das Beste herausgekitzelt hat. Ich freue mich auf unsere weitere Zusammenarbeit.

Danke auch an die Mitarbeiter von LYX, die meinen Ghostwalkern ein Zuhause und eine wunderschöne Ausstattung gegeben haben.

Und nicht zuletzt möchte ich mich bei all den Lesern bedanken, die drei Jahre und sechs Bände lang mit den Ghostwalkern mitgelitten und mitgefiebert haben und mir mit positiven Zuschriften, Forumsbeiträgen, Rezensionen und Facebookdiskussionen sehr viel Freude bereitet haben.

Danke!

Michelle Raven

Gefährliche Vergangenheit

Roman

Sie schenkt ihm ihr Vertrauen und riskiert ihr Leben

Nach einem schweren Autounfall wird Leigh Hunter von furchtbaren Albträumen geplagt und lebt zurückgezogen in der Nähe von Washington, DC. Nur ihrem hilfsbereiten Nachbarn Logan Barker gelingt es nach und nach, zu ihr durchzudringen. Doch gerade als sich eine zarte Liebe entwickelt, erhält Leigh Drohbriefe und wird von einem Unbekannten tätlich angegriffen. Auffällig oft ist Logan in der Nähe, wenn etwas derartiges geschieht. Kann sie ihm wirklich trauen?

»Eine wunderschöne Liebesgeschichte verknüpft mit einer rasanten Krimihandlung.« *Love Letter*

Band 3 der Serie
416 Seiten, kartoniert mit Klappe
€ 9,99 [D]
ISBN 978-3-8025-8599-9

www.egmont-lyx.de

EGMONT LYX
Verlagsgesellschaften